ADRIAN DAWSON

Adrian Dawson est né en 1971 dans le Yorkshire, en Angleterre. Passionné par les nouvelles technologies, et notamment par le dessin numérique, il a créé sa propre agence de design. Il est également auteur de thrillers et ses deux ouvrages, *L'Évangile hérétique* (2012) et *Les Tables des Templiers* (2013), sont parus au cherche midi.

Retrouvez toute l'actualité de l'auteur sur :
www.adriandawson.co.uk

L'ÉVANGILE HÉRÉTIQUE

ADRIAN DAWSON

L'ÉVANGILE HÉRÉTIQUE

Traduit de l'anglais
par Danièle Mazingarbe

CHERCHE MIDI

Titre original : *Codex*
Éditeur original : Last Passage

MIXTE
Papier issu de sources responsables
FSC® C003309

Pocket, une marque d'Univers Poche, est un éditeur qui s'engage pour la préservation de son environnement et qui utilise du papier fabriqué à partir de bois provenant de forêts gérées de manière responsable.

ISBN : 978-2-266-23839-7

Pour Jo et John,
éternelles sources d'inspiration

codex *(kõ'deks)*
n. manuscrit ancien, en part. celui de la Bible
(lat. codex, *un livre)*

code/x
n. un code soigneusement crypté, souvent dissimulé
au sein du présent ouvrage

Exode

L'échiquier représente le monde.

Les pièces avec lesquelles nous jouons sont les phénomènes naturels de l'univers dans lequel nous avons été placés et le jeu, tout comme la vie elle-même, obéit à un ensemble de règles : « les lois de la nature ».

Nous supposons que nous jouons les blancs, que nous devons jouer les premiers, mais nous ne pouvons pas en être sûrs car notre adversaire, quel qu'il soit, est toujours invisible. Et, bien que nous soyons conscients que la partie, qui se doit de respecter les règles, est toujours équitable, juste et affaire de patience, nous ne devons jamais oublier qu'il ne pardonnera aucune erreur et qu'il ne manifestera pas la moindre indulgence envers notre ignorance.

Et dans la vie, comme aux échecs, battre en retraite est généralement une façon habile et discrète de préparer une nouvelle attaque...

Il y a longtemps, dans une vie déjà trop pleine d'incertitudes pour se souvenir de choses sans importance, le père de Lara avait prononcé ces mots. D'une voix douce mais résolue. Elle en avait gardé une impression de chaleur, de feu, de couleurs flamboyantes et de temps meilleurs, des souvenirs enfouis bien à l'abri dans sa mémoire. Toutes ces choses avaient disparu depuis longtemps. Toutes s'étaient révélées horriblement fausses. Elles ressurgissaient rarement maintenant, témoignages d'un passé discrètement sauvegardé par un subconscient avisé, soucieux de dissimuler des perles pour les ressusciter en cas de nécessité. Mais, tandis que chaque syllabe, prononcée en un endroit et en un temps meilleurs, était restée gravée en elle, leur promesse de consolation et de justification pour ce qu'elle venait d'être obligée d'abandonner était restée lettre morte. Son père, qu'elle aimait toujours passionnément, avait trop rarement tenu ses promesses.

Tout en ignorant à quel jeu elle jouait désormais, Lara poursuivait sa quête depuis plus de trois ans pour trouver son Dieu – estimant à tort que c'était Lui l'adversaire invisible – et, bien qu'elle n'ait pas pu Le trouver, elle savait maintenant avec une certitude poignante qu'Il existait. Elle le savait parce que des scientifiques à travers les âges nous avaient aidés, nous – les pions sacrifiés –, à comprendre pleinement les lois de la nature ; les règles inaliénables qui régissent le jeu. Des lois qui démontraient à toutes les créatures douées de raison que, pour toute action, il y a une réaction égale et opposée ; que chaque positif a un négatif et que chaque divinité par laquelle les gens sont attirés comme des aimants possède son antithèse diamétralement opposée. Égale et opposée.

Son seul but étant que ces éléments se repoussent.

Lara, bien qu'elle n'ait pas trouvé Dieu, était persuadée d'avoir plongé les yeux dans ceux de Son *alter ego* à la face sombre. Elle avait regardé dans ces gouffres sans fond et vu l'âme d'un homme qu'on avait doté d'un pouvoir égal et opposé à celui qui nous avait tous créés. Son seul but : la destruction. Elle avait succombé à ses charmes parce que c'était là, dans cette partie d'échecs planétaire, que se situait l'erreur tactique de Dieu, son incapacité à nous protéger tous, quoi qu'il advienne, alors que son adversaire était prêt à faire l'effort nécessaire pour séduire chacun d'entre nous.

Ses pensées n'avaient jamais été plus limpides. Elle devait partir en courant, s'échapper, reculer, battre en retraite.

Elle s'installa dans le siège près du hublot, s'affalant avec lassitude contre la vitre épaisse, le cœur battant et la respiration haletante. Son regard fut alors attiré par un prêtre, parmi les personnes qui montaient à bord de l'avion. Pendant un moment, elle observa avec dégoût la façon dont les passagers se comportaient avec lui. Chacun à son tour s'effaçait respectueusement devant lui pour le laisser passer dans l'allée. Apparemment, pour tous ces gens, il incarnait sans le moindre doute leur intermédiaire auprès d'une puissance supérieure, un être quasi divin comme ils n'en approcheraient jamais plus. Ils le traitaient avec respect pour que, d'une façon ou d'une autre, cela puisse leur faciliter le voyage, quand leur dernière heure sur Terre serait venue. Lara n'était pas du tout de cet avis. Elle connaissait la voie que prendraient les fragments de son âme au moment de rendre son dernier souffle, parce qu'elle avait passé les trois derniers jours à revivre les erreurs des trois années passées. Elle ne pouvait plus rien faire maintenant pour inverser la plongée qu'effectuerait son âme, son heure venue.

Quand il passa près de son siège, le prêtre sentit la main de Lara lui agripper désespérément le poignet. Il se retourna et la regarda innocemment de ses yeux en trous d'épingle cernés de lunettes à monture métallique. Ce qu'il vit, c'était une fille en haillons, sale comme un chien errant. Passé sa surprise initiale, il lui adressa un petit sourire, plus en conformité avec son état. Son regard était attentif, plein de réconfort et de compassion ; toutes choses que Dieu exigeait de sa part. En vérité, son expression était aussi fausse que celle de la jeune femme qui avait tendu à Lara sa carte d'embarquement.

Mais son sourire ne tarda pas à s'effacer. Lara ne lui posa qu'une seule question – une question toute simple – et, sans trop réfléchir, il lui donna une réponse honnête. À cet instant, elle se détourna de lui et murmura tout bas d'un ton venimeux. Il écarquilla les yeux et se hâta aussitôt dans l'allée, essayant de ne pas trop penser à ce qu'elle venait de lui dire.

Mais il savait qu'il ne pourrait pas s'en empêcher.

Dans un Boeing 747, poids et espace sont des données précieuses qu'une compagnie d'aviation doit surveiller avec la même rigueur que ses millions de chiffre d'affaires. C'est pour cette raison qu'un bon système de climatisation, considéré dans un environnement à l'équilibre financier si contrôlé, figure toujours parmi les investissements « gourmands » ; c'est un élément dont l'utilisation ne génère aucune perspective de profitabilité. Comme les passagers auxquels il devrait profiter, il n'est bon qu'à consommer. Depuis leurs barquettes industrielles servies en guise de repas jusqu'à la moindre de leurs prestations, les compagnies d'aviation sont parfaitement conscientes qu'économie et consommation ne font pas bon ménage. Alors ils se consolent en installant à la place une climatisation terriblement peu efficace.

C'est pourquoi, quand elle prit sa place à côté de Lara à 8 h 52, la grosse passagère allemande grommela, fouilla dans son sac imitation Gucci et pulvérisa discrètement un parfum bon marché. Elle savait parfaitement que l'odeur fétide que dégageait la jeune femme ne se dissiperait pas et qu'elle la subirait pendant tout le vol. Aspirée et restituée par un système dont la faim était particulièrement disproportionnée par rapport aux repas dont deux cent quarante-cinq passagers allaient devoir se contenter.

Lara se sentait presque aussi sale à l'intérieur qu'à l'extérieur. Elle avait fui pendant plusieurs journées interminables et autant de nuits froides et, pourtant, son apparence ne lui importait plus. Elle savait qu'il ne lui restait plus qu'une seule nuit pour parvenir à l'endroit qu'elle appelait de ses vœux. Après trois longues et pénibles années, Lara rentrait enfin chez elle. C'est en tout cas ce qu'elle espérait, bien qu'elle ne prît rien pour acquis. Plus maintenant. Pas quand il y avait encore la possibilité que, d'une manière ou d'une autre, sans qu'elle sache comment, elle puisse mourir en route.

Lara avait éprouvé plus de peur dans son corps émacié que la plupart des gens n'en connaîtraient jamais au cours de leur vie et, pourtant, elle n'avait pas peur de la mort. Mourir maintenant lui offrirait une sortie facile, se disait-elle ; un soulagement béni compte tenu des conséquences que sa naïveté risquait maintenant de lui faire subir. Au fond d'elle-même, elle savait qu'elle aurait pu se supprimer au cours de ces derniers jours, si elle avait cru que cela pourrait remettre le monde en place. Peut-être que le suicide lui aurait apporté la paix et lui aurait permis de faire la seule chose qu'elle voulait faire depuis si longtemps ; fermer les yeux. Ne plus voir les horreurs du passé, ni imaginer celles, encore pires, de l'avenir. Les choses qui risquaient de se produire, à moins qu'elle ne revienne chez elle.

Non pas la peur de la mort. Cela, elle le savait très bien. Seulement celle de vivre.

Vivre avec les conséquences de ce qu'elle avait fait.

Elle savait que Lui savait ; qu'elle avait passé ces trois derniers jours en Allemagne et que, maintenant, elle avait réussi à trouver une place sur le vol de New York. Il le savait parce qu'Il savait toujours. Ce qu'elle faisait. Ce qu'elle essayait de faire. Ce qu'elle pensait et, le plus souvent, ce qu'elle ressentait. Comme s'Il la suivait pas à pas. Comme s'Il observait chacun de ses gestes futiles et que, caché dans l'ombre, Il se moquait de ses efforts. Bien entendu, elle ne L'avait pas vu, pas une seule fois. Mais elle n'aurait pas pu, n'est-ce pas ? Pourquoi se serait-Il donné la peine de créer les ombres qui se sont répandues comme la peste à travers le monde, si Lui-même ne pouvait pas s'y dissimuler complètement ? Mais Il était là, sans aucun doute ; Il était en toutes choses. Observant. Attendant. Préparant.

Et personne d'autre ne s'en doutait.

Les yeux mi-clos, au comble du désespoir, elle regardait fixement l'éclat des lumières du terminal à travers les premiers flocons de neige de janvier. Lentement et soigneusement, elle scruta chaque silhouette qui apparaissait à chaque fenêtre, se demandant s'Il s'en voulait de l'avoir laissée s'échapper. Elle sourit doucement, espérant bien que c'était le cas.

Elle retint sa respiration. La laisser s'échapper. De tous les mots, pourquoi avoir choisi ceux-là ? Son sourire disparut, les coins de sa bouche retombèrent comme lestés par des plombs. La laissant... Lui permettant... Comme si cette escapade tout entière ne lui était autorisée qu'avec Sa seule permission ; à Ses fins.

Elle pencha sa tête en arrière et soupira. Ses bras lui brûlaient et elle serra les poings et les dents, ses articulations devenant blanches comme de l'émail poli. Détendant ses mains, elle frotta l'intérieur de chacun de ses coudes. Même maintenant, elle ne savait pas exactement quel produit ils lui avaient systématiquement injecté, seulement qu'ils l'avaient fait pour contrôler son esprit, pour influencer ses sentiments. Pour qu'elle reste calme. Malléable. Était-il possible que, maintenant encore, les effets de ces drogues se fissent encore sentir, contribuant à augmenter ses craintes ? Devait-elle faire abstraction de la paranoïa qu'elle ressentait en elle et se forcer à faire le ménage dans ses pensées ? Après tout, elle était enfin en route. Elle était libre. Pouvait-elle être arrivée jusque-là pour abandonner si près du but ? Le fait qu'elle soit à bord de l'avion ne suffisait-il pas à prouver qu'elle avait enfin échappé à Son emprise ?

Non, décida-t-elle, pas encore. Toute paranoïa mise à part, elle avait certainement été suivie. C'était sûr. Il prévoyait tout ; c'est ce qu'Il faisait. En vérité, c'était tout ce qu'Il faisait. Il prévoyait, ce qui lui permettait d'opérer avec cette efficacité incroyable. Elle en arriva à se demander quel plan Il suivait à présent et pourquoi Il l'avait laissée parvenir jusque-là.

Tandis que l'avion prenait de la vitesse et que le terminal s'éloignait enfin, elle poussa un soupir de soulagement. Si c'était « ça », alors « ça » était son ultime voyage ; celui qui mettrait une barrière définitive entre ses erreurs et sa seule et unique chance de les corriger. Elle l'espérait en tout cas. Elle se mit à prier, puis s'arrêta lorsqu'elle s'aperçut qu'elle ne savait plus exactement à qui elle adressait sa prière.

Le monde inconnu qui s'abritait derrière la fenêtre disparut sous le manteau de l'obscurité et Lara se retrouva confrontée à une image qu'elle n'était pas du tout préparée à voir ; une image qui l'embarrassait. Pour la première fois depuis dix-huit mois, elle voyait son propre reflet. La fenêtre encadrait son visage et reflétait un portrait qui la gênait, celui de quelqu'un de plus âgé, et elle se rendit compte pour la première fois qu'elle n'était plus l'enfant qui avait quitté la maison familiale, trois ans auparavant. Quelque part en chemin, elle était devenue une femme, mais elle ne savait pas à quel moment ce changement fondamental avait eu lieu. De la vitre assombrie, la nouvelle Lara la regardait intensément ; son visage comparable à une coquille vide, sans âme. D'être assise en sa propre compagnie la mettait mal à l'aise.

La longue chevelure dont les boucles souples dansaient autrefois autour de son visage avait cédé la place à un crâne noir rasé de près, témoin de sa tentative pathétique pour se déguiser. De fines rides se répandaient depuis ses lèvres gercées jusqu'à ses joues jaunâtres, comme des craquelures dans du verre, et ses yeux, reflets d'une âme perdue, affichaient une réserve glaciale. Il n'y avait plus la moindre étincelle, plus d'espoir ou d'anticipation, et certainement pas de perspective d'avenir. Elle avait du mal à croire qu'elle avait autant changé en si peu de temps. Où était passée la jeune fille au visage enfantin qu'elle pensait être encore ? La jeune fille dont le sourire avait illuminé autrefois tant de photos destinées à illustrer des articles de journaux concernant son père.

Une période qu'elle avait détestée.

Une période qu'elle regrettait.

Quand l'avion décolla enfin de la piste blanche et s'éleva rapidement dans le ciel noir d'hiver, elle comprit enfin que la Lara qu'elle avait été autrefois n'était plus. Peut-être pour toujours. Ce qui la troublait le plus, c'était qu'elle ne savait toujours pas qui, en fin de compte, allait prendre sa place.

Assoiffée d'un peu de normalité, elle prit les écouteurs dans la pochette devant elle et se mit à dérouler les fils patiemment, comme s'il s'agissait d'une thérapie silencieuse. Un passager précédent, sans doute pressé de quitter l'avion, avait laissé les fils complètement enchevêtrés et il lui faudrait un bon moment pour les démêler.

Un très long moment. Tout comme lors des derniers jours de sa vie, il lui faudrait beaucoup de patience et de volonté pour ne pas se laisser vaincre.

Il lui suffisait de croire qu'elle en serait capable.

Bien qu'inconsciente de ce qui se passait à ce moment-là, et alors qu'elle n'aurait jamais l'occasion de savoir, à l'instant où elle mit les écouteurs dans ses oreilles et brancha la radio, l'avion atteignit 10 000 mètres et la pression à l'intérieur de la cabine se stabilisa enfin.

Le vol 320 reliant Francfort à New York était plein, mais, comme pour tous les vols commerciaux, des registres d'une précision absolue veillaient à ce que tout à bord soit enregistré. *Tout*. D'après les documents du personnel, il y avait trois membres d'équipage, deux commissaires de bord et dix hôtesses de l'air au service de deux cent quarante-cinq passagers. De même, les papiers pour la soute et les bagages du vol indiquaient qu'à cette occasion le Boeing 747 transportait presque 20 tonnes de cargaison incluant du courrier militaire, plus de cent sacs de courrier commercial et trois cent quarante valises de passagers.

Sauf que... l'un des registres était faux.

Il y avait en fait trois cent quarante et une valises. Ce pouvait n'être qu'une légère erreur, mais la dure vérité était que les registres n'avaient aucune souplesse. Une erreur, c'était une erreur. Une erreur indiquait une brèche. Une brèche dangereuse.

À l'insu de tout le monde à bord et de Lara, lorsque l'altitude requise fut atteinte, un autre élément de technologie à l'intérieur de cette unique valise non répertoriée avait déclenché un interrupteur, bien plus dangereux celui-là que celui qui contrôlait les divertissements du bord. Une gâchette barométrique – activée simplement par l'air ambiant ayant atteint la pression souhaitée – s'enclencha mécaniquement et sans l'ombre d'une hésitation.

L'interrupteur actionna une minuterie qui se mit immédiatement à décompter quarante-cinq minutes. Si cela avait été nécessaire, ce réglage aurait permis à la valise de passer sans encombre à Francfort le test des trente minutes dans les chambres de pressurisation de sécurité. Le mécanisme se serait remis en marche ensuite. Pour ceux qui étaient assis à plusieurs mètres au-dessus de la soute, le bruit anodin du déclenchement était inaudible. Il n'y aurait aucun avertissement. Comme c'était toujours le cas avec des gens qui opéraient avec une efficacité incroyable, il n'y aurait ni indices, ni empreintes, ni traces d'aucune sorte.

Se sentant enfin assez en confiance pour succomber à un sommeil profond, Lara s'abandonna à tel point qu'elle eut l'impression qu'elle ne se réveillerait plus jamais. Alors qu'ils s'installaient en prévision du long voyage, aucun des passagers du vol 320 n'aurait pu percevoir l'ironie de ce genre de pensée.

Sur le point de basculer dans le sommeil, elle entendait son père répéter : *Retraite. Une façon habile et discrète de préparer une nouvelle attaque...* Et, à chaque cycle, la phrase devenait de plus en plus courte, se condensant enfin en un seul mot, le seul qui avait de l'importance. Elle se rendit compte que ce n'était plus la voix de son père. C'était sa voix à Lui ; sa Némésis, s'en prenant à elle avec mille voix différentes. Elle essaya en vain de se convaincre que les tons qu'Il prenait ne traduisaient pas un sentiment de plaisir croissant, face à l'inutilité de ce qu'elle avait entrepris.

Retraite. Un vilain mot bien choisi pour ce que Lara s'était en quelque sorte obligée à faire. Une retraite n'était en rien une attaque, même si elle essayait de s'en convaincre. Une retraite était une retraite. C'était l'acte de fuir. Elle n'avait pas battu en « retraite » quand, enfant, elle avait fait l'école buissonnière, pas plus qu'elle n'avait battu en « retraite » quand elle était partie de chez elle trois ans auparavant. Elle s'était enfuie. Et maintenant, quelle que soit la façon dont elle tournait les choses, c'était ce qu'elle faisait à nouveau. Elle prenait la fuite. La seule différence était que, cette fois, elle laissait derrière elle la seule personne au monde qu'elle eût jamais aimée inconditionnellement.

Elle laissait derrière elle son fils.

Trois rangées plus loin, le père Emile Tomazo détacha son regard de la revue de bord et enleva soigneusement ses lunettes. Il ferma un instant les yeux pour réfléchir à ce voyage qui se terminerait par une causerie pour les défavorisés du quartier latino de la Grosse Pomme. Mais, maintenant, après avoir parlé brièvement à la jeune femme, il avait l'impression que son voyage était gâché. En rouvrant les yeux, il regarda au-dessus des sièges et l'aperçut, de trois quarts, les yeux fermés, respirant difficilement. Il savait qu'elle portait un fardeau et il se sentit honteux de ne pas avoir pris un peu plus de temps pour tenter de l'alléger. Quelques paroles de réconfort spirituel auraient peut-être apaisé ses craintes, même s'il en doutait. Quand l'avion aurait atteint sa vitesse de croisière et qu'on pourrait détacher sa ceinture, son sens du devoir envers son Seigneur le ferait peut-être aller vers elle pour lui parler.

Il avait lu le désespoir dans ses yeux au moment où elle l'avait presque supplié de répondre à sa question, il avait entendu ses cris, sa voix frêle empreinte de toute cette détresse qui, à ses yeux, devait être réservée au confessionnal. Pire, il sentait presque encore son emprise sur son bras, l'étreinte désespérée de ses doigts maigres et crispés.

« Si j'ignorais tout de Dieu ou du péché, irais-je quand même en enfer ? »

Bien que pris au dépourvu par la question et ignorant du rapport qu'elle pouvait avoir avec son état de déchéance, il avait suffi d'un court instant au père Tomazo pour lui répondre aussi honnêtement qu'il le pouvait.

« Bien sûr que non, lui avait-il dit. Pas si vous ne saviez rien. »

Ses yeux s'étaient alors dérobés, son regard était devenu glacial. Pas à son égard, sans doute, mais envers l'institution à laquelle son col ciré l'affiliait. Elle se détourna et l'apostropha avec un mépris tel que jamais le père Tomazo n'en avait connu en quinze années au service de son Dieu.

« Alors, putain, pourquoi vous nous en parlez, vous autres ? »

Se promettant de faire tout ce qu'il pourrait pour la jeune fille, le père Tomazo remit ses lunettes et se replongea dans son magazine. C'était une âme terriblement en quête de sens. Il en avait connu de nombreuses dans ce cas ; il en verrait d'autres encore et il était bien décidé à faire ce que son devoir lui dictait de faire – autrement dit, lui donner tous les conseils qu'elle voudrait bien accepter.

Il soupira profondément et tourna la page sans la lire, ignorant qu'à ce moment précis tous les passagers du vol 320 n'avaient plus que trente-neuf minutes et treize secondes à vivre.

*
* *

Dieter Wölfe, affalé dans son fauteuil au velours bleu élimé du centre de contrôle aérien d'Amsterdam, fut le premier à remarquer qu'il y avait quelque chose de vraiment anormal à propos du 320. Luttant contre la fatigue occasionnée par dix heures de service ininterrompu, il suivait la représentation graphique du vol au moment où il traversait la frontière entre l'Allemagne et la Hollande. Au début, tout semblait normal, une petite boîte verte avec une croix en son milieu représentait l'avion et, à côté, un code indiquait le signal qu'il transmettait. Ce signal attestait que l'avion avait atteint 10 000 mètres et précisait ensuite le nombre de secondes qui s'étaient écoulées depuis son décollage.

Le service de Wölfe aurait dû se terminer depuis presque dix minutes, mais il avait laissé à contrecœur son remplaçant déjà en retard se préparer un café avant de prendre sa place. Tandis qu'il observait consciencieusement son écran et luttait pour garder un niveau d'attention aussi élevé que les avions, quelque chose se passa ; quelque chose qui ne plaisait pas du tout à Dieter Wölfe.

Telle une catapulte, son corps massif se projeta en avant et il fixa l'écran, les yeux écarquillés. Le cerveau peut se fatiguer au bout d'un certain temps ; l'instinct jamais.

Les chiffres indiquaient 64529.7 – 29,7 secondes après 17 h 55 – le codage et la croix disparurent de l'écran. Complètement. Puis, après les sept ou huit secondes pénibles qui suivirent, ce fut au tour de la boîte verte ; restituée par les signaux radars venant du sol qui se répercutaient sur l'extérieur de l'avion, elle se brisa en quatre morceaux plus petits qui se dispersèrent sur presque 1,5 kilomètre d'espace aérien. Instinctivement, Wölfe prit son téléphone radio et tenta d'entrer en contact avec l'équipage de l'avion. Personne ne répondit. Il essaya plusieurs fois, mais obtint chaque fois la même réponse : le seul son en provenance de la radio était un bruit continu de parasites – les morceaux sur l'écran, eux, continuaient à dériver.

Il se tourna vers Erik Felz, l'officier de validation océanique, dont la tâche avait été d'assigner à l'avion un plan de vol à travers l'Atlantique, et vit qu'il était absorbé dans l'examen de son propre écran. C'était un homme tranquille à l'air toujours soucieux. L'inquiétude d'Erik était visiblement montée d'un cran. Il paraissait presque terrifié. L'équipage n'avait toujours pas accusé réception de son plan de vol, alors qu'une donnée d'une telle importance, comportant des indications précises sur la route et l'altitude à respecter pour la traversée de l'océan, requérait pour le moins une confirmation extrêmement claire et précise. Apparemment, Erik attendait encore. Tout comme Dieter, il avait essayé plusieurs fois de joindre le vol 320 par radio, sans obtenir rien d'autre sur leur fréquence qu'un sinistre grésillement.

Dans la lumière verte de la batterie des moniteurs, les deux hommes se regardaient avec incrédulité, ne sachant quoi dire. Incapables de poser la question qui leur brûlait les lèvres.

Nom de Dieu, qu'est-ce qui vient de se passer là-haut ?

Pris de panique, Wölfe regarda autour de lui, cherchant son superviseur, Gerald Ulrich, avant de l'apercevoir enfin à travers la vitre tachée de nicotine de son bureau. Il raccrochait le combiné de son téléphone tout en secouant la tête ; son visage en disait long. Quelques secondes plus tard, il sortit, tout en caressant lentement sa moustache imposante, une note écrite à la main.

« Eh ! vous autres... Je viens de recevoir un appel d'un vieux de la vieille qui pilotait un Cessna en direction de Hilversum », dit-il d'un air préoccupé et distant. Il parlait lentement, avec un accent prononcé. « Il dit avoir vu une explosion en l'air, près de Elspeet. Vous savez quel trafic nous avons dans ce... ? »

Il s'arrêta net et se tut aussitôt. Quinze années passées dans le contrôle aérien suffisaient à Ulrich pour comprendre que ce qu'il venait de voir sur l'écran de Wölfe se passait de commentaires. Les boîtes se multipliaient, se déployaient en éventail et, finalement, disparaissaient. Elles dansaient sur l'écran comme des étoiles vertes dans un ciel nocturne et limpide, leur beauté étincelante contrastant avec la catastrophe qu'elles représentaient à coup sûr.

« Clipper 320 », constata Wölfe maladroitement, le regard fixe et la voix cassée en autant de morceaux que l'avion qu'il venait d'identifier.

Ulrich mit plus d'une minute avant de pouvoir répondre.

« Mère de Dieu », dit-il en blasphémant à voix basse pour la première fois en quarante-huit années d'existence.

Le trou de l'aiguille

MARC 10:25

Au quarantième étage de l'Equitable Building, au coin de la 51e Rue et de la 7e Avenue au centre de Manhattan, un jeune homme en costume traversa la salle à pas comptés et prit place au bout d'une table en acajou. Même si des milliers de personnes à travers le monde le regardaient, une seule lui importait.

Depuis son fauteuil de l'autre côté de la table, Jack Bernstein ne se contentait pas de l'observer. Il souriait. Et cela lui faisait mal.

L'homme en question, un Tchécoslovaque de 28 ans nommé Ilya Sorkasnov, possédait un des cerveaux les plus puissants et complexes de l'histoire de la planète. Du moins à en croire les magazines intellos. Il était également doté, d'après un sondage récent paru dans le *National Gazetteer*, d'une beauté de star, avec des yeux de braise et – étant aussi le grand maître incontesté du monde des échecs – d'une fortune personnelle de plusieurs millions de dollars. De tous ces attributs si enviables, son titre aux échecs était bien celui qu'il craignait le plus de perdre.

Et c'est justement ce qui était sur le point d'arriver. Jack Bernstein le savait et il souriait parce qu'il lisait dans les yeux de Sorkasnov que le Tchèque le savait aussi. L'homme était sur le point d'être battu pour la première fois. La toute première fois.

Cela aurait été très différent si l'adversaire avait été Jack Bernstein lui-même, car Sorkasnov avait déjà joué trois fois contre Jack au cours de sa carrière, et trois fois Jack avait été complètement manœuvré. Mais Jack Bernstein n'était pas là aujourd'hui pour jouer aux échecs, il était là uniquement pour subvenir à tous les besoins de son protégé. Un prétendant qui, contrairement à Sorkasnov, n'était pas particulièrement beau et n'avait pas des yeux de braise. Lui (ou elle, selon la perception qu'on a des objets inanimés) mesurait 2,15 mètres, avec une housse en plastique jaune breveté, et ne pouvait assister à l'événement sans traîner derrière lui un écheveau encombrant de câbles multicolores.

IntelliSoft Quotient était, par sa nature même, extrêmement laid.

Le système informatique qui régissait Quotient était depuis longtemps vanté par Intelligent Software Incorporated, la société que Jack avait fondée après s'être retiré des compétitions d'échecs, comme étant la « première intelligence réellement artificielle au monde ». Sa structure codée, parcourant un ensemble imposant de cent vingt-huit cartes logicielles de 18,2 GHz, deux pour chacune des soixante-quatre cases de l'échiquier, avait eu tendance, au début, à faire des erreurs. Mais, contrairement à tous les autres systèmes informatisés dans le monde, il avait tiré une leçon de chacune d'elles. Il ne commettait jamais deux fois la même erreur.

Ce qui n'était pas le cas de Sorkasnov, malgré toute son intelligence.

Jack, qui avait personnellement supervisé le développement du système d'IQ depuis sa conception, était confiant : aujourd'hui, son affreuse boîte de puces remporterait la couronne. Elle avait fait tant d'erreurs pendant ces quatorze derniers mois d'essais intensifs qu'il ne lui en restait plus de vraiment importantes à faire.

Tout le monde savait que Sorkasnov ne se laisserait pas facilement avoir et que ce serait un match très serré. Il avait commencé par gagner le premier des six jeux, arborant un large sourire tout du long, ses célèbres « yeux de braise » plissés de méfiance, pressés de voir sa supériorité s'afficher sans tarder. Il avait regardé Jack Bernstein, comme il l'avait fait tant de fois à ses débuts, avec une expression qui trahissait autant l'excitation de la victoire que la plus glaciale aversion. Puis, après trois pats, Quotient avait gagné la cinquième partie et égalisé le score. Le jeune Tchèque avait mal encaissé cette défaite. L'air étrangement incrédule, il se prit la tête entre les mains en silence pendant trois minutes avant de regarder désespérément sa mère, assise parmi d'autres privilégiés sur l'estrade. Quelques secondes après, il se précipitait vers le bureau qui lui servait de dressing, laissant ses assistants s'excuser à sa place avant de courir servilement derrière lui. Là, pendant près d'une heure, il pénétra dans son cerveau pour analyser sa capacité de jugement. Quand le grand maître réapparut enfin, le score, avec un demi-point pour chaque pat, était de deux points et demi pour chaque joueur. Aux yeux de tous ceux qui étaient présents, excepté Jack Bernstein, l'un pouvait encore gagner et l'autre pouvait encore perdre. À moins, bien sûr, que les deux ne finissent *ex aequo*. Tranquillement, la tension se propageait à travers la salle, faisant se hérisser les cheveux sur son passage.

Pendant que Sorkasnov regagnait sa place à contrecœur sous les lumières bleues, Jack se pencha en arrière et s'adressa à la femme debout à sa droite ; celle qui avait été à la droite de Jack chez IntelliSoft pendant ces huit dernières années, et qui, comme Jack lui-même, souriait maintenant comme un enfant malicieux, le regard brillant.

« C'est dans ses cordes, MaryBeth, chuchota-t-il. Et, encore mieux : il le sait. »

MaryBeth acquiesça. Comme son patron, elle était parfaitement consciente que la peur chez les êtres humains affectait leur jugement, alors que, dans les systèmes informatiques, la peur n'existait pas. Après une brève introduction et un résumé de la partie par Tony Scollitt, présentateur charismatique – malgré une perruque disgracieuse – des informations sur Canal 28 et hôte du tournoi, l'horloge fut activée et Sorkasnov joua le premier pour la sixième partie : 1. e2-e4.

Avec une absence totale d'émotion dont peu d'humains peuvent se targuer, Quotient réfléchit patiemment en silence pendant moins d'une minute, affichant finalement sa réponse sur un écran qui n'était visible que par Jack, MaryBeth et une équipe de trois arbitres indépendants. L'ayant vue, Jack positionna le pion en marbre sur l'échiquier décoré que Sorkasnov avait imposé.

1... c7-c5 ; défense classique dite « sicilienne ».

Même si la sicilienne est l'une des ouvertures les plus utilisées pour les noirs, Jack avait toujours été extrêmement conscient que la décrire comme une « défense » était plutôt inapproprié. En réalité, c'était une contre-attaque, un jeu d'emblée agressif visant à mettre les blancs en déséquilibre, une position à partir de laquelle la moindre erreur risquait d'être instantanément fatale.

Et il était étonné que son ordinateur ait choisi une telle réponse standard.

Mais cela n'était pas une surprise pour un grand maître comme Sorkasnov, surtout dans une partie menée contre quelque chose qu'il considérait tout juste comme une base de données améliorée. Le choix de la sicilienne annonçait en tout cas le ton de la partie, avec une stratégie à long terme plutôt qu'un jeu rapide. Jack pouvait seulement espérer qu'il s'agissait du but final de Quotient, comptant sur sa capacité à envisager à l'avance bien plus de mouvements qu'un cerveau humain.

Comme dans la plupart des parties d'échecs professionnelles, les ouvertures et les mouvements qui s'ensuivirent furent assez rapides et sans histoire ; les rois dirigeant leurs fantassins vers des positions tranquillement menaçantes. Les joueurs, aussi bien informatiques qu'humains, travaillaient presque de mémoire avec une moyenne de seulement cinq minutes par mouvement. Les écrans géants dans la salle et ceux installés dans Central Park, ainsi que des télévisions dans le monde entier, montraient l'échiquier à côté de graphiques animés en trois dimensions fournis gratuitement par IntelliSoft ; la liste des mouvements s'affichait sur le côté gauche :

Blanc :	Ilya Sorkasnov
Noir :	IntelliSoft Quotient, v. 3.15
Ouverture :	Défense sicilienne / Variation Najdorf
	1. e2-e4 c7-c5
	2. Cg1-f3 d7-d6
	3. d2-d4 c5xd4
	4. Cf3xd4 Cg8-f6

Pendant ces mouvements, Jack était resté impassible, comme tout bon joueur, déterminé à mener sa création à la victoire sans manifester la moindre émotion. Et même lorsque 23. ... b5-b4 fut un bon mouvement pour Quotient, donnant à IntelliSoft un net avantage, il ne broncha pas. Ni quand il observa la réplique de Sorkasnov ; nettement réactive plutôt que proactive. Jack n'en était pas tout à fait sûr, mais il avait l'impression que Sorkasnov avait posé sa pièce sur l'échiquier avec davantage de force que prévu :

25. e4xd5 e5-e4

Quand Jack vit la réponse de Quotient, il renonça à son impassibilité : il se décomposa, bouche bée face à une telle monstruosité. Il voulait que son système informatisé gagne, bien entendu, mais ce n'était pas tout. Il voulait qu'il gagne d'une façon humaine. Mais, maintenant, en cet instant, il se rendait compte qu'il ne réussissait *que* sur le plan humain. Le mouvement était certes très humain, mais il n'était pas très habile. Tout au mieux, on pouvait le considérer comme mauvais, une tentative maladroite pour atteindre le roi de Sorkasnov.

Il essayait de ne pas douter de la stratégie de Quotient, mais il ne comprenait vraiment pas où le menait cette tentative. En un clin d'œil, le mouvement semblait avoir fait basculer la position avantageuse de Quotient vers une autre où il ne pouvait espérer, au mieux, qu'un autre pat.

29. Fe4-f3 Td6-e6

Un autre mouvement bizarre de Quotient ; une prise de risque énorme. À présent, Jack perdait confiance à une vitesse égale à celle des battements accélérés de son cœur.

34. Df5xh5

C'est à ce moment que Jack commença à voir le plan s'étaler devant lui. Ilya Sorkasnov jouait simplement à la hauteur de sa réputation, dans un style que

Quotient avait étudié durant de nombreux mois d'essais et observé au cours des cinq jeux précédents ; c'était un jeune homme avide. Maintenant, même si Quotient n'était qu'à un pas de se trouver un pion en arrière, il était aussi à un pas d'enlever le fou qui protégeait le roi blanc. Cela permettrait au cavalier noir de passer à l'attaque. En échange d'un simple pion, Quotient avait décrypté le jeu de Sorkasnov comme s'il lisait un catalogue de discounter, pour prendre ensuite son téléphone et saisir une bonne affaire.

35. Dh5xg4 Tf3-f1

La tentative de Quotient pour prendre le fou ; la tour sur a7 était maintenant mortelle, mais Sorkasnov le vit :

36. Dg4-d4 Db8-b5

Autre menace ; la dame noire à c6 pour un échec et mat sur la diagonale longue. De nouveau, Sorkasnov évita le désastre, mais Quotient réfléchit patiemment pendant sept minutes et demie et attaqua de nouveau :

38. ... Ff8-c5

En jouant 38. Dd4-d2, Sorkasnov avait empêché la dame de Quotient d'occuper f3 et échec, mais avait permis un autre mouvement bien plus mortel. Bref, 38. ... Ff8-c5 était gagnant. Il ne restait plus à Quotient qu'à faire un échange de dames au bon moment, et la déstabilisation croissante de Sorkasnov lui rendit la tâche remarquablement facile.

44. Dc6xd5 Td1xd5

La première étape de son plan accomplie, Quotient se mit à déblayer les pions côté dames avant que Sorkasnov n'ait eu le temps d'envoyer son roi en défense.

Avant que Quotient n'ait eu l'occasion de prendre c4 avec sa tour, la tête de Sorkasnov se vida, martelée par le tic-tac de l'horloge qui semblait s'amplifier, et il comprit soudain sa dernière erreur. Une erreur fatale. Dans un accès de colère qui ne surprit pas ceux qui l'entouraient tous les jours, il s'éloigna de la table en jurant. La table tomba, dispersant les pièces restantes sur le sol, pendant qu'il se précipitait furieusement hors de la salle.

Le score final était de deux et demi pour Sorkasnov et trois et demi pour Quotient. Jack se recula sur sa chaise, passa ses longs doigts bronzés dans ses longs cheveux bruns qui lui arrivaient aux épaules et afficha un grand sourire. Pour la première fois ce soir, ce sourire ne s'adressait pas aux caméras. Il s'adressait directement à l'avenir.

IQ avait dépassé tous ses espoirs. Il avait appris et, plus important encore, il avait pris des risques comme un humain, des risques basés sur les connaissances acquises. Il avait utilisé sa base de données de façon créative, mais avait su s'en éloigner quand il le fallait, prévoyant de nombreux mouvements à l'avance compte tenu des atouts et des faiblesses de son adversaire. Cela signifiait une seule chose : une véritable intelligence artificielle était un cheval dompté, avec IntelliSoft en selle et lui tenant les rênes. Peu de personnes dans la foule s'abstinrent d'applaudir lorsque Jack se leva et se tourna vers MaryBeth pour l'embrasser.

« C'était juste un peu trop serré », chuchota-t-elle, sans renoncer à son sourire d'attachée de presse, compte tenu des nombreux objectifs braqués dans sa direction.

Jack se retourna et tapota l'ordinateur central avec affection. « Il a fait exactement ce dont j'avais besoin.

— C'est-à-dire ?

— Il m'a économisé 3 millions de dollars », dit-il avec un clin d'œil.

MaryBeth leva les yeux au ciel, sachant que les 2 millions promis à Sorkasnov s'il perdait, par rapport aux 5 qu'il aurait perçus en gagnant, étaient probablement le cadet des soucis de Jack. Elle savait que personne d'autre que lui n'aurait éprouvé un plaisir aussi sadique devant la sortie mouvementée du Tchèque. Il serait ravi d'ajouter son nom sur le chèque. Mais, avec les marchés que Quotient avait ouverts, même les 5 millions auraient été une goutte d'eau dans la mer.

« Alors, où allons-nous maintenant, monsieur Bernstein ? »

Jack envisageait déjà l'avenir sous de nouveaux auspices et il lui adressa un sourire entendu.

« Où nous voulons, dit-il doucement. Où ça nous chante, vraiment. »

Où est ton aiguillon ?
I CORINTHIENS 15:55

À l'extérieur de l'Equitable Building, en plein cœur de New York, il faisait atrocement froid en ce mois de janvier. La nuit tombante, la température ressentie dépassait à peine les – 20 degrés, mais la bise glaciale n'aurait jamais réussi à décourager les quelque trois mille fervents qui s'étaient rassemblés dans Central Park pour profiter de la retransmission gratuite. Réunis en groupes disparates, leurs manteaux de couleurs vives et leurs anoraks formaient un kaléidoscope multicolore qui se détachait sur le vert pastel de l'herbe gelée. Il n'y avait pas encore de neige dans le parc, c'était encore un peu tôt pour la saison. Les nuages s'amoncelaient et, dans la foule, même les plus optimistes savaient qu'une violente tempête approchait.

Malgré la fin du tournoi, de nombreux regards impatients restaient rivés sur l'écran pour suivre la conférence de presse qui déjà suscitait un intérêt et une attente grandissants. Tous les yeux étaient focalisés sur un seul homme : Jack Bernstein, P-DG de l'entreprise qui pouvait maintenant se targuer d'« avoir battu Sorkasnov ».

Jack savait pertinemment qu'ils regardaient. Plus encore, il savait ce que chacun attendait. Il le savait, parce que de nombreux mois auparavant, quand le tournoi avait été annoncé, il leur avait fait une promesse solennelle : si le IntelliSoft Quotient gagnait le match – comme il l'avait toujours cru –, il ferait une nouvelle annonce au cours de la conférence qui suivrait. Une annonce, avait-il dit, par laquelle il « donnerait à chaque enfant sur Terre un accès gratuit et sans restriction au système informatique le plus puissant du monde ».

Au son des percussions et des applaudissements synchronisés du « We Will Rock You » de Queen, il émergea des ailes de l'impressionnant centre de conférences de l'Equitable avec un sourire qui transforma les applaudissements en une véritable ovation. Avec un professionnalisme expert, rodé auprès de conseillers qui avaient assisté les plus grands dans leur ascension et d'autres dans leur chute, des ambitieux briguant un fauteuil de président ou des héros occasionnels, il prenait soin de capter un maximum de regards et leur adressait des « merci » silencieux, tout en parcourant la scène d'un bout à l'autre. Puis la musique s'arrêta brusquement, et il monta sur le podium, bras ouverts, avec le rideau jaune derrière lui, certain d'incarner le parfait chef d'entreprise lorsque les photos paraîtraient dans les premiers journaux. Après trois tentatives infructueuses, il réussit à calmer suffisamment les applaudissements pour pouvoir s'adresser à l'auditoire.

Son auditoire.

Dans les nombreux articles que la presse lui consacrait régulièrement, Jack Bernstein était toujours qualifié de « non conformiste », un mot passe-partout mais qui correspondait au rôle qu'il avait endossé et qui lui convenait parfaitement. Ce terme, surgi de façon impromptue au hasard d'un commentaire, avait déterminé toute sa vie d'entrepreneur. Lors de sa toute première interview à la radio, l'animateur d'une émission sulfureuse programmée tard dans la nuit lui avait demandé : « Pensez-vous vraiment qu'IntelliSoft puisse pisser dans la cour des grands ? » Jack avait répondu du tac au tac : « Non. Chez IntelliSoft, nous avons admis depuis longtemps que nous ne pisserions certainement jamais avec les grands... » Puis, toujours du tac au tac, et dans un timing parfait, il avait ajouté : « ... nous nous contenterons de pisser sur eux. »

Dès l'instant où il avait lu les gros titres le lendemain matin, Jack avait tout fait pour transgresser les règles.

Tant il est vrai que même la mauvaise publicité était de la bonne publicité.

Ce soir-là, il portait un costume sombre de marque, avec une chemise sombre et une cravate sombre, son visage aux traits marqués affichant nettement son ascendance juive, même si les pérégrinations de ses aïeux dans le monde entier avaient largement contribué à les adoucir. Ses cheveux tombaient en boucles souples sur ses larges épaules et une barbiche acajou toute récente et parfaitement entretenue encadrait son large sourire. Lors d'une récente conférence IntelliSoft, la présentation animée de Jack avait été décrite par un des journalistes présents comme étant « plus proche de celle d'un prédicateur de stade faisant une révélation que celle d'un P-DG lançant un produit ». Aujourd'hui, plus que tout autre jour, Jack pensait que cette description serait d'actualité. Aujourd'hui, Jack Bernstein allait effectivement faire une révélation. Il n'allait pas seulement prêcher le futur, il allait l'écrire. Et, cerise sur le gâteau, il le ferait lors de la célébration d'IntelliSoft.

Après un temps d'arrêt, Jack arracha sa veste et ouvrit grand sa chemise à boutons-pressions, laissant son fixe-cravate tomber sur le sol et découvrant un tee-shirt jaune vif caché dessous. Le slogan sur le devant, en lettres noires bien découpées, disait simplement :

NOUS AVONS GAGNÉ !

Une fois l'auditoire calmé, il enleva complètement sa chemise et sa veste et se retourna pour montrer son dos :

PARCE QUE NOUS AVONS
UN QI BIEN SUPÉRIEUR !

La foule explosa ; sans se retourner, Jack compta soigneusement les secondes comme on le lui avait suggéré. En affaires, tout comme aux échecs – ses conseillers avaient bien insisté –, la programmation d'un assaut était d'une importance primordiale.

« Merci beaucoup, dit-il enfin en se retournant avec un sourire espiègle. Bientôt, ma charmante directrice des relations publiques et l'équipe responsable de la victoire éclatante de ce soir répondront à toutes les questions que vous pourriez vous poser concernant le système IQ. Mais d'abord, comme promis, j'aimerais vous annoncer quelque chose de spécial. C'est un nouveau projet pour nous, qui est, je crois, très, très excitant. »

Chacun retenant son souffle, le silence se fit dans la salle.

« Comme vous le savez, continua Jack, sa voix résonnant à travers la sono, je suis persuadé que IQ représente une nouvelle aube dans le domaine de l'informatique intelligente, mais, pour des raisons évidentes, une telle technologie de pointe a un prix très élevé. Un prix que les grandes entreprises peuvent payer – comme ce sera, je l'espère, le cas – mais certainement pas les moins grandes. Comme c'est souvent le cas, l'utilisateur domestique est presque complètement sorti de l'équation. Ce n'est pas ainsi, mesdames et messieurs, qu'IntelliSoft a conçu notre développement futur – ni le vôtre d'ailleurs. Et nous avons l'intention d'y remédier. Nous croyons que l'avenir dépend de la possibilité pour chacun d'avoir accès au système le plus puissant pour que chacun puisse développer son potentiel personnel. »

Pendant qu'il parlait, Jack jetait de temps en temps un coup d'œil aux notes qu'il avait apportées. En bas de la première page, MaryBeth avait ajouté avec son rouge à lèvres : « Vends-le, chéri ; Vends-le bien. »

Il regarda sur le côté et ils échangèrent un regard complice.

« Comme nous avons pu le voir au cours d'une précédente démonstration, l'ensemble de IQ est connecté grâce à un nouveau système d'accès à haute vitesse "fibrop" que nous appelons "FireNet". Ce système offre une vitesse de connexion de 1,3 million d'octets par seconde avec une fiabilité de 100 %. Et que voulons-nous faire de cela, me demanderez-vous ? Eh bien, nous voulons le rendre disponible dans le monde entier. Pour tous. Pour y parvenir, je me suis demandé comment nous pourrions mettre cette puissance au service d'un bénéfice commun. Après réflexion, nous avons décidé d'annoncer quelque chose dont nous sommes vraiment très fiers... Un réseau FireNet interactif couvrant la planète entière et connectant l'ensemble de sa population à une unité centrale IQ très spéciale. Mesdames, messieurs, je vous offre... FireWorX. »

Le rideau jaune qui, jusque-là, se balançait doucement au souffle de la climatisation s'affala brusquement, laissant apparaître une carte terrestre sillonnée par une toile d'araignée constituée par des intersections graphiques. En haut, on voyait un logotype bleu et jaune soigneusement dessiné dans lequel la lettre « X » était déformée par une explosion de technologie. Des caméras flashèrent dans toutes les directions pour saisir l'instant où le nom de ce projet, tellement attendu, apparaîtrait enfin.

« À son lancement, FireWorX sera un service totalement gratuit pour l'éducation, l'information et des services divers destinés à des enfants de moins de 16 ans. Une première mondiale. Dans des NetCenters, spécialement conçus pour l'occasion, nous sommes actuellement en train d'installer deux cents terminaux à accès direct et reliés entre eux dans cent quarante-huit villes à travers le monde. Nous augmenterons certainement avec le temps le nombre de terminaux et de sites, mais nous pensons que c'est un bon début. Oui, mesdames et messieurs, faites le calcul, car vous avez bien entendu. Vingt. Neuf. Mille. Six. Cents. Installés dans cent quarante-huit villes ; tous contribuant partout à aider ceux qui sont l'avenir du monde : nos enfants. Y compris, si vous me le permettez, presque tous les pays que nous avons, historiquement, eu l'audace de désigner sous le terme de "tiers-monde". » Il secoua la tête d'un air méprisant. « Plus pour longtemps en tout cas. Eh oui... ce système n'est pas seulement gratuit, mais aussi exempt de mauvaises surprises. Pas besoin de lignes de téléphone, aucun appel surtaxé, aucun investissement personnel en matériel informatique et rien à craindre pour l'avenir. Que les gens soient riches ou pauvres, notre système appartient à tout le monde. »

La réaction ne tarda pas à se produire. Après la surprise initiale vint le temps de la réflexion, puis du scepticisme, comme Jack l'avait prévu. Des géants de l'informatique comme IntelliSoft ne donnaient jamais rien gratuitement ; ils cachaient toujours quelque chose. Ce que la presse ne savait pas encore, c'était quelle forme prendrait ce qui était caché. La salle resta silencieuse tandis que l'assemblée s'efforçait de comprendre.

Jack, lent et réfléchi comme l'avait été Sorkasnov, prit son temps avant de jouer le coup suivant. « Grâce à une interface interactive virtuelle facile à utiliser, chaque terminal sera relié, à travers un processeur central, à une seule unité centrale IQ installée dans notre quartier général à Glendale. À dire vrai, cette unité centrale renfermera la totalité des connaissances humaines à ce jour dans un immense système de quatre mille tétraoctets. Ces connaissances seront toutefois divisées en quatre secteurs primaires, prenant la forme d'environnements différents que nos enfants pourront visiter. »

L'écran derrière lui afficha alors les images en question pendant qu'il parlait.

« Il y aura par exemple "Océan ClockWorX", un voyage passionnant à travers les aspects historiques, géographiques et sociaux de notre planète ; "Montagnes PlaNetWorX", un paysage surréaliste de type martien où ils pourront acquérir des connaissances sur notre univers ; "Lac ArtWorX", qui contiendra une base de données complète sur l'art et la littérature, et "Rivière I.T.WorX", où ils pourront profiter d'une formation accélérée dans les domaines de la science et de la technologie. Chacun de ces environnements sera accessible à partir d'une zone centrale, que nous avons judicieusement appelée HomeWorX. Toutes les informations pourront être imprimées sur site ou enregistrées en format PDF d'Adobe permettant le travail à la maison, et tout le processus d'apprentissage et de recherche sera contrôlé par le système informatique le plus intelligent jamais conçu : IntelliSoft Quotient v. 3.5.

Seul le développement de IQ a permis d'atteindre un tel niveau de détails en temps réel, de connaissance et de pure beauté graphique, se vanta-t-il avec un sourire confiant. Nous allons vraiment changer le monde. Dans chaque ville où nous installerons des terminaux, nous implanterons la meilleure des bibliothèques. Plus important encore, dans certaines, nous implanterons probablement la seule bibliothèque de la ville. »

Il s'arrêta un moment, comme pour réfléchir. « Ce que nous avons également l'intention de faire, c'est de combler la fracture qui existe actuellement entre les systèmes. Moyennant une petite redevance destinée à couvrir les frais d'un nouveau système d'exploitation, les utilisateurs pourront accéder, s'ils le désirent, à notre base de données depuis leurs ordinateurs personnels, mais, pour profiter d'un accès en temps réel, ils se rendront simplement dans un centre. Gratuitement. D'autres se rendront également dans ces centres. D'autres enfants. Des gens qu'ils pourront rencontrer et à qui ils pourront parler ; avec qui ils pourront nouer des amitiés. Vous vous souvenez ? Exactement comme c'était autrefois. »

Il observait soigneusement la réaction de l'auditoire, tout en continuant à arborer son sourire « relations publiques » malgré le pincement au cœur qu'il ressentait déjà, sachant que les fournisseurs d'Internet et les géants de la communication affûtaient déjà leurs armes. Mais Jack s'en fichait, au fond : il savait pertinemment que FireWorX était la seule et unique cartouche qu'il lui restait à tirer pour que son système puisse atteindre un niveau industriel. Les dispositifs éducatifs subliminaux présents à l'intérieur du système garantiraient qu'une grande partie des enfants aurait, en sortant de l'école, et sans même s'en être rendu compte, intégré le système IntelliSoft. Ils comprendraient ses structures opérationnelles mieux que tout le monde et seraient parfaitement à l'aise avec elles. Au bout du compte, après plusieurs années de fibre optique, il serait même probable qu'une main-d'œuvre émergente le réclame.

Le fait que ce système soit gratuit et consacré initialement à l'éducation des enfants autorisait difficilement les malheureux rivaux d'IntelliSoft à se plaindre. L'investissement initial opérerait effectivement une ponction énorme sur les ressources de la société, mais instruit par IQ lui-même, Jack était bien conscient que le système Internet actuel particulièrement inadéquat et lent dominait encore le secteur, et que seule une stratégie à long terme lui permettrait de gagner la partie.

« Nous avons prévu notre date de lancement pour le 15 mars, continua-t-il, et nous entendons en faire un événement mémorable. Au cours des derniers mois, nous avons organisé de nombreuses compétitions dans chacun des pays concernés. Le prix a été un secret bien gardé, mais je peux maintenant vous révéler que, ce jour-là, chacun des enfants ayant gagné rejoindra la capitale de son pays. Puis, à 8 heures, heure du Pacifique, ils entreront en compétition les uns contre les autres en ligne, pour résoudre un ensemble d'énigmes qui finiront par relier HomeWorkX Vallée et les quatre autres secteurs. Le premier qui réussira activera le système tout entier et déclenchera une série de feux d'artifice ainsi qu'une fête planétaire pour célébrer notre lancement officiel.

« Et si vous voulez tout savoir, le grand prix récompensant l'enfant qui initiera le lancement sera un voyage au quartier général de Glendale et un terminal FireNet chez lui avec un accès gratuit illimité à vie. Soit un prix d'une valeur estimée à plus de 43 000 dollars US. »

Il sortit de derrière le podium et leva la main en signe de défi.

« Ceci, mesdames et messieurs, est une contribution à l'éducation des masses. Avec ces ordinateurs, c'est IntelliSoft qui exprime sa reconnaissance pour le soutien dont il a toujours été très fier de bénéficier. » Il regarda la foule d'un air suppliant. « J'espère que vous, à votre tour, voudrez bien lui apporter votre soutien. »

Des murmures étouffés lui parvinrent alors, exactement comme il l'avait prévu. Même ceux qui se taisaient étaient sans doute en proie à une intense réflexion.

« Bien, continua-t-il. Je ne serais nullement surpris si quelques-uns d'entre vous avaient des questions à poser. »

Pendant que la séance de questions-réponses commençait, MaryBeth en profita pour se gratter le nez et esquissa un sourire derrière ses ongles rouges superbement manucurés. Elle se demandait parfois pourquoi Jack avait besoin d'elle pour superviser les relations publiques permanentes d'IntelliSoft. Personne ne s'y entendait comme lui pour débiter des sornettes. IntelliSoft ne serait peut-être jamais numéro 1, mais d'ici cinq à huit ans, ils détiendraient probablement une grande part des marchés existants. Mais Jack Bernstein préférait faire croire qu'il s'agissait d'une œuvre de charité.

Tandis qu'il répondait avec assurance à quelqu'un qui lui demandait si, en ces temps dominés par l'Internet, les enfants avaient bien besoin d'un tel système, le regard de MaryBeth fut attiré par une discussion vive en coulisses entre un membre de l'équipe de sécurité et ce qui semblait être un intrus. L'homme, qui semblait ne pas avoir sa place dans les coulisses, paraissait demander quelque chose au garde que celui-ci ne voulait pas lui accorder, et les deux gesticulaient ferme. MaryBeth comprit aussitôt que sa diplomatie proverbiale serait la bienvenue afin d'éviter que la discussion ne prenne un tour plus violent. Elle se leva et quitta discrètement la scène sur sa gauche, se dirigeant vers l'homme qui la regardait approcher avec méfiance.

« Bonjour... je suis MaryBeth... lui dit-elle avec un grand sourire forcé. Je m'occupe des relations publiques d'IntelliSoft. Puis-je vous aider ? »

Elle examina l'homme de la tête aux pieds. Afro-Américain, trapu, la cinquantaine, vêtu d'un costume brun foncé mal coupé et d'un trench beige qui avait connu des jours meilleurs. D'abord, elle crut que c'était un journaliste, puis elle remarqua ses yeux. Vifs, soulignés de poches, fatigués, tout comme ses bajoues. L'air d'un fantassin fatigué. Il regardait de gauche à droite avec une expression glaciale. Elle remarqua également un renflement imperceptible sous son bras gauche.

Avant même qu'il ne sorte son portefeuille, MaryBeth avait conclu que cet homme était droitier, le renflement probablement un Glock standard et qu'il était un pur produit du FBI. Vieille école ; peut-être même une des premières recrues noires. C'était probablement un travail prestigieux pour lui à l'époque, mais maintenant ? Elle se le demandait. Le FBI d'aujourd'hui n'était pas différent d'IntelliSoft. Il était alimenté par des ordinateurs et cornaqué par de jeunes prodiges férus d'informatique. Cet homme en était réduit à se déplacer à pied, l'air désabusé, attendant son heure tout en pataugeant en permanence dans une mare de tâches merdiques jamais résolues. Jusqu'au jour où il pourrait enfin prétendre à sa maigre retraite.

« Agent spécial Frank Warner, madame, FBI », dit-il platement. MaryBeth voyait bien qu'il n'éprouvait plus aucun plaisir à prononcer ces mots et elle se demandait combien d'années sans promotion il avait fallu avant que l'étincelle ne s'éteigne.

« Je dois parler à M. Bernstein. Immédiatement.

— Je crains que ce ne soit pas possible, agent Warner, dit-elle avec un sourire engageant. Comme vous pouvez le voir, M. Bernstein est en plein milieu d'une conférence de presse très importante. Puis-je vous demander de quoi il s'agit ? »

L'homme regarda froidement de l'autre côté de la scène en direction de Jack, puis de nouveau MaryBeth.

« Désolé, madame, mais il s'agit de quelque chose d'extrêmement personnel.

— Je suis une collègue de M. Bernstein, et une amie très proche, dit MaryBeth, dans une formule non dénuée de sous-entendus.

— J'en suis persuadé, dit-il sans conviction, trop fatigué pour entrer dans des détails sans importance comme de savoir si cela impliquait que Bernstein couchait ou non avec elle, mais j'attendrai. »

Il fit demi-tour puis s'arrêta comme s'il venait de penser à quelque chose. En se retournant, il souriait comme s'il venait de remporter une petite victoire. Probablement la seule dans le genre qu'il ait jamais connue. « Cela dit, comme vous êtes la directrice des *relations* ici, ajouta-t-il, vous pourriez lui dire que ça concerne sa fille. »

Ne compta plus à ses yeux

GENÈSE 16:4

Chaque être humain sur cette planète dispose d'un refuge, d'un endroit où se rendre lorsque son quotidien est momentanément perturbé. C'est généralement un endroit bourré de souvenirs, bons et mauvais, mais un endroit où même les espoirs les plus fous ne peuvent pas toujours suffire à balayer les regrets. Si celui qui s'y réfugie éprouve un sentiment passager de culpabilité, comme c'est fréquent, les regrets peuvent alors facilement ressurgir. Ils remontent à la surface et obscurcissent le jugement, mais ils finissent par se tasser, entraînant avec eux les particules invisibles et laissant la conscience infiniment plus claire qu'avant. Certains gagnent les plus hautes cimes pour pouvoir contempler en toute quiétude le monde dont ils souhaitent s'échapper, d'autres ont une pièce qu'ils considèrent comme la leur dans un immeuble qui ne leur appartient pas. Il n'y a pas deux personnes semblables. D'autres peuvent même trouver refuge dans une rue animée ou dans un wagon de métro bondé à l'heure de pointe.

La raison en est simple : ce n'est pas l'endroit où ils sont qui compte, mais celui où ils se rendent. Cet endroit, plein de ces souvenirs subtilement ordonnés, n'a rien de terrestre, c'est un endroit purement spirituel qui se trouve en eux-mêmes, et ils peuvent s'y réfugier quand bon leur semble. Certains sont convaincus que, en raison des pressions de la vie moderne, nous ne fréquentons pas suffisamment cet endroit. Le gravillon, la terre, le bois, le métal ou l'herbe sur lesquels les gens décident de se poser au moment de la transcendance n'a aucune importance, du moment que cet endroit répond à leur exigence de paix. Et ceux-là, comme autant d'individus complexes composant la race humaine, sont trop nombreux pour qu'on puisse les compter.

De retour au ranch après les funérailles, ceux qui connaissaient Lara, mais peut-être pas la vérité sur sa mort, se battaient pour raconter les histoires les plus extravagantes sur sa jeunesse. La fois où elle avait desserré le frein de la Jeep neuve de Jack et embouti l'arrière ; la fois où elle s'était cassé un bras en tombant du toit du pavillon d'été, après être montée pour examiner un nid d'oiseau. Chacun y allait de son histoire et chacun essayait de surpasser l'autre avec une histoire encore plus détaillée. À l'aube, ils finirent, un par un, par s'excuser et s'en aller. Quand il n'en resta plus que quelques-uns, Jack décida que lui aussi en avait assez et il monta discrètement jusqu'à son bureau, autrefois logé dans un grenier poussiéreux et qui était maintenant lambrissé de pin et encombré d'ordinateurs, de coupures de presse et de photos de la famille qui avait jadis été la sienne.

Ici, se disait-il, il parviendrait à se retrouver.

La seule lumière, en dehors d'un carré bleu et froid projeté sur le parquet ciré, provenait d'une source infiniment plus douce, celle d'une image virtuelle choisie au hasard sur un écran plasma logé dans un cadre en or placé sous les corniches de l'aile ouest. Aujourd'hui, le système qui contrôlait le ranch avait sélectionné un Rubens, *Le Débarquement de Marie de Médicis à Marseille*, une œuvre de 1623. Pendant quelques instants, Jack s'enfonça dans son fauteuil et contempla le tableau. Sans pouvoir se l'expliquer, il voyait le visage de sa fille se dessiner derrière les traits de pinceau, sa fille défunte, à la place de l'héroïne. Un retour triomphant veillé par des anges et accueilli par une foule en extase. Une vision idyllique sans doute, mais c'était un peu ainsi qu'il avait lui aussi envisagé les choses. Le jour où Lara Bernstein aurait décidé qu'il y avait encore une place pour un père dans sa vie. Le jour où il aurait serré sa fille dans ses bras et aurait fait le serment de ne plus jamais la laisser partir. Ce jour qui avait failli avoir lieu. Celui où, comme Marie, Lara serait enfin rentrée à la maison.

La maison.

Où cela pouvait-il bien être à présent ?

Dans la pénombre entourant « Marie », il distinguait de nombreux Polaroid de sa fille punaisés aux murs, ainsi que d'Elizabeth, des clichés pris de nombreuses années auparavant, bien avant l'accident de voiture qui l'avait privé d'une femme qui était aussi une mère irremplaçable. Mais Jack s'était réfugié ici, dans son domaine, parce qu'il savait bien qu'il n'allait pas se contenter de ces photos. Il avait ces images sous les yeux presque tous les jours, des images scannées dans un ordinateur portable dont il se séparait rarement, et leur éclat s'était terni, les réduisant à de simples éléments décoratifs dans une vie laissée à l'abandon. Elles étaient aussi beaucoup trop figées dans le temps.

L'instant.

Et c'est dans un coin de cette pièce, cette parcelle de terre vitale, que Jack entamait son voyage de retour vers l'endroit dont il se réclamait. Un endroit où Lara riait encore, pleurait, vivait et aimait. Où elle était heureuse, où elle lisait des livres la nuit et montait à cheval le jour.

Dire qu'au moment où le vol 320 explosait en mille morceaux dans le ciel au-dessus de la Hollande, Lara était en train de faire du cheval, ici à Glendale. Elle montait Misty, la préférée de ses trois juments Paso péruviennes, dans l'un des parcs clos du ranch de son père. Mais, vers 11 heures, heure du Pacifique, l'obstination de Misty, qui avait tellement séduit Lara au moment de son acquisition, avait coûté la vie à la jeune fille. Elle avait buté sur une clôture, projetant Lara sur des souches éparses, là où, trois jours auparavant seulement, se dressait un épais taillis de prunelliers. Elle s'était brisé le cou en tombant et était morte sur le coup, mais son corps n'avait été découvert qu'un peu après 14 heures, quand Nina, la gouvernante de son père, une femme âgée de 58 ans, avait commencé à s'inquiéter et envoyé un employé du ranch à sa recherche. Une fois sa mort déclarée, Jack Bernstein, qui participait à un tournoi d'échecs à New York, avait été aussitôt informé, et, fou de désespoir, il était rentré aussitôt dans son jet privé.

Lara avait 23 ans, était célibataire et ne laissait donc pas d'enfants.

Pas d'héritiers. Fin de la lignée.

Lara Mae Bernstein n'était pas morte dans le vol 320.

Lara Mae Bernstein n'était même jamais montée à bord du vol 320.

Et c'était, pour l'instant, la version officielle.

La première raison pour laquelle Lara ne se trouvait pas à bord de ce vol, c'est que Jack savait pertinemment que deux cent soixante autres passagers étaient morts cette nuit-là. Deux cent soixante familles qui cherchaient à ce qu'on leur rende justice et à faire entendre leurs voix. Ils se moquaient bien de savoir comment la fille du multimillionnaire Jack Bernstein était morte, reléguant les deux cent soixante autres victimes à une vague mention en fin d'article, sans qu'on prenne même la peine de les nommer.

La deuxième raison était que Jack n'avait aucune envie d'expliquer où sa fille avait passé ces trois dernières années. Alors qu'il ne le savait même pas lui-même.

Pourquoi, bon Dieu, ne le savait-il pas ? Avait-il été un père aussi indigne ?

Il n'avait pas été question de procéder à un véritable enterrement, pas avant un bon moment en tout cas. Pas des funérailles avec corps en tout cas. Les nombreuses relations politiques de Jack ne lui avaient pas permis d'obtenir des réponses quant aux expertises médico-légales menées en Allemagne et la date à laquelle les corps pourraient être rendus. Mais, devant le nombre de ceux qui souhaitaient se réunir pour exprimer leur peine, MaryBeth avait suggéré l'accident de cheval et le service fictif. Jack pourrait ainsi affronter les condoléances et les larmes en temps et en heure. Il n'avait aucune envie de supporter, mois après mois, une attente interminable pour pouvoir célébrer la mémoire de sa fille. C'était maintenant ou jamais. Il avait besoin de lui prendre la main, de la regarder et de sourire.

Il voulait qu'elle l'accompagne dans son refuge.

Mais la mémoire, plus que toute autre faculté de l'être humain, est sélective à l'extrême. Le subconscient dispose d'un filtre interne qui lui est propre et qui évacue le mauvais pour le remplacer par le bon, comme s'il voulait éviter au sujet de souffrir encore davantage. Du coup, Jack n'avait plus en tête que des images anciennes ; des photos sépia et floues d'une enfant, pâlies par le temps. Les images plus récentes, celles de Lara jeune femme, ne ressurgiraient pas. Le subconscient de Jack mesurait la douleur qu'elles pourraient lui infliger.

À l'aide du système d'accès FireNet installé dans l'ordinateur du ranch, il manœuvra une molette sur une commande à distance ergonomique pour ouvrir son dossier personnel, stocké dans l'unité centrale du campus d'IntelliSoft, à 8 kilomètres de distance. Il voulait entendre parler sa fille. Pas dans un souvenir lointain, mais au cours d'un appel récent. Il connaissait la jeune fille qui était partie. À présent, il brûlait d'envie de retrouver celle qui n'était pas revenue.

« Marie de Médicis » avait disparu dans un fondu de pixels et l'écran affichait un listing standard de dossiers, similaire à ceux qu'on voyait partout dans le monde. Le dossier personnel de Jack, protégé par plusieurs codes, contenait surtout des données informatiques sans importance ; des bribes d'informations inutiles et de codage de tests, mais, à l'intérieur, un sous-dossier renfermait tout son courrier personnel. Chaque message reçu y figurait, enregistré par expéditeur et subdivisé par date et par heure.

Il ouvrit le dossier « LARA » avec un mot de passe alphanumérique de douze caractères et fit défiler jusqu'à « D-CAM » la liste de tous les fichiers de films pris au fil des années par la caméra vidéo jouxtant l'écran de l'ordinateur portable de Lara. La plupart étaient des conversations en temps réel de ses voyages d'enfant, des images multi-écran montrant aussi bien Jack que Lara pendant qu'ils se parlaient, sauf pour les trois qu'il se préparait à ouvrir. Ceux-ci, transmis au cours de son dernier voyage, ne contenaient que son image et ses paroles. Même maintenant, Jack avait du mal à accepter qu'elle ait choisi d'enregistrer ces messages et de les télécharger en entier plutôt que d'avoir une conversation seule à seul avec lui. À ce moment-là, elle devait penser que son père ne lui accordait du temps que lorsqu'il en avait envie, et non pas quand elle en avait envie, elle. Comment aurait-elle pu lui parler en temps réel alors qu'elle était persuadée qu'il n'avait aucun temps réel à lui accorder ?

En regardant son visage, encadré par ses longs cheveux châtain clair, il essayait de se rappeler que ce n'était pas la Lara du vol 320. Par les équipes médico-légales en Allemagne, il avait appris qu'elle avait coupé ses cheveux et que le peu qu'il lui restait, elle l'avait teint en noir. C'était pourtant les derniers souvenirs qu'il avait d'elle, les dernières images de Lara prises quelque part dans le monde. Mais, ironie du sort, il ne savait toujours pas où.

Il choisit le premier des trois fichiers, « DC/LAR/0087/GPSNL », et l'ouvrit. Le visage de sa fille apparut au-dessus de la frise où se trouvait le Rubens quelques minutes auparavant. Sa bouche se figea au moment où elle se mit à parler. Les deux dernières lettres du nom du fichier indiquaient que le GPS, le système de localisation mondial qui aurait dû préciser l'endroit où elle se trouvait, était « NL » – *non live*, pas en activité. Où qu'elle ait été en tout cas, elle lui parlait depuis un intérieur, assise dans une pièce tapissée de papier peint rouge sang moucheté d'or. En arrière-plan, on distinguait une collection d'objets indéterminés posés sur une étagère noire, une partie floue d'un tableau dans un cadre trop grand, à peine visible au-dessus de son épaule droite. Limitée par le cadre en or de l'écran plasma et figée comme elle l'était, bien que superbe, elle n'avait jamais ressemblé autant au portrait qu'il n'avait jamais pu faire faire d'elle. Reprenant lentement son souffle, Jack plaça son doigt sur l'icône en trois dimensions marquée ' ' sur la télécommande et appuya.

Il connaissait déjà le contenu de ce film ; un message de dix minutes lui assurant qu'elle était en sécurité, qu'elle s'était fait quelques nouveaux amis et qu'ils se rendraient en Europe le mois suivant. Il y avait, disait-elle, quelqu'un qu'ils voulaient lui faire connaître. Le message ne disait ni qui ils étaient, ni où elle était, ni où elle irait en Europe, ni qui était la personne à laquelle elle devait rendre visite. Le désir d'indépendance de sa fille était tel à cette période de sa vie que le message ne laissait rien filtrer de plus – elle allait bien et rien d'autre.

« C'était vraiment une belle jeune femme. » Une voix grave, puissante, mais empreinte de quelque chose d'indéfinissable résonna dans son dos.

Il sursauta légèrement, à l'insu de son visiteur. Derrière lui, la large carrure du sénateur Andrew McKinnock se découpait dans le carré de lune embrumé par la fumée de son cigare. Quand Jack se retourna, le sénateur plissa les yeux, considérant d'abord l'image sur l'écran, avant de se demander ce qui se passait dans la tête de son ami. Il sourit presque timidement, s'avança et serra la main de Jack, ajoutant encore à sa douleur après toutes les poignées de main échangées au cours de la journée.

Jack se retourna en direction de l'écran ; Lara parlait toujours.

« Comme sa mère », dit-il, en s'efforçant de sourire.

Elle semblait tout excitée, pensa-t-il. Trois jours après qu'elle l'eut quitté en laissant un mot écrit à la hâte et, déjà, elle semblait tout excitée. Sans une once de culpabilité à son endroit, sans le moindre sentiment de manque, ou de regret.

« Alors... comment ça va, mon vieux ? » demanda Andy.

Il paraissait sincèrement inquiet.

« Pardon, question stupide », reprit-il devant le silence observé par Jack.

Il se glissa dans un fauteuil à la gauche de son ami, faisant craquer le cuir sous son poids, un poids que sa femme avait essayé en vain de lui faire perdre.

« Je te croyais parti.

— Je suis en route, dit Andy. Nina et MaryBeth voulaient m'empêcher de venir ici te dire bonsoir, mais rien à faire, mon baratin d'homme politique m'ouvre toutes les portes. »

Jack sourit, bien que n'écoutant plus vraiment, son regard toujours rivé sur celui de sa fille. C'était comme si elle avait réussi à rentrer à la maison et se trouvait maintenant devant lui, et que tout était revenu à la normale dans son monde. Mais bientôt le regard comme le sourire cédèrent sous le poids de la réalité ; laquelle, il le comprenait maintenant, détenait un pouvoir bien plus important que le sien.

Un silence gêné s'installa entre eux ; Andy ne sachant pas quoi dire et Jack espérant qu'il continuerait à se taire. Il ne voulait pas parler et ne pas endurer non plus ces mots intolérables que les gens prononçaient d'un ton tellement compatissant. Il désirait qu'on le laisse tranquille face à ses regrets.

Mais ce n'était pas possible et il le savait. D'ailleurs, il avait encore besoin d'un renseignement concernant l'attentat à la bombe du vol 320. Une question pour laquelle Andy, qui avait pris les commandes de l'enquête, pourrait lui fournir une réponse – quelque chose d'un peu plus concret que des spéculations futiles. Se doutant que la réponse risquait de lui déplaire, c'était aussi la seule chose qu'il avait préféré ne pas évoquer pendant que les autres étaient réunis en bas.

« Pourquoi les ont-ils laissés partir ? » dit-il doucement.

Ses paroles résonnèrent brusquement dans la pièce.

« Pardon ? » demanda Andy.

Il préférait laisser à Jack le temps de réaliser que la réponse à cette question ne changerait rien à ce qui s'était passé.

« Les Libyens ? Mil'el ? insista Jack. Si je comprends bien, et dis-moi si je me trompe, les Allemands les tenaient l'année dernière. Alors pourquoi les avoir relâchés ? Pourquoi, sénateur, alors que ces salopards étaient derrière les barreaux, ont-ils ouvert la cage pour les remettre en liberté et leur permettre de se déchaîner et de tuer ma putain de fille ? »

Andy soupira. Jack l'appelait « sénateur » uniquement quand il voulait faire abstraction de leur vieille amitié et formuler une demande officielle.

« Manque de preuves », dit-il.

Cette assertion, pourtant véridique, lui paraissait dérisoire, même à lui. Il préférait même ne pas anticiper la réaction de Jack.

« Manque de preuves ? » Jack se retourna brusquement. « Manque. De. Putain de preuves. Je ne connais peut-être pas tout dans les détails, sénateur, mais j'en ai assez lu pour croire qu'il doit s'agir d'une plaisanterie.

— Épargne-moi, s'il te plaît, soupira le sénateur. J'ai le même sentiment que toi, Jack, vraiment, mais c'est ce qu'ils ont dit. »

Il haussa les épaules. L'air dépassé.

« Comment... comment est-ce que ça peut arriver ? »

Sous la tension, la carapace de Jack commençait à se fissurer.

« Parce que l'Allemagne est régie par le code Napoléon, expliqua Andy, les yeux dans le vague, et non le droit coutumier en vigueur chez nous et chez les Britanniques. Selon leur réglementation, un magistrat ou un officier de la loi n'a que vingt-quatre heures pour décider s'il y a suffisamment de preuves concernant un crime pour prolonger la garde à vue. Le juge chargé de cette affaire, un certain Mitgleid, très proche du pouvoir politique, a décidé que les Renseignements allemands n'avaient pas fourni suffisamment de preuves, et il les a simplement – il fit un mouvement de la main – laissés partir.

— Laissés partir, répéta Jack, en imitant avec mépris le geste de son ami. Et dire que je croyais bêtement qu'ils avaient pris les salopards en flagrant délit.

— En flagrant délit, de la manière la plus évidente qui soit », dit Andy.

Comme Jack, il connaissait la vérité sur ce qui s'était passé l'année précédente. Ce qu'il savait aussi, c'était la façon dont la bureaucratie avait étayé l'enquête pour finir par la saper. La sale vérité qui n'avait jamais été révélée au monde.

« Apparemment, il faut des morts pour que Mitgleid considère qu'il s'agit d'un flagrant délit. » Visiblement, lui aussi avait eu du mal à accepter la situation.

« Que s'est-il passé, exactement ? » demanda Jack.

Andy prit une longue inspiration.

« Un des fidèles de Mil'el, Dalkamouni, avait été repéré en Allemagne il y a environ deux ans par leur Renseignement intérieur, la Bundesamt für Verfassungsschutz – la BfV – dit-il avec une prononciation hésitante. À l'époque, il était à Neuss, caché chez sa sœur et son beau-frère. Un jour, son jeune frère est arrivé à la maison portant... – il réfléchit avant de continuer – ... deux valises Samsonite couleur bronze. »

Jack plissa les yeux, tout en continuant à regarder dans le vague. « Tu veux dire le même genre de valise que celle utilisée pour embarquer la bombe à bord du vol 320 ?

— Disons que personne n'en est absolument certain, mais effectivement... Des Samsonite couleur bronze à Neuss, une Samsonite couleur bronze soufflée en même temps que l'avion. C'est une marque très répandue, c'est vrai, mais quand même... ça ne sent pas très bon, non ? En tout cas, la BfV continue de surveiller ces gens, et puis, en juillet dernier, Dalkamouni reçoit la visite d'un certain Abdullah Mal-Makhoub. »

Jack fronça les sourcils. Contrairement à la plupart des interlocuteurs d'Andy, lui ne connaissait pas cet homme. Les noms des terroristes célèbres survenaient rarement dans ses conversations habituelles.

Jusqu'à ces derniers temps.

« Qui est-ce ?

— Un des meilleurs fabricants de bombes au monde, soupçonné d'avoir été impliqué dans l'attentat du vol Swissair 281 en 1972. C'est un individu terriblement dangereux ; quelqu'un qui, à mon avis, aurait dû disparaître depuis longtemps.

— Et il s'est pointé pour voir Dalkamouni ? »

Andy acquiesça.

« Et il est resté. À ce moment-là, les enquêteurs chargés de la surveillance dans quatre villes allemandes avaient déjà identifié et photographié quatorze personnes étroitement liées à la Libye et plus particulièrement à Mil'el. Il y avait même une note dans le registre des opérations de la Bundeskriminalamt, leur agence de police fédérale, qui disait – et il continua en détachant chaque syllabe : "La cellule de Mil'el est impliquée dans des activités qui deviennent de plus en plus obscures et dangereusement incontrôlables."

— Et ils n'ont toujours rien fait ? » demanda Jack d'un ton incrédule.

Il se tourna vers l'écran ; sa fille continuait à lui parler.

« Oh, si, ils leur ont sauté dessus, expliqua Andy. La BfV était dans tous ses états : le 15 septembre de l'année dernière, elle a fait une descente dans cinq appartements et deux entreprises à Francfort, Berlin, Hambourg et Neuss. Douze ont été arrêtés, Dalkamouni et Mal-Makhoub ont été appréhendés devant le centre commercial de Kaufhalle où ils étaient allés téléphoner d'une cabine publique. Dans leur voiture, on a trouvé six passeports vierges, 1,6 kilo d'explosifs, plusieurs détonateurs et... une radiocassette Matsutritsu, modèle 2110.

— Et merde », soupira Jack, en rejetant la tête en arrière avec lassitude.

Comme la Samsonite bronze, c'était la même marque et le même modèle de lecteur que celui utilisé pour contenir les explosifs placés dans le vol de sa fille.

« Effectivement, dit Andy d'un air désolé. D'autant plus qu'il était connecté à 40 grammes de Semtex H et une gâchette barométrique. Nous savons, toi et moi, que les barométriques ne servent qu'à une chose et une seule, faire exploser un avion.

— Et alors, qu'est-ce qui s'est passé ? Ils sont inculpés ? »

Andy avait fumé son cigare à moitié. Il souffla la fumée en direction du plafond, tout en acquiesçant.

« Ils sont inculpés, dit-il avant de marquer un temps d'arrêt. Et Mitgleid les relaxe. Il dit, je cite : "D'après les faits connus à ce jour, les accusés restent soupçonnés de l'accusation portée. Cependant, les preuves d'un délit patent nécessaires pour justifier d'un mandat d'arrestation n'existent pas." En d'autres termes, il les a remis en liberté pour faire savoir au monde qu'à ses yeux l'affaire n'était pas suffisamment convaincante.

— Quelle connerie ! gronda Jack. Qu'est-ce qu'il faut pour que ce soit convaincant ?

— À vrai dire, je n'en sais rien, Jack, mais réfléchis à ceci... le 22 septembre, Dalkamouni et ses acolytes sont libérés. Le 22 septembre, trois otages allemands retenus en Libye sont libérés. Ça te dit quelque chose ? »

Jack secoua la tête d'un air consterné.

« Les pourritures. Ils ont échangé trois vies contre deux cent soixante et une. Bon Dieu, comment a-t-on pu les laisser faire ?

— Bienvenue dans l'enfer de la bureaucratie, dit Andy. Un monde pourri jusqu'à la moelle. »

Pendant cinq bonnes minutes, on n'entendit plus que la voix de Lara : elle continuait à répéter qu'elle partait pour l'Europe avec des amis et qu'elle resterait en contact. À la fin, l'horloge au bas du fichier indiquant « 00:10:11:06 » finit elle aussi par se taire, tandis que son visage se figeait à nouveau. Andy se demanda s'il devait rester ou s'en aller sur la pointe des pieds. Jack soupira profondément puis se détendit. Son ami comprit qu'il était sur le point de dire quelque chose, mais qu'il avait changé d'avis.

« Parle-moi, Jack. » Il n'était pas tout à fait sûr de vouloir l'écouter, mais tant pis.

Jack ne quittait pas des yeux le visage immobile de sa fille, certain maintenant qu'il ne contemplerait plus jamais sa beauté en chair et en os.

« Je veux que tu me fasses une promesse solennelle », Andy, dit-il.

Andy se mordit la lèvre inférieure. « Bien sûr, continue.

— Maintenant que les Allemands les tiennent de nouveau, je veux que tu t'assures... – les mots semblaient lui arracher la bouche – que ces Dalkamouni et Mal-Makhoub ne profitent plus des failles de cette bureaucratie à la con. Je ne veux pas qu'ils s'en tirent encore une fois. Peu importe ce qu'il faudra mettre en œuvre, tu dois t'assurer qu'on coince ces salopards. Et pour de bon cette fois.

— Oh ! on les coincera, Jack », dit Andy en se levant et en posant à nouveau la main sur l'épaule de son ami. C'était le bon moment pour partir, avant d'être obligé de répondre à d'autres questions embarrassantes. « Tu peux être sûr qu'on coincera ces types et qu'on les clouera au pilori avec des clous en zinc. »

Comme ceux qu'on utilisait pour fermer les cercueils.

Après avoir marqué une pause de rigueur, Andy s'en alla et Jack se retrouva seul, plongé dans ses pensées en compagnie de sa fille. À voir les poches sous les yeux du sénateur, il était évident qu'Andy ne dormait pas beaucoup mieux que lui. Pendant que Jack passerait le reste de la nuit à regarder les derniers souvenirs de la vie de sa fille, son ami au bras long et très au fait de l'enquête s'emploierait à combler tous les vides juridiques dont les Libyens essayaient de profiter.

À présent, il allait regarder la deuxième vidéo, qu'il connaissait également par cœur. Ce dont il s'abstiendrait en tout cas, ce serait de visionner la troisième et dernière vidéo. Il avait beau avoir regardé cent fois les deux premières, il ne voulait plus regarder la troisième. Il l'avait vue une seule fois, le jour où Lara l'avait envoyée ; au début, il était plein d'espoir et d'impatience, mais cet état d'euphorie s'était dissipé à mesure que les paroles de sa fille prenaient tout leur poids. Elles s'étaient infiltrées sous sa peau comme de la mélasse noire. Depuis, il n'avait plus jamais regardé cette vidéo, certain d'y renoncer définitivement.

Cette seule fois était déjà de trop.

L'assemblée de Jacob

DEUTÉRONOME 33:4

Un endroit peut-il être trop silencieux ? Qu'on n'y fasse plus la différence entre « tranquillité » et « silence de mort » : alors ce serait Jérusalem, la zone la plus reculée de la colonie de l'Éternité. Ce qui la distinguait des autres, c'est qu'elle présentait toutes les caractéristiques d'un endroit habité, sauf une – il lui manquait les habitants eux-mêmes. Des bâtiments en pierre brute s'élevaient d'un sol encore jonché d'objets du quotidien. La terre meuble présentait de nombreuses empreintes de pied – signe d'une population conséquente – et de petits feux brûlaient encore sur la place principale. Des feux parfaitement contrôlés ; allumés sans doute par le seul mammifère maîtrisant cette technique. Et pourtant, le site de plus de 4 hectares était complètement désert, sans le moindre chant d'oiseau, proche ou lointain, pour animer par sa musique la forêt alentour ; rien qu'un silence solennel, troublé parfois par une douce brise transportant des vagues de poussière qui se faisaient la course d'est en ouest.

Le premier bruit qu'on entendit enfin ne provenait pas de la nature. Pour le moins imprévisible, à vrai dire. Un faible grondement s'éleva dans l'air, croissant en intensité jusqu'à ce que les basses fréquences soient saturées de sons. Au milieu de ce grondement, un battement régulier dont l'origine ne pouvait être que mécanique, que moderne. En tout cas trop moderne pour une colonie qui, de toute évidence, s'enorgueillissait d'un retour soigneusement planifié à un mode de vie plus simple.

C'était pourquoi cette visite, précédée par un bruit de tonnerre, avait été volontairement programmée pendant que les disciples de l'Éternité participaient au repas du point du jour. Un repas qu'ils prenaient chaque matin à 6 heures dans un réfectoire souterrain, une énorme salle creusée dans la terre, infiniment plus fraîche et considérablement plus saine que les niveaux supérieurs, et presque complètement insonorisée.

Pendant que la nuit recouvrait la Californie de Jack Bernstein, « Jérusalem » était illuminée par le soleil de l'aube. En se levant derrière les montagnes environnantes, il projetait des ombres disproportionnées dans les herbes folles, tandis que celle de l'hélicoptère qui s'apprêtait à atterrir rétrécissait peu à peu, jusqu'à disparaître. Du siège du passager émergea un homme athlétique, chauve et bronzé, qui réajusta sa cravate pour s'assurer qu'elle tombait bien de façon symétrique à l'intérieur de sa veste. La matinée était chaude et, compte tenu de l'interdiction d'utiliser déodorants ou after-shave pour ne pas laisser derrière lui de traces olfactives, sa peau était légèrement luisante, et il émanait de lui une odeur de transpiration naissante. À travers les tourbillons de poussière, il contempla d'un regard sceptique la colonie autour de lui, puis plissa les yeux et, se retournant vers le cockpit, il fit un signe de la tête au pilote qui décolla aussitôt. Cela faisait presque douze mois que Zabulon était venu ici pour la première fois, son sanctuaire d'élection, mais cette fois-ci son arrivée avait été programmée à la perfection. Pendant que l'appareil qui l'avait transporté se fondait dans le ciel du matin, il se protégea le visage du sable et, malgré le discret boitement qu'il ne pouvait pas entièrement dissimuler, il monta avec détermination les marches menant au temple du Père.

À l'intérieur du temple, les rayons ardents du soleil matinal étaient atténués par la pierre, offrant un air plus frais. Tandis qu'il se dirigeait vers l'extrémité la plus éloignée de l'entrée, ses chaussures, visiblement italiennes et d'un style classique modernisé, scandaient son pas irrégulier sur le sol poli. Comme si leur écho témoignait de la reconnaissance par le bâtiment de sa position hiérarchique. Il était rare que Zabulon éprouve la moindre émotion, et surtout pas au cours de visites comme celle-ci, et certainement pas aujourd'hui ; il se sentait privilégié.

Dans le mur le plus éloigné, une grande porte, sculptée dans du chêne massif, était encadrée par des piliers en ébène patiné. Deux des disciples parmi les plus fiables et les plus informés se tenaient de chaque côté, la tête inclinée, non seulement par respect pour le rang de Zabulon, mais également pour sa réputation, qui l'avait précédée plusieurs mois avant l'arrivée de l'hélicoptère. Tous les deux savaient que seules deux choses comptaient en la présence de Zabulon : servilité et subordination. Tandis qu'il s'approchait de la porte, l'un des deux, sa tête rasée toujours inclinée, et revêtu d'une robe traditionnelle de la classe moyenne, l'ouvrit respectueusement en grand, révélant un couloir long et étroit éclairé par la lumière vacillante de torches suspendues. Zabulon s'engouffra par l'ouverture sans le moindre geste à leur égard, parcourut le couloir et descendit un escalier en pierre, tandis que la porte en chêne massif se refermait bruyamment derrière lui.

En bas des marches, il passa sous une arche de pierre chargée de motifs symboliques élaborés et entra dans le grand hall. C'était là que les ministres de la confrérie de l'Éternité recevaient périodiquement leurs instructions. Chacun avait été prévenu que cette journée serait la plus belle de leur vie. Aujourd'hui, ils ne recevraient pas de simples instructions ; ils recevraient leurs dernières instructions, les tâches qui, après la longue route qu'ils avaient tracée, permettraient de tapisser de branches de palmier la dernière partie du chemin qu'emprunterait l'enfant de Dieu.

Contrairement à l'entrée sans aspérités du couloir au-dessus, les murs de la salle souterraine étaient grossièrement taillés et décorés alternativement de tapisseries et de torches, dont la lumière donnait à la pierre l'apparence du cuivre martelé. De petites étagères en bois comportaient divers objets anciens, apparemment sales et oubliés. Seuls ceux qui étaient réunis ici aujourd'hui savaient que cette poussière accumulée y restait parce que c'était la même poussière que des milliers d'années auparavant. La même poussière qui avait assombri l'air quand le premier Christ avait voyagé jusqu'à ce coin reculé du globe.

La splendeur dépouillée de la pièce était accentuée par un sol en mosaïque au dessin élaboré. Des piliers en marbre recouverts de velours cramoisi soutenaient le plancher massif au-dessus. Au centre de la pièce se trouvait une table en bois foncé, de 4 mètres carrés, sculptée par des disciples vivant au IIIe siècle, dont le plateau était très abîmé. Elle était entourée par quatre chaises assorties, une de chaque côté. Trois de ces sièges appartenaient aux ministres eux-mêmes, dont deux qui étaient déjà assis. Sur le quatrième côté de la table, le siège inoccupé était réservé pour Éphraïm ; le Jacob.

Zabulon prit place en face de Benjamin, le ministre des Affaires et des Finances de l'Éternité.

À 34 ans, Benjamin était de loin le plus jeune des ministres de l'Éternité. Il n'était pas connu du reste du monde, mais il contrôlait beaucoup de ses microsociétés aussi habilement et impitoyablement que ceux qui faisaient régulièrement la couverture de *Forbes*. Il était à la tête de cent vingt-sept entreprises à travers le monde, toutes financées par la confrérie. De la banque aux assurances, du jeu à la génétique. Dans le moindre aspect de ses activités, Benjamin était respecté pour son exigence de perfection et de loyauté, et les résultats constamment bénéficiaires de ses employés.

En face du siège encore vide d'Éphraïm se trouvait Siméon, le ministre de l'Agriculture et de l'Environnement de l'Éternité. Il gérait des sociétés agraires et d'élevage dans le monde entier, et assumait également la présidence de quelques-unes des organisations caritatives de protection de l'environnement les plus connues dans le monde. À 53 ans, Siméon était le plus âgé des quatre, mais il arborait encore une chevelure blonde opulente, due à ses ancêtres nordiques. Bien que moins habile que son collègue, il était néanmoins un gestionnaire particulièrement efficace ; connu pour déplacer les surplus et organiser les pénuries sur la surface du globe, souvent avec des conséquences catastrophiques. Selon l'avis des médias en tout cas.

Zabulon, en tant que ministre de la Justice, jouait un rôle éminemment secret au sein de l'Éternité. Tout en contrôlant les opérations armées et armements à travers le monde, il assumait aussi la responsabilité de l'utilisation des produits négociés ou fabriqués en vue de l'élimination systématique de tout obstacle susceptible de surgir sur le chemin de l'Éternité. Après une longue et remarquable carrière sous les armes, au cours de laquelle il avait servi avec le tristement célèbre groupe terroriste « Enfants d'Israël », il était particulièrement familier des pratiques consistant à tuer. C'est à cette vocation, à laquelle il vouait une passion indomptable, qu'il devait avoir été recruté par L'Abraham au sein de l'Église le jour où son prédécesseur avait été tué.

Plus précisément, le jour où Zabulon avait tué son prédécesseur.

Derrière le siège d'Éphraïm s'ouvrait une deuxième porte ; la seule autre issue permettant de sortir du grand hall. Chacun des ministres savait parfaitement que cette porte donnait sur un autre couloir en pierre menant directement à la chambre de L'Abraham. Seul Éphraïm, répondant au nom de Jacob pour L'Abraham, avait l'autorisation de s'aventurer dans ce saint des saints. Il le faisait seulement afin de pouvoir recevoir les instructions qu'il était ensuite chargé de transmettre aux autres ministres.

Ainsi, des quatre hommes qui partageraient aujourd'hui le pain, seul Éphraïm l'avait partagé avec L'Abraham, et seul Éphraïm connaissait vraiment son visage.

Au bout de quelques minutes pendant lesquelles les hommes assis observèrent un silence respectueux, le pas traînant du vieil homme se fit entendre dans le couloir de l'autre côté de la porte. Zabulon se leva, imitant en cela ses deux collègues, la tête baissée avec soumission, tout comme les deux gardiens qui l'avaient accueilli quelques minutes auparavant. La porte s'ouvrit lentement et la frêle silhouette d'Éphraïm apparut, se détachant sur la lueur cuivrée. Il entra.

Quand la porte se fut refermée et qu'il eut pris sa place à la table, Éphraïm, Jacob pour L'Abraham, fit à ses hôtes, d'une voix distincte et calme, la révélation la plus importante que ces derniers – et le reste du monde après eux – n'entendraient jamais :

« Deux mois sont passés depuis que l'Enfant nous a été confié, commença-t-il, mais aujourd'hui j'ai pu être témoin du fait qu'Il est la vérité. »

Il leva les yeux et considéra les visages attentifs face à lui.

« Messieurs, dit-il, tout sourires, les yeux plissés et racornis de partout. Un Sauveur est né. »

Alla à sa rencontre

GENÈSE 14:17

Trois semaines interminables s'étaient écoulées depuis l'explosion du vol 320, mais l'attentat faisait encore la une des journaux du monde entier. À Londres, la pluie tombait sans discontinuer tandis que Jack rendait visite à l'une des nombreuses sociétés dans lesquelles IntelliSoft avait investi ; les tabloïds locaux annonçaient maintenant qu'« un homme de Kadhafi était bagagiste à Francfort », déclinant des variantes sur ce même thème. Jack savait que cette révélation mettrait un terme définitif à l'enquête concernant ceux qui étaient détenus en Allemagne. Alors que huit des hommes initialement arrêtés avaient été relâchés faute de preuves suffisantes, les éléments que le FBI et la NTSB transmettaient à Andy étaient accablants pour les six autres, Dalkamouni et Mal-Makhoub inclus.

Il se sentait affreusement fatigué. Las, et pas seulement à cause du décalage horaire ou du stress physique. Il aurait voulu pouvoir dormir dans l'avion, tout en sachant que c'était demander l'impossible. Le véritable sommeil était un bienfait dont il semblait privé à jamais. Elizabeth le lui disait toujours, chaque fois qu'il lui faisait part de sa dernière idée au petit-déjeuner, dans l'odeur entêtante du pain frais. « Tu demandes toujours l'impossible, Jackie. »

Elizabeth l'avait toujours appelé Jackie. C'était la seule personne autorisée à le faire sans risquer de perdre ses dents. L'impossible.

Ils disaient tous que Quotient était impossible. Même Elizabeth.

Liz.

Il faut viser haut, lui répétait-il toujours.

Viser haut, se rapprocher de son but.

Il ne voulait pas fermer les yeux, par peur des images qui viendraient envahir sa nuit, et pourtant il aurait aimé ne pas les avoir aussi grands ouverts que maintenant. Quand Jack Bernstein avait fondé IntelliSoft, il l'avait fait avec deux intentions précises : dominer le marché et gagner des millions de dollars. Cette dernière n'ayant qu'un seul but : assurer à sa famille un meilleur niveau de vie. Ce qu'il n'avait jamais envisagé, c'était qu'aucun de ses proches n'en profiterait de son vivant. Tous ceux qui lui étaient chers étaient morts et lui aussi d'une certaine façon. Tout l'argent du monde et tous les progrès technologiques qu'il rendait possibles, en somme tout ce qui faisait la fierté de sa société, ne pesaient pas grand-chose en comparaison de son nouveau rêve – un rêve impossible – consistant à les faire revenir d'une façon ou d'une autre.

Durant tout le vol, et encore maintenant, Jack avait repensé aux fichiers détaillés de la NTSB qu'il avait étudiés avec Andy pendant deux jours après l'enterrement. Ces détails, aussi pénible qu'il ait été de les voir noir sur blanc, comprenaient une description complète de l'avion reconstitué, ce qui avait permis de confirmer de nombreux éléments qu'il connaissait déjà. Grâce, en grande partie, à la récompense accordée pour chaque kilo de bagage rapporté, plus de 4 millions de fragments de débris avaient été récupérés. Ainsi, presque 93 % du 747 avait pu être étalé dans un hangar à 10 kilomètres d'Amsterdam, et reconstitué en deux dimensions, révélant que l'explosion initiale avait transpercé le fuselage à un peu moins de 1,50 mètre à l'avant de l'aile gauche.

La reconstruction était l'œuvre d'une équipe renommée pour son travail sur les suites de nombreuses explosions aériennes. Ils avaient très vite déterminé la séquence exacte de l'explosion et de la désagrégation de l'appareil, et constaté qu'au moins un des moteurs de l'avion fonctionnait normalement après le premier souffle. À l'intérieur de la turbine numéro deux, un morceau de câble de 1,1 millimètre avait été découvert, du type de celui trouvé dans une des soutes à bagages. Ce câble, selon eux, avait été aspiré par le moteur pendant qu'il tournait à plein régime. Les enquêteurs avaient ensuite dessiné des diagrammes détaillés du « cinglage », un phénomène unique qui se produit lorsqu'un objet étranger heurte les parties tournantes d'un turboventilateur. Que des fragments de cette sorte aient été introduits dans un moteur en marche avait permis à l'équipe de comprendre deux choses essentielles : qu'il y avait eu sans aucun doute une violente explosion et qu'elle s'était produite en plein cœur de la soute à bagages du 747.

Quelques morceaux de l'intérieur du fuselage avaient été retrouvés piqués et noircis par de la suie, montrant qu'ils provenaient d'un endroit proche du point d'explosion, ce qui permettait de préciser encore un peu plus sa localisation. À ce stade, l'équipe de reconstruction avait conçu une maquette transparente du fuselage et entamé la pénible tâche de reproduire dessus chaque fragment récupéré. Ainsi, ils pourraient suivre les lignes de déchirure jusqu'à leur point d'origine. Au même moment, d'autres enquêteurs reconstituaient la soute à bagages AVC 4119 TA, qui présentait les dommages les plus sévères, et l'AVC 5036 TA, dont ils pensaient qu'elle était adjacente à l'autre. Ils reconstruisirent les deux énormes conteneurs autour de structures en acier spécialement conçues et, quand le fuselage transparent fut entièrement dessiné, ils les placèrent à l'intérieur pour montrer l'interaction entre bagages, soute à bagages et fuselage. Cela permit de comprendre que la bombe avait explosé à 25 centimètres au-dessus de la base de l'AVC 4119 TA, perçant un trou à travers la coque extérieure de l'avion.

La preuve formelle que l'explosion provenait d'une Samsonite bronze était apparue lorsqu'une vis et un aimant avaient été découverts fondus dans ce qui restait du bagage. L'équipe identifia immédiatement la vis et l'aimant comme faisant partie d'un lecteur de cassettes Matsutritsu dans lequel la bombe avait été placée et put déterminer qu'ils avaient été fusionnés par la chaleur de la première explosion. Des comparaisons effectuées au quartier général de Samsonite à Denver dans le Colorado révélèrent que la valise était un modèle System 5 Silhouette 3000 de couleur bronze.

Ce qui troublait le plus les enquêteurs à ce stade, c'était que des fragments de trois cent quarante et une valises avaient été retrouvés. Or, seulement trois cent quarante bagages avaient été enregistrés. Apparemment, quelqu'un avait glissé une valise supplémentaire à bord et, compte tenu de l'absence de documents correspondants, à aucun moment elle n'avait suivi les voies conventionnelles, ni – ce qui était encore plus alarmant – subi les contrôles rigoureux inhérents.

C'est pourquoi les preuves les plus compromettantes contre Mil'el et son groupe résidaient maintenant dans les détails dont Jack lisait la description dans le *Daily Mail* de Londres, pendant que sa limousine roulait sous la pluie entre Heathrow et sa réunion matinale. Ces détails, qui venaient juste d'être communiqués à la presse mondiale et faisaient la une du jour, montraient comment Dieter Friedricks, l'un des six détenus, sympathisant connu de Mil'el, avait réussi à se faire embaucher comme bagagiste à l'aéroport de Francfort. Évidemment, Friedricks avait fait partie de l'équipe responsable du chargement des bagages à bord du vol 320 ce jour-là.

Jack posa le journal sur le siège de sa limousine tandis qu'elle entrait dans le parking en demi-lune du siège des Docklands de Virtuosity Systems et poussa un soupir de soulagement. Il ôta ses petites lunettes rondes de lecture et se frotta l'arête du nez comme s'il le massait pour dissiper les restes d'un mal de tête insistant. Les salopards qui avaient volé l'avenir de sa fille étaient enfin coincés pour de bon. Plus aucune ruse de merde ne pourrait leur permettre d'être libérés. Non pas qu'une telle vérité puisse lui apporter la moindre once de bonheur.

L'équipe de Virtuosity Systems avait déménagé depuis la dernière visite de Jack et, apparemment, une partie de ses 15,2 millions de livres sterling avait été utilisée à bon escient. Il était bien loin, l'entrepôt délabré du nord de Londres, jonché de câbles et d'écrans, qui leur servait de siège. À sa place se dressait une pyramide en verre doré de six étages construite sur mesure. Les conseils de Jack semblaient avoir été pris au sérieux

– à savoir que s'il devait investir dans une entreprise à la pointe de la réalité virtuelle –, il voulait que ses membres aient l'air – tout comme IntelliSoft – de pouvoir pisser plus loin que les grands. Pour autant qu'il s'en souvienne, ils l'avaient si bien écouté qu'ils avaient réussi à le convaincre que son investissement initial de 12 millions pour la recherche et le développement devrait être majoré de 3,2 millions de dollars, spécialement pour améliorer l'image de la société.

Jack était impressionné par le quartier général qu'ils avaient choisi ; mais, comme John Case, le P-DG de Virtuosity, avait refusé de lui dire exactement ce qu'il voulait lui montrer au cours de cette visite, lui disant simplement que c'était « absolument génial, Jack », il ne pouvait qu'espérer que le reste de son argent avait été utilisé avec autant d'efficacité.

Il monta rapidement les marches et entra dans l'atrium de la pyramide, toujours plongé dans des pensées infiniment plus sombres que cet endroit. Quand il se présenta à la réceptionniste, elle lui proposa d'essuyer son visage mouillé par la pluie et, deux minutes après qu'il s'était installé dans un fauteuil en cuir, Case descendit d'un des deux ascenseurs en verre qui desservaient toute la hauteur du bâtiment. Quand les portes s'ouvrirent, il glissa comme un gamin sur le sol poli, en tendant le bras tout du long.

Cela avait toujours été l'une des plus grandes forces de John, pensa Jack, cette capacité de rester un gamin tout en s'attaquant aux pires problèmes d'un monde adulte. Tout était possible, disait-il, si on aimait le défi et qu'on éprouvait une véritable excitation à faire avancer la technologie. Case trouvait toujours un plaisir enfantin au fait d'arriver le premier. En conséquence de quoi, même à 29 ans, ses journées de travail représentaient encore pour lui un genre de longue récréation.

Qui sait, ce type faisait peut-être une pause biberon dans la matinée.

« Désolé pour le sale temps, Jack, lança-t-il d'un ton excité. C'est un plaisir de te voir en tout cas. Merci d'être venu.

— Tu ne m'as pas vraiment laissé le choix, répondit Jack avec un sourire ironique. Tu ne voulais pas me dire de quoi il s'agissait si je ne venais pas.

— Allons, Jack, fais-moi confiance pour une fois, protesta John, avec un sourire espiègle digne d'un gosse venant de "redécorer la salle de bains" à l'aide de trois bombes de mousse à raser. Cette petite beauté mérite le coup d'œil, vraiment... »

Ces aveugles qui recouvraient la vue

MATTHIEU 15:31

Sortant de l'ascenseur au deuxième étage, John conduisit Jack vers le balcon opposé, jusqu'à une porte portant la mention « R&D 3 ». Il glissa une carte dans la fente, une lumière verte clignota et la porte s'ouvrit sur une pièce qui ne manqua pas de surprendre Jack.

Mais pas de façon particulièrement bonne.

Contrastant radicalement avec le reste de la pyramide, cette pièce était anachronique – presque à la Dickens –, encombrée de meubles anciens, poussiéreux, ses murs tapissés de papier jauni qui se décollait. Des vues passées du « Vieux Londres » pendaient dans des cadres ternis et, dans un coin mal éclairé, un bureau abîmé était jonché de vieux papiers et d'antiques instruments d'écriture. Bouche bée dans l'embrasure de la porte, Jack contempla un moment cette pièce qui ressemblait à l'arrière-boutique d'un bouquiniste, puis il entra avec précaution.

Sur sa droite, il remarqua une bibliothèque en bois sombre, remplie du sol au plafond de volumes poussiéreux reliés de cuir. Il allait s'en approcher, mais

John le retint promptement par le bras. « Désolé, Jack, environnement contrôlé », dit-il, l'emmenant vers une chaise XVIIIe siècle, placée devant un bureau marqueté au milieu de la pièce.

Case s'assit ensuite sur une chaise identique de l'autre côté du bureau et sourit avec assurance.

Perturbé, Jack passa la pièce en revue une deuxième fois. Aucun « environnement contrôlé » dans un laboratoire de R&D n'avait jamais ressemblé à celui-ci. Au mieux, tout pouvait y être qualifié de stérile, de propre et de clinique. Le tout avec une odeur d'air trop traité et de solutions antiparasites. Ici, c'était le parfait opposé. La poussière avait élu domicile à tous les niveaux et des toiles d'araignées pendaient entre les étagères comme des voiles de satin.

Et pourtant... l'odeur ne correspondait pas. Comme si quelqu'un avait essayé, mais n'avait pas vraiment réussi. La pièce avait l'air vieillotte, mais, en dépit des meilleures intentions, quelque chose ne collait pas et ne sentait pas le vieux. Jack était en nage, l'humidité s'accumulant dans les rides de son front malgré la fraîcheur relative de la pièce.

« Tu devrais faire venir une femme de ménage, dit-il avec un sourire moqueur, tout en s'essuyant le visage. Nous pouvons vous envoyer l'argent si besoin. »

Son commentaire était une façon de gagner du temps pendant qu'il scrutait la pièce et qu'il s'efforçait de détecter une éventuelle plaisanterie. Une plaisanterie dont il n'était pas encore au courant et qui lui était probablement destinée.

« Un café ? demanda John, avec un sourire entendu.

— Oui... répondit Jack sans regarder. Avec grand plaisir. »

John appuya sur un bouton encastré dans une sorte de bipeur attaché au revers de sa veste et parla dans une petite grille circulaire, commandant deux cafés pour la R&D 3.

« Alors, mis à part l'état de tes salles de développement, quelle est la raison précise pour laquelle tu m'as fait venir ici ? demanda Jack, visiblement sceptique. J'avais l'impression que tu étais en train de faire avancer le monde.

— Oh, nous le sommes, répondit John. Absolument. Tu vois, nous travaillons sur un système de projection. Une façon d'obtenir des images, soit filmées sur V-Ray, soit entièrement générées par ordinateur, dans un champ tridimensionnel, pour que les gens aient le sentiment de pouvoir interagir avec elles. Rien à voir avec ces lunettes VR ou les autres merdes. Obtenir de vraies informations tridimensionnelles dans un espace véritablement tridimensionnel n'est pas facile, comme tu peux l'imaginer, mais je crois que nous l'avons fait.

— Continue, dit Jack, après avoir parcouru la pièce du regard encore une fois en souriant, signe qu'il commençait à comprendre la plaisanterie.

— Eh bien, expliqua John, nous avons utilisé une série de variantes des lasers RGB, avec un générateur d'ombre gaussienne, le tout pulsant à des intensités différentes pour renvoyer une image vers le spectateur. Plus l'intensité des lasers est grande, plus leur image pénètre dans l'espace tridimensionnel. En projetant les lasers depuis les quatre murs, nous pouvons aussi éliminer le problème des objets qui peuvent gêner leur acheminement. Un système de sensibilisation du sol peut alors enregistrer l'endroit où se trouve une personne à l'intérieur de la pièce et ajuster l'image réfléchie qu'elle verra.

— Image réfléchie de quoi ? demanda Jack avec méfiance. De miroirs ? »

John se pencha en avant et haussa un seul sourcil.

« Non, Jack. De l'eau. »

Les yeux de Jack se plissèrent avec incrédulité. « De l'eau ? »

La porte s'ouvrit et un jeune homme en veste blanche entra, portant un plateau gravé en argent. Dessus se trouvaient cafetière, pot à lait et sucrier en argent massif, ainsi que des tasses en porcelaine aux motifs délicats. L'homme semblait mal à l'aise dans ce rôle, ressemblant plus à un « scientifique » qu'à un « serveur de salon de thé ».

« Toujours en manque de personnel ? plaisanta Jack.

— En quelque sorte, répondit John avec un sourire entendu. Pourquoi ne nous ferais-tu pas l'honneur de nous servir ? »

L'homme posa en silence le plateau sur la table et Jack tendit instinctivement la main vers la cafetière. Quand il voulut saisir l'anse, l'air tourbillonna et son image s'évapora. Ses doigts passèrent à travers et l'ondulation se propagea dans tout le récipient comme une vaguelette dans un étang. Il fit une nouvelle tentative avec le même résultat. Et une troisième fois. Peu importe le soin avec lequel il essayait, sa main passait directement à travers l'argent poli qui continuait à onduler comme pour se moquer de ses tentatives. Il sourit fièrement, puis, regardant de plus près, remarqua quelque chose de très curieux : alors que l'image du serveur était réfléchie dans l'argent, celle de Jack ne l'était pas, alors qu'il voyait le reflet de la chaise sur laquelle il était assis. Il était agréablement perturbé et lança un coup d'œil à

John par-dessus la table avec l'air de lui dire : « Crache le morceau. »

« Nom d'un chien, Phil, tu as recommencé, dit John. J'ai dit que je voulais du vrai café, pas le virtuel. » L'homme était sur le point de parler mais John l'interrompit. « Ne dis rien, Phil. Contente-toi de disparaître, s'il te plaît. »

L'homme inclina la tête, feignant la honte.

« Oui, monsieur, désolé, monsieur. »

Bien que Jack s'y attendît, il ne put s'empêcher d'être épaté quand l'homme fit exactement ce qu'on lui avait ordonné. En un clin d'œil, il disparut. Il n'alla pas vers la porte, pas plus qu'il ne l'ouvrit, évidemment : il disparut, tout simplement.

« Qu'est-ce que tu as bien pu fabriquer, John... ? demanda Jack tout sourires, pendant qu'il balayait la pièce du regard.

— Comme je l'ai dit, on a réussi », dit John, en haussant ses épaules frêles avec un petit rire sarcastique.

Jack était bouche bée, comme si chaque tendon de sa mâchoire s'était rompu, et ses épaules s'affaissèrent sur un long soupir, en même temps qu'il prenait pleinement conscience de la situation.

« Alors toute cette pièce est...

— Un mirage », dit John.

Il était ravi que son simulacre ait fonctionné le temps qu'il fallait. « Alors, dis-moi, crois-tu vraiment que je devrais faire venir une femme de ménage ou que je devrais simplement... me procurer un catalogue Ikea ? Quelque chose d'un peu plus en accord avec le reste de cet immeuble... une approche plus moderne, peut-être ? »

Il appuya une deuxième fois sur le bouton de son bipeur et informa Phil que le mobilier devait être remplacé. Dans un mouvement d'effacement des plus subtil, chaque meuble, à l'exception du bureau entre les deux hommes et des deux chaises sur lesquelles ils étaient assis, fut remplacé par un équivalent extrêmement moderne, au design pur et coloré. Un bleu métallique avait remplacé l'acajou poussiéreux et une laque rouge les incrustations de cuir vert foncé.

« Un peu mieux, non ? » dit John, en fronçant le nez.

Puis, après avoir inspiré profondément, il ajouta : « Et qu'est-ce qui arrive si tu ne nous donnes pas les fonds suffisants et que tout est saisi ? Eh bien, je vais te montrer ce qui arrive, dit-il, les yeux pétillants d'excitation. Ceci... »

Il appuya de nouveau sur le bipeur, demanda à Phil de fermer le système. En un instant, chaque meuble virtuel disparut. Sans les éléments superflus qui les entouraient, la pièce n'était plus qu'une coquille sombre en verre. Le plafond et le sol étaient désormais recouverts de panneaux perforés en mousse gris foncé.

« Tu ne peux pas toucher un élément projeté, ni t'asseoir dessus, dit John avec un sourire, mais je peux ajouter tout élément qu'un client aimerait avoir. Mobilier, livres et, bien sûr, Phil... mais il coûte un peu plus cher.

— Alors, comment ça marche ?

— De l'eau », dit John avec un sourire complice.

Il montra la pièce d'un geste. « L'air est pompé à travers une fine brume d'eau et de silice qui tombe de ces petits trous dans le plafond. Nous utilisons du verre prisma teinté qui trompe l'œil en lui faisant voir un tissage recouvrant les murs et le plafond, pour lequel nous avons utilisé une rétroprojection supplémentaire. Derrière chacun des murs se trouvent trois cent trente-huit lasers industriels du type A qui projettent une image RGB et S programmée dans l'unité centrale de Phil qui est hébergée à côté. Un logiciel tridimensionnel saisit la scène sous de nombreux angles, interpole le résultat pour chaque angle, et des détecteurs dans le sol repèrent ta position et projettent une image dans les couches de brume qui t'entourent. Ton œil les interprète comme réelles, de telle sorte que tu crois vraiment être là. Je ne te dis pas que ça a été facile, mais la technologie de base est simple. »

Il se pencha de nouveau en avant. « Personnellement, j'ai toujours vu cette pièce vide. Nous aurions pu programmer l'ordinateur à mon intention pour que je puisse avoir mes propres images projetées, mais cela ne m'a pas semblé nécessaire. Bon sang, je répète depuis des semaines, et cela ralentit vraiment le temps de traitement. Ça fait sautiller l'image et tu aurais tout compris avant de faire trois pas à l'intérieur.

— C'est... génial, dit Jack, balayant la pièce du regard comme un touriste découvrant un magnifique panorama.

— En fait, nous l'appelons "ReelRooms", le corrigea John, en plaisantant.

— Absolument génial, dit Jack, en jetant à John un coup d'œil oblique avec un sourire plein de fierté.

— Tu vois ? Je t'avais prévenu. Il est vrai que c'est un système coûteux, mais nous avons fait des recherches et trouvé de très bonnes applications commerciales. Il faut que tu mettes en place une salle de projection comme celle-ci, ainsi qu'une salle éloignée pour contrôler la scène, mais je pense que l'armée ou les secteurs du divertissement pourraient nous acheter ce système pour, voyons voir... environ 30 millions au prix fort.

— Quarante, dit Jack doucement mais avec fermeté. Pas un sou de moins. Quand est-ce que tu prévois une mise sur le marché ?

— Eh bien... je voulais justement t'en parler, dit John, essayant d'avoir l'air gêné. Tu vois, nous avons encore un ou deux petits trucs à modifier. Mineurs, rassure-toi, mais nous pourrions certainement faire mieux avec un tout petit peu plus... »

Jack leva les yeux au ciel et regarda John avec un faux air de consternation. « Combien ?

— Dix millions, dit-il d'un air penaud. Dix millions supplémentaires nous permettraient d'être prêts pour une livraison dans six à huit mois. »

Jack regarda encore une fois la pièce, de plus en plus convaincu de l'intérêt de cette avancée technologique. Si lui-même pouvait être trompé aussi facilement, alors n'importe qui le serait, une fois placé dans la bonne situation. Le marché apparaissait énorme.

« Et alors, Phil ? Il était préenregistré ? demanda Jack, toujours préoccupé par les détails.

— Non, c'est la partie délicate sur laquelle il reste des bugs, répondit John avec un air inquiet. Il est dans la salle de contrôle et nous avons un VistaCam qui le filme sous tous les angles et qui le projette à l'intérieur du mobilier VR. Il doit toutefois faire attention, des mouvements brusques pouvant surcharger le processeur de la carte mère, qui risque de saturer, devenir nerveux et faire boguer l'illusion. Nous devons développer une carte plus rapide pour supporter le traitement en temps réel.

— Comme un ensemble 128 par un 12,2 GHz IQ, par exemple ? »

John sourit. « Nous sommes sur la même longueur d'onde, Jack. Vraiment.

— Je pense que je pourrai t'en prêter un, proposa Jack, mais en échange je veux que tu demandes à ton équipe de me construire une salle comme celle-ci à Glendale pour y jouer. »

John prit un air sérieux. « Bien sûr, Virtuosity garde tous ses droits, Jack. Mais nous ne pouvons faire de bénéfices que si tu nous le permets.

— Ça me va, assura Jack. Tu as ma parole. Je ne t'arnaquerai pas. Bon Dieu, je n'ai pas besoin de t'arnaquer. Je veux juste jouer un peu avec, c'est tout. Voir si nous pouvons trouver des applications correspondant à nos propres besoins.

— Et cela va augmenter mes besoins de fonds. Du coup, il me faudrait plus près de 15 que de 10. »

Il souriait à nouveau. Malicieusement.

Jack sourit à son tour. « Tu es un vrai génie, John, dit-il. En tout cas quand il s'agit de me soutirer de l'argent. Il sera transféré sur ton compte à 9 heures demain. Maintenant, présente-moi les types qui te font paraître tellement formidable pour que je puisse leur demander de me construire un de ces joujoux. »

John parut offensé. « Ce n'est pas un jouet, tu sais. »

Jack s'en fichait. Il était ravi et excité comme un écolier.

« Bien sûr que non, dit-il, en donnant à John une grosse tape amicale et en plissant le front d'un air moqueur. La technologie, c'est toujours sérieux. »

Propose une énigme

ÉZÉCHIEL 17:2

Quand la séance prit fin et que Jack estima en avoir suffisamment appris à propos du « ReelRoom System », il appela le chauffeur de la voiture de location sur son portable et salua les membres de l'équipe.

Il était certain à présent que Virtuosity, avec la participation d'IntelliSoft, avait un excellent avenir devant elle. Cette participation dépassant déjà les 25 %, un accord avait été négocié sur le partage des développements futurs, entre l'équipe de Jack et celle de John, stipulant également que tous les produits et les mises à jour seraient lancés sous le nom de Virtuosity. Pour Jack, cela représentait un nouveau secteur à fort potentiel au sein d'IntelliSoft et il voyait déjà se dessiner un système combiné IQ/ReelRoom. Cela lui changeait les idées et, pendant quelques petites heures, il était parvenu à oublier.

« Les types seront chez toi dans quelques jours, dit John, visiblement toujours reconnaissant à l'idée de ces fonds supplémentaires. Nous avons tous les composants sauf les lasers, et pour ça, il n'y a que deux jours de livraison. Ah, oui, je te donnerai aussi le numéro de téléphone de Phil. Au cas où ton personnel bricole le système et finisse par le casser. »

Jack sourit. « Nous essaierons de ne pas le casser. Merci infiniment, John. Je suis vraiment impressionné.

— Hé... je t'avais prévenu. »

Il regarda Jack disparaître par la porte tambour et dévaler les marches, serrant son imperméable contre lui pour se protéger de la pluie. Il plongea presque sur le siège arrière de la limousine.

Le chauffeur était en train de prendre le parapluie sur le marchepied côté passager. « Désolé, monsieur. J'étais juste sur le point de monter, dit-il, sincèrement ennuyé.

— Je n'ai jamais aimé ce genre de tralala, sourit Jack, mais merci quand même. »

Le chauffeur remit le parapluie en place, soulagé. « Heathrow ? » demanda-t-il comme il se doit.

Jack essuyait son visage trempé par la pluie. « Oui, s'il vous plaît. Terminal 3. »

Il secoua consciencieusement son imperméable et le posa sur le siège face à lui, d'où le vêtement continua à goutter sur la moquette du plancher. Puis il s'enfonça dans le fauteuil en cuir et essaya de se détendre.

La pluie obscurcissait tout, peignant le monde en un gris aussi terne que les pensées qui lui venaient chaque fois qu'il laissait son esprit vagabonder. Voilà pourquoi il tenait à rester occupé, malgré les objections réitérées de MaryBeth et de ses proches. S'il ne travaillait pas, il penserait et s'il pensait trop...

Il ne voulait pas y penser.

Quelques minutes après que la limousine eut regagné les grands axes et le trafic de la mi-journée, une sonnerie persistante retentit, audible mais assourdie. Jack commença par l'ignorer, mais elle finit par l'agacer. Finalement, il céda. « Vous pouvez répondre, vous savez...

— Pas le mien, m'sieur, répondit le chauffeur en tournant à peine sa tête. Le mien est resté sur l'air de "Jingle Bells" depuis Noël. »

Sachant qu'il n'était même pas propriétaire d'un téléphone portable (malgré son implication dans l'industrie de haute technologie, Elizabeth avait toujours cru aux articles disant que cela « faisait frire le cerveau »), Jack mit quelques instants à comprendre que la sonnerie venait en réalité de son ordinateur. Quand il était en voyage d'affaires, il communiquait habituellement par visioconférence depuis son PDA (qui avait une tonalité différente et très distincte) et il oubliait souvent que son ordinateur portable pouvait également recevoir des appels vocaux, des fax et des e-mails.

Il fouilla sous son manteau et sortit l'ordinateur de son étui en cuir, le signal lumineux clignotant sur le devant indiquant qu'il était en train de recevoir un e-mail ou un simple texto.

Ce qui était pour le moins curieux, puisque tous ses messages entrants étaient censés transiter par le système à Glendale, pour lui être ensuite transmis par MaryBeth, soit verbalement, soit sur son PDA, s'il était justifié qu'ils soient portés à son attention.

Ils étaient d'ailleurs peu nombreux à connaître le code du routeur avec lequel son ordinateur portable était identifié.

Il déverrouilla l'écran et utilisa la tablette tactile pour déplacer le curseur et le positionner sur l'icône « RÉCEPTION ». En cliquant une fois, la sonnerie s'arrêta et une fenêtre s'ouvrit depuis le bas de l'écran pour afficher le message.

Il avait été expédié depuis truemagus@hotmail.com.

Il ne reconnaissait pas cette adresse et le message n'était pas du genre auquel il aurait pu s'attendre. Mais, après tout, se dit-il, il n'attendait rien. Vraiment ?

L'écran se remplit d'une longue série de symboles que Jack, qui était d'origine juive, reconnut tout de suite comme étant des lettres d'hébreu ancien. Ancien parce qu'il y manquait les points apparus, dans le système moderne, pour marquer des inflexions vocaliques :

[illegible]

Sous les lettres figurait un message concis, en anglais : « 2 809 LETTRES – UNE HEURE POUR DÉCHIFFRER SEL ET CODE – PARTEZ. »

Qui, au nom du ciel, pouvait bien lui envoyer un tel code à déchiffrer ? Et pourquoi en hébreu ? Et pourquoi, d'ailleurs, lui laisser seulement une heure pour le faire ? Soudain, il comprit, ce qui le fit sourire. MaryBeth. C'était tout à faire son genre, une manière évidente de lui proposer une distraction originale – et particulièrement opportune – pour occuper son voyage jusqu'à l'aéroport.

Jack reconnut instantanément l'acronyme « SEL ». Il faisait partie intégrante des appareils de décodage à partir desquels la plupart des ordinateurs modernes avaient été développés, et on retrouvait fréquemment l'acronyme dans la plupart des systèmes de codage basiques. C'était l'abréviation de SÉQUENCE ÉQUIVALENTE DE LETTRES ; un système qui consistait à prendre chaque deuxième, troisième, quatrième ou énième lettre pour former une nouvelle proposition. La phrase « il faut aller où il repose », pouvait par exemple être déchiffrée avec un SEL de « 4 » : le mot obtenu ainsi serait « alors ». Aux yeux de Jack, c'était de loin la forme de code la plus simple, et cela n'aurait donc pas dû lui poser de problème. Cela aurait même dû être particulièrement facile. Sauf que c'était écrit en hébreu ancien.

Il nota que l'expéditeur avait choisi de lui dire combien de lettres exactement étaient contenues dans la séquence : 2 809 ; une information aussi superflue devait donc constituer une sorte d'indice. Il se doutait que la constante inconnue – le chiffre clé du SEL – devait être un diviseur exact de 2 809. Cela ne pouvait donc être aucun des chiffres évidents : 2, 3, 5, 10 ou leurs multiples. Il cliqua sur le calculateur de l'ordinateur et entra 2 809 : son premier instinct fut le bon. Choisissant la fonction racine carrée, il obtint un nombre entier : 53. En réarrangeant les caractères par lignes de cinquante-trois lettres, il obtiendrait alors cinquante-trois lignes. Un carré parfait.

Soit tout cela était bien trop facile, soit il était beaucoup trop fort.

Tandis que son logiciel e-mail habituel contenait un choix de diverses langues, celui qu'il utilisait avec son PDA n'en contenait pas. Pour déchiffrer le code, il lui faudrait charger dans le système de fichiers temporaires une famille de caractères spécifiquement hébreux. Après avoir cliqué sur la base de données des polices, il descendit jusqu'à la lettre « H », et se vit proposer deux variantes disponibles : « Hébreu/Rosheim » et « Hébreu/Vilner ». Il choisit « Hébreu/Rosheim », l'ouvrit et cliqua sur l'icône « AJOUTER AU TEMPORAIRE ».

Il recopia le texte dans la mémoire vive de l'ordinateur et lança un autre programme. Une fois dedans, il sélectionna la police Rosheim, colla la séquence et demanda à l'ordinateur de réarranger les lignes.

La séquence disparut de l'écran et réapparut un instant après, avec des lignes de cinquante-trois caractères. Jack les examina un moment en plissant le front.

« Tout va bien, monsieur ? demanda le chauffeur, qui l'observait dans le rétroviseur.

— Très bien, répondit Jack. Quelqu'un m'a envoyé un puzzle à déchiffrer, c'est tout. »

Le chauffeur haussa les épaules et se concentra de nouveau sur la circulation, pendant que Jack continuait à étudier la grille.

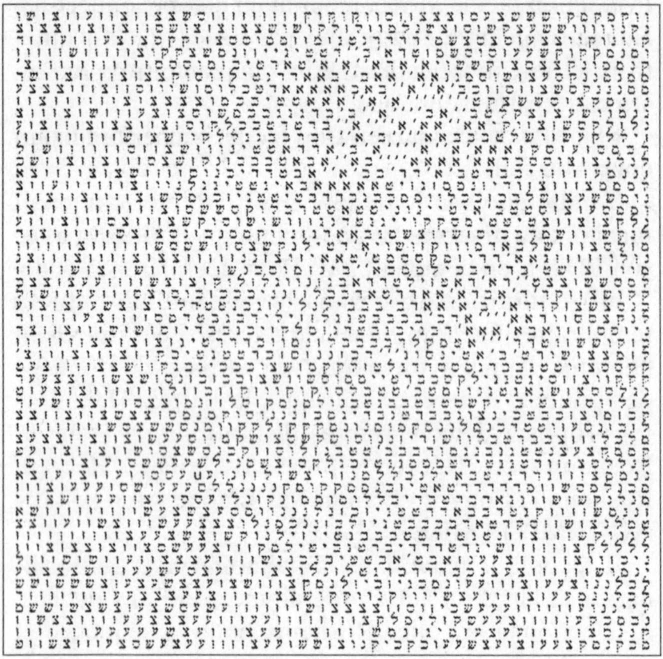

Il constata bientôt qu'en parcourant le côté gauche du texte, et à d'autres endroits évidents, on remarquait une séquence de lettres qui, si sa mémoire était bonne, ne pouvait pas être le fait du hasard. Dans sa mallette, il récupéra un bloc-notes et un stylo, et recopia les cinquante-trois lettres en ajoutant des barres obliques inversées aux endroits où il devinait des séparations entre des mots :

ש,זמ/דכילזמ/צאעמ/אזטצז/עדשר/ש,זד/רילכז/נודינעמ/אכל,יצ/ויד/,ז/רצו

Au prix d'un effort intense pour se rappeler ses études d'hébreu, il réussit à peu près à traduire le message.

Comme dans les textes étudiés à l'époque, le message contenait un extrait biblique, ce qui lui avait probablement facilité la tâche. En traduisant de droite à gauche, selon l'écriture hébraïque, il put lire :

« Quant à vous, vous en avez fait trébucher beaucoup devant la loi de Jéhovah et vous êtes chassés du ciel avec tous ceux qui font du mal. »

Soudain, Jack n'aimait plus ce jeu. Plus du tout. Il ne s'agissait plus d'une distraction sans importance envoyée par MaryBeth. Il ignorait complètement ce que le message voulait dire, ou pourquoi on le lui avait envoyé, mais compte tenu des événements récents, il commençait à avoir un goût amer dans la bouche. Il devait bien y avoir autre chose ; un élément susceptible de fournir au moins un début d'explication. Après avoir hésité quelques instants, il revint sur la messagerie et relut le message initial. Cette fois, il remarqua quelque chose d'autre : « 2 809 LETTRES – UNE HEURE POUR DÉCHIFFRER SEL ET CODE – PARTEZ. »

Le message disait de déchiffrer le SEL « ET » le code, ce qui voulait dire que bien qu'ayant découvert le message caché il n'avait pas vraiment déchiffré le code. En d'autres termes, ce qu'il avait réussi à faire jusque-là ne constituait probablement qu'un indice supplémentaire pour la suite. Il regarda sa montre, se demandant toujours pourquoi une limite de temps avait été imposée, mais cela lui avait pris moins de douze minutes pour en arriver là. Il étudia soigneusement le bloc restant.

Il s'agissait sans aucun doute d'hébreu ancien, comme l'avait confirmé le message caché, mais les lettres ne semblaient absolument pas pouvoir être regroupées en éléments semblables. Un code à deux couches. Il se remémora l'écriture de l'hébreu ancien : vingt-deux lettres de base plus douze variantes de « aleph » à « tãw ». Toutes des consonnes, pas de voyelles, et toutes ayant des formes similaires aux objets qu'elles avaient initialement désignés. Rien qui puisse l'aider.

Plus il étudiait le texte, moins il comprenait. Il n'y trouvait aucun schéma récurrent. Griffonnant sur son bloc-notes, il commença à noter les lettres qu'il reconnaissait, et, au bout de quelques minutes, il se rendit compte de quelque chose qu'il savait et qui aurait dû lui sauter aux yeux bien avant. Des trente-quatre variantes de lettres de l'hébreu, certaines, pour des raisons inconnues, n'apparaissaient nulle part sur la grille. Il vérifia à nouveau, mais il savait qu'il avait raison.

Sept lettres manquaient.

Mettant de nouveau sa mémoire à contribution, Jack se souvint des lettres manquantes et les inscrivit une par une sur l'écran : תרפחשׁע. Il enregistra le fichier sous « MIS/LETS » et le sauvegarda sur son disque dur avant d'essayer de comprendre leur sens.

La solution ne se présenta pas aussi rapidement qu'il avait d'abord espéré ; il n'y avait aucun mot clairement défini par les lettres, ni d'anagramme hébraïque, comme l'auraient voulu ses deux premières conclusions les plus évidentes. Jack était à nouveau perdu ; plus il cherchait des indices, plus ils semblaient se cacher.

Sans prévenir, l'écran de l'ordinateur portable devint noir. Jack plissa les yeux avec scepticisme. Jamais aucun de ses ordinateurs personnels n'avait connu de panne informatique. Son système était toujours parfaitement nettoyé, il disposait d'une grande capacité de mémoire, limitait le nombre d'extensions et, surtout, n'utilisait pratiquement jamais de logiciels incompatibles. Alors pourquoi diable cela arrivait-il maintenant ?

Considérant la machine d'un œil méfiant, il la ralluma et attendit que la séquence de démarrage fût achevée avant de relancer le fichier « MIS/LETS ». Quand le fichier s'afficha, l'ordinateur bipa et posta une mise en garde : « Hébreu/Rosheim non chargé. La police Times sera utilisée par défaut. » Jack poussa un profond soupir. Comme toujours, il avait chargé les caractères hébreux dans le fichier temporaire, ce qui leur avait valu d'être effacés quand la machine s'était remise en marche. Il cliqua sur « OK », sachant que, une fois le fichier ouvert, l'ordinateur mettrait à jour sa base de données de polices instantanément et que les lettres reviendraient à leur forme hébraïque.

Lorsque les pages réapparurent, il écarquilla les yeux en voyant les variantes en anglais qui étaient proposées pour les lettres manquantes. La machine se contentait d'indiquer les lettres du clavier Qwerty correspondant aux caractères hébreux. Quand Jack vit ces lettres – LABTEAU –, sa gorge se serra.

Quelqu'un – dont l'adresse e-mail était truemagus@hotmail.com – savait exactement comment il travaillait et il comprit brusquement que sa « surprenante » panne d'ordinateur n'avait rien de « surprenant ». Tout avait été minuté. Ceux qui avaient envoyé ce fichier savaient que Jack n'enregistrerait la police que sur un fichier temporaire et ils savaient aussi qu'il oublierait certainement de le réenregistrer en réinitialisant sa machine. Ils avaient donc inséré un antivirus simple dans le corps du message. Il ne fallait pas être spécialement calé en matière de déchiffrage de codes pour se rendre compte que les lettres devant lesquelles il se trouvait, transposées sur l'ordinateur en une police reconnaissable, composaient l'anagramme du mot « TABLEAU ».

Il regarda à travers les vitres teintées de la limousine pendant qu'elle se frayait un chemin à travers la circulation très dense, cernée de tous côtés par des véhicules. À sa gauche, un motocycliste, la visière de son casque également teintée, tourna la tête vers la vitre. Pris d'un accès de paranoïa, Jack crut que l'homme regardait droit vers lui, tout en sachant parfaitement qu'on ne pouvait pas le voir de l'extérieur. Non, se dit-il, il admirait simplement la limousine. Ou bien son propre reflet. Pourquoi, alors qu'il savait que les vitres étaient sans tain, Jack avait-il cette horrible impression d'être surveillé ?

Pire encore, pourquoi avait-il l'impression qu'on le manipulait ?

truemagus@hotmail.com disait à Jack que les lettres restantes de la grille formaient un tableau ; ce qu'il devait donc faire maintenant était de rendre ce tableau visible. Il réfléchit quelques instants aux différentes possibilités avant de se rendre compte que si chaque lettre représentait une « teinte » différente dans le tableau, il était probable que la grille se transformerait en une image dans les tons gris plutôt qu'en couleurs. Jack estima qu'il serait donc logique d'attribuer le blanc à la première lettre et le noir à la dernière.

Il revint à son fichier « CODE » et s'aperçut que la grille entière était à présent écrite dans la police par défaut (et non plus en hébreu), mais que, sauf pour certains groupements réguliers, le schéma était toujours apparemment aléatoire. En déplaçant son curseur sur le texte, il accéda au niveau de programmation de son portable et entra rapidement une seule ligne de codage :

ASSIGNER NIVEAU
BLANC-NOIR / A = BLANC / Z = NOIR
VARIANTES GRIS B-Y
IGNR- L,A,B,T,E,A,U, / CARRÉ>PIXELS

À mesure qu'il tapait sur les touches de l'ordinateur, il devenait de plus en plus mal à l'aise, inquiet de l'image que le système allait lui envoyer.

En moins d'une demi-seconde, l'ordinateur calcula les valeurs et les lettres disparurent de l'écran. Ce qui apparut à leur place le glaça d'horreur. Il n'y avait qu'un seul mot pour décrire l'image apparue : seul un « malade » avait pu l'envoyer. La plaisanterie avait cessé d'être drôle. Sous l'image, un simple message, prévu pour apparaître seulement une fois la tâche terminée, clignotait maintenant par intervalles d'une demi-seconde. Jack comprenait maintenant pourquoi on lui avait donné une heure maximum pour compléter le puzzle.

BIENVENUE À LONDRES M. BERNSTEIN
FÉLICITATIONS
MAINTENANT TROUVEZ LA VÉRITÉ
ÉGLISE DE NOTRE-DAME DE FRANCE
LEICESTER PLACE
PRÈS DE LEICESTER SQUARE – 13 H – SEUL

Pendant un moment, le chauffeur eut du mal à croire ce que Jack lui disait. Ils étaient à moins de dix minutes d'Heathrow, à peine sortis de la galère de la circulation, et voilà que maintenant il voulait retourner en ville.

« Pardon, monsieur ? Mais vous allez rater votre vol », protesta-t-il.

Jack vérifia l'heure : 12 h 45. Il n'y arriverait jamais à temps.

« Je ne le prends pas, dit-il sans réfléchir. Conduisez-moi seulement à Leicester Place aussi vite que possible. »

Le chauffeur n'avait plus qu'à se résigner – après tout, le client était roi. « Ça risque d'être un peu compliqué, monsieur, dit-il d'un ton contrit. Je pourrais sans doute vous conduire à Leicester Square, mais pour aller à Leicester Place, il y a beaucoup de rues à sens unique. Ce serait plus rapide si vous faisiez la dernière partie à pied.

— Alors, amenez-moi à Leicester Square », dit Jack en contenant difficilement sa fureur.

Ne sachant pas si la colère de Jack le visait ou non, le chauffeur fit demi-tour au croisement suivant et reprit la route de la ville dans un silence que seul le bruit sourd des essuie-glaces venait interrompre.

La porte de sa ville

GENÈSE 23:10

Pendant que la pluie d'hiver londonienne martelait la limousine de Jack, un garçon de 13 ans – Joaquim Aldez – profitait du soleil matinal éblouissant de l'hémisphère Sud ; il observait. Il était presque 8 heures et il était encore à dix bonnes minutes de l'école. Il s'en fichait un peu, il avait déjà été plusieurs fois en retard depuis que l'équipe du spectacle était arrivée en ville. Et il avait bien l'intention d'y décrocher un rôle vedette d'ici quatre semaines.

Depuis l'âge de 3 ou 4 ans, Joaquim adorait résoudre des énigmes. En avait découlé une passion pour les ordinateurs, lesquels, avec la démocratisation de l'Internet, lui avaient donné la possibilité de s'échapper, de voyager dans d'autres pays. D'autres mondes.

Parfois, il se choisissait un endroit virtuel : une faune et une flore fantasmagoriques, fruits de l'imagination sans bornes des créateurs de jeux vidéo. D'autres fois, il choisissait le monde réel : un clic de souris pouvait le transporter à n'importe quel endroit du globe. Comme la plupart des pages de l'Internet étaient en anglais, et que son niveau dans cette langue n'était pas très élevé, il se connectait rarement sur les sites d'information. Il se contentait de regarder les images sur sa vieille machine, une IBM d'occasion que son père lui avait achetée après avoir économisé pendant des mois, pensant qu'elle permettrait à son fils d'échapper à une vie ennuyeuse dans les rues délabrées de Lima, au Pérou.

Quand IntelliSoft, l'une des sociétés d'informatique les plus importantes au monde, avait annoncé le lancement d'une compétition mondiale, Joaquim, comme beaucoup d'autres enfants à travers le monde, n'avait aucune idée du prix à la clé. Les détails qui avaient été publiés sur le site Web de la compagnie (un des rares qui offraient également un contenu en espagnol) précisaient seulement que le gagnant participerait au lancement, le plus grand dans toute l'histoire de l'informatique, d'un produit d'une importance majeure. Il se demandait de quel produit il pouvait bien s'agir. Cela changerait-il vraiment le monde, comme le site semblait l'annoncer ? À l'époque, cela lui importait peu, du moment que cela changeait son monde à lui. Il releva le défi, résolut vingt-huit puzzles en ligne, en dix minutes de moins que le temps alloué, et, trois semaines plus tard, il recevait un e-mail le félicitant pour sa victoire dans l'étape péruvienne. D'autres détails suivraient.

Ce qui fut fait. Apparemment, Joaquim n'avait pas seulement battu les autres concurrents péruviens. Il avait gagné le droit de se mesurer aux autres enfants à travers le monde. Son nom apparaîtrait dans les journaux depuis l'Amérique jusqu'à la Chine, de l'Islande jusqu'en Australie. Cela pourrait, en fin de compte, lui assurer une notoriété suffisante pour, plus tard, faire une belle carrière dans l'informatique.

Peut-être pourrait-il devenir programmeur dans une des usines de l'autre côté de la ville, ou peut-être analyste dans une banque ou une compagnie d'assurances. Les possibilités pour lui seraient énormes. Il ne serait pas obligé de suivre son père dans la plantation de canne à sucre. Un jour, il pourrait même gagner assez d'argent pour lui faire un cadeau ; une voiture neuve peut-être, juste pour le remercier. Elle serait comme la bleue qu'ils avaient vue dans une vente aux enchères il y a trois ans. Son père lui avait dit qu'il n'avait pas les moyens de se l'offrir, et Joaquim s'était rendu compte trois mois plus tard que son père avait toujours eu cet argent, mais que pour lui l'envie de son fils d'avoir un ordinateur passait avant l'achat d'une voiture. Quand viendrait le jour du lancement, il aurait alors l'occasion de prouver à quel point l'achat de l'ordinateur leur avait été bénéfique à tous les deux.

Joaquim ne décevrait pas son père. Il gagnerait.

Le « FireWorX NetCenter » de Lima était presque terminé ; un superbe dôme moderne en verre, à deux pas de la rue principale. À part quelques légères différences imposées par sa situation géographique, il était identique à de nombreux autres dômes qui se construisaient dans de nombreux autres pays à travers le monde. Il avait vu ceux de New York et de Londres sur Internet, mais ils étaient loin d'être aussi beaux que celui-ci. Ils semblaient perdus dans de si grandes villes, ressemblant à de drôles de box à l'ombre de gratte-ciel gigantesques. Ce n'était pas le cas à Lima. Ici, au milieu de bâtiments de style espagnol décatis et des façades en lambeaux d'une ville en proie aux difficultés économiques, le dôme, pas même encore terminé, semblait briller comme un diamant.

Le grand tableau que la société avait érigé pour afficher le compte à rebours faisait défiler les minutes en chiffres jaune brillant. Ces chiffres jaillissaient du panneau noir, comme pour rappeler à Joaquim le temps exact qui lui restait avant de pouvoir prouver ce dont il était capable :

27 jours, 3 heures, 11 minutes.

Depuis presque six semaines, il regardait les ouvriers travailler chaque matin. Quand il les avait observés la première fois, le panneau indiquait 53J/17H/28M. Il s'en souvenait comme si c'était hier. Chaque jour, les chiffres diminuaient de plus en plus alors que la structure montait de plus en plus haut. Depuis la pose des câbles et la préparation des fondations jusqu'à l'insertion du logo triangulaire d'IntelliSoft au sommet, Joaquim avait assisté à chaque étape avec étonnement et admiration. Il se disait que les hommes qui construisaient le dôme devaient être bien payés, car ils ne s'arrêtaient jamais de travailler. Contrairement aux ouvriers du gouvernement qui semblaient faire plus de pauses qu'ils ne posaient de briques, ces hommes-là s'activaient toute la journée, tous les jours, et même pendant les week-ends, et pourtant ils souriaient sans arrêt comme si on leur faisait un grand honneur en leur permettant de travailler là. Joaquim n'avait jamais vu construire un bâtiment aussi rapidement à Lima.

Évidemment, se disait-il, ils doivent être très bien payés.

Aujourd'hui, ils mettaient en place l'avant-dernière section d'une énorme structure jaune sur le côté du dôme, et Joaquim n'avait pas encore la moindre idée de ce que cet ajout pouvait être. Il estimait que, une fois terminée, cette structure mesurerait environ 3,50 mètres de diamètre et plus de 9 mètres de haut, avec quatre-vingts (il les avait tous comptés) tubes démesurés fabriqués dans un chrome très brillant qui sortiraient du haut du bâtiment. La forme de la structure était avant tout cylindrique, mais elle présentait des côtés ondulés dont il soupçonnait qu'ils serviraient seulement à rendre l'ensemble plus original. Pour le jeune garçon, cela ressemblait à un navire spatial, comme ceux qu'il voyait dans ses illustrés d'occasion.

Poussant un profond soupir, il se releva, secoua la poussière de son jean délavé et jeta son vieux sac de toile élimé sur son épaule. En se mettant en route, il se promit que si M. Mendez ne le gardait pas trop longtemps après les cours pour lui « apprendre l'importance du temps » une fois de plus, il prendrait son courage à deux mains et demanderait à l'un des ouvriers si souriants de lui dire ce que pouvait bien être cet extraordinaire vaisseau spatial.

27 jours, 2 heures, 47 minutes.

À suivre. Mais, pour l'instant, il était bien obligé de se rendre à l'école.

Il était plus en retard que jamais ce matin, et M. Mendez ne serait pas content du tout. Mais M. Mendez pouvait être aussi fâché qu'il le voulait. Ces dernières semaines, Joaquim avait regardé la grande entreprise américaine construire son avenir, bien plus sûrement que n'importe quel professeur de troisième zone, qui plus est affligé d'une mauvaise haleine et d'un tic nerveux, ne pourrait jamais le faire.

Simon, appelé Matthieu

MATTHIEU 10:2

Les passants maussades se pressaient sur le trottoir gris foncé où l'eau dessinait des ondulations. La pluie cinglait le visage de Jack, pareille à des éclats de glace. S'il avait d'abord fait preuve de cordialité en luttant pour se frayer un chemin en territoire inconnu, sa patience commençait à faiblir, remplacée par une colère qu'il n'avait pas éprouvée depuis des années. Il était de plus en plus agacé d'être bousculé par la foule. Chacun marchait les yeux baissés vers sa destination. Les corps dansaient pour éviter le déluge, sans se rendre compte qu'ils étaient déjà trempés. La résignation se transformait en indignation, provoquant nombre de collisions prévisibles.

Le chauffeur lui avait donné des indications assez précises pour aller de Leicester Square à Leicester Place, qui se dissimulait derrière un de ces nombreux coins de rue identiques, mais arrivé là, Jack avait dû passer encore cinq minutes à parcourir l'endroit de long en large à la recherche de l'église. Ses vêtements trempés lui pesaient et le serraient, et son humeur commençait visiblement à se gâter. Finalement, à 13 h 10, mettant sa fierté de côté, il demanda de l'aide à un homme en costume, le premier à ne pas avoir l'air d'un touriste.

L'homme, un cadre à lunettes dans la trentaine, avait visiblement d'autres chats à fouetter que d'aider un touriste égaré, mais sa réponse lapidaire suffit à Jack. Comme la façade était dépourvue de la flamboyance habituelle des églises catholiques, avec pour seul ornement un motif constitué de cercles et de croix, Jack ne s'était pas aperçu qu'il se trouvait juste devant.

L'église Notre-Dame de France avait été construite en 1865 sur un site lié aux derniers guerriers saints : les chevaliers du Temple. Presque complètement démolie par les bombardements allemands pendant la Seconde Guerre mondiale, elle avait été reconstruite dans les années 1950 sans grand souci d'esthétique. Ce que Jack n'avait pas remarqué et qui lui importait peu. S'il se trouvait là, c'était uniquement à cause de l'image apparue suite au déchiffrement du message et qui l'avait mis hors de lui :

La photo de classe de Lara, probablement reproduite à partir d'un des nombreux articles consacrés à Jack lui-même, avec le commentaire « chassés du ciel avec tous ceux qui font du mal » encore visible au-dessus de son visage souriant. Il inspira profondément, entra dans le bâtiment et secoua la pluie du col de son manteau. Ce commentaire méritait une bonne explication.

Et même une sacrément bonne explication.

Il se trouvait dans une salle spacieuse et haute de plafond, mais mal éclairée. La seule véritable lumière provenait de l'extérieur et de petits vitraux encastrés dans trois des murs. L'église était pratiquement dénuée de toutes ces statues peinturlurées qui ornaient la plupart de ses contemporaines plus connues, mais il y avait malgré tout quelques petites plaques montrant les étapes du chemin de croix, un grand autel avec une jeune Vierge Marie entourée par d'adorables petits animaux à la Disney, quelques saints en plâtre craquelé trônant dans les chapelles latérales et, sur le mur le plus éloigné, une simple fresque peinte à la main.

La silhouette de Jack dans son long manteau se découpait de façon imposante dans l'encadrement de la porte. La tête baissée, l'air agressif, il examinait les quelques personnes déjà assises dans l'église. Pendant un instant, on n'entendit plus que le bruit lointain de la circulation et celui des gouttes d'eau tombant sur le sol poli. Puis retentirent des pas : ceux de Jack, mesurés comme ceux d'un inspecteur, d'un professeur sévère ou d'un sergent-major. Chacun de ses pas résonnait dans l'édifice, répercuté par les murs de plâtre lisses.

En passant sous une lucarne en forme de dôme ornée d'une toile d'araignée tissée en cercles concentriques, Jack examina ceux qui avaient trouvé abri sous le haut plafond de l'église. Beaucoup semblaient être des gens pour qui l'église était le seul refuge actuellement disponible, les exclus qui venaient y chercher la chaleur et les éventuels bienfaits qu'elle pourrait leur offrir. Son cœur battait la chamade et la colère lui faisait plisser les yeux. Il regarda attentivement chaque personne tour à tour, scrutant les visages mornes. Un par un, ils lui rendirent son regard, et un par un, ils lurent l'expression sur son visage et se détournèrent résolument. Personne ne soutint son regard. Personne ne lui adressa le moindre signe.

Son regard fut finalement attiré par la fresque, une crucifixion peinte à grands traits sur le plâtre avec une économie de couleurs. C'était un parfait lieu de rendez-vous et il choisit le banc en chêne clair le plus proche pour s'asseoir. Il resta silencieux quelques minutes, cherchant nerveusement son mouchoir pour s'essuyer le visage et le front. Puis, fatigué et glacé dans ses vêtements mouillés, il ferma les yeux en attendant la confrontation. Dehors, les nuages s'amoncelaient, oblitérant le peu de lumière qui pénétrait à l'intérieur. Un orage menaçait et il y avait de l'électricité dans l'air. Jack sentait ses poils se hérisser.

Derrière ses yeux mi-clos, tout prenait l'apparence d'un velours bleu foncé, les vitraux colorant les derniers rayons du jour qui parvenaient jusqu'à lui. Quelque part derrière, la grande porte en bois fut refermée à cause de la pluie et le bruit résonna dans tout l'édifice. Un froid insidieux le parcourait, des chevilles aux omoplates. Il frissonna.

« Intéressant, non ? »

Il ouvrit brusquement les yeux et tourna la tête en direction de la voix grave, surpris de découvrir qu'il n'était plus seul. Pendant un instant, il crut que c'était le prêtre attaché à l'église qui avait parlé, mais en voyant l'homme, il comprit aussitôt qu'il ne pouvait s'agir d'un membre du clergé. Luxueusement vêtu, l'étranger était déjà assis sur le banc à quelque 50 centimètres sur sa droite. Ses yeux étaient rivés non pas sur Jack, mais sur l'image grossièrement peinte qui leur faisait face.

Jack garda le silence, ne sachant pas, pour une fois, comment il devait réagir.

« La fresque, continua l'homme d'un air laconique en se tournant vers lui. Elle est intéressante, vous ne trouvez pas ? »

De taille moyenne, la quarantaine, la peau bronzée et parcheminée, l'homme avait des cheveux noir ébène plaqués en arrière et retombant sur ses épaules comme des sortes de rigoles de pluie noire. Il portait un costume noir sur mesure avec un pantalon sans revers, sur un pull à col roulé noir moulant. Pas de chemise. Pas de cravate. Ses traits finement dessinés trahissaient un métissage probable, moyen-oriental et européen sans doute, avec des sourcils épais et un nez anguleux. Il avait un air glacial, avec un côté du visage éclairé en bleu par les vitraux, l'autre réduit à un masque sombre. Dans la pénombre, Jack distinguait ses yeux noirs au regard pénétrant. Il le fixa sans sourciller, mais se sentait affreusement mal à l'aise, comme jamais auparavant. Sans savoir qui était cet homme, quelque chose en lui lui déplaisait déjà profondément.

Après un certain laps de temps, l'homme détourna le regard et se laissa aller en arrière avec un air détendu. Un comportement habituel à beaucoup d'hommes d'affaires endurcis avec qui Jack était obligé de négocier quotidiennement. Son parfum, que Jack n'avait pas remarqué au premier abord, était un produit d'une marque exclusive hors de prix qu'il portait parfois lui-même. Sa montre était une Breitling, en or massif, et sa bague, également en or, portait la lettre « M ». Seule faute de goût pour ce genre d'homme, l'anneau qu'il portait à l'oreille était probablement lui aussi en or 24 carats.

« Elle a été peinte par Jean Cocteau... l'artiste et cinéaste français. Une des dernières œuvres qu'il a peintes avant sa mort. » Il parlait calmement et distinctement, comme s'il conduisait une visite guidée. « C'est lui là-bas. Vous voyez ? »

Jack regarda l'endroit de la fresque que l'homme lui indiquait, mais celui-ci ne lui laissa pas le temps de répondre.

« L'homme de face, expliqua l'homme. Ce n'est pas un centurion romain et ce n'est certainement pas un disciple. »

Il se tourna de nouveau vers Jack en esquissant un sourire entendu. « Cocteau, apparemment, a décidé de s'inclure dans la fresque. »

Jack commençait à se dire que, même si cet homme le mettait mal à l'aise, il n'avait rien à voir avec le message qu'il avait reçu. C'était peut-être seulement un amateur d'art ; l'emmerdeur typique qui, dans chaque galerie, n'avait de cesse de partager ses connaissances encyclopédiques avec le malheureux qui était assez patient et poli pour l'écouter. À cet instant précis, Jack n'entrait dans aucune de ces deux catégories. Il n'était pas là pour faire la conversation et il commençait à perdre le peu de patience qui lui restait.

« Je me contrefiche de vos leçons sur l'art », dit-il d'un ton furieux, en ignorant le raseur et en cherchant des yeux le visiteur qu'il attendait. Il espérait que l'autre comprendrait et le laisserait tranquille. « J'attends...

— ... une leçon d'histoire », interrompit l'homme, ses yeux à nouveau plantés dans ceux de Jack.

Il laissa ses paroles résonner un moment dans l'église, puis son regard devint moins intense. « Mais la chose dont il faut se souvenir à propos de l'histoire, monsieur Bernstein, c'est qu'elle comporte souvent de nombreuses versions différentes du même événement. Qui peut dire ce que l'histoire retiendra de votre fille, par exemple ? "Héritière tragiquement tombée de cheval", sans aucun doute. » Pendant que Jack restait bouche bée, l'homme haussa stoïquement les épaules. « L'histoire, c'est uniquement une compilation de conneries. Très rarement une science exacte. »

Jack se retourna brusquement en direction de l'homme. « Que savez-vous à propos de ma fille, bordel de merde ? » Sous le coup de l'impatience et de la colère, sa phrase s'était réduite à un long grondement désespéré.

« Qu'elle est morte à bord du vol TransAir 320 reliant Francfort à New York. » L'homme haussa à nouveau les épaules.

« Pardonnez ma franchise, mais je crains que ce soit la vérité pure et dure, et que ni vous ni moi ne puissions rien y changer. »

Jack n'avait pas la moindre idée de qui pouvait être cet homme, mais il était en possession d'informations dont on lui avait assuré, au plus haut niveau, qu'elles resteraient totalement confidentielles. Et pour autant, d'après lui, aucun enquêteur de base ni journaliste d'investigation ne gagnait suffisamment d'argent pour pouvoir s'offrir un costume, du parfum et des bijoux comme ceux de cet homme.

« Comment êtes-vous au courant pour le vol 320 ? demanda-t-il, de plus en plus furieux. Comment êtes-vous au courant de... ?

— Votre fille ? Oh ! je sais beaucoup de choses sur la pauvre petite Lara. Disons seulement que je représente ce qu'on peut appeler "un parti intéressé". »

Son discours semblait parfaitement au point, jusqu'à ses moindres pauses et ses intonations. « Alors, dites-moi, continua-t-il sur un autre ton, pourquoi pensez-vous qu'un artiste de renommée mondiale... mandaté par l'Église catholique... choisirait de s'inclure dans son propre tableau et de se représenter tournant le dos de façon abjecte aux pieds du Christ ? Ne devrait-il pas prier dans sa direction ? En le louant ? En lui demandant pardon pour les nombreux péchés de sa misérable existence ? » Il secoua la tête comme s'il était déçu par ce qu'il voyait. « Pourquoi se représenter avec une expression presque dégoûtée ? Se moquer de ceux qui ont commissionné votre travail est un jeu dangereux. Se moquer de Dieu lui-même ne vous assure rien d'autre qu'une place en enfer. »

Jack jeta un coup d'œil rapide sur la fresque.

Le tableau montrait, des genoux aux pieds, les jambes d'un homme crucifié, vraisemblablement celles de Jésus lui-même. Quatre centurions romains montaient la garde au pied de la croix, pendant que quatre disciples, deux hommes et deux femmes, regardaient en direction de ses pieds. Pas un seul d'entre eux ne paraissait affligé par ce spectacle. Ils avaient plutôt l'air dégoûtés. Et en bas à gauche de la fresque se trouvait l'homme décrit comme étant Cocteau. Cheveux courts et l'air totalement déplacé dans ce contexte, il tournait effectivement le dos au Christ, affichant comme les autres la même expression de dégoût.

C'était certes assez curieux, mais Jack n'en était pas plus avancé en ce qui concernait sa fille.

« Je ne suis pas chrétien, dit-il, d'un ton agacé. Je suis juif et tout cela m'est égal. Il semble que vous vous soyez donné beaucoup de mal pour rien. À moins, bien entendu, que le seul but de ce rendez-vous ait été de me faire perdre beaucoup de temps. » Il allait se lever avant de dire ou de faire quelque chose d'indigne de lui.

« Vous devriez vous en soucier, monsieur Bernstein, vraiment. Voyez-vous... les peintures reflètent parfois la vie réelle. Parfois, quelqu'un essaie de nous dire quelque chose, mais s'y prend avec un peu trop de subtilité. Est-ce que... vous comprenez ? »

Jack serra les dents et se rassit lentement sur le bois froid.

Il comprenait.

« Cocteau ne partageait pas l'opinion commune à propos du Christ, et son art ne fait que refléter son honnêteté. Qui sait, peut-être même avait-il raison. Ce n'est pas parce qu'une certaine version de l'histoire est généralement acceptée qu'elle est vraie. C'est tellement facile de tromper les masses. » Il rit doucement. « Comme vous l'avez démontré vous-même avec cette lamentable histoire de promenade à cheval. Les gens croiront exactement ce que vous voulez qu'ils croient à condition de réserver la vérité à ceux en qui vous pensez pouvoir avoir confiance. Mais ce que vous voulez vraiment, je veux dire la raison pour laquelle vous êtes ici, c'est la vérité sur la mort de votre fille. Sans vous soucier, j'en ai l'impression, que cela soit ou non en accord avec l'opinion générale. »

Jack se tourna vers lui avec un regard glacial. L'homme préféra l'ignorer, les yeux à nouveau fixés sur la fresque.

« Alors, dites-moi... demanda Jack d'un ton ouvertement méprisant. Si vous avez des renseignements importants sur l'enquête, pourquoi ne pas en référer aux autorités allemandes ? Ou au FBI ? Ou bien est-ce simplement parce que vous attendez quelque chose en retour... »

Après seize années à la tête d'IntelliSoft, il savait quand une négociation était sur le point de commencer. L'homme ne voulait pas livrer des informations susceptibles de faire condamner le coupable. Il voulait les livrer pour obtenir de l'argent en échange, purement et simplement.

« Vous pouvez m'appeler Simon, monsieur Bernstein, mais mon nom n'a pas vraiment d'importance pour vous. Je crois, par contre, que mes informations en ont. La seule chose que vous devez savoir, c'est que je représente un groupe de personnes dont les croyances en matière d'histoire sont totalement différentes de celles de M. Cocteau, ici. Et quant à ce que je veux... » Il s'arrêta, prolongeant le silence juste assez pour tenir Jack en haleine.

« Ce n'est sûrement pas de l'argent, si c'est ce que vous pensez. J'ai bien assez de ces choses triviales. »

Il montra les murs froids tout autour. « Nous sommes ici dans un lieu saint, monsieur Bernstein, consacré par les chevaliers du Temple eux-mêmes. Longtemps avant que la première pierre de cette église ait été posée, ils utilisaient cet endroit comme point de ralliement pour les départs en croisades. Pendant des centaines d'années, et sous de nombreux aspects différents, ils ont cherché dans tout le monde connu le plus insaisissable et le plus convoité des trophées religieux : le Saint-Graal. Certains disent que c'était la coupe utilisée par Jésus lors de la

Cène et qui recueillit son sang pendant qu'il pendait à la croix, vaincu. D'autres pensent que c'est son corps. Ou l'os d'un croisé moins chanceux. Personnellement, je crois que le vrai Graal est quelque chose de bien différent et c'est ce que je cherche. »

Il avait appuyé délibérément sur le « je », comme si le fait de vouloir autre chose que de l'argent le distinguait d'un vulgaire extorqueur. Pour Jack, cela revenait au même. Cet homme lui proposait un échange plutôt qu'un cadeau.

« Et quel rapport avec ma fille ? Qu'est-ce que je fous là ? »

L'homme se mit de nouveau à rire, vaguement ironique à présent. « Parce que, monsieur Bernstein, je suis un homme sage. Pas un bon Samaritain.

— Ce qui veut dire ?

— Ce qui veut dire que je vous donnerai la seule chose que vous désirez ; c'est-à-dire les gens qui ont tué votre fille, et vous, en retour, me donnerez la seule chose que je désire... »

Jack secoua la tête avec un sourire dédaigneux.

« Ah ! vous croyez ? »

La voix de l'homme, sa froideur, et jusqu'à l'air entre eux, tout semblait lourd de menace. « Oui, monsieur Bernstein. Je le crois. »

Diversité de dons

1 Corinthiens 12:4

Dans le sanctuaire de lumière, enfoui profondément sous le temple, chacun des ministres se dépouilla de ses vêtements occidentaux et se baigna pendant une demi-heure dans les eaux pures et parfumées d'un bassin creusé dans le sol. Un silence solennel régna pendant la purification, comme c'était le cas à chacune de leurs rencontres. Puis, quand les trois hommes se furent séchés, Éphraïm, vêtu d'une robe vert pâle, entama les prières. Après l'amen final, il prit trois robes similaires, mais de couleurs différentes selon le rang, et les leur tendit. Benjamin reçut la blanche, Siméon la noire et Zabulon la rouge.

Éphraïm détacha une grande clé de la chaîne en or suspendue à son cou et ouvrit avec précaution la lourde porte cloutée qui séparait le sanctuaire de lumière de la salle attenante. Pour la première fois de sa vie, Zabulon sentait son cœur s'accélérer. Il ferma les yeux et remercia Dieu d'avoir été jugé digne de servir le nouvel empire.

Comme aux autres, il lui avait été remis une grande enveloppe au cours de l'assemblée qui avait précédé. À l'intérieur, il y avait beaucoup d'autres enveloppes, plus petites et plus lourdes, chacune portant la date à laquelle elles devaient être ouvertes. À ces dates, lui et ses collègues devraient suivre à la lettre leurs instructions respectives. Elles seraient, comme il le savait, les dernières tâches que L'Abraham lui demanderait d'exécuter. Il ne devait pas mourir avant d'avoir accompli toutes les tâches, quelles qu'elles soient. Dieu lui faisait confiance pour paver la route et ne rien laisser inachevé. Il n'était pas question de décevoir L'Abraham, l'Enfant, ni, bien sûr, son Dieu qui l'aimait.

En suivant Éphraïm dans la chambre pour la première fois depuis qu'il avait été ordonné, il fut sidéré par son immensité. Des centaines de petites niches perçaient les hauts murs, chacune contenant l'une des précieuses œuvres d'art de l'Éternité. Zabulon savait que beaucoup de ces objets, si jamais leur existence venait à être connue, auraient le pouvoir de réécrire définitivement l'histoire. À sa gauche, le mur nord avait été laissé nu et lisse, n'accueillant qu'un coffre ouvert reposant sur des supports en or. Debout à l'intérieur du coffre se trouvait le butin le plus précieux de la collection impressionnante de l'Éternité : le Livre de la parole.

Chacun des blocs de marbre du sol avait été systématiquement positionné de manière à ce que ses veines se dirigent vers l'intérieur, obtenant ainsi un motif ressemblant à la pigmentation d'un iris humain. Le regard de Zabulon fut attiré vers le centre de la pièce, où il découvrit un spectacle dont il avait longtemps rêvé : là, posé sur une dalle de marbre plus foncée, se trouvait le berceau. Un homme seul, vêtu de cramoisi foncé, se trouvait derrière. C'était Le Joseph ; le père de l'Enfant.

Éphraïm laissa à chacun de ses collègues émerveillés quelques instants pour regarder depuis la porte, puis ouvrit un coffre en bois sombre qui était posé le long d'un mur. Lentement, il en retira trois objets de tailles différentes, tous enveloppés dans un velours pourpre – la couleur des rois – et les tendit successivement à chacun de ses ministres. Puis, sans qu'aucune parole ne soit prononcée, il fit demi-tour, s'avança cérémonieusement sur le sol en marbre, au-delà du berceau, et prit sa place en tant que Jacob aux côtés du Joseph.

Prêt pour le rituel qu'on attendait de lui, Benjamin s'approcha, tenant son cadeau en offrande. En arrivant à l'endroit où les côtés du berceau, sculptés de motifs religieux, laissaient voir l'Enfant, il tomba à genoux et inclina la tête vers le sol en signe de soumission. Après un moment de prière, il souleva à nouveau son offrande et ôta la couverture de velours ; une couronne d'or incrustée de pierres précieuses était posée sur une vitrine en verre gravé contenant un sabre vénitien. Il posa la grande caisse sur le sol, prit la couronne et la posa aux pieds de l'Enfant.

Le bébé souriait, tout en donnant des petits coups de pied et en tendant les bras. Parfaitement innocent et inconscient. Benjamin fit trois pas vers sa gauche pour laisser s'approcher Siméon. Son cadeau, contenu dans une vitrine en verre similaire, consistait en des balances anciennes comme celles utilisées pour peser le blé et l'orge. Ayant aperçu l'Enfant et posé la caisse sur le sol à côté de celle de Benjamin, il fit trois pas vers sa droite, et Zabulon s'approcha, s'inclina et découvrit le dernier cadeau ; une autre vitrine contenant un arc de chasse traditionnel. Puis, selon les instructions, il recula d'un pas, de façon à se trouver juste entre Benjamin et Siméon.

Quand les trois ministres eurent fini de rejouer la scène des Rois mages, Éphraïm s'approcha de l'autre côté du berceau et s'agenouilla devant l'Enfant. Il présenta également une vitrine, mais, contrairement à ses prédécesseurs, il l'ouvrit. À l'intérieur, posées solennellement sur un coussin de velours pourpre, se trouvaient trois clés : une pour chacune des autres caisses. Posant son offrande au centre de la couronne, il recula en baissant la tête. Les hommes prièrent à nouveau, demandant à Dieu que l'Enfant grandisse en pleine santé et qu'il apprenne à utiliser ses cadeaux aussi sagement qu'eux l'avaient fait.

Les premiers devoirs des ministres envers l'Enfant avaient été accomplis. Tandis que Le Joseph lui avait donné la vie elle-même, et que Benjamin, Siméon et Zabulon lui avaient respectivement conféré leur pouvoir de « juger les impies avec le glaive, la famine et la mort », Éphraïm, lui, avait fait le don le plus important de tous. Il lui avait, du moins symboliquement pour l'instant, donné le pouvoir sur tous les trois.

Elle n'a pas de fils
2 Rois 4:14

Jack n'était pas d'humeur à plaisanter.

« Je tiens déjà les tueurs de ma fille, dit-il avec méfiance. Au moment même où nous parlons, ils sont en garde à vue.

— Ne laissez pas votre assurance guider vos actes, monsieur Bernstein, répondit l'homme, avec un geste moqueur du doigt. Vous pourriez le regretter amèrement.

— Alors... quoi ? dit Jack, avouant son ignorance. Apparemment, vous pensez avoir des informations nouvelles concernant l'explosion et vous voulez les échanger contre quelque chose. Quoi, exactement ? Quel est ce Saint-Graal ? »

L'homme haussa à nouveau les épaules. « Un livre. »

Jack sourit d'un air méprisant. « Dans ce cas, allez le chercher dans une bonne bibliothèque. »

L'homme ne se donna même pas la peine de se tourner vers son interlocuteur pendant qu'il parlait. « Il s'agit d'un livre très spécial, monsieur Bernstein, vraiment très spécial. Actuellement, par chance, il est justement entre les mains de ces mêmes gens qui ont décidé de faire sauter un avion à 11 000 mètres d'altitude, et votre fille avec. Et j'aimerais que vous puissiez le récupérer pour moi. »

Jack serra les dents, conscient de la manœuvre de l'homme. Il avait décidé de le provoquer, le forçant à imaginer les derniers instants de la vie de sa fille pour qu'il soit avide de la moindre bribe d'information. Il détestait cette façon de procéder, mais également le fait qu'elle soit aussi efficace.

« Mil'el détient donc ce fameux livre ? »

Simon ricana, façon d'agacer Jack encore un peu plus.

« Allons. Croyez-vous vraiment que Dalkamouni ou qui que ce soit au sein de Mil'el ait posé cet engin destructeur à bord du vol 320 ? Les gens de Mil'el sont fanatiques, même moi je n'en doute pas, mais ne tombez pas dans le piège du FBI qui voudrait faire croire qu'ils sont également stupides. Assez pour utiliser une réplique exacte de la bombe qu'ils étaient en train de construire l'année dernière à Berlin, avant d'être pris sur le fait. Assez pour ne même pas essayer d'en revendiquer la paternité ? Assez pour être pris moins de quatre jours après l'attentat ? »

Il regarda avec une nonchalance étudiée sa Breitling sertie de diamants. « Dites-moi, monsieur Bernstein, est-ce que cela vous semble être le travail d'un groupe qui a réussi à tuer cent treize étrangers en cinq ans, sans que la moindre charge ne soit retenue contre aucun de ses membres ? Des gens qui, surpris en train de construire un engin explosif barométrique, ont réussi à négocier leur libération à Berlin sans conditions, trois mois plus tard ? Faites-moi confiance au moins pour une chose, monsieur Bernstein, ces gens sont loin d'être stupides. »

Jack plissa le front, essayant de se rappeler les informations qu'Andy lui avait transmises concernant le groupe terroriste après l'arrestation de ses principaux membres.

« Si je comprends bien, Mil'el a reconnu sa responsabilité pour les cent vingt-quatre morts. » C'était un détail, mais un détail qu'il sentait nécessaire de souligner dans la bataille qu'il était en train de perdre.

« Il est possible qu'on vous ait dit cela, mais, comme je crois vous l'avoir déjà expliqué, l'histoire est loin d'être une science exacte. Les onze soldats dans la boîte de nuit à Paris, il y a trois ans, n'étaient pas morts de leur fait, mais celui d'un ancien membre mécontent qui avait revendiqué l'attaque en leur nom. » Simon haussa les épaules, puis le bas de son visage se tordit dans un sourire méchant. « On m'a dit qu'on s'était occupé de lui peu de temps après. »

Jack accusa le coup.

« Vous voulez dire que vous leur avez parlé ? À Mil'el ?

— Bien sûr. Pas à ceux qui ont été appréhendés dans votre pays grâce à des preuves fabriquées de toutes pièces, bien entendu, mais j'ai parlé avec leurs collègues à Tripoli. Je ne fais pas partie du FBI, monsieur Bernstein, et en tant que tel, je suis partisan d'une enquête approfondie. Ils m'ont informé en toute confiance que leurs membres n'étaient pas responsables du vol 320, mais que, sous prétexte que certains indices les désignaient, les autorités avaient décidé que, “après tout, pourquoi pas”. Qu'ils l'aient fait ou non, cela n'a aucune importance. Ce sont les boucs émissaires parfaits pour parvenir à une résolution, n'est-ce pas ? »

Jack était sur le point de lui demander si l'on pouvait vraiment faire confiance à une organisation terroriste planétaire pour obtenir des informations, mais il préféra s'abstenir.

« Alors, qui a abattu le vol 320 ? Qui a tué ma fille ?

— Les gens qui détiennent quelque chose dont j'ai besoin.

— Et ils sont ?

— Extrêmement difficiles à trouver, monsieur Bernstein. Très difficiles, vraiment. Raison pour laquelle je suis venu vers vous, à contrecœur pour tout vous dire. J'ai un marché à vous proposer qui est simple. Je vous donnerai une information à partir de laquelle vous vous débrouillerez pour savoir qui a tué votre fille.

— Vous ne savez donc pas qui sont ces gens ? »

Simon sourit en s'apercevant de l'absence totale de compréhension de Jack. « Je sais exactement qui ils sont, seulement je ne sais pas *où* ils sont. C'est une énigme et votre présence ici me prouve que vous aimez les résoudre. Mais si je trouve pour vous la solution à la moitié de l'énigme, il y a toutes les chances que vous n'en compreniez pas suffisamment les sources pour aller jusqu'au bout. Je vous donnerai donc l'information qui m'a été donnée et vous ferez ce que j'ai fait, moi. Vous trouverez leur identité. La question qui se pose est de savoir si vous pourrez réussir là où moi j'ai échoué. Pourrez-vous les localiser ? »

Dans les tréfonds de son psychisme, une main glacée surgit et vint titiller la fierté de Jack. Il ne savait pas s'il était assez intelligent pour résoudre le problème en question, mais il l'était suffisamment pour savoir que la main glacée était préalablement gantée. L'homme qui lui faisait face avait habilement manœuvré pour que ce gant soit jeté à ses pieds.

« Et vous croyez que j'en suis capable ?

— Est-ce que je serais ici si je ne le croyais pas ? »

Sur sa droite, Simon prit un dossier en cuir qui, jusque-là, était resté soigneusement caché par son corps.

Il était d'un rouge profond, épais d'environ 3 centimètres, et bourré de feuilles de papier. Sur une page qui dépassait, Jack aperçut le coin d'un schéma technique.

Simon posa le dossier soigneusement entre eux, sans jamais quitter Jack des yeux. « Dans ce dossier, il y a suffisamment d'informations pour vous mettre en appétit, ni plus ni moins. Si, sur la base de ce que vous y trouverez, vous êtes prêt à accepter mes conditions, alors vous pourrez me retrouver ici dans exactement deux semaines et je vous donnerai le reste. » Le regard de l'homme était toujours aussi impénétrable. « Je vous attendrai.

— Et ensuite ? demanda Jack. Que se passera-t-il si je retrouve ces gens ?

— Alors, vous utiliserez votre pouvoir et votre argent, vos contacts et tout ce que vous voudrez pour les faire enfermer. En le faisant, vous vous assurerez que le livre est en lieu sûr et, quand je le récupérerai, nous serons quittes. »

Simon haussa un sourcil. « Je m'attends à ce que vous respectiez votre parole envers moi. Pas de livre, pas de marché. » Un coup de tonnerre retentit à l'extérieur de l'église et, une fraction de seconde plus tard, l'édifice fut envahi par un souffle de rayons électriques. Le visage de l'étranger fut momentanément recouvert par un masque bleu pâle tandis que ses yeux enfoncés demeuraient dans l'obscurité. Jack secoua la tête, dégoûté. Au fond de lui-même, il voulait savoir ce que ce livre avait de tellement spécial, mais en réalité, il en avait assez des discours arrogants de cet homme.

« Je ne sais pas pour qui vous vous prenez, gronda-t-il, mais je ne vais pas marchander pour connaître les tueurs de ma fille. » Il aurait aimé conclure sur une remarque perfide, mais l'impatience eut raison de lui. Il se contenta d'un... « Allez au diable », la meilleure façon de conclure l'accord.

Il se leva rapidement, remonta son col en prévision de l'orage qui avait éclaté dehors et se dirigea résolument vers les lourdes portes en bois, sans un regard pour l'étranger resté immobile. Cet homme le mettait mal à l'aise, sa conversation encore plus. Le dossier était resté sur le banc.

Sans même se retourner, l'homme l'appela d'une voix étrangement calme. « Je suis allé en enfer, monsieur Bernstein, et je peux vous dire que ce n'est pas un endroit agréable. Mais, dites-moi... Êtes-vous prêt à laisser votre chair et votre sang se consumer éternellement dans ses flammes ? »

Une nouvelle fois, l'étranger avait dépassé les limites avec un art consommé.

Jack ouvrit la porte, mais s'arrêta dans la lumière bleu cobalt. Elle avait de nouveau envahi l'église, éclairant le visage des mendiants qui avaient relevé la tête en entendant le cri. Malgré lui, il se retourna et regarda à nouveau la fresque. Les mots lui échappèrent, vaguement menaçants, comme ceux qu'il réservait généralement à la table des négociations.

« Si vous insinuez que ma fille est en enfer, c'est que vous êtes un malade, un vrai salopard. » Il secoua la tête, incrédule. « Je ne crois pas que... Non, je peux vous garantir que nous ne nous reverrons plus. »

L'homme se retourna lentement, juste à temps pour saisir le regard de Jack.

« Je suis certain que votre fille était un véritable ange, monsieur Bernstein, continua-t-il avec condescendance, mais vous ne semblez pas comprendre. En fait, je faisais référence à son enfant. Le petit garçon qu'elle a mis au monde pendant qu'elle était loin. »

Les mots résonnèrent, d'abord à travers l'église, puis dans la tête de Jack, avec une violence qu'il n'aurait jamais soupçonnée. Tout son corps se figea. Son cœur, son pouls et sa respiration cessèrent un instant, et il lui sembla que le temps en avait fait autant. Il n'aurait jamais cru que de simples mots pourraient à ce point le paralyser.

Face à lui, l'homme se détourna à nouveau, avec l'air désabusé d'un père retournant à la lecture de son journal du dimanche.

« Ce que vous ne semblez pas comprendre, c'est que le vol 320 a explosé en vol pour une seule et unique raison... parce que votre fille était à bord. »

La phrase semblait avoir déclenché un grondement menaçant. En un instant, il se mit à résonner à travers l'église et, le moment d'après, il s'abattait sur Jack en l'enveloppant comme une cape sombre. À mesure qu'il parlait, la voix de l'homme parut descendre d'une octave jusqu'à ce que ses mots deviennent de longs grognements s'insinuant à travers les allées, comme des loups, pour arriver jusqu'à Jack. Là, ils s'attaquèrent à chacun de ses sens.

« On ne pouvait pas la laisser vous rejoindre à New York, car alors, vous auriez été mis au courant de l'existence du garçon et cherché à le secourir. »

Il haussa ses épaules avec indifférence.

« Ils ont retrouvé sa trace trop tard, et c'est uniquement pour cette raison qu'ils ont dû prendre des mesures aussi drastiques. »

Pendant un bon moment, Jack fut incapable de réagir. Il était pâle comme la mort et restait immobile, bouche bée, comme lorsqu'il avait appris la mort de Lara. Il était épuisé. Il avait peur.

Peur d'apprendre qu'il y avait des choses importantes dont il ne se doutait même pas.

« Vous... vous dites que Lara a eu un enfant ? Sans que je le sache ? Et vous insinuez que deux cent soixante personnes ont été assassinées juste pour l'empêcher de rentrer chez elle ? Pour... quoi ? Pour me le dire ? »

L'homme – Simon – se leva pour lui faire face à nouveau, veillant bien à ce que sa silhouette sombre au regard glacial dissimule cette fresque dépourvue du moindre sens. Il resta en partie dissimulé dans l'ombre, l'autre moitié de son corps encore baignée dans la lumière bleutée.

« Peut-être ne croyez-vous pas ce que je vous dis, monsieur Bernstein, mais cela viendra... parce que la séquence est très simple. » Il ramassa calmement le dossier en cuir. « D'abord, je dois vous convaincre que ni Dalkamouni ni qui que ce soit d'autre au sein de Mil'el n'a posé cette bombe. Si je vous connais, et je pense que c'est le cas, vous voudrez ensuite savoir qui était vraiment responsable et vous accepterez mes termes. Ensuite, je vous donnerai des informations – des informations qui contiendront des indices concernant l'endroit où se trouvent les assassins de votre fille ainsi que son enfant. Entre-temps, je sais que vous allez faire faire tous les tests ADN possibles sur cet enfant avant de me donner ce que je veux. Vous voyez donc que ma récompense est entre vos mains et que je suis prêt à accepter le défi. La question qui se pose est que, sachant que la clé menant à votre descendance est entre les miennes, êtes-vous également prêt ? »

Chaque nouvelle parole prononcée par l'homme ne faisait qu'attiser la colère de Jack et il finit par exploser de rage.

« Des gens sont morts, espèce de malade. Plus de deux cents personnes sont mortes, et vous voulez me donner des indices ? »

Il secoua la tête, au comble de l'incrédulité, la voix cassée par le désespoir et la résignation.

« Pour l'amour de Dieu, supplia-t-il, ce n'est pas un jeu. »

L'homme sourit avec indifférence et fusilla Jack de son regard glacial.

« Ah, mais, au contraire, monsieur Bernstein, c'est le jeu par excellence. » Son sourire devint sadique. « Et quand vous aurez pris connaissance de ce dossier, il vous restera exactement quatorze jours pour décider si oui ou non vous voulez jouer. »

Le mal s’est étendu

Lévitique 13:51

Huit heures après que les cadeaux ont été présentés à l’Enfant, et à 500 kilomètres de toute construction humaine, les deux hommes avaient l’air mal à l’aise et pas du tout à leur place. Vêtus, malgré la chaleur torride, de combinaisons et de cagoules de protection, ils se déplaçaient comme des astronautes sur Mars, sur fond d’arrière-pays australien. Ils se livraient à leurs derniers préparatifs.

S’éloignant de la Land Rover noire qui les avait conduits jusqu’à cet endroit isolé, l’un des hommes s’avança vers un enclos en bois dans lequel se trouvaient vingt-huit moutons. Le véhicule, tout comme les moutons, appartenait à l’une des plus grandes entreprises mondiales, mais il ne portait aucun signe distinctif ni plaque d’immatriculation. Jusqu’aux numéros de série du véhicule et du châssis qui avaient été effacés à la lime, au cas où quelque chose aurait mal tourné, provoquant une descente inopportune des autorités. Rien ne pourrait jamais relier l’expérience d’aujourd’hui à ceux qui l’avaient commissionnée.

L’homme s’arrêta devant un grand pieu surmonté d’un capuchon tournant et connecta soigneusement un ordinateur portable dans une prise à cinq fiches incrustée dans la base. Pendant qu'il travaillait, les moutons se dirigèrent, inquiets, vers l'endroit le plus éloigné de l'enclos, en bêlant doucement.

Il se demanda quel pouvait être le niveau de perspicacité de ces animaux stupides ; s'ils sentaient quelque chose dans l'air. Quand bien même, ils n'auraient rien pu y faire.

Satisfait des informations qu'il avait recueillies, il ouvrit un coffre-fort métallique et sortit une poche à sang de l'intérieur capitonné. Le liquide qu'elle contenait était incolore et, d'après ce qu'on lui avait dit, inodore. Manipulant le sac avec un soin extrême, il s'avança vers le pieu marqué « SSE » et l'accrocha à un clou qui y avait été préalablement enfoncé. Il recula alors d'une trentaine de mètres pendant que son collègue montait dans la Land Rover et venait le rejoindre.

« Qu'est-ce que tu lis ? demanda-t-il en s'adressant à la voiture et en élevant la voix pour qu'on puisse l'entendre à travers sa visière en Plexiglas.

— Quatre-point-six-huit, sud-sud-est », répondit le conducteur.

L'autre acquiesça, se dirigea vers l'arrière de la Land Rover, ouvrit le haillon et récupéra un fusil Browning de gros calibre avec téléobjectif. Il prit une boîte de cartouches, revint vers l'avant du véhicule et la posa sur le capot. Après avoir ouvert, non sans difficultés, la boîte avec ses gants de protection, il prit cinq cartouches et les inséra une à une dans la chambre de l'arme.

« Nous sommes prêts ? » demanda-t-il. L'homme préposé aux relevés acquiesça et recula de quelques pas.

En prenant appui sur le capot de la voiture, il mit le fusil en joue. Puis, plaçant doucement son doigt ganté sur la gâchette, il baissa le canon jusqu'à voir le sac et le positionner dans son viseur. Au moment même où il commençait à appuyer sur la gâchette, on lui tapa sur l'épaule et il leva les yeux. L'homme qui avait fait les relevés montrait quelque chose au loin.

En regardant dans la direction indiquée par son collègue, il vit une traînée de poussière croître à l'horizon.

« Merde, dit-il. Putain, qui ça peut bien être ? »

À mesure que le véhicule approchait, ils distinguaient de plus en plus nettement une Land Rover noire, identique à la leur. Ce qui ne pouvait signifier qu'une seule chose : Siméon était revenu de l'assemblée et avait décidé de venir voir en personne les essais menés sur son territoire.

Lorsque le véhicule s'arrêta enfin, son occupant en sortit, vêtu de la même combinaison protectrice que ses employés. Il s'avança résolument à travers la poussière, étudia le pieu et vit que le sac était encore intact. Puis il regarda le ciel et les alentours. La journée était claire, rafraîchie par une brise légère. Il ne se souciait guère de la vitesse exacte du vent, il pouvait voir immédiatement que les conditions étaient parfaites.

« Tire », dit-il brusquement, son accent suédois allongeant les mots comme un enregistrement au ralenti. L'homme tenant le Browning reprit sa position.

La visière en Plexiglas gênait sa vision et il mit presque trente secondes avant d'appuyer sur la gâchette. Quelques instants plus tard, un coup de feu retentit à travers le paysage aride et les timides protestations des moutons se transformèrent en bêlements de panique.

Le sac resta intact.

Siméon soupira, couvrant sa visière de buée, et il arracha le fusil des mains de l'homme accroupi. Tenant l'arme d'une seule main, il visa l'enclos et tira un deuxième coup. Le sac explosa et projeta une pluie de liquide sur le sol rouge. Bientôt, des nuages de vapeur en sortirent qui s'évaporèrent dans l'air.

En quelques secondes, la panique des moutons avait atteint un niveau maximum. Ils se mirent à courir en rond, sautant les uns par-dessus les autres en poussant des bêlements de plus en plus angoissés. Cela dura environ trente secondes, jusqu'à ce que, un par un, ils renoncent et s'écroulent en tremblant. En deux minutes, les vingt-huit bêtes furent réduites au silence. Mortes.

« Venez, dit Siméon sèchement, tout en se dirigeant vers l'enclos pour inspecter les cadavres, le fusil toujours à la main.

— Les combinaisons... ? demanda un des hommes, inquiet à la perspective de se diriger à contrevent vers le sac dont le contenu flottait en l'air.

— Ces combinaisons sont sûres », répondit-il, et tous les hommes emboîtèrent le pas à leur chef prudemment, le suivant à distance.

Une fois dans l'enclos, Siméon s'accroupit près d'un des moutons et vit qu'il était encore agité de spasmes, mais la plupart étaient bel et bien morts. Les pupilles noires de l'animal étaient fixes, contrastant avec son corps tremblant, son regard immense figé dans une expression d'incrédulité. Vingt-huit moutons adultes en moins de deux minutes, se dit-il, en regardant avec un signe d'approbation l'homme qui avait tiré le premier.

« Est-ce le premier essai auquel nous procédons ? » demanda-t-il à l'homme qui avait raté le premier coup. C'était le premier site qu'il inspectait sur les 80 000 hectares de brousse australienne que l'Éternité avait achetés l'année précédente. L'homme acquiesça.

Siméon resta pensif pendant quelques instants. « Il me faut malgré tout un essai complet », ajouta-t-il en regardant les corps amoncelés les uns sur les autres.

À travers sa visière, il voyait bien que l'homme ne comprenait pas. Pour lui, l'essai d'aujourd'hui avait été complet.

« Que voulez-vous dire ? demanda l'homme.

— Un test complet », répéta-t-il, martelant chaque mot.

L'homme haussa les épaules et regarda en direction de son collègue, dans l'espoir que celui-ci réponde.

Avec une nonchalance étudiée, Siméon lui tourna le dos, et, dans un élan, assena un violent coup de crosse sur la visière de l'homme ; celle-ci éclata en morceaux, sous son regard tétanisé.

« Un test complet », répéta-t-il pour la troisième fois, sans émotion particulière dans la voix. Les yeux de l'homme étaient déjà en train de devenir rouges et humides ; son nez commençait à sécréter un flot de mucus teinté de sang. En trente secondes, il tomba à genoux, les yeux écarquillés, en toussant et en crachant. Il rampa au sol et voulut attraper les pieds de Siméon, mais ses forces ne tardèrent pas à le lâcher. En deux minutes, son cœur, qui s'était momentanément accéléré, s'arrêta de battre, comme celui des moutons.

L'autre homme assistait à la scène avec horreur et il recula quand Siméon se tourna vers lui. « Va chercher le phosphore et brûle tout », dit-il froidement en lui tendant le fusil, avant de retourner vers sa Land Rover.

Treize mois après avoir mené les premières expériences avec le mélange de trichlorure de phosphoryle, d'alcool isopropylique et de fluorure de sodium à des températures extrêmement élevées, l'équipe biologique de Siméon avait enfin obtenu le résultat souhaité : le sarin – un nouveau jouet puissant avec lequel Zabulon pourrait s'amuser.

Avec le VX, le sarin était un des agents neurotoxiques les plus virulents et les plus expéditifs de toute la planète.

Des visions...

DANIEL 1:17

Joaquim souriait, tout excité.

« Combien ? »

Il était pourtant sûr qu'il ne verrait pas les hommes du chantier ce soir. M. Mendez l'avait gardé jusqu'à 18 heures, et il était maintenant le quart passé. Les ouvriers finissaient en général leur journée de travail à 18 heures pile, mais, quand il était arrivé sur place, un homme d'une cinquantaine d'années lui avait dit que quelques-uns étaient restés plus tard pour terminer certains travaux. Il avait précisé qu'ils seraient payés en « heures supplémentaires », mais Joaquim ne savait pas vraiment ce que cela signifiait. À son avis, même s'ils avaient travaillé durement, ils avaient dû dépasser le temps qui leur avait été alloué. Cela voulait probablement dire aussi qu'ils devaient maintenant travailler sans être payés, jusqu'à ce qu'ils aient rattrapé le retard. Les gens d'IntelliSoft ne devaient pas être des employeurs faciles et, pourtant, l'homme continuait à sourire. On aurait juré qu'il était content d'avoir des « heures supplémentaires ».

Il lui avait également dit combien ils seraient et cependant il n'arrivait pas à le croire. Maintenant, l'homme lui rendait son sourire en le lui répétant une deuxième fois. Deux cent cinquante, en dix vagues de vingt-cinq chacune. Une fois que les vingt-cinq premiers cylindres en chrome seraient prêts à être mis à feu, les experts artificiers prépareraient les vingt-cinq suivants. Avec autant de feux d'artifice, le ciel déborderait de couleurs pendant une bonne demi-heure.

« Et vous les tirerez pour fêter ma victoire ? » demanda Joaquim avec toupet.

L'ouvrier sourit et enleva son casque, puis essuya la transpiration qui s'était accumulée sur son front tout au long de la journée. Chacune de ses rides profondes était maintenant soulignée par un mince filet d'eau. Il secoua la tête d'un air ironique devant l'assurance du jeune garçon et lui ébouriffa les cheveux. « Ils seront tirés, dit-il en s'agenouillant pour être à sa hauteur, quand le vainqueur aura résolu le dernier problème. » Il lui fit un clin d'œil.

Joaquim se contenta d'acquiescer. Il était impatient de les mettre à feu.

L'homme regarda sa montre et dit à Joaquim qu'il devait retourner au travail. Puis il ajouta que si le jeune garçon voulait venir sur le site très tôt samedi, avant 8 heures, il pourrait peut-être persuader son contremaître de lui faire visiter l'intérieur. Joaquim écarquilla les yeux sous le coup de l'excitation, mais en réalité, il n'arrivait pas à savoir s'il devait se réjouir ou s'attrister. Bien sûr qu'il voulait visiter, mais ce n'était que mardi et samedi paraissait tellement loin...

En tout cas, il serait là et bien avant 8 heures.

Très malin, se dit-il. Les Américains avaient conçu un système, « FireNet », puis l'avaient exploité pour mettre en place un programme d'éducation planétaire,

« FireWorX ». Puis, lorsque Joaquim aurait résolu toutes les énigmes le jour du lancement, ils enverraient de vrais feux d'artifice dans le ciel. Ils étaient tellement malins, les Américains. Sauf quand il s'agissait de concevoir des énigmes, bien sûr. Leurs énigmes étaient incroyablement faciles à résoudre.

Il regarda à nouveau le tableau d'affichage digital :

26 jours, 15 heures, 43 minutes.

L'heure de partir.

*
* *

Il était presque 20 heures quand Jack put enfin abandonner son corps endolori dans le confortable fauteuil en cuir de première classe de son vol de retour pour la Californie ; il était fatigué, en colère et perturbé. Il ne s'était jamais senti aussi mal à l'aise et si désarmé devant les aléas de l'existence, depuis le jour où il avait vu Elizabeth, couchée dans son lit d'hôpital, avec des tubes dans le nez et la bouche qui essayaient en vain de la maintenir en vie.

Deux questions le taraudaient, qui froissaient son *ego*. La première consistait à savoir si ce Simon n'attendait vraiment rien d'autre de leur rencontre et la deuxième à se demander s'il avait réussi à le convaincre. Jack était tombé entre ses mains soigneusement manucurées et en était ressorti avec davantage de questions que de réponses. Il ne savait pas qui était Simon, ni qui il représentait, ni ce que ce livre avait de si particulier, ni pourquoi il le voulait tellement. Et surtout, il ne comprenait pas comment Simon pouvait en savoir autant sur Lara, même avant son voyage fatal.

Apparemment, Lara avait voyagé avec de faux papiers d'identité. Où et comment elle les avait obtenus, Jack ne le saurait probablement jamais, mais cela avait au moins permis de ne pas divulguer la présence à bord de l'avion d'une passagère au nom aussi célèbre. Ce qui inquiétait Jack, c'était surtout qu'un groupe de personnes se décrivant comme un simple « parti intéressé » eût été au courant du voyage de sa fille. Pour réserver ces informations à des gens de confiance, Jack avait dû faire jouer de nombreuses relations politiques et actionner tous ses pistons. Il était certain qu'il n'y avait pas eu de fuites et il se demandait donc si ce Simon était quelqu'un que Lara avait connu avant le vol.

Il ne le saurait peut-être jamais.

Le fait que quelqu'un tente d'utiliser la mort de sa fille pour obtenir quelque chose était pire que tout, mais le sentiment d'incertitude dans lequel on l'avait laissé ne l'était pas moins. Sa première réaction avait été de partir, d'abandonner l'homme à ses jeux de malade, mais il n'en avait plus été question dès que l'existence d'un enfant avait été mentionnée. Il aurait préféré s'en aller, évidemment, mais ces quelques mots avaient rendu la chose impossible. La même question obsédante revenait en boucle dans sa tête : « Et si ? » Et s'il pouvait avoir une deuxième chance...

Peu probable.

Il avait pourtant pris le dossier. Histoire d'y jeter un coup d'œil, c'est tout. Simon savait que Lara voyageait par ce vol et Jack ne pouvait rien y faire. Ne pas l'accepter était une perte de temps et peu importait maintenant que Simon le sache. Le problème, c'était Simon lui-même. Il avait l'air dérangé, parlait comme un dérangé, et seul un dérangé se serait donné la peine de concevoir le genre d'énigme qui avait attiré Jack dans l'église. À présent, ce qui le dérangeait le plus était que tout cela ne soit l'œuvre que *d'un seul* dérangé. Pour des gens animés de mauvaises intentions, savoir que le dernier survivant de la famille du très fortuné Jack Bernstein était mort serait une incitation à mettre en œuvre l'expression « effet de levier », comme si elle était affichée sur un panneau publicitaire à néon de 5 mètres de hauteur. Cet homme voulait quelque chose. À toute force. À tel point qu'il était prêt à l'échanger contre les tueurs de Lara. Jusqu'où irait-il si Jack n'acceptait pas le marchandage ?

Évidemment, ce maudit enfant n'existait pas. Si sa fille avait en avait eu un, Jack Bernstein l'aurait su.

Et si... ?

Encore et encore. Tournant dans sa tête comme des feuilles tourbillonnant dans un vent captif.

Et. Si.

Il y avait deux choses, et deux choses seulement que Jack était disposé à faire – en espérant prouver que Simon avait tort. La première était d'étudier les détails qui lui avaient été fournis – mais seulement pendant la durée de son vol de retour, et pas plus. En vérité, il n'avait rien de mieux à faire et rien d'autre sur quoi se concentrer. Ensuite, il enverrait un e-mail aux experts légistes en Allemagne pour leur demander de procéder aux examens permettant de savoir si sa fille avait eu un enfant. Il savait qu'il avait suffisamment d'influence et de connexions pour obtenir ce genre d'information.

Mais si, au terme de tout cela, il n'obtenait aucune preuve absolument formelle, Jack considérerait alors que sa première impression sur l'homme était la bonne. Il pourrait ensuite avoir l'esprit plus libre, avec la certitude que l'enfant avait été inventé de toutes pièces uniquement pour servir de monnaie d'échange.

En fait, si Jack ne disposait que de quatorze jours pour décider s'il allait jouer le jeu ou non, Simon avait à peine plus de douze heures pour le convaincre que ce jeu valait la peine d'être joué...

Des songes

DANIEL 1:17

Il ouvrit le dossier, l'étala sur ses genoux et entreprit de parcourir son contenu.

En plus des informations techniques concernant le vol 320 et des détails sur le travail de reconstruction entrepris par la NTSB, le dossier contenait un échantillonnage assez complet d'articles de presse. Plus ou moins ce à quoi il s'attendait.

Puis, à la fin du dossier, Jack trouva trois cartes postales. Sans rapport avec le vol, chaque carte représentait une œuvre d'art célèbre. Deux d'entre elles étaient consacrées à des œuvres de Léonard de Vinci, le plus connu des artistes de la Renaissance, alors que la troisième reproduisait la fresque de Jean Cocteau ; celle à laquelle Simon avait consacré sa leçon imposée. Jack décida qu'il fallait peut-être mieux examiner les cartes d'abord, pour la seule raison qu'elles semblaient incongrues à côté des informations techniques et journalistiques.

Il les sortit et referma le dossier.

Les cartes avaient été imprimées par différents éditeurs et les légendes figurant au verso différaient beaucoup de l'une à l'autre. La première, celle montrant la fresque de Cocteau, n'indiquait que l'endroit et la date (1959), alors que la seconde, qui montrait *La Cène* de Léonard de Vinci, donnait davantage de détails. Elle expliquait que ce tableau était également une fresque, qu'elle avait été commissionnée par Ludovico il Moro pour le réfectoire du couvent de Santa Maria delle Grazie à Milan et qu'elle avait été achevée en 1498. Jack sourit devant cette abondance de détails.

La troisième carte montrait deux tableaux presque identiques côte à côte et était davantage conçue comme un document informatif que comme un souvenir de vacances. Le verso présentait une histoire complète des œuvres. Les tableaux étaient les deux versions que Vinci avait faites de « la Vierge aux rochers » et montraient donc le même événement, non pas tiré des Évangiles, mais d'une histoire appartenant à la légende chrétienne. Au cours de leur fuite en Égypte, disait le texte, Marie et le jeune Jésus s'étaient réfugiés dans une grotte dans le désert où ils avaient rencontré le jeune Jean le Baptiste, alors sous la protection de l'archange Uriel. Le but de l'histoire était apparemment d'éviter la question évidente, mais quelque peu embarrassante, soulevée dans les Évangiles à propos du baptême de Jésus. La carte racontait que c'était au cours de cette rencontre parfaitement fortuite que Jésus avait conféré à son cousin l'autorité pour le baptiser quand ils seraient tous deux adultes.

Mais pourquoi, interrogeait la carte, est-ce que ce Jésus, supposément dénué de tout péché, aurait-il eu besoin d'être baptisé ?

Le texte expliquait que la première version de la scène, achevée par Léonard en 1485, n'avait pas été bien reçue par son commanditaire, la confrérie de l'Immaculée Conception de l'église San Francesco Grande à Milan. Elle avait été commandée pour figurer au centre d'un triptyque destiné à orner l'autel de sa chapelle. Le contrat pour la commande, daté de 1483 et existant encore à ce jour, spécifiait clairement ce que la confrérie souhaitait y voir figurer. Léonard, pour des raisons personnelles, avait choisi de dévier de ces desiderata, et une longue bataille légale s'en était suivie. L'artiste avait fini par accepter d'en faire une copie légèrement modifiée, qui fut achevée aux alentours de 1507. Cette version se trouve actuellement à la National Gallery à Londres. Le tableau refusé orne maintenant les murs du Louvre à Paris, et, ironie du sort, à quelques minutes à pied seulement de l'église où Jack s'était rendu ce jour-là.

Jack chercha en vain sur les trois cartes le moindre élément en rapport avec Lara, son vol depuis Francfort, ou le fait qu'elle ait eu un enfant pendant qu'elle était loin de chez elle. Que pouvaient-elles bien faire alors dans le dossier ? Sauf erreur de la part de Simon, ce dont il doutait sérieusement, il lui restait à supposer que la réponse se trouvait dans les reproductions, mais de façon tellement subliminale que cela lui avait échappé, ou qu'il y avait un lien entre elles que ses lacunes en matière d'histoire de l'art l'empêchaient de voir. Une fois chez lui, il ne lui resterait plus qu'à se livrer à une recherche approfondie sur les tableaux.

En commençant ainsi à enfreindre les règles qu'il s'était lui-même imposées.

Il posa les cartes sur le siège libre à sa gauche, et se plongea dans la description détaillée des procédures de chargement utilisées pour le conteneur AVC 4119 TA, puis il lut les remarques sur les terroristes libyens eux-mêmes, sur la bombe, et plus précisément sur le mécanisme de la minuterie apparemment utilisée. Comment Simon avait-il pu obtenir ces renseignements, il n'en savait rien, mais, apparemment, cet homme s'était entretenu avec Mil'el et avait obtenu des réponses aux questions qu'il avait posées. Il semblait très habile pour obtenir ce qu'il voulait.

Tout au long des notes, certains mots et certaines phrases avaient été soulignés à l'aide d'un surligneur jaune. Des éléments apparemment sans rapport. Sauf pour un paragraphe qui exposait l'heure à laquelle le bagagiste mis en accusation, Dieter Friedricks, était arrivé pour prendre son service et avait commencé à charger les cinq derniers bagages dans le conteneur AVC 4119 TA. Dans ce paragraphe, l'intégralité des douze lignes avait été surlignée en orange et non en jaune, sans la moindre explication pour ce changement de couleur.

La partie du dossier contenant les coupures de presse comportait encore davantage de mots et de phrases surlignés en jaune, sans qu'on sache non plus pourquoi. Quand Jack fit le rapprochement entre les deux parties, il s'aperçut que chaque détail surligné dans le fichier technique avait une correspondance dans le fichier médias. C'est seulement lorsqu'il se rendit compte que les informations techniques concernaient l'attentat du vol 320, alors que les coupures de presse livraient une foule de détails sur la bombe saisie l'année précédente, lors de l'arrestation à Neuss de Dalkamouni et de Mal-Makhoub, que la similitude exacte des détails lui sauta aux yeux. Apparemment, la marque de l'appareil radiocassette, le type de minuteur, la quantité d'explosifs ainsi que les déclencheurs barométriques avaient tous été décrits en détail dans les journaux allemands plus de cinq mois avant le décollage du vol 320.

Les coupures de presse ne contenaient en revanche aucune référence à ce qui était surligné en orange, ni la moindre information sur le rôle de Dieter Friedricks en tant que bagagiste. Friedricks devait pourtant constituer un nouveau grain à moudre pour les médias.

Dans ce cas, pourquoi les détails concernant Friedricks étaient-ils soulignés distinctement des autres ? Dans la partie surlignée, il était précisé que l'homme était arrivé à l'aéroport de Francfort à 5 h 30, mais cela était déjà connu par tout le monde. Même les journaux du matin avaient mentionné que Friedricks avait reçu un planning de service la semaine précédente repoussant son heure d'embauche de 4 h 30 à 5 h 30, qu'il était arrivé à l'heure et avait chargé cinq valises non identifiées dans le conteneur AVC 4119 TA. Personne ne savait quels bagages il avait chargés, sauf que, à son arrivée sur son lieu de travail, il y en avait quarante-neuf dans le conteneur et cinquante-quatre lors du décollage de l'avion à 5 h 51. Il était probable que l'une de ces cinq valises ait été une Samsonite bronze, contenant un choix de vêtements d'hommes achetés dans trois magasins allemands, ainsi qu'une radiocassette Matsutritsu, modèle 2110.

Jack revint au début du dossier et se mit à lire soigneusement chaque page. Dans le moindre détail, cette fois-ci, espérant comprendre la raison de l'utilisation de l'orange à la place du jaune. La bouche sèche, il lut la liste des passagers sur laquelle figurait « Teresa Harman », pseudonyme apparaissant sur le passeport de son enfant unique, ainsi que les registres consignant les valises des passagers. Il vit qu'aucune Samsonite bronze n'apparaissait sur les listes et qu'on avait retrouvé une valise de plus que celles enregistrées.

Avec le même sentiment d'horreur qui l'avait assailli en parlant avec Andy, il lut comment, cinquante et une minutes après le décollage, une bombe au Semtex, cachée dans la radiocassette Matsutritsu, elle-même dissimulée dans la Samsonite bronze, avait explosé en produisant un effet dévastateur. Elle avait percé un trou de 25 centimètres dans le plancher à l'arrière du conteneur AVC 4119 TA, et des ondes de choc fatales s'étaient répercutées à travers le fuselage et les unités d'air conditionné, ouvrant le corps principal de l'avion comme une boîte de conserve, à 11 000 mètres au-dessus des champs vallonnés d'Elspeet en Hollande. Les notes expliquaient comment, deux minutes après l'explosion, l'avion et deux cent soixante et un corps, dont celui de sa fille, se retrouvèrent au sol, éparpillés sur un rayon de 50 kilomètres.

Il lut en détail comment la NTSB et les enquêteurs fédéraux avaient reconstruit l'avion morceau par morceau, tracé chaque ligne et déterminé, sans aucun doute possible, la séquence des événements, pendant que, au même moment, les services de sécurité lançaient une enquête qui avait permis de retrouver Dalkamouni, Mal-Makhoub et, pour finir, Friedricks.

Arrivé à la fin du dossier, Jack en conclut exactement ce qu'il avait soupçonné : que ces trois hommes étaient bien, malgré ce que Simon et son « parti intéressé » pouvaient insinuer, les responsables de l'assassinat de sa fille. Et ils allaient pourrir en prison ; ce qu'il y avait de plus proche de l'enfer. Mais en lui il restait comme un vide, lié autant à la perte de sa fille qu'au fait que le dossier ne contenait rien d'utile. Et ce sentiment lui faisait prendre conscience, pour la première fois, qu'il aurait aimé que Simon eût raison. Qu'il lui eût proposé une véritable nouvelle piste.

Ce n'était pas le cas. Il n'y avait plus rien à ajouter.

Il n'y avait aucune révélation ni aucun élément caché dans ces pages que Jack, ainsi que des milliers d'autres lecteurs de journaux n'eussent déjà su sur l'attentat à la bombe. De même, il n'y avait rien sur l'endroit où se trouvait sa fille avant sa mort et en tout cas rien sur un éventuel enfant. Il ne s'était pas trompé, cette rencontre avait été une perte de temps soigneusement orchestrée par un plaisantin très bien renseigné, qui devait sûrement être en train de rire à ses dépens.

Avec un profond soupir, il jeta le dossier à côté des cartes postales et se frictionna le visage pour tenter d'en effacer la douleur qui semblait s'y être incrustée.

Une hôtesse de l'air s'approcha par l'arrière et, avec le sourire d'usage, lui proposa du thé, du café ou quelque chose d'un peu plus fort. Bien que tenté par le troisième choix, il préféra tout refuser. Il lui restait encore trois heures de vol et il n'en pouvait plus. Il inclina son siège, ferma ses yeux fatigués et laissa tourbillonner dans sa tête la masse d'informations jusqu'à sombrer dans un sommeil bienfaisant. Il était parti pour Londres très tôt ce matin, la journée avait été longue. Une journée qui lui avait d'ailleurs paru encore plus longue que prévue.

Plus il s'enfonçait dans le sommeil, plus ses rêves le rapprochaient de Lara. Il y voyait une jeune fille de 15 ans, observant studieusement des insectes dans les champs derrière le ranch. Ses yeux étaient animés, elle arborait un grand sourire, mais à l'instant où elle tournait son regard vers la maison et voyait Jack l'observer de derrière son ordinateur, le sourire s'effaçait. La douleur revenait. La sienne et celle de sa fille.

Elle ne parvenait pas à comprendre ; il ne pouvait pas lui expliquer que la mort d'Elizabeth l'avait tout autant affecté qu'elle. C'était une période sombre qui se reflétait sur tout son entourage, pas seulement sur sa fille. Il aurait voulu pouvoir mieux y faire face. À ce moment-là et maintenant.

Soudain, un coup. Le plus fort qu'il ait jamais entendu, provenant du sol juste sous ses pieds.

L'avion fut violemment secoué, ouvrant tous les coffres au-dessus des sièges. Instinctivement, Jack se leva. Une fraction de seconde après, un bruit de déchirure métallique retentit au-dessus de sa tête. En un instant, toutes les lumières de la cabine s'éteignirent et il sentit le froid intense d'un vent soufflant à 500 km/h lui cingler le visage. Des éclats de métal fendaient l'air, déchirant son corps et arrachant sa chemise.

Il n'avait jamais connu une telle douleur. Elle poignardait sauvagement chacune de ses terminaisons nerveuses.

Au bout de quelques instants, ses yeux s'acclimatèrent à l'obscurité et, en se retournant, il aperçut l'hôtesse de l'air dans la pénombre, qui criait tout en se cramponnant désespérément à la porte qui avait jadis séparé la première classe du reste de l'avion. Alors qu'elle luttait pour résister à la pression de l'air, on devinait la tension dans les muscles de ses bras. Puis l'avion plongea et elle lâcha prise, disparaissant dans le ciel nocturne. Jack eut le temps de voir la résignation dans ses yeux avant qu'elle ne disparaisse.

Un chariot à boissons fut précipité dans l'allée, et Jack reçut des éclats de verre en plein visage quand celui-ci alla s'écraser contre la cloison du cockpit. L'avion se mit à décrire un arc en direction de la terre et à se tordre violemment, hors de tout contrôle. L'estomac au bord des lèvres, Jack avait de violents spasmes. Le vent froid redoubla d'intensité et sa force le cloua sur son siège. Il essaya de respirer, mais c'était impossible, et ses poumons se dilataient davantage à chaque seconde. Tandis qu'il tentait vainement de retrouver son souffle, un passager âgé, la chair à vif et plein de sang, fut précipité dans l'allée et cogna contre la paroi avant avec un bruit écœurant. En regardant l'homme coincé contre le mur, ses jambes et bras tordus en angles monstrueux, Jack aperçut son regard figé d'horreur et comprit que l'homme était déjà mort. Quelques secondes après, son corps fut rejoint par un autre. Celui d'une femme.

Un cri déchirant retentit dans ses oreilles ; l'aile droite finit par céder aux épreuves hors normes qu'on lui imposait et se détacha de son logement. Le fuel enflammé qui suivit sa trace éclaira un instant la cabine tandis qu'il glissait le long du fuselage en direction du sol. Cela permit à Jack de distinguer un peu plus nettement le visage de la femme. Il vit ses lèvres lutter contre des forces insoutenables pour parler, avant de tomber inconsciente. Elle était jeune ; une jeune fille de 18 ou 19 ans peut-être, avec de longs cheveux châtains et une peau claire.

Dieu qu'elle était belle.

Dieu tout-puissant. C'était Lara.

Elle disparut au moment même où il s'en rendit compte et son corps glissa du mur pendant que l'avion se tordait. Comme l'hôtesse de l'air avant elle, elle fut également précipitée dans l'obscurité. Il essaya de crier son nom, mais ses poumons gonflés ne lui permettaient pas d'émettre le moindre son. Même s'il avait pu parler, il était de toute façon trop tard. Sa fille était partie pour toujours.

« Monsieur ? »

Une voix apaisante. « Monsieur ? »

Blême, il ouvrit les yeux et vit l'hôtesse de l'air qui se penchait à nouveau sur lui, le triangle de ses sourcils soigneusement épilés exprimant une inquiétude très étudiée. Elle était bel et bien vivante. Et lui ?

« Ça va, monsieur ? »

Jack ne pouvait pas parler. Les images avaient été tellement réalistes, tellement tangibles. Un instant, il crut que cette nouvelle voix faisait partie du rêve ; un moment de réalité quotidienne généré par son subconscient pour amoindrir la douleur d'une mort lente. Il referma les yeux, inspira profondément, puis les rouvrit rapidement. L'hôtesse était toujours là.

« Désolé, je... » Il éprouvait la gêne d'un enfant dont les cris ont réveillé la mère en pleine nuit. « Je crois que je faisais un cauchemar. »

L'hôtesse de l'air lui adressa un sourire rassurant et tira sur la manette pour redresser son siège et le mettre en position verticale. « Nous entamons notre descente », dit-elle d'un air réconfortant, tout en se penchant pour s'assurer que sa ceinture était bien attachée.

« Atterrissage dans vingt minutes. »

Elle continua le long de l'allée, répétant les mêmes instructions à d'autres passagers qui n'avaient pas encore obéi aux signaux lumineux au-dessus de leurs têtes. Jack était vidé, il avait froid. Il savait que le battement qu'il ressentait était celui de son cœur, mais en même temps, il avait l'impression qu'on le lui avait arraché pour le transformer en ballon de foot avec lequel jouaient trois terroristes libyens et un étranger nommé Simon.

Quelle avait été l'expression utilisée par l'homme ? Un jeu.

Après tout, il y avait un Dieu. Un Dieu qui avait vu que Jack était sur le point de prendre l'une des décisions les plus importantes de sa vie. Un Dieu qui savait qu'il avait pris beaucoup de mauvaises décisions et qui avait choisi de lui faire revivre toute l'étendue du cauchemar, juste pour qu'il puisse vraiment comprendre ce que l'homme pouvait faire subir à l'homme. Peut-être que ce « Dieu » estimait que Jack avait besoin d'une compréhension totale de ces choses, ne serait-ce que pour jouer « le jeu ».

« La plupart des passagers de l'avion auront ressenti une chute libre de quelque 3 kilomètres qui n'aura duré que deux minutes. Beaucoup auront perdu conscience instantanément, étant donné que l'air à 10000 mètres est extrêmement rare. Ajoutons à cela les vents violents, le froid intense et les blessures dues aux projections de débris, on imagine qu'il est possible, sinon probable, que pratiquement tous les passagers se soient évanouis. Certains d'entre eux, toutefois, ont pu reprendre conscience en entrant dans l'atmosphère proche de la Terre, là où l'air est plus riche en oxygène. Il a été découvert qu'au moins la moitié de ceux qui voyageaient à bord du vol 320 étaient encore vivants quand l'avion s'est écrasé au sol et qu'ils étaient morts à cause de l'impact. Un des corps fut découvert avec un petit enfant dans les bras, indiquant un niveau de conscience élevé pendant ce qui a dû être une chute terrifiante. »

Jack aurait souhaité de tout son cœur ne pas avoir lu dans le dossier tous ces derniers détails horribles et avoir pu faire plus de choses pour Lara avant qu'elle ne lui soit volée. Et aussi, ne jamais avoir rencontré Simon.

« ... au moins la moitié de ceux qui voyageaient à bord du vol 320 étaient vivants au moment de l'impact... »

Mais, surtout, tandis qu'il scrutait l'obscurité à travers son hublot, tout comme l'avait peut-être fait sa fille, Jack Bernstein aurait tellement voulu que Lara se soit abstenue de monter à bord de ce maudit avion.

La compréhension de l'époque
1 Corinthiens 12:32

«Tu as un air épouvantable», dit MaryBeth, en Versace, lui ouvrant ses bras minces pour l'accueillir. L'ayant attendu à l'arrivée comme promis, elle le serra affectueusement dans ses bras et ils se dirigèrent vers la sortie. Il n'avait aucun bagage, l'étui de son ordinateur portable ayant une poche suffisamment grande pour y mettre le dossier et les quelques articles de toilette nécessaires pour ce qui avait initialement été prévu comme un voyage de trente-six heures à Londres. Sa réunion avec Simon l'ayant prolongé d'environ sept heures, il regrettait de ne pas avoir pris de vêtements de rechange.

Compte tenu du décalage horaire entre l'Angleterre et la Californie, Jack avait atterri à minuit, heure du Pacifique, après un vol de douze heures. L'aéroport était bien plus calme que d'habitude et leurs pas résonnaient dans le hall immense.

« Ta réunion a été satisfaisante ? » demanda MaryBeth.

La question le fit s'arrêter net. MaryBeth en fit autant. Quand elle se tourna vers lui, il la regardait avec un air étrangement pénétrant. Dans l'esprit de Jack, il y eut un blanc qui parut durer une éternité. Dans celui de MaryBeth, une impression de confusion.

« John Case... ? Virtuosity... ? » dit-elle pour l'aider, tout en baissant la tête. Elle plissa les yeux, inquiète de ce qu'elle aurait dit pour le troubler à ce point. « Je veux dire... avait-il quelque chose de bien à te montrer ? »

Jack soupira, tout en secouant sa tête pour dissiper ses propres incompréhensions, comme si elles risquaient d'apparaître au grand jour. MaryBeth ignorait tout de sa rencontre à l'église, il était vraiment parano. Mais pourquoi ? Pourquoi avait-il l'impression, même maintenant, que les quelques voyageurs éparpillés dans le terminal le regardaient fixement ? Que tout le monde était au courant ?

Il inspira profondément.

« Oui, en effet. Une nouvelle expérience de réalité virtuelle, très impressionnante. » Il avait encore les images à l'esprit ; il cherchait ses mots, parlait lentement, sans sa passion habituelle. Lara, arrachée du fuselage à 10 000 mètres. Ses yeux. Implorants. Magnifique. Morte.

« ... vivants au moment de l'impact... »

MaryBeth, connaissant Jack (et le comprenant même parfois), ramena d'un côté ses cheveux qui lui arrivaient aux épaules et le regarda droit dans les yeux.

« Tout va bien, Jack ? On dirait que tu as vu un fantôme. »

Il sourit sans conviction à cette expression. Il était impossible qu'elle sache. « Je vais bien », mentit-il.

MaryBeth passa en revue le hall d'accueil. Elle détestait prendre l'avion et n'était donc pas familière avec la géographie de LAX. Elle mit quelques instants à trouver ce qu'elle cherchait et dont elle pensait que Jack avait le plus grand besoin. « Il y a un bar là-haut. » Elle montra du doigt le balcon à l'extrémité des comptoirs d'enregistrement.

« Que dirais-tu de prendre un verre ? Je veux dire, voyons les choses en face. Je crois que ça te ferait du bien. »

Elle le prit par la main et l'attira en direction du bar. Pas de discussion.

« Tu pourras tout me raconter. »

Jack résista et secoua la tête. « Franchement, je vais bien, c'est juste... » Mais c'était trop tard. MaryBeth l'entraînait déjà vers les marches qui montaient au balcon. Mieux valait se rallier encore une fois à son avis et à sa personnalité dominante.

*

* *

Jack s'assit à une rangée de la fenêtre et laissa MaryBeth faire du charme au barman pendant qu'il préparait les boissons. Quand elle le rejoignit, elle arborait ce que Léonard de Vinci aurait lui-même qualifié de « sourire énigmatique ».

« Mignon, ce barman », dit-elle. Elle haussa les sourcils avec malice. « Anglais, avec ça. Il a ce charmant petit accent qu'ils ont tous. » Elle l'imita : « Vous pwenez l'aviyon, madam' ? »

Jack secoua la tête, faussement désolé.

Il buvait rarement de la bière ces temps-ci. Il l'avait fait dans sa jeunesse, parfois même avec excès, mais, dernièrement, cela avait perdu de son attrait. C'était peut-être un effet secondaire de l'augmentation de son niveau de vie, ou juste une dure et froide réalité due son âge. Quoi qu'il en soit, cela ne faisait aucune différence parce que MaryBeth, comme toujours, avait raison. Il en avait diablement besoin.

« Alors, que s'est-il passé pendant que j'étais loin ? demanda-t-il, les dernières gouttes froides de sa première gorgée glissant plaisamment dans sa gorge.

— Eh bien, réfléchit MaryBeth, FireWorX marche bien, mais Eric a connu ce matin un autre arrêt. »

Jack avait l'air surpris. Choqué même. « Encore ? »

MaryBeth acquiesça mollement. C'était la troisième fois que le système FireWorX, malgré l'installation du dernier logiciel IntelliGate, avait été mis en panne, à distance, par une source extérieure. C'était sans aucun doute l'œuvre d'un hacker, d'un plaisantin, car le système n'avait encore jamais été endommagé. Le coupable se contentait de se connecter, de franchir les dernières barrières mises en place par Eric pour sécuriser le système et de l'arrêter depuis l'intérieur. L'IntelliGate avait été spécialement upgradé trois fois. Trois fois, le pirate avait pu pénétrer. Le seul indice était un message ajouté au codage de l'écran principal. Le premier, dont Jack se rappelait parfaitement, disait : « La sécurité est lamentable. Je suis passé à travers. Si elle n'est pas corrigée, je gâcherai votre soirée d'inauguration. Tout simplement. »

Protéger le système aurait dû être enfantin, puisque, tout au moins jusqu'à ce que les terminaux internationaux d'IntelliSoft soient connectés, il s'agissait d'un serveur principal complètement isolé. En raison de son système d'opération unique, IS-OS, basé sur UNIX mais loin du système courant, on n'était pas supposé pouvoir accéder à FireWorX au moyen de n'importe quel PC standard. Il fallait que le système FireNet lui-même y soit installé et, jusqu'à présent, il n'avait été vendu qu'à quatre-vingt-trois sociétés à travers le monde. Ces sociétés, sur lesquelles on avait soigneusement enquêté et qu'on avait contrôlées à trois reprises, étaient des sociétés importantes qui ne l'utilisaient que pour transférer des données à haute vitesse de et à leurs ordinateurs centraux. Elles ne disposaient pas de lignes d'accès à distance comme les terminaux IntelliSoft.

« A-t-il vérifié tous les utilisateurs ? » demanda Jack.

Ceux qui possédaient FireNet. Il savait déjà qu'il l'avait fait.

« Jusqu'au dernier, répondit MaryBeth. Et ça n'a rien donné. Ou bien notre hacker travaille effectivement pour une des sociétés et nous ne pouvons pas le localiser, ou bien il a trouvé une façon de passer au travers en utilisant le Web et un système courant. Ce qui me semble improbable. De toute façon, Eric a déjà monté la sécurité à un tel niveau qu'il ne sait pas quoi faire de plus. Il a réécrit les codes pour qu'il n'y ait pas de portes arrière, même pour lui, et il est quand même passé. Il dit que la seule chose dont il soit certain à propos du hacker, c'est qu'il est bon.

— À quel point ? » demanda Jack.

MaryBeth paraissait réellement ennuyée. « Israélien. »

« Israélien » était un terme utilisé dans l'industrie informatique pour parler d'un hacker du plus haut niveau. En 1992, un hacker inconnu avait réussi, pendant plusieurs mois, à accéder discrètement au codage de plusieurs des principales banques et institutions financières du monde. Il avait franchi les systèmes de sécurité les plus pointus et, à l'insu des directeurs des systèmes, avait pu implanter un virus dormant. Personne ne sait si le hacker était en réalité israélien, mais le virus n'était certainement pas neutre. À 7 heures du matin, le 14 mai 1992, presque 40 % des ordinateurs financiers du monde se mirent à afficher un message clignotant. Malgré de multiples réinitialisations des machines, le message ne disparut pas et l'accès aux disques durs demeura impossible.

Vingt-quatre heures plus tard, toutes les machines se remirent en marche.

Le 14 mai, comme le message le rappelait aux dirigeants paniqués, c'était le jour de l'indépendance d'Israël.

Jack semblait mal à l'aise. Il comprenait maintenant. Le lancement planétaire, le plus grand moment de fierté d'IntelliSoft, était menacé par un petit malin muni d'une box UNIX et d'un modem à 50 dollars.

« Dis à Eric de tout passer au peigne fin pour voir s'il y a des éléments dormants. Quand il aura fait la deuxième vérification, je veux qu'il déconnecte entièrement le système et qu'il introduise un codage qui prévoit une heure de délai avant d'accepter toute instruction de mise à l'arrêt. Interne ou externe. Cela devrait nous protéger pour le lancement, après quoi il pourra l'enlever.

— Est-ce prudent ? demanda MaryBeth. Qu'est-ce qui se passe s'il y a un problème juste avant le lancement et que nous devons rebooter le système ? Pendant les essais, nous avons eu des surcharges bizarres, sauf que, cette fois-ci, le système ne se fermera pas de lui-même avant une heure.

— S'il y a un problème dans l'heure qui précède le lancement, dit Jack d'un ton de défi, alors Eric se retrouve dans la merde jusqu'au cou et je crois qu'il le sait. Je n'ai pas le choix. Je vais prendre la parole devant plus d'une centaine de caméras ce jour-là et je ne veux pas me retrouver bombardé par des œufs de hacker. Comme je l'ai dit, nous allons simplement fonctionner comme ça ce jour-là et, plus tard, on enlèvera le codage. »

MaryBeth haussa les épaules avec l'air de dire : « Comme tu veux. » Mais son regard disait : « Je ne suis pas convaincue. »

« Alors, quoi d'autre ? dit Jack, changeant de sujet avant qu'elle n'ait pu exprimer ses craintes.

— Eh bien, Boston a toujours son problème de câblage, mais il paraît que ce sera résolu d'ici quelques jours, tout au plus. Les dossiers de presse ont tous été expédiés, comme promis... je crois que c'est tout. »

Elle prit une bonne gorgée de bière, qu'elle fit tourner dans sa bouche avant de l'avaler.

« Alors, raconte... dit-elle tout bas. Passons à l'essentiel. »

Elle se pencha tout près. « Qu'est-ce que le beau Johnny voulait te montrer ?

— Une salle de projection de réalité virtuelle incroyablement astucieuse », dit Jack en décollant doucement l'étiquette de sa bouteille. La condensation qui s'était déposée sur le verre avait dilué l'adhésif et rendu la tâche particulièrement aisée. « Je leur ai demandé de construire une réplique chez nous pour que Geoff et les garçons puissent y jouer. Ça demande de se connecter avec l'une des unités IQ en réserve et, en échange, je leur envoie une autre unité de réserve pour leur département R&D. »

MaryBeth paraissait intriguée. « Ça me paraît bien. Veux-tu que je demande à Geoff de décharger les autres services pour se concentrer uniquement sur le développement de cette chambre de réalité virtuelle ?

— Pas nécessairement, dit Jack. Mais, en cas de choix de priorités, je veux que la salle de RV figure en tête de liste dans un avenir proche. Ce serait vraiment cool si nous pouvions montrer quelque chose à la fête de Virtuosity. »

Vraiment cool ? C'était vraiment ce qu'il venait de dire ? Ou était-ce plutôt John Case, parlant par son intermédiaire avec son accent cockney ?

MaryBeth acquiesça et ils se turent tous les deux. En l'observant, elle vit son visage s'assombrir. Son esprit était ailleurs ; à un autre moment. Ce devait être Londres et le moment n'était pas si lointain.

« Allez, crache le morceau. Qu'est-ce qui s'est passé là-bas pour que tu en reviennes dans cet état ? » Elle avala sa bière d'un coup, et le regarda avec une inquiétude maternelle. « Et ne me dis pas que tout va bien parce que, à te voir, on sait tout de suite que ce n'est pas vrai. »

Jack soupira et regarda un moment dans le vague. Il n'essaierait jamais de jouer au plus fin avec MaryBeth ; elle lisait trop facilement en lui. « Comme un livre », disait-elle parfois, sous-entendant qu'il n'était pas aussi profond qu'il croyait l'être. Au bout de quelques secondes, il sortit le dossier de la pochette de son ordinateur et le posa avec une certaine réticence sur la table vernie. MaryBeth le prit avec scepticisme. Pendant qu'elle le parcourait, il lui raconta toute l'histoire. La réunion avec « Simon », l'accord que le type avait voulu passer avec lui et les choses qu'il avait étudiées dans l'avion. Les cartes postales. Les détails de l'accident. Le texte surligné.

Puis il lui parla de l'autre chose. De l'éventualité.

Il pourrait – *pourrait* seulement... y avoir un enfant.

Ce n'était pas ce à quoi MaryBeth s'attendait et ça se voyait. Elle plissa les yeux et sa bouche s'entrouvrit. Pendant un moment, elle ne manifesta aucune réaction, bien qu'à son regard on voyait bien qu'elle réfléchissait à différentes hypothèses.

« Que veux-tu dire, réagit-elle finalement... il pourrait y avoir un enfant ?

— Il a essayé de me convaincre que Lara avait mis un enfant au monde pendant qu'elle était loin. »

MaryBeth ferma les yeux quelques instants, comme si elle maudissait l'homme pour avoir accablé Jack un peu plus encore avec une théorie de toute évidence merdique.

« Et tu le crois ?

— Je ne peux pas », dit Jack en secouant la tête.

Ce qu'il voulait dire en réalité, c'était qu'il était trop orgueilleux pour le croire. En dépit des différends qu'il avait eus avec sa fille, une chose était claire : il refusait d'admettre que Lara ait pu avoir un enfant sans qu'il le sache.

« Je suppose qu'il ne t'a donné aucune preuve ? » dit MaryBeth. Elle le devinait, bien sûr, mais elle n'avait rien vu en parcourant le dossier.

Jack pinça les lèvres et secoua la tête dédaigneusement. « Bien sûr que non. » En dépit des « informations » de Simon, son sentiment était que seule Lara aurait pu lui dire, à lui, son père, qu'elle avait eu un enfant. En fait, il était toujours persuadé que Lara n'aurait pas pu faire autrement que de lui annoncer qu'elle allait être mère et qu'elle l'aurait fait en personne.

« Mais tu vas quand même vérifier auprès des médecins légistes ? » demanda MaryBeth. Elle savait, autant que lui, que c'était une façon rapide et facile pour dissiper le moindre doute. Mais c'était aussi un procédé d'une froideur extrême.

Elle vit de la peur dans ses yeux, ce qui ne lui était pas habituel. Il était évident qu'il avait l'impression d'être confronté à une terrible éventualité ; la confirmation d'une situation qui était susceptible de signer à jamais une trahison ultime. Elle baissa les yeux pour croiser son regard, répondant à son anxiété avec sollicitude. « Il te mène en bateau », dit-elle doucement.

Elle tendit la main au-dessus de la table pour prendre la sienne. Elle ne pouvait rien dire de plus. Pas maintenant. Pas avant d'avoir une certitude.

« Tu vas aller trouver les Fédéraux à propos de ce type ?

— Pour leur dire quoi ? Je n'ai rien pour l'instant, seulement un cinglé qui joue à me faire peur. S'il avait voulu me faire du mal, il aurait déjà pu le faire et il ne demande pas d'argent. Il m'a donné un dossier et il est reparti. Que veux-tu que je leur dise ? » Il secoua la tête. « Non. Je vais en informer Andy, le laisser parler à l'oreille de qui de droit et, s'il arrive quoi que ce soit qui ne me plaît pas, je le laisserai passer au niveau supérieur.

— C'est *déjà* quelque chose qui ne te plaît pas », lui rappela MaryBeth. Jack haussa les épaules. Ce qui voulait dire « ferme-la ». « Veux-tu que je demande à Dave de vérifier les autres détails pour toi ? proposa-t-elle en changeant de ton. Ceux du dossier ? Cela pourrait te donner quelques indices sur le petit jeu de ce plaisantin. »

Dave Clearwater. « Corbeau. » L'enquêteur patenté d'IntelliSoft. Mais, généralement, il œuvrait uniquement pour l'entreprise. Chaque fois, par exemple, que Jack s'intéressait aux activités d'un concurrent ou d'une start-up, Dave se faisait fort, après quelques heures de recherches sur le Web et auprès d'un ou deux amis, de revenir avec toutes les informations nécessaires. Jusqu'à la marque des sous-vêtements du P-DG et s'il les préférait plutôt masculins ou féminins.

Et, bien entendu, si cela figurait sur la demande, avec qui il sautait au lit quand il les enlevait.

« Si tu veux », dit Jack, bien qu'il ne semblât même pas avoir compris la question. Il était toujours ailleurs.

Il avait l'air si lointain que MaryBeth se demandait s'il était conscient d'avoir parlé.

« Alors pourquoi t'a-t-il donné ce dossier s'il n'y a rien dedans concernant un enfant ? » demanda-t-elle.

Jack revint à la réalité, haussa les épaules avec lassitude et se focalisa sur sa bière.

Elle comprenait maintenant que son seul désir était d'oublier sa rencontre avec cet homme. Il ne pouvait plus supporter l'incertitude ; il voulait retrouver son état d'ignorance. La déclaration de Simon continuait à tourbillonner dans sa tête comme une tempête de sable et brouillait sa capacité à penser logiquement. Il se pourrait qu'il y ait un enfant. Pourrait.

Cela lui faisait mal. Ne pas savoir était pire que tout.

« Pendant que tu vérifies avec les médecins légistes, j'aimerais au moins faire examiner les cartes postales par Dave, dit-elle. Juste pour voir si elles ont quelque chose de particulier. Je veux dire que nous ne savons pas si elles sont supposées avoir une signification ou non. Elles n'ont pas pu être mises dans le dossier pour rien et elles peuvent peut-être nous donner des pistes sur ce cinglé. »

Jack prit une grande gorgée et inspira longuement en regardant par les fenêtres. Sur le tarmac illuminé en contrebas, on voyait un océan d'avions en train d'être chargés et déchargés, et se préparant à décoller. Il pensa à Lara en route vers chez elle, en train de regarder innocemment par son hublot et de se demander ce que dirait son père en l'accueillant à son retour. Lui-même ne savait pas ce qu'il aurait dit. Et il n'aurait jamais l'occasion de le savoir.

Il détestait les moments de silence. Comme ceux passés au chevet d'Elizabeth. Quand le moniteur sans cœur avait commencé à émettre un signal lumineux fixe, un son continu, il avait levé les yeux et vu le monde qui continuait à tourner, alors que le sien était aussi mort que la femme qu'il aimait. Il n'aurait pas voulu que le monde s'arrête pour faire corps avec sa peine, avant de s'excuser et reprendre sa course, et pourtant, d'une certaine façon, il l'aurait préféré. Il pensait qu'on lui devait quelque chose, n'importe quoi, en guise d'excuse pour lui avoir fait tant de mal.

En laissant son regard parcourir lentement le tarmac, Jack aperçut quelque chose qui sortit peu à peu de son champ de vision. Cela lui prit un moment, peut-être plus que nécessaire, mais il finit par se lever, l'air tétanisé comme s'il marchait dans son sommeil, et se rapprocha de la vitre. Il regardait en bas.

Derrière lui, MaryBeth l'appelait pour lui demander quelque chose, mais il ne semblait pas entendre. Elle le rejoignit devant la vitre. « Jack, qu'est-ce qui ne va pas ? »

Il réfléchissait à haute voix. « Vingt-cinq centimètres », dit-il de façon énigmatique.

Il observait un bagagiste en train de travailler, son tracteur tirant des remorques chargées de conteneurs. Les chiffres étaient différents, mais la forme était la même. Exactement la même. Comme AVC 4119 TA. Il les regardait fixement, leurs portes avant encore ouvertes permettant de voir les bagages à l'intérieur.

MaryBeth regarda le bagagiste. Il utilisait maintenant le chariot élévateur pour charger les conteneurs dans l'avion.

« Qu'est-ce qu'il y a à comprendre ? » dit-elle.

Jack était visiblement sous le coup d'une révélation. Comme si elle s'imposait à lui. Ses yeux le trahirent, puis sa bouche. Il n'était pas heureux, bien sûr que non. C'était seulement une prise de conscience. « Vingt-cinq centimètres », répéta-t-il.

MaryBeth le regardait d'un air inquiet ; comme s'il avait perdu la tête. « Et ? dit-elle.

— Combien de valises penses-tu qu'il y ait dans un de ces conteneurs ? demanda-t-il lentement, toujours dans ses pensées. En moyenne. »

MaryBeth suivit son regard et haussa les épaules.

« Je n'en sais rien. Quarante ? Cinquante, peut-être ?

— Exactement », dit-il avec un léger sourire et un petit signe de la tête.

À l'intention de qui ? De Simon. Jack adorait parvenir à déchiffrer un code.

« Quarante ou cinquante. Et si tu voulais placer une valise au fond du conteneur, près du plancher, il faudrait alors la charger au début, probablement dans les dix ou quinze premières.

— Et alors ?

— Alors... Dieter Friedricks n'a pris son service qu'à cinq heures et demie, dit-il. Il y avait déjà quarante-neuf bagages chargés dans le AVC 4119 TA quand il est arrivé et il n'en a chargé que cinq de plus. Mais la bombe a explosé à 25 centimètres du plancher au fond du conteneur. Pour la NTSB, c'est un fait indiscutable. » Il secoua la tête, en arrivant à une conclusion. « Nom de Dieu, MaryBeth. Je ne crois pas qu'il l'ait chargée.

— Alors il en a déchargé certaines pour les remettre après ? Ce n'est pas impossible, tu sais. »

Elle secoua la tête dans sa direction. « Bon Dieu, Jack, je crois que ce Simon te fait chercher des choses qui n'existent pas.

— Pourquoi aurait-il fait ça ? Je veux dire décharger des bagages. Ils avaient franchi tous les contrôles de sécurité et il n'avait aucune raison de cacher un bagage qui était passé inaperçu. Il lui suffisait de mettre la valise à bord. Il n'aurait eu aucun avantage à la positionner différemment en passant, quoi... – il regarda à nouveau le conteneur – ... cinq ou dix minutes à décharger les autres valises pour les replacer à nouveau au-dessus de la Samsonite. Dans ce cas, il aurait pu retarder l'avion et se serait rendu suspect. Un risque inutile. » Il secoua la tête avec défi. « Non. Friedricks n'a pas chargé la Samsonite. »

Raison pour laquelle son heure d'arrivée avait été surlignée en orange.

MaryBeth respira. Elle ne savait pas quoi dire. Ou comment le dire.

« Peut-être que quelque chose va sortir de ce merdier, continua Jack. Je veux dire que si Friedricks n'a pas chargé la valise, alors peut-être que Mil'el ne l'a pas fabriquée.

— Mais ils préparaient quelque chose, dit Mary-Beth. Nom de Dieu, ils étaient connus pour fabriquer des appareils barométriques et ils avaient un complice travaillant dans un aéroport. »

Jack acquiesça. « Ah, oui ! ils préparaient bien quelque chose, mais cela ne prouve pas qu'ils ciblaient le vol 320. L'attentat de Mil'el était peut-être censé avoir lieu des semaines, voire des mois plus tard. Entre-temps, quelqu'un leur a damé le pion en mettant à profit toutes les coupures de presse sur Mil'el pour construire un engin susceptible de rejeter la faute directement sur eux. Raison pour laquelle les coupures de presse et les notes techniques étaient surlignées en jaune ; pour montrer à quel point c'était facile. Si quelqu'un d'autre était, de plus, au courant que Friedricks travaillait comme bagagiste à Francfort, tout était alors en place pour lui faire porter la responsabilité... »

MaryBeth acquiesça. « Sauf que quelque chose leur a échappé, dit-elle lentement, comme si elle essayait de le suivre dans cette réflexion pour le moins obscure.

— Sauf que quelque chose leur a échappé, reconnut Jack. Les horaires de Friedricks avaient été modifiés la semaine précédente. Il embauchait une heure plus tard que d'habitude et, compte tenu de ce délai, la valise se trouvait à un endroit du conteneur auquel il n'aurait pas eu le temps d'accéder. »

MaryBeth regarda de l'autre côté du tarmac éclairé et inspira profondément en réfléchissant à ce qu'il était en train de dire.

À ce que cela impliquait.

« Doux Jésus, Jack, ce n'est pas un argument très convaincant.

— Tu as raison, ça ne l'est pas, mais tout ça ne me plaît quand même pas. Son heure d'embauche est surlignée et c'est son heure d'embauche qui est maintenant le seul point contestable dans le dossier du FBI. J'ai honte de l'admettre, mais ce Simon m'a foutu la trouille. Depuis que je l'ai vu, ce qui m'agace, c'est qu'il semblait tout savoir mais qu'il ne m'a presque rien apporté. Il disait qu'il me donnait des pistes et non des preuves. Je n'obtiendrai aucune preuve si je n'accepte pas un nouveau rendez-vous.

— Alors, à quoi penses-tu ? demanda MaryBeth.

— Je n'en sais rien encore, vraiment, mais en même temps, je ne crois pas du tout que Dieter Friedricks ait chargé la valise. J'ignore où est allée Lara et avec qui elle était, mais je me rappelle des vidéos qu'elle m'avait envoyées et la dernière était pour le moins étrange, alors j'en reviens toujours à la même question : et si ? Si Mil'el ne l'a pas fait, alors qui ? Et si c'était les cinglés avec lesquels Lara semblait s'être acoquinée ? Et s'ils avaient glissé une valise en plus dans ses bagages ? »

Il inspira profondément puis expira, plongé dans un abîme de perplexité. Il y songeait, mais il ne le disait pas.

Et si elle avait eu un enfant ?

« Tu sais ce que je pense ? demanda MaryBeth en secouant la tête en signe de désaccord. Je crois que tu cherches à justifier une fausse promesse. J'entends trop de “et si” et pas assez de “je sais”.

— C'est vrai, dit Jack, sans tenir compte de sa réflexion. Mais je crois que ce type m'offre un début d'enchaînement et, en me laissant résoudre les indices, il me teste. Si Lara a vraiment eu un enfant, nous savons tous les deux que cela m'oblige à accepter la proposition de Simon, mais je ne le saurai pas avant d'avoir eu une réponse de l'Allemagne. Mais oui, la première chose que j'ai besoin que tu fasses, c'est de demander à Dave d'examiner ces cartes postales. De préférence dans l'heure qui vient. Si résoudre les indices concernant l'heure d'arrivée de Friedricks constitue le premier niveau, alors je pense que ce qui est sur les cartes postales sera le deuxième. »

Une fois encore, Jack semblait effrayé à la perspective des vérités qui l'attendaient. Encore plus cette fois-ci. Il se mordit la lèvre jusqu'à ce qu'elle devienne blanche et s'abîma dans le torrent de possibilités qui était sur le point de se déchaîner.

« Tu as raison, MaryBeth. » Il regarda à nouveau le tarmac. « Elles n'étaient pas dans ce dossier pour rien. »

Tous les bienfaits

1 SAMUEL 12:7

À Alexandrie, dans un bureau lumineux au quinzième étage qui surplombait les eaux d'un bleu vert profond de l'affluent du Nil, Zabulon fit glisser la deuxième de ses enveloppes rouges entre ses doigts rugueux et sourit d'un air suffisant. Ce sourire ne trahissait qu'une seule chose : le mal absolu.

Tout comme sur les autres enveloppes, une date et une heure figuraient au verso. La date était celle du jour même et l'heure proche. Comme c'était le cas pour les quatre autres restées intactes dans son attaché-case, cette deuxième enveloppe était plus solide et plus lourde que toutes celles reçues par le passé, y compris la précédente dont les longues instructions avaient déjà été mises en application.

Les tâches définies dans l'enveloppe numéro 1 ne pouvaient être effectuées par Zabulon seul et il avait dû engager une douzaine d'agents opérationnels de confiance qui avaient ensuite, par le biais d'une organisation complexe, transmis les instructions à vingt-huit agents de terrain. Ce serait eux qui se chargeraient de poser les engins.

Zabulon n'était pas homme à apprécier la dilution de la responsabilité. Il était toujours dangereux d'avoir autant de bouches incontrôlables susceptibles d'invoquer la « protection de témoin » à la moindre menace d'arrestation ou d'emprisonnement, mais les instructions de L'Abraham devaient être suivies à la lettre, même si Zabulon ignorait où cela pourrait le mener. Ce qu'il savait pourtant, avec un certain degré de certitude, c'était que tous les gens impliqués étaient conscients des conséquences d'un échec et/ou d'une trahison. Cela impliquait invariablement la rétrogradation ultime : la promesse d'une mort lente et douloureuse. D'ailleurs, l'organisation avait parfaitement fonctionné par le passé et Zabulon devait maintenant lui faire confiance pour faire en sorte que les échelons supérieurs de l'Éternité, dont il faisait partie, restent dans l'ombre.

La mallette en acier inoxydable dans laquelle il gardait les enveloppes était à nouveau verrouillée et le détonateur situé dans sa base réenclenché. Après avoir sorti la valise de son coffre-fort personnel, il avait mis plus de quinze minutes pour désarmer le dispositif avant de l'ouvrir. Lui seul savait précisément comment faire car lui seul connaissait l'existence de cette bombe. S'il y avait une seule chose dont il voulait être absolument certain, c'était que, si la mallette tombait en de mauvaises mains, que ce soit celles d'un voleur ou un d'enquêteur officiel, il faudrait bien moins de quinze minutes pour déclencher le dispositif. Si cela se produisait, les enveloppes restantes, la personne qui avait ouvert la mallette et une bonne partie du bâtiment où elle se trouverait seraient rayées de la carte une bonne fois pour toutes.

Ou bien Zabulon était en possession des enveloppes, ou bien elles n'existaient plus ; tant leur importance était grande.

Alexandrie était la ville idéale pour RKI – Red Knight Industries –, lui permettant d'afficher son titre en grand et d'y installer son siège. En tant que holding d'armement de l'Éternité, une telle organisation avait besoin d'une façade légitime pour masquer ses opérations d'achat et de vente, pour la plupart secrètes. Outre les armes, ils achetaient aussi de la protection au plus haut niveau et vendaient des renseignements au plus bas. C'était un principe de base que chaque transaction produise systématiquement un bon bénéfice et que toute inspection gouvernementale se conclue par l'obtention d'une licence commerciale blanche comme neige.

Il était de notoriété publique dans les milieux militaires que RKI fournissait en toute légitimité des entreprises appartenant au « monde civilisé » : lanceurs de roquettes pour la marine et l'armée des États-Unis, mortiers pour la plupart des forces armées européennes et systèmes de guidage pour la marine et l'aviation britannique, mais tout cela n'était qu'une goutte d'eau dans un océan en constante expansion comparé aux ventes « sous le manteau » qui avaient fait le succès de la société. Rwanda, Libye, Ouganda, Serbie, Croatie, l'IRA, le PLO, l'ETA, les malheureux restes de l'Armée rouge et le Mossad, tous approvisionnaient leurs arsenaux à partir de l'extraordinaire catalogue de RKI.

Inde. Irak. Pakistan. Corée du Nord. Talibans.

Ils avaient tous un compte chez RKI, mais tous étaient parfaitement indétectables.

RKI abreuvait le monde en guerre. En mettant des armes le long des routes les plus reculées, ils semaient la mort dans les pays qui en avaient le moins besoin, et Alexandrie était la ville idoine pour installer ce puits sans fond. Moyennant un bon prix, le port pratiquait une saine politique de discrétion et sa situation lui permettait de livrer partout en Méditerranée, dans les États baltes, le Moyen-Orient et les nations en guerre du subcontinent africain. C'était l'épicentre idéal, la plaque tournante d'une super autoroute de l'armement.

Fondée par Alexandre le Grand en 332 av. J.-C., imprégnée de traditions religieuses et n'ayant eu que Rome pour seule rivale au cours de sa longue histoire, Alexandrie était aussi une ville magnifique où on pouvait revenir après avoir tué au nom de Dieu. Parfois, et sans pouvoir se l'expliquer, Zabulon avait le sentiment que cela aidait.

Cette fois, il n'avait aucune idée du temps qu'il passerait hors du pays ; il le saurait au moment où il aurait enfin ouvert son enveloppe et découvert sa destination. Parfois les instructions lui ordonnaient de surveiller sa cible pendant quelques jours avant l'exécution et de rédiger un rapport sur les mouvements de ses victimes, parfois il intervenait dans l'heure. S'il s'éloignait pendant plusieurs jours, il y avait des choses dont il devait s'assurer avant de partir. Plus important encore était de vérifier si les instructions données dans la première enveloppe étaient encore suivies à la lettre. Alors que les coups caractéristiques de Tamir, son dévoué second, retentissaient sur la porte blindée – un, deux, un –, il remit la deuxième enveloppe dans le premier tiroir de son bureau et déclencha l'ouverture de la porte pour laisser entrer le jeune homme.

« Kalifa, dit l'homme en s'inclinant respectueusement, c'est bon de vous revoir parmi nous. »

Zabulon, qui opérait encore sous le nom de Kalifa Halil dans le monde entier, regarda son employé avec curiosité et alluma une cigarette sans filtre.

« Tous les dispositifs sont en place ? » demanda-t-il.

Tamir acquiesça. « Il ne reste que six villes, Mexico, Lima, Boston aux États-Unis, Adélaïde, Leeds en Grande-Bretagne, et Saint-Pétersbourg. Ils ont bien travaillé, je crois.

— Ils ont fait ce qu'on leur avait demandé de faire. Ni plus, ni moins, répondit Zabulon d'un ton laconique. Et nous avons confiance en tous ? »

Tamir acquiesça à nouveau. « Ils sont croyants, Kalifa. Ils ne parleront pas. » Autrement dit, quoi qu'il arrive.

Zabulon réfléchit un moment, avec un pincement de lèvres satisfait. Il haussa les épaules. « Quand les six derniers seront en place, envoie un message pour qu'on se débarrasse de tous les agents de terrain. »

Tamir avait l'air perplexe. « Pardon, monsieur ?

— J'ai dit... envoie un message pour qu'ils soient tués. » Il ne cherchait même pas à cacher son agacement d'avoir à répéter un ordre aussi simple. « Ils ont obéi à Dieu et il s'attend à ce qu'ils le rejoignent. »

Tamir savait qu'il valait mieux ne pas interroger une seconde fois son supérieur. Il n'aurait même jamais dû le faire la première fois. « Et les douze ? » demanda-t-il d'un air sceptique.

Zabulon secoua la tête avec une indifférence presque dictatoriale. « Responsables seulement pour la mort des autres. Leur Dieu leur permet pour l'instant de rester en vie. Il dit qu'ils pourront être à nouveau sollicités dans les mois à venir. Dis-leur de bien s'assurer que les dispositifs sont en place avant d'exécuter mes ordres. S'ils ont le moindre doute, ils devront en assumer eux-mêmes la responsabilité. Je n'en dirai pas plus. »

Il le renvoya d'un geste et Tamir s'inclina doucement avant de quitter la pièce, la lourde porte sécurisée se refermant bruyamment derrière lui. Lorsque Zabulon entendit le cliquetis des loquets, il sortit à nouveau l'enveloppe rouge pesante de son tiroir et regarda sa montre.

C'était l'heure.

De l'ouvrir.

Comme c'était la règle, les instructions – le nom, la date, l'endroit et bien sûr la méthode – étaient codées. À cette occasion, un élément avait été ajouté : une plaque métallique. C'était cette plaque qui avait rendu l'enveloppe plus lourde que celles qu'il avait reçues précédemment. Elle comportait un message et devait être laissée sur place. C'était la première fois qu'une telle chose était demandée. Tout aussi surprenant, le message n'était pas gravé dans un métal ordinaire, mais dans de l'or massif. Les quatre enveloppes restantes étant tout aussi lourdes, Zabulon supposa qu'elles contenaient des plaques similaires.

Dieu, visiblement, ne lésinait pas sur la dépense quand il s'agissait de punir les péchés du monde.

Les derniers éléments contenus dans l'enveloppe étaient un passeport, trois cartes de crédit, un permis de conduire, la carte d'identité d'un éditeur et un billet pour un vol qui partait du Caire exactement quatre heures plus tard. Au vu des 160 kilomètres qui séparaient cette ville d'Alexandrie et des exigences de l'enregistrement, le billet était, comme d'habitude, parfaitement programmé. Il n'aurait pas besoin d'arme. Cette fois, apparemment, la victime lui fournirait tout ce dont il avait besoin et il n'aurait ainsi aucun problème pour passer la douane.

Aucun problème.

Le vol EgyptAir l'emmènerait directement à l'aéroport international de Barcelone où une voiture de location l'attendrait au comptoir Hertz, déjà enregistrée au nom figurant sur le passeport, les cartes de crédit et le permis de conduire.

Le temps de parcourir encore 130 kilomètres depuis Barcelone en suivant les instructions codées, et sa proie serait en vue.

L'Abraham, comme toujours, avait prévu chaque détail avec une précision magistrale.

La rejeta loin de sa face

2 Rois 18:20

Dave Clearwater s'enfonça nonchalamment sur sa chaise et admira les cartes postales, les tournant dans tous les sens d'une façon comique. « Alors, qu'est-ce que tu veux savoir ? » Il mâchait du chewing-gum et penchait la tête en faisant l'imbécile.

MaryBeth tira sur sa jupe bleu marine et s'assit à sa droite, devant un écran éteint. Agacée, elle remit les cartes à l'endroit. « S'il y a un rapport entre elles, dit-elle.

— Rien de plus facile, dit Dave avec un sourire. À mon avis, M.B., tu te trouves confrontée à ton scénario classique quatre-trois-deux-un. »

Il avait l'air pensif.

MaryBeth se rapprocha. « Et alors... ?

— Eh bien... dit-il en écartant de ses yeux ses longs cheveux noirs et en faisant par la même occasion s'entrechoquer les pierres de son bracelet. Toutes les quatre comportent l'image de Jésus, trois sont du même artiste, deux sont des fresques murales et l'une d'elles – il leva la carte représentant la fresque de Londres – est vraiment merdique. »

Il se mit à rire et jeta les quatre cartes sur la masse de papiers griffonnés qui encombrait déjà son bureau.

Quand il s'arrêta de rire, il regarda MaryBeth d'un air triomphant. « Est-ce que je peux me remettre à mon travail maintenant ?

MaryBeth le toisa et glissa de nouveau les cartes vers lui.

« Malin, Dave, vraiment malin. Mais, sérieusement, j'ai besoin d'établir un rapport entre elles. Il s'agit probablement de le trouver plutôt dans les tableaux eux-mêmes que du côté des artistes, ou tout au moins de savoir pourquoi ces artistes particuliers ont choisi de peindre ces tableaux particuliers.

— Et qu'est-ce que ça a à faire avec IntelliSoft ? »

MaryBeth secoua doucement la tête. « Je n'en sais rien. Tout ce que je peux te dire, c'est que c'est pour Jack et que c'est top secret. » Elle vit Dave hausser les épaules en signe de résignation. « Ça pourrait avoir un rapport avec le fait que, dans l'une d'elles, celle de Londres que tu as si affectueusement traitée de "merdique", l'artiste s'est représenté tournant le dos à Jésus.

— Je vois, dit Dave en acquiesçant, déjà prêt à rebondir, comme Vinci l'a fait ici, hein ? »

Il montra la carte représentant *La Cène*.

MaryBeth pencha la tête sur le côté. « Que veux-tu dire ? demanda-t-elle.

— Deuxième en partant de la droite, répondit Dave, en montrant la carte. Le disciple qui parle à celui du bout. C'est Vinci lui-même. »

Il vit le regard surpris de MaryBeth.

« Grands dieux, M.B., tu n'as pas eu de cours d'histoire de l'art à l'école ? Ce sont des connaissances de base. »

MaryBeth écarquilla les yeux, bouche bée. « Donc il y a déjà un lien entre deux d'entre elles.

— Assez ténu, mais d'accord. Je vais voir ce que je trouve pour toi. » Il la regarda par-dessus ses lunettes. « Ça pourrait prendre du temps.

— Tu as trois heures, dit MaryBeth. Quatre tout au plus.

— Doux Jésus », dit-il en retombant au fond de sa chaise et en faisant semblant de faire la moue. Puis il regarda les cartes et se mit à rire. « Pardon pour le jeu de mots. »

« Siiiilteplaît, Davy... Tu es un Crow, oui ou non ? Tu ne veux sûrement pas décevoir les tiens ?

— En fait, je suis mojave, corrigea Dave, on me traite de Crow parce que, comme un imbécile, je suis venu travailler pour vous autres. »

Depuis qu'il avait quitté le service marketing d'IntelliSoft, trois ans auparavant, pour prendre la direction du service « Acquisition d'informations », Dave Clearwater avait été baptisé par son propre peuple « Crow », autrement dit « Corbeau ». Il était parfaitement conscient depuis le début de ce que cela sous-entendait : comme la tribu du même nom au début des années 1800, Dave Clearwater avait commis l'impensable. Il avait renoncé à ses traditions et accepté de travailler pour « l'homme blanc ».

Il soupira longuement à l'intention de MaryBeth, regardant d'abord les cartes, puis les six pendules en haut de son écran d'ordinateur. « D'accord, M.B., c'est l'heure du déjeuner en Europe, donc mes amis cybernautes là-bas ne devraient pas tarder à se lever. C'est un bon moment pour commencer. Laisse-moi faire, je vais voir ce que je trouve.

— Tu es le meilleur, Dave. Deux heures, d'accord ? »

Elle ébouriffa ses cheveux avec espièglerie et sortit du bureau d'un air décidé.

« Je croyais qu'on avait dit trois... ? » dit-il. Puis, secouant la tête avec résignation, il ajouta : « Comment s'y prend-elle ? »

Il la regarda avec admiration pendant qu'elle franchissait les portes battantes et comprit comment elle s'y prenait exactement. MaryBeth était le genre de belle plante à laquelle on ne pouvait rien refuser. Quand elle fut partie, il fit tourner son petit doigt en un geste qui signifiait qu'il s'était encore fait avoir et il secoua la tête devant son absence totale de discipline.

« Elle réussit toujours à obtenir ce qu'elle veut. »

MaryBeth devait avoir dans les 35 ans, l'âge où, pour une femme, beauté et intelligence se conjuguent avec un maximum d'efficacité. Sauf que MaryBeth donnait l'impression d'avoir dans les 35 ans depuis qu'il la connaissait : elle était probablement un peu plus âgée, mais ça ne se voyait pas. Dave lui-même, en revanche, n'avait pas dépassé la vingtaine, et ne présentait aucune ressemblance avec Dustin Hoffman. Et pourtant, il lui arrivait de rêver de Mrs Robinson...

C'était effectivement une belle femme. Une peau légèrement mate, un teint parfait et de longs cheveux lisses noir de jais – comme c'était le cas pour beaucoup de femmes de sa propre tribu, mais les siens étaient si bien coupés qu'on avait l'impression qu'elle avait perfectionné un art que les femmes de son peuple protégeaient depuis des siècles. Elle mettait juste ce qu'il fallait de maquillage et ses vêtements n'étaient pas seulement onéreux, mais ils avaient également un tombé impeccable. Presque aussi bien que le corps qu'ils couvraient.

Il soupira. Dans une autre vie, peut-être.

Un des ordinateurs centraux au bout de la pièce se mit soudain à biper et Dave fit glisser sa chaise jusque-là pour le contrôler. Ce bruit indiquait que quelqu'un était en train d'entrer dans la base de données *via* une connexion extérieure. Il entra dans un menu et s'arrêta à : « AFFICHAGE LOINTAIN ». En un instant, le titre s'afficha : « UTILISATEUR LOINTAIN>JTBERNST@HME ».

« Bonsoir, monsieur B », dit-il avec le genre de sourire généralement réservé à Jack.

Il vida l'écran et poussa avec ses pieds contre le mur pour faire glisser sa chaise jusqu'à son propre moniteur et se mit au travail. Peu importe ce que son chef était en train de faire : il le laisserait faire.

Loger chez un homme pécheur

Luc 19:7

Paulo Estadore avait été particulièrement surpris et aussi un peu soucieux de voir la voiture s'approcher de la maison ; il n'attendait personne. Trois véhicules seulement faisaient le détour pour emprunter le chemin poussiéreux qui menait chez lui : la Fiat cabossée de son père, la fourgonnette de la poste et le vélo de DHL qui livrait parfois des colis venant de ses contacts Internet. Cette voiture – une Jeep 4 × 4, très chère et très propre – n'en faisait pas partie. De toute façon, la journée était magnifique dans les montagnes espagnoles bien au-dessus de Sangüesa et il se disait que c'était peut-être des touristes qui s'étaient perdus. Cela arrivait.

Même si cela n'était encore jamais arrivé.

Quand il avait remonté les minces lames en plastique des stores pour regarder par la fenêtre, il avait vu l'homme arrêter la voiture et descendre en pleine lumière. Grand, costaud, avec une crinière de cheveux noir ébène, il portait un costume et un long pardessus aux couleurs sombres, malgré la chaleur. Tandis que l'individu se dirigeait vers la maison en regardant de gauche à droite, il remarqua qu'il boitait légèrement.

Paulo était perplexe. Mal à l'aise. Maintenant qu'il distinguait parfaitement l'homme, il voyait aussi qu'il ressemblait plus à un fonctionnaire du gouvernement qu'à un touriste. Merde, se dit-il, mauvaises nouvelles en perspective.

Il alla droit à la porte et l'ouvrit avant même que l'homme ait le temps de frapper.

« Je peux vous aider ? » demanda-t-il avec méfiance d'une voix à l'accent prononcé.

L'homme ôta ses lunettes de soleil et sourit. Dans l'instant, il déplut encore davantage à Paulo. Une réaction viscérale. Il avait une petite cicatrice sur la joue droite et, de près, ses yeux ressemblaient à ceux d'un serpent. Son sourire aussi était trop grand, trop forcé. Intentionnellement désarmant.

En son temps, Paulo était entré par effraction dans un ou deux ordinateurs centraux. Moyennant finances. Toujours à distance, mais jamais trop sérieusement. Pas sur une grande échelle. En tout cas rien qui puisse justifier une visite d'un fonctionnaire du gouvernement.

Du moins, il l'espérait.

L'étranger mit la main dans sa poche de poitrine. Paulo était en nage.

« *Hola.* Je m'appelle Benito Perez », dit l'homme avec son grand sourire ringard. Il sortit une carte d'identité avec ses coordonnées et sa photo. « Je travaille pour *NetWorld Magazine*. Vous êtes Paulo Estadore, n'est-ce pas ? »

Paulo examina la carte. Elle était bien imprimée avec le logo vert et orange adéquat, et avait été scellée sous film plastique avec le nom de l'homme et sa photo – c'était avant l'existence de la technique holographique utilisée pour les passeports –, mais il était quand même dubitatif. Il était abonné à *NetWorld*, et ce depuis de nombreuses années, mais ne comprenait pas pourquoi ils avaient besoin de lui rendre visite. Toutefois, l'homme avait les bonnes références et il était à la bonne adresse.

« Oui », dit-il.

L'homme rangea sa carte et lui tendit la main pour le saluer. Paulo la serra ; elle était froide et rugueuse. Le bout des doigts lisse indiquait qu'il ne passait pas son temps à taper sur un clavier d'ordinateur, ce devait donc être quelqu'un de haut placé. Ce qui expliquait le port du costume. « Nous avons parlé à d'autres personnes, d'autres abonnés. Ils nous ont dit que vous arriviez toujours à résoudre les problèmes », poursuivit-il. Il prit un air désolé. « Nous avons un problème, un gros problème dont nous ne pouvions pas discuter en ligne pour des raisons de sécurité et nous avons besoin d'aide. Puis-je entrer ? »

Paulo sourit. Il s'était méfié à tort. L'homme était élégant parce qu'il représentait une revue de prestige et que ce genre de personnes étaient toujours élégantes, pas vrai ? Ils avaient un problème technique et on leur avait dit que Paulo pouvait les aider. Paulo connaissait tellement de gens, envoyait tellement de renseignements techniques, de conseils et de trucs en tout genre, que ce n'était pas étonnant que quelqu'un de haut placé vienne enfin lui demander de l'aide. Curieux de connaître la nature du problème, mais devinant qu'il devait être assez important à leurs yeux pour ne pas se fier à son adresse e-mail, il laissa l'homme entrer dans sa maison. Puis il lui offrit alors à boire, une proposition qui fut respectueusement déclinée.

Il demanda à l'homme s'il pouvait le débarrasser de son manteau, mais il refusa.

« Vous êtes seul dans la maison ? » demanda l'homme. Il avait l'air soucieux. Du genre « ceci est vraiment hautement confidentiel ». La question pouvait paraître étrange, mais elle ne l'était pas tellement au fond. Pour une grande entreprise, il n'y avait qu'une seule chose de pire qu'un problème embarrassant, c'était que ce problème soit divulgué.

Paulo répondit honnêtement. Pourquoi ne l'aurait-il pas fait ? Oui, il était seul.

Il aurait mieux valu pour lui qu'il mente...

L'homme le frappa. Avec force. En plein visage et son nez éclata comme une bombe à eau. Paulo tomba en arrière de tout son poids, son dos cognant contre le mur. Toujours pas satisfait, l'homme le frappa encore. Et encore. Des coups de poing courts et rapides depuis l'épaule jusqu'au milieu du visage, là où ça faisait le plus mal. Il continua à frapper, jusqu'à ce que Paulo glisse le long du mur jusqu'au sol. Mais ce n'était pas nécessaire ; le premier coup de poing était tellement fort que Paulo serait tombé de toute façon. Seul le contact du mur avait ralenti sa descente.

La crinière noire de l'homme tomba aussi. Un postiche, et en dessous il était complètement chauve. Grands dieux, il avait l'air encore plus sinistre sans cheveux, pour autant que ce soit possible. Non pas que cela eût la moindre importance maintenant. Paulo se disait qu'il était un peu tard pour ce genre de soupçons.

L'homme retourna brutalement Paulo sur le ventre, sortit une paire de menottes et attacha les poignets aplatis – anormalement aplatis à force d'être restés autant d'heures posés sur son bureau – du jeune homme derrière son dos. Au bout de ces poignets, ses doigts étaient pleins de callosités à cause des touches. Des doigts qui tremblaient de peur maintenant.

L'homme était fort. Très fort. Le genre d'homme qui, pour une raison ou pour une autre, avait besoin de l'être.

Comme s'il faisait ce genre de chose pour gagner sa vie.

Il empoigna Paulo par le col de sa chemise à carreaux et le tira, face contre terre, dans la pièce de devant, comme s'il s'agissait d'un sac de feuilles mortes. Le tissu de sa chemise commençait à se déchirer tandis que ses pieds raclaient le sol. En passant d'une pièce à l'autre, un taquet de moquette, mal enfoncé, lui lacéra le genou. Sous le coup de la douleur, il se mit à hurler. En vain.

L'homme – Benito Perez, directeur des systèmes de *NetWorld*, selon sa carte d'identité – trouva un mur qui lui convenait contre lequel il lança Paulo. Sous le coup de cette nouvelle attaque, il s'affaissa à nouveau. Son visage était envahi par une douleur lancinante et il sentait quelque chose de collant et de chaud couler de son nez et recouvrir sa bouche. Cela le chatouillait légèrement de façon désagréable, mais avec ses bras ligotés derrière son dos, il ne pouvait rien faire pour se soulager. Pendant ce temps, l'homme qui lui avait infligé ce calvaire se comportait comme si Paulo n'était même pas dans la pièce. Il regarda intensément l'écran de son ordinateur, encore occupé par de nombreuses fenêtres de « chat », puis s'assit sur la chaise qui lui faisait face pour se... détendre. Après avoir double-cliqué sur l'icône située en dehors du champ de vision de Paulo, il se mit à entrer des codes. Paulo ne pouvait pas voir l'écran, mais, à entendre la musique des touches, une mélodie qu'il écoutait aussi régulièrement que son disque préféré, il savait que l'homme avait réussi à retourner dans le répertoire principal et faisait maintenant une programmation en accès direct.

Tout langage, informatique ou autre, a son rythme propre. Une vitesse à laquelle obéissent les lettres, les mots et les pauses. Paulo en reconnaissait un grand nombre, aussi distinctement qu'un solo de batterie des Rolling Stones, et pouvait deviner, les yeux fermés, si quelqu'un travaillait en espagnol, en anglais, en UNIX (avec les variantes côte Est ou Ouest) BASIC, Cobol, Pascal, Natural ou C++.

L'homme était en train de travailler en UNIX, côte Ouest. Accès direct au Web.

Il s'appuya tranquillement sur le dossier de la chaise et posa quelques questions étranges à Paulo. Son regard menaçant laissait entendre à Paulo qu'il devait non seulement craindre pour sa santé, mais peut-être également pour sa vie, aussi ce dernier répondit-il à toutes les questions aussi bien qu'il pouvait. Il crachait du sang avec le même désespoir qu'il crachait ses mots. Quand l'interrogatoire cessa, une longue attente commença. Des heures et des heures allaient s'écouler avant que l'un ou l'autre ne bouge ni ne parle.

Pendant toutes ces heures, le jeune Espagnol n'eut pas l'occasion d'en savoir plus sur ce qui lui arrivait et encore moins ce qui allait arriver. Il n'avait pas la moindre idée du sort qui allait lui être réservé, à plus ou moins brève échéance. Sa tête en proie à une migraine atroce résonnait de toutes les spéculations les plus vagues, sans qu'aucune ne parvienne à s'imposer.

En fin de compte, les pensées les plus stupides eurent le dessus.

Pourquoi, grands dieux, avait-il accepté de serrer la main de cet homme ?

Ayant pris pour femme

NÉHÉMIE 6:18

Jack avait peur à présent, et c'était ce qu'il détestait par-dessus tout. Il comprenait bien en même temps que cela faisait partie de la vie, mais il détestait le sentiment d'impuissance que cela engendrait. Quand il jouait aux échecs, il n'avait jamais peur, ni quand il négociait un contrat pour IntelliSoft, tout simplement parce qu'il avait une confiance totale dans ses capacités et qu'il comprenait la situation dans laquelle il se trouvait.

Maintenant, sans avoir pour autant perdu cette confiance en ses capacités, il savait que la situation était incontrôlable, et qu'il ne la comprenait pas. Dans de telles circonstances, même la foi la plus inébranlable ne vous rend pas plus clairvoyant.

Il avait déjà envoyé un e-mail en Allemagne par des canaux sécurisés, pour formuler sa demande aux médecins légistes. Directement de son ordinateur, la note avait parcouru des milliers de kilomètres le long de câbles de fibre optique froids et insensibles. Ce qui était cruel, c'est que la même méthode serait utilisée pour lui faire parvenir une réponse susceptible d'affecter le reste de ses jours. Et si c'était la mauvaise réponse ? Et si c'était cette réponse-là ; celle qui était supposée susciter un grand sourire et de grandes embrassades ? Ne recevoir rien de plus solennel qu'un fichier « txt » concernant l'enfant de sa fille, de nombreux mois après sa naissance. Quel genre de père cela faisait-il de lui ?

Un père totalement inadéquat, sans doute.

À 8 kilomètres du campus principal d'IntelliSoft, au troisième étage du ranch, c'était cette même peur de ne pas être à la hauteur qui avait incité Jack à patienter en se connectant sur l'ordinateur central d'IntelliSoft. Il se disait que Dave serait encore quelque part en bas, le regardant se connecter, mais tant pis. C'était quelque chose de très important et il n'y avait donc rien de surprenant à ce qu'ils y travaillent tard tous les deux. À la lumière d'une lampe de bureau, avec un sandwich au fromage fait à la va-vite et une tasse de café vide à portée de main, il était en train de rouvrir certains de ses dossiers personnels les mieux protégés.

Au bout de quelques secondes, la page de démarrage pleine de grain qu'il avait regardée après les funérailles de Lara réapparut. Contrairement aux précédentes fois où il avait ouvert ce fichier, il n'appuya pas sur « ENTRÉE » pour laisser les autres pages s'afficher. Aujourd'hui, il voulait explorer uniquement cette image.

Pendant que Dave examinait les cartes postales, Jack avait décidé que, pour sa propre tranquillité d'esprit, mieux valait regarder les choses dans leur ensemble. Il allait faire ce qu'il demandait à Dave avant chaque négociation importante – effectuer des recherches approfondies. Il essaierait de trouver des bribes d'informations apparemment négligeables mais susceptibles de lui donner « un point d'avance », lui permettant de se retrouver ainsi en tête de la course, dans la position où il se sentait le plus à l'aise. Il avait espéré que ce dossier lui donnerait des informations sur Simon, sur qui il était ou pour le compte de qui il travaillait. Cela n'avait pas été le cas, mais Jack n'arrivait pas encore à se défaire de l'idée que l'homme mentait ; qu'il avait flairé une bonne opportunité lorsqu'il avait découvert que Lara Bernstein était à bord de ce vol fatal.

Mais, comme Jack le savait fort bien, « croire » n'équivalait pas à « savoir », comme on le prétendait souvent.

Sélectionnant le cadre entier, il choisit un menu nommé « DÉMOUCHETER » et regarda l'image de sa fille se faire de plus en plus nette et ses traits devenir plus clairs. L'ordinateur avait recherché les pixels isolés, calculé la moyenne chromatique de ceux qui les entouraient et les avait colorés. L'image, comme toutes celles des fichiers vidéo, faisait 800 × 600 pixels, aussi Jack sélectionna-t-il la commande « MULTIPLIER LA TAILLE PAR DEUX » à partir du même menu, puis la fonction « INTERPOLER ». Cela permit à l'image d'occuper davantage l'écran, pendant que l'ordinateur ajoutait de nouveaux pixels et les colorait selon le même principe. Finalement, il sélectionna « DÉGAGER MASQUE », une fonction du logiciel qui permettait d'analyser l'image et de faire ressortir jusqu'aux détails les plus subtils. Grâce à une image plus grande et plus claire que toutes celles qu'il avait voulu regarder jusqu'à ce jour, il pouvait voir maintenant ce qu'il y avait derrière sa fille et distinguer l'environnement d'où elle avait transmis le message.

Derrière son épaule gauche, on remarquait un certain nombre d'objets posés sur une étagère noire. Beaucoup étaient flous et impossibles à reconnaître, mais on voyait nettement une rangée de cinq livres de poche appuyés sur ce qui paraissait être une lampe. Malgré la puissance de son logiciel, Jack savait que les titres resteraient illisibles, même en employant les fonctions les plus élaborées.

En haut et à gauche de l'image, à peine visible au-dessus de l'épaule droite de Lara, il vit de nouveau le tableau dans un cadre doré. Seule la partie en bas à droite était visible, et elle ne permettait pas de se rendre compte de la taille du tableau, mais la qualité du fragment était suffisante pour lui permettre d'espérer. Il était sombre, presque noir, mais contenait une zone jaune pâle dont la forme semblait indiquer un vêtement. Au-dessus, vers la droite, il y avait quelques zones claires et floues, et une forme pâle qui était probablement un visage. En plissant les yeux, cela ressemblait beaucoup à l'œuvre d'un maître. Si c'était le cas, il pourrait certainement trouver de qui il s'agissait et déterminer si, oui ou non, il pouvait avoir un rapport avec les tableaux représentés sur les cartes postales.

Il choisit la fonction « copier » et envoya un double du fichier à un deuxième ordinateur qui se trouvait sur un bureau un mètre à sa droite. D'un coup de pied rapide, il fit glisser sa chaise sur le sol poli et sélectionna la partie de l'image contenant le tableau. Il l'enregistra dans la mémoire vive de l'ordinateur, en quelques clics, fit un test avec l'une des fonctions du système ArtWorX encore en phase de développement.

Se frayant adroitement un chemin au cœur de la magnifique vallée à la flore virtuelle hyperréaliste d'ArtWorX, jusqu'à atteindre la section beaux-arts, il cliqua sur une jonquille bleue qui, selon l'explication figurant sur une grande notice au bas de l'écran, lançait la fonction RechercheImage. Puis il colla le fragment de tableau à nouveau sur l'écran et sélectionna une autre fonction dite « DÉFINITION SECTION ». L'ordinateur bipa et lui proposa six options : « HAUT GAUCHE », « HAUT DROITE », « BAS GAUCHE », « BAS DROITE », « CENTRE » et « INCONNU ». Cette dernière option passerait en revue chacune des 15 millions d'images contenues dans la mémoire vive, dimensionnerait et positionnerait le morceau plus de cinq cents fois pour tenter de le retrouver sur l'une des images, avant de recommencer sur une autre si rien ne correspondait. Cela aurait pu prendre des jours, mais, Jack étant certain que son fragment était situé en bas et à droite du tableau, il sélectionna la fonction adéquate.

Cette recherche ne prendrait même pas une heure.

De toute façon, compte tenu de la mauvaise définition du fragment, l'ordinateur trouverait probablement plusieurs possibilités. Ce serait alors à l'œil humain, le meilleur moteur de recherche au monde, de prendre le relais et de trancher. Il espérait seulement que la reproduction derrière Lara montrait le tableau dans son entier, plutôt qu'un morceau. Sinon, le moteur de recherche, aussi puissant soit-il, ne trouverait pas la correspondance, car, bien qu'étant en bas et à droite de son image, ce ne serait pas l'original.

Pendant qu'il reprenait sa place initiale, une sonnerie retentit dans son ordinateur et le message « ENTRÉE NORD-EST » apparut sur l'écran. Il tapa sur la clé « TAB », et le visage de MaryBeth s'afficha, ses traits légèrement déformés par le grand-angle de la caméra.

« Salut, patron. »

Il sourit. « Je suis dans le grenier. Pourrais-tu me rendre un service ? »

MaryBeth lui rendit son sourire. « Café ? » Décidément, elle le connaissait presque trop bien.

« Merci, Em. » Il appuya une nouvelle fois sur « TAB » pour fermer l'image et en même temps sur « ALT » pour faire ouvrir la porte, puis se tourna de nouveau vers les éléments flous du film.

À la droite des livres, il semblait y avoir un verre vide et, encore à droite, disparaissant derrière l'épaule de Lara, une lueur rouge qui pouvait provenir de lettres lumineuses. Jack sélectionna cette zone et appuya sur « AGRANDIR ». Il n'y avait pas d'autres détails à glaner, mais la source de la lueur était devenue identifiable : c'était une pendule digitale qui indiquait « 08:12 ». D'après le registre de l'ordinateur central, cette image avait été prise douze minutes avant d'être envoyée, ce qui correspondait bien au temps de téléchargement du document complet. Les chiffres lumineux ressemblaient à ceux des radios-réveils. Où qu'elle ait pu se trouver dans le monde au moment de l'envoi, Jack avait le sentiment que ce devait être son lieu d'habitation temporaire.

Où qu'elle ait pu se trouver dans le monde, cela lui indiquait encore quelque chose. Elle était dans la même zone horaire.

Il referma la partie agrandie et considéra à nouveau l'image entière. Apparemment, il n'y avait rien d'autre qui fût digne d'intérêt, et ce n'était pas faute de regarder. Finalement, le cœur serré, il cliqua sur « PLAY » et le visage de sa fille s'anima de nouveau. Le même message familier de dix minutes et la même absence d'indices. La porte s'ouvrit et MaryBeth entra, portant deux grandes tasses de café. Elle lui en tendit une et s'assit à sa droite, en jetant un coup d'œil à l'image de Lara sur l'écran.

« Encore en train de te torturer ? demanda-t-elle avec un air soucieux.

— Je n'ai pas le choix, non ? » dit-il pour la forme. Il se passa la main dans les cheveux et soupira. « Je veux juste voir s'il n'y a pas quelque chose qui pourrait me donner un avantage sur ce type, tu comprends ? Il peut parfaitement y avoir quelque chose qui saute aux yeux, mais que je n'ai pas remarqué. Quelque chose qui pourrait confirmer ou infirmer ses dires. »

MaryBeth secoua la tête. « Je crois personnellement que ce sont des conneries, mais c'est à toi de voir. » Elle jeta un coup d'œil sur l'autre écran et vit le flot ininterrompu des tableaux qui apparaissaient puis disparaissaient après avoir été analysés. « Tu n'as pas besoin de faire ça, dit-elle, j'ai déjà branché Dave sur les cartes postales.

— Il ne s'agit pas des cartes postales, répondit-il. C'est le fragment du tableau qu'on voit là. » Il désigna la zone en haut et à gauche de l'écran. « Ça a l'air d'être ancien et, si c'est bien le cas, ArtWorX devrait me dire qui l'a peint.

— Et ça te dira quoi, exactement ? »

Jack haussa les épaules. « Je n'en sais rien. Quelque chose. »

L'analyse du fichier s'étant arrêtée sur la dernière image, il fit s'afficher sur l'écran la vidéo numéro 2. Contrairement à la première, celle-ci avait été enregistrée à l'extérieur, peut-être sur un flanc de colline, avec seulement en arrière-plan de l'herbe balayée par le vent. Il n'y avait aucun immeuble aux alentours et pas de points de repère particuliers, seulement Lara et la campagne environnante.

« Pas de tableau dans celui-ci, constata MaryBeth avec ironie.

— Rien du tout dans celui-ci, à moins que tu ne connaisses quelqu'un capable de me dire de quelle sorte d'herbe il s'agit. »

MaryBeth regarda à la base de l'image et plissa les yeux.

« Comment se fait-il qu'il n'y ait pas de codes GPS qui soient attachés ?

— Elle les a éteints avant d'enregistrer le fichier », répondit Jack. Le code GPS figurait d'habitude sur toutes les transmissions de Lara. Une abréviation de Global Positioning System (système de positionnement global) qui indiquait la longitude et la latitude de l'ordinateur portable, où qu'il soit dans le monde. Si le code était allumé, on voyait également la date et l'heure de l'enregistrement. Ces éléments étaient aussi absents, et il ne restait à Jack que la date et l'heure de réception enregistrée sur son ordinateur central, et rien ne permettant d'identifier l'endroit où se trouvait sa fille à cet instant. « Il est évident qu'elle ne voulait pas que je regarde par-dessus son épaule, dit-il, en esquissant un sourire à cette perspective. »

Sachant que l'absence de code GPS et d'objets identifiables rendrait la découverte d'indices presque impossible, Jack appuya sur « PLAY » et le film se remit en route. La faiblesse de la batterie de l'ordinateur portable au moment de la transmission avait généré des secousses dans l'enregistrement. Les cheveux de Lara sautaient en l'air de façon anormale pendant que chaque image essayait de capter les mèches qui dansaient dans le vent. Comme dans le premier fichier, Lara répétait qu'elle allait « bien ». Quand Jack était enfant, son père lui répétait toujours que « bien » n'était qu'un acronyme pour « Baisé, Inquiet, Émotif et Névrosé », mais c'était probablement une blague que Lara ne connaissait même pas.

À moins que ?

Au bout de quarante secondes d'enregistrement seulement, quelque chose ou quelqu'un hors champ avait attiré le regard de Lara. Elle se tourna face à la caméra pour dire qu'elle devait partir. Aussi simplement que ça. Tandis qu'elle tendait la main et que le film s'arrêtait sur l'image finale, il regarda l'indicateur de temps sur son ordinateur en bas à gauche de l'écran. Quatre mois après le premier message, elle n'avait pas trouvé nécessaire de lui consacrer plus d'une minute, six secondes et huit dixièmes.

Il secoua la tête doucement, inspira profondément et sélectionna la troisième vidéo. Celle-ci avait également été enregistrée à l'extérieur, sur une colline herbeuse identique et avec la même absence de détails significatifs. C'était aussi son ultime message, enregistré le 4 février 2004, presqu'un an avant son vol fatal.

« Tu es sûr que tu veux faire ça ? » demanda MaryBeth, sachant à quel point Jack détestait ce troisième fichier.

Jack soupira. En toute honnêteté, il n'en savait vraiment rien. À la fin, il se contenta de répondre : « Je ne peux pas faire autrement.

— Tu sais que c'est celui où elle se met à débiter les conneries religieuses ?

— Oui, je le sais. Et c'est pour ça que je dois le visionner.

— Ça ne risque pas de t'aider », dit MaryBeth doucement. Son inquiétude était sincère. « Elle aurait pu changer d'opinion, après tout, elle était sur le chemin du retour. Peut-être qu'après avoir tout essayé – comme le font les enfants – elle a décidé qu'elle n'était pas faite pour ça. En fin de compte, elle a peut-être compris qu'elle avait besoin de toi, et c'est la seule chose dont tu devrais te souvenir maintenant. Pas ça... dit-elle en montrant l'écran avec mépris. Pas quand elle était dans cet état. »

Jack se retourna et il prit un ton moqueur pour mieux cacher sa peine :

« Je regrette que tu penses cela, mais depuis que ce fichier m'est parvenu, je crois que je m'en suis pas trop mal sorti avec cette idée qu'elle avait trouvé Dieu. Sur le coup, ça ne m'avait pas plu, mais ensuite, après l'accident, j'ai pensé comme toi. J'ai pensé qu'au moins elle revenait vers moi et qu'elle laissait toutes ces conneries derrière elle. À présent, quelqu'un me dit qu'elle a eu un enfant pendant qu'elle était loin et que les gens qui détiennent actuellement l'enfant ont pu la tuer pour l'empêcher de rentrer et de me demander de l'aider. » Il regarda MaryBeth avec de grands yeux impatients. « Tu ne comprends pas ? Me demander de l'aide. Non pas rentrer parce qu'elle m'aimait... non pas décider de revenir parce que je comptais plus pour elle qu'une vague promesse de salut divin. Rentrer parce qu'elle avait besoin de quelque chose. Une aide. De l'argent, peut-être ? Qu'on lui lave son linge ? Tout sauf de l'amour. » Il secoua la tête au comble du désespoir. « Ce n'est pas moi dont elle avait besoin, MaryBeth, seulement de ce que je pouvais faire pour elle. »

MaryBeth secoua la tête d'un air incrédule. « Tu ne peux quand même pas croire ça.

— Je ne sais plus ce que je dois croire. »

Il passa la main dans sa barbe soigneusement taillée et soupira à nouveau.

« Tu sais, j'ai passé trois ans à me poser des questions sur ma fille. Comment elle allait. À quoi elle ressemblait. Comment elle se sentait. Et voilà que surgit ce type et... » Il regarda MaryBeth dans les yeux et baissa la voix. « ... et j'ai peur. D'accord ? J'ai peur de passer le reste de mes jours à m'interroger. Si visionner cette... cette... merde, encore et encore, m'aide à trouver une réponse, alors soit. Regarde les choses en face, ça ne risque pas d'aggraver la situation. »

MaryBeth resta silencieuse.

Après qu'il eut appuyé sur une touche, le fichier s'ouvrit et une voix excitée rompit le silence ; celle de Lara, qui jubilait à chacun de ses mots. Tellement troublant. C'était cette excitation que Jack détestait le plus. Il ne pourrait jamais admettre qu'un autre groupe de gens ou peut-être même une divinité intangible ait pu, en quelques mois, la rendre plus heureuse que lui n'avait réussi à le faire de toute sa vie. Quelqu'un lui avait donné le sentiment d'être désirée.

Jack n'avait jamais nourri de griefs particuliers envers d'autres religions non sémites, mais ce qu'il détestait, c'était celles qui exploitaient les faibles, raison pour laquelle il détestait cette vidéo par-dessus tout. C'était un film court, c'est vrai, mais il donnait nettement l'impression que Lara, dépourvue d'illusions comme elle l'était à cette période de sa vie, avait été une cible facile pour des gens qui se faisaient fort de donner des réponses. La première fois qu'il avait visionné ce message, il avait compris en un instant où passait chaque centime du placement qu'il avait fait à son nom et qui était arrivé récemment à maturité.

« Mets-toi à genoux et commence à prier. » Genesis. Le groupe.

Sur la vidéo, elle parlait de son « édification » ; elle disait que, pour la première fois, elle savait au fond de son cœur que les réponses de tout être étaient contenues dans les paroles de Dieu. Tout ce qui était, est et sera. Il existait un plan, avait-elle dit, un chemin à suivre pour chacun qui conduirait à la vie éternelle qu'Il avait promise aux justes. Abraham avait montré le chemin et choisi Marie pour donner un Sauveur à l'humanité. Elle ne s'attendait pas à ce qu'il comprenne parce qu'il vivait dans un monde corrompu par le règne de l'argent, mais elle espérait qu'un jour elle pourrait lui révéler la vérité cachée de Dieu et le sauver du jugement ultime...

MaryBeth frissonna. « J'ai beau savoir qu'il s'agit de Lara, là, elle me fait froid dans le dos. »

Jack acquiesça. « Oui, mais au moins, elle ne se contentait pas de me dire que tout allait bien. Au moins, là, elle parlait vraiment. »

MaryBeth prit un air fâché. « Non, Jack, elle ne parlait pas du tout. Elle prêchait. »

Jack aurait préféré ne pas l'entendre, mais il savait que MaryBeth avait raison. C'était ces mêmes sornettes qu'on débitait pendant des heures à la télévision dans des émissions de grande écoute. À présent, elles coulaient comme un mauvais vin des lèvres de sa propre fille. Il commençait à se rendre compte que même si Lara était rentrée à la maison, elle ne serait pas vraiment revenue. Elle s'était trop éloignée. Quelqu'un lui avait volé Lara Bernstein pour toujours.

Et c'était au moins un an avant que le vol 320 ne s'écrase.

Mère de Jésus

JEAN 2:1

Il était tard et le silence de la salle éclairée uniquement par la lueur bleu pâle d'un seul écran d'ordinateur était troublé par une sorte de tambourinage intermittent et répétitif. Après cinq minutes, il fut interrompu par un long soupir laborieux, puis il reprit pendant encore trois minutes. À force, cela devenait agaçant. Le bruit résonnait dans la salle désertée et ces quatre doigts tapotant sur un bureau faisaient penser à une horde de chevaux sauvages galopant sans fin dans la pénombre. Lentement mais sûrement, cela était en train de rendre Dave Clearwater complètement fou.

Même si c'était ses doigts à lui.

Il se pencha en arrière, autant que sa chaise le lui permettait, étendit les bras et bâilla à gorge déployée.

« J'en ai marre, marre, marre », protesta-t-il, malgré l'absence d'auditoire. Finalement, il décida d'aller se prendre un café à la machine. Il ne voulait pas de café, il détestait le café. Mais il ne savait pas quoi faire d'autre, à, il regarda la pendule, 3 h 29 du matin. En se levant, il jeta un regard furibond à son écran. « Réponds-moi, Paulo. Je voudrais rentrer chez moi, nom de Dieu. »

Paulo était l'un des trois chercheurs espagnols que Dave avait l'habitude de solliciter quand il était en quête d'informations, et le seul déjà en ligne quand il s'était connecté sur Netspagnol, le forum Internet espagnol qu'il utilisait.

Ayant passé une heure en France (virtuellement parlant, bien entendu) à se renseigner sur les tableaux, quarante-cinq minutes en Italie et encore une heure à Londres, Dave était chaque fois revenu bredouille. La plupart de ces contacts ne connaissaient pratiquement rien sur la religion ou les œuvres des grands maîtres. On aurait dit parfois que leur seule religion était les ordinateurs et les entreprises qui les développaient ; leurs seuls et uniques dieux. Ils en connaissaient davantage sur les pixels que sur les pigments, plus sur les icônes que sur l'iconographie et auraient pu être tentés de s'agenouiller pour prier seulement sur www.dieu.com.

En général, cette dévotion à la technologie œuvrait en faveur de Dave, car ses questions avaient souvent un rapport avec l'informatique. En conséquence, beaucoup avaient manifesté leur surprise devant la tournure œcuménique qu'avaient prise les questions de ce soir. Certains avaient répondu qu'ils enquêteraient de leur mieux, tout en suggérant mollement à Dave de tenter sa chance sur le site du Louvre à Paris. Dave les remercia tous, mais comme c'était justement ce à quoi il avait employé sa première heure de recherche, il savait que le site n'offrait pas beaucoup plus de contenu que les cartes postales elles-mêmes.

Paulo, en revanche, avait réagi un peu différemment. Lorsque Dave avait posté sa question, l'Espagnol avait mis moins de trois minutes pour répondre :

Dave, comment va ?

Je peux peut-être t'aider avec tes problèmes de tableaux. Tu connais mon père le prêtre catholique, oui ? Je parie que tu ne sais pas que j'étudie la théologie à Rome quand je suis adolescent ? Dans ma deuxième année, je fais devoir sur « hérésie et pensée hérétique ». Quoi ça a à voir ave les tableaux, hein ? Eh bien, mon ami, je te le dis...

J'étudie tout sur l'Inquisition depuis instigation par pape Grégoire IX en 1231 et continue jusqu'à formation du Saint-Office en 1542. Les premières treize années, peu d'activité mais quand pape Paul IV accède (1555) il ordonne congrégation d'établir liste d'« œuvres qui offensent la foi ou la morale ». Toutes choses contenues dans premier Index des livres interdits *considérés moralement ou doctrinalement (orthographe ?) répréhensibles. Quelques tableaux inclus. Tu comprends maintenant ?*

Un nom apparaît souvent dans livre – ton ami – Léonard de Vinci. Moi surpris à l'époque pensant Léonard représentant toute pensée chrétienne à l'époque. Alors je demande professeur et il dit qu'on croyait Léonard cacher messages dans sa peinture. Contra Bocca Della Verità *(contrairement à bouche de vérité). En peignant messages, Leonardo se met en grand danger mais il continue à le faire.*

Moi intrigué – tu me connais.

Je demande au professeur comment il sait tout ça et il dit qu'un type, autrefois moine, qui habite dans village proche, lui dit. Il me donne adresse. Je n'ai pas mais peux avoir, sûr. Tu dis ton problème est « artiste dans tableau tourne le dos au Christ ». Je crois ça hérésie et je crois un jour le type moine peut aider. Qui sait ?

Trois problèmes tout de même, Dave. Premièrement, le type très âgé à l'époque (cinq ans avant) alors peut-être pas vivant maintenant, et deuxièmement, si encore en vie, peux te garantir qu'il pas sur Internet !!! Troisième, c'est je n'ai pas son adresse alors je dois un peu rechercher. Je e-mail dans une heure.

Paulo :-))

Au lieu d'une, cela faisait deux heures. Depuis dix minutes.

La machine cracha sans façon des granulés de café et de lait en poudre dans une tasse en polystyrène et produisit la dose voulue d'eau bouillante. Dave tendit la main pour la prendre et fit une grimace en voyant les grumeaux qui avaient refusé de se dissoudre. Au moment où il saisissait la tasse, son ordinateur, trouant le silence, se mit enfin à signaler l'arrivée d'un message, le faisant renverser sur sa main assez de liquide bouillant pour lui extirper le genre de juron qu'il évitait soigneusement de proférer devant sa mère.

Il laissa la boisson dont il ne voulait d'ailleurs pas et regagna son bureau à toute vitesse, en secouant la main pour se débarrasser du liquide pendant que, de l'autre, il dirigeait le curseur vers « RÉCEPTIONNER ». De cette façon, il pouvait voir apparaître le message en temps réel :

Désolé, Dave, je ne pas pouvoir trouver adresse. Il y a longtemps. Alors... je téléphone à l'ancien professeur à Rome et il la trouve et me rappelle. Ni vu ni parlé avec lui depuis cinq ans alors je n'ai pu dire que « grazie » *et raccrocher. Faut parler vieux temps, nouveaux temps. Eh bien, la voilà.*

J'espère il toujours vivant et peut t'aider avec tableaux. Sinon, je suis perdu pour autres idées, mais je demande autour pour toi. Ciao Baby.

Paulo.

Frère Frederico Mandionetti c/o monastère Saint-Jérôme, Montecastrilli, Umbria, Italie.

« *Muchos gracias... Amigo !!* » hurla Dave, en se frappant victorieusement le torse du poing tandis qu'il recopiait l'adresse sur une feuille de son bloc. Puis il se rendit compte qu'il venait probablement de remercier Paulo en mexicain ou quelque chose dans le genre. L'ordinateur garderait une copie de l'e-mail dans le système. Il glisserait donc la note sous la porte de Jack en quittant le bâtiment. Pour qu'il comprenne ce dont il s'agissait, il écrivit son nom en haut ainsi que « Cet homme pourrait connaître le lien entre les cartes postales. J'essaierai de le contacter pour toi demain. Corbeau », puis enfila sa veste en patchwork.

Moins d'une minute plus tard, l'écran s'éteignit et la salle retrouva son calme. Quand il passa à toute vitesse devant les agents de sécurité à la réception, ils lui rappelèrent pour l'agacer qu'il ne lui restait plus que trois heures de sommeil avant de revenir travailler. Les gardiens savaient, comme tout un chacun dans la société, que, même si le petit génie de l'informatique arborait tous les signes extérieurs de l'Indien décontracté avec les cheveux longs et une discipline de travail quasi inexistante, c'était une apparence soigneusement étudiée. Alors que les employés d'IntelliSoft choisissaient leurs propres horaires, « tard » était le qualificatif correspondant généralement à l'heure où Dave Clearwater quittait son travail, mais jamais à l'heure à laquelle il arrivait.

Une bonne enquête

DEUTÉRONOME 19:18

Paulo Estadore avait effectivement étudié l'hérésie au cours de sa seconde année de master en théologie, mais c'était à Barcelone et non à Rome. Il n'avait pas non plus la moindre idée de qui était frère Frederico Mandionetti. Il n'avait jamais entendu son nom et ne l'entendrait jamais. Tout ce que Paulo Estadore savait, de façon certaine, c'est qu'il allait mourir.

Il le savait depuis si longtemps que, d'une certaine façon, il s'y était presque résigné. Maintenant, cela lui était égal. N'importe quoi pour échapper à la douleur. Le fait qu'il allait mourir le préoccupait moins que d'être assassiné sans savoir pourquoi.

C'était parce qu'il avait fait des recherches sur l'hérésie qu'il était capable de reconnaître un autodafé quand il en voyait un, mais ce qu'il ne comprenait pas, c'est pourquoi une telle pratique devait lui être appliquée. Il était croyant, catholique, fils d'un prêtre catholique, pour l'amour du Christ. Il n'avait fait des recherches sur l'hérésie que dans le cadre d'un mémoire universitaire. D'avoir étudié d'autres points de vue n'avait pas entamé sa propre foi, cela l'avait même renforcée, alors pourquoi devrait-il maintenant être jugé et condamné comme hérétique ?

Après que l'homme l'eut frappé et ligoté, il lui avait posé des questions à propos de l'un de ses contacts : Dave Clearwater d'IntelliSoft. Comment l'appelait-il généralement, en ligne : Dave ou David ? Lui écrivait-il en espagnol ou en anglais ? Son anglais était-il bon ? Comment se déconnectait-il ? Trop de questions pour qu'il s'en souvienne. Paulo avait répondu à chacune avec honnêteté, pensant que cela pourrait lui valoir son salut. Il avait espéré que sa franchise lui sauverait la vie.

Il se trompait lourdement.

L'homme avait utilisé l'ordinateur de Paulo pour se connecter à Netspagnol. Paulo le savait parce qu'il avait entendu le jingle caractéristique du forum, mais, de l'endroit où il était assis, il ne pouvait pas voir l'écran et c'était sans doute fait exprès. S'étant connecté, l'homme avait fait... finalement, rien. Il était resté assis très droit et avait attendu. Longtemps. Puis, au bout d'une heure ou presque, il semblait avoir lu un message entrant. En réponse, il avait sorti une note d'une enveloppe rouge et s'était mis à la recopier, mot pour mot, dans le serveur.

Ensuite, il avait attendu à nouveau, encore plus longtemps. Cette fois encore, il n'avait pas bougé de la chaise, ni regardé en direction de Paulo. Cette attente avait duré si longtemps que Paulo avait fini par demander d'aller aux toilettes, disant qu'il risquait de se souiller. Il n'avait jamais eu aussi honte de sa vie. L'homme n'avait rien dit et, en fin de compte, Paulo s'était souillé, exactement comme il l'avait prévu. Il avait supplié sur tous les tons car, maintenant, avec une tache noire bien visible en haut de sa jambe gauche, il avait vraiment un air pathétique. Mais rien n'y fit.

Au bout de deux heures et treize minutes (d'après la pendule Mickey que Paulo ne quittait pas des yeux et qui dansait de façon absurde sur une étagère), l'homme avait regardé sa montre. Apparemment, une heure limite avait été atteinte et l'homme recopia rapidement un message beaucoup plus court sur l'écran, comme si ce second message constituait une sorte de réponse minutée.

De toute évidence, cela avait un rapport avec Dave Clearwater, qui travaillait chez IntelliSoft. Peut-être l'homme avait-il attendu que Dave se connecte et il lui avait ensuite répondu ? Était-ce pour cela qu'il lui avait posé autant de questions ? Cet homme prétendait-il être Paulo quand il répondait ?

Mais cela ne tenait pas debout. Il arrivait souvent que Paulo lui-même ne veuille pas être Paulo.

Il n'avait aucun moyen de savoir à quel point Dave Clearwater, qui attendait impatiemment à l'autre bout du monde, avait été dupé. Évidemment, les renseignements dont il avait besoin ne lui étaient pas parvenus dans l'heure. Aucune personne ayant promis de répondre dans l'heure ne le faisait vraiment.

Les instructions de L'Abraham à Zabulon avaient été claires : ne donne pas l'adresse tout de suite, cela paraîtrait louche. De même, promets une réponse dans l'heure et attends deux heures pour l'envoyer. Cela semblera plus naturel. Il ne fallait pas que Dave ait le moindre soupçon sur l'information reçue, afin que son patron, Jack Bernstein, ne remette pas en doute sa véracité lorsqu'elle lui serait transmise. Il devait être certain que Dave ferait ce que Dave faisait le mieux : vérifier ses sources et livrer la marchandise.

Deux minutes après l'arrivée du second message, Paulo cessa de s'intéresser aux problèmes de Dave. Car, après tout, il avait ses propres problèmes. Soudain, il fut traîné dehors, à l'arrière de la maison, puis vers la colline derrière et enfin maintenu brutalement contre un mur en pierres rugueuses. Son visage lui faisait toujours mal. Le sang avait séché et s'écaillait, mais il était toujours dans l'incapacité de bouger ses mains pour y remédier. Il avait été trop choqué pour même essayer de parler et il avait l'impression que son cerveau allait exploser à travers son crâne.

Entre-temps, l'homme chauve était rentré dans la maison et fouillait bruyamment dans ses tiroirs. Il ne savait pas ce qu'il espérait y trouver.

Comment pouvait-il le savoir ?

Sans un mot, l'homme s'était ensuite dirigé très calmement vers le garage de Paulo. Il en était revenu quelques minutes plus tard avec un bidon d'essence que Paulo utilisait pour son vélomoteur, étant donné que la station d'essence la plus proche était à plus de 40 kilomètres. Calmement, il avait fait trois autres voyages, apportant d'autres choses et les posant par terre, à quelques mètres du corps affalé de Paulo. Il apporta un poteau de clôture d'environ 3 mètres de long, une pelle circulaire et un heurtoir en fonte. Pour finir, il ressortit avec trois clous rouillés de 15 centimètres, un marteau et une pièce de tissu rouge.

C'est seulement alors que Paulo avait essayé de lui demander ce qu'il faisait, de sa voix complètement déformée à cause de son nez cassé et du sang qui coulait encore dans sa bouche. Il avait posé plusieurs fois la question. Mais l'homme ne lui avait donné aucune explication.

Quand il parut avoir tout ce dont il avait besoin, l'homme ramassa calmement la pelle, la jeta brusquement aux pieds de Paulo et lui enleva les menottes.

« Creuse ! » dit-il. Ni plus, ni moins.

Paulo était incapable de bouger. L'ordre avait résonné dans sa tête, bref et implacable, au rythme de son cœur. Il était trop terrorisé pour pouvoir compter sur son corps. Il savait qu'il ne pouvait pas courir parce qu'il avait perdu toutes ses forces. Ses jambes étaient en caoutchouc. Il savait qu'il finirait par trébucher et que l'homme le rattraperait.

Puis il le tuerait.

[de toute façon]

Paulo avait cinq sortes de pelles dans son garage, mais l'homme avait choisi celle qui servait à creuser des trous de poteau. Elle faisait un trou de 25 centimètres de diamètre pour permettre d'y ficher un poteau en bois. Seule consolation, celle-là était sans doute la plus petite : au moins, il n'allait pas être obligé de creuser sa propre tombe. Bien qu'étonné d'être capable d'une telle pensée, il savait qu'il avait des pelles bien meilleures pour creuser des tombes.

S'il ne pouvait pas courir, il se dit qu'il devrait au moins se battre, mais il était malheureusement conscient qu'il ne pouvait faire ni l'un ni l'autre. S'il était trop faible pour tenir debout, comment pourrait-il se battre ? L'homme donna l'ordre une deuxième fois, en haussant encore un peu plus le ton de sa voix déjà très puissante, et Paulo se rendit compte qu'il n'y avait probablement qu'une seule chose qu'il pouvait faire pour s'en sortir vivant. S'il en trouvait la force, bien sûr.

Creuser.

La douleur gagnant tous ses membres, il commença à s'exécuter tant bien que mal, tandis que l'homme attendait patiemment à sa droite comme un spectateur désintéressé. Quand le trou atteignit enfin un mètre de profondeur, l'homme lui donna l'ordre de s'arrêter et il s'affala par terre, complètement épuisé, ruisselant de sueur et de sang. Il avait envie de simplement fermer les yeux et de s'endormir, en espérant que l'homme serait parti quand il les rouvrirait. Au moment où ses paupières commençaient à se fermer, il entendit l'homme enfoncer quelque chose à coups de marteau dans le morceau de bois. Quelque chose qui semblait être un clou. Puis un autre. Quand il eut fini, il disposa le heurtoir à côté des clous, qu'il replia dessus pour le maintenir en place. Paulo sut à ce moment-là que c'était une entrave. Une entrave à son intention.

L'homme sortit alors un sac en plastique transparent de sa poche, en retira une plaque en or et la cloua tout en haut du poteau. Paulo ne pouvait pas voir les lettres gravées sur la plaque. Il ne les verrait jamais.

L'homme souleva le morceau de bois et plaça une extrémité dans le trou en le tenant verticalement.

« Remets la terre », ordonna-t-il. Il avait retrouvé son calme, comme s'il était habitué à traiter les gens ainsi.

Paulo n'avait pas la force de se remettre debout. Il essaya, mais retomba maladroitement en arrière sur le sol poussiéreux. Il recommença trois fois et, trois fois, il échoua. Il se mit à pleurer comme un enfant.

L'homme répéta l'ordre, sa voix redevenant impatiente. Paulo essaya encore une fois, mais ce fut peine perdue. Il leva les yeux vers l'homme en quête de compassion, en vain. Il se contenta de montrer les dents et répéta son ordre une troisième fois, probablement la dernière.

Paulo fit la seule chose dont il était capable : il rampa vers le trou et poussa la terre fraîchement creusée avec ses mains nues. Elle tomba dans le trou et se répartit autour du poteau. Il la tassa aussi fermement qu'il put avec ses paumes saignantes et sales et continua jusqu'à ce qu'elle forme un monticule. L'homme vérifia la solidité du poteau et parut juger qu'il serait suffisamment résistant. Mais pour quoi ? Puis il empoigna Paulo, le retourna à nouveau sur le ventre, menotta un de ses poignets et le remit brutalement sur ses pieds. Passant l'autre menotte à travers le heurtoir, il l'attacha ensuite à l'autre poignet de Paulo pour que ses bras soient fixés au poteau.

Quand il le relâcha, Paulo s'affaissa, retenu seulement pas la chaîne attachée à ses deux poignets. Ses jambes étant incapables de le soutenir, il avait l'air de la victime d'un peloton d'exécution après le coup de grâce. En regardant ses pieds, il vit l'homme ramasser des feuilles sèches et du petit bois et les entasser autour de ses chevilles. Puis il entendit le bidon s'ouvrir et une odeur puissante, lourde de menace, remplir l'air.

De l'essence.

Il commença par le bas, aspergeant les feuilles et les branches, et remonta le long du corps de Paulo jusqu'à ce que le bidon soit pratiquement vide. Quand il versa les dernières gouttes de liquide sur la tête de Paulo, il coula dans ses cheveux, lui piquant les yeux et lavant le sang sur son visage. Il pénétra dans les plaies ouvertes de son nez et le brûla comme si le bûcher avait déjà été allumé. L'odeur suffocante le rendait malade ; l'attitude détendue de l'homme qui s'apprêtait à le tuer le dégoûtait encore plus.

L'homme fit un pas en arrière pour admirer son travail.

Puis il se mit à réciter.

Paulo essayait toujours de poser des questions et ne recevait aucune réponse, mais il s'arrêta aussitôt quand il se rendit compte de ce que disait l'homme. D'abord, il avait cru qu'il lui parlait à lui, lui disant quelque chose d'important, puis il s'était ravisé et avait supposé que l'homme était peut-être en train de lire une prière en latin.

Quand il avait enfin compris, cela l'avait frappé comme un éclair ; une décharge électrique qui lui paralysa tout le corps et lui releva la tête d'un coup.

Auto-da-fé.

L'« acte de foi ».

La cérémonie d'exécution publique réservée aux personnes condamnées à mort pour hérésie par l'Inquisition. C'était la plus redoutée des cérémonies judiciaires de l'Église catholique romaine. Sa grande pompe et sa solennité lui avaient assuré d'être abondamment commentée par les historiens. Le premier autodafé consigné dans les archives s'était déroulé à Séville en 1481, sous la surveillance de Tomás de Torquemada, futur grand inquisiteur espagnol. La cérémonie consistait en une procession de l'homme ou de la femme condamnés jusqu'à une place publique puis en un long sermon. Entre 1481 et 1808, plus de 340 000 personnes avaient été soumises au supplice de l'autodafé. Dans toute l'histoire de l'Inquisition, 32 498 personnes périrent sur le bûcher.

À présent, Paulo Estadore était en train d'être jugé et condamné pour le même crime.

32 499.

Il se mit à hurler ; un bafouillage désespéré fait de sanglots et de protestations inintelligibles.

Il pleura. Il supplia. Il mendia.

L'homme restait impassible.

Il prit le tissu rouge et le déchira en deux morceaux qu'il attacha à la chemise ensanglantée de Paulo avec les épingles trouvées dans la maison. Le sermon touchait à sa fin ; deux langues de tissu rouge indiquaient que le jugement avait été prononcé et que le bûcher devait être allumé. Il sortit un briquet en or de sa poche de poitrine et l'activa plusieurs fois avant qu'il ne s'allume.

Il n'y avait pas de vent et l'air était aussi calme que la respiration de Paulo. Il écarquilla ses yeux noircis et regarda la petite flamme. Il allait mourir.

L'homme s'accroupit. Plus le briquet s'approchait des broussailles, plus Paulo aurait voulu crier et moins il le pouvait. Finalement, quand l'essence prit feu et que les flammes mordirent son corps, il parvint seulement à murmurer : « Mon Dieu, non. »

Il fallut plusieurs minutes pour que l'Espagnol perde conscience et qu'il cesse de crier. Jusqu'au bout, et presque sereinement malgré la douleur, il s'était posé la même question : pourquoi ?

*

*   *

Quand l'homme s'éloigna enfin, le sourire aux lèvres, Paulo Estadore avait déjà brûlé pendant plus de quinze minutes et était cliniquement mort depuis longtemps.

Son corps ne serait découvert que le lendemain. C'était un solitaire, ses seuls amis étant ceux de la toile. Peu d'entre eux connaissaient son adresse, même s'ils s'étaient souvent demandé où il vivait.

Zabulon était content de sa journée de travail. Il avait regardé souffrir le garçon, vu son regard refléter plus de vie que jamais auparavant, puis s'éteindre en même temps que son corps. C'était toujours un bonus. Il ne savait pas qui il était, ni quelle importance pouvait avoir les messages qu'il envoyait, mais cela lui était égal. L'Abraham le savait, tout comme Il savait que Paulo était un des contacts les plus fiables de Dave Clearwater.

Zabulon faisait simplement ce qu'on lui disait de faire. Il ne posait aucune question.

Quand le père Miguel Estadore viendrait, il ne trouverait rien d'autre que les restes calcinés de son fils unique reposant sur un tas de cendres dont beaucoup avaient fait partie de son corps. L'odeur de la chair brûlée de son fils unique imprégnerait encore l'air ambiant. Il serait à tel point bouleversé qu'il ne songerait même pas à offrir à son fils les derniers sacrements, mais en s'agenouillant sur le sol, en pleurant et en priant Dieu, il apercevrait la plaque en or encore attachée par un seul clou à un morceau de bois calciné. Il lirait le message, mais ne saurait jamais pourquoi on l'avait placée là ni ce que signifiait son inscription :

– CAVALIER PREND PION –

Comme Paulo, il ne comprendrait jamais la raison de tout cela.

Quand vous le trouverez

Genèse 33:20

Le monde était – est – un endroit immense. Il abrite 6 milliards de gens, chacun vivant dans son propre environnement. Une diversité incroyable. Des villes modernes et des villages anciens ; des sommets vertigineux et des vallées pleines d'anfractuosités ; des déserts infinis et des océans insondables.

Des endroits publics et des endroits très, très privés.

Des endroits sombres et sinistres. Des profondeurs obscures où dissimuler des choses. Et pourtant les apparences pouvaient être trompeuses, parce que tous n'avaient pas l'air aussi sombres et sinistres qu'ils l'étaient en réalité. Même les régions du monde les plus peuplées avaient leurs recoins ignorés, leurs endroits inconnus.

Et quelque part, dissimulé dans cette machine complexe qu'est la Terre, il y avait quelque chose que Jack devait trouver.

Un enfant.

Il était petit, probablement âgé de quelques mois à peine. Il pouvait avoir une peau noire ou claire, selon l'identité du père – autre élément inconnu pour l'instant. L'enfant était peut-être né avec une chevelure abondante, ou peut-être sa première mèche n'avait-elle pas encore poussé. Peut-être pleurait-il toutes les nuits, ou peut-être n'était-il pas encore conscient des choses dont il devait avoir peur et, de ce fait, dormait paisiblement. Effectivement, il était probable que cet enfant, où qu'il soit, n'eût pas encore conscience de la particularité du lieu de sa naissance et des choses que ses gardiens étaient capables de faire en son nom.

Quoi qu'il en soit, l'enfant posséderait certainement un trait spécifique ; un trait héréditaire qui avait déjà marqué deux générations. Ces yeux. Les yeux d'Elizabeth. Les yeux de Lara.

Des yeux qui, chez ce dernier membre de la famille, présenteraient forcément cette même étincelle.

L'étincelle de la vie.

Où que soit l'enfant, quels que soient son état de santé et son apparence, il existait. Parmi toutes les questions qui pouvaient être posées, ou qui avaient été posées, la réalité de son entrée dans le monde n'était plus une inconnue. En quelques lignes officielles, un e-mail venant d'Allemagne avait mis fin à toute supposition.

LES YEUX SEULEMENT
F.A.O. J. Bernstein
De : agent spécial J. Kramer,
FBI Bureau temporaire, Francfort, Allemagne.
Concerne : référence de validation : JB02598/FL320/WWX/P#197
Demande : 32201

Monsieur Bernstein, concernant votre demande. Désolé pour le délai, mais vous comprendrez que votre code d'autorisation a dû être confirmé. On m'a assuré que le serveur que j'utilise fait partie d'un réseau sécurisé, mais je dois vous rappeler qu'une publication non autorisée des informations contenues dans ce courrier électronique vous rendrait susceptible d'être poursuivi, d'après le statut 32/c de la loi fédérale.

Confirmation des rapports médico-légaux – passager #197, personne du sexe féminin, non identifiée, entre 18 et 22 ans, a effectivement enfanté dans les mois précédant la mort. Sur la base d'un puerpérium réduit, la naissance de l'enfant est estimée à quatre mois pre mortem. *Naissance par les voies naturelles ; pas de trace de césarienne.*

Pas d'autres informations disponibles jusqu'à la remise des rapports médico-légaux complets. Probablement d'ici 4-5 mois.

J'espère que l'information vous a été utile.

Agent spécial J. Kramer.

La crainte de l'éventualité avait disparu. Un bip à peine audible, quelques milliers de pixels noircis et la peur d'une réalité plus sombre s'était installée.

Vers la fin des trois années passées loin de son père, Lara Bernstein avait eu un enfant et le monde était soudain devenu une immense botte de foin. Jack devait maintenant la fouiller pour trouver l'aiguille. Et il reconnaîtrait instantanément les yeux de cette aiguille.

« Merde, dit MaryBeth en passant les bras autour de son ami pour le réconforter. Je suis désolée. »

Elle recula et vit des larmes dans ses yeux. Si seulement il s'était agi d'un mensonge, comme il l'avait tellement souhaité.

Il ne servait plus à rien de vouloir le nier. Simon lui avait dit la vérité.

Le message était arrivé dix minutes après qu'ils eurent fini de regarder le troisième fichier. La fonction ImageFind de ArtWorX était encore en train de rechercher le tableau dont il avait identifié une partie et ils attendaient. Patiemment. En silence. MaryBeth avait visionné les films trois fois avec Jack et, chaque fois, ni l'un ni l'autre n'avait su quoi dire pendant le silence interminable qui s'installait à la fin du troisième.

Un paramètre supplémentaire venait maintenant éclairer le dernier film d'une nouvelle lumière, propageant l'incendie. Comment aurait-il pu en être autrement ? Précédemment, Lara avait dit simplement avoir « trouvé la religion ». Jack n'approuvait peut-être pas mais il n'y avait pas de quoi s'inquiéter outre mesure. C'était une phase que traversaient des milliers de jeunes ; l'ultime rébellion, basée sur la conformité. Cela pouvait durer ou non, mais Lara n'en serait pas pour autant mise en danger. Puis Simon avait insinué que la mort de Lara était liée au fait qu'elle avait donné naissance à un enfant. Même alors, il y avait encore une chance que ce ne soient que des balivernes. Une faible chance. Une lueur d'espoir qui continuait de briller au fond de pensées très troubles.

Mais c'était terminé. Maintenant que les « experts » du FBI, en personne, confirmaient l'existence de l'enfant. Ce n'était plus le fait d'un homme désagréable lançant des suggestions comme des confettis dans une église étrange, c'était désormais une organisation des plus officielle. Sans le savoir, ils avaient donné un poids énorme aux dires que Jack avait précédemment jugés – ou espérés – ridicules. Ils n'avaient rien prouvé, mais ils avaient écarté les extrêmes pour ancrer la réalité dans la conscience de Jack. Il était désormais forcé d'accepter, bien qu'à contrecœur, que le vol 320 avait pu être l'objet d'un attentat à la bombe simplement parce que Lara y occupait l'une de ses nombreuses places de classe économique.

Pourtant, et même si cela le glaçait, Jack n'avait plus de temps à perdre avec le vol 320 parce qu'il devait maintenant changer d'objectif. Quelque part dans le monde, Dieu sait où, se trouvait le petit-fils de Jack Bernstein.

Le produit d'un produit ; un peu de Lara, un peu d'Elizabeth.

La dernière chance, celle dont il n'avait jamais rêvé, cette chance-là pourrait bien lui être redonnée.

MaryBeth tenta pendant un moment de déchiffrer le regard de Jack, puis elle se frotta le front et réfléchit sérieusement. Ils savaient tous les deux qu'une deuxième entrevue avec Simon leur pendait au nez. Simon qui laissait la situation évoluer, comme un vautour observe sa proie. Attendant que Jack reconnaisse sa défaite.

Il y avait des questions à poser. Et il y avait des questions qui demandaient réponse. Des questions pénibles.

« Alors, qui est le père ? » demanda-t-elle doucement, sachant qu'il serait incapable de répondre. C'était une question rhétorique. Une incitation.

« Je n'en sais rien », dit-il comme prévu, tout en glissant lentement les doigts le long des arêtes de son nez, comme pour expirer le désespoir qui montait en lui. Diverses possibilités pendaient au-dessus de sa tête comme des épées de Damoclès. « Je suppose qu'il doit bien en avoir un. Qui pourrait-il être... ? Un autre membre du groupe, peut-être ? Pire encore, un des chefs ? Je ne sais vraiment pas. »

Il mit un moment à réaliser ce qu'il venait de dire. Ce ne serait pas la première fois qu'un soi-disant « groupe religieux » aurait attiré dans ses rangs une jeune femme déçue dans le seul but d'en faire l'objet sexuel d'un membre dirigeant, lui répétant constamment qu'elle était, en quelque sorte, « spéciale » ; que Dieu l'avait « choisie ».

L'avait choisie, elle.

« Mon Dieu », dit-il. L'épée était tombée. Tout d'un coup. Brusquement, il se redressa sur sa chaise, les yeux écarquillés.

MaryBeth, toujours perdue dans ses pensées, faillit s'étrangler avec son café. « Quoi ? Qu'est-ce qu'il y a ? »

Il saisit la souris et fit revenir la vidéo en arrière jusqu'à ce qu'il retrouve la séquence qui l'intéressait. À nouveau, il appuya sur « PLAY ». Cette fois-ci, les mots semblaient faire écho à ce qu'il venait d'apprendre. Ils prenaient une toute nouvelle signification une fois replacés dans le contexte de la théorie dramatique qu'il venait d'échafauder :

« ... probablement le dernier message que je t'enverrai. Parce que maintenant j'ai été choisie, ce qui veut dire que je ne peux plus être en contact direct avec le monde extérieur. »

Il fit défiler à nouveau le film, s'arrêtant quelques secondes plus loin :

« ... braham nous a montré le chemin et désigné Marie pour concevoir un Sauveur qui régnerait... »

Jack n'arrivait pas à croire qu'il ne l'avait pas remarqué plus tôt. « Elle avait été "choisie", MaryBeth. Lara avait été choisie et Marie avait été "désignée".

— Es-tu en train de suggérer ce que je pense que tu es en train de suggérer ? dit MaryBeth sur un ton sarcastique. Que Lara était “Marie” et qu’ils – ces individus, quels qu’ils soient – lui ont lavé le cerveau pour lui faire croire que, si elle leur donnait un enfant, il deviendrait en grandissant... quoi ? Une espèce de Sauveur ? » Elle le regarda droit dans les yeux. Et presque même dans ses pensées. « Merde, dit-elle, en baissant les yeux. Tu étais en train de suggérer ce que je croyais que tu suggérais. J’espérais que ça ne serait pas le cas. »

Le silence qui s’ensuivit fut interrompu par un seul bip perçant venant de l’ordinateur derrière eux. Jack se leva et contourna MaryBeth pour aller voir l’écran. Le message concernant le fragment de tableau était simple : « TROIS RÉPONSES POSSIBLES TROUVÉES : CAT.00765221 16 %, CAT.02743598 91 %, CAT.07562443 32 %. » Il y avait trois images auxquelles le fragment pouvait appartenir, et l’une d’elles avec un facteur de probabilité de 91 %.

91 %. Aussi proche de la perfection que le système pouvait le permettre.

Il demanda à l’ordinateur d’afficher l’image portant le numéro 02743598. En un instant, elle apparut à l’écran ; une foule de personnes rendant gloire à une mère et son enfant, avec, en arrière-plan, des bâtiments anciens. Un des fidèles portait une robe, autrefois blanche, mais jaunie par le temps. Sa position et sa forme correspondaient exactement à celles visibles sur l’image originale copiée à partir de la vidéo de Lara. Derrière lui se trouvait un homme avec une robe sombre dont la position du visage correspondait également à l’originale. Plutôt que de rendre gloire à la femme et à l’enfant, l’homme se détournait de cette scène empreinte de beauté religieuse et arborait une grimace dégoûtée des plus abjecte.

Jack et MaryBeth ne quittaient pas l'écran des yeux, incapables de dire un mot. Le sujet et le titre sous l'image semblaient répondre à toutes les interrogations qui les avaient animés jusque-là quant à un éventuel rapport entre les cartes postales envoyées à Lara. Plutôt que d'apaiser les craintes de Jack, l'image sur l'écran ne faisait que les accentuer.

ADORATION DES MAGES
LÉONARD DE VINCI
Commissionné mars 1491. Inachevé.

Un tableau représentant la sainte Marie tenant l'Enfant Jésus, et des spectateurs qui tournaient le dos. Comme deux des trois cartes postales, il était peint par Léonard de Vinci et, au moment où elle avait envoyé son premier message à son père, la fille de Jack était assise juste devant. Simon l'avait insinué, mais c'était maintenant devenu cruellement évident. Comme cela avait toujours été le cas, le passé récent de Lara traduisait son absolue volonté de non-conformisme.

Aux quatre coins de la Terre
Révélation 7:1

Debout près de la fenêtre, telle une statue de cire, le côté gauche de son corps et de son visage éclairés par le soleil du milieu de la matinée, il regardait ses employés se détendre sur l'herbe qui entourait le lac. Certains parlaient, d'autres étudiaient et d'autres étaient couchés, plongés dans leurs pensées. Les plus actifs d'entre eux se lançaient des frisbees ou des ballons de foot. Tous souriaient et, l'espace d'un instant, il sourit aussi.

Malgré les sentiments de peur et de désespoir qui ne le quittaient plus, Jack ne pouvait pas s'empêcher d'être fier du pari qu'il avait fait d'instaurer une atmosphère de fraternité informelle à l'intérieur de l'entreprise et qu'il avait gagné. Personne dans l'entreprise n'était obligé de travailler à heures fixes, mais chacun était tenu de produire en permanence des résultats. Jack s'était rendu compte, longtemps avant que la société ne soit créée, que le temps passé à réfléchir était souvent aussi important, sinon plus, que le temps passé à travailler. Pour y parvenir et pour encourager un flot continu d'idées, il fallait créer un environnement propice pour son équipe, tout en respectant et en cultivant l'individualité.

Chaque bâtiment sur le campus avait été conçu afin de veiller à ce que tout programmeur, tout développeur et, en fait, tout salarié, dispose d'une fenêtre de taille normale. Au moment où ils étaient engagés, un bureau personnel leur était attribué et il devenait dans l'instant « leur » espace. Ils pouvaient le décorer comme ils le voulaient (ce dont ils ne se privaient pas) et l'insonorisation leur permettait d'écouter n'importe quelle musique qui les inspirait et aussi fort qu'ils le souhaitaient. Ceux qui préféraient passer leur temps à penser et à discuter se réunissaient soit dans les cafés du campus, soit virtuellement, échangeant librement *via* un système d'intranet. Hormis l'obligation de porter des chaussures dans les parties communes, il n'y avait aucune règle concernant l'habillement pour les programmeurs et les développeurs, ni de places de parking réservées, même pour Jack. Sa philosophie à l'intérieur de la société était basée sur son approche de l'industrie informatique en général : les récompenses sont attribuées à ceux qui arrivent les premiers. Chaque membre de son staff s'autogérait entièrement et c'était cette autogestion qui lui permettait de faire ce qu'il allait faire pour la première fois – renoncer temporairement à son contrôle.

Assise sur une chaise face à lui et presque dissimulée par l'une des courbes du bureau de Jack, MaryBeth le regardait patiemment hausser et baisser les épaules en respirant avec difficulté. Elle se demandait où ses pensées pouvaient bien l'emmener, consciente de la multitude d'endroits où il pouvait être maintenant.

Être ici, dans son bureau, n'en faisait pas partie.

Elle le plaignait. C'était un montagnard mal entraîné au pied d'une montagne au sommet embrumé, qui regardait vers le haut et se préparait à l'ascension sans savoir exactement quelle voie il devait prendre.

« Je veux que tu me réserves une place sur un vol pour Rome, dit-il, rompant ce pénible silence. Pour ce soir, si possible.

— Rome ? dit-elle, prise au dépourvu. Pourquoi Rome ?

— J'ai parlé avec Dave ce matin. Il a trouvé un type qui pourrait connaître le lien entre les tableaux », dit Jack.

Il lui tournait toujours le dos et elle ne pouvait donc chercher une explication sur son visage. Elle ne pouvait que l'imaginer. « Je veux aller le voir.

— Tu ne peux pas simplement lui téléphoner ? » demanda-t-elle.

Ce qui pouvait sembler une question raisonnable. Sur le moment.

Jack ne prit même pas la peine de secouer la tête. « Apparemment, il n'a pas de téléphone. Dave a essayé de trouver un numéro avant de venir me voir. Pas de téléphone, pas de fax, pas de courrier électronique. Probablement même pas de télévision. » Il s'arrêta un instant, sachant que ce qu'il allait dire pourrait paraître stupide, quelle que soit la façon dont il le formulerait. « C'est un... moine. Une sorte d'ermite. »

MaryBeth se mit à rire, plus fort qu'elle n'aurait voulu. « Un moine ? Tu plaisantes, non ? » Elle cessa de rire. « Jack, tu perds la tête ?

— Probablement », dit-il d'un ton laconique.

Il se retourna et s'appuya lourdement contre la vitre épaisse. Ce qu'il faisait souvent quand il était confronté à un problème et, à cinq étages au-dessus du sol, cela faisait toujours une peur bleue à MaryBeth. Visiblement, il était très sérieux. Il n'avait peut-être pas encore perdu la tête, car il avait pris son manteau et se dirigeait vers la sortie. La seule chose qui pourrait le préserver de la folie serait de trouver l'enfant.

« C'est que... s'il peut me donner un lien entre ces cartes postales : pourquoi elles étaient incluses dans le dossier, alors je me fiche qu'il soit moine, cardinal ou bien le pape lui-même. J'ai juste... – un silence éloquent s'ensuivit – ... besoin de lui parler.

— Non, protesta MaryBeth sur un ton acerbe. Tu dois envoyer Dave. C'est pour ça que tu l'emploies. »

Jack s'éloigna de la vitre et regagna lentement sa chaise. Il se laissa tomber dessus tout aussi lourdement qu'il s'était appuyé sur la vitre et la tira vers l'avant, se penchant sur son bureau pour faire face à sa collègue. Pendant un court instant, MaryBeth éprouva une sensation des plus étranges ; l'impression, pendant un instant, qu'il était ailleurs. Ses doigts se replièrent pour former un triangle dont le sommet coupait en deux le carré noir de sa barbe.

Il réfléchit un court moment, puis hocha la tête et se pencha en arrière, comme secoué par une révélation.

« Tu sais quoi, MaryBeth, tu as absolument raison. » Il se leva à nouveau et se mit à faire les cent pas dans la pièce, trouvant ses mots à mesure qu'il marchait. « Ce que je dois faire, c'est dire à Dave que ma fille n'est pas vraiment tombée de son cheval préféré. Qu'elle était à bord du vol 320, celui dont parlent tous les journaux, et qu'elle a donc été assassinée par des terroristes libyens. Sauf qu'elle n'a pas du tout été tuée par des terroristes libyens, comme aucun des passagers ne l'a été, parce que cet homme – ce type, "Simon", que j'ai rencontré à Londres il y a quelques jours – m'assure que c'était en réalité quelqu'un d'autre. Mais il ne veut pas me dire qui, ah ! non. En revanche, il m'a donné trois cartes postales d'œuvres d'art connues afin que je puisse le trouver moi-même. Pourquoi ? Parce qu'il veut que je vole un livre à ces gens. Et maintenant, je veux que Dave rende visite à son ami ermite qui est tellement, tellement vieux, comme il me l'a dit, qu'il est peut-être déjà mort, pour voir s'il peut me dire qui sont ces gens, afin que je puisse téléphoner à quelques-unes des meilleures agences de renseignement du monde pour leur dire qu'ils n'ont pas arrêté les bons coupables. Tout ça, j'oubliais, pour que je puisse retrouver un petit garçon dont je ne connaissais même pas l'existence... »

MaryBeth baissa la tête, gênée, pendant que Jack reprenait son souffle. Devant ses arguments, elle devait bien admettre qu'il n'avait pas tort. Elle venait de se rappeler que Dave ne savait rien de la vérité.

« Bon, d'accord, dit-elle, mais dois-tu vraiment aller jusqu'à Rome ? Je veux dire qu'avec le lancement et tout, ce n'est pas vraiment le bon moment, n'est-ce pas ?

— Je n'ai pas beaucoup de temps devant moi », dit Jack. Son visage crispé lui faisait mal et il se massa lentement les joues. « Surtout si je veux suivre cette affaire jusqu'au bout. »

MaryBeth soupira. « Il doit y avoir une autre approche possible, non ? »

Jack sourit. « MaryBeth, je t'ai vu répondre du tac au tac aux questions les plus complexes ou délicates de journalistes ou de négociateurs chevronnés. Le fait que tu me poses cette question veut dire que la réponse est très probablement "non, il n'y en a pas". Qu'en penses-tu ? »

Elle soupira à nouveau. Il avait raison. Une fois de plus.

« Alors, pendant combien de temps devras-tu t'absenter ?

— En dehors des vols, un jour peut-être. Deux, tout au plus. Si le moine n'est pas là ou ne peut pas m'aider, je prendrai le premier vol de retour. S'il trouve un lien, par contre, je reste jusqu'à ce que je sache tout. En tout cas, je ne retournerai certainement pas à Londres tant que je n'aurai pas une idée plus précise de ce que j'affronte. »

MaryBeth perçut son inquiétude. Il n'aimait pas plus qu'elle cette situation.

« Ce moine, dit-elle, en baissant la tête avec une grimace. Il n'a aucun rapport avec le cinglé de l'église, hein ? »

Jack fit la moue et se mit à faire tourner une espèce de gadget de bureau dans sa main. Les planètes en chrome tournoyèrent avant de s'immobiliser. Pourquoi son cerveau hésitant ne pouvait-il pas en faire autant ? « Oui ? Non ? Peut-être ? »

Il haussa les épaules. « Pas que je le sache. Apparemment, un des contacts Internet de Dave était passionné par l'hérésie et, quand il a vu les cartes, le nom de ce type lui est revenu, alors qu'il ne l'avait pas revu depuis des années.

— L'hérésie ? »

C'était un mot auquel elle ne s'attendait pas. « Quel genre d'hérésie ? »

Jack regarda autour de la pièce comme s'il cherchait dans le champ de ses pensées. Les arbres étaient nus à présent. Dépouillés. « Je ne sais pas combien de sortes il y en a, dit-il. Cela a quelque chose à voir avec des messages cachés dans les tableaux ou quelque chose dans le genre. » Au ton de sa voix, on sentait qu'il commençait à être fatigué de ces jeux qu'on le forçait à jouer.

« Des messages cachés ? Et, malgré des siècles d'études, personne ne les a jamais remarqués ? » demanda-t-elle.

Jack haussa les épaules. « Apparemment pas, mais compte tenu du récent parcours spirituel de Lara, je suis bien obligé de le vérifier.

— Moi, en tout cas, je n'aime pas ça. » Elle haussa à son tour les épaules. « Je vais te réserver le vol, bien entendu, mais, pour l'amour de Dieu, Jack... rends-moi un service. »

Il se frotta de nouveau le visage. Il avait encore la sensation que quelque chose s'y appuyait de l'intérieur.

« Quoi ?

— Fais attention ! »

Emportés à Babylone

JÉRÉMIE 27:22

« ... Et combien de temps resterez-vous aux États-Unis, monsieur... » Jobsworth vérifia à nouveau le passeport. « ... Ermorden ? »

Il leva les yeux, ayant attendu la réponse trop longtemps à son goût.

Zabulon s'efforça de prendre un air confus, bien que le contrôleur lui eût posé une question extrêmement simple.

« *Zwei Tag* », répondit-il enfin. Franz Ermorden ne parlait pas bien l'anglais. Et pourquoi l'aurait-il fait ? D'après son passeport rouge impeccable, c'était seulement la quatrième fois qu'il voyageait à l'étranger. Il y avait ce truc avec les Allemands – ils étaient perçus, peut-être injustement, comme étant très sérieux, très organisés. Si bien qu'un document datant de trois ans qui paraissait tout neuf ne suscitait aucun étonnement à partir du moment où figurait sur sa couverture le mot *Reisepass*. Ce qui était bien pratique, surtout quand le document était réellement neuf.

Zabulon prit un air entendu et leva deux doigts. Deux jours.

L'homme acquiesça. « Affaires ou loisirs ? »

À nouveau, Zabulon fit semblant de ne pas comprendre. Le contrôleur lui demanda une deuxième fois, mais il resta muet, montrant la paume de ses mains en signe d'impuissance. Finalement, un collègue, un gros homme à la calvitie naissante qui parlait un peu mieux allemand que son ami, proposa son aide.

« Geschäft oder Vergnügen ? » demanda-t-il d'un ton autoritaire rendu moins crédible par un accent approximatif. Il examina également le passeport de Zabulon. C'était la fin de leur service et la journée avait été apparemment peu fructueuse. Peut-être cet étranger germano-asiatique essayait-il de faire entrer dans le pays quelque chose qui pourrait améliorer leur score.

Zabulon sourit et répondit : *« Geschäft. »*

Il souriait. Surtout parce que la même question lui avait été posée par le même contrôleur, six semaines plus tôt. En anglais. À ce moment-là, toutefois, il avait passé la douane de Los Angeles de façon légale sous le nom de Kalifa Halil. C'était alors un voyage d'affaires réel ; l'exposition annuelle ArmsExpo. Évidemment, à cette occasion, Zabulon ne portait pas la perruque qui le faisait ressembler à un homme d'affaires légèrement dégarni, il n'était donc pas étonnant que l'homme ne l'eût pas reconnu cette deuxième fois.

Le gros homme ouvrit la serviette de Zabulon et regarda rapidement à l'intérieur, tout en caressant sa moustache grisonnante. Il sortit et examina différentes choses anodines, mais s'arrêta un moment sur son téléphone mobile. C'était un de ces nouveaux appareils ultra-fins ; infrarouge avec une liaison Wi-Fi 802.11q, 4G Internet, caméras jumelles de 8 mégapixels et une technologie multitouches. Très cher. Le contrôleur avait fait la même chose avec le téléphone portable de Kalifa Halil. Un modèle très similaire.

Un modèle identique.

Zabulon devina que l'homme aurait aimé posséder ce genre d'appareil, mais qu'il se heurtait probablement à un mur chaque fois qu'il essayait de justifier une telle dépense auprès de sa famille, compte tenu de son modeste salaire. Les deux fois, il avait tourné le téléphone dans ses mains comme s'il avait été dans un magasin et s'apprêtait à l'acheter. Les deux fois, il avait eu ce même regard de résignation. Une façon de dire qu'il serait toujours du côté des spectateurs.

L'Abraham savait beaucoup de choses, notamment que les contrôleurs américains étaient souvent trop consciencieux pour leur propre bien. Ils voulaient empêcher n'importe qui et n'importe quoi d'entrer dans leur précieux pays et posaient toujours trop de questions. Mentir par omission était tellement plus facile que de se perdre en explications. Si vous ne parlez pas anglais, ils deviennent paresseux. Ils opposaient toujours la même barrière aux voyageurs et L'Abraham avait dit à Zabulon d'en dresser une autre en réponse : celle de la langue. En quelques secondes, son passeport était tamponné et on lui fit signe de passer.

Ce jour-là, le célèbre brouillard de Los Angeles avait décidé de se montrer digne de sa réputation. Zabulon le détestait. Il l'avait toujours détesté. C'était tellement loin de l'air pur d'Alexandrie qui, même quand il faisait chaud, permettait de respirer librement. Ici, l'odeur de la promiscuité et de la corruption d'affaires polluait chacune de ses respirations et noyait cette ville, plus que toute autre, dans un nuage malfaisant. La réponse naturelle de Dieu pour les icônes en plastique et les faux prophètes qui prêchaient leurs évangiles sordides dans ce coin oublié.

Los Angeles ? Ville des anges ? Quelle blague.

Il serait bien plus heureux quand il aurait récupéré la voiture et pourrait s'échapper dans les montagnes, mais peut-être pas aussi heureux qu'il l'était habituellement. La route jusqu'à Lancaster n'était pas longue, et c'était toujours un honneur de Le servir, mais il savait que ce ne serait pas une bonne exécution. Une bonne exécution était de première main, comme celle de l'Espagnol. Une qu'il pouvait voir de ses propres yeux. Celle d'aujourd'hui se passerait « à distance » ; il s'agissait de déposer le dispositif et de s'en aller. Il n'éprouvait aucun plaisir s'il ne pouvait pas voir l'étincelle de la vie faiblir dans les yeux de sa victime. Il voulait voir la vengeance de Dieu, pas en lire le récit dans un tabloïd de troisième zone. Il voulait s'attarder sur le cadavre bien avant que la fermeture Éclair du sac n'ait pu recouvrir l'expression que la mort lui avait conférée.

Quoi qu'il en soit, L'Abraham savait ce qu'il fallait faire. Zabulon était content, en tout cas, que l'officier des douanes ait pris plus de soin du téléphone qu'il ne l'avait fait la dernière fois. Cette espèce de lourdaud maladroit avait failli laisser tomber celui de Kalifa Halil en essayant de l'ouvrir pour pouvoir jeter un coup d'œil sur l'écran. L'appareil n'avait pas été cassé, mais il aurait pu l'être.

À ce moment-là, sa maladresse n'aurait pas eu d'importance parce que Kalifa se serait racheté un autre téléphone. Il ne prenait même pas la peine d'assurer des choses aussi bon marché. Aujourd'hui, en revanche, le téléphone ne pouvait pas être remplacé. Aujourd'hui, une partie de ses composants avait été ôtée pour insérer à la place une pochette de liquide transparent. Bien cachée.

Il était presque 9 heures. L'aéroport était en pleine activité, avec deux ou trois cents voyageurs présents en permanence. Zabulon les avait observés avec la même dérision avec laquelle il observait tous ceux qui n'avaient pas été choisis pour Le servir. La plupart avaient un vol à prendre ou un parent à accueillir, alors que certains se contentaient de traîner. Ce n'était rien d'autre que des fourmis ouvrières, des insectes courant aveuglément pour accomplir leurs tâches. La seule différence était que le poumon humain avait besoin d'infiniment plus d'oxygène que celui d'un minuscule insecte.

Tout organisme vivant sur la planète avait besoin de respirer. Hommes, femmes, enfants inclus. Qu'importe si l'air était propre comme à Alexandrie ou dégoûtant comme à Los Angeles, le poumon humain se contenterait toujours de ce qu'il trouverait.

C'était une vérité simple qui voulait dire que, si le gros douanier avait été maladroit une seconde fois – aujourd'hui –, il aurait pu tuer involontairement deux ou trois cents êtres humains en quelques secondes.

En une seule respiration.

Des yeux pour voir,
des oreilles pour entendre

DEUTÉRONOME 29:3

Chacun des chefs d'équipe du département Recherche et Développement d'IntelliSoft, deux hommes et deux femmes, était déjà assis des deux côtés de la table de la salle de conférences lorsque MaryBeth franchit les portes avec assurance. Il était presque minuit, mais il arrivait souvent à MaryBeth de réunir le groupe à cette heure tardive. Les douze derniers mois, ils s'étaient retrouvés ainsi de nombreuses fois, clandestinement, chaque chef d'équipe étant chargé d'une tâche dans le cadre d'un projet en cours dont le nom de code était « Reine », un titre suffisamment anodin pour ne pas réveiller les soupçons de Jack. L'approuverait-il ou non en fin de compte, on le verrait plus tard, mais de toute façon, aux yeux de MaryBeth, ce serait un formidable cadeau surprise pour lui.

À la lueur d'une lumière tamisée, MaryBeth les salua, posa un dossier en cuir noir sur le bureau et prit sa place au bout de la table. Ils avaient tous l'air fatigué, et pour cause. Tandis que le travail dont ils avaient la charge se poursuivait vingt-quatre heures sur vingt-quatre grâce à un système de roulement, ils étaient tous à la tête d'un département et tous devaient passer bien plus d'heures sur le campus que le reste de leurs équipes.

Elle se tourna vers Sarah Peake, chargée des graphismes.

« Alooors... ? Crois-tu pouvoir travailler avec Reel-Rooms ?

Sarah était chez IntelliSoft depuis presque six ans maintenant, temps qui lui avait suffi pour non seulement mettre au point un langage graphique commercialisable, vendu sous licence et intégré dans presque tous les jeux à trois dimensions actuellement en cours de lancement, mais aussi un générateur de particules aléatoire des plus avancé, utilisé pour créer des figurants digitalisés dans des scènes de foule épiques pour des films à gros budget. Elle était l'une des dix meilleures au monde en matière de graphisme pour ordinateur.

Elle sourit d'un air confiant.

« Si IQ3 peut gérer mes graphismes en même temps que tout le reste sans perte visible de qualité, alors nous n'aurons aucun problème. Les cartes que j'ai prises dans les fichiers vidéo ne pouvaient être montrées qu'en deux dimensions avec l'ancien système, mais elles provenaient toujours d'une bibliothèque en trois dimensions. L'information digitale est déjà là dans la mesure où la puissance de traitement peut suivre. »

MaryBeth sourit et se tourna vers Geoff Hoyle, un grand roux avec de larges joues constamment tirées vers le haut par un sourire encore plus large. À 54 ans, Geoff était le chef d'équipe le plus âgé et celui qui avait été au centre du projet IQ depuis le début du développement d'un échiquier informatique. Il acquiesçait déjà.

« Pas un problème, dit-il en haussant les épaules avec assurance. IQ3 a toute la puissance de traitement de celui qui a gagné à New York. Je ne veux pas vous ennuyer en vous disant combien de milliards d'instructions par seconde il peut traiter, mais c'est au moins dix à quinze fois plus que toutes les autres unités que je connais.

— Et comment avance la parole ? demanda MaryBeth en tournant son regard vers la toujours vibrante Lisa Stanhope, chef d'équipe pour la reconnaissance vocale et de synthèse.

— Comme Sarah », répondit Lisa, en réajustant ses petites lunettes rondes sur son nez droit. Sa confiance semblait tout aussi inébranlable. « Tout fonctionnait pour le modèle à deux dimensions que nous étions sur le point de montrer, alors ça ne me gêne pas de passer en trois dimensions. »

MaryBeth avait un regard insistant. « Vous avez trouvé la voix ? Si je me souviens bien, vous aviez des problèmes lors de notre dernière réunion. Je n'ai pas besoin de te rappeler que le temps presse. »

Lisa inspira profondément. « Je ne dirais pas que ça a été facile, compte tenu des segments de parole limités que tu m'avais fournis, mais oui, je crois que nous avons réussi. Nous avions obtenu des intonations assez précises dès le début, puis nous avons commencé à programmer les deux générateurs de sons : l'un pour les sons périodiques ou vocaux et l'autre pour les bruitages. Ce que nous tentons maintenant, c'est de faire passer les sons finaux à travers des modules de formation spectrale et... eh bien... les résultats sont vachement bons.

— Les faire passer par quoi... ? » demanda MaryBeth.

Parfois, elle avait l'impression que Recherche et Développement était une enclave reculée dans un pays étranger. En tout cas, ils parlaient une langue étrangère.

« Des modules de formation spectrale, expliqua Lisa, nous en avons quatre en tout : un module “synthèse selon les règles” forme les phonèmes et crée entre eux une meilleure transition en utilisant des fréquences formatrices ; ensuite un module “synthèse depuis des segments enregistrés” reconstruit des données du discours que tu m'as donné, là où cela se montre nécessaire ; un module “synthèse spectrale” gère ensuite tous les réseaux complexes de résonance pour produire des voyelles, des consonnes nasales, des consonnes fricatives et occlusives et enfin un module “paramètres spectraux” que nous avons ajouté et qui vient d'être ajusté pour que les mathématiques des mots coïncident avec les segments enregistrés. J'ai écouté le dernier ensemble de codage prévisionnel linéaire et j'ai vraiment été bluffée. »

MaryBeth acquiesça et sourit. « Et où en sommes-nous en ce qui concerne la reconnaissance ? »

Lisa respira profondément puis se lança à nouveau.

« Toujours un problème. Là-dessus, je ne peux pas être sûre à 100 %, parce que tout le monde parle différemment, mais je lui ai passé quelques enregistrements des conférences de presse de Jack et elle a compris tout ce qu'il disait. Et, franchement, si elle peut faire ça, alors elle peut faire à peu près tout. » Elle sourit à sa plaisanterie. « J'ai aussi travaillé avec Paul sur la reconnaissance et la compréhension de mots individuels. »

Elle échangea un signe de tête avec Paul Thomas, le responsable de la programmation de la base de données pour FireWorX et maintenant IQ3. Il lui sourit, tout en faisant tourner un stylo en or entre ses doigts. « Le décodeur de logique, déjà installé dans IQ3, continua-t-elle, lui fait également reconnaître des homophones en considérant le contexte et en choisissant la réponse la plus logique. Mais il lui faudra plusieurs mois de pratique avant pour absorber tout ce qu'elle doit savoir.

— Des homophones ? demanda MaryBeth, en regardant autour de la table.

— Des mots qui se prononcent de la même façon, expliqua Lisa comme si c'était la chose la plus évidente au monde. Tels que "son" et "sont". »

Elle s'efforça de prononcer chacun un peu différemment puis se mit à rire doucement. « C'est d'ailleurs très drôle... quand j'avais des problèmes au début, nous avions un petit test : "Pourquoi ne peux-tu pas encore libérer ta parole ?" Et sa réponse était : "D'après ma base de données, ce serait un acte subversif." Autour de la table, tout le monde était perplexe. "Libérer ta parole, libérer sur parole..." Vous comprenez ? Non ? Elle avait confondu "libérer ta parole" avec "libérer sur parole". En tout cas, ça marche beaucoup mieux maintenant, avec beaucoup moins de formalités aussi. Tu devrais essayer de tester "Le temps passe..." quand tu viendras. »

MaryBeth acquiesça. « Je viendrai. Il ne reste donc qu'une seule chose : la vue... »

La question lancée à la cantonade s'adressait en fait directement à Liu Se Tan ou « Liu Se Tan – Camera Man » comme on l'appelait généralement. Né à Hong Kong, Liu était diplômé de Harvard et avait travaillé trois ans sur des systèmes de reconnaissance de défauts. Ses premiers travaux sur des chaînes de production de voitures avaient consisté à concevoir des systèmes informatiques susceptibles d'identifier des défauts dans les pièces de carrosserie au moyen d'images thermiques. Il avait rejoint le département Recherche et Développement d'IntelliSoft neuf mois plus tôt et on lui avait confié la tâche redoutable de faire en sorte que IQ3 puisse « voir ». Apparemment, soit le problème était plus facile que ce qu'on pensait, soit Liu était meilleur que ce qu'on pensait.

« La vision est l'une des compétences plus faciles à reconstituer », dit-il avec assurance, en se penchant au-dessus de la table pour décrire sa prouesse. Il savait qu'il déformait quelque peu la vérité afin de se faire valoir. Ce que son équipe avait réalisé était loin d'être facile. Si cela avait été le cas, d'autres entreprises auraient trouvé un système viable depuis longtemps.

« La plupart des objets sont uniques et les humains le sont toujours. Le disque dur d'IQ lui permet de stocker des paramètres pour tout ce qu'elle voit et de les scanner à nouveau si nécessaire. IQ filme tout, constamment, et les images sont combinées puis séparées en deux. L'une des deux images ainsi obtenue utilise l'information pixel pour mesurer des traits tels que les yeux, le nez, la bouche, les bras, les jambes, la taille, etc. Aucun ensemble de coordonnées complètes ne peut être identique à un autre. L'autre image utilise des matrices liées à des imageurs thermiques de fausses couleurs pour détecter des mouvements faciaux. IQ peut voir un sourire, un froncement de sourcils, la peur, la colère et la surprise. Avec encore un peu de travail, elle pourrait détecter les nuances les plus subtiles. Je ne sais pas... – il regarda autour de la table – ... des traits légèrement confus, par exemple. Les caméras, couplées avec les lectures laser depuis l'intérieur de ReelRooms lui-même, permettent de s'assurer que si elle a déjà rencontré quelqu'un, elle le reconnaîtra.

— On peut donc dire qu'elle n'oublie jamais un visage ? » demanda MaryBeth.

Liu acquiesça et sourit. « Tu peux en être certaine. J'ai déjà programmé Jack à partir de photos, alors ça, oui, quand elle le verra, sois sûre qu'elle le reconnaîtra.

— Alors quand pensez-vous qu'il pourra la rencontrer en personne ? » demanda MaryBeth, en les regardant à tour de rôle.

Geoff choisit de répondre.

« Les types du ReelRoom interviennent aujourd'hui et demain, ensuite nous avons une journée pour l'installation du hardware et celle du software se fera le lendemain. Tous les services travaillent ensemble pour résoudre les problèmes d'incompatibilité et ils font les trois-huit, donc... si on lui laisse un jour ou deux pour se faire les dents, Jack devrait pouvoir la rencontrer mardi. »

MaryBeth afficha un grand sourire.

« Génial. Je prévoyais qu'il testerait ça sur un écran conventionnel mais je crois qu'il va s'éclater avec la ReelRoom. J'espère qu'il sera content. Je crois que c'est exactement ce dont il a besoin en ce moment. » Elle ramassa ses notes, signifiant que la réunion était terminée et que, personnellement, elle allait rentrer chez elle pour rattraper un sommeil bien nécessaire. « Jusque-là... »

Quatre chaises reculèrent, et les chefs d'équipe se levèrent pour partir, tout en marmonnant chacun dans sa barbe la formule habituelle :

« Nous savons, dirent-ils, pas un mot à qui que ce soit. »

Élevé de terre

Jean 12:32

Montecastrilli ressemblait à l'Italie des cartes postales. Située tout en haut des montagnes de l'Ombrie, elle offrait infiniment plus de visions esthétiques que l'aéroport Leonardo Da Vinci à la banalité confondante, d'où Jack était parti trois heures plus tôt au volant d'une voiture. La ville close perchée sur le plus haut des pics alentour était aux antipodes de l'environnement technologique dans lequel il avait choisi de s'immerger depuis huit ans. Des bâtiments en pierre érodés par le temps et couverts de lierre s'accrochaient désespérément au flanc de la montagne au bout de la route en épingle à cheveux, comme s'ils risquaient à chaque instant de lâcher prise et de disparaître dans la vallée qu'ils surplombaient.

En approchant des portes de la ville, il se demanda si la Fiat allait pouvoir passer par l'ouverture étroite, puis, en voyant d'autres véhicules bien alignés sur un parking, il comprit que non seulement ça n'était pas possible, mais aussi pourquoi. Apparemment, les voitures étaient interdites en ville pour la simple raison qu'elles ne pouvaient pas y entrer. Il se gara, sortit de la voiture et s'étira pour la troisième fois de la journée.

Il sortit sa sacoche d'ordinateur portable du coffre de la voiture, ayant assuré MaryBeth qu'il ne s'en séparerait jamais au cours du voyage, et se dirigea vers un long tunnel en pierre ménagé dans le mur extérieur de la ville. Il doutait que le dispositif cellulaire puisse recevoir un signal dans un endroit aussi reculé, mais il se souvint alors que ce n'était pas un de ces ordinateurs portables ordinaires comme ceux dont était dotée la majorité des employés d'IntelliSoft.

Quatre ans auparavant, Jack avait négocié avec un consortium qui avait acheté du temps de transmission à une série de satellites lancés par les fusées européennes Ariane. Ainsi, son canal de communication personnel ne dépendait pas de transmetteurs locaux relayant vers un émetteur-récepteur central. Tout comme le système de positionnement Magellan, dont sa fille avait décidé de se déconnecter par méfiance, son ordinateur portable ne se connectait pas *via* des antennes, mais *via* des satellites. Il fonctionnait donc partout, sur toute la planète.

Le vendeur lui avait tout expliqué pour essayer de justifier son prix ridiculement élevé.

Et, subitement, Jack se demanda comment il avait été assez bête pour ne pas y penser plus tôt.

De l'autre côté du tunnel, il tomba sur un petit café, presque vide. Il commanda un Coca-Cola en montrant un panneau publicitaire et s'installa à la terrasse. Tandis que le garçon regagnait la fraîcheur du café après l'avoir servi, Jack posa son ordinateur sur la nappe en lin bleu et l'ouvrit en grand avec une pointe d'excitation.

Il regarda sa montre : un peu plus de 11 heures ; soit 2 heures du matin en Californie. Il détestait téléphoner à une heure pareille, mais malheureusement pour MaryBeth, qui d'ailleurs n'avait pas vraiment besoin de sommeil réparateur, cet appel était important. Si elle se mettait au travail tout de suite, elle lui aurait peut-être trouvé une réponse quand il reviendrait.

Une palette flottante s'afficha sur l'écran, proposant un index avec des chiffres, et il sélectionna « MARY-BETH/MSN ». Lorsqu'il cliqua sur « COMPOSER », une autre palette flottante apparut avec le mot « APPEL » qui clignotait au centre. Quelques secondes plus tard, elle fut remplacée par le visage inquiet de MaryBeth.

« Jack, qu'est-ce qui se passe ? » Elle était assise dans son lit, l'air fatigué. Jack pensa que c'était triste qu'elle garde son ordinateur à côté de son lit, même s'il en faisait autant. La décoration de sa chambre à coucher paraissait très chargée : les murs étaient recouverts de papier peint or et vert, et il apercevait une tapisserie compliquée accrochée au mur. On aurait dit un original de ces fausses tapisseries persanes qui se vendaient pour moins de 20 dollars sur Internet.

Il espérait que c'était un original. Dieu sait qu'il la payait suffisamment bien.

« Rien, répondit-il. Je t'ai réveillée ?

— Oui, mais ce n'est pas grave », dit-elle.

Au ton de sa voix, on sentait qu'elle ne dormait pas depuis longtemps. Ce qu'il ne savait pas, en revanche, c'est qu'elle venait de rentrer chez elle après sa réunion de minuit. « Alors, qu'est-ce que ton moine avait à dire ?

— Rien pour l'instant, je suis encore en route, mais écoute... » Son excitation était à son comble. « Je sais comment localiser la dernière transmission de Lara. »

En parlant, il surprit une scène face à lui, au-dessus de son écran : trois autochtones d'un certain âge étaient assises sans parler, exposant leur peau déjà tannée au soleil matinal. Leurs regards, à la fois étonnés et perplexes, en disaient suffisamment long : elles ne voyaient pas son écran, mais seulement un homme bizarre qui parlait à une boîte sur la table. Et, plus bizarre encore, la boîte lui répondait. Il sourit et leur fit un petit signe de la tête, mais elles ne bronchèrent pas. Elles continuaient à le regarder fixement.

MaryBeth semblait à la fois excitée et perplexe. « Localiser la transmission ? Comment ?

— Son téléphone d'ordinateur portable fonctionnait *via* GlobeLink, comme le mien. Si tu entres dans mon fichier personnel, tu trouveras les trois dernières transmissions classées par date et par heure. Transmets ces dates et ces heures à GlobeLink et ils pourront trianguler une position basée sur la force des signaux inhérents à certains satellites. » Il s'arrêta pour reprendre son souffle. « Tout ça m'avait été dit quand ils sont venus me vendre ce maudit engin, et je l'avais oublié, c'est tout. »

Une image pleine de grain lui sourit. « Malin. Je m'y attaque dès qu'ils ouvrent leurs lignes.

— Merci, Em. » Il haussa les sourcils. « En attendant, je pars à la recherche de la religion.

— L'hérésie », corrigea-t-elle.

Il lui sourit. « C'est juste une question de point de vue.

— Oh ! Jack, tu peux me rendre un service ? dit MaryBeth, juste avant qu'il n'interrompe la connexion.

— Quoi ?

— Dis au garçon qu'il est mignon. »

Jack se retourna et découvrit le garçon qui lui avait servi le Coca en train de regarder par-dessus son épaule. Il était aussi sidéré que les vieilles dames. L'homme rougit, gêné d'avoir été surpris, et aussi du fait que, parlant un anglais assez correct, il avait compris tout ce que MaryBeth avait dit. Jack sourit et se déconnecta tout en finissant son Coca. C'était l'heure de partir.

« Monastère Saint-Jérôme ? » demanda-t-il, avec un accent déplorable. « Tout près ? »

Le garçon acquiesça en signe de compréhension. *« Si, signore »*, dit-il en montrant du doigt la plus raide des rues pavées qui conduisait probablement au sommet de la ville.

« C'est tout en haut de cette rue. Droit devant, vous ne pouvez pas le manquer. »

Ce devait être la rue la plus escarpée du monde, se dit Jack. Il laissa au garçon un pourboire suffisamment généreux pour qu'il comprenne que son intrusion n'avait pas d'importance et partit dans la direction indiquée. À chaque pas, il était encore un peu plus en nage.

Bien que caché par d'autres bâtiments, le monastère Saint-Jérôme n'était pas visible de la ville basse où il était signalé par un simple panneau écrit à la main, il était si élevé qu'il surplombait tous les autres toits. Jack avait l'impression de ne jamais avoir été aussi proche de Dieu.

Le grand portail métallique donnant sur la cour était fermé, mais pas à clé. Il était sur le point de le pousser lorsqu'il aperçut sur la droite une clochette attachée à une corde et décida d'adopter une attitude policée. Il la tira doucement et le tintement aigu résonna dans tout le village, attirant sans doute l'attention de nombreux habitants de Montecastrilli. À l'exception des vendeurs qui venaient les mardis et les vendredis, personne n'actionnait jamais la cloche du monastère.

Quand l'écho disparut, Jack regarda autour de lui et attendit. Sa bouche était anormalement sèche, mais pas à cause de la chaleur. Il se sentait préoccupé, comme si sa fille elle-même allait apparaître en souriant et lui ouvrir, un bébé dans les bras. Elle lui manquait cruellement, surtout depuis qu'il savait qu'elle ne reviendrait jamais. Il la voyait partout et devait parfois se rappeler que, quoi qu'il fasse, il ne la reverrait jamais. Même s'il gagnait cette bataille-là, sa victoire équivaudrait à retrouver une pièce d'un puzzle qui lui aurait jadis appartenu.

Le monastère, sans être médiéval, avait des murs en pierre décorés de sculptures du même style. Les fenêtres, dont aucune n'était vitrée, étaient cintrées et les plus grandes étaient soutenues par des colonnes en pierre presque blanche. Le bâtiment s'élevait sur deux étages, avec des murs clairs surmontés de faîtages en terre cuite qui s'incurvaient en haut des fenêtres. À l'arrière, il y avait une tour qui avait certainement abrité une cloche, mais qui était probablement vide depuis de nombreuses années. Au centre du toit principal auquel on accédait par un escalier en pierre le long du bâtiment, un grand crucifix couleur or scintillait dans la lumière, comme le signal d'espoir qu'il avait été autrefois.

Au bout d'un moment, il tira à nouveau sur le cordon.

Un homme vêtu d'une robe marron en tissu rugueux, plus claire que celles qu'on voit d'habitude sur les moines, apparut par une porte voûtée située à quelque 10 mètres du portail. Il devait avoir une cinquantaine d'années, avec des cheveux grisonnants sur un crâne hâlé qui se dégarnissait. Il paraissait éminemment sceptique.

« Niente di turistico », cria-t-il. Il agita le bras de façon dissuasive, signifiant que le monastère n'était pas ouvert aux touristes.

« Frederico Mandionetti ? cria Jack à son tour. Je voudrais lui parler. »

L'homme s'approcha, l'air étonné. *« Inglese ? »* dit-il et Jack répondit qu'il était américain. « Il vous attend ? »

demanda-t-il dans un anglais étonnamment correct. Le ton de sa question indiquait qu'elle était purement rhétorique. Frère Frederico n'attendait personne.

Jack secoua la tête. « Non, mais je viens de loin juste pour lui parler. Je crois qu'il pourrait m'aider. »

L'homme plissa les yeux. « En quoi ?

— À dire vrai, répondit Jack, d'un ton délibérément hésitant, je n'en sais rien. Mais j'aimerais vraiment pouvoir lui parler. »

L'homme regarda derrière Jack et autour de lui avec méfiance, tout en réfléchissant. Finalement, il parut être arrivé à la conclusion que l'étranger ne présentait aucune menace et commença à ouvrir le portail, qui émit un grincement aussi désagréable que le bruit des ongles sur un tableau noir. Jack entra.

« Je m'appelle frère Peter. Vous savez que frère Frederico ne parle pas anglais », dit-il en refermant le portail derrière eux et en se dirigeant à nouveau vers la porte voûtée. Jack secoua la tête. Frère Peter lui sourit tristement et haussa un sourcil conciliant : « Je pourrais traduire pour vous, si vous voulez ?

— Oui... merci », dit Jack en pressant le pas pour rester à sa hauteur.

Il avait tout de suite compris que l'offre de frère Peter était sincère, mais qu'elle était aussi motivée par la possibilité de participer à ce qu'il espérait être une situation curieuse. « Alors, vous êtes anglais ? » Sa maîtrise de la langue était étonnamment bonne.

« Irlandais, répondit-il. Du côté de Belfast.

— Qu'est-ce qui vous a amené ici ? » demanda Jack.

C'était un échange stupide de banalités et il s'en rendit compte à peine ces derniers mots prononcés.

Sans prendre la peine de ralentir, l'homme montra le paysage autour d'eux.

« Si vous éprouvez le besoin de me demander cela, c'est que vous n'appréciez pas la beauté de ce que Dieu peut créer. Si je dois vous être utile, j'aimerais en savoir un peu plus sur ce qui vous amène ici, exactement... »

S'efforçant de maintenir l'allure, Jack sortit la sacoche en cuir de son ordinateur et, d'une poche sur le côté, sortit les quatre cartes postales qu'il avait reprises à Dave avant de partir. Il les lui remit. « Ça. »

Frère Peter s'arrêta et examina les cartes une par une.

« Vinci et Cocteau ? *Eresia*, dit-il en hochant la tête d'un air vaguement renfrogné. Hérésie. » Visiblement, Jack avait frappé à la bonne porte. Il se remit en marche.

Ils gagnèrent un corridor dont la seule lumière provenait des arcades équidistantes qui surplombaient le paysage de l'Ombrie. Le soleil éblouissant que laissaient passer les arcades contrastait d'autant plus avec l'obscurité qui régnait là où la lumière ne passait pas. Ils arrivèrent finalement à une place à l'arrière du monastère. De là, on avait une vue panoramique sur les nombreuses oliveraies qui s'étendaient en dessous.

Après quelques pas, frère Peter indiqua à Jack qu'il devait attendre et descendit cinq marches en pierre aménagées dans un mur bas. Il s'approcha d'un vieillard à la peau fripée couleur acajou, portant des lunettes demi-lune en écaille. L'homme était assis sur un siège en pierre sculptée, lisant en silence une antique bible reliée dans un vieux cuir bleu qui reposait devant lui sur une table, également en pierre sculptée. Comme il portait la même robe brun pâle que celle de son benjamin, Jack en conclut qu'il s'agissait de l'homme qu'il avait tellement hâte de rencontrer – frère Frederico.

Pendant qu'ils parlaient en italien, le vieil homme examinait Jack avec méfiance. Finalement, il referma la bible, sourit et hocha la tête. Frère Peter fit signe à Jack de descendre et, tandis qu'il lui tendait le bras pour l'accueillir, le visage de frère Frederico s'illumina comme s'ils étaient de vieux amis. Il se leva avec une agilité surprenante pour son âge et ils se serrèrent la main.

Frère Frederico le salua à plusieurs reprises en italien et lui offrit le siège en face de lui. Un silence embarrassé s'installa quand frère Peter s'absenta un instant pour regagner le monastère par une autre porte voûtée et revenir quelques instants plus tard avec un plateau en bois sur lequel étaient posés trois verres et une cruche d'eau.

« Nous n'avons pas de glace, s'excusa-t-il, remarquant que Jack était toujours en nage. Nous n'avons pas l'électricité, voyez-vous, mais nous conservons l'eau dans notre cave et il y fait très frais. »

Il posa le plateau sur la table, remplit les verres et les distribua. « Comme vous pouvez le constater, frère Frederico est ravi de recevoir un visiteur aussi exceptionnel, et pas seulement parce que vous partagez ses... – il s'arrêta, cherchant le mot approprié – ... intérêts. Alors, dites-moi, que puis-je lui demander pour vous ? »

Après avoir avalé d'un trait la moitié de son verre, Jack le reposa sur la table. « C'est justement là le problème, dit-il. Je ne partage pas vraiment ses intérêts parce que je ne suis pas absolument certain de les connaître. J'aimerais pourtant beaucoup savoir quel est le lien entre ces photos.

— Je vois », dit frère Peter, de nouveau sur la réserve.

Il expliqua la situation à frère Frederico qui fit signe à Jack de lui donner les cartes. Après les avoir examinées chacune pendant quelques secondes, il les posa sur la table et fit la même réponse que son compatriote :

« *Eresia !* »

Il frappa un grand coup sur la table d'un air de défi, comme s'il s'agissait d'un avertissement. Il pensait sans doute que Jack, comme beaucoup d'autres avant lui, réfuterait dans l'instant ce qu'il s'apprêtait à révéler.

Jack demanda à frère Peter de prier Frederico de s'expliquer et le vieil homme se mit à gesticuler furieusement, tandis que l'autre traduisait simultanément.

« Il dit que vous ne devez pas mal interpréter ses paroles parce qu'il croit sincèrement dans tous les idéaux du Christ, expliqua frère Peter. Mais il croit surtout en Dieu et sa foi en Notre-Seigneur Christ a été mise à mal. Il a connu sa propre traversée du désert quand il s'est demandé si l'homme appelé Jésus était véritablement le Messie qu'on nous avait promis. Certains, au cours de l'histoire, ont cru que c'en était un autre, un donneur de vie éternelle. Mais, tout comme le Christ, il fut trahi et vendu à ses ennemis. »

Jack regardait son traducteur comme un chien qui soupçonne son maître de lui cacher un biscuit. Pour lui, cela ne voulait rien dire, mais quelque chose dans ces derniers propos ravivait chez lui des souvenirs de son entrevue dans l'église. Quand il avait décrit la nature du Graal, Simon avait déclaré : « Certains croient que c'est le vrai corps du Christ. » Sceptique, il interrogea frère Peter :

« Pourquoi dites-vous le Christ au lieu de Christ, tout simplement ? »

Frère Peter sourit. « Moi, non. Frère Frederico le nomme ainsi, en effet. Le Christ était un terme beaucoup plus large au temps des Évangiles. Il n'est devenu que plus tard synonyme de Jésus. Cela vient du grec *christos*, qui veut dire “roi”. » Devant l’air apparemment intéressé de Jack, il continua. « Voyez-vous, au temps de Jésus, il y avait en permanence de nombreux chefs, un pour chacune des classes sacerdotales. La lignée de Zadok était la première en matière de succession sacerdotale, suivie par celles d’Abiathar et de Lévi. Pourtant, l’Ancien Testament avait toujours annoncé que le “Messie” descendrait de la lignée de David, une tribu de moindre importance. Le Messie serait l’Élu, celui qui régnerait sur le nouveau royaume d’Israël. Ainsi, alors que les David n’avaient aucun rôle sacerdotal, ils étaient appelés “rois” et donc *christos*. Jésus se vit offrir ce titre exactement comme cela avait été le cas pour Joseph, son père, et Éli-Jacob, son grand-père. Il n’était en rien exclusif. »

Il regarda frère Frederico tristement. « Je crois cependant que mon collègue l’utilise maintenant avec un peu plus de dédain. Par le passé, il a été très critiqué pour ses prises de position. »

Peter parut gêné et il baissa la voix, murmurant presque.

« D’où la raison de sa présence ici. Je crois que nous sommes les seuls à tolérer son blasphème.

— Donc... s’il pense que Jésus n’était pas Christ, alors qui l’était à son avis ? » demanda Jack.

Il croyait que l’autre comprendrait ce qu’il voulait dire.

« Messie, pas Christ, le reprit frère Peter. Le lignage davidien de Jésus prouvait qu’il avait été correctement désigné comme Christ. Simplement, frère Frederico ne croit pas qu’il était le Messie annoncé, c’est tout. »

C’est tout, comme si une telle croyance était la chose la plus naturelle pour un moine catholique romain.

« Baptiste, interrompit frère Frederico, en hochant la tête avec autorité. Baptiste. »

Surpris, Jack s'aperçut qu'il comprenait exactement ce que l'homme laissait entendre. Il se souvint qu'au dos d'une des cartes postales, celle de la *La Vierge aux rochers*, figurait la question : « Pourquoi un Jésus supposément dénué de tout péché aurait-il besoin d'être baptisé ? » Simplement parce que Jean le Baptiste avait baptisé Jésus, Frederico en déduisait que ce devait être lui le Messie, et non Jésus. Il avait l'impression de s'approcher enfin de quelque chose.

« Alors peut-il m'expliquer les tableaux ? »

Frère Peter posa la question, tout en sachant que ce n'était pas nécessaire. Ayant écouté maintes fois déjà les divagations du vieillard, il savait que Frederico serait enchanté de partager ses points de vue. Peter savait également combien de temps il faudrait pour traduire ces mêmes points de vue.

« Oh ! oui, répondit-il avec un soupir las. Il est tout à fait en mesure de vous expliquer ces tableaux. »

Il gravit la montagne

MATTHIEU 5:1

Dire du frère Frederico qu'il avait « un certain âge » était un euphémisme, mais il s'exprimait encore avec une grande vigueur. Sa plaidoirie prononcée les yeux exorbités aurait fait grande impression à la fin d'un banquet.

Toute son argumentation, que frère Peter s'apprêtait à traduire, était assenée avec la conviction d'un vendeur ambulant proposant des élixirs. Ses mains grisâtres désignaient tour à tour les cartes postales, les cieux et Jack lui-même, mettant en évidence les liens principaux, pendant que frère Peter faisait de son mieux pour le suivre.

« Il dit que celles-ci sont les plus importantes, dit Peter. Les différentes versions de *La Vierge aux rochers*. Dans celle-là, la première version finalement rejetée, les deux enfants sont identiques. La Vierge en robe bleue passe le bras autour d'un enfant pour le protéger, tandis que l'autre enfant est aux côtés de l'ange Uriel. Il fait le geste de bénir l'enfant que Marie tient. Ce dernier semble s'agenouiller en signe de soumission. Est-ce le Messie ? demande Frederico. Les historiens balayent cette version en disant que Leonardo a choisi de faire figurer le jeune Jean le Baptiste avec Marie, mais Frederico se demande pourquoi il aurait fait cela.

— *Stupido*, commenta Frederico en haussant les épaules.

— Il dit qu'ils sont stupides », traduisit frère Peter.

Mais le sourire de Jack indiquait qu'il avait déjà compris.

Frederico, l'air tout excité, montra du doigt la première carte en manquant de renverser son verre encore plein, et Peter continua : « Si en effet Jésus est avec Uriel, pourquoi Marie regarde-t-elle l'autre enfant, face à elle ? Et pourquoi Uriel fait-il un geste aussi hostile dans la direction de Jésus ? Uriel désigne Jésus tout en s'en détournant résolument. Frederico pense que cela n'a pas de sens. Regardez, là... »

Jack suivit du regard le doigt noueux de Frederico qui se posait sur la carte, juste au-dessus de la tête de l'enfant avec Uriel, l'enfant dont les historiens assuraient que c'était Jésus.

« Il dit que c'est définitivement Le Baptiste. Jésus le Christ est avec Marie, à sa place. Mais regardez les mains et regardez l'écartement... »

Jack observa l'image et comprit aussitôt ce que Frederico voulait dire. La main de Marie était au-dessus de la tête de l'enfant près d'Uriel, dont le moine affirmait qu'il était Le Baptiste, la paume vers le bas comme si elle reposait sur quelque chose d'invisible. C'est le même geste que font les prêtres sur la tête d'un fidèle. La main d'Uriel, en revanche, était plus basse, le doigt dirigé face à lui, vers la gauche du tableau. L'espace entre les mains aurait suffi à peindre une autre tête entre les deux si Leonardo l'avait voulu. Dans ce cas, le doigt d'Uriel aurait été à hauteur de cou.

Marie posait sa main sur une tête invisible et Uriel, en même temps qu'il désignait l'enfant en face de lui, faisait également au-dessus de la tête de l'autre enfant le signe du doigt généralement utilisé pour signifier la décapitation. Ces deux gestes, de la main et du doigt, semblent ainsi annoncer l'avenir de Jean le Baptiste, qui, plus tard, sera effectivement décapité.

« C'est pourquoi il sait que l'enfant sur la droite est vraiment Le Baptiste, continua frère Peter, parce que Leonardo nous l'a ainsi signalé. Donc, même maintenant, comment savoir qui est en train de bénir qui ? Ce tableau devait contribuer à propager le mythe, mais en fin de compte, il ne fait que le mettre un peu plus en doute. Dans la deuxième version des tableaux, Leonardo a cédé à la pression et modifié les personnages, identifiant – sans conviction, d'après Frederico – l'enfant avec Marie comme étant Le Baptiste.

— Alors, que cela signifie-t-il ? » demanda Jack en se redressant pour boire une gorgée d'eau.

Interrogation qui fut aussitôt traduite au plus âgé des deux moines.

Frederico se remit à parler et Peter prit une longue inspiration.

« Que Jésus n'était pas un Messie, dit-il. » En parlant, il secouait sa tête en signe de dédain. « Leonardo était un grand homme et ceci montre qu'il n'y croyait pas lui-même. Il dépeint le Christ comme soumis au Baptiste. Non seulement ça, mais chaque fois que Leonardo a peint Jean le Baptiste en tant qu'adulte il lui a attribué la même pose, une pose qui, maintenant, le caractérise. Il le représente toujours en train de montrer les cieux dans un geste qui veut dire “soyez prévenus” et là, regardez, Leonardo ne s'est pas seulement inclus lui-même dans

La Cène – en détournant le regard du Christ –, mais il a également ajouté un personnage derrière Jésus faisant le même signe. Il n'y a pas le moindre doute en ce qui concerne la signification de cela, parce que, dit-il, même les historiens appellent ce geste "le geste de Jean le Baptiste". Cet homme est en train de rappeler à Jésus qui est le vrai Messie, l'homme que ses amis ont trahi. »

Jack regarda la carte. Il ignorait complètement si ce que disait le vieil homme concernant les implications de ce geste était vrai, mais tous les éléments concordaient effectivement. Sur le tableau, un disciple barbu, à moitié caché par un autre, levait un doigt, prévenant certainement Jésus de quelque chose. Seul Leonardo lui-même aurait pu savoir exactement ce que signifiait cet avertissement.

Frère Peter continua. « Il demande si vous savez ce qu'est la communion, le pain et le vin ? »

Jack acquiesça. « Le corps et le sang du Christ ? »

Peter sourit. « C'est juste. Au cours de la Cène, Jésus rompit le pain et offrit du vin en disant : "Ceci est mon corps qui vous est livré et cette coupe est le nouvel engagement dans mon sang." Mais où est le pain dans cette scène ? Où est le vin ? Ils devraient être au centre de l'image et pourtant il n'y en a qu'une quantité symbolique sur la table et pas de vin du tout devant Jésus. Regardez ses mains, dit Frederico. Jésus les tend ouvertes à ses disciples, il n'a rien à leur offrir. Et, regardez ici... »

Frederico, tout excité, montrait du doigt la gauche de l'image. « On voit un couteau brandi en direction de la poitrine d'un des disciples, et ce disciple lève ses mains en signe de reddition. Mais, regardez de près, on voit que les mains de tous les disciples autour sont posées sur la table. Alors, à qui appartient cette main ? Et pourquoi Leonardo a-t-il ajouté cet élément sachant qu'il ne ferait pas figurer le détenteur de l'arme sur le tableau ? »

Jack examina l'image et se souvint comment Mary-Beth s'était moquée quand il avait évoqué l'éventualité de messages subliminaux. « Et malgré des siècles d'étude, personne ne les a jamais remarqués ? » Effectivement, personne ne l'avait fait. Mais ils étaient bien là. Il y avait bien une main supplémentaire figurant dans l'une des œuvres les plus connues de l'histoire de l'art, et lui, en tout cas, n'en avait jamais eu connaissance et avait encore moins entendu d'explication sur sa signification.

Puis il comprit ce que frère Peter avait dit un peu plus tôt.

« Vous avez dit que les amis de Jésus ont trahi Jean le Baptiste ? »

Peter transmit la question et continua sa traduction. La chaleur était torride et même le jeune moine commençait à transpirer. Jack se demanda si c'était dû seulement au climat. Il avait un air coupable, comme si le simple fait de répéter les mots de Frederico condamnait aussi son âme aux yeux de Dieu.

« Jean le Baptiste fut éliminé, dit Frederico. Certaines personnes lui avaient volé son pouvoir, mais elles ne pouvaient pas le contrôler. Ils savaient que le Messie était attendu et que Jean, en tant que fils de Zacharie le haut prêtre zadokite, était le candidat probable. Ils se sont donc pris d'amitié pour lui. Se sont rapprochés de lui. Ils avaient raison de penser que ce serait lui car Jean s'était vu accorder la vie éternelle. Ils se sont arrangés pour le manœuvrer afin qu'il la leur confère également. Il leur faisait confiance, mais ce n'étaient pas des enfants de Dieu. Une fois qu'ils eurent acquis son pouvoir, ils voulurent diriger la volonté du peuple. Pour cela, ils avaient besoin d'un Messie qu'ils pourraient contrôler. Jean refusait de se prêter à leurs manigances, si bien qu'ils l'ont tué et sont allés chercher Jésus ; un autre homme de la lignée de David. Il était parfait. La prophétie se réalisait. Ils savaient que Jean, le vrai Messie, ne se soumettrait jamais à leurs exigences, ils ont donc simplement choisi un substitut.

— Marionnette, commenta Frederico, en faisant danser ses doigts sur la table.

— Il dit que Jésus était un pantin, désigné longtemps avant sa naissance. L'histoire nous ment sur les vraies dates de la vie de Jean. »

Jack secoua la tête. Il comprenait maintenant pourquoi Frederico avait été « sévèrement critiqué » pour ses opinions et il n'était pas étonnant qu'il ait été obligé de finir ses jours dans un coin du monde aussi reculé. Tout en admirant son intelligence et son enthousiasme, il voyait bien que cet homme ne pouvait être qu'une source d'embarras pour toute institution cléricale.

Dès lors, les mots de Simon lui revinrent en tête. « Ce n'est pas parce qu'une version de l'histoire est généralement acceptée qu'elle est vraie. »

« Alors que croit Frederico ? demanda Jack. Que Jean le Baptiste était le véritable Messie ?

— Il aimerait nous le faire croire à tous », dit frère Peter sans réfléchir, puis il se rendit compte qu'il était là pour traduire, et non pour ajouter des commentaires personnels.

Il regarda son aîné d'un air contrit, lequel, en retour, lui adressa un petit sourire de reproche.

Peter posa la question au vieil homme qui répondit *« si »* de nombreuses fois, puis il reprit. « Il dit que Jean s'était vu conférer la vie éternelle et la preuve est dans la question qu'il va vous poser. La même qu'ont dû se poser ceux qui l'ont trahi : comment l'homme à la vie éternelle pourrait-il être tué ? »

Frère Frederico plissa les yeux, puis, se penchant par-dessus la table, fit un geste de décapitation en travers du cou de Jack. Il enfonça son doigt osseux un peu plus que nécessaire, comme pour accentuer ses dires, et prononça quelque chose d'une voix très lente et menaçante.

« *Remuovete la sua testa.*

— On lui coupe la tête », expliqua frère Peter, l'air embarrassé.

Jack se tourna vers Peter. « Donc, Frederico croit qu'en fin de compte Jésus était quoi... seulement un pantin pour ces gens ?

— Quelque chose comme ça », répondit Peter.

Il s'adressa à Frederico qui recommença à divaguer avec excitation.

« Mais réfléchissez, dit-il, à la façon dont leur nouveau Sauveur les a déçus. Peu de fidèles ont suivi Jésus pendant sa vie et, quand il a fait son entrée "triomphale" à Jérusalem sur un cheval qu'on lui avait préparé, les gens ne savaient même pas qui il était. Frederico dit que vous feriez bien d'apprendre votre Nouveau Testament. »

Peter but une gorgée d'eau et s'essuya le front avec un mouchoir blanc. « Mais est-ce que la mise en scène de Jésus a marché ? Non, non et non. » Jack avait déjà entendu Frederico marteler ses propos. « Jésus n'a pas libéré son peuple des Romains, qui ont continué à l'oppresser de nombreuses années après sa mort. Pas plus qu'il ne les a délivrés du péché. Il a pris le risque d'échouer. Alors quand est arrivé le moment de sa crucifixion, ils ont organisé les choses pour qu'il puisse ressusciter des morts. Ce n'est qu'alors, après un tel miracle, que les gens pourraient se mettre à le vénérer et à le suivre. Ils ont fait croire qu'il avait été crucifié, mais même ça, n'a pas marché. »

Bouche bée, Jack le regarda fixement pendant quelques instants. Malgré les étranges théories qui avaient été évoquées, il devait encore faire un effort pour comprendre ce qu'il venait d'entendre.

« Que veut-il dire par "fait croire qu'il avait été crucifié" ? »

Frère Peter posa son verre sur la table en pierre et se mit à rire. « Oh, là, là ! vous voilà au cœur de son sujet de prédilection, dit-il en secouant la tête en signe d'affectueuse résignation.

— J'espère seulement pour le bien de frère Frederico que Notre-Seigneur Jésus est aussi miséricordieux qu'on le décrit dans les Évangiles, parce qu'à l'évidence notre vieil ami le pousse dans ses derniers retranchements. »

Regardant la position du soleil dans le ciel, frère Peter se leva et replaça les verres vides sur le plateau.

« Peut-être resterez-vous dîner avec nous et nous pourrons... – il secoua la tête – ... en discuter à ce moment-là ? »

Il demeurera à part
LÉVITIQUE 13:46

Un peu plus de vingt-cinq minutes après avoir passé la tête par la fenêtre de sa Coccinelle orange vif et souhaité une bonne nuit aux gardiens, Dave Clearwater se garait sur son emplacement réservé devant son appartement à Lancaster. La ville était à quelque 50 kilomètres de la réserve mojave où il avait passé son enfance. Sa famille y habitait de génération en génération depuis la nuit des temps, mais Dave lui-même en était parti quelques semaines après avoir été engagé chez Intelli-Soft. Contrairement à quelques-uns des jeunes employés venant de l'autre côté du pays, il ne s'était pas précipité sur l'un des appartements à loyer modéré que la société possédait près du campus, mais il éprouvait quand même le besoin d'être un peu indépendant de sa famille. Un endroit juste à mi-chemin entre Glendale et le village mojave lui avait semblé la meilleure solution.

La rue fut plongée dans une obscurité totale quand il éteignit les phares, il sortit de la voiture et se dirigea avec lassitude vers la porte principale du complexe résidentiel. La lumière automatique de l'entrée ne restait pas allumée suffisamment longtemps et, après avoir passé plus d'une minute à chercher la bonne clé dans le noir, il entra chez lui et vit le signal de son répondeur clignoter avec une autorité martiale. Il appuya sur le bouton de lecture tout en enlevant sa veste en patchwork et reconnut la voix de sa mère : dès les premières syllabes, elle exprimait tout son désarroi ; elle le traitait d'étranger ; il n'était pas venu voir la famille depuis plus de six semaines.

« Trois semaines, maman, répliqua-t-il avec désespoir à la machine. Je suis venu il y a trois semaines. »

Il entra dans la cuisine encombrée par les restes de trop nombreux dîners à emporter, alors que sa mère, comme toutes les mères du monde, s'efforçait de laisser un message cohérent sur l'enregistreur. Et, comme par intuition, elle finit par lui poser l'éternelle question, à savoir s'il se nourrissait convenablement.

Il faisait chaud dans l'appartement. Trop chaud, et Dave se mit à transpirer. Décidément, il était capable de naviguer dans la technologie la plus complexe du monde, d'entrer dans des ordinateurs centraux protégés et avait lui-même conçu plus d'un virus informatique dans sa jeunesse, mais il était toujours incapable de régler son thermostat une bonne fois pour toutes. Le bouton de réglage était si sensible qu'un simple ajustement lui donnait le sentiment de devoir être un casseur de coffre-fort expérimenté.

Il ouvrit le placard et baissa soigneusement le thermostat. Il lui sembla au premier abord qu'il était réglé beaucoup plus haut que d'habitude. Peut-être l'avait-il bougé par inadvertance à un moment ou à un autre.

Il ouvrit la fenêtre dans la cuisine et resta un moment devant, laissant l'air frais de la nuit lui rafraîchir le visage. Il se retourna et se dirigea vers le réfrigérateur et en se répétant : « Bière, bière, bière. » Puis réalisant tout à coup ce qu'il disait, il jeta un coup d'œil dans l'entrée. « Tu entends ça, maman ? » demanda-t-il au répondeur qui continuait à diffuser le message de sa mère : « J'ai dit que j'aimerais une bière. J'ai 23 ans et je suis, de toute évidence, un alcoolique ainsi qu'un traître à mon peuple parce que j'ai chaud et que je meurs d'envie de boire une bière de l'homme blanc. »

Il sourit.

Quand il ouvrit la porte du réfrigérateur, il entendit un bruit curieux, comme une cannette qu'on ouvre. Il y pensa un moment puis haussa les épaules. Mais, quand il tendit la main à l'intérieur, il vit une plaque en or collée à l'étagère supérieure. Elle n'était pas là quand il était parti travailler ce matin.

Pendant qu'il commençait à lire les mots gravés dessus, son nez et sa bouche se mirent à se remplir d'un liquide épais et il sentit sa poitrine se serrer brusquement. Sa vue se troubla tandis que ses pupilles se contractaient jusqu'à atteindre la taille d'un trou d'épingle. Il se mit à transpirer encore plus. Il fut pris de panique. Quelque chose n'allait pas. Pas du tout, même. Il fallait qu'il puisse atteindre la porte, sortir de l'appartement. Il gagna l'entrée, mais ses jambes ne le portaient pas. Son cerveau leur disait de courir, mais elles se rebellaient. Il les supplia, mais elles lui rirent au nez.

Submergé par la nausée, il s'effondra par terre, en renversant dans sa chute la table du téléphone. Ce dernier atterrit près de sa tête, continuant à diffuser les préoccupations maternelles. En quelques secondes, tous les muscles de Dave furent pris de spasmes. Tandis que sa tête retombait mollement de côté, du vomi se mit à couler le long de sa joue et une tache sombre et humide apparut à l'entrejambe de son jean délavé.

Dans ses derniers instants de conscience, Dave fut pris de convulsions et éprouva le pire mal de tête qu'il ait jamais connu. Il aurait voulu tenter encore de se mettre debout, courir pour obtenir de l'aide, mais c'était inutile, ses muscles n'obéissaient plus à son cerveau. Au fur et à mesure que la paralysie le gagnait, il fut secoué de convulsions encore plus violentes, avant de tomber dans un profond coma. S'il avait survécu – ce qui était peu probable dans ces circonstances –, son système nerveux aurait certainement gardé des séquelles.

Quarante minutes après avoir quitté IntelliSoft, la voix de sa mère s'inquiétant encore de son bien-être à côté de son corps affaissé, le cœur de Dave Clearwater émit péniblement son dernier battement.

La dernière chose qu'il avait vue était la plaque en or qui pendait au-dessus du sac contenant un gaz neurotoxique à l'intérieur de son réfrigérateur ; le sac qui s'était ouvert quand son bouchon spécialement conçu avait été enlevé, tiré par un simple fil de cuivre. Si Zabulon avait placé le sac et monté le thermostat, c'est Dave qui avait lui-même choisi l'instant de sa mort en ouvrant la porte de son réfrigérateur. Bien que son agonie eût été suffisamment lente pour lui donner le temps de lire les mots sur la plaque, il n'en avait pas compris le sens. Gravé avec de l'acide dans l'or massif de 6 millimètres d'épaisseur, les mots noircis pour être plus lisibles, le message était simple et bref :

– CAVALIER PREND TOUR –

Fils de la résurrection

LUC 20:36

Ils mangeaient bien. Très bien même, pensa Jack. Pour des moines.

Des ascètes.

La grande table en bois à laquelle étaient assis Jack, frère Peter, frère Frederico et deux très jeunes membres de la communauté – frère Marco et frère Francis – était abondamment garnie. Viandes, poisson et poulet étaient posés au milieu de nombreuses salades fraîches et d'une grande quantité d'olives. Le tout servi sur de modestes assiettes en bois et accompagné de vin rouge en grande quantité servi dans des bouteilles sans étiquettes.

« Tout est froid, j'en ai peur, dit frère Peter en s'excusant. Nous n'avons pas de...

— Pas d'électricité ? » interrompit Jack.

Son hôte sourit.

« Alors d'où vient l'argent pour cette nourriture ?

— L'Église nous subventionne un peu, dit Peter, nous acceptons également des dons charitables et nous avons ces... »

Il tendit à Jack une olive d'un des bols.

« Vous les vendez ?

— Nous les troquons, dit Peter, contre viande, légumes et vin. Il y a longtemps, frère Frederico recevait aussi des cigarettes – il haussa les yeux au ciel en direction du vieil homme – mais heureusement il a arrêté de fumer. » Tout à coup son visage s'éclaira avec un regard malicieux, comme s'il allait faire quelque chose qu'il n'aurait pas dû. « Il laissait tomber des cendres sur tous ses vêtements... c'était dégoûtant... » ajouta-t-il. Puis un long silence s'ensuivit.

Les jeunes moines, frère Marco et frère Francis, pouffaient dans leurs serviettes. Jack avait raté quelque chose.

« Sale habit-tude, ricana frère Marco dans sa barbe et ils piquèrent tous deux un fou rire.

— C'était ma blague, Marco, réprimanda frère Peter. Merci de ne pas voler mes blagues. »

Jack sourit. Frère Peter lui tendit alors une assiette sur laquelle il avait déjà placé une sélection de mets. Après le bénédicité, il mit presque une minute pour faire son choix, prenant finalement une bouchée de poulet. Son goût était étrange, indéfinissable. Malgré tout son argent et les mets raffinés qu'il pouvait s'offrir, c'était probablement le poulet le plus délicieux qu'il ait jamais mangé.

Frère Peter vit son expression. Son sourire. « Pas de produits chimiques, pas d'additifs, expliqua-t-il. Exactement comme Notre-Seigneur le voulait. »

Jack acquiesça et sourit. Une nourriture rassasiante.

Ils conversèrent tout en mangeant, les trois qui parlaient anglais traduisant à tour de rôle pour mêler frère Frederico à la conversation. Ils racontèrent leurs parcours, évoquèrent leurs croyances et Jack se livra un peu à son tour. Il ne s'étendit pas trop sur sa situation, précisant seulement qu'il était dans « l'informatique » et qu'il appréciait le jeu d'échecs. Tout était très informel. Ils ne se souciaient pas plus du fait qu'il était juif qu'il ne se souciait du fait qu'ils étaient chrétiens. Comme l'expliqua frère Peter en haussant les épaules, avec un morceau de pain sec dans la bouche, ils étaient tous du même côté quand il s'agissait de bouger leurs pièces respectives dans le jeu de la vie.

À un moment, frère Francis remarqua pourtant, non sans cruauté, que frère Frederico était sur la touche, attendant d'être définitivement renvoyé de l'équipe.

Quand le repas fut terminé, frère Marco débarrassa la table et sortit de la pièce. La lumière du jour commençait à décliner rapidement et, l'air sournois, frère Francis sortit une allumette d'une boîte de Swan Vestas cachée dans sa robe et l'utilisa pour allumer les bougies plantées dans des chandeliers métalliques accrochés au mur. À mesure que la lumière des flammes montait, la pièce d'un azur froid se retrouvait progressivement baignée dans une lueur d'un corail chaleureux qui s'agitait sous l'effet d'une brise imperceptible et projetait des ombres erratiques sur les murs.

Il reprit sa place, mais fut réprimandé par frère Peter.

« La prochaine fois, sers-toi de la chandelle principale, s'il te plaît. Nous avons une réputation à défendre. »

Frère Francis s'excusa avec un sourire espiègle tandis que frère Marco réapparaissait avec trois tasses de tisane. Puis les jeunes moines, supposément les plus impressionnables, se retirèrent respectueusement.

« Je vais demander à Frederico de vous exposer ses théories sur la crucifixion, vous voulez bien ? » Frère Peter regarda frère Frederico qui secouait la tête d'un air faussement consterné, puis se tourna vers Jack. « Je dois aussi vous avertir que je suis très heureux que vous soyez assis. »

Il sourit à nouveau.

Il parla à son aîné et Frederico reprit son discours passionné sur un ton revanchard. Peter essayait de ne pas perdre le fil, lui demandant de ralentir quand il prenait trop d'avance. « On dit que Jésus est mort sur la croix, mais Frederico pense que ce n'est pas vrai. Il croit que Jésus a vécu longtemps après et il croit que même les Évangiles essayent de nous dire cela... »

Il remplit sa propre tasse et continua. « Voyez-vous, les Romains n'étaient pas du tout opposés aux châtiments corporels pour des sujets incontrôlables. Ainsi, la crucifixion était l'une des façons les plus cruelles de donner la mort. Une torture extrême, généralement étalée sur plusieurs jours. » Il fit une grimace pour souligner l'horreur de cette pratique. « Certaines victimes ont survécu durant une semaine, suspendues par les bras et les jambes. Mais, dit-il, les Romains se sont inclinés devant la pression de la population locale exigeant qu'aucun juif ne soit crucifié un jour de Shabbat. Ces condamnés-là étaient hissés sur leur croix un lundi, et, s'ils n'étaient pas morts le jeudi soir, on leur cassait les jambes pendant qu'ils étaient encore sur la croix. Cela augmentait le poids suspendu et accélérait la mort. Les juifs pouvaient donc être assurés que tous leurs criminels seraient morts et retirés de la croix pour être enterrés avant le samedi, le Shabbat. Il n'en fut pourtant pas ainsi pour Jésus et ses deux compagnons. Ils furent hissés et redescendus le même jour, un vendredi. Ils ont tous réussi le tour de force de mourir en moins d'une journée. Frère Frederico hoche la tête en ce moment parce qu'il dit que, selon lui, une explication s'impose car, pendant ce temps passé sur la croix, Jésus reçut du "vinaigre mélangé à du fiel"... » Il y eut un silence. « Il demande si vous savez ce qu'est le fiel ? »

Jack secoua la tête.

« Dans la Palestine du temps de Jésus, c'était simplement un autre nom pour le venin de serpent. Voyez-vous, selon Frederico, Jésus, quand il était sur la croix, but du vin âcre et du venin de serpent, une sorte de poison permettant de simuler l'état de mort clinique. Entre-temps, les Romains ont brisé les jambes de Cyrène et de Barabbas avant de percer le flanc de Jésus avec une lance. Le fait que la blessure saignait fut considéré comme une preuve de sa mort, mais un saignement vasculaire n'est-il pas au contraire le signe que quelqu'un est encore en vie ? Une fois que les trois hommes eurent été retirés de leurs croix respectives, Jésus fut conduit à sa tombe personnelle, et, selon Jean 19:39, Nicodème arriva, apportant "un mélange de myrrhe et d'aloès pesant environ cent livres"... »

Il y eut un nouveau silence. Jack sentit qu'on attendait qu'il le meuble, mais il ne pouvait pas. Bien qu'ayant déjà entendu prononcer ces mots, il n'avait pas la moindre idée de ce qu'étaient la « myrrhe » et l'« aloès ».

« Comme le dit frère Frederico à juste titre, l'extrait de myrrhe est un sédatif couramment utilisé dans la pratique médicale contemporaine et le jus d'aloès est un purgatif fort qui agit rapidement. Un produit qui allégeait la souffrance pendant qu'un autre nettoyait l'organisme du poison. Et ils en ont utilisé cent livres. »

Frederico marqua une pause pour accentuer l'effet dramatique de son récit. Quand il pensa avoir atteint son but, il haussa les sourcils et continua avec une vigueur intacte. « Donc, ce que Frederico laisse entendre maintenant, c'est que Jésus avait été empoisonné sur la croix puis rapidement ressuscité dans sa tombe. Il souligne que quand Jean 20:14-15 dit que "[Marie Madeleine] retourna pour y trouver Jésus et le prit pour le jardinier", le terme "jardinier" désigne en fait Jacques, le propre frère de Jésus. Étant donné la ressemblance familiale, il était facile de les confondre. Donc, si Jésus était vraiment vivant, pourquoi a-t-il dit à Marie : "Ne me touche pas." Pourquoi ? D'après Frederico, c'est parce que Marie Madeleine portait l'enfant de Jésus et il nous rappelle la loi essénienne à ce propos. Une épouse dynastique ne devait avoir aucun contact physique avec son mari pendant la période de grossesse. »

Jack était visiblement abasourdi. Les thèses de Frederico étaient presque incroyables et, pourtant, malgré son excitation, il était souvent assez logique dans ses explications. « Jésus n'est donc pas le Messie, il n'est pas mort sur la croix et il a engrossé Marie Madeleine ? » Il regarda Frederico sans conviction, lequel affichait un large sourire, puis il se tourna vers Peter. « Et frère Frederico est chrétien ? »

Frère Peter secoua la tête. « Non, dit-il doucement. Plus maintenant. »

Yahvé donna à Ruth de concevoir

RUTH 4:13

« Que voulait-il dire exactement par "portant l'enfant de Jésus" ? » demanda Jack.

La question pouvait sembler parfaitement légitime, compte tenu des implications évidentes. C'était d'ailleurs le premier élément ayant le moindre rapport avec Lara, laquelle avait, elle aussi, mis un enfant au monde, peut-être après avoir été désignée comme la nouvelle Vierge Marie.

Frère Peter leva les yeux au ciel. « C'est l'un de nos principaux points d'achoppement, je dois dire. Je suis certain que vous connaissez déjà le point de vue chrétien, et donc le mien, aussi vais-je me contenter de vous expliquer celui de frère Frederico de façon aussi neutre que possible. S'il m'y autorise. Après tout... – il inclina la tête comme à regrets – ... je le connais par cœur. »

Il se tourna vers son aîné qui agita les mains d'un air las avec l'air de dire : « Faites ce que vous voulez. »

Frère Peter lui adressa un petit sourire narquois et commença. « Vous connaissez l'histoire des noces de Cana, je suppose ? »

Jack acquiesça. « L'eau changée en vin, le premier miracle de Jésus... » Il réfléchit un instant. « Mais ce n'était pas le mariage de Jésus... ? »

« Eh bien, frère Frederico trouve très étrange que Jésus ne se soit jamais marié. Il avait été élevé selon la stricte loi des Esséniens où le mariage jouait un rôle très important. Sans mariage, il n'y avait pas de descendants susceptibles d'assurer la continuité de la famille. Comment les prêtres pouvaient-ils maintenir leur droit d'aînesse si leur lignée s'arrêtait ? Comment Jésus lui-même aurait-il pu être un descendant de David si ses ancêtres n'avaient pas eu d'héritiers ? » Jack fit signe qu'il comprenait. « Les lois étaient très strictes. Quand une épouse avait été choisie et qu'elle était légalement déclarée vierge, les événements s'enchaînaient ensuite de façon très rigoureuse. Un héritier mâle prétendant à une succession patrimoniale devait idéalement avoir son premier fils aux alentours de son quarantième anniversaire, quatre décennies étant le laps de temps reconnu pour une succession dynastique. La naissance était toujours prévue pour septembre, le mois le plus sacré du calendrier juif.

Les premiers mariages avaient également lieu en septembre, le mois qui comportait le jour de l'Expiation, donc, idéalement, les mariages étaient programmés pour le mois de septembre du trente-neuvième anniversaire du marié. Puis, afin que l'enfant soit mis au monde en septembre suivant, les rapports sexuels pour les Esséniens de stricte obédience avaient lieu en décembre.

— Mais Jésus est mort à 39 ans, avança Jack – il savait au moins ça.

— Effectivement. Mais des dispositions devaient toujours être prises au cas où le premier enfant serait une fille. Ainsi, les Esséniens avançaient généralement le mariage au mois de septembre correspondant au trente-sixième anniversaire du marié, au cas où. Aucun rapport sexuel n'était autorisé avant le premier mariage et, quand l'enfant avait été conçu, ils étaient à nouveau interdits pendant les six années suivantes. Sauf si, bien sûr, le premier né était une fille, auquel cas la période d'abstinence était réduite à trois ans. Ils étaient autorisés alors à tenter une nouvelle fois leur chance. »

Jack tendit sa tasse pour qu'on la lui remplisse. Il avait l'air interloqué. « Qu'entendez-vous par premier mariage ? Combien de mariages y avait-il ?

— Deux, expliqua Peter. Le second mariage avait lieu en mars, une fois connu le résultat de la conception de décembre. Si, année après année, la femme n'était jamais enceinte, elle devenait inutile, et la seconde cérémonie n'avait jamais lieu. Le mariage était donc facile à annuler. La seconde cérémonie tenait plus de la confirmation et était nettement plus solennelle. C'est pourquoi, apparemment, la naissance de Jésus le 1er mars 7 av. J.-C. signifiait que la conception avait eu lieu avant le premier mariage de Marie et de Joseph, et qu'il avait été conçu "d'une vierge". »

Jack n'écoutait plus. Conception en mars, naissance en septembre. À vue de nez, l'enfant était né approximativement quatre mois avant la mort de sa fille. Septembre à janvier.

Pour autant qu'il le sache, Lara était vierge quand elle avait quitté la maison. Elle répondait également à une exigence qui n'avait pas encore été évoquée par ses hôtes, mais qui était probablement indispensable pour assurer la continuation d'une lignée particulière : elle était, comme Jack et Elizabeth eux-mêmes, de pure ascendance juive.

Et si, se demanda-t-il une nouvelle fois, et si les nouveaux « amis » de Lara partageaient les théories de frère Frederico et avaient choisi de les raviver à leurs propres fins ? Et si « Abraham, avec Jacob et Joseph à ses côtés », avait véritablement « montré la voie et choisi Marie pour donner un Sauveur » en la personne de sa propre fille ? Et si une Lara totalement influençable avait vraiment cru qu'elle avait été choisie, et donc qu'elle était, d'une certaine façon, bénie ? Qu'aurait-elle fait en découvrant qu'elle s'était trompée ? Elle aurait essayé de s'enfuir, d'emporter l'enfant. Et si cela s'était révélé impossible ? Elle se serait précipitée vers quelqu'un disposant de ressources suffisantes pour lui permettre de se battre pour en obtenir la garde. Elle se serait précipitée vers son père.

« Frederico croit que le premier mariage de Jésus a eu lieu en 30 de notre ère, l'année de son trente-sixième anniversaire. Il en est persuadé car Marie Madeleine lui a oint les pieds à ce moment-là, comme cela l'est raconté dans Luc 7:37-38. L'onction cérémonielle des pieds, surtout avec des huiles onéreuses de nard, était pratiquée par la future épouse sur son mari avant la cérémonie de mariage. Puis, en 32, Marie Madeleine a fini par concevoir et elle lui a oint la tête à Béthanie comme il est raconté dans Matthieu 26:6-7, Marc 14:3 et Jean 12:1-3. Vous voyez ? dit-il avec un sourire. Je connais mon Nouveau Testament. Donc, cette seconde onction a sanctifié formellement leur second mariage en mars 33.

— Alors que sont devenus les disciples de Jésus après sa soi-disant crucifixion ? demanda Jack. Où sont-ils allés, qu'ont-ils fait ? Où sont-ils maintenant ?

— Dans l'Évangile de Jean, expliqua frère Peter, Jésus est désigné d'emblée comme "le Verbe de Dieu". Le texte débute ainsi : "Au commencement était le Verbe, et le Verbe était avec Dieu, et le Verbe était

Dieu", etc., "et le Verbe est devenu chair et s'est mêlé à nous", etc. D'après lui, chaque fois qu'il est dit "le Verbe de Dieu" dans l'Évangile, il est fait référence à Jésus, et même après la crucifixion. Dans Actes 8:14, il est dit que "les apôtres qui étaient à Jérusalem entendirent que Samarie avait reçu le Verbe de Dieu". Il est persuadé qu'il est ici question des déplacements de Jésus après l'Ascension. Il estime que bien qu'ils aient prêché dans différentes régions, beaucoup d'entre eux le suivaient encore. » Peter prit une profonde respiration. « Frederico a également dans l'idée que, lorsque dans Actes 6:7, il est dit que "le Verbe de Dieu a augmenté", cela nous indique que Jésus a fini par avoir un héritier. L'enfant auquel il est fait référence dans les Annales des juifs sous la dénomination de "Jésus Justus" ; Justus étant un autre titre davidien. L'affirmation la plus surprenante de Frederico, toutefois, est que, après la mort de Jésus dans l'église à Éphèse en 70, les membres de l'Éternité ont pris Justus sous leur aile pour que sa descendance soit assurée. »

Jack se sentait gêné pour frère Peter. Il était évident qu'il rapportait tout ce que disait Frederico et qu'il se moquait bien d'avoir l'air ridicule, mais c'était la voix de Peter que Jack garderait en mémoire et qui resterait associée à ces paroles.

Ce que Frederico n'avait pas réussi à faire, cependant, c'était de fournir à Jack la moindre information se rapportant directement à sa fille, ou aux gens avec lesquels elle s'était liée. Tout ce dont il disposait, c'était d'une phrase qui résonnait dans sa tête comme un carillon d'église : assurer sa descendance. Ni Frederico ni Peter ne savaient exactement qui était Jack et, pour le moment, il préférait qu'il en soit ainsi. Pour cette raison, il fut contraint de formuler prudemment sa question suivante, sans évoquer Mil'el, le vol 320 ou une jeune femme répondant au nom de Lara Bernstein.

« À part de contredire les Évangiles et d'être dénoncé comme hérétique, quelle portée tout cela peut-il avoir aujourd'hui ? » C'était une question suffisamment ouverte. Jack espérait seulement qu'elle ne le serait pas trop.

Peter posa la question et Frederico écarquilla les yeux sous l'effet de la surprise et d'une certaine incrédulité. « Il dit que vous êtes comme les autres, vous n'écoutez pas, expliqua Peter. Jean avait la vie éternelle et il l'a transmise aux autres. Ils l'ont tué et en ont trouvé un autre. Mais leur nouveau Sauveur les trahissait... »

Il s'ensuivit un long silence puis Frederico reprit la parole d'un ton très assuré. Peter s'efforça de l'imiter en traduisant. « Quand il sut que la trahison était proche, il leur demanda une deuxième chance. Il demanda la vie éternelle, mais ils ne voulurent pas la lui donner. Jean 17:1-2 : "Père, le temps est venu ; glorifie ton Fils pour que ton Fils puisse aussi te glorifier. Puisque tu lui as donné le pouvoir sur toute chair, et qu'il devrait donner la vie éternelle en proportion de ce que tu lui as donné." Ils lui accordèrent un peu plus de temps, mais ils ne lui donnèrent pas ce qu'il voulait vraiment, la vie éternelle. Il ne l'obtint pas. Il finit par mourir. Pas eux. Soyez prévenus, car ils perpétuent la lignée de David. »

Frederico s'était de nouveau penché au-dessus de la table et assenait son discours d'un air résolu. Jack le regardait dans les yeux et entendit Peter traduire comme s'il doublait un film. « Ils ont donc perpétué la lignée de David, et alors ? » Jack sentait son cœur battre la chamade. « De quoi devons-nous être prévenus ? »

Le visage du vieil homme changea d'expression. Ses yeux s'agrandirent et il prit cet air de prophète commun aux évangélistes de la télévision. Il regarda Jack bien en face, le regard enflammé par un tourment dévorant, et baissa la voix jusqu'à ce qu'elle devienne un grondement menaçant.

Même frère Peter avait perdu son amabilité légèrement ironique en écoutant ce que disait frère Frederico et la façon dont il le disait. Quand les dernières paroles de frère Frederico eurent été traduites, Jack prit Dieu à témoin : il aurait préféré ne jamais les avoir entendues...

De la lignée de David

Luc 2:4

Un silence pénible s'était installé entre eux. Aucun ne savait s'il devait parler, ni ce qu'il devait dire. On n'entendait plus que la rumeur de la circulation et les soupirs du cuir souple de la Mercedes de MaryBeth. Jack s'abandonna au confort du véhicule. Il aurait voulu que le siège l'enveloppe tout entier, lui, son corps et ses problèmes. Toujours en décalage horaire, il se frotta les yeux pour en effacer les dernières traces du manque de sommeil, en espérant qu'une partie de ses idées confuses disparaîtrait en même temps. Il n'en fut rien. Il n'en fut pas surpris.

MaryBeth, lasse du silence qu'elle avait provoqué, réitéra sa question. « Que veux-tu dire par “descendu de Jésus” ? Par quel miracle l'enfant de Lara pourrait-il descendre de Jésus ?

— Du côté du père », dit Jack.

MaryBeth secoua la tête. « Comme si j'étais assez idiote pour ne pas comprendre ça. Ce que je veux dire, c'est que Jésus n'avait pas d'enfants. Pas difficile d'en déduire qu'il n'a pu avoir aucun descendant.

— Mais... s'il avait effectivement eu des enfants ? demanda Jack.

— S'il avait des enfants, il n'aurait jamais pu être le Fils de Dieu, dit-elle. Il aurait été un produit de chair et de sang comme nous tous. »

Il regarda, au-delà de la ville, les montagnes dont les contours étaient soulignés par la lumière déclinante. La nuit n'allait pas tarder à tomber. « Exact », dit-il. Avant d'ajouter d'une voix basse et tranquille : « C'est justement de cela qu'il s'agit. »

MaryBeth resta silencieuse, attendant visiblement une explication. Jack ne savait pas s'il pourrait lui en fournir une, aucune en tout cas qui puisse sembler convaincante, mais il se sentit tout de même obligé d'essayer.

« Donc... si Jésus-Christ n'était pas le Fils de Dieu, qui était-ce alors ? Y en avait-il un ? » demanda-t-il, pour la forme. MaryBeth haussa les épaules. « Apparemment, Vinci et Cocteau pensaient que Jésus n'était pas le Messie ; que c'était Jean le Baptiste, pour la simple raison que c'était lui qui avait eu le pouvoir de baptiser Jésus. Mais le problème est qu'aux yeux de certains, c'est seulement la théorie numéro 2. La numéro 1 est qu'en réalité nous n'avons jamais accueilli le “Fils de Dieu” parmi nous. Pas encore. En conséquence, ils pensent que nous attendons toujours. »

MaryBeth paraissait sceptique. « Et ces gens sont... ?

— Des cinglés, et ce sont probablement eux qui détiennent l'enfant de Lara », dit-il. C'était une réalité difficile à affronter.

MaryBeth leva une main du volant et fit un geste interrogateur et vaguement sarcastique. « Et Jésus ? Qui était-il pour ces gens ?

— Un raté aux dires de tous, répliqua-t-il d'un ton sardonique. Quelqu'un qui a été simplement “poussé” à agir en tant que Messie, mais qui apparemment ne s'est pas montré à la hauteur. Qui plus est, même sa crucifixion n'a rien fait pour aider la cause de son peuple.

— “Poussé” à agir en tant que Messie ? demanda MaryBeth. Par qui ? Tu veux dire par ses fidèles ?

— Pas selon frère Frederico, en tout cas, reconnut-il à contrecœur. Il ne parle pas de ceux qui suivaient Jésus, seulement de ceux qui le contrôlaient. »

Il se rendit compte aussitôt que MaryBeth ne comprenait pas. Il n'était même pas sûr de comprendre lui-même.

« Regarde les choses sous cet angle, dit-il. À un moment donné de l'histoire, à peu près à l'époque de la naissance de Jésus, quelqu'un décide que l'époque est mûre pour l'arrivée du Messie attendu. Les Romains sont aux commandes, les gens sont opprimés, etc. Tout ce qu'ils ont à faire, c'est de trouver quelqu'un dans la lignée de David, comme cela avait été décrété, et de le pousser à endosser le rôle. Des milliers de gens le suivraient et sa mort causerait un soulèvement considérable. Les Romains seraient jetés dehors, les juifs croiraient que c'était Dieu qui leur pardonnait leurs péchés et ceux qui avaient poussé Jésus en avant entreraient probablement en scène et gouverneraient le nouveau royaume, Jésus faisant office de figure de proue.

— Je croyais que tu avais dit que c'était après la mort de Jésus ? s'étonna MaryBeth.

— Effectivement, mais il n'était pas mort. Ils l'avaient ressuscité... » Il allait se lancer dans une explication mais préféra s'abstenir. « C'est une longue histoire. En tout cas, sa réapparition allait être l'ultime miracle dont le seul but était de prouver définitivement sa qualité de Messie. Quand il finit par mourir pour de vrai, ce qu'il fit apparemment à Éphèse en 70 de notre ère, on estimait que la nouvelle dynastie était tellement bien implantée qu'elle ne pourrait pas être ébranlée.

— Où se trouve Éphèse ? demanda-t-elle.

— Je n'en sais rien. C'est probablement un terme biblique correspondant à un endroit que nous connaissons sous un autre nom. Je vais chercher sur Internet quand nous rentrerons, mais je ne suis pas persuadé que cela nous serve à grand-chose. »

MaryBeth fouilla dans un compartiment de la portière, en sortit un paquet de chewing-gums à la menthe et en mit un dans sa bouche d'une main pendant que, de l'autre, elle manœuvrait pour progresser par embardées dans la circulation. Tout en mâchonnant, elle se livra à un simple calcul. Les dates ne correspondaient pas. « Donc ils vivent avant sa naissance et ils dirigent après sa mort ? Je suppose que nous parlons de gens dont le pouvoir se transmet de génération en génération ?

— Non, dit Jack. C'est là où ça devient encore plus bizarre ; pour autant que ce soit possible. Ce sont ceux qui l'ont mis en place au début qui dirigent longtemps après qu'il est mort. »

MaryBeth émit un ricanement. « Dans ce cas, que peuvent-ils bien être... ? Immortels ?

— Oui », se contenta-t-il de répondre en ignorant son sarcasme.

MaryBeth regarda Jack comme s'il venait de perdre toute notion de réalité. Comme si elle le voyait plonger sans rémission dans les profondeurs de la folie.

Il comprit son étonnement. « Attention, je n'y crois pas, protesta-t-il vigoureusement, mais Frederico y croit, lui.

— Dans ce cas, je crains que Frederico n'ait perdu le nord.

— C'est justement ça, répliqua Jack calmement, d'un ton qui impliquait que c'était cet état de fait qui justifiait toute son argumentation. Comme c'est le cas de beaucoup de gens. Surtout les mégalos de seconde zone qui s'autorisent à créer des sectes religieuses. »

Le garde fit signe à la voiture de franchir les grilles du ranch Bernstein et la puissante Mercedes entama les 750 mètres menant jusqu'à la maison. MaryBeth mit le pied au plancher, comme elle le faisait toujours. C'était la seule la route où elle était certaine de ne rencontrer ni police ni circulation.

Le silence retomba, tandis que MaryBeth repensait à ce que Jack lui avait dit, celui-ci préférant ne pas la distraire pendant qu'elle conduisait. Surtout quand elle roulait à presque 140 sur un chemin à peine assez large pour la voiture.

Tandis qu'elle s'arrêtait devant la maison en dérapant sur le gravier, elle se tourna vers lui, forte de ses conclusions. Il était temps que la défense récapitule. Ou cela reviendrait-il à l'accusation ?

« Donc, d'après toi, la secte que Lara a rejointe est dirigée par des gens qui prétendent être immortels et qui disent se greffer sur la lignée de Jésus et/ou de David. Et ils lui ont fait croire, en quelque sorte, qu'elle allait les aider à prolonger cette lignée. De cette façon, quand le Messie arrive enfin, ce qui pour eux doit se produire, il serait encore véritablement davidien, comme édicté dans l'Ancien Testament.

— Quelque chose comme ça », répondit Jack.

MaryBeth avait toujours des doutes sur sa rationalité.

« Et tu crois vraiment ça ? demanda-t-elle.

— Je ne suis pas obligé, dit-il d'un ton énervé. Il me suffit de croire qu'eux en sont persuadés. »

Le silence pesant retomba. Il semblait interminable cette fois et deux fois plus lourd, deux fois plus assourdissant sans le bruit de la circulation.

Ce fut MaryBeth qui finit par le rompre. « D'accord. Qui sont-ils alors ? Et comment allons-nous les trouver ? »

Jack avait cet air particulier. Un air que même lui n'aimait pas. Celui qui signifiait qu'on lui posait une question à laquelle il ne pouvait pas répondre. Il ne répondit pas.

« Très bien. Donc, comment allons-nous nous y prendre pour les trouver ? demanda-t-elle en détachant sa ceinture de sécurité.

— Nous nous adressons à Andy pour qu'il implique le FBI », répliqua Jack.

Ils sortirent de la voiture et se dirigèrent vers la maison. Le gravier crépitait sous leurs pas.

« Ils ont des dossiers sur à peu près toutes les sectes dans le monde, assura Jack d'un ton de défi signifiant qu'il allait exiger plutôt que se contenter de demander. Andy peut les obliger à les passer en revue jusqu'à ce qu'ils me retrouvent ces salauds. »

Aucun ne se présentera
DEUTÉRONOME 16:16

Le téléphone avait sonné pendant que MaryBeth faisait ce qui était devenu sa tâche habituelle quand elle était chez Jack et que Nina était partie se coucher : le café. Jack lui-même était déjà monté à l'étage. Il voulait rassembler un maximum de détails pour les transmettre à Andy.

Dès qu'elle l'eut rejoint, MaryBeth comprit que quelque chose de grave se passait. Quelque chose de très grave. Il fixait le mur, les yeux dans le vague, le corps figé, comme absorbé dans une réflexion profonde. Il avait fallu qu'elle l'appelle trois fois pour obtenir une réponse, ce qui n'avait pas manqué de l'inquiéter.

Puis il le lui dit.

« Mort ? dit-elle. Comment ? »

Le mot résonnait dans la tête de Jack, comme cela s'était produit quand Barry l'avait prononcé la première fois. Il lui fallut un moment avant de pouvoir le prononcer. « Assassiné, dit-il à voix basse. Pas tué, comme dans “un accident”, mais assassiné. Tué délibérément. »

Barry avait été étonnamment sobre au téléphone. C'était un grand gaillard d'environ 1,90 mètre, bâti comme un colosse. Il avait un cœur en or et une nature parfois exagérément joviale. En tant que directeur d'IntelliSoft Security, il se montrait tout aussi protecteur avec sa propre équipe qu'il l'était avec Jack. La mort d'un de ses hommes révélait un aspect de la personnalité de Barry difficilement imaginable. Il était au bord des larmes. Et cela d'autant plus que Jerry, l'homme de la sécurité en question, n'était pas la cible désignée. Il s'était juste trouvé au mauvais endroit au mauvais moment.

Dave Clearwater était le seul qui devait mourir.

La plupart des membres de l'équipe de sécurité connaissaient bien Dave. Comme il travaillait tard, ils étaient certains de le voir à un moment ou à un autre. Jerry le croisait généralement deux fois pendant son tour de garde. Il commençait à 8 heures le soir, jusqu'au lendemain midi ; soit trois jours de travail, pour quatre jours de congé. Il voyait Dave partir tard le soir et revenir de bonne heure le lendemain matin. Il se demandait même parfois s'il arrivait au jeune homme de dormir. Il aimait bien Dave ; ils échangeaient souvent des plaisanteries. Parfois même une bière en cachette.

Mais Dave n'était pas venu travailler ce matin-là. Il n'y avait rien d'extraordinaire, il était sans doute en vacances ou avait une autre raison, mais quand Jerry avait vu MaryBeth, il lui avait fait un commentaire en passant. Elle n'avait pas remarqué l'absence de Dave, elle avait vérifié et dit qu'il était peut-être malade. Elle avait ajouté d'un ton laconique qu'elle espérait qu'il allait bien.

Jerry habitait un peu plus loin que Dave, à 5 ou 6 kilomètres environ. Il l'avait aperçu quelquefois en train de faire provision au Seven Eleven. Sans réfléchir, il avait proposé de s'arrêter chez lui en rentrant, histoire de voir si le gamin avait besoin de quelque chose à la supérette.

Comme il le disait toujours, il aimait bien Dave. Tout le monde l'aimait bien d'ailleurs.

Tout le monde sauf la personne qui l'avait tué.

Puis la femme de Jerry avait appelé IntelliSoft. Elle ne le faisait jamais, ce n'était pas le genre d'épouse à faire ça. Où était-il ? avait-elle demandé. Par quoi était-il retenu si tard ? Il aurait dû être rentré depuis des heures.

Il était parti à midi ; il était à présent six heures et quart.

Elle avait raison ; il aurait dû être rentré depuis des heures.

Barry avait commencé à 15 heures et devait terminer à 6 heures le lendemain matin. Malgré cela, il avait décidé de prendre une heure sur son travail pour se rendre en voiture jusqu'à l'appartement de Dave, le seul endroit où s'était arrêté Jerry en rentrant chez lui pour voir ce qui se passait. Il avait essayé de téléphoner, mais personne n'avait décroché. Peut-être Jerry avait-il emmené Dave prendre une bière, mais dans ce cas, pourquoi avait-il négligé de le dire à sa femme ?

Barry ne se doutait de rien en approchant de l'appartement. Et surtout pas du spectacle qui l'attendait à son arrivée.

Ambulances, voitures de pompiers et équipes médicales. Au moins vingt véhicules, et tous les habitants de l'immeuble dans la rue. En train de regarder. Terrifiés. Les corps étaient toujours en train d'être photographiés *in situ*. Ensuite, ils seraient transportés à l'extérieur. Aucun des résidents de l'immeuble ne serait autorisé à regagner son appartement avant qu'on lui en donne le signal. On leur demanda de trouver des hébergements pour la nuit, car cela pourrait durer des heures, et chacun reçut une injection d'atropine avant de quitter les lieux, par mesure de précaution. Barry s'était adressé à un policier qui lui avait désigné un agent du FBI, un certain Kingston. Barry avait expliqué qui il était, pourquoi il était là et avait répondu à quelques questions concernant la raison de la visite de Jerry à Dave. Ils l'avaient remercié et pris des notes. Ils lui dirent qu'ils allaient parler à la femme de Jerry et n'hésiteraient pas à le recontacter s'ils avaient besoin de s'entretenir à nouveau avec lui.

Une sorte de gaz, toxique, avait dit le FBI, mais pas un accident. Assassinés, c'est aussi ce qu'ils avaient dit. Le gaz flottait encore dans l'appartement quand Jerry était arrivé. Il avait tenté de ramper pour retourner dans le couloir de l'immeuble mais il n'avait pas pu s'échapper. Il était mort un peu plus lentement que Dave, mais tout aussi radicalement.

De retour chez IntelliSoft, Barry avait aussitôt appelé son patron, M. Bernstein.

Pour le mettre au courant.

« Pourquoi ? » avait dit MaryBeth. Elle paraissait se sentir coupable.

Elle se croyait probablement responsable, pensa Jack. Pas pour Dave, bien sûr, mais pour Jerry. Même s'il avait lui-même proposé d'aller voir Dave, elle se sentait coupable malgré tout d'avoir répondu : « Merci, Jerry, ce serait formidable de votre part. » MaryBeth était comme ça.

« Je ne sais pas », dit-il à voix basse. Il se demandait si cela avait le moindre rapport avec le fait que Dave ait regardé les cartes postales. Si Dave avait été tué, cela aurait été différent, mais ce n'était pas le cas. Il avait été assassiné. Comme Lara, assassinée sans pitié pour protéger son enfant. Dave avait-il été tué pour la même raison ? Évidemment non, se dit-il. C'était une hypothèse stupide.

Mais pourquoi était-il incapable de la balayer une fois pour toutes ?

Il secoua la tête à bout de désespoir, en proie aux hypothèses les plus folles.

Vite, de plus en plus vite ; où allaient-elles s'arrêter...

« Personne n'en sait rien », dit-il.

Au-dehors l'épée,
au-dedans l'épouvante

DEUTÉRONOME 32:25

L'air glacial de la longue nuit d'hiver ne s'était pas encore dissipé quand l'agent Frank Warner descendit de sa voiture au milieu de la foule et des véhicules rassemblés devant la résidence Lancaster. Bien que très nombreux, les ambulances, camionnettes et fonctionnaires divers disparaissaient presque derrière la masse de résidents ébahis et de badauds intrigués. Ils s'écartèrent comme les eaux de la mer Rouge quand Frank se dirigea vers le bâtiment, la plupart d'entre eux devinant qu'une voiture aussi anonyme transportant un homme en costume sombre sentait le FBI à plein nez.

Passant sous la bande jaune, il vit l'homme qui l'avait fait venir sur les lieux, un jeune agent du nom de Kyle McCarthy. Kyle appartenait à une nouvelle race de recrue : jeune, les traits fins, et ambitieux. Il allait avoir 28 ans mais avait encore l'air d'un enfant en costume avec ses cheveux blonds séparés par une raie au milieu toujours coupés court, comme si sa mère l'avait exigé, et des lunettes remontées sur le nez. C'était également un chrétien pratiquant et il protestait quand les autres agents blasphémaient en sa présence, un petit jeu dont Warner ne se privait jamais. C'était l'une des nombreuses raisons pour lesquelles, alors qu'il faisait semblant de l'apprécier, Frank ne pouvait pas supporter Kyle.

Le jeune homme était à 10 mètres, près d'un camion blanc, en train de parler à un homme vêtu d'une combinaison de protection. Frank s'approcha d'eux, affichant clairement son mécontentement de se trouver là.

« Tu as intérêt à avoir une sacrée bonne raison pour m'avoir fait venir jusqu'ici, Kyle, dit-il d'un ton très vaguement menaçant. Parce que j'ai entendu les nouvelles en venant et j'en ai appris sacrément plus que par toi. Et pour commencer, que ces types sont morts à la suite d'une fuite de gaz. Qu'est-ce qui te prend de me faire venir pour une fuite de gaz ? »

Kyle tourna le dos à l'homme en combinaison et haussa les sourcils d'un air entendu. « Parce qu'il ne s'agit pas d'une banale fuite de gaz, Frank. » Il remarqua l'air surpris de son collègue. « Ceci, mon ami, est une fuite de gaz sarin. »

Frank, dont le regard était habituellement lourd et impassible, ouvrit grands les yeux. « Du sarin ? Tu veux dire l'agent neurotoxique ? »

Kyle acquiesça. « Exact. Et même l'un de ses dérivés les plus nocifs, apparemment. Nous avons deux morts, appartement du deuxième étage. L'un est le propriétaire, et l'autre, un type passé voir s'il allait bien. »

Frank hocha la tête d'un air préoccupé. « Dis-m'en plus sur l'occupant. »

Kyle jeta un regard à Warner et consulta les notes qu'il avait griffonnées sur son bloc. « David Clearwater. Vingt-trois ans. Indien mojave. Aucun antécédent criminel, pas même une contravention pour non-respect de stationnement. *A priori* le type le plus clean qu'on puisse imaginer. »

Ils se dirigèrent vers le rez-de-chaussée du bâtiment.

« Il semble que ce type était aussi ponctuel qu'une horloge en ce qui concerne le travail et il ne s'est pas montré ce matin.

— Alors ils lui ont envoyé quelqu'un ? Ça doit être un type important ? »

Kyle haussa les épaules. « Ils disent que non. Il paraît qu'à midi un des membres de l'équipe de sécurité venait de terminer son service et, comme il habitait quelques kilomètres plus loin, il avait proposé de s'arrêter en route. Il arrive donc ici, trouve la porte ouverte, entre et, tout d'un coup, avant même qu'il puisse comprendre pourquoi sa gorge se serre, il est cuit lui aussi. Il a réussi à ramper dans le couloir si bien qu'il est probablement mort beaucoup plus lentement que le numéro 1. Le sarin n'est pas comme de la fumée, tu vois, il est lourd et reste au sol.

— Comment sais-tu tout ça ? » demanda Warner.

Il était trop tôt pour qu'il ait pu interroger les employeurs des deux hommes.

Kyle décocha à Warner un sourire complice. « Eh bien, comme notre type numéro 2 n'est pas rentré chez lui à l'heure du thé, un autre vient sur les lieux. Il voit tout ce remue-ménage et se présente à la police pour leur faire part de son inquiétude. Je lui ai parlé moi-même, un très gros type du nom de... – il sortit son carnet noir de sa poche intérieure et vérifia les détails – ... Barry Turner. Il me raconte les événements de la journée.

— Qui t'a téléphoné en premier ?

— Le bureau du shérif, dit Kyle. Une voisine avait trouvé les corps et réussit à appeler le 911 de son propre appartement. Elle est aux soins intensifs à présent, encore sous le coup d'effets secondaires, mais apparemment le gaz s'était suffisamment dissipé pour qu'elle n'en meure pas. Ils lui font des injections d'atropine et assurent qu'elle est sortie d'affaire. Dès que les mots "poison" et "gaz" ont commencé à se propager, on m'a appelé. »

Interloqué, Warner leva les yeux en direction du deuxième étage. « Je ne comprends toujours pas en quoi cela me concerne. Je veux dire, tu le sais aussi bien que moi ; les attaques au gaz, c'est pas mon truc.

— Peut-être, mais classerais-tu une attaque au gaz sarin comme une agression terroriste ?

— Oui, sans doute. »

Kyle écarquilla les yeux l'espace d'un instant. « Dans ce cas, aimerais-tu savoir par quelle société mégalithique de ce pays ces types sont – pardon, étaient – employés ? »

Warner se livra à un calcul rapide, additionnant deux et deux dans sa tête. « IntelliSoft ? demanda-t-il prudemment.

— IntelliSoft, acquiesça Kyle. Tu vois... J'ai appris que tu étais impliqué dans l'affaire du vol 320 et que, bien que cela ne se sache pas partout, la fille de Bernstein était à bord. Je me trompe ? »

Warner acquiesça. « Il ne voulait apparemment pas que la presse éclipse les autres victimes. Il finira par le rendre public un jour ou l'autre, mais je soupçonne que Bernstein devait espérer que l'intérêt serait retombé à présent. »

Kyle resta imperturbable. « Je suis sûr que notre M. Bernstein est certainement la bonté incarnée, mais quand deux événements de nature terroriste surviennent un peu trop près l'un de l'autre dans l'entourage du même individu, je commence à me poser des questions, si tu suis mon raisonnement. »

Warner acquiesça à nouveau, tout en commençant à jeter les bases de l'enquête. « Qu'avons-nous comme éventuel suspect et comme motif ?

— Nous avons ça », dit Kyle, en se dirigeant vers un collègue et en lui réclamant un élément déjà classé comme preuve.

On lui tendit une plaque en or rangée dans une pochette en plastique transparent. « C'était fixé avec de l'adhésif à l'intérieur du réfrigérateur, juste au-dessus du sac de farces et attrapes qui a éliminé nos deux amis.

— Qu'est-ce qu'il y a là-dedans ? » demanda Frank, manifestement intrigué, en prenant l'objet pesant et en le retournant entre ses mains.

Ce faisant, il vit l'inscription. « Cavalier prend tour ? Qu'est-ce que ça peut bien vouloir dire ? »

Kyle jeta à Warner un regard de travers, puis haussa les épaules. « Pardon, mais IntelliSoft... Le tournoi d'échecs à New York ? Je commence à voir de drôles de relations dans tout ça. »

Le regard de Warner s'éclaira instantanément. « Bernstein était au tournoi pendant que sa fille cassait sa pipe. » Il tenait le sac à plat dans sa main en le soupesant. « C'est lourd, ce truc-là, non ?

— Parce que, mon ami, déclara Kyle, ce que tu tiens là est de l'or massif, probablement du 24 carats. Fondu, ce joli bébé vaut probablement dans les 5000 à 10000 dollars. »

Frank souffla un grand coup. « Doux Jésus. C'est drôlement cher pour une carte de téléphone.

— Ce n'est pas moi qui te dirais le contraire.

— Et c'est tout ce que nous avons ?

— C'est tout ce que les gars en blanc ont rapporté de là-haut. »

Warner retourna une nouvelle fois la plaque entre ses mains avec un respect non dissimulé. Même à travers le plastique transparent, on pouvait apprécier la qualité du travail de l'artisan. Les lettres étaient gravées tout en rondeur, sans la moindre aspérité. Du travail de professionnel.

« Et le type auquel tu as parlé ? Celui de la sécurité... ? Tu ne lui as rien dit à propos de ça ?

— Pas question, dit Kyle. Ce n'est pas une simple carte de téléphone, c'est sûrement aussi une carte maîtresse. »

Kyle leva les yeux vers les fenêtres et sourit. « Alors tu vas me laisser jeter un coup d'œil à cet appartement ?

— À condition de porter ça. »

Kyle choisit deux masques à gaz sur une pile près d'une autre camionnette blanche. « Le sarin n'est pas comme le VX, il ne peut pas être absorbé par la peau. Ils pensent que tout est suffisamment dissipé maintenant, mais le bâtiment ne sera pas réintégré par ses résidents avant au moins quarante-huit heures. Jusqu'à ce qu'un fonctionnaire y pénètre, personne ne rentre sans masque. »

Warner regarda une nouvelle fois en direction du deuxième étage et se demanda ce que M. Dave Clearwater avait à faire ce matin de tellement important pour qu'on envoie quelqu'un chez lui voir ce qui se passait. Quelles que soient les éventuelles protestations d'IntelliSoft, l'arrivée de l'agent de sécurité n'était certainement pas innocente.

Il saisit un des masques. « Qu'est-ce que nous attendons ? Allons-y. »

Faire une requête

JUGES 8:24

Jack ne dormit pas. C'était ce qu'il dirait si quelqu'un lui demandait pourquoi il avait l'air aussi fatigué.

Ce n'était pas tout à fait vrai. Il avait dormi, mais comme tous ceux qui disent : « Je n'ai pas dormi », cela signifiait qu'il n'avait pas dormi d'un trait, n'avait jamais sombré dans un sommeil profond. À un moment, il en avait été proche, très proche, mais juste alors, quelqu'un avait crié le nom d'Elizabeth et l'avait tiré des limbes. Comme si souvent depuis sa mort, il était resté à demi réveillé. Incapable de se laisser aller. Entendre son nom l'avait ramené au pays des presque vivants.

Il avait ouvert les yeux mais son corps était resté parfaitement immobile. En un instant, il avait compris que c'était sa propre voix qu'il avait entendue. Un rêve éveillé. À présent, il ne lui restait plus que les souvenirs qu'il avait d'elle et il n'osait pas bouger de peur de basculer dans la réalité. Les souvenirs risquaient de lui échapper aussi vite qu'Elizabeth l'avait fait et il ne voulait pas que cela se produise. Il fallait qu'il s'y cramponne.

Exactement comme il aurait dû se cramponner à Lara. De toutes ses forces. Protecteur. Proche.

Mais il ne l'avait pas fait, n'est-ce pas ? Il l'avait laissée partir et elle avait fini par disparaître comme sa mère. À présent, il devait se cramponner à la seule chose que Simon lui avait offerte à l'église. Pas un enfant, pas un morceau de Lara, un être vivant et respirant, ni un fragment de sa famille depuis longtemps disparue, mais un sentiment.

Un sentiment dont sa vie était dépourvue depuis bien trop longtemps. Un sentiment d'espoir.

Il resta couché sans dormir jusqu'à 6 h 30, les draps bientôt trempés par sa transpiration. Il gardait les yeux fermés et serrait l'oreiller d'Elizabeth contre sa poitrine. Même s'il conservait probablement davantage sa propre odeur que la sienne, il le réconfortait malgré tout. Son parfum fugace était le seul élément tangible qui lui restait.

Son esprit vagabondait. Ses pensées le ramenèrent à l'église et au monastère. Elles le ramenèrent à Dave et à sa fille, bien que cela soit douloureux. Puis elles le ramenèrent à l'enfant de Lara, dont il ne savait même pas où il était.

Il vit un endroit obscur, une sombre cité souterraine tellement différente de son monde à lui. Le genre de monde peuplé de « Dalkamouni » et de « Simon » où la vie humaine était une monnaie qui permettait d'obtenir les choses dont on avait besoin. Ou pire, ce qu'on voulait, tout simplement. Dalkamouni n'avait pas tué Lara, mais c'était le genre d'homme qui l'aurait fait, si cela avait pu lui servir. Simon n'avait pas tué Lara, mais il était prêt à utiliser sa mort, et son enfant, comme monnaie d'échange ; parce que cela lui servait. Aucun des deux hommes n'était meilleur ou pire que l'autre. Ils vivaient tous les deux dans un monde que Jack ne comprendrait jamais. Un monde où il ne voulait pas pénétrer.

Mais un monde à la porte duquel il était néanmoins en train de frapper. Il suppliait presque qu'on le laisse y entrer pour qu'il puisse récupérer ce qui lui appartenait. Il espérait seulement qu'on voudrait bien l'excuser et qu'on le laisserait partir aussi vite que possible.

Comme si c'était aussi simple.

Il ignorait presque tout des sectes religieuses et des activités auxquelles elles se livraient, mais il commençait à s'apercevoir de certaines choses ; des choses qu'il n'avait jamais voulu voir et qui commençaient à l'effrayer. Jamais dans ses rêves les plus fous il n'aurait fait le rapprochement entre une « secte religieuse » et une « organisation terroriste », mais à présent...

Quelle différence y avait-il entre les deux, en réalité ? L'une des manières de les distinguer était de savoir jusqu'où elles iraient pour atteindre leurs buts. Les deux reposaient sur des croyances absolues et les deux se battaient en leur nom à des degrés variables. La ligne était ténue. Une ligne que les assassins de Lara n'avaient pas hésité à franchir. Ils avaient retrouvé sa trace trop tard, avait dit Simon, c'est pourquoi ils avaient dû prendre des mesures aussi radicales.

Deux cent soixante et un morts. Des mesures sacrément radicales.

Il savait qu'il mettrait tout en œuvre pour ramener l'enfant de Lara chez lui. Quand il l'aurait retrouvé, s'il le retrouvait. Ce qu'il allait devoir malgré tout accepter, c'était que ceux qui le retenaient, quels qu'ils soient, faisaient tout de leur côté pour l'en empêcher. Mais il tiendrait bon, quelle que soit la radicalité de leur prochaine réplique.

Il sortit péniblement du lit et prit une longue douche chaude. Il aurait hésité à se lever si Elizabeth avait encore occupé ses pensées, mais pas avec eux. C'étaient des ordures et son unique désir était de se débarrasser de leur puanteur. Quand il se sentit un peu plus propre, il se prépara un petit déjeuner léger et s'apprêta à se salir à nouveau. Il avait rendez-vous à 8 heures avec Andy.

Un autre coup sur la porte ouvrant sur cet autre monde.

*

* *

« Qu'est-ce que tu me caches ? » dit Andy, en sirotant le premier vrai café de sa matinée. Un peu plus tôt, il avait ingurgité un fond de tasse de boue poudreuse, mais cela n'avait pas vraiment réussi à le réveiller. Ce que cela avait surtout réveillé en lui, c'était la pensée d'une échelle de comparaison, avec en haut un bon café, puis un horrible café bon marché et, tout en bas, le café des compagnies aériennes. Il en avait encore le goût dans la bouche, comme un poil de chien rebelle sur le siège en velours d'une voiture.

Pendant ce temps, Jack évitait sciemment de le regarder en face. C'était évident. « Comme quoi ? » répondit-il.

Andy sourit. « Fais-moi le plaisir de me donner un peu plus d'informations. Je veux dire... des sectes ? Pourquoi aurait-il besoin de se renseigner sur les sectes ? »

Jack paraissait énervé. Trop énervé. Il tripotait les poils de son menton. Ce qu'il faisait, pensa Andy, seulement quand il était énervé.

« Nous sommes en train de développer un nouveau jeu, prétendit-il. Je veux seulement avoir quelques renseignements. »

Andy éclata de rire. Il souleva sa lourde carcasse du siège, rajusta son costume trois-pièces et se dirigea vers le meuble sur le mur du fond, dans lequel il prit un grand havane. Il ne prit pas la peine d'en offrir à Jack, sachant que, sauf pour célébrer l'un des nombreux succès d'IntelliSoft, il n'y touchait jamais. Ils étaient réservés aux invités.

Jack ouvrit son tiroir du bas et sortit un petit cendrier en argent. Il paraissait ne jamais avoir servi, mais ce n'était pas le cas. Andy l'utilisait chaque fois qu'il venait le voir.

« C'est... de... la... connerie, Jack, et tu le sais », rétorqua Andy, en soulignant chaque syllabe. Il agita la main pour évacuer cette idée. « A, tu ne te mêles pas de l'enquête, et B, tu as ce, comment l'appelles-tu, cette affaire de FireWorX. Qu'est-ce que tu as dit au lancement ? "La totalité des connaissances humaines à ce jour." » Il pouffa de rire à cette évocation. « J'ai bien aimé ça, c'était accrocheur. Mais non, mon ami, s'il te fallait seulement des renseignements, toi ou tes gars vous vous contenteriez de consulter votre maudit oracle. Tu ne ferais pas appel au mien. »

Il s'enfonça à nouveau dans le fauteuil. « Je crois plutôt que tu veux l'ensemble des informations en possession du FBI et ça, c'est une tout autre affaire, n'est-ce pas ? » Il regarda son ami bien en face avec l'air insistant de quelqu'un qui refusait de s'en laisser compter. « Donc, j'en reviens à la même question : qu'est-ce que tu me caches ?

— C'est compliqué, dit Jack.

— L'histoire de l'Amérique aussi, railla Andy, mais ça ne m'a pas empêché d'avoir mon diplôme. »

Jack riposta avec mauvaise humeur. « Oui, mais tu as triché.

— Je suis un politicien », dit Andy en haussant les épaules, comme si cette excuse de bas étage suffisait à justifier l'obtention de son diplôme. « Nous sommes coutumiers de ce genre de chose. »

Un silence s'abattit sur la pièce, comme un moment de répit avant que les langues ne se délient. Jack savait qu'il était acculé. Il ne pouvait pas demander à son ami de tirer des ficelles au sein du FBI sans lui fournir au moins un semblant d'explication. En même temps, il n'était pas prêt à tout raconter à Andy. Déballer toute l'histoire à ce stade risquait de déclencher une enquête. Une enquête imminente et très officielle. Une qui, en toute probabilité, gâcherait ses chances de pouvoir jamais retrouver l'enfant de sa fille. En vie.

Mais il fallait bien qu'il lâche un peu de terrain.

« Rien ne sortira d'ici ? avança-t-il.

— Absolument », promit Andy.

Jack savait que les politiciens étaient familiers de ces pratiques à huis clos. Il s'approcha de la paroi vitrée, regarda le campus, le seul endroit du monde sur lequel il avait l'impression d'exercer le moindre contrôle en ce moment, et prit une longue inspiration. « Je crois que Lara a pu avoir adhéré à un groupe religieux quelconque... commença-t-il prudemment.

— Une secte, tu veux dire ? » coupa Andy.

Jack se retourna et acquiesça. « Oui, Andy, une secte. Et à présent, il faut que je les retrouve. Vite. »

Andy était toujours loin d'être convaincu. Il savait qu'il lui manquait encore une information capitale.

« Pourquoi diable te lancerais-tu dans une affaire de ce genre ? Elle est morte, et à moins que nous ne soyons en train de parler de Mil'el, ils n'avaient rien à voir avec ça... ? Alors, pourquoi diable as-tu besoin de les retrouver ? »

En tant que sénateur, Andy avait l'habitude de formuler des réponses à des questions majeures en prenant bien soin d'éluder le fond du problème. Il appréciait de se trouver de l'autre côté, même si c'était aux dépens de son ami.

« J'ai vérifié auprès des experts médico-légaux en Allemagne, dit Jack. Lara a eu un enfant. » Il s'arrêta un instant, au comble du désespoir. « Et je crois qu'ils le détiennent. »

Il haussa les épaules pour prendre de la distance, sans pouvoir dissimuler la réalité : son discours manquait de conviction et paraissait forcé.

« Merde », laissa échapper Andy sans réfléchir. Puis il se concentra sur ce qu'il venait d'apprendre et plissa les yeux d'un air interrogateur.

« Mais pourquoi es-tu allé vérifier auprès des experts médico-légaux ? »

Jack ne pouvait plus contenir son impatience. Il avait fait venir Andy pour qu'il lui procure l'information dont il avait besoin, pas pour passer la matinée à tout lui expliquer par le menu. « Pour l'amour de Dieu, Andy, cela n'a aucune importance. Je l'ai fait, c'est tout. Maintenant, il faut que le FBI me retrouve les salauds qui retiennent mon petit-fils.

— Petit... fils, dit Andy, subitement méfiant. Qui t'a dit que c'était un garçon ? Des experts ? »

Jack se passa la main dans les cheveux et soupira. Il était sorti de ses gonds et avait tout gâché. Il prit le temps de se calmer dans l'espoir que cela lui éviterait de recommencer.

« Écoute, Andy, je te demande seulement de m'aider. Es-tu décidé à le faire, oui ou non ?

— Bien sûr, dit Andy d'un air impassible. Je veux seulement savoir à quoi je m'engage avant, c'est tout. »

Jack s'appuya contre la vitre. Toujours énervé, mais se contrôlant davantage. Plus réfléchi. « Écoute Andy, quand j'aurai quelque chose de plus concret, je te le dirai. Entre-temps, peux-tu me procurer ce dont j'ai besoin ? »

Andy acquiesça. « Probablement, si tu me dis exactement ce dont tu as besoin. »

Jack retourna à son bureau et ouvrit le tiroir en haut à gauche. Il en tira une seule feuille de papier et la tendit à son ami impatient. Elle comportait une simple liste manuscrite. Le sénateur y jeta un coup d'œil et prit un air renfrogné.

« Qu'est-ce que c'est ? dit-il.

— Des expressions clés, répondit Jack. Je sais qu'il existe de nombreuses sectes et je sais qu'elles ont toutes leurs croyances respectives et leurs caractéristiques. Tout ce que je veux, ce sont des renseignements sur celles à propos desquelles ces expressions reviennent en permanence. C'est comme ça que le FBI travaille, non ? »

Andy lut à haute voix. « Hérésie ; Jean le Baptiste comme Messie ; l'Immaculée Conception ; Jésus ayant survécu à la crucifixion ; Jésus se mariant ; Jésus ayant des enfants ; Abraham ; un nouveau Sauveur ; Armageddon ; la lignée de David ; Éphèse ; les sept Églises d'Asie ; le Livre de la révélation ; la vie éternelle ; la réincarnation ; Jean Cocteau et Léonard de Vinci ? » Il regarda Jack bouche bée. « Qu'est-ce que c'est que ces conneries ?

— C'est le genre de conneries que ces sectes prêchent, dit Jack, comme si c'était évident. Alors... ? Crois-tu que tu peux demander au FBI de mettre le nez là-dedans pour moi ? »

Andy ne prit pas la peine de finir son cigare. Comme il ne lui avait rien coûté, il l'écrasa avec vigueur dans le cendrier. « Ne t'inquiète pas, dit-il avec un sourire. Je suis un politicien. »

Il se leva pour partir, et lui adressa un petit clin d'œil. « Nous sommes coutumiers de ce genre de chose. »

Enfants d'Israël

EXODE 2:2

Dans le chuchotement de la brise nocturne, Zabulon ouvrit la quatrième de ses enveloppes pour la dernière fois et, éclairé par le rayon artificiel d'une Maglite miniature, il consulta de nouveau les instructions complètes qu'elle renfermait. Elles lui indiquaient le moment, l'endroit, l'heure, la minute et même la méthode, le tout détaillé dans un code unique, connu exclusivement de L'Abraham et lui-même. Jamais deux ministres n'utilisaient le même système de codage. Jamais deux ministres ne pouvaient être reliés.

À présent qu'il était 100 % certain de se trouver au bon endroit au bon moment et que la méthode qu'il utiliserait était fixée dans sa mémoire, il pouvait détruire le papier avant de se mettre au travail. Ainsi, s'il était pris ou tué, rien ne serait susceptible d'indiquer qu'il opérait sous le commandement d'un autre. Il serait considéré comme un assassin solitaire dont les motifs resteraient à jamais obscurs.

La planification était essentielle pour L'Abraham. C'était son outil de base et cela lui permettait de déclencher des événements avec l'habileté consommée d'un magicien. Il n'existait pratiquement pas d'actes isolés à ses yeux, tout ce qu'il faisait et disait était lié de façon subliminale et complexe. Un événement d'un côté du globe pouvait être programmé avec une telle perfection que cela lui permettrait de décider de l'instant précis auquel la nouvelle de cet événement arriverait de l'autre côté. La réaction aux nouvelles enclencherait le lien préprogrammé suivant et ainsi de suite. Cela s'enchaînerait pendant de nombreux mois et de nombreuses années, produisant une séquence complexe et presque incompréhensible d'événements dont L'Abraham serait capable de prédire l'issue finale à la minute près.

C'était véritablement magique. Un tour de passe-passe à l'échelle planétaire.

Zabulon sortit un briquet en or massif de son treillis noir et le tint sous le papier. Il dut s'y reprendre à deux fois pour obtenir une flamme, mais une fois le briquet allumé, il la regarda vaciller dans la brise qui montait dans l'obscurité depuis la vallée en contrebas. Elle dansait comme un génie tout juste délivré d'une lampe antique, le feu respirant et se déployant comme s'il entamait une nouvelle vie. Zabulon se remémora le jour où on lui avait offert le briquet, le jour où lui aussi avait entamé une nouvelle vie. Le jour où, alors qu'il était prêt à accepter l'inéluctabilité de sa propre mort sur le pont trempé de sang d'un yacht de luxe, le serviteur de Dieu lui avait offert la lumière qui allait définitivement changer sa vie.

Une limpide journée d'automne. Il y a dix-neuf ans. Kalifa Halil venait d'avoir 24 ans. Opérant en tant qu'agent secret pour les Enfants d'Israël depuis le jour où il avait été capable de porter une arme, il combattait pour Dieu et pour la patrie de Son peuple choisi. Il ne remettait jamais en question les ordres qui lui étaient donnés et ne s'inquiétait jamais de savoir s'il survivrait ou non à sa mission. C'était un fantassin, un homme engagé dans la lutte pour un territoire. Les choses qu'il devait faire étaient importantes, pas lui. Il combattait pour une cause qu'il jugeait plus importante que la vie elle-même.

Seamus O'Brien, en revanche, n'obéissait pas à d'aussi nobles principes. C'était un mercenaire qui combattait uniquement pour de l'argent. C'est vrai, il s'était battu pour Dieu à une époque, mais seulement du temps où Dieu était le plus offrant. Un jour, pourtant, Seamus O'Brien avait commis une faute impardonnable. Il avait tué huit Enfants d'Israël. Moyennant une belle somme. La mort de ces hommes était restée impunie pendant quatre ans.

Jusqu'au jour où Kalifa Halil – qui s'était rendu à Chypre pour acheter douze mitraillettes Uzi pour son groupe – avait vu l'Irlandais en train de boire tranquillement un thé dans un café de bord de mer à Kyrenia. Le tatouage ornant son bras droit, qui prouvait son ancienne appartenance, avant son expulsion, à l'IRA provisoire, ne laissait pratiquement aucun doute sur son identité. Avant même d'avoir soumis la demande codée à ses gens, Kalifa savait que Seamus O'Brien allait mourir ce jour-là pour expier ses crimes contre Dieu.

Une vérification approfondie auprès de ceux qui observaient Chypre en permanence depuis des recoins à l'ombre du soleil méditerranéen lui apprit que l'arrivée de Seamus était attendue ; la rumeur disait qu'il devait rencontrer de nouveaux financiers sur un yacht dans le port de Kyrenia. La rumeur disait qu'ils appartenaient au PLO.

Kalifa était confronté à un choix fascinant. Il pouvait venger ses frères de la façon la plus simple, en accostant l'Irlandais dans la rue et en lui tirant une balle en pleine tête, ou il pouvait profiter de l'occasion pour les tuer tous. L'Irlandais et les argentiers. Il pouvait sectionner une artère capitale dans le système de financement du PLO en même temps qu'il rendait un grand service à Seamus en le tuant pour lui faire expier ses crimes.

Il avait continué à observer en secret l'Irlandais pendant les quatre heures suivantes. À une heure moins cinq, il était effectivement monté à bord d'un yacht portant le nom d'*Eternity III*. D'un bar de l'autre côté du quai, Kalifa étudia le navire et remarqua cinq hommes de toute évidence armés, postés en permanence sur le pont. Trois autres surgissaient de temps en temps de l'intérieur. Combien y en avait-il encore à bord, il ne pouvait pas le savoir. En conséquence, il était content d'avoir apporté l'une de ses Uzis, en plus d'un pistolet semi-automatique équipé d'un silencieux.

Vingt minutes s'écoulèrent. Il termina son verre, fuma une cigarette puis s'avança lentement sur la jetée adjacente au bateau. Il tenait l'Uzi suspendue sous son long manteau et le pistolet enfoui dans sa poche droite, l'index en permanence sur la gâchette. Au pied de la passerelle, il s'était arrêté et avait feint la confusion pendant quelques instants avant de s'approcher des gardes pour leur demander s'ils savaient par hasard où le *Mystère* était amarré. Au début, ils l'avaient ignoré, mais son insistance n'avait pas tardé à éveiller leur méfiance, tout comme il le souhaitait. Quand ils s'étaient retrouvés tous les cinq face à lui, leurs vestes suffisamment ouvertes pour laisser voir leurs armes, Kalifa avait frappé vite et fort. Cinq coups silencieux, sans bavure, cinq hommes proprement réduits au silence.

Il monta à bord.

Une fois sur le pont, il sortit l'Uzi de sous son manteau. À présent, il tenait une arme dans chaque main. S'il rencontrait quelqu'un sous le pont, il utiliserait le Smith & Wesson Mark 22 modèle O Parabellum vert qu'il avait chargé. Il ne serait efficace qu'à bout portant mais, dans ces circonstances, cela lui suffirait. Le silencieux lui permettrait peut-être de gagner un peu plus de temps ; ce qui lui serait également utile. Si toutefois il se retrouvait face à un groupe, il n'aurait alors pas d'autre option que de s'en remettre à la puissance de feu de la mitraillette et détruire tout sur son passage.

Au cours de sa lente descente dans l'inconnu, il vérifia chaque porte le long du couloir central. Il ne rencontra personne. Dieu veillait sur lui ce jour-là.

Le couloir aboutissait à une porte donnant sur une pièce beaucoup plus grande que les autres. Par la fenêtre en hublot cerclée de cuivre, on pouvait voir à l'intérieur. Kalifa se positionna silencieusement d'un côté et jeta un coup d'œil dans la pièce. En une fraction de seconde, il avait réussi à mémoriser la position de tous ceux qui étaient à l'intérieur. Personne ne l'avait vu.

Les trois qui avaient surgi plus tôt sur le pont étaient là, ainsi que Seamus et deux autres hommes. L'Irlandais était assis à un bon mètre cinquante à gauche du groupe principal. C'était parfait. Cela signifiait qu'il pourrait être tué séparément des autres. Au moment où Kalifa avait regardé à l'intérieur, Seamus était enfoncé dans son fauteuil.

Il comptait de l'argent. Et riait. Kalifa se sentit pris d'une rage folle. Effacer le sourire du visage de Seamus serait déjà une belle rétribution. Les autres seraient son bonus. Il pria Dieu, compta jusqu'à trois et fit irruption dans la pièce, en semant la mort devant lui.

Cinq hommes périrent sur-le-champ, mais il prit soin de laisser à l'Irlandais quelques derniers instants pour prendre conscience de son sort.

« Putain, mais qui es-tu ? avait-il dit de sa voix à l'accent guttural amplifié par le choc.

— Nous, avait corrigé Kalifa, sommes les Enfants d'Israël. Nous vengeons nos frères. »

Une autre rafale rapide avait achevé l'homme et mit un point final à la mission de Kalifa. Il avait exprimé la colère de beaucoup et de tous ceux qu'il représentait ce jour-là.

Deux déflagrations assourdissantes.

Deux autres coups de feu.

Le corps de Kalifa tomba violemment sur le sol, ses jambes envahies par une douleur brûlante qui gagna chaque terminaison nerveuse de son corps. L'Uzi fut projetée à plusieurs mètres sur sa droite par la force de sa chute et le pistolet atterrit à une trentaine de centimètres de sa main gauche tremblante. Tandis qu'il gisait impuissant sur le sol, il voyait du sang couler sur les lames polies du parquet autour de ses pieds. Il avait aussitôt compris qu'il s'agissait du sien. Quelqu'un d'autre était dans la pièce, quelqu'un qu'il n'avait pas pu voir par la petite fenêtre.

Et il avait été trop impatient pour attendre. Trop impatient pour vérifier.

Il avait agi avec une hâte nourrie par la haine et en avait payé le prix. L'homme lui avait tiré dans les deux jambes et Kalifa avait su dès cet instant qu'il était un homme mort. En tout cas, l'Irlandais était mort et sa propre mission était accomplie. Il allait rejoindre ses frères massacrés sachant qu'il les avait vengés. Il attendit patiemment le coup de grâce final.

Le coup mortel.

Il ne vint jamais.

Cela lui donna du temps et le temps était une arme précieuse. Il avait fini par repousser la douleur, essayé de se concentrer et attrapé le pistolet. C'était la seule chose à laquelle il pouvait penser. Il leva les yeux et son index se raidit : prêt à tirer.

Généralement, il tuait sa proie au moment où il saisissait son arme, mais, pour la première fois, Kalifa n'avait pas réussi à appuyer sur la détente. Il voyait son agresseur pour la première fois et cet homme avait quelque chose. Quelque chose d'étrange. Sa façon de se tenir, son visage, ses yeux noirs et froids. Tout. Un millier d'aiguilles glacées s'enfoncèrent dans l'âme de Kalifa et le figèrent. Le fait de regarder l'homme dans les yeux le paralysait et son corps était gelé comme s'il s'était déjà transformé en cadavre.

Sa propre arme toujours braquée sur sa victime sans défense, cet homme n'exprimait rien et ne manifestait aucune émotion. Aucune peur, aucune haine, aucun plaisir et aucune douleur.

Chacun des deux hommes aurait pu tirer et en finir. Aucun des deux ne le fit.

« Pose ton arme sur le sol, avait dit l'homme calmement, son index toujours crispé sur la détente, et je pourrai t'accorder le privilège d'une vie sauve. »

Kalifa n'aurait jamais pu abandonner son arme. Mourir jeune impliquait de mourir au combat. Le magasin du modèle O contenait douze balles et il en avait placé une directement dans la chambre ; soit treize en tout. Il en avait tiré cinq sur le pont en haut, mais il en restait encore huit impatientes de trouver leurs cibles. Malgré sa douleur, Kalifa s'efforça de rassembler toutes ses forces.

Fermant les yeux pour éviter le regard de l'homme, il appuya neuf fois sur la détente, le cliquetis final lui indiquant que son arme était vide.

Quand il ouvrit les yeux, il vit que l'homme était tombé à genoux, le visage ravagé par la souffrance. Son polo présentait cinq trous distincts, laissant apparaître sa chair arrachée en dessous. Cinq sur huit. Plus qu'assez pour tuer un homme. Mais le sang ne coulait pas de ses blessures. Sa chair était aussi sèche que la bouche de Kalifa.

La peur qui avait envahi Kalifa lui avait coupé le souffle. Il avait tiré sur l'homme cinq fois, l'atteignant trois fois en pleine poitrine. Quand vous tirez cinq fois sur un homme, il saigne. Et à la fin, il meurt.

Au lieu de cela, l'homme reprit ses esprits et se releva lentement, comme s'il venait de trébucher sur une branche. Puis il se dirigea vers Kalifa avec une expression d'étonnement et de résignation. « Je t'avais prévenu, dit-il en fronçant le front, et tu as préféré tirer. » La conclusion s'imposait. Il arma son pistolet et haussa les épaules.

« Cela causera ta perte.

— Dans ce cas, je mourrai en sachant que j'ai fait tout ce que mon Dieu me demandait de faire », répliqua Kalifa.

Il parlait vite, compte tenu du peu de temps qu'il lui restait. Il ferma les yeux et se tint prêt...

Un temps d'arrêt. « Tu accepterais de mourir pour ton Dieu ? » demanda l'homme.

Kalifa rouvrit les yeux. L'homme le regardait bien en face, sincèrement intéressé. Kalifa avait acquiescé d'un ton de défi, cherché dans son manteau et sorti maladroitement un paquet de cigarettes sans filtre. Elles lui échappèrent des mains et atterrirent sur le sol. Il n'aurait même pas assez de force pour fumer la cigarette du condamné.

L'étranger se pencha et les ramassa. Il en plaça une entre les lèvres humides de Kalifa et sortit un briquet en or de sa poche de veste.

« Comment t'appelles-tu ? » avait-il demandé, et Kalifa le lui avait dit avec grande fierté, tout en se demandant si ce n'étaient pas les derniers mots qu'il prononcerait. L'homme regarda sa victime et réfléchit un moment, se rappelant les paroles de Kalifa à l'Irlandais. Il avait écouté et il avait appris, et quand il avait parlé, son discours était structuré et en appelait directement à la fierté exacerbée de sa victime.

« "Et les Enfants d'Israël dirent entre eux : Que ne sommes-nous morts de la main du Seigneur sur la terre d'Égypte, quand nous étions assis auprès de la marmite de viande et mangions du pain à satiété..." » Puis il marqua un temps d'arrêt, en contemplant les six hommes morts dont les corps imbibaient de sang le parquet du yacht. Inconnu de Kalifa, l'un de ces hommes était Malachi, celui qui portait jadis une robe rouge, l'ancien chef de la division de l'armement de l'Éternité. À présent, il était mort et il fallait lui trouver un remplaçant. L'homme sourit avec admiration. « "... car tu nous as conduits dans ce désert pour faire mourir de faim toute cette multitude."

— Exode 16:3 », répondit lentement Kalifa.

Il connaissait le passage par cœur.

L'homme s'était accroupi afin de pouvoir allumer la cigarette de Kalifa.

« Comme Zabulon, né de Jacob, tu es certainement un Enfant d'Israël, avait-il dit. Car tu tues pour assouvir la faim de ton peuple et ton Dieu te soutient. »

Au moment précis où l'homme avait placé son briquet en or dans la poche de poitrine du manteau de Kalifa, ce dernier avait ressenti la gloire de Dieu. En un instant, il avait presque cessé d'exister. Il avait rencontré une divinité vivante, un homme qui ne pouvait pas mourir de la main des mortels : un homme descendu de Dieu lui-même. Un homme qui proclamerait ultérieurement que, en tant que « L'Abraham », il préparait la venue du véritable Christ hébreu.

À partir de ce jour-là, Kalifa avait su qu'il suivrait cet homme n'importe où, n'importe quand et pour toujours.

À présent, en tant que remplaçant de Malachi sous le nom de Zabulon, les années de service de Kalifa lui avaient bien sûr permis de pouvoir témoigner de l'existence du Messie promis. Il était béni.

Il vérifia dans sa poche si la plaque était toujours bien là, à l'abri des empreintes dans son étui en plastique transparent, et s'interrogea. Il ne remettrait jamais en question aucune de ses six séries d'instructions, car seul L'Abraham savait ce que serait l'issue ultime, mais il devait bien reconnaître au fond de lui qu'il était souvent intrigué.

En se préparant pour la troisième de ses tueries, il se demanda pourquoi les plaques devaient être laissées sur les lieux, pourquoi elles portaient des références aux échecs et pourquoi quinze minutes seulement le séparaient du moment où il allait trancher la gorge d'un homme, avant de laisser le corps se vider de son sang du haut d'un crucifix de 4 mètres de hauteur dont L'Abraham savait déjà qu'il ornait le toit de la maison de la victime.

Mais, tandis qu'il mettait le feu aux instructions et qu'elles tombaient en se consumant sur le sol de pierre, avant de se disperser sous forme de cendres au gré de la brise, Zabulon renonça à vouloir résoudre une équation impossible. Il n'était en réalité qu'un serviteur privilégié. Il n'avait ni le besoin, ni le droit, ni bien entendu le pouvoir de prévoir où les chemins qu'il dégageait conduiraient ensuite l'humanité.

Comme toujours, le résultat final de la divine réflexion de L'Abraham était quelque chose d'impossible à prédire pour un simple disciple comme lui. Quelle relation pouvait-il y avoir entre l'Espagnol inconséquent, le jeune et ambitieux Dave Clearwater et un moine âgé qui avait choisi de passer ses dernières années reclus dans un monastère du minuscule village italien de Montecastrilli ?

Pourquoi ces gens méritaient-ils d'être assassinés par Zabulon ? Comment leurs morts pouvaient-elles réellement protéger l'Enfant et préparer la voie pour Armageddon ?

Seul L'Abraham pouvait le savoir.

Tous les habitants d'Éphèse

APÔTRES 19:17

À peine Andy avait-il quitté le bâtiment que Mary-Beth passa la tête dans le bureau de Jack et lui adressa un sourire chaleureux. « Comment te sens-tu ? » demanda-t-elle, bien que la question fût parfaitement inutile, à voir sa tête.

Il se força à sourire tandis qu'elle lui tendait une sortie laser de l'e-mail le plus important reçu en son absence. « Il est arrivé apparemment pendant que j'allais te chercher hier soir, dit-elle, en mordillant sa branche de lunettes. « Je n'ai pas encore eu le temps de vérifier les données. Tout ce que je peux te dire, c'est que la première vidéo a été enregistrée, je cite, "quelque part à Los Angeles". Ils disent qu'ils ne peuvent pas être plus précis quand il s'agit de zones très fréquentées, mais il y a certaines coordonnées pour les deux autres. Ils me disent que celles-ci sont approximatives, mais je ne sais pas encore où ils la situent. »

Jack considéra la feuille de papier à en-tête « Globe-Link Communications International » et lut à haute voix : « Chère madame DeLaine, suite à votre courrier de demande de localisation des transmissions cellulaires énumérées ci-dessous, etc. » Vers le bas de la page, il vit, comme MaryBeth l'avait précisé, que la première transmission provenait de quelque part au centre de la Californie, à Los Angeles même ou dans les alentours.

« Elle était près de la maison pour la première », dit-il d'un air un peu plus optimiste, avant de s'apercevoir qu'il aurait sans doute préféré ne pas le savoir. C'était encore pire d'apprendre qu'elle se trouvait quelque part dans les parages maintenant qu'il était trop tard. S'il l'avait su à ce moment-là, il aurait peut-être pu faire quelque chose pour l'aider. À condition, toutefois, qu'elle eût accepté.

Les deuxièmes transmissions avaient toutes les deux été triangulées à peu près dans le même endroit, GlobeLink regrettant d'avoir pu seulement travailler de façon approximative. Les résultats obtenus en croisant les signaux des quatre satellites en activité donnaient des coordonnées d'à peu près 38 lat., 29 long.

« Qu'est-ce que ça donne concrètement sur une carte ? demanda-t-il.

— Je n'en sais rien, dit MaryBeth. Je te l'ai dit, je n'ai pas eu le temps de vérifier. »

Mais à peine avait-elle fini de parler qu'elle se rendit compte que Jack avait posé cette question pour la forme : il était déjà en train de se connecter sur MapFinder.

Il entra les coordonnées et une petite icône clignotante apparut sur le globe terrestre dans la région de la Méditerranée. Déplaçant promptement sa souris jusqu'à la fenêtre « OPTIONS » au bas de son écran, il choisit « ZOOM SUR LES LIEUX » et vit que cela se trouvait dans la zone occidentale de la Turquie qui borde la mer Égée.

MaryBeth s'approcha de l'écran et posa la main sur l'épaule de Jack pendant qu'elle se penchait pour voir.

« Qu'est-ce qu'elle pouvait bien foutre en Turquie ? demanda-t-elle.

— Je ne sais pas, répondit Jack, mais nous allons le savoir.

— On ne peut pas zoomer encore un peu plus ? »

Jack cliqua sur la même fonction et la côte occidentale de la Turquie s'afficha sur son écran. L'icône clignotante cachait par intermittences le nom de la ville la plus proche des coordonnées qu'il avait entrées, une ville côtière d'importance moyenne appelée Izmir.

Puis il remarqua un autre nom à environ 1 centimètre d'Izmir. Un village beaucoup plus petit, désigné par un symbole insolite ressemblant à une église, comme pour signifier qu'elle avait une signification religieuse particulière. Dans une colonne à droite de l'écran, la légende de la carte indiquait que six autres endroits en Turquie avaient le même symbole qui leur était attaché. Ensemble, était-il expliqué, ils formaient les « sept églises antiques d'Asie qui avaient souvent accueilli les apôtres » : Smyrne, Thyatire, Sardes, Philadelphie, Laodicée, Pergame et un autre lieu figuraient sur la liste. La plus importante des colonies antiques, cependant, était celle qu'il regardait justement en ce moment, bouche bée.

« Nom de Dieu, dit-il. Nous venons de trouver Éphèse. »

Jack ignorait complètement que Jésus et ses « disciples » avaient choisi de s'installer à Éphèse parce que cet endroit était considéré comme un endroit stratégique. Situé à mi-chemin entre la Palestine et Rome, c'était le camp de base idéal pour mener une attaque contre l'Empire romain tout-puissant.

Il ne savait pas que Saül, ayant eu une vision de Jésus et changé son nom en Paul, avait rompu avec le groupe résident à Éphèse, formé son propre cénacle moins agressif et fini par fonder l'Église catholique romaine en plein cœur de Rome.

Jack n'était pas suffisamment versé sur le sujet pour savoir que le Livre de la révélation lui-même avait été adressé aux sept Églises antiques d'Asie comme une prédiction de ce qui allait arriver. Certains érudits, remarquant que seule Éphèse avait bénéficié d'un commentaire favorable dans ce texte, avaient envisagé que la révélation pouvait avoir été écrite là. Peut-être ce texte était-il même l'œuvre de son résident le plus célèbre entre tous.

Pour Jack, rien ne comptait d'autre que le fait d'avoir peut-être découvert sans le vouloir l'endroit où se trouvait la secte. Par la même occasion, il avait peut-être enfin découvert où était l'enfant.

Andy n'avait même pas encore quitté le campus que son téléphone mobile sonna : il venait de recevoir des précisions sur la requête de Jack.

Se renseigner sur toutes les sectes basées en Turquie correspondant aux critères, surtout celles situées dans ou près d'une ville du nom d'Éphèse.

Voici que sa fille sortit

JUGES 11:34

Pendant que Jack assistait comme il se doit aux funérailles de Dave, MaryBeth se retrouvait dans une situation dont elle ne savait pas s'il fallait en rire ou en pleurer. Ce qu'on lui présentait à présent était parfait, bien mieux que ce qu'elle n'aurait jamais pu espérer. Et dire qu'ils avaient eu si peu d'éléments au départ, juste des photographies, quelques films et des bribes de conversations enregistrées.

Elle était debout, bouche bée, dans le D-12, un laboratoire situé au cœur de la très secrète unité Recherche et Développement. La zone connue sous le nom d'« Océan ».

C'était lors de sa troisième visite sur le site du campus pour vérifier l'avancée des travaux que Jack avait relevé que le contremaître parlait des travaux « dans la Montagne ». Interrogé, le contremaître avait simplement dit que la plupart de ses hommes ne faisaient pas la différence entre l'est et l'ouest, le nord et le sud. La « Montagne » était la zone nord du campus qui regardait en direction des montagnes de la Sierra Nevada. Cet endroit abritait désormais la division technique d'IntelliSoft.

Le quartier sud du site était surnommé la « Vallée » en référence à la vallée qui passait au sud de Los Angeles. Il abritait maintenant les principaux bureaux des ventes, de la comptabilité, des services juridiques, du marketing et des relations publiques. Le quartier ouest situé face à l'océan était appelé « Océan », et le quartier est « Rivière », car ils avaient fini par être à court d'idées et que la rivière Colorado était à peu près la seule chose à laquelle ils avaient pu penser comme étant à l'est du site. On y trouvait maintenant le centre ultramoderne de fabrication et de distribution d'IntelliSoft. Les différents quartiers se répartissaient autour d'un énorme complexe situé au cœur du campus, avec un lac et un parc en cours de construction, ce pourquoi cette partie centrale avait simplement été surnommée le « Lac ».

Jack aimait bien ce système et, bien que son campus ait fini par être divisé en cinq quartiers, on l'avait conservé. Il avait même utilisé un système identique pour désigner les sites à l'intérieur de l'environnement virtuel de FireWorX.

La recherche et le développement, que ce soit en matière de matériel, de logiciels, ou des deux à la fois, étaient menés à « Océan », comme toute la rétro-ingénierie – le service qui disséquait le codage des produits des concurrents afin de gagner en compétitivité.

Il était de notoriété publique que lorsque des programmeurs chevronnés avaient examiné de près le premier produit important de Jack, « ChessWizard », son codage présentait des similarités avec celui du « CheckMate » de Gambit Software, le programme d'échecs le plus vendu avant IntelliSoft. Certes, l'équipe de Jack avait ajouté des éléments importants et une interface innovante, mais il n'en demeurait pas moins que le plus dur du travail avait déjà été fait par Gambit. Cette société n'avait d'ailleurs pas tardé à se retrouver au bord du dépôt de bilan en raison de la domination quasi instantanée d'IntelliSoft. Domination par plagiat.

Gambit avait immédiatement menacé de le poursuivre – avec des millions de dollars à la clé – pour perte de revenus suite au vol de copyright, mais Jack s'était contenté de proposer à tous les éléments de valeur au sein de Gambit Software une somme forfaitaire substantielle, des parts dans IntelliSoft et un poste au sein de sa propre équipe de développement. Cela mettait un point final à sa manœuvre : Gambit fermait boutique et ne parlait plus de procès, et cela générait par la même occasion un bonus supplémentaire. En quelques semaines, la société devint partie intégrante d'IntelliSoft, et toutes les bonnes idées sur lesquelles ils travaillaient, y compris des ordinateurs susceptibles d'apprendre en jouant, devinrent celles de Jack. Les échecs représentaient une sorte d'idéal dans le développement d'une véritable intelligence artificielle car ils ne renfermaient aucun facteur de chance susceptible de brouiller le jeu et ils plongeaient deux intellects dans une situation si complexe qu'aucun des deux ne pouvait espérer la comprendre entièrement. Le jeu était toutefois suffisamment ouvert à l'analyse pour que chaque adversaire puisse effectivement tenter de penser à la place de l'autre. En acquérant la plus puissante technologie d'échecs existante, IntelliSoft s'était aussi donné les moyens susceptibles, un jour, de résoudre d'autres problèmes encore plus complexes.

MaryBeth se trouvait dans la suite virtuelle avec l'un des plus brillants transfuges de chez Gambit Software : Geoff Hoyle. Second dans la hiérarchie chez Gambit, il connaissait MaryBeth bien avant la reprise. Elle avait passé trois ans à s'occuper des relations publiques pour un développeur de jeux en Angleterre et avait contacté Gambit à plusieurs reprises dans la perspective de rejoindre son équipe. Elle voulait travailler dans un meilleur climat, et ce, dans tous les sens du mot.

Geoff avait tout de suite aimé MaryBeth. Elle était arrivée avec un sourire éclatant et des idées tout aussi brillantes, mais à ce moment-là, le succès fulgurant d'IntelliSoft avait conduit à une reprise de Gambit tout aussi rapide. Geoff, loin d'être mécontent, était même ravi de l'accord qu'on lui avait proposé : on lui offrait une somme d'argent conséquente et une grande liberté. Il avait même réussi à présenter MaryBeth à son nouvel employeur et l'avait embarquée par la même occasion. À présent, il l'aimait tellement qu'il se moquait parfaitement qu'elle ait gravi les échelons et finisse par être considérée comme sa supérieure.

Tandis qu'ils prenaient le temps d'examiner la dernière création extraordinaire du labo R&D, il affichait un sourire radieux. Gambit n'aurait jamais pu lever suffisamment de fonds pour un projet comme celui-là.Gambit n'aurait jamais rêvé d'un projet comme celui-là.

Queen était terminée.

« Sacrément convaincant, n'est-ce pas ? » dit-il tout excité et animé d'un sentiment de fierté quasi paternel.

MaryBeth secoua la tête avec admiration. « Elle est incroyable.

— Alors, quand est-ce qu'on la montre au big boss ? »

On aurait dit un petit garçon zélé qui venait juste de terminer son devoir.

MaryBeth se mordillait une lèvre couverte de gloss d'un air pensif. « Il est dehors toute l'après-midi. Que dirais-tu de ce soir ? » Elle le regardait d'un air suppliant, sachant que cela impliquerait de rester tard. « Disons 9 heures ?

— Neuf heures, dit Geoff d'un ton moqueur. Je vais m'assurer que l'équipe est au complet. »

L’aigle qui vole vers le ciel

PROVERBES 13:5

Il n’avait assisté qu’à trois cérémonies de funérailles en plusieurs années, mais celles de Dave étaient aussi les deuxièmes en quelques mois. Il détestait cela. Il les détestait déjà enfant et encore plus maintenant, depuis la mort d’Elizabeth...

Mais il se devait d’y être. Pas seulement au nom d’IntelliSoft, mais aussi pour Dave lui-même.

Pendant la cérémonie, il aperçut de l’autre côté de la tombe Frank Warner, l’agent du FBI qui l’avait averti en premier de la mort de sa fille. Il attendait sur la crête de la colline, le regard braqué vers l’assistance. Cette silhouette stoïque coiffée d’un chapeau typique du détective privé, malgré la chaleur, qui ne quittait pas Jack des yeux, lui rappelait qu’il était pris dans une spirale qu’il ne maîtrisait pas. Les circonstances entourant la mort de sa fille devenaient de plus en plus étranges, comme l’était l’utilisation d’un gaz neurotoxique dans l’appartement de Dave : il priait Dieu pour que les deux événements ne soient pas aussi liés qu’ils semblaient l’être. S’ils l’étaient, la partie à laquelle il se trouvait mêlé avait des enjeux plus importants qu’il ne l’avait pensé à première vue. Autrement plus importants.

La cérémonie mojave traditionnelle, qui avait lieu dans une zone désignée comme un cimetière familial à l'extrémité de la réserve, était tout sauf calme. Après une danse rituelle exécutée par cinq hommes de la tribu portant le costume traditionnel, le « Chant du salut » était entonné par un ancien. Puis venait le « Vol de l'aigle ».

L'oiseau majestueux ne s'écartait jamais trop de la cérémonie, préférant voler en cercles autour des spectateurs, comme s'il déroulait le chemin de Dave vers un autre monde. Ses larges ailes se découpaient nettement dans le ciel de l'après-midi et ses cris de liberté résonnaient à travers les paysages désolés. Il n'y avait aucune crainte que l'aigle disparaisse dans l'immensité. Dès l'instant où il avait fait son apparition dans le monde, il avait été nourri par la tribu et il leur appartenait. Il reviendrait toujours. Ramenant avec lui l'esprit de leur frère défunt.

Quand la cérémonie fut terminée, la mère de Dave se retourna et se mit à pleurer doucement sur l'épaule de son autre fils. Le fils qui lui restait. À eux deux, ils répandirent des plumes sur la tombe. Tandis que les gens commençaient à se disperser, Jack sentit qu'il devait rester un moment et présenter personnellement ses condoléances. Mais un coup d'œil lui suffit pour comprendre que la famille n'était pas encore prête à accepter.

Sa jeune tête chercheuse avait mentionné un jour que ses parents n'avaient jamais approuvé son choix de carrière, ni son arrivée fulgurante dans un monde qui ne manifestait visiblement aucun respect pour leurs traditions, et il voyait bien maintenant qu'ils auraient probablement besoin d'un bouc émissaire. Jack était l'homme idéal, au bon endroit, et précisément au mauvais moment.

Il se souvenait de Lara aux funérailles d'Elizabeth, de ses larmes cristallines ruisselant sur son visage incrédule. Elle ne comprenait pas pourquoi. Pourquoi une femme aussi merveilleuse devait être emportée si tôt. Sa mère était trop jeune pour mourir et Lara était trop jeune pour se passer d'elle. Jack était également fou de douleur, trop bouleversé pour consoler son enfant comme il aurait fallu, mais au moins, il avait compris qu'il s'était agi d'un accident, un de ces horribles coups du sort réservés par le monde à ses habitants pour leur montrer combien la vie pouvait se révéler imprévisible. Combien le destin garderait toujours le contrôle. Le drame n'avait ni rime ni raison et il n'y avait personne sur qui rejeter la faute. Aucun exutoire. Aussi Jack avait-il enfoui sa douleur et elle avait commencé à croître ; à le ronger, jusqu'à ce qu'il n'y ait plus rien à partager.

C'était là que les mauvaises herbes s'étaient enracinées dans le jardin autrefois idyllique que Lara et son père habitaient.

Avec quelle rapidité elles s'étaient propagées une fois qu'elles avaient été négligées.

Mais la mort de Lara avait été différente et cela permettait à Jack de comprendre ce que pouvaient ressentir en ce moment les parents de Dave : la mort de Lara, comme celle de Dave, n'avait pas été un accident. C'était un meurtre. Seulement personne ne savait qui était exactement ce « quelqu'un à qui s'en prendre » ; autant s'en prendre dans ce cas à qui ils pourraient.

Jack serait celui-là ; plus digne de leur courroux qu'ils ne le sauraient jamais. Il ne voulait pas les affronter alors qu'il se sentait déjà suffisamment coupable. Il n'avait pas tué leur fils, mais il ne pouvait pas s'empêcher de penser que son meurtre avait été déclenché par ses recherches autour des cartes postales. Si c'était vrai, Jack aurait parfaitement pu entrer dans l'appartement de Dave et ouvrir la porte de son réfrigérateur à sa place.

Après quelques banalités, il les pria très vite de l'excuser et se dirigea vers sa voiture. Quand il y parvint, Frank Warner était déjà arrivé au pied de la colline poussiéreuse et l'attendait. Ses yeux noirs d'encre cherchaient clairement la querelle.

« Alors, monsieur Bernstein, nous voilà fourrés dans une drôle de situation, pas vrai ?

— Je ne sais pas de quoi vous parlez, dit Jack, de son air le plus indifférent.

— D'abord, il y a votre fille. Elle est morte entre les mains des terroristes. Puis nous avons ce jeune M. Clearwater. Évidemment, il a bénéficié d'une méthode différente, mais c'était sans aucun doute un acte terroriste, n'est-ce pas ? » Diable, pensa Warner, le garçon a même eu une plaque pour le prouver. « Aussi, je me suis demandé... peut-être y a-t-il quelque chose que vous aimeriez me faire partager ? »

Jack passa droit devant lui, faisant semblant d'ignorer la question alors qu'elle repassait sans arrêt en boucle dans sa tête. Ce n'était pas le bon moment pour affronter ses peurs. Mais ce ne serait peut-être jamais le bon moment.

Warner insista. « Vos gars ne sont pas en train de faire quelque chose là-bas à Glendale dont je devrais être au courant ? Du genre travailler sur un nouveau truc pour lequel les gens seraient prêts à tuer ? »

Jack contourna la voiture et ouvrit la portière du conducteur. Plutôt que de s'installer aussitôt à l'intérieur, il s'arrêta, s'appuya sur le toit du véhicule et fixa son inquisiteur droit dans les yeux.

« Écoutez, agent Warner, ma fille n'a jamais rien eu à voir avec Intellisoft, comme vous le savez parfaitement. » Warner le regarda à son tour en haussant les sourcils d'un air dubitatif. « Vous savez très bien qu'elle n'avait rien à voir, insista Jack. Quant à Dave, j'ignore ce qu'il faisait et ce pour quoi on lui en voulait. Sa vie privée ne me regardait pas.

— Mais il n'avait pas de vie privée, n'est-ce pas, monsieur Bernstein ? En tout cas, pas de quoi s'y attarder. Il passait presque tout son temps à travailler pour vous. À tel point que, lorsqu'il n'est pas arrivé à l'heure au travail, quelqu'un est allé voir si tout allait bien. Dites-moi, vous vous doutiez qu'il pouvait y avoir quelque chose ?

— Jerry passait par là. »

Warner haussa les épaules et remonta son chapeau sur son front. Le soleil illumina sa peau ébène, faisant briller les petites perles de transpiration qui avaient commencé à se former dans la chaleur du désert. « Comme vous voulez, dit-il comme si c'était le cadet de ses soucis. Dites-moi plutôt ce que le jeune M. Clearwater avait fait pour vous récemment ?

— La même chose que précédemment, rétorqua Jack, rassembler de l'information. Et non, avant que vous posiez la question, ce n'était pas de l'information dangereuse qui aurait pu le faire tuer. C'était des données de base, du tout-venant. »

Il savait qu'il mentait. Ce qu'il ignorait, marqué qu'il était par les derniers événements, c'est à quel point son visage le trahirait.

Warner regardait par terre. Il observait ses pieds qui dessinaient des trous dans la terre, en creusant dans la poussière. « Et cette information avait-elle quelque chose à voir avec votre voyage à Rome, monsieur Bernstein ? Vous êtes bien rentré de Rome juste après que notre ami amérindien a été refroidi, n'est-ce pas ?

— Il semble que vous le sachiez déjà, et alors ? »

Il se caressa la barbe. Comme il le faisait quand il était énervé. « Je voyage régulièrement. C'était une réunion d'affaires classique, rien d'autre.

— Oui, bien sûr, une réunion d'affaires classique, dit Warner en levant les yeux. C'est bien ce que je pensais. Mais, voyez-vous, ce qui m'intrigue, c'est que, lorsque mes collègues à Rome ont parlé au monsieur d'Europcar, il a dit que vous lui aviez demandé comment aller à, attendez laissez-moi voir... »

Il sortit un petit carnet noir avec une page marquée avec un élastique et lut la précision dont il avait besoin en ménageant ses effets. « ... Montecastrilli. Qu'est-ce qui s'est passé là-bas ? Vous avez décidé de faire un peu de tourisme, n'est-ce pas ? C'est que, voyez-vous, Montecastrilli n'est pas exactement ce qu'on pourrait appeler une Mecque des affaires. On me dit qu'il n'y a pas grand-chose d'autre que deux cafés, un ancien monastère et quelques vieilles ronchons occupées à se vendre des fruits les unes aux autres avant que Dieu ne leur fasse la grâce de mourir. Quelles affaires pouviez-vous donc bien faire là-bas exactement ? IntelliSoft envisage peut-être d'investir dans le marché juteux de l'olive, c'est ça ? »

Jack sourit d'un air méprisant et commença à se glisser dans sa voiture.

« Que pouvez-vous me dire à propos de Manuel Deguerra ? » demanda Warner, changeant délibérément de tactique.

Cela suffit pour que Jack relève la tête au-dessus du toit. « Connais pas », répliqua-t-il. C'était une des premières choses vraies qu'il disait.

En étant honnête, ce qu'il aurait dû être en règle générale, Warner ne pouvait évidemment pas penser que Jack reconnaîtrait ce nom, mais il adorait semer la confusion chaque fois qu'il le pouvait. « Voyez-vous, j'ai fait mes recherches, monsieur Bernstein. Attentats à la bombe dans des avions et attaques au gaz sarin. Le sarin est utilisé très, très rarement de nos jours, c'est le moins qu'on puisse dire. Le métro de Tokyo a fait la une des journaux en mars 1995, diverses fuites autour du quartier général improvisé de Vérité Suprême d'Aum quelques semaines auparavant et un pauvre crétin du nom de Dirk en Utah qui a essayé d'en fabriquer dans la cabane de son père en 1983. Un seul cas avéré n'a pourtant jamais été résolu...

— Manuel Deguerra ? demanda Jack, en haussant les épaules et en écarquillant les yeux avec une curiosité feinte.

— Manuel Deguerra, acquiesça Warner. Citoyen mexicain. Travaillait pour un importateur de soja à Veracruz. Il y a deux ans, lui et sa femme ont décidé de donner une fête d'anniversaire dehors pour l'un des gosses. Avec tacos, tortillas, et toutes ces merdes. Un quart d'heure après, les cinq membres de la famille plus trois invités sont morts, sans compter plusieurs personnes dans la rue qui ont dû recevoir des soins médicaux. Évidemment, notre M. Deguerra n'était pas le plus futé des hommes, certainement pas le genre à fabriquer lui-même du gaz sarin, ce qui nous amène donc à la question “qui l'a tué ?” suivie d'une autre... “pourquoi ?” Voyant que le seul autre cas non résolu que nous avons maintenant dans nos dossiers est votre ami Clearwater, je pensais que vous pourriez m'aider. Deux affaires pour le prix d'une. »

Jack regarda l'agent dans les yeux avec mépris et reprit à voix basse pour éviter d'attirer l'attention des amis du défunt qui continuaient à échanger des condoléances à proximité. « Ne me faites pas marcher, agent Warner, car je peux parfaitement en faire autant. » À peine avait-il prononcé ces mots qu'il regrettait déjà de ne pas avoir tenu sa langue. « J'ignore qui a tué ma fille et j'ignore qui a tué Dave Clearwater. À présent, si vous voulez bien m'excuser... »

Frank Warner avait l'air perplexe et il se gratta la nuque. « Mais vous savez très bien qui a tué votre fille. Ils sont dans une prison allemande en ce moment... »

Le silence retomba entre eux, interminable.

« N'est-ce pas ? »

Jack préféra ne pas répondre, à tort. Son absence de réponse était éloquente.

Warner décida d'en rester là pour l'instant. Il avait fait ce qu'il savait très bien faire, agiter un peu les choses pour voir ce qui remontait à la surface. « Bon, si vous jugez qu'il y a quelque chose entre ces deux affaires que je devrais savoir, prévenez-moi sans hésiter, d'accord ? »

Il n'obtint aucune réponse. L'instant d'après, la voiture reprenait le chemin de Glendale et l'agent Warner n'avait plus qu'à essuyer la poussière sur son visage. Malgré cela, il arborait toujours un sourire quasi victorieux. Il souriait parce qu'il avait appris quelque chose ; qu'il y avait des choses que M. Jack Bernstein ne lui disait pas. Bientôt, qu'il le veuille ou non, le président d'IntelliSoft à la prudence légendaire allait se mettre à parler et il continuerait à parler jusqu'à ce qu'il ait dit à l'agent Warner tout ce qu'il voulait savoir.

Jack avait pris bonne note de toutes les insinuations de l'agent Warner et avait déjà poussé la climatisation à fond. Elle ne produisait aucun effet.

Il était toujours en nage.

Il vit un puits dans la campagne

GENÈSE 12:2

Jack n'avait pas le courage de retourner à son bureau. Pas tout de suite. La solitude dont il y jouissait habituellement le rebutait pour l'instant. Il y passerait son temps à réfléchir et d'abord à toutes les choses auxquelles il n'avait pas vraiment envie de penser. Mieux valait qu'il consacre du temps au lancement, un événement sur lequel il avait plus de prise. Il décida donc de rendre visite aux « taupes », bien conscient d'avoir négligé ses devoirs, même s'il avait une bonne raison. Son équipe, en revanche, n'était au courant de rien. Ils ignoraient tout de Lara et des véritables circonstances de sa mort. Et de son enfant, bien sûr. Pour le moment, en tout cas.

Le scénario idéal consistant à repousser le lancement de FireWorX jusqu'à ce qu'il retrouve l'enfant n'était pas envisageable et c'était ce qu'il avait dit à MaryBeth en dépit de ses protestations. Il ne pouvait pas rendre publique l'existence de l'enfant de peur que les gens qui le détenaient ne lui fassent du mal, si bien que tout retard dans le lancement impliquerait de trouver une autre excuse. Plus banale.

Le problème, c'est que cette excuse banale aurait fait les choux gras de la presse prompte à la critique. Elle aurait aussi donné aux fournisseurs d'accès Internet un délai supplémentaire pour fourbir leurs armes et préparer leur réplique. Si retrouver l'enfant prenait trop de temps, cela pouvait même leur donner assez de latitude pour empêcher le lancement. Tout devait donc continuer comme prévu. Le jour même, l'heure même et la minute même, comme ce qu'il avait annoncé à New York.

Il leva les yeux vers le toit des bureaux centraux et regarda les lettres jaunes sur le tableau poursuivre leur compte à rebours.

12 jours, 16 heures, 32 minutes.

Cela approchait.

Il aurait évidemment préféré, mais c'était un vœu égoïste et il en était conscient, que sa plus belle création, Lara, n'ait pas eu autant besoin de son aide en même temps que celle dont elle pensait qu'elle était la plus importante pour lui : IntelliSoft.

Il avait laissé sa voiture sur le parking « Vallée ». Au lieu de se diriger vers les bureaux centraux, il les dépassa et contourna à pied le lac jusqu'au quartier « Montagne ». La matinée était fraîche avec un petit vent d'ouest et il rentra la tête dans les épaules pour s'en protéger.

Sur la porte, une pancarte indiquait que c'était l'entrée des services techniques d'IntelliSoft. Il s'approcha très près pour faciliter la reconnaissance de sa rétine par le scanner et entra. Sur les trois étages au-dessus de lui était déployé l'un des réseaux téléphoniques probablement les plus complexes du pays, les chiffres de l'année passée indiquant qu'à elle seule cette zone du campus avait traité plus de huit cent mille appels d'utilisateurs, de testeurs bêta, et d'une énorme quantité de journalistes. Jack ne savait pas exactement combien de langues étaient couramment parlées actuellement dans le monde, mais il savait en revanche que plus de 92 % d'entre elles étaient parlées par au moins un membre de son équipe HelpDesk.

Il entra dans l'ascenseur et appuya sur le bouton « BAS », au lieu de « HAUT » comme il le faisait habituellement. Un message clignotant au-dessus du scanner interne s'afficha : « Entrez votre identité. » Il se pencha pour soumettre sa rétine au scanner une deuxième fois, son nom apparut à la place du message, et l'ascenseur amorça sa descente. Parfois il oubliait tous ces trucs de sécurité qu'ils avaient adoptés avec FireWorX.

Quand la descente fut terminée et que la porte s'ouvrit, il se trouva face à un long couloir, avec trois bureaux et une salle de presse de chaque côté, et une porte à l'extrémité. La porte en question. Celle derrière laquelle se trouvait le cerveau du lancement, l'unité centrale de FireWorX.

Eric Lacy, blouse blanche et bloc-notes en main, errait dans le couloir, venant dans sa direction, la tête baissée et l'esprit visiblement ailleurs. Eric était chef « taupe » : ce titre lui avait été décerné car, parmi les responsables du système FireWorX, c'était lui qui se montrait le plus rarement au grand jour. Si l'on considérait le haut de son corps, depuis la taille, il incarnait le parfait scientifique, blouse blanche, cheveux blonds coupés ras et lunettes rondes, mais pour le bas, c'était une autre histoire.

Jack prit les devants. « Qu'est-ce tu as aux pieds, Eric ? »

Eric leva les yeux en souriant. Des Reebok orange vif, c'était ce qu'il avait aux pieds. Il aimait les chaussures orange ; il trouvait qu'elles allaient parfaitement avec son pantalon violet.

« Mince alors, dit-il en feignant la surprise. Qu'est-ce qui vous amène ici-bas, étranger ? Vous vous êtes perdu ? Voulez-vous que je vous aide à retrouver votre maman ? » Il se mit à rire.

« Heureusement que tu es un bon, répliqua Jack avec un sourire.

— Eh oui, je sais, dit Eric. Autrement tu m'aurais viré depuis longtemps.

— Ce qui n'est pas impossible non plus. »

Il se dirigeait déjà vers Eric, tout en regardant en passant par les cloisons vitrées des bureaux et en saluant de la main les autres taupes. « J'avais envie de voir mon bébé.

— Tu lui manques, dit Eric, après un virage à 180 degrés. Elle n'arrête pas de me demander : “Eric, quand est-ce que papa va venir me voir ?” »

Ils allèrent au bout du couloir jusqu'à la porte marquée simplement « FireWorX ». Quelqu'un avait ajouté un Post-it disant : « Allumez le papier nitraté bleu... puis reculez ! Dans votre intérêt. »

Eric tapa le code « <3027>E.Lacy » dans le scanner, et ils entrèrent.

Jack esquissa un sourire en voyant que quelque chose avait été ajouté à l'unité centrale. Une chose à laquelle il ne s'attendait pas. Quelque chose d'intelligent. Au-dessus de l'énorme système informatique se trouvait une énorme sphère en verre teinté.

À l'intérieur, flottant au centre sans le moindre support apparent, on voyait tourner un triangle Intelli-Soft ; le logo de la société. Un hologramme.

« Waouh ! » dit Jack, une étincelle dans le regard. Une étincelle qui avait disparu depuis bien trop longtemps.

Eric sourit. « Case avait prévu que tu dirais ça quand nous lui avons demandé si ses gars en mettraient un ici. Il y en a sur chaque site maintenant. »

Jack s'approcha et bougea la tête d'un côté à l'autre, comme s'il voulait vérifier une théorie. « Je croyais qu'il fallait que vous ayez des tapis de pression pour qu'il sache où projeter l'image ?

— C'est la beauté du prisme en verre, expliqua Eric. Il est complètement... disons, prismatique. Il courbe la lumière comme le verre utilisé dans les lunettes 3D. Où qu'on se tienne, il focalise votre vision vers un point défini. Drôlement malin, non ?

— Ça va être superbe le jour J », dit Jack.

Il imaginait déjà les journalistes triés sur le volet et les flashes des appareils photo.

Eric se mit à rire et se dirigea vers un boîtier gris fixé sur le côté de la structure. Un mètre cinquante de haut, un de large et un de profondeur, il ne présentait pas une seule lumière clignotante sur sa surface lisse.

« Tu sais, c'est ça qui fait ta fortune, dit-il. C'est la principale unité centrale de traitement et le disque dur pour le système tout entier. Cette petite boîte représente à elle seule la source du savoir pour tous les terminaux dans le monde. Et je te parie 5 dollars que, sans ce logo, aucun journaliste ne prendrait la moindre photo.

— Parce que cela ne paraît pas particulièrement gé-nial », dit Jack, en insistant délibérément sur le mot.

Il montra la partie principale de la machine, sachant que 60 % seulement de ce qui était visible était fonctionnel et que le reste avait été ajouté pour que l'ensemble soit plus photogénique. « Ça ? À présent, ça a l'air gé-nial !

— Tu l'as dit, l'ami. Tu l'as dit.

— Qu'est-ce qu'il y a là-bas ? » demanda Jack.

Dans le coin de la pièce se trouvait une grosse unité d'apparence industrielle. On aurait dit un gros moteur sur roues.

Eric sembla tout à coup perturbé. « Nous avons encore eu une panne de courant hier soir, dit-il.

— Je croyais que tu devais fermer toutes les portes », dit Jack d'un ton agacé.

Eric acquiesça. « Je l'ai fait. Mais ils ne nous ont pas coupé.

— C'est-à-dire ?

— Ils ont coupé notre approvisionnement directement à la source. Depuis l'intérieur du système informatique de Western Power.

— Merde. Même message ? » demanda Jack.

Il avait vu des tas de hackers malins à son époque, mais couper le courant de la compagnie sous prétexte que ce qui vous intéressait était trop bien protégé, c'était quand même culotté... Si cela n'avait pas été fait aux dépens de sa propre société, il aurait décerné à ce genre d'exploit un label de première classe.

« Même chose, dit Eric. Nous approchons de l'heure, aussi j'ai volé votre courant. Si vous fermez vos portes, j'utiliserai celles qui ne vous appartiennent pas. C'est simple. » Il parlait lentement en insistant sur les mots, comme s'il était vraiment fatigué d'entendre ces phrases.

« Il faut en finir avec tout ça, dit Jack sévèrement. Si quelque chose se passe mal le jour dit, quoi qu'il arrive, certains risquent de souffrir beaucoup plus que d'autres, tu vois ce que je veux dire ? Tu ne peux pas installer un autre programme ? »

Eric sourit et se dirigea vers l'engin ressemblant à un moteur. « Installer un nouveau programme fout tout en l'air, dit-il, sans parler de l'ancien. Tandis que ça – il montra l'engin –, c'est un générateur industriel Western Power Grade 5. C'est lui qui va faire marcher le système le jour du lancement et restera ensuite comme *back-up* temporaire. J'ai aussi des types qui viennent demain pour ajouter un pack de batteries scellé, pour répondre à ton souhait d'une heure de délai. En cas d'urgence, nous pourrons éteindre le générateur immédiatement, mais Quotient emmagasinera une heure de courant dans le pack. Cela, en théorie, devrait nous permettre de résister à n'importe quelle tentative de sabotage de la part de notre ami. Ce que je sais, en tout cas, c'est que nous avons dû travailler très rapidement, et ce n'est jamais une bonne chose de laisser la mécanique comprendre qu'on est pressé.

— Mais nous sommes bien en sécurité ? demanda Jack d'un ton méfiant.

— Je l'espère, dit Eric. Si ce gars est aussi malin qu'il le croit, ce qui est parfaitement possible, dans ce cas, il peut encore entrer et laisser ses messages imbéciles. Ce qu'il ne pourra pas faire, normalement, c'est mettre le système en panne avant une heure. À ce moment-là, le lancement aura eu lieu et les photos auront été prises. N'importe quelle panne après ça, nous pourrons l'attribuer à une surcharge initiale due à un intérêt planétaire ou une connerie dans le genre. »

Jack sourit. Si le jour du lancement se rapprochait à grands pas, les choses allaient aussi de mieux en mieux. En barrant la route au hacker inconnu et aux autres petites difficultés techniques, notamment celles occasionnées par les erreurs de Boston Waters, tous les sites avaient été connectés juste à temps et chaque terminal avait été soigneusement testé. Jack devait bien reconnaître que les choses commençaient à frôler la perfection. Mais ce n'était pas grâce à lui, ni même à IntelliSoft.

Tout cela était l'œuvre de MaryBeth.

C'était elle qui avait la première eu l'idée de l'ensemble du système. Elle qui avait choisi les sites et qui avait négocié avec les gouvernements concernés. Dans le monde entier. Avec facilité. Elle avait même réparti le travail entre les différents intervenants. Architectes, entrepreneurs, installateurs et électriciens. C'est pourquoi elle avait été aussi furieuse à propos de Boston. Les autorités municipales n'avaient accepté de vendre un emplacement à IntelliSoft qu'à condition de faire appel aux propres entreprises locales. Cela puait la corruption à plein nez, mais MaryBeth n'avait pas eu le choix. Elle avait été la première à reprocher son retard à leur entreprise électrique et demandé qu'elle soit déchargée du chantier. Quand il était devenu évident que c'était la faute de Boston Waters, et non celle de Howitt Electrical, elle n'avait pas non plus eu le choix. Mais elle n'était pas contente. Elle voulait que tout ce qui se rapportait au lancement soit prêt à temps. Pour que le lancement lui-même puisse être fait à temps. À la seconde près.

Même si cet instant s'approchait, il paraissait encore incroyablement loin. Il était caché par tout ce que Jack avait à faire avant ; comme une ville de rêves cachée par des montagnes bien réelles. Il fallait encore qu'il se rende à un deuxième rendez-vous avec Simon, deux jours plus tard, afin d'obtenir les derniers indices pour résoudre le puzzle. Il avait encore besoin de voir l'image en entier sur la boîte. Il disposait de tellement d'éléments sans aucun endroit où les placer encore. Il essayait de se créer une image de Lara sans savoir à quoi elle ressemblait exactement au moment de sa mort.

La seule chose qu'il savait, c'était que le dernier morceau du puzzle risquait de présenter une ressemblance étrange avec son petit-fils.

« Je dois partir », dit-il à Eric. L'étincelle dans son regard avait disparu.

« Mais ton bébé te réclame », protesta le jeune homme avec un sourire, en faisant allusion au processeur central.

Jack sourit d'un air désolé. « Je sais », dit-il.

Lui seul pouvait apprécier l'ironie de sa réponse.

Parce qu'ils ont travaillé à faire tomber toutes sortes de maux sur vous

PSAUMES 20:11

À huit heures et demie, le froid matinal était mordant, et s'il y avait bien une chose que Tom Howitt n'était pas d'humeur à supporter, c'était des visiteurs imprévus sur son chantier, et surtout ceux qui allaient certainement vouloir intervenir. Lui et son équipe étaient déjà en retard sur le programme, et c'était le seul site IntelliSoft au monde à l'être. Et voilà qu'un type du service de l'environnement voulait vérifier la conformité de l'installation. La conformité, grands dieux. Personne de son équipe n'avait jamais réalisé une installation électrique qui ne soit pas parfaite. C'était d'ailleurs ce qui leur avait valu d'emporter le contrat de Boston, plus le fait que son beau-frère était le maire. Tout était en règle.

L'homme était là-bas maintenant, en train de vérifier les schémas. Pire encore, il était là-bas depuis plus d'une demi-heure et aucun des panneaux ne pourrait être complètement scellé avant qu'il n'ait terminé. Il ne trouverait rien. Il avait dit que le chèque était retenu seulement parce que l'équipe de Boston avait pris du retard et qu'on craignait qu'ils ne bâclent le travail pour le rattraper. Ce retard avait de nombreuses raisons, Tom le savait, et aucune ne pouvait être imputée à Howitt Electrical. Pas plus qu'on ne pouvait les soupçonner de bâcler le travail.

S'il fallait désigner un coupable, on pouvait incriminer directement à Boston Waters. S'ils n'avaient pas coupé le principal câble d'alimentation en creusant la route, tout aurait été parfait. À présent, ils avaient largement dépassé les délais prévus, mais ce serait encore pire s'il ne pouvait pas remettre ces plaques en place avant 9 heures. C'était l'heure limite à laquelle la compagnie d'électricité avait accepté, non sans mauvaise volonté, de repousser la remise en marche. Si Tom ne pouvait pas poser cette fenêtre aujourd'hui, il perdrait alors une nouvelle journée, et cela risquait de mettre en péril leur prochain contrat. À moins qu'il n'implique son beau-frère, mais ce n'était pas le propos. Il voulait que le travail soit bien fait, peu importe la façon dont il y arrivait. Il aurait simplement voulu que ce type se dépêche et débarrasse le plancher pour qu'il puisse finir le boulot, c'est tout.

Il s'approchait à présent, l'air soucieux. Il y avait visiblement des problèmes.

L'homme mince, avec sa chevelure abondante et son reste de bronzage, était le prototype du fonctionnaire. Un de ces justiciers désireux de mettre un terme aux faveurs politiques en matière de dépenses publiques. Un de ces justiciers qui adorait probablement mettre les gens dans la merde pendant la journée parce que sa vie privée ne lui donnait pas grande satisfaction. Il étala le schéma sur le capot du camion Dodge de Howitt et désigna quelque chose.

« Il faut que je vérifie cette déviation qui vient de l'alimentation principale », dit-il. Comme si c'était une demande parfaitement légitime.

« Et pourquoi ça ? demanda Howitt, en se passant nerveusement la main dans sa chevelure blonde qui lui arrivait aux épaules. Elle ne présente rien d'anormal.

— Peut-être et peut-être pas. De toute façon, je veux la vérifier. Quand les feux d'artifice se déclencheront et que le système se mettra en marche le jour du lancement, il va y avoir beaucoup de journalistes et d'animation. Ce qui veut dire une énorme tension sur le système. Il faut que je vérifie si vous avez utilisé les bons coupe-circuits. »

Howitt n'en revenait pas. « Utilisé les bons coupe-circuits ? Écoutez, mon gars, j'ai fait plus de réseaux d'alimentation que vous n'avez mangé de petits plats de votre maman et je vous le dis de suite : il n'y a pas un seul truc qui cloche avec mes coupe-circuits. »

L'homme resta imperturbable. « Et moi, je vous dis que je suis l'agent de la sécurité ici et que je dois les vérifier de toute façon. »

Howitt se mit à faire les cent pas, essayant de trouver une autre excuse. S'il laissait ce type vérifier ces coupe-circuits, il n'était pas possible que les plaques soient scellées avant 9 heures.

« Écoutez, l'ami, peut-être pourrions-nous transiger. J'ai un arrêt à 9 heures, et Boston Waters m'a déjà mis en retard de huit jours. Ce circuit d'alimentation nécessite des fusibles de 50 ampères et mes gars ont mis des fusibles de 50 ampères sur ce circuit d'alimentation. Je le sais et vous le savez aussi. Alors, comment faire pour vous convaincre qu'ils sont corrects et me permettre de respecter mes délais. »

L'homme resta impassible. « Je me fiche de vos délais. Je m'inquiète pour ces fusibles et pour ce qui risque d'arriver à l'alimentation de Boston si vos hommes se sont trompés. Il faut que je les voie. »

L'homme n'avait visiblement jamais géré sa propre société, pensa Howitt. Le fonctionnaire pur jus. Ce ne serait pas lui qui paierait les pénalités de Howitt si la route n'était pas remise en état dans le laps de temps accordé par la ville. Ils avaient péniblement consenti une prolongation de quatre jours quand le câble central avait été coupé, mais Howitt avait perdu huit jours, et non quatre. À présent, il mettait les bouchées doubles. S'il dépassait d'une journée le délai supplémentaire de Boston, il aurait une amende importante. Son beau-frère ne pourrait le tirer de là si personne ne la prenait à sa charge. Avec quelques jours de retard en plus, il n'aurait pas le moindre centime de bénéfice dans cette affaire.

Mais c'était peine perdue : l'homme au badge ne voulait rien entendre.

Qu'il aille se faire foutre, pensa Howitt. Qu'il descende dans le conduit et dégueulasse son précieux costume. La prochaine fois qu'il voudrait retarder un boulot de Howitt Electrical, peut-être aurait-il un peu plus de jugeote et viendrait en bleu de travail.

L'homme prit sa mallette et Howitt le conduisit au conduit numéro 4, une canalisation d'accès qui s'enfonçait profondément dans la route et permettait aux types de l'entretien de faire ce qu'ils avaient à faire tous les 36 du mois. Il retira le couvercle provisoire et jeta un œil dans l'obscurité en dessous : le conduit permettait tout juste de laisser passer une personne à la fois.

Mais l'homme le savait déjà.

« Après vous, dit-il au fonctionnaire, prêt à le regarder faire en attendant son tour. »

Tandis que l'homme s'apprêtait à descendre sous la surface de la route, Howitt entendit un cri.

« Tom, hé ! Tom... ? » C'était Pete, le contremaître chargé de l'installation électrique intérieure. « Il y a un problème. Jacksons devait nous livrer quinze panneaux et ils n'en ont envoyé que douze.

— Dans ce cas-là, installe les douze, dit Howitt. Et demande-leur d'envoyer les trois autres par UPS. »

Pete courut tant bien que mal jusqu'au conduit. Ce n'était pas le plus athlétique du chantier et il transpirait déjà, hors d'haleine. « Ils sont en rupture de stock et ils parlent d'un délai de trois à cinq jours. Il va falloir faire preuve de diplomatie ou leur botter le train. »

Howitt soupira et toisa le type de l'environnement. « Je dois m'occuper de ça. Attendez ici. »

L'homme jeta un coup d'œil dans le conduit. « Allez-y. Je vais vérifier les coupe-circuits. Si tout me semble bien, alors j'en aurai terminé. »

Howitt regarda l'homme puis à son tour jeta un œil dans le conduit. En dépit des références de son interlocuteur, il n'aimait pas que des gens vérifient son travail hors de sa présence. Il regarda sa montre. 8 h 43. Merde, il n'avait pas le choix. Si le type de l'environnement se contentait d'entrer et de sortir, il réussirait peut-être à respecter son délai.

« D'accord, mais dépêchez-vous et faites attention. Si l'envie vous prend de toucher quoi que ce soit ou de bouger quelque chose... retenez-vous ! »

Howitt suivit Pete en direction du bâtiment principal et abandonna l'homme à sa tâche.

Dix minutes plus tard, et juste dans les délais, l'homme interrompit Howitt en pleine discussion avec le livreur de Jacksons pour lui confirmer qu'effectivement les coupe-circuits étaient bons.

« Je veux qu'ils sont bons, dit-il entre ses dents. Tu me fais perdre mon temps. »

L'homme sortit un formulaire de sa mallette et griffonna sa signature, certifiant ainsi qu'il avait vérifié l'installation et qu'elle était conforme. Howitt trouvait bizarre que l'homme ait eu besoin d'une aussi grande mallette pour transporter un seul exemplaire de ces formulaires, mais il n'était pas d'humeur à faire de commentaire. Il lui arracha le document, le mit de côté et continua sa discussion. L'homme quitta le bâtiment.

Si Howitt avait soupesé la mallette avant que l'homme ne descende dans le conduit, il se serait probablement inquiété davantage. Il n'avait même pas remarqué que l'homme avait emporté sa mallette dans le conduit, si bien qu'il ignorait totalement qu'il avait sorti quelque chose pendant qu'il était en bas et l'avait connecté à l'alimentation dont il prétendait se soucier tellement.

L'homme était content que Howitt ait été distrait. Il n'avait même pas eu besoin de donner un coup de pied dans la mallette blindée pour la faire tomber comme par inadvertance dans le conduit. Il avait envisagé de la poser près du trou, de se tourner pour descendre et de la pousser accidentellement. Le conduit ne laissant passer qu'un homme à la fois, il aurait pu alors la « ramasser » en descendant vérifier les coupe-circuits. Mais ce n'était pas sans risque : blindée ou non, la mallette était quelque chose de très dangereux à précipiter dans un conduit de 10 mètres.

Il pouvait être tranquille à présent. L'accident de Boston Waters avec le câble avait failli coûter un contrat à Howitt Electrical, mais ce n'était rien. Ces imbéciles avaient failli lui coûter la vie. Par l'intermédiaire des agents opérationnels de Kalifa, L'Abraham avait insisté pour que tous les engins soient installés au même moment. Il ne voulait pas entendre parler d'entrepreneurs en retard. L'homme avait dû multiplier les explications pour leur faire comprendre que tant que Howitt Electrical n'aurait pas terminé l'installation et ne serait pas prêt à refermer le conduit, il n'était pas question d'installer quoi que ce soit sous peine que ce soit découvert ensuite. Si Howitt avait huit jours de retard, l'engin en aurait autant. L'équation était simple.

À présent, tout était en place et il pouvait en rendre compte à son supérieur, qui, à son tour, en rendrait compte à Alexandrie. En montant dans sa voiture et en rejoignant la circulation matinale, il sourit dans sa barbe. Il était toujours sidéré de constater que l'on pouvait fabriquer des armes nucléaires miniaturisées susceptibles de tenir dans une mallette et pourtant capables de détruire une ville tout entière.

Qui plus est, l'Éternité en avait même fabriqué cent quarante-huit.

Voir ce qu'il adviendra de ses songes

GENÈSE 37:20

Dehors, il faisait presque nuit, mais Jack ne prit pas la peine d'allumer sa lampe de bureau. Il contemplait la photo depuis si longtemps qu'elle était gravée dans sa tête. Ils étaient tous les trois ; c'était encore les jours heureux. Lui et Elizabeth souriaient pour la photo, mais Lara faisait l'une de ses grimaces coutumières. Elle avait 11 ans, c'était leur première année au ranch. Ils s'étaient installés au printemps et les fleurs étaient épanouies. On les voyait à l'arrière-plan, éclatantes de couleurs. L'été était même encore plus beau que dans ses souvenirs ; une succession ininterrompue de pique-niques et de barbecues. Jack n'avait dû s'absenter que huit semaines dans toute l'année. Deux championnats, aucune finale et malgré tout plus de 300 000 dollars de prix. La famille était comblée : financièrement comme émotionnellement.

Lara détestait déjà qu'on la prenne en photo. Curieux pour une enfant aussi belle. C'était une fillette timide qui se réfugiait dans ses rêves. Secrète, studieuse et réfléchie. Plus tard, elle n'aurait peut-être pas exécré autant les photographies si la presse avait fait figurer son propre nom dessous, plutôt que celui de Jack, avec la mention « fille de » accolée comme si elle était une sorte de programme informatique dont il faisait la promotion.

Soudain, il y eut de la lumière et Jack leva les yeux. La porte s'était ouverte et la silhouette de MaryBeth se découpait dans la lumière crue du couloir.

« On profite de l'obscurité », demanda-t-elle. Jack rangea la photo dans son tiroir. Il ne savait même pas pourquoi il la tenait encore entre ses mains. Pour se réconforter peut-être.

« Tu prends toujours l'avion pour Londres demain soir ? » demanda-t-elle, en s'appuyant contre le chambranle. Elle savait que c'était prévu. C'est pourquoi il n'avait aucune envie de rentrer chez lui dans une maison vide. Une maison pleine de souvenirs.

Elle le regarda s'enfoncer, comme si son corps était plein d'air et qu'un bon quart venait de s'en échapper par une valve invisible. Peut-être s'affaissait-il sous le poids de la peur et de l'inquiétude.

« Pas le choix », dit-il tout de go. C'était pourtant la dernière chose dont il avait envie à ce moment-là. « Quelle heure est-il ? »

MaryBeth regarda sa montre. « 8 h 50 », dit-elle.

Jack se frotta les yeux et s'étira. « Je devrais rentrer à la maison. » Il avait des tas de raisons pour cela, mais aucune ne lui semblait vraiment bonne.

« Pas tout de suite, dit-elle en allumant et en entrant dans le bureau. Tu viens avec moi. »

Il cligna des yeux, ébloui par la soudaine lumière de la pièce et grommela. « Pourquoi ? Où allons-nous ? »

Elle attrapa sa veste au portemanteau et la lui jeta. « J'ai une surprise pour toi, dit-elle en agitant la tête et en faisant danser ses cheveux. Viens. »

*
* *

Guidés par la lumière intermittente des spots halogènes disposés à intervalles réguliers, ils traversèrent l'herbe fraîchement tondue du côté « Océan » du lac et s'approchèrent des portes en verre fumé de R&D, l'unité Recherche et Développement d'IntelliSoft. Arrivés devant le système d'entrée digital, ils se penchèrent tous les deux ensemble vers le scanner rétinien en manquant de se cogner la tête.

MaryBeth fit signe à Jack de passer devant. « C'est toi le patron.

— Non, j'insiste, dit-il en reculant. D'ailleurs, c'est toi qui es aux commandes ce soir. »

MaryBeth sourit et se pencha vers le scanner jusqu'à ce que le laser ait reçu l'information nécessaire du scan. « <5017>M.DeLaine » apparut sur l'affichage digital en haut de l'appareil, indiquant que son nom et son numéro d'employée avaient été enregistrés dans le dossier des entrées. Une voix totalement artificielle dit : « Bonsoir, MaryBeth. »

« Nous devrions vraiment revoir ça, dit-elle en tirant la lourde porte. C'est la même voix depuis six ans et elle commence vraiment à me gonfler. »

Jack la suivit à l'intérieur.

Au niveau D, comme à tous les autres, se trouvaient douze laboratoires. Six à l'est et six à l'ouest, reliés par un long couloir. Trois des laboratoires situés à l'ouest, D-7 à D-9, étaient dédiés à la planification des projets et c'était là que le logiciel de Quotient était constamment remis à jour et amélioré.

Jusque récemment, le bâtiment R&D possédait six unités complètes entre tous les laboratoires ; à ce moment-là, il n'y en avait plus que trois. D-10 abritait une unité servant au test bêta, et D-11 une autre considérée simplement comme « de rechange » ; un presse-papier de 3 millions de dollars. La troisième unité entièrement en état de marche avait été transférée à D-12 qui avait été spécialement reconçue et servait maintenant à faire fonctionner la ReelRoom, la pièce virtuelle récemment installée, fruit de la collaboration d'IntelliSoft et de Virtuosity. C'était vers D-12 que MaryBeth conduisait maintenant Jack.

Des trois unités Quotient restantes, une était toujours à New York, celle qui avait battu Sorkasnov, et une autre avait été transportée dans les bureaux de Virtuosity à Londres dans le cadre de l'accord croisé. La troisième avait été démantelée et discrètement réassemblée au sein de la division technique « Montagne » d'IntelliSoft. C'était cette unité, la plus puissante et fiable des six, que Jack avait vue ce matin et qui constituait le processeur central du réseau planétaire FireWorX Network.

Cela prenait environ une minute pour parcourir de bout en bout le couloir ouest du niveau D. Lorsqu'ils atteignirent la porte menant à D-12, MaryBeth s'accroupit pour laisser scanner sa rétine une deuxième fois et la porte en miroir s'ouvrit dans un chuchotement. Quand ils entrèrent, Jack fut accueilli joyeusement par les six directeurs du département Recherche et Développement. Cinq étaient restés assis devant des terminaux de contrôle séparés et ils baissèrent aussitôt la tête pour revérifier des données et surveiller des schémas de progression. Ils voulaient que tout soit parfait et seul Geoff Hoyle semblait pouvoir se permettre de s'approcher pour serrer vigoureusement la main de Jack.

« Salut, Jack. Heureux que vous ayez pu venir, dit-il.

— Je n'ai pas eu le choix, répondit-il, en jetant un coup d'œil de reproche à une MaryBeth tout sourires. J'ignore complètement ce que je suis venu voir ici. »

Cinq têtes baissées ricanèrent en chœur.

« Parfait, dit Geoff d'un ton ironique, parce que vous n'êtes pas supposé le savoir.

— Tout le monde a vraiment travaillé très dur là-dessus, Jack, dit MaryBeth. Nous pensions qu'il était temps que tu le voies. »

Jack pinça les lèvres. Elle avait compris qu'il avait bien besoin de se faire remonter le moral. Mais il doutait que ce soit possible. « D'accord, allons-y, dit-il d'une voix lasse. »

Elle conduisit Jack à la deuxième des cinq pièces. Pour que l'ensemble « ReelRooms » puisse être convenablement installé, la pièce en question avait été séparée de la zone centrale. Toutes étaient hermétiquement fermées par une porte en chrome IntelliSoft. MaryBeth fit un signe de tête à Geoff et il entra un code d'accès dans un terminal situé à distance, mais il s'arrêta avant d'appuyer sur le bouton qui déclencherait l'ouverture de la porte. Ses yeux étaient immenses, à peu près aussi grands que son sourire complice.

MaryBeth se tourna vers Jack avec une drôle d'expression, à la fois excitée et inquiète. « Tu es prêt ? » demanda-t-elle.

Jack acquiesça, curieux et impatient à la fois. « Comme jamais », dit-il, sans savoir à quoi il devait vraiment s'attendre.

MaryBeth se mordillait la lèvre d'un air taquin. « Soit tu vas m'adorer, soit tu vas me détester pour ça », dit-elle. Elle fit un nouveau signe de tête à Geoff qui appuya délibérément sur la touche « Entrez ». La porte glissa pour s'ouvrir.

Ils entrèrent.

Au temps que Dieu avait marqué

GENÈSE 21:2

L'Abraham était en pleine méditation devant une bougie violette fichée dans un chandelier en fer forgé très élaboré, quand les sons numérisés rompirent son silence. Il n'aimait pas être dérangé quand son esprit était ailleurs, il n'aimait pas cela du tout, mais néanmoins un appel sur son mobile nécessitait qu'il y réponde. Les quelques personnes qui avaient son numéro savaient qu'elles ne devaient s'en servir qu'en cas d'absolue nécessité.

Excepté les rais de lumière qui s'échappaient du côté d'un rideau de fortune, la bougie était la seule source d'éclairage à l'intérieur de la pièce. L'endroit, qui avait été loué, était commodément situé au bout d'une ruelle, à l'écart. Le seul mobilier de la chambre était un châlit rouillé, sur lequel s'étaient sans doute succédé nombre de prostituées de bas étage abonnées aux passes d'une demi-heure et incapables de s'offrir un meilleur hôtel, une commode en bois fatiguée, une télévision portative hors d'âge sans prise et un fauteuil en velours vert, maculé et râpé. Le tapis d'un beige terne était également usé jusqu'à la corde et taché, des crottes de rongeurs jonchaient les coins de la pièce et des toiles d'araignées pendaient comme des voiles du plafond.

Comme à son habitude, L'Abraham s'était agenouillé paisiblement à la lueur de la flamme et avait fait totalement abstraction de son environnement sordide. L'important n'était pas l'endroit où il se trouvait physiquement, mais où il se trouvait en esprit. Son corps ceint à partir de la taille dans un drap en velours violet était éclairé d'une lueur jaune orangée. C'était la façon dont il se sentait le plus à l'aise, celui qu'il était vraiment. Il était né mage et, tant qu'il vivrait, il resterait un mage. Et, étant le chef désigné de sa secte, le violet était sa couleur.

Il ouvrit le téléphone dont la technologie avancée contrastait avec son environnement et écouta sans rien dire. Son interlocuteur, hors d'haleine, exposa le problème.

« Quand ? » demanda-t-il et il écouta à nouveau.

Sans avoir besoin de réfléchir, il dit : « Fais-le attendre. »

Une protestation à l'autre bout de la ligne.

« Peu m'importe ce qu'il veut, dit-il froidement. Fais-le simplement attendre. Ne communique pas l'information jusqu'à ce qu'on te le demande et on s'occupera du reste. »

Il referma le téléphone aussitôt et reprit sa méditation. Il ferma les yeux et laissa la lumière de la bougie le ramener vers la chaleur de son peuple. Il était redevenu un homme. Un homme sans don. Occupation et oppression de la part de ceux qui ne suivaient pas les enseignements de Moïse causaient des ravages dans sa patrie. Des barbares arrivaient par vagues régulières ; massacrant son peuple. Il voyait la mort chaque jour. Il souffrait.

L'époque avait été sombre et il s'y replongeait maintenant pour se rappeler à quelle vitesse le monde se laissait à nouveau glisser dans l'obscurité des profondeurs. C'était un homme vertueux et il avait accepté le don pour pouvoir endiguer le flot de corruption et restaurer la vérité sur Terre.

C'était son destin.

Cela l'avait toujours été.

Mais ce ne serait pas une tâche facile. Elle devait être planifiée ; contrôlée et minutée à la perfection. Pour lui qui avait été autrefois chef des mages des Manassès occidentaux ; un magicien, pour qui la programmation était capitale. En conséquence, il avait de bonnes raisons pour donner des instructions claires et précises. Ses paroles ne devaient pas souffrir d'interprétation.

Il était content d'avoir choisi Bernstein. Content d'avoir séduit sa fille. À présent, tout se déroulait comme prévu et il avait suffi d'un seul homme. Bien sûr, il avait fallu un certain individu ; très particulier. Un homme dont la fille pourrait servir à porter l'enfant qui convaincrait ses fidèles que le temps était proche et un homme qui avait la capacité de dévoiler les secrets de Dieu lui-même.

Bientôt, L'Abraham réveillerait le monde et récolterait les bénéfices d'un rêve vieux de deux mille ans. C'était la raison pour laquelle sa colonie en Turquie serait envahie et ses disciples livrés aux autorités, uniquement quand il l'aurait décidé.

Lui et personne d'autre.

S'il n'a pas de fille

NOMBRES 27:9

« Bonjour, Jack. Bonjour, MaryBeth. Comment allez-vous aujourd'hui ? »

Jack, incapable de dire un mot, n'en croyait pas ses yeux. Générée sans aucun doute par l'ordinateur, la voix présentait un vague bourdonnement, mais ce n'en était pas moins une réussite remarquable.

« C'est... c'est... bégaya-t-il.

— Non, ce n'est pas, corrigea MaryBeth, sachant ce qu'il allait dire. Oui, nous avons fait en sorte qu'elle lui ressemble et qu'elle parle comme elle, mais ce n'est pas elle. Bien sûr que non. Cela dit, c'est toujours un Quotient, et il est autant ton enfant qu'elle l'était. »

La pièce dans laquelle ils étaient entrés était une salle de projection ReelRoom, semblable à celle avec laquelle John Case avait réussi à tromper Jack à Londres. Toutefois, la décoration virtuelle de celle-ci n'était ni victorienne ni gothique. Elle avait été conçue à l'image de tous les autres bureaux d'IntelliSoft sur le campus. Les murs et le mobilier reprenaient le jaune de la société avec des éléments chromés partout. Jack pouvait aussi constater qu'un écran LCD extraplat avait été installé sur le mur opposé et relié à une caméra qui surveillait constamment le campus. Une fenêtre virtuelle dans une salle obscure.

Au centre se trouvait un bureau jaune en ellipse avec des pieds chromés et une incrustation en chrome sur le dessus. À l'intérieur de l'incrustation et se reflétant dedans, se trouvait un objet : un jeu d'échecs chrome et or en guise de blanc et de noir, avec des pièces assorties.

La pièce renfermait également deux fauteuils en cuir jaune. Si Jack avait regardé d'un peu plus près, il aurait remarqué qu'un de ces fauteuils ainsi que chacune des pièces d'échecs chromées étaient presque imperceptiblement transparents. À la différence du bureau lui-même, ils étaient projetés par la pièce.

Mais il ne prit pas la peine de s'approcher. Il était trop occupé à regarder la personne assise dans le fauteuil.

Sa fille.

Et elle le regardait également, en souriant.

« Comment avez-vous fait ça ? demanda-t-il. Quand l'avez-vous fait ?

— Travail d'équipe, tous ces derniers mois, répliqua MaryBeth, en regardant Geoff qui attendait devant la porte. Équipe dont je n'ai été qu'un élément mineur. Initialement, ce devait être en deux dimensions ; projeté sur écran, si bien que tout était en place bien avant que tu n'ailles voir John Case. Après, il a suffi d'y intégrer son système. Elle est le résultat de notre recherche virtuelle effectuée sur un Quotient à peu près aussi puissant que le FireNet, à laquelle elle est reliée par fibre optique, je me dépêche de l'ajouter. Nous avons les touches sensorielles Virtuosity standard par terre pour le positionnement, plus trois systèmes de caméras ; une sur chacun des trois murs. »

Jack se dirigea vers sa fille virtuelle et examina ses traits au plus près. Plus il regardait attentivement, plus il parvenait à détecter de minuscules vagues sur son image à mesure que le courant d'air s'altérait autour d'elle, et plus il voyait qu'elle présentait une transparence très subtile, comme le « garçon » chez Virtuosity. Ce qui le surprenait, plus encore que la qualité de l'image par ordinateur, c'était que ses yeux l'eussent suivi aussi parfaitement quand il s'était approché.

Il sourit à ces yeux. Ils l'observaient, mais ne le regardaient pas et, curieusement, il était satisfait d'avoir découvert une faiblesse. C'était la seule chose qui desservait l'image ; ils avaient été incapables de reproduire le regard que Lara avait hérité de sa mère.

Comme si c'était possible. Il n'y avait probablement qu'un seul être sur la planète qui possédait des yeux aussi beaux que les siens.

Et il devait encore le trouver.

« Ce n'est pas Lara », dit-il. Il n'était pas du tout mécontent, simplement curieux de connaître les intentions de MaryBeth. Était-elle à ce point stupide pour tenter de créer un substitut à sa fille ?

Certainement pas.

« Je sais que ce n'est pas elle, répliqua MaryBeth, en faisant un geste en direction des autres avant de s'avancer et de poser les deux mains sur ses épaules. Nous le savons tous, mais nous avions besoin d'une interface. Cela aurait pu être n'importe qui, toi peut-être, ou elle aurait pu être complètement générée par ordinateur. Ce n'est pas supposé être Lara, mais seulement quelque chose d'un peu spécial pour toi. Quelque chose avec lequel tu pourrais jouer aux échecs de temps en temps. Je le vois plus comme un hommage à Lara.

Je... disons, nous... pensions que ce serait plus agréable pour toi ainsi.

— Non », dit-il avec un léger sourire.

Il comprenait.

« Ça me plaît. » Il inclina la tête. « Vraiment.

— Pourquoi ne lui demandes-tu pas, dit MaryBeth, comment elle a su que c'était toi et moi quand nous sommes entrés ?

— Parce que tu l'as programmée pour cela ? » dit Jack d'un ton condescendant.

MaryBeth secoua la tête. Il allait voir.

Jack se tourna vers la représentation digitale de sa fille, mit ses paumes sur la table et posa la question. Elle demeura impassible. Quand elle s'exprima, bien que sa voix parût toujours digitalisée avec quelques petits défauts de prononciation, elle ressemblait tellement à celle de sa fille que Jack se surprit à sourire.

« Quand mon processeur a détecté une pression sur les capteurs du sol, j'ai entamé une analyse des images en provenance du système de caméras. Elles m'ont confirmé que deux silhouettes humaines étaient entrées dans la pièce et avaient activé les capteurs. J'ai comparé les images avec les matrices déjà contenues dans ma banque de données. Deux images distinctes correspondaient. Jack Bernstein en était une et MaryBeth DeLaine était l'autre. Tu paraissais surpris et MaryBeth souriait. Comme deux individus venaient d'entrer dans la pièce, j'ai choisi de vous souhaiter la bienvenue à tous les deux. »

Jack se tourna vers MaryBeth. « Choisi de nous souhaiter la bienvenue ?

— C'est un Quotient, Jack. Elle pense. Tout en sachant qu'elle le fait à partir de paramètres définis, mais nous sommes constamment en train d'enrichir sa bibliothèque d'options. »

Dans la pièce, c'était Geoff Hoyle qui comprenait le mieux ce que ce moment pouvait signifier pour Jack. Dix ans auparavant, lorsqu'il dirigeait encore Gambit Software, lui aussi avait perdu sa fille ; Kirsten. Comme Lara, Kirsten avait aussi « trouvé la religion » et avait quitté la maison familiale, avant de rejoindre un groupe dans l'Ohio. Elle était partie depuis trois mois quand il avait ouvert la porte une nuit et l'avait trouvée assise comme un chien errant de l'autre côté de la route ; la tête baissée sous la pluie. Elle était trop terrorisée pour entrer, trop inquiète de la réaction de ses parents après qu'elle les avait abandonnés. Elle avait froid, elle était mouillée et affamée, étant rentrée jusque chez elle en auto-stop, sans un sou en poche. Il avait fallu près de deux semaines pour qu'elle parvienne à s'exprimer.

La joie débordante que Geoff avait éprouvée lors du retour de sa fille avait été de courte durée. Un mois et demi après qu'il l'avait trouvée dans la rue, elle fut renversée à bicyclette par un chauffard et tuée sur le coup. La police avait conclu qu'elle avait été victime d'un conducteur ivre. Elle avait 17 ans.

Ce que Geoff ne savait pas, et ce qu'il ne saurait jamais, c'est que Kirsten avait été assassinée. Et, à cause de l'histoire de l'accident de cheval, il ne saurait jamais que Lara avait été assassinée elle aussi. Les deux jeunes filles avaient été attirées loin de chez elles parce que toutes les deux étaient utiles. Leurs pères avaient été encore plus utiles. Kirsten avait réussi à rentrer chez elle avant qu'ils ne la rattrapent. Ce n'était pas le cas pour Lara. Cela avait été un des très rares échecs de L'Abraham, mais pour lui, c'était un échec prédestiné ;

cela lui avait permis un bien meilleur enchaînement d'événements.

Une bien meilleure fille.

« Quelle capacité a sa banque de données ? demanda Jack.

— La sienne propre n'est pas énorme en vérité, répondit MaryBeth. La plus grande partie de son disque dur est occupée par des banques de phonèmes et des fréquences pour lui permettre de parler ; un logiciel et des images pour la reconnaissance ; une banque de mouvements pré-programmés que nous espérons qu'elle se mettra à utiliser quand elle comprendra leur contexte et... eh bien, les échecs. »

Elle sourit. « Il le fallait... pour les tests d'évaluation.

— Elle est meilleure que moi ? s'inquiéta Jack.

— Elle est meilleure que Sorkasnov, s'amusa MaryBeth. Elle est dotée du programme entier, mais elle te laissera gagner si tu le lui demandes gentiment. La plus grande partie de ce qu'elle sait du monde extérieur est enregistrée sur le logiciel Exabyte dans le système Technical. Nous avons aussi ajouté un élément qui, une fois par semaine, pendant notre séquence de sauvegarde de 3 heures du matin, balaie automatiquement tout le système et ajoute de nouvelles informations qu'elle trouve dans l'Exabyte pour nous. Elle va analyser l'information, étudier les phrases qu'elle y trouvera et mettra tout le savoir qu'elle aura glané dans le dossier correspondant.

— Elle étudie tout ce qu'elle trouve ?

— Elle l'étudie et agit dessus, dit MaryBeth. Elle est très intelligente. »

Jack regarda une nouvelle fois l'image qui lui sourit. C'était un faux sourire, cela ne faisait aucun doute, mais il était ressemblant. Les cheveux eux-mêmes étaient bien rendus, alors que c'était pourtant un élément particulièrement difficile à reproduire. Toutes les quelques secondes, Lara effectuait un mouvement aléatoire « préprogrammé ». Elle clignait des paupières ou remuait le bras. À un moment, elle fronça même le nez comme si elle avait une démangeaison. Jack sourit à Geoff en voyant cela. Quelqu'un avait programmé une des mimiques favorites de Lara.

C'est ce qui se rapprochait le plus de Lara, la reproduisant dans cette trois-dimensions miraculeuse qui faisait défaut à la photographie ou au film, même les plus précieux, avec cette incapacité du système graphique de reproduire ses yeux de côté. Il y avait seulement une autre différence notable entre le système virtuel et la Lara de ses souvenirs.

La Lara virtuelle souriait.

Une assemblée de nations

GENÈSE 35:11

Quand Jack revint pour son deuxième rendez-vous, rien n'avait changé. L'église était la même, les clochards étaient les mêmes et le sale temps londonien était le même. Il était même assis exactement au même endroit, sur exactement le même banc.

La seule chose qui avait changé, c'était son état d'esprit.

Quand il était venu à l'église deux semaines auparavant, il l'avait fait par choix ; un sentiment de curiosité. Il s'était même demandé en entrant s'il n'était pas victime d'une plaisanterie. Une plaisanterie de mauvais goût, mais une plaisanterie quand même.

À présent, il savait qu'il ne s'agissait pas du tout d'une plaisanterie. Jusqu'à présent, tout ce que Simon lui avait révélé paraissait détenir une part de vérité. Le dossier sur lequel il avait mis l'accent avait paru faire allusion à l'innocence de Mil'el – dans la mesure où Mil'el puisse jamais être qualifié d'« innocent » – et ses insinuations selon lesquelles Lara aurait eu un enfant avaient été ensuite avalisées par les experts médicaux travaillant en Allemagne.

À présent, Jack n'avait plus le choix. Il fallait qu'il vienne et Simon n'en avait évidemment jamais douté.

Il avait testé la capacité de Jack à suivre les premiers indices tout en vérifiant qu'il n'allait pas impliquer les autorités. Jamais il ne lui aurait tout livré lors de leur première rencontre. Pas avant de s'être assuré qu'il en était digne.

Mais, quelle que soit l'issue finale, Jack n'accepterait jamais comme Simon que ce soit un « jeu ». Ce n'était pas un simple jeu. C'était une mission, une quête. Maintenant, il lui était impossible d'échapper à l'ironie délibérée de Simon laissant entendre qu'il avait été chargé de cette quête en lien avec les chevaliers du Temple ; il lui était également impossible de ne pas penser que le Saint-Graal de Simon était insignifiant comparé au sien.

C'était devenu, littéralement, une croisade.

Il regarda sa montre. 13 h 10. Le salaud était en retard.

Il avait intérêt à avoir quelque chose de bien en arrivant.

Le temps passa. Puis il s'étira. Il paraissait interminable. Il regarda à nouveau sa montre. 13 h 12. Où diable pouvait-il être ? C'était le bon jour, la bonne heure et le bon endroit, cela ne faisait aucun doute. Si vous êtes d'accord pour accepter mes conditions, vous me retrouverez ici dans deux semaines exactement. C'était ce qu'il avait dit. Et c'était ce que Jack avait fait. Il était bien plus de 13 heures maintenant et Simon n'avait pas l'air de quelqu'un susceptible d'arriver en retard.

Où était-il alors ?

Il baissa doucement sa tête entre ses paumes moites et laissa l'humidité rafraîchir son visage pendant quelques secondes, regrettant de ne pas avoir le courage de s'en aller. Il aurait voulu que son désir de savoir où Lara était avant sa mort n'ait pas aussi facilement pris le dessus et que l'idée de l'enfant n'ait jamais été semée dans son esprit. Il aurait pu alors faire comme les autres « familles du 320 » : commencer à faire son deuil. Au lieu de cela, il se retrouvait à attendre impatiemment des réponses, comme après un entretien d'embauche de seconde zone. Uniquement pour trouver l'enfant.

Uniquement pour le ramener chez lui.

Il frotta ses yeux fatigués et les fronça avant de les ouvrir en grand, tout en fixant toujours le sol poli d'un air abattu. La lumière se reflétait dans le vernis et il fallut qu'il cligne des yeux plusieurs fois pour bien voir. Juste à ce moment, une forme pénétra dans son champ de vision restreint. Deux formes. Sombres, presque noires, mais reluisantes. Des chaussures.

Des chaussures très très onéreuses.

« Vous êtes en retard, dit-il en levant les yeux vers Simon dont le visage se détachait sur le bleu du vitrail derrière.

— Je vous ai demandé d'être ici à exactement la même heure, dit Simon calmement. Vous aviez quatorze minutes de retard il y a quinze jours. Vous m'avez fait attendre, j'en ai fait autant aujourd'hui. »

Alors c'était ça ? Jack était arrivé en retard au rendez-vous précédent, alors le salaud avait jugé amusant d'avoir le même retard. Œil pour œil ; très biblique. Il aurait aimé lui lancer quelque chose de désobligeant, mais comprit que ce n'était vraiment pas la peine.

« Alors... ? Dois-je comprendre que vous êtes prêt à accepter mes conditions ? » demanda Simon.

Jack maugréa. « Vous voulez dire celles où vous finissez par me révéler qui, d'après vous, a tué ma fille, pour que je puisse user de mon influence afin de les "éliminer définitivement", comme vous le dites de façon si éloquente ? » Il regarda l'homme bien en face, avec mépris. « Seraient-ce les conditions auxquelles vous faites allusion ? »

Simon parcourut la courte distance le séparant de la fresque, en lui tournant momentanément le dos. On aurait dit qu'il faisait tout ce qu'il pouvait pour se montrer hostile. Jack avait du mal à croire qu'il avait pu envisager de passer un accord avec cet homme.

Quand Simon s'arrêta enfin devant la peinture, il ne se retourna pas mais Jack le vit secouer doucement la tête. « Je ne peux pas vous dire qui a tué votre fille, monsieur Bernstein, tout comme je ne peux pas vous dire où est son enfant. Si je le pouvais, alors je n'aurais pas besoin de vous. Je croyais avoir été très clair sur ce point. »

Jack se retint une nouvelle fois. « Alors si j'accepte effectivement vos conditions, qu'arrivera-t-il quand j'aurai l'enfant ? Comment pouvez-vous être à ce point certain que je vous donnerai votre livre ? »

Simon se retourna. « À vous entendre, on dirait que vous avez le choix. »

Jack se força à prendre un air de défi. « Je l'ai. »

Simon afficha un sourire triomphant. « Vous aviez également le choix de revenir ou non ici, et pourtant vous voilà. » Son expression changea à nouveau ; toute trace d'émotion disparut en un instant. « Soyez certain d'une chose, monsieur Bernstein, vous les retrouverez pour moi. Et j'aurai mon livre. »

Jack devait s'avouer vaincu. Que le livre soit ou non échangé, c'était une autre affaire. Il devait d'abord obtenir les détails dont il avait besoin. « L'enfant est toujours en sécurité ? demanda-t-il.

— Pour autant que je le sache, il est toujours en vie et se porte bien, oui. Jusqu'à quand, cela dépend sans doute de la rapidité que vous mettrez à trouver les gens qui le détiennent.

— Je vous en prie, murmura-t-il, dites-moi où il se trouve. Vous aurez votre livre. »

Il avait l'impression d'en être réduit à mendier des restes. Il pria Dieu pour que cela en vaille la peine.

Simon afficha un sourire pervers et sortit une enveloppe épaisse de sa poche de poitrine. « Comme je vous l'ai dit, j'ignore où se trouve l'enfant », dit-il. Calmement, il fit trois pas en avant et laissa tomber l'enveloppe sur les genoux de Jack. « C'est pourquoi j'ai besoin de vous. Vous avez infiniment plus de ressources que moi quand il s'agit de décoder des liens aussi ténus. »

Jack s'attendait plutôt à ce qu'il en dise davantage, qu'il explique ce qu'il allait trouver à l'intérieur, mais il n'en fut rien. L'enveloppe n'était pas fermée et il en sortit le contenu. Il devait y avoir une quinzaine de feuilles de papier crème repliées les unes dans les autres. Il les déplia et regarda la première. Il plissa le front. Il regarda la deuxième, puis la troisième. À mesure qu'il les regardait une par une, ses rides se creusaient.

« Qu'est-ce que ça peut bien être ? » demanda-t-il. Cela ne lui disait rien. Absolument rien.

« Des sociétés et des produits », avança Simon, en balayant une poussière invisible sur l'épaule de sa veste.

Jack regarda à nouveau les feuillets. Rien à faire : cela ne lui disait toujours rien. Chaque feuille portait en en-tête le nom d'une société différente, dont certaines étaient connues de lui, et sous l'en-tête venait une liste de produits. Sur chaque feuille, un ou deux de ces produits paraissaient avoir une signification particulière et avaient été surlignés en jaune, comme précédemment. Le choix était large : du fluorure de sodium aux interféromètres, quoi que cela puisse être. Rien de ce que contenaient ces documents ne paraissait avoir le moindre rapport avec le drame du vol 320.

« Qu'est-ce que vous voulez que je fasse avec ça ? s'étrangla-t-il, en colère.

— Vous faites ce que vous avez accepté de faire, dit Simon. Vous suivez les indices. Vous trouvez les liens.

— Et c'est tout ? C'est pour ça que vous m'avez fait venir ici ?

— Si je pouvais vous en donner plus, monsieur Bernstein, je le ferais, dit Simon. Malheureusement, c'est tout ce que j'ai et c'est donc tout ce que je peux vous donner. »

Il haussa les épaules en guise d'excuse, sans avoir l'air désolé le moins du monde.

Jack n'en croyait toujours pas ses yeux. « Une liste de sociétés à la mords-moi-le-nœud et les produits qu'elles fabriquent ? » Sa colère montait à chaque échange. Il voulait tout et il n'avait rien eu. Et se sentait totalement désespéré.

Simon plissa les yeux. « Les produits qu'elles achètent, monsieur Bernstein, pas les produits qu'elles fabriquent. »

Incapable de se contenir, Jack laissa éclater sa fureur. Il se leva et approcha son visage autant qu'il le pouvait de l'objet de son courroux. « Je ne suis pas venu ici pour récupérer un livre d'achats, espèce de salaud. Je suis venu ici pour que vous m'aidiez à retrouver l'enfant de ma fille. » Il plongeait dans les yeux glacés et imperturbables de son adversaire. « Arrêtez ces conneries et donnez-moi du solide. Où sont ces gens, nom d'un chien ? »

Simon ne broncha pas. « Ils sont partout, monsieur Bernstein, et, en même temps, ils ne sont nulle part. Voilà où est le problème en réalité. Ils sont plus imposants que vous ne pouvez même l'imaginer et pourtant ils sont toujours cachés. J'ai cherché pendant des années pour trouver les éléments et, maintenant, j'ai besoin de vous pour rassembler ces éléments à ma place. N'oubliez pas, l'horloge tourne pour votre petit. »

Jack plissa les yeux. « Que voulez-vous dire par "l'horloge tourne" ? Je croyais que l'enfant était en sécurité ?

— L'enfant est en sécurité, répliqua Simon. Mais à quel point êtes-vous en sécurité ? Et moi ? N'avez-vous pas remarqué... »

Il se détourna, arpentant le sol de la démarche prudente d'un avocat récapitulant une affaire. « ... qu'ils rendent coup pour coup ? » Il ne regardait plus Jack, préférant contempler l'église comme s'il trouvait son inspiration dans le froid alentour. « Lara a essayé de sauver l'enfant et, peu de temps après, elle était morte. Maintenant, vous essayez de faire la même chose et je suis en train de vous aider. Vous avez impliqué Dave Clearwater et j'ai cru comprendre que lui aussi avait été rayé de la surface de la Terre. Lui-même en a impliqué d'autres... Faut-il que je continue ? Je ne vous rencontre pas en privé parce que j'ai plaisir à donner à tout ça un air de mystère, monsieur Bernstein. Je le fais parce que je n'ai aucune envie de mourir avant d'avoir récupéré mon livre. »

Alors, se demanda Jack, si la secte protégeait l'enfant, pourquoi ne l'avaient-ils pas tué d'emblée ? Pourquoi préféraient-ils le « mettre en garde » ? Pourquoi respirait-il encore tandis que Dave avait rendu son dernier souffle ? En plus de « qui étaient-ils ? » se posait forcément l'autre question : « Pourquoi avaient-ils besoin de Jack vivant ? »

« Mes sources me précisent que cette liste est loin d'être exhaustive, continua Simon. Qu'il en manque précisément un quart. Comment et pourquoi il en est ainsi, je n'en sais rien, mais c'est une liste de sociétés et de produits dont je crois qu'elles finiront par indiquer le chemin menant à mon livre. Je dois reconnaître qu'avec vos contacts vous êtes beaucoup mieux placé que moi pour trouver les questions qui me donneront ma réponse. »

Pour la première fois depuis qu'ils se connaissaient, Jack nota un peu de désespoir dans les yeux de Simon. Comme s'il détestait devoir s'en remettre à un étranger, comme si cela représentait une forme d'échec. « Vous avez tout ce que je peux vous donner ; l'accord est conclu, dit-il. Je vous retrouverai quand vous aurez mon livre. »

Considérant une nouvelle fois la diversité des sociétés, Jack ne voyait toujours pas le moindre rapport entre elles. Pas le moindre indice. Les feuilles étaient presque toutes différentes. Ces sociétés appartenaient à tous les secteurs, de l'extraction de minerai à l'industrie de transformation, en passant par l'agriculture et l'industrie pharmaceutique. Il lui était difficile d'imaginer que n'importe quel de ces documents, et encore moins l'ensemble, puisse le conduire là où il devait aller.

« Dans ce cas, pourquoi ces gens ne se contentent pas de... »

Au moment où il avait relevé les yeux, Simon était déjà parti ; un vent froid s'engouffra par une porte ouverte. Un courant d'air tout aussi froid parcourut l'allée et réveilla Jack, lui faisant prendre conscience que, pour la première fois de sa vie, il était peut-être en train de perdre complètement pied.

De toute façon, il était trop tard maintenant.

Comme Simon l'avait dit, l'accord était conclu.

Mort du grand prêtre

NOMBRES 35:28

Chaque fois qu'il était forcé de passer toute la soirée terré dans son bureau, Frank Warner se rappelait à quel point il détestait vraiment cela. Le « travail de bureau ».

C'était un agent de terrain, il l'avait toujours été et le serait toujours. En tant que tel, c'est là qu'il devait être... sur le terrain. Passer du temps dans une ruche encombrée au deuxième étage d'un immeuble donnant sur le sinistre mur gris du bâtiment de FedEx ne faisait pas fait partie de ses ambitions quand il avait été l'un des premiers agents noirs à sortir de Quantico. Ce n'était certainement pas l'endroit où il aurait voulu être à... il regarda l'horloge au mur... 23 h 20. Heureusement, il avait une femme. Et un gosse. *A priori* en tout cas, car parfois il s'interrogeait. Il faut dire qu'il ne les voyait pas souvent ces derniers temps.

C'était la faute de Bernstein. Entièrement. Non seulement parce que Frank avait été chargé de l'enquête concernant tous les passagers américains du vol 320 ainsi que leurs familles, dont faisait partie Jack, mais aussi en raison de la profession de Jack. Cet homme construisait des ordinateurs, nom de Dieu.

Ils étaient supposés révolutionner les techniques d'enquête et il est vrai que des choses comme la banque de données VICAP des meurtres avec violences avaient sans aucun doute éliminé les risques d'erreurs lors de la poursuite de tueurs en cavale à travers différents États, mais elles ôtaient aussi à Frank une partie de ses responsabilités en faisant à sa place ce qu'il faisait le mieux : rencontrer les gens. Les interroger. De façon approfondie. Sans rien laisser au hasard.

Aujourd'hui, il pouvait ouvrir un fichier qui lui dirait tout ce qu'il avait besoin de savoir sur un suspect, depuis son casier judiciaire jusqu'au montant de ses dépenses chez Kmart au cours de la semaine précédente. Si le type était soupçonné de s'être trouvé à un certain endroit à une certaine date, la première chose que Frank aimait faire, c'était de le lui demander, pour voir ce qu'il avait à dire et guetter ses yeux. Ensuite, il parlerait à sa famille et à ses voisins pour s'assurer que leurs versions concordaient dans le moindre détail. Aujourd'hui, poser des questions semblait de plus en plus secondaire ; la première chose était d'entrer le nom du type dans l'ordinateur et voir si ses cartes de crédit avaient été utilisées quelque part dans les parages, ou vérifier les dossiers CCTV informatisés pour voir s'il avait été repéré dans la région. Aujourd'hui, en quelques clics, on pouvait suivre les déplacements d'un homme à l'autre bout du pays, d'État en État.

Il ne faisait aucun doute pour Frank que les ordinateurs étaient en train de révolutionner les enquêtes, mais il n'aimait pas du tout la façon dont cela se passait. Il faisait partie de la vieille école et ne souhaitait pas particulièrement obtenir son diplôme. Pas encore. Jamais.

Il avait suivi une formation informatique, comme tous les agents, mais l'essentiel de cette formation paraissait être entré par une oreille pour s'envoler inexorablement par l'autre. Souvent, il était obligé de se faire aider par l'un de ceux de cette « nouvelle race » qu'il méprisait tellement. Ceux qui maniaient l'ordinateur aussi facilement que le revolver. Une arme encore plus puissante dans leur arsenal. Entre les mains de Warner, l'ordinateur devenait généralement hostile. Un obstacle supplémentaire, incontournable, implacable, avec lequel il devait négocier pour en tirer un maximum de réponses.

En plus de ses autres talents, Kyle McCarthy était à 30 ans à peine l'un des meilleurs experts en informatique au sein du Bureau. Ce soir-là, il travaillait encore. Frank avait vu sa lumière quand il était allé à la machine à café. Kyle était affecté aux affaires high-tech et était arrivé du bureau central de LA à l'agence de Rodondo Beach pour se rapprocher du terrain. Maintenant, lui aussi travaillait tard ; mais son bureau offrait une vue dégagée sur le Pacifique sombre. Le genre d'avantage réservé à ceux qui réclamaient et adoptaient les nouvelles méthodes.

Frank refusait ostensiblement d'aller trouver Kyle. Il ne pouvait pas supporter de voir son air dédaigneux quand il démontrait une nouvelle fois combien il était facile de sortir du système ce dont on avait besoin. Kyle était un type croyant, un fervent même. Ce qui lui permettait de se promener en permanence avec l'air de dire « je suis mieux que toi ». Tant pis si cela mettait deux fois plus longtemps, quelle importance ? Frank finirait toujours par se débrouiller pour trouver tout seul les renseignements dont il avait besoin.

D'ailleurs, il y avait encore tout un tas de merde autour de la façon dont la bombe s'était retrouvée à bord du vol 320. Il était évident pour tous ceux qui étaient concernés que Dalkamouni et Mil'el étaient les responsables et que Friedricks était celui qui était passé à l'action, mais que ce soit « évident » ne faisait pas preuve. On ne pouvait pas débarquer au tribunal et déclarer : « Ce sont ces types qui ont agi. Comment je le sais ? Parce que c'est "évident". »

Les événements survenus à Berlin l'année précédente auraient pu permettre d'interpeller un jury, mais il en fallait plus si l'on voulait qu'ils soient suffisamment influencés, surtout compte tenu des ramifications internationales que tout verdict ne manquerait pas de faire ressortir. Comment et pourquoi le vol 320 s'était disloqué sur une vingtaine de kilomètres dans la campagne néerlandaise, la réponse devait toujours être dissimulée quelque part là-bas ; il fallait juste qu'on puisse la mettre au jour avant le procès.

L'enquête auprès des familles confiée à Frank représentait une partie infime de l'enquête totale, traduisant son rôle de moins en moins important au sein de cette Agence qu'il avait tant aimée. Il y avait maintenant plus de cent vingt agents assignés à l'enquête, dont la plupart étaient en Allemagne, au Danemark, ou basés en permanence dans les laboratoires à Quantico. Frank était l'un des nombreux agents locaux dont les attributions réduites reflétaient leurs faibles capacités en matière informatique. « Débarque dans la maison familiale en tant qu'informateur et manifeste une réelle compassion, pose aimablement autant de questions importantes que possible. » Les questions aux familles avaient été prévues pour écarter deux éventualités s'agissant du coupable de l'explosion du vol 320 : un sympathisant suicidaire ou une mule involontaire.

Le dossier du FBI détaillant les attaques terroristes sur des avions civils fourni à tous les agents de terrain travaillant sur le vol 320 répertoriait de nombreuses missions suicides et/ou des attentats perpétrés par des mules. Le 9 mars 1985, un Saoudien de 18 ans en mission suicide avait voyagé avec une bombe dans une valise à bord d'un TriStar de la Royal Jordanian. Malheureusement pour lui, la bombe avait explosé seulement après l'atterrissage, pendant le déchargement des bagages. Le 26 juin 1986, une bombe dans une valise destinée à un vol d'El Al explosait à l'aéroport de Barajas. L'homme qui transportait involontairement la bombe croyait qu'il se livrait à un trafic de drogue pour Israël.

Si chacune de ces tentatives de sabotage avait fonctionné comme prévu, les effets en auraient été tout aussi dévastateurs que pour le vol 320. C'étaient des circonstances comme celles-là qui montraient que le FBI ne pouvait pas interdire à un passager porteur d'une bombe de monter à bord sans un travail sur le terrain considérable. Et, bien sûr, des recherches informatiques. Frank, ainsi que tous les autres au Bureau, avait vérifié auprès de chaque famille sans exception la destination de leurs êtres chers – d'où ils venaient et où ils allaient –, la raison de leur voyage et s'ils avaient fait preuve de la moindre attitude étrange au cours des semaines et des mois précédant leur voyage.

Quand Frank avait parlé au big boss, Jack Bernstein, il n'avait pas été impressionné par ses réponses. Aucune d'entre elles.

D'accord, le moment était difficile et, pour couronner le tout, Frank ne parvenait pas à éprouver la moindre sympathie pour des gens dont le seul but dans la vie semblait être l'accumulation de sommes d'argent exorbitantes, mais ce n'était pas tout dans le cas de Bernstein. Il n'aimait pas la façon dont il était resté flou quant à l'endroit où sa fifille se trouvait les jours précédant le vol et à ses heures de départ et d'arrivée. On aurait dit que MaryBeth, son assistante, en savait davantage que lui sur les trois années d'études que Lara avait passées en Allemagne.

Frank avait tout vérifié, bien sûr, mais il y avait encore quelque chose qui lui échappait. Quelque chose qui n'était pas normal. Quand il avait téléphoné à la famille chez laquelle elle avait soi-disant vécu, ils n'avaient pas répondu à ses questions aussi spontanément qu'il l'aurait souhaité. Évidemment, ils connaissaient tout sur Jack et IntelliSoft et MaryBeth, mais pas autant sur la jeune fille qu'on aurait pu s'y attendre. Frank avait la nuque qui le démangeait quand il sentait que quelque chose ne tournait pas rond avec les personnes qu'il interrogeait et, après toutes ces questions posées à propos de la fille de Jack, il avait fini par se gratter comme un gosse atteint de rougeole.

De rougeole allemande.

Il aurait voulu que la famille allemande soit mise sous surveillance, au cas où, mais sa demande avait été rejetée. C'était Jack Bernstein, avaient-ils dit, et Jack Bernstein était président du conseil d'administration de IntelliSoft. On ne pouvait rien risquer avec des types aussi influents car ils ne se gênent pas pour s'en prendre à vous. De toute façon, même si le FBI avait le pouvoir d'enquêter sur des violations de la loi contre des citoyens américains, même si celles-ci avaient eu lieu en dehors des États-Unis, il n'avait aucun pouvoir de renseignement à l'étranger. C'était le boulot de la CIA qui, inversement, ne pouvait pas espionner des Américains pendant qu'ils étaient sur le sol américain. Obtenir que la CIA se livre à une surveillance clandestine pour le compte du FBI exigeait probablement davantage de paperasses que Frank n'en verrait jamais de toute son existence.

Aussi Frank laissa-t-il les choses suivre leur cours. En tout cas, c'est l'impression qu'il donnait à ses supérieurs et, d'ailleurs, qui cela pouvait-il gêner s'il passait malgré tout quelques heures sur l'ordinateur à enquêter sur le passé du jeune Dave Clearwater ? Histoire de voir s'il découvrait quoi que ce soit susceptible de faire le lien entre Jack et IntelliSoft, et quelque chose d'un peu plus consistant. Il devait tout de même reconnaître que l'ordinateur était pratique pour ce genre de chose car des questions allaient forcément lui être posées s'il allait trouver la famille du jeune homme. Personne ne saurait sur qui il faisait des recherches seul dans son bureau à cette heure de la nuit. Il n'était pas face à une personne, mais à un bon demi-million d'électrons de couleur, dont pas un seul ne comprenait le sens de l'expression « questions déterminantes ».

Il avait commencé à rechercher dans « Clearwater » à 18 heures et il n'allait pas tarder à être minuit. Six heures du matin et il n'avait toujours rien trouvé. Apparemment, le gosse était tout aussi clair que son nom : au-dessus de tout soupçon.

Il avait pourtant été tué avec du gaz sarin et une plaque en or faisant référence aux échecs avait été laissée en évidence. Quelque chose devait échapper à Frank, car malgré une abondance de détails sur les malheureuses circonstances du drame, le meurtre de Clearwater ne pouvait en aucun cas être qualifié d'« ordinaire ».

L'affaire Clearwater ne regardait peut-être pas Frank, mais celle de Bernstein, si ; bien que pour une infime partie, cela justifiait largement le fait qu'un autre dîner finisse à la poubelle avant qu'il ne rentre chez lui.

Frank haussa les épaules. C'était certainement le scénario que Kyle avait déjà suggéré. Si la mort de Clearwater n'avait aucun rapport avec le vol 320, dans ce cas il devait s'agir d'un cinglé probablement persuadé que les essais de Bernstein en matière d'intelligence artificielle visaient à éliminer toute pensée humaine. Si un type instable ne supportait pas qu'un nouvel ordinateur se soit montré plus malin que le grand magicien des échecs, quel que soit son nom, maintenant il pouvait parfaitement s'en prendre aux employés d'IntelliSoft. Il ne s'agirait plus d'un incident isolé. Cela pourrait parfaitement se transformer en croisade.

Suivant probablement les indications gravées sur sa plaque, le tueur commencerait avec les employés « de moindre importance » et monterait en grade – réservant probablement le meilleur, « le roi », pour la fin. Si c'était le cas et s'il n'était pas arrêté bientôt, Bernstein lui-même serait très certainement la cible finale. Et si c'était le cas, l'affaire reviendrait sans doute à quelqu'un d'autre. Pour le moment, Frank était assigné au vol 320, c'était tout.

Cela ne l'empêcherait pas de s'assurer que Kyle le tienne au courant de l'avancée de l'enquête sur Clearwater, histoire de voir ce qui était arrivé. Il soupira et s'appuya en arrière contre le dossier de sa chaise. Elle craqua comme du bois sec.

Merde, il était tard, il parlerait à Kyle demain.

Il arrêta l'ordinateur, jeta un dernier coup d'œil à la photo de sa femme et de son fils, et appuya sur l'interrupteur de la lampe d'architecte. La pièce fut plongée dans une obscurité oppressante, mais il connaissait les lieux par cœur et, malgré les piles sinueuses de rapports obsolètes, il pouvait se frayer un chemin jusqu'à la porte sans se casser la jambe. Il se leva, frotta son dos tout ankylosé d'être resté sur cette « vieille grinçante » toute la soirée, puis repoussa la chaise sous son bureau.

Pendant qu'il gagnait la porte, le téléphone sonna. Il résonnait deux fois plus fort que d'habitude dans l'obscurité totale et cela le fit sursauter. Il trébucha, faisant tomber les rapports et, manquant, cette fois, de se casser la jambe.

Il fut forcé de regagner son bureau à quatre pattes. Il décrocha le combiné et entendit un clic, indiquant que c'était une communication internationale. Puis une voix qui prononça son nom. Il reconnut l'homme en question rien qu'à son accent prononcé.

« Guido, comment vas-tu ? » demanda-t-il tout essoufflé. Guido Esperan était l'agent qui avait surveillé de loin le séjour de Bernstein à Rome pour le compte de Frank.

« Je vais bien, agent Warner, répondit la voix profonde et rocailleuse. Très bien, même. »

Il y eut un silence au bout de la ligne que Jack mit à profit pour se remettre debout et enlever la poussière de son pantalon.

« Je suppose que tu sais l'heure qu'il est ici ? » dit Frank. C'était plus une constatation d'une question. Guido devait avoir une raison pour l'appeler. Mieux valait savoir très vite si c'était une bonne ou une mauvaise raison.

« Oh, oui, oui, désolé, dit Guido. C'est au sujet du travail que je fais pour toi. Quand je me penche sur ton type Bernstein, je vais trouver les cinq agences de location. L'homme chez Europcar m'a dit que lui, je veux dire ton Bernstein, lui avait demandé une carte pour aller jusqu'à une ville. Montecastrilli. Toute petite dans les collines. Le kilométrage sur la voiture indiquait qu'il s'était bien rendu dans la ville. »

Frank commençait à perdre le peu de patience qui lui restait. « Bon, bon, Guido. Tu me l'as déjà dit.

— Je crois qu'il se rend au monastère et reste une nuit seulement, mais je ne savais pas qui il devait voir ni pourquoi. À présent, je sais que j'avais raison et je sais qui il a vu. Il est allé parler avec un "frère Frederico". Un vieux moine qui vit là-bas. Très vieux. Je sais des choses maintenant. Comme par exemple il est allé lui parler à propos d'*Eresia* ; "Hérésie".

— Je t'ai dit de ne pas éveiller le moindre soupçon, Guido, dit Frank avec un soupir. Tu m'en as déjà dit suffisamment ; il n'était pas nécessaire de questionner les occupants du monastère eux-mêmes. Cela risque de m'attirer des ennuis et je n'en ai pas besoin pour le moment.

— Mais il fallait que je leur parle, agent Warner, protesta Guido dans le lointain. Il fallait que je leur parle à tous. »

Dans la pénombre de son bureau, Frank secouait la tête. Il avait demandé à Guido de faire profil bas, et son contact italien exalté et désireux de faire plaisir avait apparemment complètement ignoré la recommandation. « Et pourquoi exactement fallait-il que tu agisses ainsi ? » demanda-t-il.

Visiblement, pour Guido, c'était la chose la plus évidente au monde. Comme si Frank était déjà censé le savoir. « Parce que frère Frederico a été tué », dit-il.

Et sur le cep trois sarments

Genèse 40:10

«Allons, espèce de salaud, grommela Jack. Donne-moi au moins une information.»

Il se moquait bien de savoir si sa demande s'adressait de façon subliminale à l'ordinateur, à Simon, ou bien entendu à lui-même, il voulait seulement trouver une signification qui lui échappait pour le moment. Elle était là, il en était certain. Quelque part au milieu des quinze feuilles de papier, des réponses se cachaient, mais il avait l'impression de jouer à Jeopardy: il fallait qu'il trouve d'abord les questions et elles ne risquaient pas d'apparaître comme par magie.

Il ne se souciait plus depuis longtemps du «livre», ni de la raison pour laquelle ce Simon insistait tellement pour l'avoir. Il se souciait uniquement du bien de l'enfant. Il avait donc menti. Il avait promis à l'étranger qu'il obtiendrait la chose qu'il voulait à tout prix, alors qu'en réalité il ignorait s'il le lui donnerait une fois l'enfant retrouvé. Après tout, Simon l'avait dit lui-même. Il n'essayait pas d'aider Jack, il se servait simplement de lui. Il voulait que la secte soit retrouvée et «éliminée» pour des raisons qui lui étaient personnelles et la mort de Lara avait été tout sauf «utile» pour lui dans cette perspective. Inopportune. Jusqu'à ce que Jack comprenne la signification du livre, il ne pouvait pas être certain que Simon le méritait, même si les informations qu'il lui donnait lui permettaient en fin de compte de retrouver son petit-fils. Pour l'instant, il pouvait seulement l'espérer.

Malgré le plaisir presque sadique que Simon semblait trouver à soulever des problèmes plutôt que proposer des solutions, il avait tout de même facilité quelque peu la tâche de Jack en conservant les numéros d'enregistrement et les pays de domiciliation des sociétés citées sur les feuillets qu'il lui avait fournis, lui évitant d'éventuelles erreurs en cas d'homonymie. Si, avec ces informations, Jack ne trouvait aucun lien entre les sociétés, il devrait demander à quelqu'un de l'aider dès le lendemain matin et commencerait lui-même à se pencher sur les produits. Il avait déjà des doutes à leur sujet.

Certains étaient certainement des composés chimiques. Seigneur, on aurait cru une page extraite d'un livre de chimie de lycée. S'il y avait bien une chose dont Jack se souvenait de ces longues heures perdues, c'était que la chimie était bien plus une affaire d'interaction entre les produits chimiques que des molécules isolées. Si les produits figurant sur les listes agissaient entre eux, il en serait de même pour ceux qui se les procuraient. Et cela, à son avis, allait lui servir d'hameçon. À présent, il devait utiliser l'ordinateur pour se pencher au-dessus du comptoir, attraper un petit canard jaune tout mignon et pêcher le gros poisson.

C'était exactement le genre de recherches qu'il aurait posées d'emblée sur le bureau de Dave Clearwater. Dans une situation semblable, Dave savait d'instinct où chercher et à qui demander. En quelques heures, il aurait probablement obtenu toutes les réponses nécessaires à Jack. Sauf que Dave n'était plus là. Jack l'était, mais pour combien de temps ? Quelque temps encore s'il poursuivait dans cette voie, ou si, au contraire, il s'arrêtait là ? N'était-ce pas une nouvelle façon de lui faire croire qu'il avait le choix ? De toute façon, sans l'aide de Dave, cette simple tâche prendrait probablement des jours, peut-être même des semaines. Un laps de temps pendant lequel le destin de son petit-fils était entièrement entre les mains d'autres individus.

Des fanatiques religieux. Des terroristes. Des assassins.

En quelques secondes, les quinze sociétés sortirent sous la forme d'une longue liste alphabétique. En face de chacune se trouvait une série d'options disponibles : produits et services, histoire de la société, directeurs, adresses déposées, bilans, répartition des actions, cours des actions, filiales, affaires judiciaires, principaux clients, principaux fournisseurs et une fonction graphique qui montrait les bénéfices de la société, son chiffre d'affaires et sa croissance, mis en parallèle avec ceux de leurs principaux concurrents au cours des cinq dernières années. Jack sélectionna la première société, AgriChem NSA, et la catégorie « directeurs ». L'écran trembla momentanément, avant d'afficher une liste de huit noms et adresses. Tout comme AgriChem, les huit hommes avaient élu domicile à Houston, ou dans les environs, et leurs noms ne lui disaient vraiment rien du tout.

Pourtant, ce que Jack savait désormais, et que lui avait appris sa découverte de la possible non-implication de Friedricks, c'était que Simon n'allait certainement pas le précipiter dans des impasses. Toutes ces informations menaient quelque part. Mais où ?

Jack passa les trois heures suivantes à sélectionner une société après l'autre et à comparer tous les détails obtenus. L'ordinateur avait mis en évidence, grâce à un code de couleur, l'appartenance de chacune des quinze sociétés à l'une de ces trois grandes catégories : « agriculture et environnement », « armement et équipement militaire » et « produits industriels ». Mais, sinon, il n'y avait pas la moindre similarité entre elles.

Et pourtant, comme pour l'heure d'arrivée de Friedricks, les réponses devaient se cacher quelque part : forcément. Il suffisait que Jack fasse preuve d'un peu plus de perspicacité et qu'il les trouve, c'est tout. Il s'était bercé d'illusions dans l'avion en pensant que ce serait facile ; que les défis de Simon ne lui résisteraient pas longtemps. Mais il avait eu tort.

Qu'est-ce que Simon avait dit ? « Pas ce qu'ils fabriquent, mais ce qu'ils achètent. » Jack aurait peut-être dû se concentrer sur les fournisseurs plutôt que les acheteurs.

Ce qu'il aurait volontiers fait – si la liste avait comporté le moindre fournisseur.

Son téléphone portable se mit à sonner, ce qui le soulagea. Il sortit l'appareil de son étui en cuir, le plaça à côté de l'ordinateur et ouvrit l'écran. En le tournant pour que la caméra miniature puisse saisir son visage, il appuya sur la touche « RECEVOIR », s'attendant à découvrir le sourire de MaryBeth. Mais ce n'était pas un appel vidéo. La palette flottante qui apparut au centre de l'écran s'accompagnait d'un bruit de fond continu.

« Jack Bernstein », dit-il.

La voix était plus faible que dans son souvenir, conséquence de l'utilisation par l'interlocuteur d'un téléphone mobile de mauvaise qualité. « Bonsoir, monsieur Bernstein, agent Warner du FBI, à l'appareil. Je suis désolé de vous appeler aussi tard mais je me demandais si nous pourrions nous rencontrer à un moment ou à un autre demain ? »

Jack ne chercha même pas à cacher son mécontentement, dû bien plus au sujet de l'appel qu'à l'heure tardive. « À quel propos ? » dit-il sèchement.

Warner s'exprimait d'un ton calme. « Il y a diverses choses dont j'aimerais m'entretenir avec vous, c'est tout. »

Diverses choses, c'est tout. Merveilleux.

« Je crains d'être sur le site de Los Angeles demain, dit Jack d'un ton désolé, repoussant ainsi toute possibilité de rencontre – pour le lendemain, en tout cas. Je dois faire des relations publiques et ça va probablement me prendre toute la journée. » Ce qui était un mensonge.

« Dans ce cas, c'est parfait, répliqua Warner. De toute façon, je suis basé à Rodondo, je vous rejoindrai donc sur le site. En plus, ce sera intéressant de voir de mes propres yeux la raison de tout ce tapage. »

Jack serra les dents, mais il était trop fatigué, après avoir passé au peigne fin ces satanées listes, pour trouver une excuse valable. « Comme vous voulez, agent Warner, soupira-t-il, mais vous risquez d'avoir quelques difficultés à me trouver. »

Il entendit le petit rire de l'agent Warner. Le rire d'un homme à qui on venait de lancer un défi à sa portée. « La presse vous trouvera bien, dit-il. S'ils y arrivent, je devrais pouvoir y arriver aussi. »

Jack coupa la communication sans dire au revoir, se frotta le visage, puis s'appuya en arrière et regarda le plafond.

Salaud de Warner, pensa-t-il. Il ne manquait plus que ça. Espèce de salaud de Warner. Ce petit fouille-merde se montrait de plus en plus soupçonneux au plus mauvais moment, alors qu'il commençait lui-même tout juste à comprendre des choses. Juste quand il commençait à donner un sens aux choses qui paraissaient avoir été des pierres d'achoppement pour Simon.

Il avait une secte, il avait les choses dont Frederico lui avait parlé à propos de leurs éventuelles croyances et maintenant il avait même une ville sur une carte : « Éphèse ». Il était tout près. Pas tout à fait assez près pourtant. Il n'avait vraiment pas besoin que Warner vienne s'en mêler pendant qu'il essayait de boucler la boucle.

Il se frotta les yeux pour la deuxième fois et inspira profondément, juste au moment où le téléphone se mit de nouveau à sonner. Persuadé que c'était Warner prêt à jouer les Columbo en lui lançant « Oh ! juste une chose encore... », il appuya furieusement sur la touche « RECEVOIR ».

« OUI ???

— Salut, c'est moi. » Le visage de MaryBeth apparut sur la palette flottante. Elle était dans sa cuisine, tout sourires. Puis elle afficha un air un peu plus soucieux. « Seigneur, tu n'as pas l'air particulièrement de bonne humeur », ajouta-t-elle, son image tressautant tandis que l'ordinateur la reproduisait à raison de huit images par seconde.

Jack poussa un soupir, préférant ignorer le commentaire. « Tu devrais être couchée depuis longtemps, non ?

— Et toi aussi, dit-elle, en étouffant un bâillement. Alors, comment ça a marché à Londres avec ce type terrifiant ? Ou est-ce pour ça que tu as l'air complètement exaspéré ? »

Elle se détourna légèrement de la caméra pour verser de l'eau bouillante dans une tasse à proximité.

« Je n'ai pas été très bon », dit Jack et elle comprit que ce n'était pas une plaisanterie. Il avait l'air perdu, ce qui n'était pas dans ses habitudes. « Je crois que je vais devoir attendre qu'Andy trouve quelque chose car ce type ne me donne toujours rien. »

Elle se tourna de nouveau vers la caméra, tout en remuant son café. « Vraiment rien, ou presque rien ? »

Jack leva les papiers en direction de la caméra. « Une liste de quinze sociétés sans le moindre rapport entre elles à première vue et toutes connues pour acheter de grandes quantités de produits qui ne me disent foutrement rien. Il n'y a rien sur la secte dans laquelle Lara s'est enrôlée, rien sur son enfant, et rien sur la direction dans laquelle je suis supposé commencer à chercher. J'espère simplement qu'Andy obtienne quelque chose de la Turquie parce que, pour l'instant, c'est la seule chance que j'ai de pouvoir sortir de ce merdier. »

« Je suppose que tu as cherché dans le fichier "directeurs" pour trouver des correspondances », demanda calmement MaryBeth. Elle savait que Jack se servait du programme Company Profile de Global TeleSoft et connaissait les différentes possibilités qu'il offrait.

« Premier endroit où j'ai regardé – rien. » Il semblait à la fois désespéré et furieux.

MaryBeth avait un air songeur. « Effectivement, ce n'est pas tellement difficile de faire passer pour authentiques les directeurs d'une société alors qu'en réalité ce ne sont que des hommes de paille. Et dans la rubrique "répartition du capital" ? »

Jack parut intrigué. « Non, pourquoi ? »

MaryBeth se mit à rire au-dessus de son café. « Pour voir à qui appartient vraiment la société, idiot. Ce n'est pas parce que tu es le principal directeur d'IntelliSoft et que tu détiens toutes les parts qu'il en va de même pour les directeurs d'autres sociétés.» Elle savait que Jack n'était pas un homme d'affaires, mais plutôt un joueur d'échecs séduisant. Les gens qu'il employait pour veiller à ses intérêts étaient, eux, les hommes d'affaires. Il était le visionnaire, eux prenaient un balai et faisaient le ménage, avant ou après. «Il est possible que les gens désignés comme directeurs travaillent pour le compte d'un groupe d'investisseurs ou d'une société plus importante.

— Tu veux dire que toutes les sociétés de la liste pourraient appartenir à la même holding ?» dit Jack, très lentement.

Il commençait seulement à y voir clair.

«C'est possible, répondit MaryBeth. Si c'est bien ça, tous les produits dont la holding peut avoir besoin sont achetés sans problème par l'intermédiaire de la compagnie adéquate de moindre importance. Il suffit alors de les transférer au sein du groupe sous la rubrique "ventes diverses". Regardons les choses en face : si tu as quelque chose à cacher, c'est sacrément plus facile à faire au sein de ta propre administration, pas vrai ? Au bout du compte, tous les ingrédients peuvent arriver dans un seul endroit, et tu peux commencer à faire ta petite cuisine sans qu'on te pose trop de questions. Le moyen de découvrir si c'est le cas est de trouver qui contrôle en réalité la majorité des parts des sociétés plus petites. Tous les actionnaires doivent être déclarés dans le pays d'origine. Veux-tu que je vienne et que je jette un coup d'œil pour toi ?»

Jack réfléchit un instant, tout en se caressant la barbe d'un air pensif en regardant l'autre écran. «Non, merci.» Il allait essayer d'étudier lui-même l'actionnariat des quinze sociétés, puis il s'arrêterait. Il était fatigué, mais il tiendrait encore jusque-là. Grâce à MaryBeth, comme toujours, il tenait peut-être enfin une piste.

« Donne-moi une heure, dit-il. Je te rappelle. »

*

* *

En réalité, cela lui prit moins de vingt minutes. Il afficha le numéro de MaryBeth sur l'ordinateur portable et appuya sur « COMPOSEZ ». On répondit à la deuxième sonnerie, le bruit de fond continu étant à nouveau remplacé par le visage de MaryBeth qui, à l'évidence, attendait cet appel avec impatience.

« Tu es géniale.

— Alors tu as trouvé un lien ?

— On peut le dire. Apparemment, chacune des sociétés a 60 % de ses parts allouées à trois compagnies plus importantes ; soit Morkhest, Pegasus Holdings ou Red Knight Industries. Le reste est réparti entre les mêmes quatre sociétés d'investissement dans le monde entier ; à savoir Fenshu, Okanama, Éternité et Future Holdings. Quelle que soit la société, ou le pays dans lequel elle est basée, la structure du capital est à peu près la même.

— Ces noms ne me disent rien, remarqua MaryBeth. Aucun financement public ?

— Aucun, dit Jack. Pas une seule qui ait jamais été renflouée.

— Bizarre.

— Très, mais ce qui est encore plus bizarre, c'est qu'aucune des trois sociétés les plus importantes ne figure dans la base de données Profile. J'ai du mal à comprendre, mais c'est presque comme si elles n'existaient pas. J'ai passé en revue différentes options, mais je ne parviens pas à trouver la moindre information sur elles. »

MaryBeth regarda hors champ et réfléchit un moment, puis elle fixa de nouveau la caméra. « Et qu'en est-il des sociétés d'investissement ?

— Elles figurent bien dans la base de données, mais quand je les ai regardées en détail, elles sont sorties avec des caractéristiques tout aussi étranges. Elles sont toutes détenues par des personnes privées, continua-t-il, et pourtant toutes les trois ont les mêmes directeurs, six en tout. Quatre d'entre eux possèdent 6,2 %, un possède 24 % et un autre détient la majorité des parts à 51 %. »

MaryBeth fit la grimace sur le petit écran. « Et ce sont vraiment les mêmes directeurs pour les quatre sociétés d'investissement ? »

Jack acquiesça. « Les mêmes six directeurs pour les mêmes quatre sociétés. » Il regarda vers la gauche en direction de son plus grand écran et lut à haute voix. « A. Turow, T.L. Thibeault, K. Halil et P. Jörgensen sont cités comme étant les quatre plus petits. Les noms des plus gros investisseurs ne figurent pas. À mon avis, nous devrons vérifier cette information si nous en avons besoin.

— Intéressant, dit MaryBeth. Voyons, T.L. Thibeault... Ce nom me dit quelque chose.

— Ah bon ? Quoi ?

— Si c'est le même type, comme j'en suis à peu près sûre, son nom tout entier est Théodore Lionel Thibeault. À présent, corrige-moi si je me trompe, ce n'était pas ce banquier d'investissement, celui qui a quitté New York pour Hong Kong et s'est retrouvé compromis dans ce gros scandale de délit d'initiés ? Celui qui a failli faire tomber ShyengBank, il y a six ans environ ? »

Jack esquissa un sourire. « Effectivement ; c'était bien lui... C'était il y a sept ans. » Jack se souvenait de l'affaire. Il y a sept ans, il avait passé un accord avec Vickers Brown Venture Capital, New York, le précédent employeur du “banquier voyou”, comme on l'appelait dans la presse. Vickers Brown avait investi une somme peu importante dans IntelliSoft à l'époque de l'arrestation de Thibeault à Hong Kong et, en tant qu'ex-employé, il avait beaucoup occupé les conversations dans les couloirs de V.B.

« Pour autant que je m'en souvienne, il n'a pas comparu au tribunal alors qu'il était sous caution et n'a pas réapparu depuis.

— Jusqu'à maintenant, ajouta MaryBeth. Le voilà à présent au conseil d'administration de quatre sociétés d'investissement et elles, de leur côté, paraissent avoir des intérêts importants dans des sociétés qui achètent... comment dis-tu déjà ? Des produits ? » Elle regardait l'écran d'un air pensif. « Mais des produits pour quoi ?

— Je n'en sais rien, mais je crois que je vais commencer par fouiller un peu du côté de notre M. Thibeault, dit Jack. Je vais appeler Doug Brown chez V.B. demain matin, pour connaître un peu ses antécédents. Puis je verrai si Technical Research peut regarder pour moi les éléments surlignés figurant dans les listes et peut-être les relier entre eux.

— Y en a-t-il qui paraissent sortir du lot pour un béotien... ? demanda MaryBeth.

— Pas vraiment, répliqua Jack. Comme je te l'ai dit, je vais mettre T.R. dessus. Pour l'instant, il faut que je dorme un peu. Je ne peux pas faire grand-chose avant demain matin.

— Très bien, dit MaryBeth avec un petit sourire. Tiens-moi au courant pour la suite, d'accord ? »

Il acquiesça en direction de l'ordinateur portable et coupa la connexion.

À bientôt 1 heure du matin et encore sous le coup du décalage horaire, Jack ne parvenait toujours pas à s'endormir, malgré sa fatigue. Il espérait que son état de confusion mentale finisse par s'apaiser et qu'il allait pouvoir enfin basculer dans le sommeil.

Ce qui n'arriva jamais, bien sûr.

Ramassa tout l'argent

GENÈSE 47:14

Il était 13 heures en Californie ; 10 à Zurich et l'homme avait un rendez-vous. Il marchait d'un pas assuré le long du quai Limmat, passant devant la maison de la Corporation qui datait du XVIIe siècle, et s'arrêta dans l'ombre immense des tours jumelles du Grössmunster. Le ciel était limpide et il pouvait distinguer au loin la petite ville de Küsnacht, aux bâtiments qui semblaient minuscules comparés aux montagnes dont les sommets enneigés se reflétaient à la perfection dans les eaux anormalement calmes du lac de Zurich.

Il aimait Zurich, surtout parce que la ville abritait deux de ses plus grandes passions : la culture et l'argent. La vieille ville surtout, encore préservée de ces sièges monolithiques en verre sombre affectionnés par les grandes compagnies et qui poussaient à l'envie dans tous les principaux centres d'affaires du monde, avait une qualité touchante. Des sommes énormes changeaient de mains derrière ses murs, sans autre preuve tangible que les prix extravagants pratiqués par les magasins et les boutiques tout aussi discrets qui se nichaient un peu partout en ville.

Ce jour-là, il ne prit même pas la peine de regarder leurs vitrines en passant. Il n'avait besoin de rien, ni ce jour-là, ni ceux qui suivraient d'ailleurs. L'Enfant était parmi eux et de tels biens matériels n'auraient plus la moindre valeur avec l'avènement du nouveau royaume.

Il continua le long du quai, emprunta le Quaibrücke et monta les rues pavées de Talstrasse jusqu'à ce qu'il atteigne son but – un autre petit bâtiment discret qui faisait face à la Bourse, d'une architecture romane à peu près identique à celle des constructions alentour.

Le Crédit unité était une banque discrète, dans tous les sens du mot.

Il entra dans le hall obscur et se présenta à la réception. Il n'y avait ni guichetiers ni employés en vue. Ce n'était pas ainsi que le Crédit unité travaillait. Les visites se faisaient uniquement sur rendez-vous.

Quelques instants plus tard, un homme mince à lunettes proche de la soixantaine traversa le hall en marbre dans sa direction, sa tenue d'une élégance classique cadrant parfaitement avec les sommes considérables dont il avait la charge. Les deux hommes se serrèrent énergiquement la main. « Benjamin, dit-il avec un enthousiasme sincère. Quel plaisir de vous voir. Cela fait... combien de temps ?

— Trop longtemps », répondit Benjamin avec un sourire, et ils se retirèrent dans le somptueux bureau de Philippe Castille.

Ils évoquèrent cordialement le voyage de Benjamin en attendant le café, qui arriva sur un plateau d'argent quelques minutes après, puis Philippe raccompagna la réceptionniste à la porte, lui recommanda de ne lui passer aucun appel et referma à clé derrière elle.

Ils étaient seuls.

« Que me vaut ce plaisir ? demanda Philippe. Je dois dire que, lorsque vous m'avez dit que vous veniez, j'ai été quelque peu surpris.» Il paraissait soucieux. «Y aurait-il un problème avec la gestion des fonds? Parce que s'il y a un problème, le moindre problème, je serais heureux de...

— Le moment est venu», dit calmement Benjamin.

Seuls ses yeux et la façon dont il les levait au ciel tout en parlant montraient qu'il n'était peut-être pas aussi impassible qu'il voulait le faire croire. «L'Enfant est parmi nous.»

Le silence retomba dans la pièce. Benjamin était arrivé avec cinq minutes d'avance et on n'entendait plus maintenant que les cloches de l'église Saint-Pierre, un édifice du XIIIe siècle tout proche, qui sonnait 10 heures. Philippe se leva et s'approcha de la fenêtre. Il ôta ses lunettes et se frotta les yeux.

C'était bien arrivé. En un instant, la ville – le monde entier – avait changé. Tout avait pris un sens différent, une nouvelle signification.

Et cela venait de se produire, de son vivant.

Philippe plaignait son père, l'homme qui, tout comme son propre père avant lui, avait dirigé la banque toute sa vie professionnelle. Lui aussi avait prié pour être choisi et servir la cause, ayant depuis toujours su que les possibilités étaient infimes, et il aurait éprouvé un orgueil incommensurable à vivre ce moment-là. Orgueil dont Philippe avait involontairement hérité.

«Abraham l'a confirmé?» dit-il en se retournant.

Benjamin fit la grimace. Il détestait quand on faisait référence à L'Abraham en omettant le «L'». Il y avait beaucoup de gens prénommés Abraham dans ce monde corrompu, mais un seul qui finirait par le sauver. La grimace s'effaça de son visage, ce genre de détail n'ayant aucune importance pour l'instant. Il lissa en arrière sa chevelure clairsemée et acquiesça d'un signe de tête.

« Mon Dieu, dit Philippe, et il sourit. Alors, M. Thibeault est sans aucun doute un homme privilégié, n'est-ce pas ? »

Benjamin parut ne pas apprécier le commentaire et Philippe réfléchit un instant. Sérieusement. « Oui, bien sûr, continua-t-il à voix basse, comme si les implications inhérentes commençaient à se déposer comme des flocons de neige dans son esprit, nous sommes tous des hommes privilégiés. »

Théodore Lionel Thibeault – Benjamin – ouvrit sa mallette et déposa une enveloppe blanche sur le bureau incrusté de cuir vert de Philippe. C'était une instruction. En provenance directe de L'Abraham. Philippe se précipita vers son siège pour pouvoir l'ouvrir, mais l'homme posa sa main dessus en l'empêchant de s'en saisir de suite.

« Je ne devrais pas avoir besoin de vous rappeler que ce sont de loin vos instructions les plus importantes », dit-il. Sa voix était calme, avec, comme toujours, une inflexion menaçante et impérative qui exigeait des résultats. « Elles doivent être suivies à la lettre.

— Oui, oui, bien sûr », dit Philippe. Il n'avait pas besoin qu'on lui rappelle ce que seraient les conséquences d'un échec. « Je m'en acquitterai de mon mieux.

— Vous vous en acquitterez de *tout* votre mieux », corrigea Benjamin et il ôta sa main.

Philippe ouvrit l'enveloppe et étudia les feuillets contenus à l'intérieur. En tant que directeur de la banque choisie par L'Abraham pour gérer les fonds destinés à toutes les affaires d'Éternité, il savait au centime près combien d'argent était actuellement réparti à travers le monde. Les instructions lui disaient que les choses étaient sur le point de changer.

« Le septième compte », ainsi appelé parce qu'il n'entrerait en jeu qu'à l'ouverture du septième sceau, le temps de la fin, devait recevoir l'ensemble des fonds considérables d'Éternité, au centime près. Jusqu'à présent, le compte ne lui avait donné aucun souci, son solde n'étant jamais supérieur à quelques milliers de dollars américains. Désormais, il atteindrait des centaines de millions. Et cela se produirait à un moment donné, à une date donnée. Une date fixée à moins de douze jours pleins.

« Cela signifie-t-il... ? » demanda Philippe. Son cœur battait de plus en plus fort à chaque mot.

Benjamin acquiesça calmement, les yeux éclairés d'une étrange lueur. « Oui, effectivement. »

Les implications s'étaient muées en une tempête de neige et Philippe, aveuglé, ne voyait plus rien d'autre. En plus des instructions de L'Abraham, il y avait des choses qui devaient être faites, des arrangements qui devaient être pris. Des arrangements personnels.

Et il restait si peu de temps.

« J'ai une femme, dit-il à voix basse, et un fils. Il est à l'université en Angleterre, ses études se terminent cet été mais je n'ai pas le temps de...

— Le Juste sera sauvé », lui assura Benjamin ; il mentait avec tout autant d'aplomb que lorsqu'il disait la vérité. « L'Abraham considère favorablement ceux qui placent leur foi en l'Enfant. »

Il se leva, la conversation étant terminée, et prit la main moite de Philippe dans la sienne, en la serrant doucement mais fermement.

« À la lettre, dit-il.

— Oui, oui, bien sûr », répéta Philippe, dont les craintes étaient de plus en plus audibles.

Le monde était sur le point de changer ; sa foi était sur le point d'être mise à l'épreuve. Le jugement approchait.

Théodore Lionel Thibeault, génie de la finance répudié par ceux qu'il avait escroqués, et tête de liste des individus les plus recherchés par Interpol, sortit du bureau, du bâtiment et du domaine public pour la dernière fois avant l'heure du jugement.

Tandis qu'il parcourait le chemin restant jusqu'au quai, il observa combien les reflets froids dans l'eau pouvaient restituer au monde son image inversée. Les pensées de Théodore se tournèrent vers l'Enfant et il se dit qu'il en ferait autant. Le bon remplacerait le mal et la vérité remplacerait la corruption.

Quand il ressortirait de l'anonymat, il deviendrait réellement Benjamin, financier du nouveau royaume.

Reviendra le septième jour
LÉVITIQUE 14:39

Pendant qu'il se garait au bord de l'eau, ignorant délibérément les pancartes d'interdiction, Andy dut bien reconnaître que le NetCenter d'Intellisoft tapait dans l'œil, même s'il le trouvait un peu trop branché pour le style du costume qu'il portait. Il avait vu les plans et les maquettes sur un ordinateur en trois dimensions quand il avait discuté pour la première fois avec Jack du système FireWorX, mais pas le bâtiment en phase d'achèvement. Situé à l'extrémité sud de Rodondo Beach, sa structure hexagonale jaune et ses parois en verre teinté réfléchissaient l'éblouissant soleil matinal, tandis que l'holosphère récemment ajoutée permettait au logo d'IntelliSoft de tourner sur un courant d'air invisible comme une imposante enseigne de station-service. Si Rodondo était véritablement, comme ils le proclamaient, « La Mecque du Net », alors le NetCenter était son nouveau temple. Rassemblés en nombre, en bas, sur le sable, on pouvait même voir des gens, tous en direction de l'est, en train d'écouter des bribes du discours prononcé par Jack Bernstein, le nouveau pape en matière de technologie.

MaryBeth était tout près, regardant avec un grand sourire professionnel son patron prononcer son habituel

« merci d'être venus » sous le jaune éclatant du compte à rebours digital.

L'équipe de construction était déjà en train d'ériger le portique grand modèle derrière le NetCenter pour que les représentants de la presse écrite et des chaînes de télévision puissent suivre la compétition sur écran. Le jour du lancement, la foule serait beaucoup plus importante, surtout dans le nord du campus.

Des milliers de gens se réuniraient aux quatre coins de ce monde en changement permanent, tandis que des milliers d'autres se regrouperaient dans un seul endroit.

Au même moment, chaque centime des fonds d'Éternité en ferait autant.

Quand le discours fut terminé, les directeurs de réseau applaudirent doucement et se ruèrent sur les sodas gratuits, fournis grâce à un partenariat, pendant que Mary-Beth disparaissait pour superviser les quinze minutes standard d'interviews exclusives par des membres de la presse internationale stratégiquement choisis.

Jack était descendu du podium improvisé et avait déjà serré quelques mains enthousiastes quand il aperçut Andy. Il était resté près de sa voiture, profitant visiblement de la brise rafraîchissante qui montait du bleu intense de l'océan, et essuyait les gouttes de sueur qui s'étaient rassemblées sur son front au cours de son trajet depuis l'aéroport.

Quand il demanda au sénateur s'il avait du nouveau, sa réponse le laissa sans voix.

« Rien du tout ? » dit-il. Il avait espéré quelque chose. Il avait besoin de quelque chose.

« Pas en Turquie, répondit Andy, bien conscient de ce que cela signifiait pour Jack. J'ai parlé à l'un de mes amis, Alex Wright, qui dirige l'unité CTR à Quantico. »

Il faisait référence à l'unité « Cultes et terrorisme religieux », l'équipe qui, au cours des dernières années, avait enquêté sur à peu près tout, de Martin Luther King à Jonestown.

« Il n'y a rien dans ses dossiers qui correspond à plus de trois ou quatre de tes phrases clés et les sectes qui correspondent sont toutes basées aux États-Unis. Les dossiers remontent d'ailleurs à si longtemps que certaines d'entre elles n'existent même plus.

— Donc je n'ai absolument rien qui me permette de continuer ? » demanda Jack, incrédule.

Il lui tourna le dos, posa les mains sur la rambarde et laissa son regard se perdre dans l'immensité de l'océan. Il avait espéré que l'influence d'Andy lui permettrait de progresser. Il avait l'impression maintenant que l'enfant s'éloignait encore davantage.

Andy soupira et vérifia que ses cheveux étaient toujours plaqués malgré le vent. « En fait, pas vraiment », dit-il à voix basse. Lentement. « J'ai bien quelque chose. C'est mince et ça risque de ne pas t'être d'une grande aide, mais...

— Quoi ? répondit Jack, en faisant volte-face. Qu'est-ce que c'est ? »

Andy le regarda avec l'air de dire : « Ne te fais pas trop d'illusions. » « Tu te souviens de la branche des Davidiens ? » Jack parut interloqué. « Waco, Texas ? » souffla Andy.

Jack acquiesça d'un air soucieux. Cela remontait à quelques années, mais il avait vu les informations à l'époque. « Le FBI et l'ATF ont envoyé des tanks pour les faire dégager, c'est ça ?

— La plupart en tout cas, dit Andy. Il est officiellement dissous à présent, ou du moins, très dispersé, mais c'est le déclenchement du siège qui m'a rappelé quelque chose. »

Jack avait l'air intrigué. Ils commencèrent à marcher.

« Continue.

— Il semble en fait que la branche des Davidiens soit une ramification directe des Adventistes du septième jour. Ils s'en sont détachés en 1929, prétextant que le demi-million de membres des Adventistes commençait à être trop complaisant envers lui-même et que leur nombre devrait être réduit aux 144 000 serviteurs de Dieu dont il est question dans la Bible ou je ne sais quelle idiotie du même genre. Pendant des années, ils sont restés un groupe parfaitement inoffensif, quoique bruyant, jusqu'à ce qu'un type du nom de Vernon Howell vienne les rejoindre en 1981. Il devint leur chef en 1988. »

Jack haussa les épaules. Ce nom ne lui disait rien.

« David Koresh ? » demanda Andy et Jack acquiesça. Koresh était le célèbre chef de la branche des Davidiens au moment du siège. « Ils ne font qu'un, continua-t-il. Il a changé de nom, en prenant David pour la lignée de David et « Koresh » de l'hébreu « Soleil ». En tout cas, Koresh est un type sans problème quand il les rejoint, mais quand les survivants des cinquante-deux jours de siège furent interrogés, ils assurèrent qu'il avait terriblement changé avec le temps. Le changement le plus profond était intervenu après un voyage en Israël en 1985. »

Ils passaient devant un banc et Jack en profita pour s'asseoir. Andy, qui se contentait généralement, compte tenu de sa corpulence, d'aller de son bureau à son bar, en fit autant. « De quel genre de changement parlons-nous ? demanda Jack, conscient que cela allait probablement être le nœud de l'histoire.

— Apparemment, il est revenu en débitant certains passages de la Bible en les présentant comme caducs et c'est à ce moment-là qu'il a commencé à prendre le contrôle des Davidiens. Pour sa défense, il prétendait qu'il était désormais le récipiendaire de l'ultime message de Dieu ; le soi-disant septième sceau. Ce qui faisait de lui, à ses propres yeux, le septième messager du Livre de la révélation. D'après les dossiers du FBI, il prétendait qu'un nouveau Sauveur allait arriver et qu'il préparait la voie pour que ses propres fidèles puissent obtenir la vie éternelle.

— Préparait la voie ? » demanda Jack.

Il commençait à entrevoir certains liens ; la chenille qui devenait une mite. Certainement pas un papillon. « Comment entendait-il procéder ? »

Andy gloussa. « En équipant ses gens comme une armée, apparemment. C'est pourquoi l'ATP voulait donner l'assaut au camp de Waco. Il faut dire que ce type était complètement cinglé ; prêt à déclencher une guerre, à en croire les dossiers. »

Ou à riposter, pensa Jack.

« Et tout ça suite à ce qu'il avait découvert en Israël ? demanda-t-il.

— Non, mon ami, précisa Andy. Ça provenait de ce qu'il avait découvert en Turquie. »

Il vit Jack écarquiller les yeux. Quel lien ! « Personne ne le filait particulièrement pendant qu'il était en Israël ; il était encore inconnu au bataillon à l'époque. En tout cas, il voyageait beaucoup partout, se rendait sur de nombreux sites religieux ; notamment le mur des Lamentations. Quand il revint, il prétendit avoir "parlé avec Abraham dans la vallée à Éphèse". Je ne sais pas s'il l'entendait au propre ou au figuré, mais c'est cette rencontre qui lui a mis le feu au cul. Si c'était au sens au propre, alors qu'il était allé en Turquie, ce qui n'est pas tellement loin d'Israël après tout. »

Plutôt inquiet, Jack passa en revue dans sa tête la liste des expressions clés.

Hérésie ; Jean le Baptiste comme Messie ; l'Immaculée Conception ; Jésus ayant survécu à la crucifixion ; Jésus se mariant ; Jésus ayant des enfants ; Abraham ; un nouveau Sauveur ; Armageddon ; la lignée de David ; Éphèse ; les sept Églises d'Asie ; le Livre de la révélation ; la vie éternelle ; la réincarnation ; Jean Cocteau ; Léonard de Vinci.

Et les croisa avec tout ce qu'Andy venait de lui dire : Abraham, Armageddon, la lignée de David, Éphèse, le Livre de la révélation, vie éternelle et le plus important de tout : un nouveau Sauveur.

Sept correspondances, toutes provenant d'une réunion à laquelle Koresh avait pu assister en Turquie.

C'était suffisant. « Il me faut des renseignements sur Éphèse », dit Jack d'un air de défi. C'était une déclaration abrupte qui ne souffrait pas de discussion. Il devait y avoir une secte implantée quelque part dans cette région ; dans un endroit où Koresh s'était peut-être rendu. Quels que soient ces gens, en tout cas, c'étaient des malins ; sacrément intelligents, même, car ils n'étaient répertoriés nulle part, sauf dans un des dossiers du FBI. Seigneur, pensa-t-il, des gens qui empruntaient *L'Attrape-cœurs* à leur bibliothèque locale étaient fichés par le FBI, mais pas ces types. Ils avaient évité de se faire remarquer pendant longtemps, mais là ils avaient merdé. Et drôlement. Ils avaient tué la fille de Jack. Ils existaient et c'était bien eux. Jack le sentait.

Ils détenaient son enfant. Une faute majeure à cause de laquelle leur existence était sur le point de changer.

« C'est déjà lancé, dit Andy, sachant combien Jack serait pressé d'avancer. Fais-moi confiance, s'il y a une secte, un groupe, ou quoi que ce soit qui puisse se cacher ou se réunir même dans une étable à vaches dans les 150 kilomètres autour de cette ville, nous te les trouverons.

— Je veux que toi, disons tes gars, vous vous plongiez également là-dedans pour moi », dit Jack.

Il chercha dans sa poche de veste et en sortit une enveloppe. Andy en retira les feuilles photocopiées et y jeta un coup d'œil. « Qu'est-ce que c'est ? demanda-t-il.

— Des sociétés, dit Jack. Et certains des produits qu'elles achètent apparemment. »

Andy jeta à Jack un regard mauvais. « Je vois ça, dit-il. Ce que je voudrais savoir, c'est quel rapport il y a entre elles et ces trucs sur les sectes que j'essaie de trouver pour toi ?

— Je ne le sais pas vraiment, dit Jack. Mais j'ai déjà trouvé des liens plutôt douteux entre les sociétés elles-mêmes. »

Il fouilla dans les feuilles entre les mains d'Andy jusqu'à ce qu'il atteigne la dernière, tapée à la machine sur laquelle il avait déjà détaillé ses propres trouvailles. « Maintenant, j'ai besoin de savoir quels autres liens il pourrait exister. S'il y en a. »

Andy passa de nouveau en revue les autres documents en essayant de trouver des correspondances, puis il haussa les épaules. « Ça ne me dit rien, mais je vais demander aux fédéraux de les regarder. Je suppose que tu veux simplement des renseignements sur tout ce qui pourrait sembler bizarre ?

— Je veux simplement des renseignements sur tout. Point final. »

Andy acquiesça, glissa les feuilles repliées dans l'enveloppe et la mit dans sa poche. « C'est comme si c'était fait. »

Jack sourit d'un air peu convaincu, posa la main sur l'épaule de son ami et le remercia pendant qu'ils regagnaient la voiture d'Andy. Tandis qu'il se retournait pour lui dire au revoir, quelque chose attira le regard du sénateur. « À propos de fédéraux, dit-il. Tu en attends ? »

Jack suivit son regard et remarqua un visage dans la foule. Toujours vêtu de son éternel imperméable malgré la chaleur, l'agent Warner arborait également son autre signe distinctif : cette façon qu'il avait de regarder fixement. Ce même regard interrogateur qui n'avait pas quitté Jack pendant toutes les funérailles de Dave.

« C'est l'agent Warner, soupira-t-il. Tu le connais ? »

Andy secoua la tête. « Non, mais je reconnais la coupe de son manteau. Et ce nom me dit quelque chose, maintenant que tu m'en parles. Quand on fréquente autant de fédéraux que moi, on finit par les reconnaître à leur accoutrement. Il t'embête ? Si c'est le cas, veux-tu que je lui parle ?

— Je peux me débrouiller avec lui, dit Jack. Tu fais seulement tout ton possible pour me trouver un lien entre Éphèse et cette satanée liste. »

À l'intérieur de sa veste en tweed léger, le téléphone mobile d'Andy se mit à sonner et il acquiesça. « Je te tiens au courant », dit-il en cherchant l'appareil dans sa poche de poitrine. Jack tapota le sénateur sur l'épaule, le remercia d'un sourire et s'éloigna.

En direction de la foule. En direction de Warner.

Pour savoir ce que cette plaie d'agent brûlait de lui jeter à la figure cette fois-ci.

Pour les incrédules

2 Corinthiens 4:4

Tandis que les collines alentour s'animaient doucement, les disciples inclinaient tous la tête en signe de soumission. En silence.

Éphraïm, Le Jacob, pria pour l'avenir de l'Enfant et remercia Dieu d'avoir bien voulu bénir ceux qui étaient rassemblés en ce jour en tant que Ses saints gardiens. Il se tenait la tête haute sur le balcon central du temple du Salut, son corps frêle redressé et fier. Michael, Sariel et Gabriel, les archanges attitrés, se tenaient à sa gauche. Le Joseph était à sa droite.

L'Abraham n'était pas là.

Au tout dernier *amen* d'Éphraïm, le tapis de crânes rasés se releva d'un seul coup pour l'entendre délivrer son sermon du jour. Comme lors de chacun des sermons quotidiens de Le Jacob, ils écouteraient et entendraient chaque mot qui était prononcé. La beauté qu'il y avait à se frotter aux esprits des faibles, des désespérés et des disparates était telle que tous approuveraient à 100 % les mots qui leur étaient destinés.

« Nous sommes tous des serviteurs du vrai Christ, commença-t-il, parlant le plus fort possible pour faire oublier la fragilité de sa voix. L'Enfant qui demeure parmi nous se prépare à nous faire entrer dans le nouvel âge. Un âge où tyrannie et corruption sont renvoyées en enfer, un âge qui occupera à jamais l'avenir de l'homme. »

Un bref silence s'ensuivit. Éphraïm se demandait si les hommes et les femmes réunis face à lui en ce moment respecteraient un tel silence lorsqu'ils se retrouveraient brutalement livrés aux tenants du mal. Comme dans la plupart des événements dans la vraie Bible, songea-t-il, le sacrifice est inévitable.

« Mais la route de la vertu n'est pas une route facile, continua-t-il, et bientôt vous serez contraints d'affronter une région sauvage au-delà de ce sanctuaire : Bethléem. Vous rencontrerez maints individus qui chercheront à protéger la présence du diable sur Terre. Ne vous laissez pas tenter, car c'est votre Dieu qui vous offre à eux pour éprouver votre foi. Ne prononcez pas de mots. Bénis soient ceux qui tirent leur force de la contemplation de Dieu, car ils seront récompensés par une place à ses côtés dans le nouveau royaume. »

Éphraïm poussa encore la voix, en y ajoutant une nuance d'optimisme prophétique. « Ce soir, j'ai longuement parlé avec notre guide dans cette vie. L'Abraham, éternel protecteur de la lignée de David et prophète de la nouvelle aube, et j'ai été témoin de la vision dont Dieu l'a gratifié. Il les a vus s'approcher. Il les a vus se rassembler aux portes de Bethléem, avec les mots du mal et des armes de destruction. Il les a vus venir pour nous écarter de son saint lieu et nous tenter, pour que nous leur livrions notre Sauveur et l'abandonnions dans leurs bras brûlants de haine. » Il baissa à nouveau la voix, en prenant garde qu'elle soit juste assez forte pour que chaque membre de l'assemblée puisse l'entendre.

« Retenez votre langue quand vous offrirez vos corps aux serviteurs du diable afin qu'ils jugent de la force de votre esprit ; qu'ils soient assourdis par votre silence. Ils ne vous feront aucun mal. Votre tentation sera brève et, quand elle sera terminée, le silence sera votre salut. »

Marchant lentement jusqu'au bord du balcon, il posa les mains sur la pierre froide et sourit en voyant deux cent quinze visages le regarder après avoir bu ses paroles. Ils feraient ce qu'on leur demandait et se livreraient sans le moindre combat. Éphraïm, lui, serait à de très nombreux kilomètres de là. Comme l'Enfant, il serait en sécurité.

*

* *

« Vous vouliez me voir ? demanda Jack, sur un ton interrogateur qui transpirait le mépris.

— Certainement, monsieur Bernstein, répondit Warner, visiblement content de lui. Certainement. »

Une petite cafétéria, blottie sous un auvent au bord de l'eau à quelques centaines de mètres du NetCenter, offrait un abri idéal contre le soleil et Jack y dirigea Warner. Ils traversèrent la foule en silence, mais, au grand déplaisir de Jack, ce silence se prolongea beaucoup trop longtemps ensuite. Alors qu'il attendait visiblement une explication de la part de l'agent, rien ne venait.

À la fin, il renonça. « Alors... ? demanda-t-il impatiemment.

— Cela concerne votre voyage à Rome, monsieur Bernstein, annonça Warner, qui continuait à marcher aussi lentement qu'il parlait et avec la même détermination. Il y a quelques détails dont je pense nous devrions...

— Nous avons déjà discuté de mon voyage à Rome, agent Warner», coupa Jack. Il soupira avec lassitude. «Je pense vraiment que cela n'avancera à rien d'y revenir.»

Tandis qu'ils parvenaient à l'ombre de l'auvent rouge gonflé par la brise, Jack indiqua à la serveuse qu'ils voulaient deux cafés pendant que Warner trouvait de la place à une table donnant sur la plage. La foule s'était dispersée une fois le discours de Jack terminé, chacun revenant à son occupation la plus sérieuse consistant à parfaire son bronzage, mais la presse était toujours là, profitant au maximum de la journée officielle consacrée aux relations publiques d'IntelliSoft. Malgré cela, beaucoup en étaient maintenant réduits à interviewer des directeurs de réseau pas très disponibles sur l'effet que pourrait avoir le système sur l'industrie électronique dans son ensemble, espérant aussi sans doute que la foule nombreuse leur permettrait d'obtenir au moins une petite phrase intelligible de la part de «l'homme de la rue» avant la fin de la journée.

«Reprenons depuis le début, tout vient du fait que je m'interrogeais sur le rapport qu'il pourrait y avoir entre la mort du jeune M. Clearwater et celle de votre fille. Je savais qu'il devait y en avoir un, compte tenu de la proximité dans le temps de deux attentats évidemment terroristes, et, comment dire... tellement proches de vous. Le problème, c'est que je ne voyais rien.»

Jack se mordit la lèvre pour éviter de lui faire part des choses sur lesquelles Andy avait attiré son attention. «Il n'y a aucune relation», intervint-il, dans un mensonge presque rageur.

La serveuse arriva avec du café, du lait et du sucre sur un plateau. La rapidité du service prouvait sans aucun doute qu'elle mesurait l'importance de son visiteur et avait réagi en conséquence. Elle sourit à Jack en posant les différents éléments sur la table, puis elle se retira.

« Oh ! mais il y a une relation, monsieur Bernstein, avança Warner d'un air entendu, en dégustant son café noir. N'en voyez-vous pas une ? Elle n'est pas simple, je vous l'avoue, et certainement pas facile à trouver, mais elle existe bien. » Il sourit et éloigna la tasse de ses lèvres. « Et oui, au cas où vous vous interrogeriez... je l'ai trouvée. »

Jack ajouta tranquillement du lait et un sucre à son café. Et ne dit rien.

« Voyez-vous... continua Warner d'un air docte, je n'avais pas grand-chose à partir de quoi travailler. J'avais le vol 320 et le jeune Clearwater. C'est tout. Mais voilà que, surgi de nulle part, je reçois un appel me disant qu'un des résidents du monastère Saint-Jérôme à Montecastrilli est parti retrouver son Créateur dans des circonstances pour le moins singulières. Le meurtrier, semble-t-il, n'a absolument pas cherché à dissimuler le fait que c'était un crime. On peut même dire qu'il a choisi de le crier sur tous les toits. Le moine en question était un vieillard du nom de... » Il vérifia ostensiblement ses notes. Marqua un temps d'arrêt.

« Frederico », dit Jack sans réfléchir, d'une voix blême.

Jack ne s'en était pas rendu compte, mais prononcer le nom de Frederico était exactement ce que Warner voulait qu'il fasse. Comme s'il avait tendu le bras à travers la table et pris le pistolet de Warner dans son holster.

Avant de se tirer une balle dans le pied.

« Vous savez, dit-il en hochant la tête d'un air triomphant, j'avais le sentiment que vous deux, vous vous connaissiez peut-être. Surtout quand j'ai découvert que, en plus de le ficeler comme une sorte de Jésus moderne à la croix sur le toit du monastère, ils avaient aussi cloué une jolie petite plaque au-dessus de sa tête. De l'or massif, rien que ça. » Il but une autre gorgée, ses yeux souriants toujours fixés sur Jack. « Vous auriez une idée de ce que ça pouvait vouloir dire ? »

Jack s'était figé sous le choc. Avait-il bien entendu ? Frederico mort. Frederico assassiné. Il avait du mal à y croire, malgré les allusions de Simon concernant la mort de Dave et la peur qu'il avait fait naître en lui, il n'avait rien vu venir.

C'était vrai. Ils ripostaient. Beaucoup plus durement qu'il ne l'aurait imaginé. Comme pour le mettre en garde de la pire façon possible. Et pourtant, ils étaient invisibles. Ils n'étaient nulle part. Il avait l'impression d'être sur des montagnes russes, qui n'avaient cessé de grimper jusqu'au ciel depuis sa première rencontre avec Simon, quand il avait franchi le point culminant. Son seul désir était de fermer les yeux et de prier pour que le tour ne se prolonge pas trop longtemps.

« Cavalier prend fou », dit Warner d'un air sûr de lui. Il se tut pour laisser à ses mots le temps de faire leur effet et profita de la réaction de Jack. Son visage soucieux, bien différent de l'expression impassible qu'il arborait aux funérailles de Dave, valait la peine d'être vu.

« Donc, continua-t-il, nous avons Dave Clearwater, que vous décrivez comme votre enquêteur personnel, tué selon un très curieux mode opératoire et une plaque laissée sur les lieux qui disait “Cavalier prend tour”, suivi par frère Frederico, qui, peu de temps après, connaît un sort identique. À des milliers de kilomètres. » Warner était lancé maintenant. La vérification à laquelle il s'était livré à propos du voyage de Jack à Rome apparaissait payante. « Mais j'ai encore un problème car, si j'ai eu connaissance de votre visite, je n'ai toujours pas le dernier élément : la raison de cette visite. Alors je m'accroche à la piste des échecs, je demande partout et je m'adresse à de grands réseaux mondiaux ici, d'agence à agence, Interpol, tout le monde. Et devinez quoi... Je tombe sur un autre incident plutôt étrange. »

Il sortit une copie couleur laser de la poche de sa veste et la fit glisser sur la table en direction de Jack. À contrecœur, ce dernier baissa les yeux pour la regarder. La photo montrait le visage souriant d'un jeune homme, d'apparence sud-américaine ou méditerranéenne, dans une pose maladroite ; on aurait dit une copie de photo de passeport. Cette copie agrandie provenait sans aucun doute de l'imprimante du bureau de Warner. Si c'était bien le cas, il était probable qu'il l'eût reçue *via* Internet. Elle pouvait venir de n'importe où dans le monde.

« Vous reconnaissez cet homme ? » demanda-t-il d'un ton détaché.

Jack secoua la tête. « Je ne l'ai jamais vu. » C'était la vérité. Pour une fois.

« Ce n'est pas une très bonne photo, expliqua Warner tranquillement. Plutôt une "d'avant" en réalité. Ici, j'en ai une "d'après". Peut-être que celle-là pourra vous servir. »

Il glissa une autre photo sur la table. On aurait dit les restes d'un feu de jardin avec un tas de feuilles brûlées et un sac noir de détritus. Elle sortait de la même imprimante que la première photo et probablement du même endroit du monde.

Dès qu'il l'eut sous les yeux, Jack ne fut pas long à comprendre ce que la photo représentait. Le sac au milieu n'était pas un sac. C'étaient des restes humains, avec un visage déformé noirci par le feu et un corps recroquevillé au milieu des cendres. Une photo « d'après ».

« Merde, dit Jack. Qui ça peut bien être ? »

Warner sourit. « Un Espagnol du nom de Paulo Estadore. » Il savait que Jack ne reconnaîtrait pas le visage de l'homme, mais il espérait qu'il reconnaîtrait son nom. Visiblement, ce n'était pas le cas. « Il y a quelques jours, il semble qu'il ait eu la terrible malchance de mourir sur le bûcher. Sur le bûcher, rien que ça. »

Warner tressaillit à cette évocation, puis haussa les épaules et but une gorgée de café comme s'il commentait tranquillement le film qu'il avait vu la veille. « Sale façon de mourir, vraiment. Personnellement, peu importe comment je suis rappelé, tant que ce n'est pas brûlé ou noyé. Sauf un incendie domestique, peut-être. » Il agita sa paume retournée, manière de dire « à la rigueur ».

« Au moins, avec les incendies domestiques, vous êtes généralement étouffé par les émanations bien avant de vous faire griller mais... waouh... dehors en plein air ? Avec tout ce vent ? Cette ventilation ? On doit sentir les flammes jusqu'au moment où elles vous lèchent la peau et ça doit puer. Oh, à propos, ce carré jaune que vous voyez... c'est une plaque que l'assassin a très aimablement clouée au bûcher à l'intention de la police. Une plaque en or. Je crois que celle-ci dit : "Cavalier prend pion". »

Se penchant au-dessus de la table avec un sourire narquois, il regarda Jack dans les yeux. « À présent, j'ai le sentiment très net que vous savez où je veux aller avec ça. »

Jack essayait de garder son calme, de se contrôler, mais c'était encore une partie qu'il était en train de perdre. Il était déjà en nage. « Je n'ai rien à voir avec ça, dit-il nerveusement. Je comprends que vous fassiez le lien à cause des références aux échecs, mais je peux vous assurer que j'ignore tout de cette affaire. Je ne connais même pas ce Paulo Escadore.

— Estadore, corrigea Warner. En fait, pour être honnête, ce n'était pas le lien avec les échecs qui m'intéressait tellement, monsieur Bernstein. Ça m'a juste servi de catalyseur. Au début, tout ce que je cherchais, c'était un lien entre Clearwater et Frederico et, comme vous n'avez pas l'air de l'avoir encore compris, je l'ai trouvé avec ce jeune homme. Il était décrit par ses voisins comme un *geek* ; je crois que c'est comme ça que vous, les fous d'informatique, les appelez. Il passait ses jours et ses nuits à surfer sur les sites du monde entier ; parlant rarement à qui que ce soit sans écran interposé. À présent, je sais aussi, pour avoir pas mal posé de questions, qu'on a trouvé dans l'ordinateur de Paulo Estadore une liste des adresses e-mail qu'il utilisait le plus souvent. Et là, juste dans le Top cinq de cette liste, se trouvait david.clearwater@intelliserver.usa. »

Il but une nouvelle gorgée de café, beaucoup plus longue que la précédente. Il était moins chaud maintenant et le mélange était vraiment bon, bien meilleur que la boue qu'il devait supporter au bureau, avec la vieille machine achetée il y a huit ans. « Ces types s'étaient connus par Internet, monsieur Bernstein. Ils échangeaient probablement régulièrement des données. Des données comme dans "acquisition d'informations", le nom que vous aviez donné, je crois, au service dont M. Clearwater était responsable au sein de votre entreprise. En procédant par élimination, je peux deviner que toutes ces données échangées étaient le genre d'informations que vous demandiez à Dave de se procurer. »

Il sourit de nouveau d'un air très nettement sardonique, cette fois. « Ça vous intéresse de savoir ce que je pense d'autre ?

— Éclairez-moi, dit Jack, qui aurait vraiment préféré être ailleurs ce jour-là.

— Eh bien, comme vous, j'ai d'abord cru que Clearwater avait pu être tué pour des raisons personnelles. C'était plausible, à l'époque. Il était le premier de la série, du moins à ma connaissance. Mais maintenant que je tiens mon lien, je sais que ce n'était pas le cas. Maintenant je crois que Clearwater rabattait quelque chose pour vous ; quelque chose d'important. Donc, Paulo, assis derrière son ordinateur en Espagne, reçoit un appel de Clearwater lui demandant de l'information sur un sujet à propos duquel vous n'allez pas tarder à m'éclairer. Paulo parle probablement à Dave d'un moine qui pourrait détenir des réponses. Un moine qui n'a ni téléphone, ni fax, ni pigeon voyageur. Alors, dans l'instant, vous vous précipitez à Rome pour, comment avez-vous dit, "une réunion d'affaires classique". » Il secoua à nouveau la tête. « Vous aviez une réunion d'affaires classique avec un ermite de 80 et quelques années, qui, comme par hasard, se retrouve crucifié quelques jours plus tard, sans avoir à sa disposition tous les outils ayant servi à la résurrection miraculeuse de son prédécesseur. »

Warner ne quittait pas Jack des yeux. Le silence retomba pendant quelques instants.

« Vous êtes en pleines suppositions », finit par dire Jack. Il avait remarqué que Warner n'avait établi aucun lien entre Paulo et Frederico. Il y en avait un, il le savait. Mais il voyait bien que Warner n'avait toujours pas de preuve. S'il en avait eu une, il s'en serait servi.

« Une plaque en or, monsieur Bernstein », continua Warner, en se penchant en avant. Il n'était pas idiot. Il voyait exactement où Jack voulait en venir. « De l'or massif avec une référence aux échecs. Exactement comme Paulo et exactement comme Dave... Tellement évident que cela semble forcément délibéré. À présent, ça fait une sacrée addition, vous ne trouvez pas ? » Il termina son café et fit un signe à la serveuse pour qu'elle le resserve. « Donc, maintenant, le lien est très simple », continua-t-il d'un air de défi. « Vous demandez à Clearwater d'explorer un peu, il contacte alors ce Paulo qui vous dirige alors, *via* ce pauvre Clearwater, vers frère Frederico. Et tout ceci se produit après que l'avion de votre fille n'explose. J'ai comme l'impression que vous êtes à la recherche de réponses qu'on ne veut pas que vous trouviez. Donc, maintenant, j'ai trois morts et trois plaques en or. » Il regarda Jack dans les yeux. « Voilà matière à réflexion pour vous, monsieur Bernstein – quant à moi, je préférerais ne plus avoir à chercher. »

Il avait l'air insistant à présent. « Il est grand temps que vous me racontiez par le menu ce qui se passe exactement. »

Tu brûleras leurs chars

JOSUÉ 11:6

Après les prières finales, tandis que les disciples sortaient lentement du temple en file indienne et se dirigeaient vers le réfectoire, Éphraïm, ainsi que Le Joseph et les trois archanges se retirèrent dans une petite pièce derrière le balcon. Là, en silence, ils ôtèrent leurs habits ecclésiastiques et enfilèrent les robes esséniennes beaucoup plus simples qu'ils portaient quotidiennement.

Un jour ordinaire, la pièce serait restée vide pendant tout le service, mais ce n'était pas le cas aujourd'hui. Ce jour-là, l'un des plus importants dans la longue histoire de l'Éternité, L'Abraham, soucieux de vérifier que son sermon soigneusement rédigé était délivré à la lettre, avait parcouru les 3 kilomètres depuis sa résidence de Qumrân pour l'écouter.

Son trajet jusqu'au temple s'était effectué sans que personne ne le voie. Et personne, y compris Éphraïm, n'avait été averti de sa présence. Et cela grâce à un réseau de tunnels étroits construits sous la colonie bien avant que la première pierre du temple n'ait été posée. C'était ce réseau que L'Abraham utilisait à l'occasion pour surveiller et écouter ses sujets afin de juger de leur dévotion et de remédier à une potentielle baisse de ferveur.

Au sein de la colonie, seul L'Abraham connaissait l'existence des tunnels, car seul L'Abraham était en vie au moment où ils avaient été construits, initialement, dans un but de défense contre l'invasion romaine.

Il y a presque deux mille ans.

Pendant qu'Éphraïm prononçait la prière finale, L'Abraham avait soigneusement replacé la pierre au fond de la sacristie et suivit la lumière de sa torche jusqu'en bas de l'escalier en pierre. Il était ensuite reparti, en empruntant d'un pas tranquille le labyrinthe aux murs de terre creusé dans la roche jusqu'à Qumrân.

Il afficha un grand sourire et un regard insane pendant tout son retour. Il était maintenant assuré qu'Éphraïm et toutes ses pauvres ouailles feraient exactement ce qu'on leur avait demandé et le fait de le savoir l'emplissait de contentement. Le moment venu, ils se livreraient tranquillement aux autorités et refuseraient de donner le moindre détail sur leur existence. Ils seraient emmenés et perdus à jamais et il n'aurait plus besoin de faire semblant ; une façade dont il commençait à se lasser.

Ils avaient fabriqué les choses dont il avait besoin et avaient fait tout ce qu'il avait demandé pendant toutes ces années en s'imaginant que « l'Enfant » était véritablement spécial. Ils se trompaient. Loin d'être spécial, le garçon n'était pas différent des autres en vérité ; il était là uniquement dans un but. À présent, comme pour les autres, ce but était tout près d'être atteint.

Seul Zabulon avait encore des tâches à accomplir. Quand elles seraient terminées, L'Abraham tiendrait le Verbe de Dieu entre ses mains plus fermement qu'il ne l'avait jamais fait auparavant. Au même moment, le monde serait ravagé et il détiendrait enfin la seule chose dont il avait toujours rêvé, durant toute son interminable vie d'adulte : un pouvoir défiant l'imagination.

Le monde entre ses mains, véritablement.

*
* *

Andy était toujours près de sa voiture, engagé dans une conversation animée sur son téléphone mobile. La voix à l'autre bout de la ligne vérifiait qu'il avait bien fait tout ce qu'il était supposé faire. C'était le cas et il l'avait déjà dit deux fois à l'homme. Il y avait cependant une chose qui était nouvelle. Qui valait la peine d'être mentionnée.

« Bernstein m'a donné une liste, ajouta-t-il avec une nuance d'inquiétude. Des sociétés et des produits.

— C'était à prévoir, dit la voix.

— Mais je vais devoir la donner aux Feds, expliqua Andy. Sinon, il va avoir des soupçons. Il croit toujours que c'est eux qui m'ont fourni les détails que je viens de lui transmettre.

— Vous lui avez donné le lien avec Koresh ?

— Évidemment, répondit Andy. Rencontré L'Abraham à Éphèse. Toutes ces conneries. Il a aussitôt mordu à l'hameçon. Ça lui a flanqué la trouille aussi. Exactement comme vous l'aviez dit. Le problème, c'est que je crois qu'il a un Fed en face de lui en ce moment même et que ça me fout les boules.

— Le nom de l'agent ?

— Warner, répondit Andy tout de go. Le même type qui lui a appris la mort de Lara. Je crois qu'il continue à fouiner.

— Il ne trouvera rien, répliqua la voix. Ça ne nous concerne pas. »

Andy haussa les épaules. Ce n'était pas son problème.
« Si vous le dites.

— Vous avez bien agi. L'Abraham va être content.

— Ah bon ? En tout cas, comme je l'ai déjà expliqué, déclara Andy d'un ton menaçant, je me fous complètement de L'Abraham. Je me fous complètement de vous et je me fous complètement de votre nouveau Messie. Je veux juste une nette majorité aux présidentielles de l'an prochain et je vous suggère de le rappeler à L'Abraham. Il ferait mieux de ne pas chercher à me baiser dans cet accord, parce que je n'aime pas du tout qu'on se moque de moi. J'ai encore beaucoup de pouvoir.

— Bien sûr. »

*

* *

« Votre ami sénateur est-il encore là ? demanda Warner. Je crois que lui et moi devrions avoir une petite conversation.

— Je vous l'ai dit, répliqua Jack d'un ton solennel, il est déjà en train de consulter le FBI à Washington. Ils examinent tout ce que je lui ai donné et je suis certain qu'ils feront appel à vous s'ils l'estiment nécessaire. »

Warner sourit devant l'incompréhension totale de Jack. « Vous ne comprenez toujours pas la situation, n'est-ce pas, monsieur Bernstein ? Je suis assigné à vous, que ça vous plaise ou non. Et, devinez quoi... ? J'ai déjà largement enquêté sur vous... que ça vous plaise ou non. Quand j'ai découvert que la mort de frère Frederico pouvait avoir un rapport avec le fait que vous soyez allé lui parler d'hérésie, je me suis adressé directement à Alex Wright, qui est justement l'agent auquel votre ami sénateur prétend avoir parlé. C'était d'ailleurs pas plus tard qu'hier soir. À part avoir lu son nom dans les journaux... il n'avait jamais entendu parler de lui. »

Le petit sourire assuré de Jack s'effaça. Il fit volte-face et scruta la foule qui se dispersait. Avec un soupir de soulagement, il aperçut l'extrémité avant de la voiture d'Andy. Puis un mouvement de foule laissa apparaître le sénateur lui-même. Il se trouvait exactement au même endroit que tout à l'heure, souriant avec assurance tout en parlant au téléphone.

« Dans ce cas, demandons-lui tout de suite, alors », dit Jack.

Il était inimaginable qu'Andy, et surtout lui, se foute ainsi de sa gueule. Il devait y avoir une erreur. Il ne doutait pas que son ami puisse éclaircir les choses.

Alors, peut-être, peut-être seulement, il pourrait se débarrasser de Warner.

*

* *

« Alors, qu'est-ce que je fais de la liste ? dit Andy.

— Comme je l'ai dit, c'était prévu. »

Il y eut un silence. « Si vous regardez maintenant, vous allez trouver des instructions complètes derrière le pare-soleil du côté conducteur de votre véhicule. »

Sceptique, Andy ouvrit la portière de la Mercedes de location et glissa sa silhouette massive sur le siège. Une fois à l'intérieur, il referma la porte, passa rapidement le véhicule en revue et rabattit le pare-soleil. Il était déçu. La pochette plastique contenait seulement la documentation de la société de location.

« Je ne vois rien, dit-il en appuyant à nouveau le téléphone contre son oreille.

— L'étui orange, dit la voix. Regardez à l'intérieur. »

Andy sortit l'étui en plastique orange de la pochette transparente et l'ouvrit. Au lieu de la liste standard des numéros utiles et des centres de dépannage agréés, quelque chose avait été glissé dedans.

Très longtemps avant qu'il ne vienne prendre la voiture qui avait été louée à son nom.

Bouche bée, il sentit qu'il était en nage. Comme jamais auparavant. Incapable d'aligner deux pensées, il regardait fixement devant lui sans comprendre.

La sueur commençait à dégouliner de son front. Il regarda tout droit en direction du bas de la plage. Tout droit en direction de la silhouette en costume qui se détachait au bord de l'eau. L'homme, complètement chauve, tenait d'une main un téléphone mobile contre son oreille et quelque chose de beaucoup plus petit dans l'autre. Son doigt était posé sur le côté de cet objet, comme s'il était prêt à appuyer sur un bouton.

Andy écarquilla les yeux.

« Espèces de salauds, dit-il d'une voix cassée. Vous n'êtes que des espèces de sa...

— Au revoir, sénateur », dit Zabulon, certain qu'Andy avait vu la plaque.

Il pressa le bouton.

– CAVALIER PREND CAVALIER –

*

* *

Jack cria en direction d'Andy tandis qu'il montait dans la voiture, ne voulant surtout pas le rater, mais

Andy n'entendit rien. Il était encore trop loin et plongé dans sa conversation. En s'approchant, les deux hommes le virent prendre quelque chose derrière le pare-soleil. Cela ressemblait à la pochette fournie par la plupart des sociétés de location de voitures contenant des renseignements en cas d'accident ou de panne.

« On dirait que votre ami a des problèmes de voiture », avança Warner d'un ton sardonique.

Jack paraissait interloqué. Andy n'avait aucun besoin d'appeler un numéro de dépannage, il lui suffisait de s'adresser à Jack lui-même. « Pourquoi diable n'est-il pas venu... »

C'était trop tard.

En un instant, la voiture d'Andy disparut dans une lumière aveuglante, une déflagration orange et blanche. Bien qu'encore à une trentaine de mètres Jack et l'agent Warner furent tous les deux projetés en arrière, soufflés par la déflagration brûlante accompagnée d'une pluie cinglante de morceaux de métal et de verre. Les deux hommes se protégèrent instinctivement le visage et, pendant quelques instants, restèrent cloués au sol. Aussitôt après l'explosion, une seconde détonation de moindre importance déchira le véhicule. Le réservoir d'essence, probablement épargné par la bombe elle-même, avait cédé à la chaleur et à la pression croissantes.

Après quelques instants d'un silence mortel, des débris de la voiture commencèrent à retomber bruyamment sur le bitume autour d'eux. On avait entendu des hurlements sporadiques venant de la foule alentour, mais la brutalité de la déflagration avait laissé la plupart des personnes présentes abasourdies. Ceux qui n'avaient pas réussi à plonger pour s'abriter furent projetés loin de l'endroit où ils se trouvaient. Certains étaient hors d'haleine à cause de la montée de pression, d'autres étaient à bout de souffle parce qu'ils étaient morts.

Outre le sénateur Andrew McKinnock, il y aurait sept autres décès ce matin-là : ceux qui s'étaient trouvés trop près de la voiture quand le Semtex soigneusement enveloppé avait explosé. Le Semtex qui, après coup, achèverait de persuader Jack qu'il était maintenant définitivement engagé dans une guerre à mort contre les gens qui étaient directement responsables du décès de sa fille.

Exactement comme Simon l'en avait prévenu.

Warner se remit péniblement debout et contempla le carnage. Il épousseta doucement ses vêtements pour en enlever les plus petits débris tandis que les premières traces de sang commençaient à se répandre depuis la racine de ses cheveux et à couler sur ses joues. Il avait été blessé un nombre incalculable de fois et, ayant servi au Vietnam pendant deux ans, il avait vu trop de gens mourir sous ses yeux pour son goût.

Il secoua la tête, visiblement consterné.

« Je vais me répéter, dit-il calmement. On dirait que votre ami a des problèmes de voiture. »

Les vœu et tous les engagements

NOMBRES 30:10

Seul dans la nuit, blotti dans la chaleur emmagasinée par le sable fin et le visage à peine éclairé par le bleu pâle d'une lune encore basse, Jack contemplait l'océan, attentif à tout et à rien. Il tenait la plaque entre ses mains, toujours enfermée dans une pochette à preuves transparente, comme elle l'était quand Warner lui avait demandé de prendre son temps pour « la regarder attentivement ». Il se demandait ce que l'agent pensait qu'il allait découvrir. Mis à part les références aux échecs, Jack ne s'expliquait pas plus que les autres la présence de ces plaques sur les lieux des crimes.

Il se trouvait toujours dans la zone condamnée par le FBI, tout en étant suffisamment loin des gyrophares des véhicules de secours et de la folie ambiante pour retrouver le sentiment de paix dont il avait tellement besoin à ce moment-là. Ils étaient restés là toute la journée, certains évacuant les morts et les blessés tandis que d'autres amenaient les équipes d'experts médico-légaux qui se succédaient. Après quelques heures passées à encombrer la route des gens qui pouvaient vraiment être utiles, il avait décidé qu'il en avait assez supporté. Il s'était mis à l'écart.

MaryBeth avait aussitôt proposé de s'occuper de la presse. Sous le contrôle de l'agent Warner (pour le moment en tout cas), on démentirait formellement que cette déflagration, tellement proche du NetCenter, visait le moins du monde Jack Bernstein ou IntelliSoft. C'était de toute évidence politique, dirigé contre un sénateur ambitieux à propos duquel les rumeurs assuraient qu'il avait un ticket présidentiel en perspective.

Le but caché derrière l'approbation de Warner était de maintenir les meutes de la presse à distance. Suffisamment longtemps en tout cas pour espérer découvrir la véritable nature du renard qu'il pourchassait.

Dans le coin de son œil gauche, Jack vit une silhouette approcher. Mais il ne bougea pas. Le pas tranquille de l'homme et le gonflement de son éternel manteau lui indiquaient sans qu'il ait besoin de vérifier que c'était l'agent Warner.

Warner avait de bonnes raisons pour avoir l'air soucieux. Tout ce que Jack lui avait raconté de ses rapports avec le sénateur avait pris une signification épouvantable avec l'explosion. Celui-ci avait confié à son ami des informations qui auraient dû aller directement de Jack à l'état-major du FBI à Quantico. En réalité, l'unique démarche de son ami avait été de lui barrer cette route. Il était difficile de croire que cette obstruction n'était pas délibérée. Pendant que Jack était aux mains des secours et qu'on lui extrayait trois minuscules échardes de verre de la joue droite, Warner avait continué à enquêter. Il avait posé nombre de questions et avait reçu nombre de réponses. Des données qui ne se recoupaient pas.

Il lui proposa un café assez clair dans un gobelet en carton et se baissa avec précaution pour s'asseoir sur le sable.

« Merci », dit Jack, en retirant soigneusement le couvercle.

Sa voix était atone, son remerciement sans conviction, mais Warner était décidé à s'en contenter. « Savez-vous, dit-il d'un ton égal, le regard perdu dans la nuit jusqu'à la ligne sombre de l'horizon, que c'est la première chose agréable que vous me dites ? »

Jack ne réagit pas. Il regardait son café avec l'air de vouloir y trouver une réponse. « C'est la première fois que vous m'apportez autre chose que de la merde. »

Warner sourit à regret. Il n'avait pas tort.

Pendant un moment, aucun des deux hommes ne reprit la parole. L'obscurité s'installait et la lune projetait une immense ride blanche à travers les étendues lointaines de l'océan, tandis que la brise se levait à mesure que la chaleur diminuait.

Même Warner, qui ne souffrait jamais de la canicule, semblait apprécier ce bref moment de tranquillité.

« Andy travaillait-il pour eux ? » dit Jack doucement, rompant le silence à contrecœur et en insistant lourdement sur le dernier mot.

Warner soupira et plongea à son tour les yeux dans les profondeurs de sa tasse. À la différence de celle de Jack, la sienne était vide à présent. Ce qui expliquait probablement son absence de réponse. Quelques instants plus tard, il soupira de nouveau, heureux que Jack ait bien voulu lui éviter de devoir lui révéler le pire.

« Je n'en suis pas absolument certain, finit-il par répondre. Mais je dirais que c'est une hypothèse tout à fait probable et c'est sans aucun doute la ligne d'enquête que je vais commencer par suivre. Il n'a certainement parlé à aucune des personnes auxquelles il prétend s'être adressé à Washington et il n'y a aucun moyen de trouver une trace de sa dernière conversation car ce n'est pas lui qui a appelé. Les experts sont à peu près certains que ce n'était pas le démarreur de la voiture qui était connecté. Ce qui a explosé là-dedans a été commandé à distance.

— Vous pensez donc qu'il parlait à la personne qui a déclenché l'engin ? »

Warner sourit. La capacité de Jack à résoudre des énigmes était évidente. « Je ne peux pas dire. Mais, oui... je le crois. » Il contempla autour de lui le sable bleu pâle de la plage déserte au clair de lune. « Et je crois qu'ils étaient suffisamment près pour le surveiller en même temps.

— Et nous par la même occasion. »

Warner détourna les yeux et acquiesça. « Et nous. »

Jack regarda de nouveau la plaque. « Cavalier prend cavalier. » Elle était encore maculée de débris fondus provenant du pare-soleil. « Il était en train de la lire quand la voiture a sauté, dit Warner.

— Et Dave alors, et Frederico ? Et le gosse espagnol ? Ils travaillaient pour eux ?

— Je n'en sais rien, dit Warner. Mais j'en doute. Dave et Paulo peut-être, mais Frederico ? Dans le village, on raconte qu'il croyait vraiment aux conneries qu'il vous a racontées. Il est possible que tous les trois aient été innocents. J'ai l'impression qu'ils ont été zigouillés juste pour vous faire peur, ou au moins vous avertir que tout ce que vous faisiez, chaque initiative que vous preniez, était surveillé. »

Surveillé. Jack n'avait même jamais envisagé qu'il avait été surveillé.

L'avait-il été ? L'était-il ?

Il avait froid. Bien plus froid qu'habituellement à la tombée de la nuit. Il parcourut la plage du regard, de haut en bas. À part eux deux, elle paraissait déserte, mais Jack ne se fiait plus à l'apparence des choses. Andy, par exemple, avait paru être son ami pendant tellement d'années.

« Je suis vraiment dans la merde, n'est-ce pas ? demanda-t-il pour la forme.

— Profond, dit Warner, en sirotant son café comme si la situation était parfaitement sous contrôle.

— Alors, qu'est-ce que je fais maintenant ?

— Eh bien, monsieur Bernstein, dit Warner, vous commencez par me donner une copie de la liste que vous avez confiée à votre ami sénateur, ainsi que toute autre information que vous jugerez utile. Ensuite, vous prenez deux de mes gars pour vous protéger et vous rentrez chez vous. Vous rentrez chez vous et vous grimpez dans cet énorme lit hors de prix dans lequel vous dormez sans doute, avec édredon en plume et oreillers assortis, et vous essayez de vous reposer un peu. Autrement dit : vous laissez la merde dans laquelle vous êtes aux gens qui sont formés pour la ramasser. »

Jack prit un air de défi. « Je ne peux pas, dit-il à voix basse, en secouant la tête. Pas avant d'avoir retrouvé mon petit-fils. »

Warner, déjà furieux d'avoir pris le train en marche si tard, laissa éclater sa colère. Au diable la compassion.

« Combien de personnes devront-elles encore mourir avant que vous renonciez à trouver la quadrature du cercle ? Vous êtes un homme d'affaires, nom de Dieu. Échecs, logiciels et grosses boîtes avec des lumières qui flashent. Ces gens ne le sont pas. Ce sont des terroristes. C'est ce qu'ils ont appris à l'école et c'est ce qu'ils n'ont pas cessé de perfectionner depuis. Ce sont des tueurs au sang-froid et ils veulent votre mort. Entre-temps, ils tueront tous ceux qui se trouveront sur leur route. Ils ont surveillé le moindre de vos mouvements et ils ont simplement balayé les morceaux. »

Brusquement, l'ironie du mot « morceaux » le frappa. Il s'arrêta. Soupira. Puis baissa la voix, comprenant à l'air déterminé de Jack que la colère avait un effet contraire à celui escompté.

« Pour l'instant, monsieur Bernstein, la seule chose dont j'ai besoin, c'est que vous me fassiez confiance. Parce que, pour l'instant... je suis probablement le seul ami utile que vous ayez. »

Jack prit une poignée de sable fin. Il avait gardé la chaleur de la journée et était assez sec pour couler entre ses doigts. À la fin, il n'en resta plus que quelques grains, obstinément collés à sa paume moite. Bientôt, ces derniers grains auraient aussi disparu. Comme pour sa fille, le temps se serait écoulé.

« Mes amis... mes amis utiles... Dans ce cas, appelez-moi Jack, dit-il un peu à contrecœur.

— Vraiment ? Les miens m'appellent agent Warner. »

Il sourit chaleureusement.

Jack lui sourit à son tour. « C'est ce que je pensais.

— Alors, permettez-moi de vous dire quelque chose, Jack. Vous avez vraiment une sale tête, dit Warner en se tournant vers son compagnon. Rentrez chez vous, dormez un peu... et faites-moi confiance. Je mettrai tout en œuvre pour retrouver ces gens – et votre petit-fils – à votre place. »

Dieu collabore en tout pour leur bien
Romains 8:28

Au téléphone, Ellie n'avait pas caché sa colère. Elle savait déjà que son mari rentrerait tard, mais à présent, il lui annonçait qu'il ne rentrerait pas du tout. Elle lui dit qu'elle allait éteindre le four et sortir acheter un chien pour lui donner son dîner. Il avait suggéré qu'elle le mette plutôt au réfrigérateur, mais il ne savait pas si elle le ferait. Tout dépendait de la journée qu'elle avait passée, de si son fils avait été insupportable avec elle ou non.

Au début, quand Frank était devenu agent du FBI, être marié avec lui représentait un privilège excitant. Pouvoir parler d'élucider un meurtre ou de démanteler un réseau criminel international en faisait une famille à part auprès de leurs amis et voisins. À présent, après vingt-trois années d'exercice, ce n'était qu'un meurtre de plus et un réseau de plus. Ils faisaient partie intégrante du quotidien d'Ellie depuis qu'elle avait passé à son doigt fin l'anneau que Frank lui avait offert de longues années auparavant. Les homicides frais étaient progressivement devenus moins importants que les légumes frais. Même l'histoire d'un Espagnol brûlé sur un bûcher avait semblé moins importante que celle d'un nouveau dîner brûlé.

Warner raccrocha doucement l'appareil et soupira. Au moins, elle pouvait se réjouir qu'il n'ait pas été contraint de passer la nuit à parcourir les rues, mais qu'il soit retenu dans le sanctuaire glacial du Bureau ; protégé par la sécurité et la vingtaine d'agents qui travaillaient toute la nuit. Au moins, il faisait ce qu'il détestait le plus : travailler sur un maudit ordinateur.

Le chemin avait été long, mais Jack espérait qu'il allait bientôt en voir le bout, maintenant qu'il était au courant de tout ce que savait Bernstein. Un homme du nom de Simon, peu importe qui il était et qui il représentait, avait semé le doute contre l'hypothèse Mil'el et donné à Jack quatre cartes postales, que Warner avait justement entre les mains. Ces cartes postales avaient conduit Jack, *via* Dave et Paulo, jusqu'à Frederico et la question de l'hérésie. Et à une organisation qui prônait probablement cette même hérésie. L'endroit où se trouvait Lara, confirmé par GlobeLink, était situé quelque part dans ou autour d'Éphèse au moment de ses deux dernières transmissions, mais McKinnock avait dit qu'il n'y avait aucune secte répertoriée dans cette région. Que ce soit par hasard, ou grâce à une relation privilégiée, il avait eu raison.

Éphèse, et la Turquie dans son ensemble, s'était révélée vide.

Ce qui ne laissait plus que la liste. Des sociétés appartenant à Pegasus Holdings, Morkhest ou RKI, et qui étaient toutes liées d'une façon ou d'une autre par les produits qu'elles achetaient. Quand le téléphone gris terne sonna sur son bureau, il espéra que c'était pour lui donner ce lien. Il attendait cet appel depuis une éternité. Il regarda la pendule. Cela faisait moins de cinquante minutes.

« Frank, c'est Will. Je crois qu'il faut que nous ayons une conversation sérieuse à propos de cette liste que vous m'avez envoyée. »

Frank ne connaissait pas Will Hicks, le responsable de l'équipe du soir au laboratoire du FBI, mais il savait de réputation que c'était un bon. Habituellement, il travaillait à partir de preuves matérielles : un éclat de verre, une rayure sur une balle, une goutte de sperme ou de sang. Il recevait un paquet par coursier et, grâce à un œil exercé et des appareils entraînés à rechercher tout ce qui sortait de l'ordinaire ou le moindre indice compromettant, il était en mesure de fournir une réponse en quelques heures. Une liste de produits était donc une tâche relativement facile. Cela avait même pris moins de temps qu'il ne l'espérait.

« Je vous écoute, dit Frank.

— Eh bien, comme vous vous en doutiez, séparément ces produits sont relativement inoffensifs et tous ont des utilisations commerciales avérées, mais ils sont tous ce que nous appelons des éléments "Y-COMPOSANTS". Ce qui veut dire que si vous commencez à les mélanger, vous pouvez obtenir des choses vraiment redoutables. En plus de ça, avec une telle liste, vous les obtenez dans des quantités qui font passer certains des trucs que nous avons trouvés en Irak pour des expériences dignes du jeu du petit chimiste.

« Et ces types font aussi très attention avec leurs achats. Ce sont des produits dangereux, mais les compagnies qui les achètent ont suffisamment bonne réputation pour que ça ne pose pas de problèmes. Notre gouvernement, et beaucoup d'autres en l'occurrence, demanderait à n'importe quel acheteur de prouver sans ambiguïté pourquoi ils en ont besoin ; disons à un niveau commercial. Ils devraient également prouver qu'ils ne sont en aucune façon liés à d'autres compagnies qui achètent des éléments susceptibles d'être mélangés. Ils y sont probablement parvenus parce que j'ai fait quelques vérifications et ils ont bien reçu toutes les autorisations nécessaires.

— Ils les achetaient donc légalement ? demanda Warner.

— Effectivement, dit Will, et c'est uniquement quand vous m'avez soumis cette liste dans son entier et les détails sur les quinze sociétés que ça a vraiment commencé à sentir mauvais. »

Warner se dit qu'il était sur une bonne piste. « Donc, si les sociétés font partie d'un "tout" caché, quelle est la somme des parties ?

— Il y a définitivement quelques acquisitions très intéressantes là-dedans, expliqua Will, avec un sérieux qui lui donnait une voix traînante. Nous avons une société, AgriChem, répertoriée comme achetant plus de trois cents sacs de fluorure de sodium, une autre faisant l'acquisition de cent treize barils de trichlorure de phosphore et une troisième qui semble avoir une affection toute particulière pour l'alcool isopropylique. Tous ces ingrédients sont pratiquement inoffensifs isolément et je vous parie mon dernier dollar qu'ils ont fourni des raisons parfaitement plausibles pour leurs achats... »

Warner réfléchit un instant aux trois composants. Il était nul en chimie. « Mais... ? insista-t-il.

— Mais... si vous les mettez ensemble à haute température et sous une pression élevée – avec beaucoup de précautions, bien sûr –, vous obtenez probablement de quoi supprimer trois fois la population totale de la planète, à la manière de votre petit accident à Lancaster. »

Frank écarquilla les yeux. « Du sarin ?

— Et comment. Et... juste en cas d'accident, si j'ose dire... Persona Pharmaceutical déclare prendre livraison de grandes quantités de pilules de pyridine aldoxime méthiodure et d'atropine. À ce que je sache, ce sont les deux seuls antidotes connus contre une attaque au sarin. Ou bien sûr contre une contamination accidentelle.

— Merde.

— Et les choses ne s'arrangent pas, continua Will. Nous avons aussi de grandes quantités d'acide nitrique et de glycérine, toutes les deux bien séparées, comptablement parlant. Si je voulais acheter ces trucs, je les déclarerais comme destinés à la fabrication de produits pour traiter les malades d'angine de poitrine ou pour des cosmétiques, mais je parie qu'ils fabriquaient plutôt, je vous le donne en mille... »

Frank prit un instant pour réfléchir. Acide nitrique et glycérine. « Nitroglycérine ?

— De la putain de nitroglycérine, confirma Will. Pour l'utiliser telle quelle ou pour produire de très grandes quantités de dynamite ou d'autres mélanges explosifs, ils ont le choix.

— Rien d'autre ?

— Combien en voulez-vous... ? répliqua Will. Nous avons de la phéncyclidine ; fabriquée et encore utilisée comme anesthésique, mais communément appelée PCP ou "poussière d'ange". Nous avons cent soixante bidons de 18 litres de peptone utilisée pour la culture de bactéries. Disons qu'en moyenne les labos de recherche des universités en utiliseraient... » Il y eut un silence pendant lequel Will dut probablement faire ses comptes.

« ... environ 1 litre par an. Ces types ont commandé près de 3000 litres de ce truc et je n'aime pas du tout ça.

— Moi non plus, dit Warner doucement. Moi non plus.

— Je suppose que vous pensez que ces sociétés travaillent ensemble ? » demanda Will.

Warner sourit dans sa barbe. « Autrement, je ne vous aurais pas envoyé ces listes.

— En tout cas, expliqua Will, ils ont été très malins. Ils savaient qu'ils ne risquaient d'enquêtes sérieuses que s'il était avéré que la même société ou deux sociétés alliées achetaient des "Y-COMS" mélangeables. Comme, apparemment, aucune de vos trois holdings n'a de liens connus et que les succursales avaient été suffisamment prudentes pour rester à l'écart des "Y-COMS", aucune des demandes d'achat n'a été contestée. »

Il y eut un silence sur la ligne. Les deux hommes réfléchissaient. Warner préférait ne pas encombrer Will avec les détails qu'il avait sur les directeurs des sociétés d'investissement. Ce n'était pas la peine. C'était un autre domaine, un autre département et la source probable d'une autre migraine.

« Pouvez-vous vraiment établir un lien entre ces sociétés ? Je veux dire... prouver qu'elles font le commerce de "Y-COMS" et donner matière à une enquête ? demanda Will. Toute la question est là.

— Évidemment, répliqua Warner d'un ton de défi.

— Comment ça ? » demanda Will.

Il paraissait soulagé. Comme si, pour une fois, le résultat de son travail n'allait pas se heurter au mur de la bureaucratie.

Le rire mitigé de Warner résonna d'un bout à l'autre de la ligne. « Pour le moment, dit-il avec une assurance feinte, je n'en ai pas la moindre idée. »

C’est pour te tromper qu’il est venu

2 Samuel 3:25

Il était presque 6 heures du matin quand MaryBeth reconduisit Jack jusqu’au campus. L’autoroute commençait déjà à être saturée. Il avait dû attendre plus de deux heures qu’elle en finisse avec la presse. Dan et Robert, les deux jeunes agents que Warner avait affectés à la protection de Jack, suivaient de près dans leur voiture.

Jack n’appréciait pas d’avoir constamment des hommes à ses trousses. Il avait toujours refusé d’engager des gardes du corps personnels, les considérant comme une entrave inutile à sa vie privée. Il avait des gardes et il avait des grilles, mais à l’intérieur de son ranch ou du campus, il avait sa liberté. Mais, désormais, et ce jusqu’à ce que sa situation soit éclaircie, il en serait privé, tout comme il était privé de tellement de choses qu’il aimait.

Quand MaryBeth avait conduit Jack jusqu’à Rodondo le matin précédent, ils avaient discuté du lancement tout proche avec excitation. À ce moment-là, tout paraissait se mettre en place sans problème. La connexion avec Boston était restaurée, Eric avait trouvé un moyen pour sécuriser temporairement le système pendant la durée du lancement et la journée s'annonçait comme un tour de force en matière de relations publiques.

C'était moins de vingt-quatre heures plus tôt. Une éternité.

Par la vitre, Jack regardait le jour se lever au-dessus des montagnes lointaines. Une nouvelle journée avec de nouvelles possibilités, des bonnes et des mauvaises. Même si, pour le moment, les dernières l'emportaient sur les premières et qu'il se sentait comme paralysé de l'intérieur.

« Je n'arrive pas à croire qu'il m'ait trahi », dit-il à voix basse. Ce n'était pas une constatation à l'intention de MaryBeth, juste l'expression de son état d'esprit du moment.

« Il n'avait transmis aucun des détails que tu lui avais donnés au FBI ? »

Jack n'arrivait vraiment pas à digérer la trahison d'Andy. « Apparemment pas, dit-il. Il s'efforçait de me retarder dans la recherche de l'enfant. Leur "nouveau Messie" ou ce qu'il représente pour eux.

— Mais il n'aurait pas pu te retarder éternellement ?

— Non, mais il s'était vraiment bien débrouillé jusque-là. Rien d'étonnant à ce qu'il se soit proposé pour superviser l'enquête sur le vol 320. Il devait savoir que la secte avait soigneusement reproduit les méthodes que Mil'el avait mises en pratique quelques années plus tôt, il s'était donc mis dans la position idéale pour occulter tout ce qu'on aurait pu trouver de gênant. Suffisamment longtemps en tout cas pour pouvoir prévenir ses nouveaux amis.

— Dans ce cas, il savait peut-être que le vol 320 avait été abattu uniquement pour empêcher Lara de rentrer chez elle, dit MaryBeth. Il était peut-être même au courant de l'attentat avant qu'il ne se produise. »

Une nouvelle fois, Jack comprenait qu'il avait refusé l'évidence. Bien sûr, il y avait toujours la possibilité qu'Andy ait été recruté après l'attentat, mais si ce n'était pas le cas ? Si, en plus de contrecarrer les démarches de Jack pour retrouver son petit-fils, il avait été aussi directement impliqué dans le meurtre de sa fille ? Et pourtant, Jack connaissait Andy depuis l'enfance. Leurs propres pères étaient déjà très liés et ils avaient fait leurs études ensemble à Yale. Comment avait-il pu lui faire ça ? S'il ne pouvait pas faire confiance à son plus vieil ami, à qui pouvait-il faire confiance ?

À personne.

Merde, pensa-t-il. Merde, merde, merde. Jack Bernstein avait commis tellement d'erreurs de jugement ces derniers temps que maintenant il finissait même par douter de lui-même.

« Alors pourquoi t'a-t-il raconté toutes ces conneries à propos de David Koresh ? demanda MaryBeth, en changeant de sujet. Je veux dire, il t'a parlé de sa "révélation à Éphèse", ou je ne sais quoi.

— Ou bien il a fait ça pour me faire croire qu'il faisait vraiment quelque chose, ou bien, encore pire, il l'a fait pour me mettre sur une fausse piste. »

MaryBeth parut interloquée. « Comment ça ?

— Il savait que nous nous concentrions sur Éphèse en Turquie. Pourquoi ? Parce que c'était là, d'après Frederico, que Jésus s'était installé après sa crucifixion. Il y avait vécu, c'était donc devenu l'endroit idéal pour l'implantation d'une secte. Si Andy était de mèche avec ces gens, alors il aurait été au courant pour Lara depuis le début. Il aurait su que nous pourrions localiser ses dernières communications. Il faisait tout son possible pour soutenir nos théories.

— Mais les communications indiquaient également Éphèse, dit MaryBeth, en coupant la route à un camion pour emprunter la sortie de Glendale. Elle y était sans aucun doute.

— Mais pourquoi y était-elle ? » demanda Jack pour la forme.

Comme si c'était évident, MaryBeth dit : « Parce qu'ils y étaient. »

Jack secoua la tête d'un air de défi. « Ils n'étaient pas aussi bêtes. Warner a fait des vérifications et Éphèse est définitivement au-dessus de tout soupçon. C'est un minuscule village envahi par les touristes. En plus, ils ne l'auraient jamais autorisée à envoyer des messages en sachant que cela pouvait permettre un jour de les localiser. Je crois qu'ils lui ont permis de garder son ordinateur et de m'envoyer des messages parce que cela les arrangeait. Ils l'avaient probablement emmenée là-bas spécialement pour envoyer ces messages. Ils nous ont constamment fait chercher au mauvais endroit et ça me ramène exactement à la case départ. Ils peuvent être n'importe où. »

MaryBeth arrêta la voiture à la grille principale et fit un signe au garde de service. Il sourit et traversa le poste jusqu'à son panneau de contrôle.

« Donc ils savaient qui était Lara. Ce qui veut dire qu'ils savaient qui tu étais.

— Exactement. Et ils savaient qu'un jour elle essaierait de rentrer à la maison ou que j'essaierais de la retrouver. Dans l'un ou l'autre cas, leur emprise sur son enfant aurait été menacée. Tu vois ? Ils protégeaient déjà leurs arrières bien avant que je ne m'en mêle. »

La barrière se leva et le garde fit signe à la voiture de passer.

« Alors que vient faire Andy dans tout ça ? Je ne comprends pas ce qu'il avait à y gagner. »

Jack haussa les épaules. « Argent, pouvoir, qui sait ? Déjà à Yale, il était bien trop intéressé par son propre bien. Sait-on jamais, il croyait même peut-être à ces conneries qu'ils prêchaient.

— Non, il était trop malin pour ça », assura MaryBeth.

Pour Jack, l'évidence était pourtant là : au vu des récents événements, le sénateur Andy McKinnock ne s'était pas du tout révélé malin.

MaryBeth arrêta la Mercedes à distance de la Bronco de Jack, laissant la berline du FBI les dépasser. Elle s'arrêta à côté du 4 × 4, et les deux hommes en jaillirent, munis de petits appareils noirs et de baguettes équipées de miroirs. Warner avait recommandé à Dan et à Robert d'inspecter le véhicule de fond en comble avant que Jack n'envisage même de le conduire. Au cas où.

Quand MaryBeth éteignit le moteur, Jack lui jeta un regard acerbe. Elle vit dans ses yeux qu'il ne tenait plus rien pour acquis.

« Lara était intelligente », dit-il, bien qu'on ait pu croire qu'il avait fini par ne plus en être persuadé.

*

* *

Frank ne progressait pas vite. Son écran disait encore : « Demande illégale – Veuillez recomposer votre code. »

Soit, Warner n'avait pas été « mis en boîte », l'expression consacrée pour les bleus ou les agents tombés en disgrâce à qui on attribuait une pièce sans fenêtre, mais on n'en était pas loin. Excepté les murs froids du bâtiment FedEx, il n'avait aucune vue à proprement parler.

Des agents comme Kyle McCarthy avaient une vue donnant sur le Pacifique parce que des agents comme Kyle McCarthy devaient être soignés – ils étaient jeunes, enthousiastes et ils s'adaptaient bien au changement. Trois caractéristiques qui faisaient malheureusement défaut à Warner. Warner avait une fenêtre car Warner faisait partie du bureau depuis vingt-trois ans, non parce qu'on trouvait qu'il l'avait mérité. C'était en quelque sorte une fenêtre due à de longues années de service.

Les fenêtres étaient drôles pour ça. Dans un système doté d'une échelle des salaires fixe, elles étaient l'ultime indice de valeur. Plus belle était la vue, plus précieux était l'agent, et le Bureau se montrait terriblement inconstant. Certaines semaines, on avait l'impression qu'ils jouaient aux chaises musicales avec leurs employés. Warner avait parfois le sentiment qu'il allait être mis en boîte pour de vrai, la prochaine fois que la musique s'arrêterait.

C'était l'absence de vue qui lui avait fait cesser d'emprunter le couloir pour demander à Kyle McCarthy son aide pour se connecter sur le système. Sans compter l'attitude suffisante de son jeune collègue. C'est vrai que Kyle avait branché Warner sur l'affaire Clearwater, mais il l'avait fait en arborant ce sourire satisfait qui lui allait si bien. Ce sourire qui voulait dire « moi, je sais quelque chose et pas toi ». À présent, Warner avait une longueur d'avance sur son affaire. Quelque chose dont, légitimement, il aurait dû mettre Kyle au courant de suite. Mais il n'en était pas question. Kyle avait une assez belle vue comme cela et il n'était pas question qu'il en ait encore une meilleure à cause du travail acharné de Warner. Il avait failli être tué quand la voiture du sénateur avait explosé. Cela devait lui valoir au moins une fenêtre sur l'autoroute.

Kyle comprendrait en voyant la plaque que la mort du sénateur était liée à Dave Clearwater. Et il saurait par la même occasion que sa mort avait un rapport avec Jack Bernstein et sa fille. Raison pour laquelle le jeune agent était encore dans son bureau en ce moment. Il essayait de se renseigner sur la vie de Lara ; de savoir si elle avait jamais été une vilaine fille.

Mais Warner, après avoir parlé longuement avec Jack, en savait déjà beaucoup sur la jeune Lara. Il avait presque l'impression de l'avoir connue personnellement, bien que Jack lui ait avoué que lui-même doutait d'avoir vraiment connu sa fille. En conséquence, Warner savait que Kyle chercherait à déterrer des saletés quelconques, mais qu'il ne trouverait rien. La fille n'était pas l'hameçon.

Non que Warner ait su qui elle était, mais il savait des choses que Kyle McCarthy ne savait pas, et c'était un début. Il savait pour Paulo et Frederico. Il savait que Lara avait rejoint une secte et il savait qu'elle avait donné naissance à un enfant. À présent, il avait Jack Bernstein dans son camp. Il faisait confiance à Warner pour retrouver son petit-fils et le ramener chez lui sain et sauf, quelque chose qui valait son poids de plaques en or.

Le message revint pour la cinquième fois : « Demande illégale – Veuillez recomposer votre code. » Il était sur le point de renoncer quand il entendit la machine à café se mettre en marche à quelques pas de sa porte. Cela impliquait d'avaler sa fierté, ainsi qu'un café infect, mais il avait une idée.

Il cliqua sur le bouton « SUPPRIMER » et, tandis que le message disparaissait, il sortit de son bureau et se dirigea nonchalamment vers la machine. Kyle était en train de remuer les derniers restes de lait en poudre dans la boue noirâtre. Il leva les yeux et sourit d'un air condescendant.

«Tu avances avec Bernstein à propos de Clearwater ?» demanda-t-il.

Tout en sélectionnant C4, café noir sans sucre, Warner soupira et secoua la tête. «Rien, dit-il. Je suppose que c'est ton dossier maintenant. Surtout depuis que le sénateur a été zigouillé. C'est toi qui t'occupes des meurtres, aussi, en ce qui me concerne, Bernstein et IntelliSoft sont complètement entre tes mains. De toute façon, je suis sur une affaire d'escroquerie en ce moment.»

Le jeune agent fronça les sourcils, exactement comme Warner l'avait prévu. Kyle avait si longtemps collé aux basques de Jack Wilson, l'agent principal en charge de l'agence de Rodondo Beach, qu'il était au courant de toutes les affaires de la boutique. Il n'avait jamais entendu parler d'une affaire d'escroquerie et était visiblement mécontent.

«Oh ! c'est juste une tentative, expliqua Warner, sans laisser à Kyle le temps de poser de question. J'ai eu un tuyau de la part d'un type en ville à propos de produits échangés entre trois sociétés. L'une achète, l'autre vend. Il semble qu'elles profitent d'une sorte de lacune, quelque chose leur permettant d'éviter des taxes. Ça pourrait très bien être l'affaire des douanes. Je jette juste un coup d'œil, c'est tout, pour voir si ça vaut la peine de poursuivre.» Il appuya sur le bouton «ENTRER» de la machine qui se mit à ronronner doucement.

«Ça a l'air intéressant», dit Kyle, en posant une main sur la machine, comme s'il était vraiment intrigué.

Warner secoua la tête et fit la moue. «Non, dit-il. Un truc bancal, en réalité. Je n'arrive même pas à trouver de liens consistants entre les sociétés dans le système.»

Il haussa les épaules. « C'est probablement un tuyau percé. »

La machine vrombit et s'arrêta. Aucun gobelet ne sortit.

« Seigneur, dit Warner. C4 est encore en panne. »

Kyle était suffisamment mis en appétit. « Tu sais, je peux très bien jeter un coup d'œil pour toi, si tu veux. Dans cette affaire, je veux dire. »

Avec le crédit à l'appui, pensa Warner. « J'ai déjà passé deux heures sur le système, mentit-il, mais je suis toujours un peu lent. Ne t'inquiète pas.

— Non, mais vraiment... regarde : j'attends que des articles de journaux concernant la fille Bernstein se téléchargent. Pendant ce temps-là, laisse-moi jeter un coup d'œil pour toi. Je veux dire, ça ne peut pas faire de mal, pas vrai ? Mieux vaut avoir une seconde opinion. »

Warner haussa les épaules d'un air indifférent, ravi de son coup au fond. Il l'avait bien eu. Ferré et pris à l'hameçon. À condition de jouer serré pendant encore une demi-heure, il pourrait peut-être le remonter à la surface.

« Non, effectivement, dit-il en faisant semblant de se résigner. Nous allons toutefois devoir retourner dans le système. »

Voyant que la porte de Warner était toujours grande ouverte, Kyle posa la main sur son épaule et sourit. « Prends ton café, dit-il, et je te connecte. Ça nous fait gagner du temps à tous les deux. »

Tandis qu'il disparaissait dans l'embrasure de la porte, Warner se tourna de nouveau vers la machine et afficha un grand sourire satisfait. Heureusement qu'il avait effacé le message de l'écran avant de sortir.

« Merci, Kyle, dit-il tout bas. C'est vraiment sympa de ta part de m'aider. »

Le premier jour de la semaine commençant à poindre

MATTHIEU 28:1

«Je ne comprends toujours rien», dit MaryBeth en s'appuyant contre la Mercedes tout en allumant une cigarette sans filtre. Chaque fois qu'elle fumait, Jack l'avertissait des conséquences et, chaque fois, elle haussait les épaules avec indifférence. Les conséquences à long terme lui étaient même complètement égales. « Quatre personnes clés sont mortes, ainsi que huit autres qui se sont juste trouvées là au mauvais moment. Je ne voudrais pas paraître morbide ou tenter le sort mais si Andy, Dave et les autres sont morts, qu'est-ce que tu fais encore là ? »

Jack regarda en direction des deux agents du FBI qui exploraient maintenant le dessous de la Bronco en tendant un miroir et sourit à sa réflexion. Elle n'avait pas tort.

« Je n'en sais rien, dit-il. Ils veulent peut-être que je reste en vie. Ils ont peut-être même besoin que je reste en vie.

— Mais pourquoi ? Tu ne devrais pas tarder à les trouver et je sais parfaitement que tu ne vas pas t'arrêter avant d'y être arrivé. S'ils avaient un peu de jugeote, ils se débarrasseraient de toi tout de suite ; ils te sortiraient du tableau. À moins qu'il ne s'agisse d'un truc à la James Bond du genre "crache-nous le morceau" avant d'envoyer le laser. »

Jack se mit à rire. « Es-tu en train de me dire que tu préférerais me voir mort ?

— Bien sûr que non, gronda MaryBeth, tout ça me laisse perplexe, c'est tout.

— Oui », dit Jack, en se penchant en avant et en posant les mains sur le mur à l'extrémité du parking. Il se mit à rire doucement dans sa barbe. « Ça me laisse perplexe moi aussi. »

Le campus commençait doucement à s'animer. À chaque minute, de plus en plus de véhicules arrivaient au niveau des employés situé au-dessus d'eux, et les gens, de plus en plus nombreux, prenaient la direction des bureaux d'un pas décidé. L'arrosage automatique des pelouses s'était déclenché et les spots à halogène s'éteignaient un par un.

La plupart des employés matinaux étaient les « taupes », ceux qui étaient chargés de préparer le système central pour le lancement, douze jours plus tard. Devant la division technique, un échafaudage avait été érigé pour recevoir l'immense écran plasma, le même que celui qui avait été utilisé à Central Park pour le match contre Sorkasnov. Le jour du lancement, cent quarante-trois journalistes triés sur le volet, ainsi que tous les membres de l'équipe d'IntelliSoft et leurs familles, regarderaient, depuis le bord du lac, Jack prononcer son discours rédigé à l'avance avec, en toile de fond, l'image animée de l'environnement virtuel qu'il présenterait.

Ils le regarderaient égrener le compte à rebours final.

Au cours des onze minutes et demie suivantes, l'écran s'ajusterait tout seul toutes les cinq secondes pour montrer un par un chacun des enfants en compétition. Après ce laps de temps, juste suffisant pour que le système analyse les progrès des enfants, l'écran montrerait alors seulement l'image visible par le candidat en tête. Ils découvriraient l'environnement virtuel que lui ou elle voyait. Ils regarderaient les énigmes se résoudre une à une jusqu'au moment où le levier final serait tiré.

Alors la fête commencerait véritablement.

Jack aurait dû être surexcité, mais il avait trop de choses en tête. Loin d'être son jour de gloire, ce lancement planétaire devenait une diversion encombrante, qui le détournait des tristes réalités dans lesquelles il était plongé. Et pourtant il n'était pas question de le retarder. Quand Jack Bernstein fixait une date et une heure, il s'y tenait. Sans déroger.

MaryBeth écrasa son mégot de cigarette par terre et se frotta les yeux.

« Je vais rentrer à la maison. Je veux au moins prendre une douche et me changer avant d'affronter l'épreuve de la journée. Je me permets de t'inciter à en faire autant. »

Jack ne réagit pas. Il regardait en direction des bureaux centraux, bouche bée, l'air incrédule.

L'enfant de Lara devait être un nouveau Sauveur. Il devait descendre de la lignée de David, mais évidemment, il ne pouvait pas être présenté au monde avant que le monde ne soit vraiment persuadé qu'il avait besoin d'un Sauveur. Et ce ne serait pas le cas avant qu'une chose encore ne se soit produite. La chose suivante figurant sur la liste qu'il avait donnée à Andy.

Armageddon.

Un frisson glacé lui parcourut le dos quand il repensa à sa fille. Sans la moindre illusion, terrorisée ; se précipitant chez elle pour trouver du secours. Courant pour s'échapper. Pour avertir son père. Elle n'y était pas arrivée. C'est là que tout avait commencé.

Lara avait été la première goutte qui avait fait déborder un océan d'événements tragiques. Sa mort avait été planifiée presque aussi soigneusement que le complot qui s'en était suivi. Des gens avaient été recrutés pour dissimuler la vérité. Des gens puissants. Des gens comme Andy. Mais cela ne servait à rien. Après la toute première goutte, les ondes commencent à rider l'eau. De plus en plus loin, de plus en plus largement. En grand nombre. L'une après l'autre. Dave, Paulo, Frederico, Andy.

Des répercussions.

Prévues non seulement pour protéger l'enfant, mais également les événements qui les aideraient à imposer son accession au pouvoir. Il fallait que ce soit quelque chose d'énorme ; quelque chose dont la révélation laisserait vraiment le monde sous le choc. Quelque chose qui fasse se tourner le peuple vers Dieu et le supplie pour obtenir son pardon. Qui aurait pu mieux leur accorder ce pardon qu'un enfant dont ils pouvaient prouver qu'il descendait de David. Un enfant qu'on présenterait comme le vrai Fils de Dieu. Un Messie qui réaliserait vraiment la prophétie. Il apparaîtrait au beau milieu d'un cataclysme tel qu'on pourrait croire le jour du Jugement dernier arrivé.

« Jack... ? s'inquiéta MaryBeth. Ça va ? On dirait que tu as vu un... »

Jack chercha des yeux Dan et Robert au bout du parking. Ils étaient en train de remonter dans leur berline grisâtre. La Bronco, apparemment, avait passé l'examen haut la main. Curieusement, il en était certain.

« C'est vrai, ils ont besoin de moi vivant, dit-il.

— Que veux-tu dire par là ?

— Tu avais raison. Andy ne pouvait pas continuer à me retarder indéfiniment, mais ce n'était pas la peine. Il lui fallait seulement me retarder suffisamment longtemps.

— Suffisamment longtemps pour quoi ? »

Jack ne détourna pas les yeux. Il fixait quelque chose. MaryBeth suivit son regard et comprit presque aussitôt ce qu'il voulait dire. Sur le côté des bureaux principaux, bien au-dessus des employés qui arrivaient, le compte à rebours s'égrenait, les lettres jaunes jaillissant du fond noir sur lequel elles étaient déployées.

12 jours, 2 heures, 13 minutes.

« Suffisamment longtemps pour qu'ils puissent mettre mon lancement à profit. »

Autant de chevaux

1 Rois 20:25

C'était le plus vieux truc au FBI : faire semblant de tout savoir alors qu'en vérité vous ignoriez à peu près tout.

Face à quelqu'un détenant une information dont vous aviez besoin, vous vous serviez du peu que vous saviez effectivement comme arme contre lui. Une vérification dans un registre d'hôpital devenait tout d'un coup « Joe m'a dit qu'il était allé à l'hôpital ». Une photo récemment déchirée trouvée dans une poubelle devenait à son tour « Joe dit qu'il s'est disputé avec sa femme ». Puis, quand la personne en question pensait que vous connaissiez une partie de l'histoire, elle supposait généralement que vous la connaissiez en totalité. En vous la confirmant, on finissait par vous dire des choses que vous ignoriez. Il suffisait juste d'utiliser le peu d'informations que vous aviez. Ce peu d'informations pouvaient se révéler redoutables entre des mains aguerries.

C'est pourquoi Warner avait décidé de mettre ce truc en pratique avec Kyle McCarthy.

L'homme qui était maintenant en train, et sans s'en rendre compte, de donner à Warner le meilleur cours d'informatique qu'il n'ait jamais eu. Il lui suffisait d'acquiescer et de sourire si nécessaire, d'avoir l'air de s'ennuyer si nécessaire et de répéter des choses du genre « c'est dans le menu "DOSSIERS" » quand le peu qu'il savait correspondait à ce que Kyle était en train de faire. C'était enfantin, surtout avec un homme qui avait encore des progrès à faire en matière de psychologie. Un homme qui croyait toujours qu'on pouvait en apprendre davantage sur un suspect à partir d'un ordinateur qu'en parlant à l'épicier chez qui il se fournissait chaque semaine.

Warner n'avait pas parlé à Kyle des petites sociétés, ni des composés qu'elles avaient achetés, ce n'était pas la peine. Jack Bernstein s'était farci tout ce travail-là – et s'était concentré sur les trois sociétés plus importantes. Trouver le lien entre ces trois-là, c'était tout ce qu'il avait besoin de faire, officiellement en tout cas, et c'était tout ce que Kyle avait besoin de savoir. Pour le moment.

La première série de spécificités apparut à l'écran, sous une représentation digitalisée du logo de la société Pegasus Holdings : l'arc d'un archer passant à travers une couronne d'or avec la mention « Conquérant et pour conquérir » gravée dessus.

« Pegasus Holdings », dit Kyle avec un sourire satisfait. Il remonta ses petites lunettes rondes sur son nez. « "1024 Fulham Road, Londres, Angleterre. Créée en 1878. Agit uniquement en tant qu'investisseur/conseil pour de plus petites sociétés qu'elle achète et développe. N'a aucune capacité de fabrication ou de production propre. Actuellement, son portefeuille d'actions..." Waouh... »

Même Kyle était sidéré par ce qu'il lisait. « "... deux cent soixante-seize sociétés dans dix-huit secteurs d'affaires distincts. Elles s'occupent principalement de banque, de finance, d'assurances et d'industries de service comme le tourisme." » Il regarda Warner bouche bée. « Ces types pèsent lourd. »

Warner haussa les sourcils. Il savait parfaitement que, si Kyle McCarthy n'avait pas été un chrétien aussi fervent, il aurait certainement juré au nom de Dieu.

« Si nous parvenons à trouver un lien avec les deux autres, dit-il, ils pourraient bien peser encore plus lourd. »

Secouant la tête d'un air incrédule, Kyle se tourna à nouveau vers l'écran et parcourut la liste. Il reconnaissait certaines sociétés, d'autres pas. Le nom de chaque société était suivi par l'adresse de son siège social. Beaucoup, probablement 70 % au total, étaient réparties entre le Royaume-Uni, les États-Unis, l'Allemagne et l'ancienne Union soviétique. Le reste était dispersé presque au hasard sur toute la planète. Sous chaque société se trouvait une liste récapitulant les grandes lignes de leur historique commercial, y compris leurs principaux clients et fournisseurs, et leur chiffre d'affaires annuel approximatif en dollars US.

« Curieusement, continua-t-il, on ne trouve aucun détail concernant la propriété ou l'actionnariat de Pegasus. Ils n'ont certainement jamais fait l'objet d'une enquête de notre part, sinon ça aurait été la première priorité. Ce que je suggère, c'est que tu t'adresses à Companies House à Londres. Ils ont tous les renseignements concernant toutes les sociétés basées au Royaume-Uni. »

Warner commençait à en avoir assez. Il n'avait pas besoin qu'on lui mâche le travail, surtout avec ses vingt années d'expérience de plus que ce gamin. Mais Kyle se montrait beaucoup plus utile qu'il ne l'avait espéré. Le mieux, pour l'instant au moins, serait de fermer sa gueule et de le ménager.

« Effectivement, c'est ce que je vais faire.

— En tout cas, je te l'imprime, dit Kyle.

— C'est dans le menu "DOSSIERS" », avança Warner.

Kyle lui jeta un drôle de regard. Lui non plus n'avait pas besoin d'être materné. Il sélectionna « IMPRIMER » dans le sous-menu correspondant et cliqua sur « OK ». Quelques secondes après, des feuilles de papier commencèrent à sortir en nombre de l'imprimante laser qui était posée sur une boîte en chanvre marron pleine de dossiers, à côté du bureau de Warner. Elle aurait eu sa place sur le bureau s'il avait fini par ranger la paperasse qui l'encombrait en permanence, comme il s'était promis de le faire.

L'imprimante prit cinq minutes pour effectuer la tâche, trente-huit feuillets au total.

« Très bien, au prochain : RKI », dit Kyle, entrant le nom en question dans le moteur de recherche.

Après un court instant, le logo apparut à l'écran : un sabre pointé vers le bas, entouré par un cercle de fil de fer barbelé. L'entreprise était listée dans la rubrique « armements – fabrication et fournisseur ». Sous le logo figurait le nom entier de la société : Red Knight Industries et une devise : « Prendre la paix sur terre ». Warner sourit.

C'était une expression ambiguë, qui laissait la place à toutes les interprétations.

« Red Knight Industries, 504, rue Grande, Alexandrie, Égypte, dit Kyle. Fondée en 1937, juste à temps pour la guerre. Apparemment, ils ont aussi des filiales. » Warner fit la moue. Il le voyait bien tout seul. « Pas autant cette fois, en tout cas. Douze en tout. Réparties dans le monde entier.

— Elles semblent toutes très officielles, dit Warner à part lui, pendant qu'il passait en revue les spécificités énumérées sous chaque filiale.

— Bien sûr, reconnut Kyle, mais tout de même, une société d'armement basée en Égypte, la porte entre l'Afrique et l'Europe. Je te parie qu'ils sont pourris.

— Et toujours aucun renseignement sur la propriété ou l'actionnariat. »

Kyle hocha doucement la tête. « Complètement inhabituel pour une compagnie d'armement. Soit ils se sont montrés particulièrement bons élèves, soit ils ne commercent pas avec nous directement. Si l'une des filiales le fait, elle a probablement signé des contrats avant de fusionner avec le groupe. C'est un truc classique. On crée une nouvelle société dans les règles et on passe un marché. Puis, quelques années plus tard, elle est englobée par la plus importante. Chaque fois qu'on a besoin de signer un nouveau marché, on crée une nouvelle entité. Dans un pays comme l'Égypte, il peut être très difficile de trouver à qui appartient vraiment la société. »

Il retourna au menu « DOSSIERS » une deuxième fois et trois feuilles sortirent de l'imprimante.

« Et pour terminer en beauté, dit-il, nos amis de Morkhest. »

En quelques secondes, le logo de Morkhest remplaça celui de Red Knight sur l'écran, sous la désignation « agriculture et environnement » : un ensemble de balances traditionnelles avec, en légende, « Une mesure de blé ».

Comme les autres, Morkhest avait nombre de filiales dans des domaines allant de l'élevage bovin au Texas à celui des moutons en Australie. Il y avait dix-neuf sociétés en tout, couvrant à peu près tous les aspects possibles et imaginables de l'industrie agraire et de l'élevage. Le texte précisait qu'elles avaient été créées en 1953 et que leur siège était situé 12210 Drammensveien, Oslo, Norvège.

« Je commence à voir un schéma se dessiner, dit Kyle en faisant défiler lentement les informations pour trouver la rubrique “propriété/actionnariat”, laquelle était encore une fois suivie de la mention “inconnue”.

— Aucun qui me permette d'avancer en tout cas », dit Warner.

Dégoûté, il regarda les documents commencer à sortir de l'imprimante. Malgré toutes les ressources du FBI à sa disposition, il avait été incapable de faire mieux que Jack. Il savait que les sociétés étaient pourries et il savait qu'elles travaillaient ensemble. Il savait également que, loin de trouver un lien entre les sociétés, l'objectif était véritablement de trouver une quatrième société. Le quart manquant, avait dit Simon à Jack.

Si c'était bien ce qu'il voulait dire.

Kyle fit de la place et posa les trois paquets de documents imprimés sur le bureau déjà encombré de Warner. Pendant quelques instants, il se contenta de les examiner, un par un. Puis il fit un grand sourire et se mit à rire dans sa barbe, en plissant les yeux de son air magnanime.

« Si j'étais toi, dit-il enfin, je me consacrerais à la recherche de la quatrième société dans le groupe. » Il soupira et s'étira. « De toute façon, il se fait tard. Je crois que je vais te laisser te débrouiller. »

Il se leva et commença à se frayer un chemin vers la porte au milieu des innombrables boîtes à dossiers qui encombraient la voie. Warner regarda les pages puis Kyle. Il avait l'air complètement stupéfait.

« Comment sais-tu qu'il y a une quatrième société ? » demanda-t-il.

Comment diable pouvait-il le savoir ?

Kyle se retourna vers son collègue avec un petit sourire éminemment satisfait. « Dis donc, c'est ton affaire, pas la mienne. Si tu n'y vois rien, qui suis-je pour te le montrer ? Amuse-toi bien. »

Il sourit d'un air triomphant et disparut par la porte, en la refermant bruyamment derrière lui. Warner reporta son attention sur les documents. Quelque chose lui échappait – quelque chose que Kyle avait vu aussitôt. Mais lui ne savait absolument pas ce que c'était.

Pour l'instant.

La porte s'ouvrit à nouveau. Kyle avait l'air encore plus condescendant que précédemment. « Tu pourrais trouver plus efficace que d'analyser ces logos et ces légendes, dit-il. Pourquoi ne pas t'adresser directement à Dieu ? Qui sait, cela pourrait être une authentique révélation... »

La porte se referma.

« Sale petit con », dit Warner à voix basse.

Et je répondrai
Job 13:22

Jack et MaryBeth se précipitèrent dans la salle du conseil et s'installèrent rapidement à leurs places. Jack posa un dossier en chanvre brun sur le bureau et remercia chacun d'être venu. Pour la première fois depuis qu'ils le connaissaient, il paraissait effrayé. Les quatre personnes déjà rassemblées savaient qu'elles n'attendraient pas longtemps avant de connaître la raison de cette peur.

Sur le côté gauche de la table, près de la fenêtre, étaient assis Eric Lacy, chef taupe en charge du système central, et Peter Fiorentino, l'architecte de 29 ans qui avait conçu et supervisé la construction des NetCenters. Sur la droite se trouvaient Barry Turner, en charge d'IntelliSoft Security, et Phoebe Rollins qui avait travaillé sous la direction de MaryBeth pour mettre en place International Liaison. Tous avaient été convoqués au pied levé. Ils ne savaient rien, sinon que quelque chose clochait sérieusement.

« Combien de vos hommes seront en poste dans chaque NetCenter ? demanda Jack à Barry Turner.

— Six en moyenne, répondit Barry, en fronçant les sourcils, visiblement intrigué par la question. Parfois plus, parfois moins. Cela dépend de l'endroit. Mais jamais moins de quatre.

— Ce sont des bons ? »

Barry haussa les épaules. « Certains sont juste payés pour surveiller, mais nous en avons au moins deux de grade niveau un sur chaque site.

— Bien, dit Jack. Maintenant, que ceci ne sorte pas du bâtiment : nous avons sur les bras une éventuelle menace terroriste, prévue probablement en même temps que le lancement. »

Il vit les yeux s'agrandir et chacun commencer à s'agiter sur sa chaise. « Comme je viens de vous le dire, c'est une *éventuelle* menace terroriste, nous ne sommes certains de rien. Ce que nous savons, en revanche, c'est que le lancement est dans douze jours et que nous devons prendre ça très au sérieux. Je serai constamment en liaison avec le FBI, mais entre-temps, je veux que vous coordonniez une fouille de chaque site à partir d'ici. Une fouille de fond en comble. Pas question de s'arrêter de chercher avant d'avoir trouvé quelque chose.

— Il va falloir que nous interdisions l'accès aux sites, dit Barry.

— Et continuer à en interdire l'accès jusqu'au lancement, j'en ai peur. À ce moment-là, si tout est parfaitement normal, personne n'entre ou ne sort sans que je sois au courant. J'ai fait venir Peter pour travailler avec vous. Il connaît ces sites par cœur. Si vos gars ont le moindre problème, ils vous en parlent et vous, à votre tour, vous lui en parlez.

— Que cherchons-nous ? demanda Barry, visiblement préoccupé.

— Tout ce qui ne devrait pas être là. C'est pourquoi vous aurez besoin de l'aide de Peter. »

Il chercha dans sa chemise en chanvre et sortit un bloc de diagrammes. « Voici un ensemble de schémas complet. Construction, câblage électrique, plomberie, terminaux, panneaux de contrôle FireNet, tout. Je veux qu'on les faxe à tous les sites dans l'heure pour que tous ces endroits soient fouillés de fond en comble. Je veux que les sauvegardes soient retirées de chaque terminal et que chaque casque audio soit examiné. Ne laissez rien au hasard.

— Et si nous trouvons quelque chose de louche ?

— Vous enregistrez sa position et vous faites dégager vos hommes de là. Ensuite, vous vous adressez à Phoebe qui enverra les spécialistes adéquats sur chaque site. Mais je ne veux personne d'autre que vos gars là-dedans, sauf si on trouve quelque chose. Jusque-là, c'est seulement de la routine. »

Barry fit signe qu'il avait compris.

« Cela va générer beaucoup de curiosité malsaine, dit Phoebe. Surtout si nous interdisons l'accès aux sites. »

Jack acquiesça. « Je sais, et ça va être très difficile de trouver des prétextes. Mais comme vingt-sept des sites s'apprêtent à accueillir des représentants des dirigeants mondiaux ou des gouvernements, nous pouvons nous en tenir à une version officielle selon laquelle nous procédons sans prévenir à une vérification de sécurité. Nous n'avons rien divulgué de nos projets si bien qu'ils ne peuvent en aucun cas être utilisés contre nous. »

Eric Lacy faisait tourner un stylo à bille en plastique entre ses doigts, d'avant en arrière. Il avait écouté attentivement chacune des paroles qui avaient été prononcées. Il avait besoin de savoir une seule chose.

« Où est-ce que j'interviens ? demanda-t-il.

— Tu vérifies le système central. Je sais que cet endroit n'est accessible qu'aux personnes détenant un badge de sécurité, mais je ne veux prendre aucun risque. Tu connais l'installation du niveau inférieur comme personne et même mieux que le service de sécurité lui-même. Je veux que tu le passes au peigne fin. Vérifie chaque élément dans chaque pièce. Je veux que tu fasses ça tous les jours et au moins trois fois le matin du lancement.

— Est-ce que j'en parle à mon équipe ? demanda Eric.

— Non, répliqua Jack. De toute façon, à ce niveau-là, tu es soumis à la sécurité. Si tu trouves quelque chose, ça aura forcément été installé par un membre de l'équipe badgée sécurité. Tant que nous ne sommes sûrs de rien, tu ne peux faire confiance à personne. »

Eric sourit. « C'est déjà le cas.

— D'autres questions ? demanda Jack.

— Juste une, dit MaryBeth, en se tournant vers Barry. Combien de temps va prendre une vérification complète ? »

Barry frotta son menton rugueux. Il était de relâche quand le signal de la réunion lui était parvenu et n'avait même pas eu le temps de se raser avant de partir de chez lui. « Difficile à dire, répondit-il. Cinq hommes par site en moyenne, pour retourner chaque pierre... ? Disons huit à dix heures depuis le moment où les schémas sont faxés et où je donne le top de départ.

— Bon, allons-y, dit Jack. Dès l'instant où vous savez quelque chose, vous intervenez. N'attendez pas mon autorisation. »

Il se leva pour partir. « Barry... dites à vos hommes de faire attention. »

Barry acquiesça solennellement et rangea les schémas comme un présentateur à la fin de du journal télévisé.

À peine commencée, la réunion était déjà terminée.

Volait au zénith

Révélation 8:13

L'ordinateur afficha régulièrement un message, toujours le même. Sur l'écran bleu foncé portant le logo en relief du FBI, la fenêtre blanche à lettres rouges apparaissait et disparaissait avec une régularité monotone. « C3722HCL EN LIGNE – EN ATTENTE DE TRANSMISSION. » Le même message apparaissait depuis plus de quinze minutes maintenant.

Celui qui se servait de l'ordinateur, un gamin d'une vingtaine d'années du nom de Tommy, attendait avec inquiétude, tout comme l'agent Frank Warner.

Ils se trouvaient à l'intérieur d'OPS1, une pièce sécurisée située au sein du centre d'opérations et d'informations stratégiques qui se trouvait au sous-sol du bureau central du FBI à Los Angeles, à côté du campus de l'université. Il y avait quatre pièces dans le centre, toutes séparées par des parois de verre insonorisées. OPS1 était la plus petite des deux pièces dédiées aux opérations, servant uniquement à envoyer et à recevoir des transmissions sécurisées. En plus d'une armée de téléphones, de terminaux et de fax, la pièce comportait également un grand écran de télévision, une carte murale du monde et cinq pendules respectivement réglées sur l'heure GMT,

Pacifique, Montagne, Centrale et de l'Est. OPS2, visible de l'autre côté de la vitre, ne disposait que d'un seul téléphone, d'un seul fax et d'un seul ordinateur, mais elle était plus grande, avec huit rangées de six chaises et des paperboards destinés aux briefings. Les deux autres pièces étaient la salle de contrôle et la salle de conférences.

Warner avait eu du mal à obtenir l'autorisation d'utiliser OPS1 et il y aurait des conséquences fâcheuses s'il s'était trompé. Mais ce n'était pas le cas. Il en était certain.

« Elle pénètre maintenant dans l'espace aérien turc, monsieur, lui dit enfin Tommy. Arrivée prévue dans cinq minutes. Ils communiqueront avec nous *via* une ligne sécurisée depuis l'état-major de la CIA à Langley.

— Merci », dit Warner, en pianotant impatiemment sur le bureau.

La porte derrière eux s'ouvrit brusquement et un homme de haute taille dans la cinquantaine se précipita dans la pièce. En tant que commandant du bureau central de Los Angeles, le troisième plus important du pays, Ronald J. Berkeley n'était certainement pas homme à plaisanter. Un mètre quatre-vingt-dix, une carrure de boxeur poids lourd, Berkeley avait un visage hâlé, un nez camus, des cheveux gris et un front dégarni. Il appartenait au FBI depuis neuf ans seulement, bien moins que Warner, mais il avait gravi les échelons en très peu de temps, grâce à son tempérament agressif et son refus de s'en laisser conter. Il exigeait loyauté et discipline de chacun des cinq cent soixante-dix agents sous ses ordres et n'entendait pas voir ternir sa réputation par un seul d'entre eux, et surtout pas par un agent qui avait été relégué au bureau minable de Rodondo Beach jusqu'à sa retraite.

« Vous avez intérêt à avoir quelque chose de vraiment intéressant dans votre manche, Frank », brailla-t-il sans même regarder Warner. Il vit le message clignotant sur l'écran et gronda : « J'ai eu le directeur des opérations de la CIA toute la matinée au téléphone qui voulait savoir à quel jeu nous jouions. Si nous restons bredouilles, il va aller tout droit à l'inspection à Washington et vous allez avoir le feu aux fesses bien avant moi.

— Ça va aller, monsieur », répondit Warner, en s'efforçant de paraître aussi confiant que possible.

Ayant servi avec Berkeley quelque sept ans auparavant, il lui était pénible de devoir faire preuve du degré de soumission imposé désormais par la hiérarchie. « Faites-moi confiance.

— Je ne fais jamais confiance à un homme qui dit "Faites-moi confiance", répliqua Berkeley d'un ton hargneux. Vous dites que ça a à voir avec Bernstein et le sénateur ?

— Oui, monsieur. »

Visiblement, Berkeley ne se satisfaisait pas de cette réponse. « Dans ce cas... éclairez-moi.

— Il semble que depuis que sa fille est morte dans le vol 320, Jack Bernstein ait découvert des preuves montrant qu'elle avait vécu au sein d'un groupe religieux non identifié après avoir quitté la maison familiale. Non seulement ça, mais pendant cette période, elle aurait aussi mis au monde un enfant qu'apparemment ils retiennent avec eux.

— Quelqu'un a-t-il vérifié auprès des experts en Allemagne ? demanda Berkeley.

— Bernstein l'a fait, monsieur. Le sénateur, avant sa mort, lui avait permis de profiter d'accréditations spéciales en ce qui concerne les affaires relatives à sa fille. Des experts ont confirmé que Lara Bernstein avait bien mis un enfant au monde trois à quatre mois avant l'attentat du 320. Personne ne comprend vraiment pourquoi les gens qu'elle fréquentait à l'époque sont si désireux de garder cet enfant, mais j'ai des preuves qui les impliquent fortement dans le meurtre du sénateur McKinnock et de deux employés d'IntelliSoft tués au cours de l'attentat au gaz sarin à Lancaster, ainsi que dans une mort en Espagne et une autre en Italie. Le sénateur McKinnock et Dave Clearwater étaient tous les deux en train d'aider Jack Bernstein à localiser l'enfant de sa fille. Je suis persuadé que leurs morts résultent directement de cette implication. »

Warner connaissait les règles implicites. Ne pas laisser entendre que le groupe puisse, ou non, être responsable de l'attentat à la bombe du vol 320, d'autant plus que le FBI était responsable de l'arrestation des principaux protagonistes ; et ne pas préciser que ces gens croyaient que l'enfant était le nouveau Messie. Faire simple : un cas d'enlèvement et/ou un faux emprisonnement conduisant au meurtre de cinq personnes, dont un éminent politicien américain. Cela suffirait pour justifier sa démarche. Pour l'instant.

« Donc ces gens sont quoi... Des terroristes religieux ?

— Quelque chose comme ça, monsieur. Nous ignorons encore qui ils sont, mais j'ai peut-être réussi à trouver où ils sont. »

Berkeley parut soudain intrigué, ses sourcils minces prenant la forme d'un V. « Et comment exactement avez-vous réussi à faire ça ? »

Warner sourit en pensant à Kyle McCarthy. L'agent officiellement chargé d'enquêter sur la mort de David Clearwater et celle du sénateur McKinnock avait involontairement aidé Warner à trouver leurs assassins. Même maintenant, il n'avait aucune idée de la façon dont il s'y était pris. Le plus drôle, c'était que Warner lui avait fait croire qu'il « travaillait sur une escroquerie ».

« C'est une longue histoire, monsieur, répondit-il. Mais j'ai eu de l'aide.

— Et vous dites que vous avez des preuves infaillibles reliant ces gens à Clearwater et à McKinnock ?

— Oui, monsieur, répondit Warner. Tout est dans mon rapport. »

Berkeley regarda de nouveau l'écran. Le message s'affichait toujours. « Dans ce cas, si vous savez exactement où ils se cachent, pourquoi a-t-il fallu que j'envoie une demande à la CIA pour dérouter un Hercules de retour de Bosnie pour nous obtenir des photos de la campagne turque ? Pourquoi ne pas nous adresser directement au gouvernement turc ?

— Nous avons essayé, monsieur. J'ai parlé à Peter Robards de l'ambassade américaine à Ankara et il a posé les bonnes questions. Je sais maintenant, de façon sûre, que les gens que nous cherchons sont basés à Kozlar, mais, à l'époque, quand Peter interrogea le ministre de l'Intérieur turc, ce dernier prétendit qu'il n'y avait rien dans cette région. Rien du tout. Peter fit croire qu'il était bien informé et dit au ministre qu'il savait qu'il y avait quelque chose car il avait des images prises par ComSat III, qui justement passait par là dans le cadre de notre surveillance en Bosnie. Évidemment, il n'en avait pas. »

Berkeley commençait à s'impatienter. « Et alors...

— Et tout d'un coup, le ministre de l'Intérieur reconnaît qu'il y a effectivement une base à Kozlar, mais assure que ce sont des installations militaires équipées de laboratoires d'essais. Il dit qu'ils ne voulaient pas que nous sachions ce qui se passait là-bas. Probablement de la même façon que nous ne voulons pas que nos activités dans le Nevada soient connues. »

Berkeley haussa les épaules. « Donc... c'est une base d'essais militaires ? Et alors ? Nous n'en obtiendrons jamais l'accès.

— C'est pourquoi j'ai besoin des photos, dit Warner. Parce que ni moi, ni Peter évidemment, nous ne croyons qu'il s'agisse d'une base d'essais.

— Pourquoi pas ?

— Premièrement parce que Peter a parlé à un type qu'il connaît, assez haut placé dans la hiérarchie des forces armées turques, et qu'il ignore tout de cet endroit. Il sait qu'il y a quelque chose là-bas, mais que ce n'est certainement pas militaire. Ni même propriété du gouvernement, d'après lui. Il dit que c'est sans aucun doute une propriété privée. Et il a mentionné quelque chose concernant des dessous-de-table.

— Et deuxièmement... ? coupa Berkeley.

— Deuxièmement, le ministre turc n'a pas dit : "Nous ne voulons pas que *vous* sachiez ce qui se passe là-bas" quand il a parlé à Peter. Il a dit : "Ils ne veulent pas que *nous* sachions." Il s'est trahi.

— Vous pensez donc qu'il couvre quelqu'un ?

— Il est payé pour garder le silence, dit Warner d'un ton assuré. J'en suis sûr. Je crois, d'après des renseignements que j'ai reçus, que quelques photos aériennes pourraient soit confirmer, soit infirmer l'affaire que j'instruis contre *eux*, quels qu'ils soient en vérité. »

Tommy, le jeune informaticien, se tourna vers les deux hommes tandis que l'image clignotante cessait brusquement de s'afficher à l'écran et que l'ordinateur produisait un bruit de fond continu.

« Monsieur, les images arrivent », dit-il.

Berkeley avait l'air pensif. Ce n'était pas dans ses habitudes. Il allait demander par quel miracle une photographie aérienne de la Turquie allait pouvoir confirmer ou infirmer deux homicides commis au cœur de Los Angeles et dans les environs, mais préféra attendre. Les images avaient intérêt à être suffisamment parlantes. Sinon, ce serait à l'agent Frank Warner de fournir quelques explications.

« Il vaudrait mieux pour vous, Frank, dit-il, en reprenant son célèbre air menaçant, qu'elles nous apportent une confirmation. »

Les sentiers du jugement

ISAÏE 40:14

Tandis que la nuit commençait à tomber, Jack s'enferma dans la solitude de son bureau, sous la lumière bleu vert d'un écran de télévision installé en hauteur dans le coin le plus proche de la paroi vitrée. Le campus était retombé dans le silence et les halogènes revenaient à la vie un par un, à mesure que leurs capteurs ne détectaient plus assez de lumière du jour. Il avait passé une journée de chien et n'avait toujours pas dormi depuis la veille. Ses paupières étaient lourdes, comme s'il allait tomber de sommeil à chaque instant. Avec MaryBeth, ils s'étaient occupés de la presse pendant des heures ; à présent, elle devait passer dans l'émission « America Live ». Jack avait refusé d'y participer. D'abord, parce qu'il se sentait trop fatigué, mais aussi parce qu'il voulait rester disponible au cas où l'un des sites commencerait à révéler quelque chose.

L'écran passa d'un reporter de terrain en train d'interviewer un sergent de la police de Los Angeles à propos de l'éternel problème de la guerre des gangs à Sharon Kirby, la présentatrice d'« America Live ». Son impeccable chevelure blonde tombait sur les épaules d'une veste Gucci et son sourire d'un blanc éblouissant jaillissait de l'écran quand elle parlait.

« Le meurtre présumé du candidat à la présidence Andrew McKinnock hier a provoqué la stupeur non seulement dans tout le pays, mais également, et de façon assez surprenante, dans toute l'industrie de l'informatique, dit-elle. Comme le sénateur McKinnock assistait à une journée réservée à la presse organisée par IntelliSoft, à l'occasion du prochain lancement de son système FireWorX, et que cela intervient juste après un attentat au gaz toxique qui a coûté la vie à deux employés de cette même société, nombreux sont ceux qui estiment que le sénateur n'était pas, en fait, la véritable cible de la bombe. Selon des rumeurs, certaines personnes auraient décidé de freiner la domination grandissante de l'industrie informatique par IntelliSoft. Des gens qui sont opposés au développement par la société de systèmes d'intelligence artificielle, qu'ils accusent de chercher à supplanter le pouvoir de la pensée humaine. À ce propos, j'ai avec moi ici, dans le studio, Mary-Beth DeLaine, la directrice des relations publiques d'IntelliSoft. »

Pendant qu'elle parlait, son image avait été remplacée par la séquence de la déflagration prise par le cameraman de CNN venu filmer le discours de Jack. Alors qu'il se concentrait sur la foule occupant la plage, sa caméra avait enregistré la première explosion et l'image à l'écran montrait qu'elle avait été violemment secouée. L'instant d'après, on voyait la carcasse de la voiture du sénateur en train de brûler, avec Jack et Frank couchés au premier plan, à l'endroit où ils avaient été projetés en revenant du café. La caméra se focalisait alors momentanément sur Jack, avant de se reporter une nouvelle fois sur la voiture, essayant désespérément d'apercevoir à travers les flammes le corps du sénateur en train de brûler. Le son, fortement atténué pour laisser place à la présentation de Sharon, était devenu un magma de hurlements hystériques.

L'image revint vers Sharon tandis qu'elle se tournait vers son invitée. « Mademoiselle DeLaine, comment répondez-vous aux affirmations selon lesquelles votre société était la véritable cible de ce dernier attentat à la bombe ? »

MaryBeth était toujours aussi belle, pensa Jack. Elle portait un tailleur-pantalon noir en signe de deuil suite de la mort du sénateur et ses cheveux étaient retenus en un chignon strict. Bien qu'elle non plus n'ait pas dormi pendant plus de trente-six heures, elle n'avait pas du tout l'air fatiguée. En fait, elle paraissait fraîche comme après une bonne nuit de sommeil.

« Disons que beaucoup cherchent à relier deux événements sans rapport l'un avec l'autre, commença-t-elle, car cela permet de nourrir tous les fantasmes et de vendre du papier. Ce que les gens ont tendance à oublier dans ces circonstances, c'est que la bombe était logée à l'intérieur de la voiture du sénateur. Il ne fait donc aucun doute que cet attentat était dirigé uniquement contre lui. »

Sharon paraissait sceptique. « Pourtant, l'attentat survenant si peu de temps après la mort des deux employés d'IntelliSoft, ne sommes-nous pas en droit de supposer que la société fait l'objet d'une certaine forme de menace terroriste ?

— Pas du tout, dit MaryBeth, en rejetant une mèche brune derrière son oreille. La mort de David Clearwater n'avait rien à voir avec son travail et Jerry Hanson, le malheureux agent de sécurité également décédé, était simplement passé le voir en rentrant chez lui. Les deux étaient amis et il semble que Jerry ait également succombé aux effets du gaz.

— Vous dites que la mort de David Clearwater n'avait rien à voir avec son travail ? insista Sharon. Pouvez-vous nous donner quelques détails sur le véritable motif de son assassinat ?

— Pas pour l'instant, dit MaryBeth. L'affaire est entre les mains des services du shérif et je ne suis pas autorisée à divulguer la moindre information relative au crime pendant que leur enquête est en cours.

— Est-il également vrai que le FBI est impliqué ? »

MaryBeth acquiesça. « Bien sûr, compte tenu de la nature du crime, des spécialistes sont intervenus. Ils sont beaucoup mieux équipés pour traiter ce genre de situations.

— Alors pouvez-vous nous dire pourquoi IntelliSoft a décidé d'interdire l'accès de ses cent trente-huit sites NetCenter dans le monde entier pendant qu'on y effectue une fouille de sécurité ? Et je crois qu'ils doivent rester fermés jusqu'au jour du lancement.

— C'est exact, dit MaryBeth. Mais il a toujours été dans notre intention de sécuriser et d'interdire les sites après les journées consacrées à la presse. Beaucoup de gens très importants seront présents sur ces sites le jour du lancement et ce souci de sécurité a toujours fait partie de notre agenda. Il va de soi que, lorsque nous nous efforçons de protéger des personnalités importantes, nous n'annonçons pas nos plans à l'avance. Cela reviendrait simplement à aider des assassins potentiels, qui pourraient profiter de l'occasion que leur offre notre lancement pour s'en prendre à un chef d'État ou à un fonctionnaire du gouvernement, que ce soit sur le sol des États-Unis ou à l'étranger.

— Comme le sénateur McKinnock ? » demanda Sharon avec un sourire ironique.

MaryBeth lui sourit à son tour. « Pas du tout, répondit-elle. Je crois que l'engin placé dans la voiture du sénateur devait initialement exploser au moment où il quittait l'aéroport. Il est extrêmement malheureux que l'engin ne se soit déclenché qu'au deuxième démarrage du véhicule. »

C'était un mensonge et MaryBeth n'était pas dupe. Mais Sharon et ses 15 millions de téléspectateurs ne le savaient pas, eux.

« Pouvez-vous nous dire alors si les opérations de sécurité qui se déroulent actuellement ont permis de découvrir quoi que ce soit d'anormal ? »

Le téléphone sur le bureau de Jack sonna et il baissa le son de la télévision.

« Jack Bernstein », dit-il, après avoir appuyé sur le bouton du haut-parleur.

La voix tonitruante résonna dans tout son bureau. « Jack, c'est Barry. J'ai de mauvaises nouvelles, malheureusement. »

Jack se redressa sur son siège. « Vous avez trouvé quelque chose ?

— Non, c'est justement ça, Jack. Nous n'avons rien. *Nada*. Trente-neuf sites ont passé le premier examen. Ils ont été vérifiés de fond en comble. Strictement rien à signaler.

— Et pour les autres ? » demanda Jack.

Il était tellement certain que quelqu'un trouverait quelque chose. N'importe quoi susceptible de le tranquilliser. Depuis qu'il avait réfléchi aux expressions clés et vu l'affichage du compte à rebours, son pressentiment à propos du lancement ne l'avait pas quitté.

Quelque chose d'inexplicable. Il était tellement certain que les sites étaient menacés qu'il aurait même été prêt à annuler le lancement si rien n'était découvert. Et c'était pourtant la seule chose qu'il aurait voulu éviter.

« Toujours en cours de vérification, dit Barry. Certaines équipes ont moins d'effectif que d'autres et ça pourrait prendre un certain temps. Boston attend toujours, en tout cas. C'est quoi cette merde avec la compagnie de l'eau ? Les électriciens sont toujours sur les lieux. Ils assurent qu'ils auront terminé dans une paire d'heures. Ça paraît plus raisonnable de les laisser terminer plutôt que de les renvoyer et devoir faire encore une autre vérification après leur passage. »

Jack acquiesça en son for intérieur. Barry avait raison. De toute façon, il y avait encore quatre-vingt-dix-huit sites en cours de vérification. Quelqu'un allait trouver quelque chose. Il en était certain.

Le problème était que, pour faire croire à « Armageddon », pour mettre en place les conditions favorables à l'apparition de son petit-fils en tant que « Sauveur de l'humanité », les assassins de Lara auraient besoin d'armes de destruction massive. Il faudrait que ce soit du lourd. Du très lourd. Cela nécessiterait probablement une série d'engins commandés à distance. Mais à quelle distance pouvaient-ils être déclenchés ? Si les engins étaient déclenchés par le lancement lui-même, ils assuraient leur sécurité. Ils pourraient se trouver à des centaines de kilomètres. Ils pourraient se trouver n'importe où.

Autrement dit, même si les engins étaient à l'extérieur des sites, les mécanismes de déclenchement devaient être connectés directement au système. Ils devaient être quelque part. Mais où ?

« Je veux que ces trente-neuf sites soient revérifiés, dit-il d'un ton désespéré. Je veux qu'ils vérifient, vérifient et revérifient qu'ils n'ont pas oublié quelque chose. Nous sommes passés à côté de quelque chose, Barry. Et je veux qu'on le trouve.

— C'est ce que nous faisons déjà », dit Barry.

La communication fut coupée. Les informations étaient maintenant terminées ; l'écran affichait à présent des publicités. Jack prit la photo de famille et la regarda une nouvelle fois, se souvenant de leur vie d'avant. Facile. Détendue. Mais l'était-elle vraiment ? Déjà, à l'époque, Jack savait qu'il y avait de l'avidité dans tout ce qu'il faisait. Chaque tournoi auquel il participait devait constituer un nouvel échelon dans son ascension vers le titre de champion du monde. Quand il avait fini, à contrecœur, par accepter que cela ne se produirait jamais, il avait reporté ses rêves sur IntelliSoft. Ce serait la plus grande société informatique du monde. Elle dominerait toutes les autres car, avec Jack à la barre, elle serait la plus innovante.

Jack Bernstein avait toujours voulu être le meilleur. Et il ne supportait pas de se rendre compte qu'il était systématiquement battu.

*

* *

Six images furent transmises en tout. L'Hercules des Nations unies était entré en contact avec le centre de contrôle aérien d'Istanbul et avait prétexté un simple défaut de navigation qui les avait forcés à dériver de plus de 200 kilomètres à l'intérieur de l'espace aérien turc, alors qu'il rentrait à Chypre. L'avion avait aussitôt reçu l'ordre de faire demi-tour et s'était vu assigner une nouvelle route en direction de la Méditerranée. Le forfait avait déjà été accompli : trois photos pendant qu'ils survolaient le nord de Kozlar et trois lors de leur retour vers le sud, toutes prises de 22 000 pieds. La couverture nuageuse était modérée et une altitude moindre aurait certainement permis d'obtenir des photographies de meilleure qualité, mais personne n'était prêt à tenter le sort sur la seule intuition d'un agent du FBI basé à Los Angeles et qui avait un fort penchant pour les manteaux bon marché et les chapeaux hideux.

Warner les examina l'une après l'autre, mettant à profit les quinze secondes qui séparaient chaque téléchargement. D'abord, il ne vit pas grand-chose.

« Je peux en faire une image composite si vous voulez, dit Tommy pendant que la sixième et dernière image apparaissait et restait affichée sur l'écran. Elles ne vont pas correspondre exactement, mais cela devrait vous donner une meilleure vue d'ensemble de la zone.

— Merci », dit Warner.

Tommy déplaça sa souris jusqu'en haut de l'écran et déroula le menu « MAPPING ». À mi-chemin vers le bas se trouvait l'indication « IMAGE COMPOSITE » et il actionna la souris. Une petite fenêtre apparut à l'écran, qui permettait aux photographies d'être chargées individuellement et superposées pour trouver la meilleure correspondance. Il enregistra « C3722HCL-img.1 » et la plaça sur la gauche de la fenêtre flottante, puis sélectionna « C3722HCL-img.2 ». Le plus soigneusement possible, il superposa la seconde image, choisissant un ratio de transparence de 50 % à l'endroit où les deux images se chevauchaient.

Se servant d'une petite forme blanche, peut-être une ferme, comme point de repère visuel, il cala l'image, leva le doigt de la souris et une barre de temps apparut sur l'écran. Le message disait « IMAGE EN COMPOSITION ». Quand la barre fut complète, l'image s'ajusta, l'ordinateur tournant et recalculant les images sur la base des informations préalables. Les bords disparurent et les photos ne formèrent plus qu'une seule image, presque deux fois plus longue que le document initial.

« Je vais réunir les trois nord en une seule bande et les trois sud en une autre, dit Tommy. Il n'y a pas moyen de réunir les deux en tout cas. La perspective est beaucoup trop lointaine. »

Il superposa la troisième image et une nouvelle fois s'efforça de faire correspondre visuellement les deux, avant de laisser le logiciel prendre le relais. En l'espace de cinq minutes, il avait terminé la seconde bande qu'il plaça directement sous la première. Cela donnait une image étrange, les deux angles opposés ne se rejoignant pas parfaitement, mais comme promis, cela donnait une impression tout à fait exacte de la zone dans et autour de Kozlar.

« Elles font 2400 pixels, expliqua Tommy, donc si vous voulez que je zoome dessus, n'hésitez pas. »

La zone dans son entier était une combinaison de maquis austères et de forêts denses. Kozlar en soi n'était même pas un village, plutôt un ensemble composé de quelques fermes plus ou moins isolées. Plus loin, d'autres fermes apparaissaient comme des points minuscules, les longues bandes blanches de leurs bâtiments se détachant sur l'herbe d'un vert jaune pâle. La côte de la mer Égée était à peine visible sur la gauche de l'image, formant un dessin complexe en raison des rochers qui la bordaient.

Warner avait l'air abattu. « Quelque chose m'échappe, dit-il à voix basse. J'en suis sûr.

— Qu'est-ce qu'il y a là-haut ? » demanda Berkeley, en désignant un reflet lumineux en haut et à droite de l'écran.

Tommy plissa les yeux et se pencha en avant. « On dirait le soleil qui se reflète sur un camion, probablement un genre de camion-citerne, dit-il. Je zoome dessus. »

Il plaça le curseur au-dessus et à la gauche de l'endroit choisi et tira sur une forme carrée. Quand il relâcha son curseur, la vue générale fut remplacée par une vision en gros plan de la zone sélectionnée.

« Effectivement, on dirait un camion-citerne, dit-il, en s'efforçant de distinguer les sections visibles de chaque côté du reflet. Ça pourrait être du lait... de l'essence... n'importe quoi en fait.

— Ça n'est pas de l'essence, ni du lait », dit soudain Warner, le visage éclairé par un sourire.

La petite forme noire et jaune sur le côté, le symbole de danger, lui indiquait que ce camion transportait une cargaison bien plus dangereuse que toutes celles qui avaient été suggérées. « Pouvons-nous suivre cette route ? »

Tommy cliqua pour zoomer un peu en arrière et déplaça l'image vers la droite, suivant la ligne de la route empruntée par le camion-citerne. Il dut faire défiler l'image trois fois, mais, à la fin, la route s'achevait brusquement. Devant quatre minuscules ensembles de bâtiments presque entièrement dissimulés par les arbres. Curieusement, cela ressemblait à un complexe, chaque ensemble étant clos et séparé des autres par environ 3 kilomètres de forêt dense. Des petits chemins couraient entre eux, leur bande ocre pâle à peine visible à travers le vert foncé des arbres.

Warner se leva et s'approcha de la carte du monde. « Où sommes-nous sur cette image ? » demanda-t-il.

Tommy releva les coordonnées sur l'écran. « Trois-point-quatre kilomètres nord-nord-ouest de Kozlar », dit-il.

Warner vérifia les coordonnées sur la carte. L'endroit qu'ils voyaient sur l'écran y apparaissait sous la forme d'une vaste forêt. Il n'y avait aucune mention du village, pas plus que de la route qui y menait, celle que le camion-citerne avait apparemment empruntée pour faire sa livraison.

« Ça y est », dit-il en retournant à son siège et en examinant la zone une nouvelle fois.

Tommy zooma à nouveau sur l'image pour que les quatre secteurs s'affichent ensemble sur son écran. Les bâtiments étaient toujours difficiles à définir. « Je vais vérifier chaque zone l'une après l'autre », dit-il, en remontant ses lunettes et en faisant dérouler l'image jusqu'au regroupement le plus au sud.

L'écran afficha soudain l'image en haute définition d'un petit village. Les bâtiments étaient tous en grès de couleur pâle et tous semblaient disposés régulièrement autour d'un large auditorium rectangulaire ouvert, qui, d'après une ombre longiligne, semblait comporter une tour dans son mur est.

Warner sourit, tout en hochant la tête malgré lui. « Un temple. »

Le village était très peuplé, de petites silhouettes sombres se détachant sur le marron clair des zones éparses de terre nue. Beaucoup d'entre elles étaient rassemblées devant un petit bâtiment avec une base carrée et un toit en dôme. Warner ne pouvait pas savoir que ce bâtiment ne disposait que d'un seul escalier en pierre qui s'enfonçait sous le village jusqu'au réfectoire. Pas plus qu'il ne pouvait savoir que les disciples de Bethléem venaient de finir le repas et les prières de midi et qu'ils retournaient maintenant à leur travail. Si la photo avait été prise dix minutes plus tôt, les deux cent quinze résidents auraient tous été hors de vue.

« Voulez-vous que j'essaie la zone suivante ? » demanda Tommy.

Warner acquiesça et il fit défiler l'image vers le bas, révélant un ensemble beaucoup plus petit. Il y avait trois bâtiments, tous avec des dômes en pierre taillée et une construction beaucoup plus grande. Elle était rectangulaire avec une façade dans le style du Parthénon et huit piliers qui rejoignaient une large volée de marches menant à l'entrée. L'endroit était presque désert.

« Je ne vois toujours pas à quoi sert tout ça, protesta Berkeley, visiblement furieux à la perspective de devoir encore fournir tout un tas d'explications. Il n'y a rien d'illégal à passer sa vie à prier. Ou à vivre comme un cinglé.

— Je vais tenter le secteur d'après, dit Tommy. Cela paraît intéressant d'après la vue d'ensemble.

— De quelle façon ? » demanda Warner.

Tommy ne savait même pas ce qu'il cherchait, pas plus que Berkeley. Toutefois, quand le troisième secteur apparut à l'écran, il comprit exactement ce que Tommy voulait dire. Il y avait cinq bâtiments dans le secteur trois. À la différence des secteurs un et deux, ils étaient tous modernes et tout à fait remarquables. Leur apparence contrastait avec leur fonction.

« Je suppose que vous cherchez une installation chimique, monsieur, dit Tommy avec un sourire plein d'assurance. Possiblement des gaz toxiques ? »

Berkeley, qui n'était toujours pas complètement au courant, plissa les yeux d'un air méfiant. « C'est le cas ?

— Oui, monsieur, avança Warner. C'est le cas. »

Il se carra dans son siège et croisa les bras comme un homme qui vient de terminer son sujet d'examen dans la moitié du temps imparti.

« Eh bien, monsieur, je crois que nous venons de la trouver. »

Retourna à la citerne

GENÈSE 37:29

Jon Walters consulta sa montre pour la cinquième fois et soupira. Ils avaient dit deux heures au plus. Dans dix minutes, ces deux heures seraient devenues trois et, encore une fois, Boston serait le seul site en retard. D'accord, les autres étaient toujours en train de passer le contrôle, d'après Barry, et le retard ici n'était pas de son fait, mais ça ne le soulageait pas pour autant. Il était le chef de la sécurité de ce site et cela lui conférait une certaine responsabilité. S'ils lui demandaient de dégager le site le plus vite possible, il était de sa responsabilité de veiller à ce que ce soit fait.

La tête de Tom Howitt surgit de dessous le long bureau jaune pour fouiller dans son sac à outils et finalement en retirer un tournevis électrique à embout long. Avant de disparaître à nouveau, il leva les yeux et remarqua l'air impatient de Jon.

« Eh ! ne vous en prenez pas à moi », dit-il en glissant sur le dos et en connectant un fil au-dessous de son bureau. Sa voix était étouffée. « Je vous ai dit d'en parler à Boston Waters. Sans eux, je vous aurais débarrassé le plancher depuis longtemps.

— J'ai un délai à respecter, insista Jon.

— Ah oui ? dit Tom, montrant la tête un instant. Nous sommes deux dans ce cas. Vous avez le vôtre, j'ai le mien. Et ça n'empêche pas le monde de tourner. De toute façon... Il revérifia son travail. J'ai fini. Vous n'allez plus me voir. Et je ne vous verrai plus non plus. »

Il glissa de dessous le bureau une bonne fois pour toutes.

Tout en remettant ses outils dans le sac, il cria en direction de Pete, qui était à l'extrémité du NetCenter, en train d'enfouir tous les emballages vides dans un sac-poubelle noir. Pete acquiesça et ferma le sac, le plaçant à côté de cinq autres.

« Je ne comprends toujours pas comment Boston Waters a pu vous retarder si longtemps, dit Jon. Leur erreur n'était même pas sur votre site. »

Tom lui jeta un regard désapprobateur. « Exact, mais d'où exactement croyez-vous que vient votre courant ? Du site ? Vous avez votre propre petite centrale cachée quelque part, c'est ça ? Non, vous n'en avez pas et donc votre courant provient d'une alimentation générale. Et cette alimentation générale est rarement à côté de l'endroit où vous décidez de construire un bâtiment, pas vrai ? Nous avons dû ajouter environ 200 mètres de câblage pour amener du courant à vos gars.

— Où se trouve cette alimentation alors ? »

Tom secoua la tête d'un air incrédule. Il avait du mal à croire que des gens soient aussi bêtes. « C'est à 200 mètres environ dans la rue, dit-il. C'est pour ça que nous avons eu besoin du câblage. C'est devant le John Hancock, au bout de conduits d'accès fermés par des plaques métalliques. »

Jon réfléchit un instant, puis prit les schémas qu'on lui avait faxés sur le bureau derrière lui et vérifia les pages concernées. « Je ne trouve aucune mention d'une alimentation centrale ni de conduits d'accès.

— Ah bon ? dit Tom, en jetant son sac à outils sur son épaule et en se préparant à partir. Faites-moi confiance, ils sont bien là.

— Il faut que vous me montriez », dit soudain Jon.

Il se demandait si les autres sites étaient au courant de cette « alimentation centrale ».

« Pas question, dit Howitt en se retournant. J'ai déjà eu assez de problèmes avec ce crétin des services de l'environnement qui voulait descendre et tout vérifier. Je ne vais sûrement pas arrêter la circulation pour soulever à nouveau ces plaques. »

Jon plissa les yeux. Même Howitt se rendait compte qu'il y avait quelque chose de vraiment anormal. Le regard du type de la sécurité le mettait mal à l'aise. Trop de temps s'écoula avant que Jon ne pose enfin la question :

« Qu'est-ce que c'est que cette histoire ? demanda-t-il avec méfiance. Quel type du service de l'environnement ? »

*

* *

« Dans le cadre de ma formation, j'ai étudié les photos d'Irak des Nations unies prises pendant la guerre du Golfe, dit Tommy. Je me suis drôlement fait botter les fesses pour avoir omis de remarquer des installations comme celle-ci. »

Il désigna l'endroit sur l'image pleine de grain, en haut à droite de l'écran. « Ces deux bâtiments-là, dit-il, sont ce que nous appellerions des "désherbants". Toutes les fois que les Nations unies découvraient une usine chimique en Irak, le gouvernement de là-bas protestait toujours, affirmant que c'était "une usine de produits pour l'agriculture" ne fabriquant rien de plus dangereux que des pesticides. Neuf fois sur dix, une inspection surprise révélait qu'elle produisait en fait soit des agents chimiques, soit des agents biologiques. C'était généralement un ou plusieurs des fameux quatre : VX, sarin, ébola ou anthrax. Tous très nocifs.

— Du sarin ? dit Berkeley, alerté par un mot qu'il connaissait et comprenait. Vous voulez dire comme dans l'affaire Clearwater ? »

Warner ne dit rien. Il se contenta de sourire d'un air satisfait comme s'il le savait depuis longtemps.

« La raison pour laquelle nous les appelons des "désherbants", continua Tommy, c'est parce que, si vous regardez attentivement les alentours, vous verrez que la végétation souffre. Ceux qui fabriquent ce genre de gaz sont généralement tellement soucieux d'empêcher des fuites sur les résultats finaux qu'ils ne se débarrassent pas des produits annexes convenablement. Ceux-ci ont parfois des effets quelque peu nocifs, mais ils ne sont jamais mortels, si bien qu'ils se contentent de les déverser dans les canalisations ou de les jeter dans les environs. Ce qui produit une contamination des sols. En conséquence, rien ne pousse. Même les arbres autour paraissent un peu fatigués et leurs feuilles sont d'un vert plus pâle. » Il hocha la tête d'un air assuré. « C'est sûr, une installation comme celle-là se remarque à des kilomètres.

— À votre avis, il s'agit donc bien d'une installation d'armement chimique ? » demanda Warner.

Tommy fit la moue. « Je ne me risquerais pas à faire une déclaration officielle au cas où je me tromperais, mais oui, c'est ce que je dirais... répondit-il. À la seconde où je l'ai vue, j'ai compris que c'était ce que vous cherchiez. Ça en a toutes les caractéristiques.

— Alors que cherchez-vous, Frank ? » demanda Berkeley.

Warner poussa un soupir. « Mon souci n'est pas ce que ces types ont fait ou non, dit-il. Ma crainte, c'est ce qu'ils vont faire. Je crois qu'ils préparent quelque chose. À présent, compte tenu de la taille de cette installation, je crois que ça va être important. Je crois que les événements auxquels nous avons assisté récemment visaient à dissimuler un plan d'une envergure beaucoup plus grande ; quelque chose qui implique une utilisation massive des produits fabriqués sur ce site.

— Comme quoi ? »

Warner écarquilla les yeux. « À vous de me le dire, répliqua-t-il. Nous savons déjà que ces gens sont dangereux. Nous savons déjà qu'ils tuent sans hésiter. J'en déduis que leurs plans, quels qu'ils soient, seront à l'image de ce que nous savons d'eux.

— Vous voudriez que nous prenions les devants ?

— Il faut que nous fassions quelque chose, dit Warner. Avant qu'il ne soit trop tard. »

Berkeley se leva et se mit à faire les cent pas. Puis il s'arrêta et regarda la carte, puis la pendule qui affichait l'heure de l'Est. « Il faut que nous fassions remonter tout ça », dit-il.

Il décrocha l'un des téléphones et attendit la connexion. « Ici Ronald J. Berkeley. Trouvez-moi le directeur adjoint William Kessel à Washington. » Il posa la main sur le combiné et s'adressa à Warner. « Il me faut un rapport complet dans les deux heures, Frank, je ne monte pas dans un avion avant de disposer de tous les éléments...

Oui... Salut, Bill, c'est Ron. Désolé de t'embêter avec ça, mais j'ai besoin qu'on mette sur pied une conférence urgente. Il me faut des représentants des Nations unies, de la CIA et de la marine. Nous avons découvert ce qui pourrait être une usine d'armement chimique privée près de la côte de la mer Égée en Turquie. Il se peut que ça ait un rapport avec la mort du sénateur McKinney et l'attentat au gaz sarin à Lancaster. C'est en cela que ça regarde les États-Unis. »

Au bout du fil, Bill Kessel devait lui exprimer ses réticences.

« Oui, Bill, je comprends, mais il se peut parfaitement que le gouvernement soit au courant et qu'il y ait des pots-de-vin à la clé. Nous devrons peut-être régler le problème diplomatique après. De mon point de vue, cela paraît suffisamment important pour que cette réunion ait lieu. »

Il écouta encore. « Oui, je compte déposer une requête pour que l'équipe des Nations unies de maintien de la paix n'intervienne pas. J'aurai besoin d'au moins cinquante *marines* et d'autant de Sikorsky que ce dont nous pouvons disposer. J'aurai besoin aussi d'au moins deux inspecteurs de l'UNSCOM, la commission spéciale des Nations unies, d'une équipe de déminage et de représentants de la Croix-Rouge internationale, plus de quoi loger au moins trois cents personnes... »

Il y eut un nouveau silence. « C'est exact, trois cents.

— Oui, je le comprends, mais je dispose d'un rapport complet et d'images très préoccupantes... Oui, ça a un rapport avec l'Hercules... Je comprends. Oui, Bill. Je serai chez toi à 18 heures. »

Tommy avait déjà commencé à imprimer des photos couleur agrandies de la zone qu'ils avaient étudiée et des vues d'ensemble.

« Attendez les tirages, Frank, puis bouclez votre rapport et retrouvez-moi à l'aéroport, dit Berkeley, en reposant le combiné et en se préparant à partir. Je ne m'embarque pas tout seul là-dedans.

— Oui, monsieur.

— Oh ! et Frank... dit-il, en s'arrêtant sur le pas de la porte.

— Oui, monsieur ? »

Il regarda Warner droit dans les yeux d'un air menaçant. « Vous avez sacrément intérêt à avoir raison dans cette affaire. »

*

* *

Howitt commençait à s'énerver. Jon avait obtenu de fermer une voie à la circulation pour trente minutes au plus, mais c'étaient les employés d'Howitt Electrical qui en avaient pris pour leur grade de la part des automobilistes furieux pendant qu'ils condamnaient soigneusement la zone. Toujours la même chose.

Et Jon restait là, l'air nerveux, à se ronger les ongles. Son pied martelait impatiemment la surface humide de la route, provoquant un bruit d'éclaboussures répétitif qui commençait à taper sur les nerfs de Tom. Il aurait dû être au bar avec son équipe à cette heure-là. Ils attendaient qu'il arrive avec Pete pour célébrer l'événement. Un boulot terminé, un boulot bien fait.

Il n'aurait pas dû être obligé de s'agenouiller sur le sol mouillé, en train de dévisser des écrous de sécurité avec un jeu de clés à pipe.

Après avoir desserré les six, il revint au premier et l'enleva complètement, puis les cinq autres. Lui et Pete attrapèrent des crochets et les passèrent par les trous de la plaque, grognant vaguement pendant qu'ils la soulevaient et la posaient sur le côté. Pour Jon, le trou paraissait profond. Et bien trop sombre. Un léger bruit de goutte à goutte provenait de quelque part au fond, tandis que l'eau de pluie formait des mares au sol.

« Pouvons-nous descendre ? demanda-t-il en s'armant de courage.

— *Nous* ne pouvons pas, mais *vous* si, dit Howitt, en postillonnant légèrement à cause de son chewing-gum. On ne peut pas passer à deux et d'ailleurs je me demande bien ce que vous comptez trouver en bas. En tout cas, voilà mes tracés. »

Il tendit à Jon un jeu de diagrammes dans une chemise en plastique transparent. « Si c'est en bas, ça figure sur cette feuille. Si ça ne figure pas sur cette feuille, c'est que ça ne devrait pas être en bas. C'est assez clair pour vous ? »

Jon acquiesça, puis regarda dans le conduit et fit la grimace. Il était claustrophobe étant enfant. À scruter l'obscurité comme il le faisait maintenant, il n'était pas vraiment certain d'être guéri.

« Ne vous en faites pas, dit Howitt en remarquant son hésitation. Ça s'élargit un peu en bas.

— Vous avez une torche ? »

Howitt leva les yeux au ciel et regarda Pete, qui ricana. Howitt s'accroupit alors, passa la main sous le bord du conduit et appuya sur un bouton. Une par une, des lampes s'allumèrent, accentuant encore la profondeur du conduit.

« Je suis électricien et j'ai le contrat d'entretien de cette chose, dit-il. Vous pensez que j'allais me priver d'installer quelques lampes là-dedans ? »

Jon enleva sa veste jaune vif marquée IntelliSoft Security et plaça les diagrammes dans la poche arrière de son pantalon. La pluie continuait à tomber doucement et elle commençait à mouiller sa chemise, en dessinant des taches bleu foncé sur le tissu clair. Il s'assit au bord du conduit et descendit jusqu'au troisième échelon de l'échelle. Howitt et Pete étaient restés à proximité, au cas où ses semelles mouillées auraient glissé sur le métal.

Il n'y avait pas beaucoup d'espace dans le conduit. Il supposa que Howitt avait câblé les conduits lui-même, car, avec sa taille, Pete n'aurait certainement pas pu y tenir. Il était incapable de regarder ses pieds en descendant et n'arrêtait pas de diriger ses yeux vers le haut. Les deux autres surveillaient sa descente d'un air amusé. Il sourit en entendant Pete dire : « Alors, on remet la plaque maintenant ? » et Howitt répondre : « Inutile de me donner des idées. »

Sept mètres plus bas, il atteignit le fond ; le sol était mouillé à cause de la pluie qui avait traversé par les trous des écrous dans la plaque. Howitt avait dit vrai : le conduit s'élargissait, mais pas beaucoup. Il se retourna et vit un petit renfoncement abrité qui contenait sept boîtes noires, chacune de la taille d'un ordinateur portable. Chaque boîte avait un câble gris épais relié à sa base et chacune portait une inscription blanche au marqueur, de la boîte 1 à la boîte 7.

Sortant la pochette en plastique transparent de son pantalon, il trouva la feuille de la boîte 1 et ouvrit la boîte correspondante. Le diagramme sur le papier semblait coller avec l'agencement de la boîte, mais en vérité, il n'y connaissait pas grand-chose. Il n'était pas électricien. Il savait qu'il aurait dû faire descendre Howitt à sa place.

Il en fit autant pour les boîtes numérotées de 2 à 6 mais tomba sur un os quand il arriva à la septième. Il n'y avait pas de feuille 7 dans la chemise. Il recula d'un pas et pencha la tête pour regarder vers le haut du conduit. « Eh ! cria-t-il et Howitt se montra à nouveau. Où est le diagramme pour la boîte 7 ?

— Vous vous foutez de moi ? » cria Howitt.

Jon haussa les épaules. « Non, pourquoi ?

— Parce qu'il n'y a pas de boîte 7. Nous avons ajouté une seule boîte en bas et c'était la boîte 6. »

Cela ne plut pas à Jon. Il disparut sous l'avancée une nouvelle fois et s'apprêta à ouvrir la boîte 7. Elle était de la même forme que les autres, avec la même indication au marqueur, sur le devant, mais, dès qu'il l'ouvrit, il sut qu'il y avait un problème. Car l'intérieur de la boîte 7 n'était pas agencé comme celui des autres.

Le câble qui pénétrait dans la base était factice et pas du tout connecté, et le câblage électrique à l'intérieur était beaucoup plus petit que les autres, en aucun cas destiné à un usage intensif. À la base du coffrage se trouvait un circuit électrique et, en haut, maintenues en place par une bande élastique noire, se trouvaient deux boîtes argentées portant chacune le symbole signalant une substance radioactive.

Encore plus stupéfiant, c'était ce qu'il voyait installé au centre du coffrage. Quinze centimètres de large par sept de profondeur, c'était une minuterie digitale. Elle indiquait 237:31:09.

C'était un compte à rebours.

« Bordel de merde », dit-il en titubant en arrière, sous le choc, les yeux écarquillés et la bouche grande ouverte. Il étouffait entre ces murs étroits, la claustrophobie de son enfance le reprenait de plus belle. Il glissa sur le sol mouillé et tomba, trempant le fond de son pantalon. Mais il ne le remarqua même pas.

Quand il réussit à atteindre le haut de l'échelle, il avait répété le même juron plus de onze fois, sans jamais oser s'arrêter pour reprendre son souffle.

Une fin aux ténèbres

JOB 28:3

Le siège de l'état-major du FBI, qui occupait 2,5 millions de mètres carrés sur Pennsylvania Avenue à Washington DC, était, aux yeux de Frank, l'exemple parfait de la façon dont il ne fallait pas concevoir un bâtiment. Au lieu d'être parfaitement carrée, la structure, où le FBI s'était installé en 1974, était en réalité un tétraèdre légèrement de travers. Afin de se conformer aux règlements d'urbanisme locaux, le bâtiment comptait sept étages le long de Pennsylvania Avenue proprement dit, mais totalisait onze étages à l'arrière. Il en résultait un horrible surplomb qui donnait l'impression que toute la structure allait un jour ou l'autre s'écraser sur les piétons.

Passant à l'ombre des arbres bas qui bordaient l'avenue, il remarqua une nouvelle fois les dalles de pierre qui recouvraient l'extérieur du bâtiment. Ces dalles, qui faisaient apparemment partie du projet de l'architecte, étaient ponctuées par de petites zones percées de trous réguliers qui pouvaient faire penser à des impacts de balles ou à un projet de recouvrir le bâtiment avec un revêtement de pierres en cours de réalisation, les trous ayant été percés préalablement pour les fixer.

Il se souvint de la première fois qu'il avait vu le bâtiment ; une visite dans le cadre d'un programme permanent visant à tenir les agents au courant des travaux de l'ensemble du bureau. Warner avait été un fervent supporter de Edgar J. Hoover, un partisan de l'intrigue et du secret, pratiques que l'ancien directeur avait patiemment insufflées au FBI ; mais après sa mort en 1972 et l'arrivée de Clarence M. Kelley à ce poste, il avait vu l'organisation qu'il avait tant aimée aller à vau-l'eau. D'après Kelley, elle devait devenir « un FBI plus moderne et ouvert ». En fait, elle avait commencé à être gérée comme une entreprise et non plus comme une organisation d'élite. Chaque processus était systématiquement analysé, à tel point que Frank avait commencé à se sentir plus un employé qu'un agent. Le FBI était devenu tentaculaire et épouvantable après la mort de Hoover, exactement comme le quartier général qui portait maintenant son nom.

Warner et Berkeley passèrent par l'entrée du personnel au rez-de-chaussée et se retrouvèrent dans le petit vestibule. Berkeley était arrivé les mains vides, tandis que Warner portait un petit attaché-case marron et un rouleau de dessins. L'entrée donnait sur une cour en briques, avec des bancs alignés comme en prévision d'une conférence ou d'un concert. La réception ressemblait à un salon fatigué avec de gros fauteuils rembourrés et des tables basses. Les deux hommes signèrent un registre et s'assirent. Frank jeta un coup d'œil au grand miroir face à la porte dont il savait parfaitement que c'était, en réalité, un miroir sans tain. Le personnel de sécurité était certainement en train de l'observer derrière son propre reflet. Cela le mettait mal à l'aise de savoir qu'on le surveillait sans qu'il puisse voir qui.

Pris d'un accès de parano, il vérifia sa mallette, s'assurant une nouvelle fois qu'il avait apporté les bons dossiers. Rassuré de les trouver à leur place, il poussa un profond soupir.

« Ça ne va pas être facile », avança Berkeley, la voix grave.

Warner sourit sans conviction. « Ça ne l'est jamais, dit-il. Trop de bureaucratie. » Berkeley avait longuement discuté de l'affaire avec Warner pendant le vol depuis Los Angeles et ils en avaient tous les deux conclu qu'ils allaient devoir se battre. « En tout cas, ça en vaut la peine si nous pouvons coincer ces salauds », ajouta-t-il.

Au bout de cinq minutes, ils furent appelés au onzième étage où, leur dit-on, un agent les attendrait pour les escorter dans la salle de réunion prévue. L'ascenseur central les fit monter rapidement et une petite brune d'une vingtaine d'années les accueillit à la sortie. Ils lui emboîtèrent le pas le long d'un couloir peint en beige et passèrent devant une série de portes d'un gris foncé terne, avant d'arriver enfin à la salle de conférences 3 fermée par une double porte.

Les autres personnes assistant à la réunion étaient déjà installées autour de la longue table, bouillant d'impatience et visiblement encore en plein décalage horaire. Seul William Kessel se leva pour accueillir les deux hommes.

« Ron, je suis heureux de te revoir. Agent Warner... ravi de faire votre connaissance. Je vous en prie, messieurs, asseyez-vous. J'ai l'impression que vous avez une affaire très sérieuse sur les bras. »

William Kessel paraissait très jeune pour ses 48 ans, avec un visage de patricien presque enfantin, des cheveux châtains et un teint légèrement hâlé. Il était sorti de l'université du Massachusetts en 1985 avec un diplôme de juriste et avait ensuite servi dans le bureau des enquêtes spéciales de l'Air Force avant d'intégrer le FBI en 1987.

Il avait rapidement gravi les échelons pour devenir directeur adjoint en 2001.

Berkeley acquiesça tandis que Warner et lui prenaient leurs places respectives et que Kessel faisait les présentations. Chacune des personnes assistant à la réunion les salua d'un signe de tête et d'un sourire. « Messieurs, commença-t-il, voici Alan Firth, de la commission de sécurité des Nations unies ; Montel Keef, qui dirige les opérations de la CIA à l'étranger ; Kate Morris, du Département d'État ; le général Roger Kerr, de la marine des États-Unis ; et Barbara Standish, conseillère en matière d'armes chimiques et biologiques du président Clarke. À présent, Ron, si tu veux bien nous expliquer la situation ? »

Berkeley se leva et se dirigea vers le bout de la table, permettant à son auditoire de mesurer l'inquiétude qui creusait des rides profondes sur son visage.

« Comme vous le savez certainement tous, commença-t-il, le sénateur McKinnock a été tué dans un attentat à la bombe avant-hier. Les experts nous indiquent que l'engin était un Semtex de 600 grammes déclenché à distance. Très professionnel et certainement pas le travail d'un tordu ou d'un amateur. La bombe était l'œuvre de quelqu'un qui avait, je cite, "une grande expérience dans la fabrication et le maniement de ce genre d'engin". Autrement dit, ces gens n'en étaient pas à leur coup d'essai. Également découverte dans les débris, une plaque en or 24 carats sur laquelle était gravée une référence aux échecs, en l'occurrence : "Cavalier prend cavalier."

— Il n'a été fait aucune mention d'une plaque aux informations», dit le général Kerr.

À 58 ans, Kerr était un homme à la carrure imposante, avec des cheveux blanc neige et des bajoues. À l'occasion de cette réunion, il avait revêtu son uniforme et son torse imposant était orné de nombreuses médailles.

«C'est exact, expliqua Berkeley, car c'est un élément que nous voulions garder pour nous.» Il se tourna en direction de l'assistance. «Puis-je vous demander si vous êtes au courant de l'attentat au gaz qui a causé la mort de David Clearwater et de Jerry Hanson à Lancaster, en Californie ?»

Personne ne semblait le savoir, à l'exception de William Kessel et de Barbara Standish.

Barbara avait 38 ans, elle était grande et blonde, comme tout droit sortie d'une publicité pour Revlon. Après avoir quitté Harvard, elle était devenue l'une des plus célèbres expertes en matière de substances chimiques, bactériologiques et biologiques. Elle avait rédigé de nombreuses thèses sur les effets des agents chimiques et biologiques dans les guerres modernes, et avait été nommée conseillère du président en 2003. Des rumeurs avaient même commencé à circuler selon lesquelles elle serait devenue, très peu de temps après, un élément récurrent dans la chambre à coucher présidentielle.

«J'ai été contactée par l'agent McCarthy quand la substance utilisée s'est révélée être un agent neurotoxique sarin, expliqua-t-elle. Il voulait connaître la disponibilité et/ou les conditions de production pour une telle arme.

— Et votre réponse ? demanda Kerr.

— Très difficile à acheter et particulièrement difficile à fabriquer, répondit-elle. Il exige des degrés extrêmes de température et de pression. Cela demande des installations uniquement réservées à la fabrication, en même temps que des procédures de sécurité rigoureuses et une unité médicale sur place.

— Et une morgue », avança Kessel avec un sourire. Lui aussi avait vu le rapport de Barbara.

Berkeley avait déjà pris le rouleau de clichés des mains de Warner et il se dirigeait vers le tableau fixé au mur au bout de la table. Il déroula la photo rapprochée du site et la fixa avec les punaises bleues du FBI. « Une installation comme celle-ci, peut-être ? »

Alan Firth se leva aussitôt et s'approcha pour inspecter l'image. À 36 ans, cet homme grand et mince avait des cheveux bruns courts et une moustache soignée. Tout en approchant, il sortit d'un étui en cuir une paire de lunettes cerclées de métal qu'il posa doucement sur son nez pointu.

« Mon Dieu, dit-il en refermant bruyamment son étui.

— Alors c'est bien ce que nous pensons que c'est ? demanda Berkeley.

— J'en mettrais ma main au feu, dit-il. Du désherbant, sans aucun doute. »

William Kessel regarda Barbara Standish qui hochait déjà la tête comme si elle avait du mal à voir la vérité en face.

« Ceci, mesdames et messieurs, expliqua Berkeley, ne se trouve pas en Iran, ni en Irak, ni dans l'ancienne Union soviétique ou même en Libye. C'est une installation privée située à Kozlar en Turquie. C'est aux confins de ce que certains pourraient appeler en plaisantant "le monde civilisé". Elle a de toute évidence une importante capacité de production, dont une grande partie est probablement vendue à nos adversaires. Et nous aimerions beaucoup la fermer. »

Kessel regarda l'image puis se tourna de nouveau vers Berkeley. « Tu as dit au téléphone que cela pourrait avoir un rapport avec le président d'IntelliSoft, Jack Bernstein. Peut-être pourrais-tu nous récapituler tous les éléments de ton enquête, depuis le départ ? Après quoi nous pourrons vérifier la validité de tes informations. »

Berkeley fit un signe de tête à Warner qui, pendant que les deux hommes retournaient à leur place, sortit des photocopies de son dossier et les distribua à toute la table.

« Mesdames, messieurs, dit-il, si vous vouliez bien vous reporter à la page quatre, intitulée Lara Bernstein. »

*

* *

Il était 3 h 30 de l'après-midi en Californie et le soleil était éblouissant au-dessus du campus, le ciel d'un bleu profond et même la brise du Pacifique paraissait avoir pris son après-midi. Jack se tenait près de la baie vitrée et regardait les ingénieurs de VideoTek soulever l'écran plasma pour le mettre en place le long des bureaux de la division technique. Un petit groupe d'employés d'IntelliSoft s'était accordé quelques minutes pour assister aux essais de l'écran à partir de la commande à distance. Au bout de quelques secondes, un logo doré « VIDEOTEK USA » apparut et commença à tourner sous la légende « Donner aux images de l'histoire un avenir plus clair ». Des séquences d'archives d'importants événements historiques étaient projetées dans ses lettres. La Seconde Guerre mondiale, la mort de John F. Kennedy, Neil Armstrong, la chute du mur de Berlin et les tanks de la place Tian'anmen se succédaient en mode « vitesse rapide ». Comme si l'histoire était une télévision et qu'on surfait en permanence sur ses différentes chaînes.

L'espace d'un instant, Jack se demanda si le lancement d'IntelliSoft lui-même serait un jour classé comme un événement historique important. Si ça devait être le cas, il priait Dieu pour que ce soit pour de bonnes raisons.

On frappa doucement à la porte et MaryBeth passa la tête.

« Salut, dit-elle. Je peux entrer ?

— Bien sûr. » Jack se dirigea d'un air las vers son bureau et s'affala dans son fauteuil. « Bravo pour hier soir, à propos. »

MaryBeth lissa la jupe de son tailleur ocre et prit le siège en face. « Merci, dit-elle. Cette salope voulait absolument faire le lien entre la mort du sénateur et nous. »

Jack secoua la tête d'un air dédaigneux. « Pour la seule raison que la mort du sénateur a un lien avec nous. »

MaryBeth haussa les épaules. « Ce qui ne veut pas dire que je suis obligée de le confirmer, n'est-ce pas ? On a des nouvelles des sites ?

— Rien, dit Jack en secouant la tête. J'étais certain que nous allions trouver quelque chose. N'importe quoi. C'est la seule chose qui pourrait donner une signification au reste.

— Tous les sites n'ont pas encore été vérifiés, dit-elle. Il y a encore du temps. »

Jack secoua la tête. « Certes, mais ils ont tous subi au moins une vérification complète, sauf Boston qui pâtit encore de la connerie de la compagnie des eaux. Je ne sais plus, je me suis peut-être trompé...

— Alors, qu'est-ce que nous décidons pour le lancement ?

— Je ne sais pas, dit Jack. Mais mon instinct me dit que nous devrions annuler. Ces salauds cherchent à me baiser, je le sais. Et s'ils cherchent par la même occasion à promouvoir l'enfant de Lara comme étant le Sauveur de l'humanité, ça va être un carnage. Voyons les choses en face, en matière d'événements planétaires, il est difficile de trouver plus spectaculaire que notre lancement. »

MaryBeth secoua la tête. « Tu ne peux pas annuler, ça serait notre ruine. Si tu as raison, dans ce cas ils vont trouver quelque chose. Autrement, je pense qu'il faut continuer comme prévu. »

Le téléphone sur le bureau de Jack se mit à sonner. Il tourna le bouton du haut-parleur. « Jack Bernstein. »

La voix à l'autre bout était essoufflée et à peine audible.

« Jack, c'est Phoebe.

— J'ai mis le haut-parleur et nous vous écoutons avec MaryBeth, dit Jack. Qu'est-ce qui se passe ? »

Phoebe ne parvenait pas à contrôler son excitation. Son message était simple. « Nous les avons trouvées. »

Jack et MaryBeth se regardaient bouche bée. « Continuez, dit Jack.

— Il y a en une sur chaque site ; une sorte de bombe, mais nous ne connaissons pas encore tous les détails. Elles étaient cachées à l'extérieur des sites, dans le système central d'alimentation électrique. Apparemment l'électricien qui était encore sur le site à Boston a signalé un endroit que nous n'avions pas vérifié. Nous avons de la chance. S'ils avaient respecté leurs délais et avaient quitté le site à temps, nous n'en aurions peut-être jamais découvert une seule. Elles sont toutes équipées d'une minuterie digitale, dissimulée sous la forme d'un panneau électrique, et programmées pour exploser juste à l'heure où les enfants démarrent. » Elle s'arrêta pour reprendre son souffle. « Je viens de terminer ma liaison. Tous les sites ont été condamnés et les environs interdits d'accès par les autorités concernées. Des équipes de démineurs sont déjà en route en direction de la plupart des sites.

— Dans combien de temps tout sera-t-il nettoyé ? demanda MaryBeth.

— Donnez-nous le temps. » Phoebe se mit à rire. « Cela pourrait prendre encore quelques heures. En tout cas, votre intuition était la bonne. Apparemment, ces trucs ont l'air très puissants. Je tremble à l'idée de ce qui aurait pu se passer.

— Bon boulot, Phoebe, dit Jack. Et transmettez mes remerciements à Barry et à son équipe. »

Il coupa la communication et posa sa tête sur ses mains, comme s'il priait.

« Nous sommes bons alors ? dit MaryBeth.

— Si nous pouvons nettoyer les sites sans problème, alors oui... apparemment, dit Jack, en poussant un immense soupir de soulagement. Dieu merci. »

Pour prêter main-forte au roi contre l'ennemi

2 CHRONIQUES 26:13

«Personnellement, je ne pense pas que nous puissions nous permettre de tergiverser», dit le général Kerr, en se penchant énergiquement au-dessus de la table de conférences. Sa réponse et le fait qu'il avait choisi d'en faire part avant même que la question ait été posée témoignaient de sa philosophie en la matière. Dans son domaine, il croyait fermement que l'attaque était la meilleure forme de défense. « Je dis que nous devons frapper. »

Barbara Standish secoua doucement la tête. « Ne nous hâtons pas trop, général, dit-elle, en plaçant ses mains fines sous son menton d'un air pensif. Nous ne devons pas oublier que le président Clarke doit se présenter de nouveau devant les électeurs l'an prochain. Je ne crois pas qu'une politique de va-t-en-guerre lui attire beaucoup de voix. Déclencher un incident international de cette nature sans d'abord en référer au gouvernement turc risquerait bien d'être une forme de suicide politique. Je crois que nous devrions faire preuve d'un peu plus de diplomatie. »

Le directeur adjoint Kessel fit signe qu'il avait compris. Qu'il fût d'accord ou non était une autre affaire.

Il n'avait pas été chargé de présider la réunion pour être d'accord avec tous les avis exprimés, mais il se devait au moins d'écouter chacun jusqu'au bout. Ces gens étaient des professionnels, parmi les plus hauts gradés du pays, et leur savoir dans leurs domaines de prédilection était éminemment respecté. Dans ces domaines précisément, leur opinion comptait. C'était quand ils s'exprimaient sur des sujets qu'ils ne maîtrisaient pas que Kessel savait qu'il devait habilement, comme par le balancement hypnotique d'un cobra, déplacer l'attention et solliciter un deuxième avis auprès de quelqu'un dont c'était la spécialité. Il se tourna vers Alan Firth. « Comment vous situez-vous, Alan, du point de vue des Nations unies ? »

Firth inspira profondément. « Bien qu'à contrecœur, dit-il, je suis de l'avis du général. Si le renseignement en provenance d'Istanbul attestant l'existence de pots-de-vin touchés par le gouvernement est fiable, dans ce cas, nous ne pouvons pas prendre le risque de passer par la diplomatie. Il y aura des fuites et ils auront transféré le site avant que nous puissions dire "Convention de Genève". C'est, de toute évidence, une installation susceptible de traiter des volumes importants et dirigée par un groupe de gens actuellement persuadés que le petit-fils de Jack Bernstein est une sorte de "nouveau Messie", ce qui, pour moi, témoigne d'une forme d'instabilité mentale. » Ayant écouté le récit complet de leur enquête, il regarda Warner et Berkeley d'un air contrit. « Ma crainte, c'est qu'ils n'envisagent des scénarios que nous n'avons peut-être même pas encore soupçonnés. À savoir, qu'arrive-t-il exactement à leur produit brut s'il n'est pas vendu à nos adversaires pour constituer des stocks ? Étant donné que ces gens ont déjà montré leur volonté d'utiliser leur agent neurotoxique sur le sol américain, je me demande jusqu'où ils sont prêts à aller. En conséquence, une approche passive me paraît beaucoup plus inquiétante qu'une action directe.

— Le président ne voudra pas d'un incident, protesta Barbara, en secouant la tête devant l'erreur qu'elle craignait de voir commettre. Pas en ce moment.

— Faites-vous toujours allusion à un incident international ? demanda Montel Keef, ou à la possibilité que ces cinglés aient prévu de noyer l'une de nos premières villes dans un nuage de gaz toxiques ? »

En tant que directeur de la CIA pour les opérations à l'étranger, il avait passé de nombreuses semaines en Irak pendant la guerre du Golfe. Cela lui avait ouvert brutalement les yeux devant les effets dévastateurs provoqués par des armes chimiques comme le sarin. « Parce que 1 million ou plus de morts en une journée n'augmenteraient certainement pas d'un iota, à ce que je sache, les chances du président et pourraient être classés, pour reprendre vos mots, comme un “incident”. »

Il la regarda avec l'air de lui dire : « Tout ça est plus important que de protéger votre petit ami », puis se tourna de nouveau vers Bill Kessel. « Bien que ce soit risqué, je suis d'accord avec l'option offensive. Deux personnes à cette table ont confirmé la nature de ce site et nous, à la CIA, nous préférons être proactifs que réactifs. N'oublions pas ce qu'Aum a réussi à faire à Tokyo et leur installation ne faisait même pas un tiers de celle-ci. Ces types pourraient décimer New York en moins d'une heure. En plus, je ne crois pas que nous aurons de problèmes avec les Turcs quand ils sauront ce que nous avons découvert juste sous leur nez.

— Mais nous ne voulons pas d'un autre Waco ? » protesta encore Barbara.

Elle savait qu'elle était en train de perdre la bataille, et, en conséquence, n'avait pas pris le temps de réfléchir avant de parler. Hors propos.

Malgré cela, Kessel prit la remarque un peu trop personnellement. Alors que le Bureau des alcools, tabacs et armes à feu avait en vain tenté d'éradiquer la branche des Davidiens de David Koresh, avec soixante-six de ses agents infiltrés, le siège de Waco avait été à l'initiative du FBI, qui avait endossé toutes les critiques dans la presse. Il n'avait pas besoin que cela lui soit rappelé et surtout pas par une chimiste qui, malgré le décès, quatre ans plus tôt, de la femme du président Clarke était toujours affublée dans les tabloïds du titre de « première maîtresse ».

« Si je dois parler au président, dit-il en ignorant sa remarque, il faut que je sache comment nous avons l'intention de nous y prendre. Que proposez-vous, général ? »

Kerr se tourna péniblement sur son siège. « À peu près comme évoqué précédemment, expliqua-t-il, avec un signe de tête en direction de Berkeley. Je peux avoir une équipe prête sous vingt-quatre heures. Attaque à l'aube avec environ vingt Sikorsky. Des transporteurs détachés de ceux qui sont stationnés actuellement dans la région de la mer Égée. On fonce droit dedans et on embarque toutes les personnes identifiées sur les photos de Chypre pour savoir ce qu'ils pouvaient bien être en train de fabriquer. Je sais déjà que le Royaume-Uni dispose d'une base démantelée sur l'île, qui pourrait être utilisée pour les comptes rendus et les soins médicaux. Nous emmènerions deux types de la Croix-Rouge et quelques gars de l'UNSCOM pour vérifier les installations de production, et je m'assurerais qu'au moins vingt de mes *marines* soient suffisamment entraînés et équipés pour faire face à un éventuel problème de fuite.

— Que vous faudrait-il d'autre, en prévision ? demanda Kessel.

— Puisque nous avons des photos du site, je serais encore d'avis d'envoyer une nouvelle fois les Hercules demain à l'aube, histoire de voir si je peux évaluer l'importance de la population à cette heure de la journée. Si tout semble convenable, je dirais que nous pourrions intervenir dès le lendemain matin, à 6 heures. »

Kessel sourit à cette réponse très détaillée et volontairement mesurée. « Et s'ils nous opposent une résistance ? »

Kerr lui jeta un regard glacial. « Comme vous le savez très bien, Bill, mes hommes ne vont nulle part sans armes. »

Warner avait assisté à la conversation avec un intérêt croissant. Il sentait l'excitation l'envahir, mais il était aussi bien conscient du fait qu'en obtenant l'autorisation nécessaire il perdait aussi la maîtrise de son affaire. Il fallait qu'il trouve un moyen de la récupérer. S'il ne le faisait pas, il ne pourrait plus être en mesure de tenir les promesses faites à Jack.

« Si vous avez l'intention de transporter le personnel à Chypre, dit-il, je voudrais me porter volontaire pour superviser les interrogatoires. Après tout, à ce jour, c'est encore moi qui en sais le plus sur ces gens. »

Alan Firth secoua la tête. « Mes hommes sont parfaitement formés à ce genre d'interrogatoires, dit-il. Je ne pense pas que nous aurons besoin de l'aide du Bureau. »

Kessel semblait pensif. « Pourtant, cela ne peut pas faire de mal, Alan. Vous ne croyez pas ? dit-il, sachant très bien, étant lui-même un ancien "agent sur le terrain", pourquoi Warner avait proposé ses services. Je veux dire, l'agent Warner a raison. Il travaille sur cette affaire depuis le début et il pourrait parfaitement nous éclairer sur certains problèmes que ces gens pourraient commencer à poser. »

Devant l'approbation générale, Firth parut contrarié. Il était nettement mis en minorité et mécontent de l'être.

« C'est donc validé, conclut Kessel. Bon, je suppose que je ferais bien d'appeler le président, lui faire part de nos préoccupations et voir si nous pouvons obtenir son feu vert pour demander l'approbation du Sénat. Je vous tiendrai au courant chacun individuellement de sa décision vers... » Il regarda sa montre. « 21 h 30. Merci d'être venus. »

Tout le monde se serra la main et la pièce se vida lentement. Dans le couloir à l'extérieur, Berkeley se tourna vers Warner. Son visage était éloquent : il paraissait en pleine forme. S'il y avait bien une chose que Warner savait à propos de Berkeley, c'est qu'il prenait toujours en considération le travail effectué, qu'il soit bon ou mauvais. Un bureau avec une fenêtre donnant sur le Pacifique pouvait même être en train de se profiler. Avec un poil de chance, ce pourrait même être celui occupé actuellement par l'agent Kyle McCarthy.

« Bon travail, Frank, dit Berkeley, en secouant énergiquement la main de Warner. Maintenant, allons cueillir ces salauds. »

Dès que Berkeley se fut éloigné dans le couloir, l'agent Warner sortit son téléphone mobile et se mit à composer un numéro. Il y avait quelqu'un à qui il devait parler de toute urgence.

*

* *

« Jack ? C'est Frank Warner. Je suis à Washington et j'aimerais savoir quel est le prochain vol qui vous permettrait d'être ici au plus tôt. »

Jack rentrait chez lui au volant de sa Bronco. Mary-Beth avait quitté le campus quinze minutes environ avant lui et tous les deux avaient reconnu que, maintenant que l'opération de déminage était lancée, ils allaient beaucoup mieux dormir cette nuit-là.

« Pourquoi ? demanda-t-il. Que se passe-t-il à Washington ?

— Rien, mais je risque de prendre l'avion incessamment. Pour Chypre et je me demandais si vous aimeriez m'accompagner. »

Jack savait déjà en entendant Warner ce qu'il allait lui annoncer. Il paraissait anormalement heureux et avait perdu cette intonation lasse qu'il avait généralement.

« Vous les avez trouvés ? demanda-t-il avec une excitation modérée, digne d'un dirigeant d'entreprise.

— Bien sûr, dit Warner. Kozlar, en Turquie. Je me suis dit que, lorsqu'on les embarquerait, vous aimeriez être dans les parages. Avec un peu de chance, nous pourrions aussi saluer votre petit-fils. »

Un bref silence s'ensuivit, pendant lequel Jack sentit le poids sur ses épaules s'alléger. Pourtant, il n'arrivait pas à croire que le cauchemar touchait à sa fin. Il s'était demandé si souvent s'il verrait un jour l'enfant de Lara et, maintenant, il était probable que son vœu se réalise. En tout cas, c'était envisageable, si le garçon était toujours en bonne santé. Encore en vie. Il ne s'était jamais senti aussi heureux, tout en sachant combien ce bonheur aurait pu être de courte durée si les choses avaient tourné autrement – si les bombes n'avaient pas été découvertes.

« Ils allaient faire sauter les sites », dit-il soudain.

Warner semblait perplexe. « Que voulez-vous dire ?

— J'essayais d'imaginer depuis un moment pourquoi ils ne s'en étaient pas encore pris directement à moi, et puis j'ai compris... Ils avaient besoin de moi vivant pour pouvoir mettre à profit mon lancement. »

Jack parlait à toute vitesse, comme s'il disposait d'une minute pour décrire les faits, tel un candidat à l'un de ces stupides jeux télévisés du samedi soir. « J'ai donc demandé à mes gars d'effectuer une fouille complète des sites et les salauds avaient placé un engin dans chacun d'eux. Ils allaient tuer des milliers de gens et ils comptaient se servir de mon satané lancement pour le faire.

— Seigneur, dit Warner. Décidément, vous savez vous y prendre pour vous faire des ennemis. À présent, écoutez ce que je vais vous dire. Dans moins de trente-six heures, ils seront hors d'état de nuire. Je crois alors que nous pourrons éclaircir toute cette histoire lamentable.

— Mais... comment les avez-vous trouvés ?

— À partir de vos listes, dit Warner, en souriant à part lui. Une longue histoire. Je vous expliquerai à votre arrivée ici, à condition que vous puissiez venir.

— C'est comme si j'y étais », dit Jack.

Un grand sourire illumina son visage déjà détendu, tandis que les phares puissants de la Bronco éclairaient crûment les grilles du ranch. La journée avait été longue, mais en même temps incroyablement riche. Non seulement ils avaient déterré les engins cachés, mais ils avaient également trouvé ceux qui les avaient installés. Ceux qui avaient tué Dave et les autres. Il n'y aurait pas de « cavalier prend roi », si c'était effectivement ce qu'ils avaient prévu. Et bientôt – très bientôt – son petit-fils reviendrait à la maison et la vie pourrait enfin reprendre un cours normal.

« Agent Warner, dit-il, merci du fond du cœur. Je veux dire... de les avoir trouvés pour moi. »

Le grand sourire de Warner était presque audible. « Je vous avais dit que je le ferais. Pas vrai ? »

Tous montés sur des chevaux, troupe énorme

ÉZÉCHIEL 38:15

Dans la lumière rouge orangée propre aux aubes de la mer Égée, au signal, dix hélicoptères Sikorsky CH-53 Super-Stallion gris vert décollèrent gracieusement des ponts de l'USS *Eisenhower* et le tonnerre des moteurs remplit l'air matinal tandis que leurs silhouettes s'élevaient dans le ciel. Dix Sikorsky supplémentaires décolleraient de l'homologue du porte-avions *Nimitz*, l'USS *Roosevelt*, ancré en ce moment à 18 kilomètres à l'est. Avec une vitesse aérienne maximale de 278 km/h à basse altitude, les hélicoptères, partis à 5 h 30 pour parcourir les 135 kilomètres, arriveraient à Kozlar à 6 heures précisément.

Dix-neuf des vingt hélicoptères transportaient chacun quinze *marines*, tandis que le vingtième comportait une équipe médicale, trois inspecteurs des Nations unies pour les armes et quatre représentants de la Croix-Rouge internationale. Ce dernier hélicoptère ne se poserait pas à Kozlar avant d'avoir reçu une autorisation spéciale indiquant que la base avait été entièrement sécurisée et le danger pour les passagers qu'il transportait en grande partie écarté.

Pendant la demi-heure de vol jusqu'à Kozlar, il y aurait sans doute des échanges téléphoniques tendus entre Washington et Istanbul. Des fonctionnaires du Sénat expliquant la position des États-Unis au gouvernement turc. Ils demanderaient qu'aucune action ne soit intentée contre les hélicoptères quand ils entreraient dans l'espace aérien turc et citeraient les résolutions prises par les Nations unies concernant le fait d'abriter un groupe de personnes désormais suspectées de contrevenir à la Convention de Genève.

Politiquement, les États-Unis étaient en train de jouer avec le feu, ce qui n'avait pas empêché le président Clarke, au cours de sa réunion éclair avec le directeur adjoint William Kessel, de donner son approbation immédiate à l'expédition. Le programme chimique et biologique de l'Irak et de l'ancienne Union soviétique ayant été stoppé, il avait été consterné d'apprendre que des organisations privées commençaient maintenant à se lancer dans la fabrication de substances potentiellement mortelles. Les États-Unis, expliquerait-il à la presse s'il s'avérait que le site fabriquait bien du gaz sarin, avaient un devoir moral d'écraser ceux qui continuaient à fabriquer des armes de destruction aussi massives. Et entre les lignes, il essaierait par la même occasion de laisser entendre au peuple américain qu'il aurait le devoir moral de réélire un président aussi déterminé et bienveillant au moment de l'épreuve de fin de mandat prévue l'année suivante.

Le général Kerr sourit en voyant les hélicoptères disparaître dans le soleil levant et descendit sous le pont jusqu'à la salle de contrôle d'où il allait coordonner les atterrissages et l'assaut initial. Si l'opération Désherbant était un succès, ce dont il était certain, il quitterait alors le *Eisenhower* dans un peu plus d'une heure pour rejoindre Chypre à bord d'un hélicoptère beaucoup plus petit, un Bell 212 « Huey ». Quand il arriverait, l'agent Frank Warner, Jack Bernstein et une équipe d'enquêteurs et de traducteurs officiels seraient déjà en route.

Il regarda sa montre. Encore vingt-trois minutes.

*

* *

Warner tendit à Jack une double dose de bourbon additionnée de glaçons provenant du bar situé à l'arrière du Learjet du FBI.

Le salon était tout aussi moderne que luxueux. Outre des sièges en cuir à haut dossier, la cabine comportait également des téléphones, des télécopieuses et des ordinateurs portables avec des connexions satellitaires haut débit, tous vissés à des étagères chromées qui couraient des deux côtés de l'avion. Il y avait aussi une télévision avec enregistreur intégré suspendu au bout d'un bras articulé fixé sur la cloison avant. Pendant que Warner préparait les boissons, Jack avait regardé d'autres reportages sur l'attentat à la bombe contre la voiture du sénateur McKinnock. Quand les deux hommes étaient apparus à l'écran, plaqués sur le sol jonché de morceaux de métal tordu, il avait pris la télécommande et éteint. Il s'était frotté le cou pendant que la cabine retombait dans le silence et avait accepté le verre de bourbon avec gratitude.

Warner sourit. « Nerveux ?

— Très, dit Jack. J'espère seulement qu'il va bien, c'est tout. »

Il n'avait pas besoin d'en dire plus. Les reportages à la télévision suffisaient à faire comprendre ce que les gardiens de l'enfant de Lara étaient capables de faire au nom de Dieu.

Warner sourit doucement, s'installa dans le siège en cuir à la gauche de Jack et leva son verre. « Croisons les doigts », dit-il.

Chacun vida son verre et essaya en vain de se détendre. La journée avait été fatigante pour tous les deux, Jack ayant pris le vol de nuit en provenance de Los Angeles, qui ne lui avait laissé qu'une seule heure de repos à Washington, et Warner ayant assisté à l'interminable briefing de l'officier supérieur chargé des interrogatoires au FBI sur ce à quoi il fallait s'attendre face aux gens qu'il devait interroger à Chypre.

On lui avait dit qu'ils se montreraient sans aucun doute réticents à révéler les plans du groupe et protégeraient leur chef jusqu'au bout. Il était également possible qu'ils soient, comme c'était souvent le cas dans le milieu des sectes, sous l'influence de drogues excitantes ou au contraire sédatives. La plus fréquente était le LSD, qui augmentait le risque de crises hallucinatoires, de paranoïa ou de schizophrénie pendant les interrogatoires. Si on relevait des signes de consommation de drogue, avait dit l'officier, alors il serait très difficile de donner le moindre crédit à leurs déclarations.

« À propos, dit Jack en se tournant vers Warner, vous ne m'avez jamais vraiment raconté comment vous les aviez trouvés. »

Warner retrouva son sourire désabusé. « Je me suis servi d'un voleur pour attraper un autre voleur », dit-il.

Jack paraissait suffisamment décontenancé pour que Warner se sente obligé de poursuivre son explication.

« Un jeune agent du nom de Kyle McCarthy ; du genre à vous marcher constamment sur les pieds. Ils l'avaient chargé de l'enquête sur la mort du type de chez vous, Clearwater, et de celle du sénateur ensuite. J'ai réussi à me débrouiller pour qu'il me donne un tuyau sur les listes. Par la même occasion, il m'aidait à résoudre son affaire. Je suis arrivé à lui faire croire qu'il me donnait un coup de main pour une escroquerie. »

Jack considéra le scénario un instant et sourit. « Ce qu'il était en train de faire, d'une certaine façon.

— Exact, reconnut Warner, et il m'a fait voir quelque chose à côté de quoi nous étions tous passés. À savoir que les solutions ne résidaient pas dans les sociétés elles-mêmes, mais dans leurs noms et leurs logos. Je suppose que c'est quelque chose à quoi votre système Global TeleSoft ne vous donnait pas accès. Il semble que les logos aient une sorte de connotation religieuse et, comme par hasard, Kyle est du genre à aller à la messe tous les dimanches matin. Au premier coup d'œil, il a su que je devais chercher une quatrième société. Il m'a dit de "regarder vers Dieu" et à quel point ce "pourrait être une révélation". »

Le silence retomba dans la cabine. Mais pas pour longtemps.

« La Bible ? » dit Jack, tout en plissant les yeux pendant qu'il reconstituait le puzzle dans sa tête.

Warner prit une autre gorgée et hocha la tête avec emphase. « Il m'a fallu un peu plus longtemps pour comprendre, mais j'y suis finalement arrivé. Livre de la révélation. Les quatre cavaliers de l'Apocalypse. »

Jack acquiesça tandis que les pièces se mettaient en place.

« Évidemment. »

Il sortit une copie des notes qu'il avait rassemblées pour Berkeley. « Vous voyez, le logo de Pegasus Holding représentait une couronne traversée par l'arc d'un archer. Et il y avait un slogan qui disait... – il passa les feuilles en revue pour la trouver – ... le voilà : "Conquérant et pour conquérir". Vous voyez ? Révélation 6-2 : "Et voici qu'apparut à mes yeux un cheval blanc : celui qui le montait tenait un arc ; on lui donna une couronne et il partit en vainqueur et pour vaincre encore." Pégase ? Cheval blanc ? Arc et couronne. Business et finance. Le premier cavalier de l'Apocalypse. »

Jack inclina la tête en signe d'acquiescement, avec l'air du candidat qui vient de répondre à la question à 100 000 dollars trois secondes après le signal de fin. Il aurait dû le voir plus tôt.

« La deuxième société, RKI, avait pour logo un sabre et pour slogan "Prendre la paix sur terre". Je vérifie donc Révélation 6-4 et je trouve : "Alors surgit un autre cheval, rouge feu ; celui qui le montait, on lui donna de prendre la paix sur terre et de faire qu'on s'entr'égorgeât ; on lui donna une grande épée." Red Knight Industries, dit-il. Armement. Le deuxième cavalier.

— Et Morkhest était la troisième ? demanda Jack, tout en sachant qu'il connaissait déjà la réponse.

— Certainement, confirma Warner. Révélation 6-6 : "Et voici qu'apparut à mes yeux un cheval noir ; celui qui le montait tenait à la main une balance et j'entendis comme une voix, du milieu des quatre vivants, qui disait : un litre de blé pour un denier, trois litres d'orge pour un denier ! Quant à l'huile et au vin, ne les gâche pas !" Le troisième cavalier de l'Apocalypse est destiné à la société qui s'occupe d'agriculture. Celle dont le logo est une balance et la devise "Une mesure de blé".

Quand j'ai demandé à l'un de nos spécialistes en langues de me donner la traduction du mot norvégien Morkhest, il a dit...

— Cheval noir », dit Jack avec un sourire.

Tout commençait à se mettre en place. « Donc Cheval pâle, le quatrième cavalier, c'est quoi ? La secte ? Le groupe religieux lui-même ?

— En quelque sorte, expliqua Warner. En tapant "Cheval pâle" dans un moteur de recherche, j'ai trouvé de tout, depuis "Caoutchoucs Cheval pâle" jusqu'à "Cheval pâle bijoux indiens traditionnels", mais rien de religieux. Du moins, pas en Turquie.

— Donc, vous avez parlé à votre type des traductions et...

— Et il l'a traduit en turc pour moi », dit-il d'un air penaud.

Jack était visiblement beaucoup plus calé que lui en matière d'énigmes. « Le mot est "Borac", et quand j'entre ça dans le système, je ne trouve qu'une seule entrée : "Borac, organisation charitable visant à promouvoir les enseignements du seul et unique véritable Messie." Ils étaient listés comme étant basés à Kozlar en Turquie. Si bien qu'aussitôt un Hercules de la CIA est envoyé prendre une série de clichés aériens et notre gars d'Istanbul accumule les heures supplémentaires pour réunir des renseignements.

— Et vous êtes certain que c'est bien eux ?

— Oh, oui ! dit Warner. Ça ne fait aucun doute. »

L'hôtesse de l'air employée par le FBI entra dans la cabine et sourit consciencieusement à ses passagers. « Nous nous préparons pour notre descente, messieurs, si vous pouviez finir vos boissons et vous assurer que vos ceintures sont bien attachées pour l'atterrissage.

— C'est parti », dit Warner, ses yeux noirs pleins d'impatience.

Jack ne dit rien. Il connaissait suffisamment la Bible pour avoir remarqué qu'une pièce manquait au puzzle. Le passage qui reliait définitivement la secte appelée Borac aux engins placés dans chacun des cent trente-huit sites d'IntelliSoft.

« Révélation 6-8 dit-il à voix basse, comme pour lui tout seul. "Et voici qu'apparut à mes yeux un cheval pâle ; celui qui le montait, on le nomme : la Mort, et l'Hadès le suivait." »

Il regarda Warner. Son visage était serein, mais ses yeux brûlaient de fureur envers les gens qui avaient assassiné sa fille et s'apprêtaient à tuer des milliers d'autres personnes au nom de leur religion. Sans distinction. Hommes, femmes et enfants sans distinction.

« Alors on leur donna pouvoir sur le quart de la terre, cita-t-il, pour exterminer par l'épée et par la faim et par la mort.

— N'est-ce pas la vérité ? »

Et les envoya à Bethléem

MATTHIEU 2:8

Tandis qu'un mince rayon de soleil voilé commençait son ascension progressive au-dessus des collines, projetant des ombres longues dans tout Bethléem, les disciples s'assemblèrent pour le sermon et les premières prières dans le temple du Salut. Éphraïm prononça de courtes prières et se joignit à eux pour observer trente minutes de silence – une minute pour chaque pièce d'argent que Judas Iscariote avait reçue pour livrer le Christ à ses persécuteurs. Il leur rappela une nouvelle fois que, s'ils ne trahissaient pas le vrai Christ, ils seraient tous rassemblés à Ses côtés quand Son règne viendrait.

Le silence ne dura pas très longtemps.

Cela commença par un vague bourdonnement, comme le bruit d'une abeille en quête du pollen d'été, mais cela s'intensifia avec régularité, jusqu'à envahir toute la vallée. À la fin, c'était un rugissement tonitruant, assourdissant, qui remplissait les poumons et apportait avec lui le battement caractéristique de pales de rotor. De derrière le mur ouest du temple surgirent cinq hélicoptères, parfaitement synchronisés, qui se séparèrent de façon à cerner le bâtiment. Juste au même moment, cinq autres descendaient sur les trois autres secteurs de la colonie.

À l'intérieur du temple, personne ne bougea, malgré le puissant courant d'air et le tourbillon de poussière.

Chaque disciple savait que ce jour n'allait pas tarder à arriver, car Éphraïm les avait prévenus. Exactement comme L'Abraham l'avait ordonné. Dans leurs cœurs et leurs esprits, ils s'y attendaient. Ils étaient préparés et ils ne craignaient rien, car tous croyaient que le Seigneur se tenait résolument à leur côté.

Tous sauf Éphraïm lui-même.

Regardant les quatre Sikorsky descendre vers le sol dans un nuage de poussière tandis que le cinquième restait en l'air, Éphraïm était resté interdit de surprise et de désespoir. Un message était diffusé par des haut-parleurs installés dans le cinquième hélicoptère, ordonnant à chacun de ne pas bouger ; il ne leur serait fait aucun mal. Mais Éphraïm n'entendait pas bien. Il était non seulement accablé par le bruit assourdissant dans ses oreilles, mais également par le sentiment de trahison qui l'avait envahi. Quelque chose n'avait pas fonctionné dans le plan et ses pensées étaient maintenant focalisées sur une seule personne. L'Enfant. Il devait Le protéger contre les forces qui s'abattaient sur eux. Il devait se hâter vers Jérusalem pour pouvoir Le sauver et Le mettre à l'abri. C'était impératif s'il voulait accomplir sa destinée.

Prenant sa robe à deux mains pour la remonter au-dessus de ses chevilles, il courut du balcon à travers la sacristie et jusqu'en bas de l'escalier de pierre, ressortant à la lumière de l'autre côté. Il continua à courir, se précipitant tête baissée dans les arbres où il suivit l'étroit sentier qui s'incurvait comme un serpent endormi à travers le sous-bois épais. C'était un vieil homme, trop âgé pour pouvoir courir aussi intensément et aussi vite qu'il le faisait, mais il avait l'impression d'être habité par le Saint-Esprit en personne. Cela le poussait en avant, l'incitait à courir encore plus intensément et plus vite pour que le Sauveur de l'humanité ne soit pas repris par les forces du mal. La peau tannée de ses pieds nus s'écorchait aux racines des arbres tandis qu'il courait aveuglément parmi eux, le sang rougissant le bas de sa robe au point de ressembler à celle de Le Joseph. Il ne ralentit pas et ne s'arrêta pas. Il ne pouvait pas s'arrêter.

Ses yeux passaient de l'ombre obscure à la lumière qui perçait la canopée, éclairant la poussière et dessinant des rayons lumineux comme les projecteurs des hélicoptères qu'il fuyait auraient pu le faire. Ses pupilles ne pouvaient pas s'adapter assez vite et il perdait progressivement le sens de l'orientation, finissant par trébucher sur une racine noueuse et tombant à genoux comme s'il priait Dieu tout-puissant de lui donner la force de continuer.

Et Dieu, apparemment, entendit sa prière. Il réussit à se relever et, quinze minutes plus tard, arrivait devant la façade est de Jérusalem. Attendant hors d'haleine sous le couvert des arbres, il vit les hommes qui avaient gardé le temple du Père être emmenés par des soldats en tenue de camouflage vers un hélicoptère qui attendait dans un tourbillon de poussière. Un commando de quatre *marines* se glissa habilement en haut des marches et dans l'ombre des piliers, et ils se répartirent des deux côtés de l'entrée, précédés par leurs fusils automatiques. Ils se plaquèrent contre le mur, prêts à intervenir.

Éphraïm comprit que les hommes ne tarderaient pas à pénétrer dans le temple. À l'intérieur, lorsqu'ils auraient vérifié toutes les pièces, ils trouveraient l'Enfant et

L'emmèneraient. Éphraïm devait tout faire pour empêcher que cela ne se produise ; c'était son devoir en tant que Le Jacob. C'était pour cette raison que Dieu l'avait béni. Il avait une vocation qu'il devait respecter jusqu'à son dernier souffle. Mais, pour sauver l'Enfant de David, il allait devoir se frayer un chemin à travers les arbres le long du temple et passer par l'entrée des serviteurs ; celle qu'empruntaient les femmes qui s'occupaient de l'Enfant. Et il devait le faire maintenant, car il ne savait pas combien de temps il faudrait aux soldats pour trouver le sanctuaire de lumière, puis la porte menant à la chambre du roi. Là, ils découvriraient les trésors d'Israël, dissimulés depuis des milliers d'années.

Et le dernier trésor de l'humanité. Le coffre, à l'intérieur duquel les femmes avaient déjà placé l'Enfant, tandis qu'elles attendaient qu'Éphraïm ait terminé son sermon et revienne pour dire des prières à Son intention. Les soldats finiraient par le voler ; L'emmener loin de son lieu de naissance et l'emprisonner comme les Romains à leur époque. Le dernier espoir pour l'humanité serait perdu à jamais et, quand Éphraïm se retrouverait face à son Dieu, il porterait le fardeau de l'échec qui le ferait descendre au plus profond de son enfer personnel.

Il devait atteindre l'Enfant avant eux.

Il reprit son souffle, ferma les yeux et pria une nouvelle fois pour retrouver de la force. Puis, aussi prudemment que possible, il commença à avancer le long des arbres.

*

* *

« Agent Warner, dit le général Kerr avec un sourire, la main tendue. Je suis content de vous revoir. »

Le Huey vert bouteille qui avait amené les deux hommes depuis l'aéroport de Nicosie s'éleva à nouveau dans le ciel matinal, vira de bord et échappa lentement à la vue en filant au-dessus du bleu profond de la Méditerranée. Le fort courant d'air descendant provoqué par les rotors en marche fut remplacé par une brise matinale tempérée qui montait de la surface de la mer, apportant avec elle une odeur de sel légèrement âcre. L'herbe qui poussait en touffes éparses au bord du tarmac ondulait doucement, s'accrochant aux rochers comme une offrande à la marée proche.

« Général Kerr, voici Jack Bernstein. C'est le président d'IntelliSoft », dit Warner. Jack et le général échangèrent une poignée de main énergique. Kerr souriait chaleureusement, ayant aussitôt reconnu Bernstein grâce à la couverture médiatique dont il avait été l'objet au cours des dernières années.

Kerr portait un treillis de l'armée et un béret vert fièrement incliné de côté sur sa chevelure blanche dégarnie. « J'ai beaucoup entendu parler de vous, monsieur. » Il plissa les yeux. « L'agent Warner ici présent m'informe que vous auriez peut-être un parent résidant dans le camp, est-ce exact ? »

Jack acquiesça. « Mon petit-fils, dit-il d'un air abattu.

— Eh bien, vous ne devriez pas vous inquiéter, monsieur Bernstein. Les premiers rapports qui nous arrivent disent que tous les occupants se rendent pacifiquement. Et si nous rencontrons la moindre résistance, vous pouvez compter sur mes hommes, ce sont les meilleurs. Nous vous le récupérerons sain et sauf. »

Jack inclina la tête avec un sourire embarrassé, tandis que Kerr conduisait les deux hommes jusqu'aux bâtiments préfabriqués d'un gris terne au-delà de la piste principale. « Cet endroit n'est pas exploité depuis 1996, dit-il. C'était initialement un point de ravitaillement de la Royal Air Force pendant la Seconde Guerre mondiale mais ils ne s'en servent plus maintenant que pour des exercices. » Il montra la base d'un geste. « Nous avons trois hangars qui vont nous servir à abriter les personnes ne nécessitant pas de soins médicaux, un ensemble de bureaux pour les interrogatoires et un centre de commandement où mes gars sont installés. L'équipe médicale sera logée dans l'ancien dortoir et nous avons une ambulance aérienne au cas où il faudrait emmener quelqu'un à l'hôpital de Nicosie. »

La base était située sur la côte orientale de Chypre, entre le cap Arnaoutis et le cap Drepanum, à 96 kilomètres de la capitale. Ironie du sort, elle donnait sur la baie méditerranéenne de Kölpos Lara et avait servi aux forces britanniques, américaines et de la coalition pour mettre sur pied et lancer des opérations dans toute la Palestine et le Moyen-Orient pendant les années 1970, 1980 et 1990. C'était un endroit morne, sans le moindre intérêt et purement fonctionnel, construit sans le moindre souci esthétique au milieu d'une nature à la beauté intacte.

Les trois hommes gagnèrent l'ombre du bâtiment principal, une monstruosité à un seul étage situé à l'intérieur des terres, loin des axes routiers, et pénétrèrent à droite, dans la pièce qui abritait maintenant le centre de contrôle improvisé. Dix soldats étaient déjà à leur poste, chacun avec un attaché-case métallique ouvert sur un écran radar ou un équipement de communication. Beaucoup parlaient dans des micros, assurant la liaison avec les équipes présentes sur le site et les pilotes qui en revenaient. Reconnaissant la voix d'un soldat cherchant à établir un contact radio, Kerr prit un combiné émetteur-récepteur et répondit.

« USCY-2 à SK-7, ici Kerr. Parlez Charlie. »

La voix était fortement digitalisée et déformée à la fois par un bruit de fond et celui des rotors, mais le *marine* avait l'air affreusement jeune. « Camp sécurisé, général. Aucune résistance, aucun blessé. UNSCOM sur site dans l'unité de fabrication et nous commençons l'évacuation du secteur principal. Nous avons mis en place un système d'occupation et vidé quatre hélicoptères pour qu'ils puissent repartir. Nous en retirerons plus des autres secteurs. Les quatre premiers avec vous dans environ quarante minutes. *Over.* »

« Quelles sont les premières impressions de l'usine chimique présumée ? *Over* », demanda Kerr.

Il y eut un silence, troublé seulement par un léger grésillement. « À dire vrai, monsieur, répondit le *marine* d'un ton vaguement ironique, l'équipe qui a investi le bâtiment et les inspecteurs qui ont suivi ont été très prudents. Après avoir vu le gros plan de l'installation, les gens d'UNSCOM ne s'y seraient pas risqués sans combinaisons. *Over.* »

Kerr sourit d'un air confiant. « Bon travail, Charlie. »

Regardant Jack, il vit qu'il avait toujours l'air inquiet. Il lui adressa son sourire le plus réconfortant et revint vers le micro. « SK-7, avons-nous la moindre nouvelle à propos d'un petit enfant ? Mâle, âgé de moins de douze mois, avec une cuillère d'argent bien enfoncée dans la bouche ? » Il sourit à Jack. « *Over.* »

Il y eut encore des grésillements dans la communication pendant que le soldat devait procéder à la vérification. Cela ne dura qu'une minute, mais Jack eut l'impression d'attendre une vie entière.

« Négatif, général. Jusqu'à maintenant, nous avons huit jeunes enfants, d'environ 6 mois à 2 ans. Tous de sexe féminin. Toutefois, nous attendons toujours un rapport en provenance du secteur deux. *Over.* »

Le cœur de Jack se serra. Warner voyait bien à ses yeux et à la façon dont il se caressait la barbe de chaque côté du menton à quoi il pensait. Au pire. Il posa la main sur son épaule pour le réconforter et sourit. Jack inspira profondément et ferma les yeux. La main lui rappelait trop Lara et le flot de condoléances qui avait suivi sa mort. Il pria Dieu pour que cette journée ne soit pas le début d'un autre déluge.

« Ne vous inquiétez pas, monsieur Bernstein, dit Kerr de sa voix profonde et assurée. Je tiens toujours mes promesses. Et vous pouvez compter sur mes hommes pour vous le trouver. »

*
* *

Le major Collin J. « Webbo » Webster donna le signal : deux de ses adjudants ouvrirent d'un coup de pied la porte du sanctuaire de lumière et restèrent accroupis, pistolets braqués. Puis passèrent rapidement le corps par l'embrasure de la porte, avec le soldat restant, leurs fusils d'assaut dirigés au-dessus de la tête des autres.

La pièce était vide.

Pénétrant dans un intérieur plus frais, les soldats se déplacèrent prudemment entre les piliers, vérifiant consciencieusement toutes les alcôves dans la pénombre. Deux hommes passèrent à gauche du bassin encastré dont l'eau diffusait un parfum d'une douceur entêtante et deux à droite. La surface était parfaitement calme et leurs silhouettes s'y reflétèrent tandis qu'ils se dirigeaient vers l'extrémité de la salle et la lourde porte en bois qui séparait le sanctuaire de la pièce qui les intéressait.

La chambre du roi.

L'un des soldats s'approcha prudemment de la porte et essaya de l'ouvrir, mais elle était fermée à clé. Il s'accroupit, passa les doigts sur les gros clous en fonte et regarda par la serrure. D'apparence ancienne, c'était en fait un mécanisme en tungstène extrêmement moderne. Il aperçut la lumière qui se reflétait sur le boîtier aux multiples serrures et les minuscules leviers qui indiquaient qu'elle était probablement reliée à d'autres verrous qui devaient glisser en place en haut et en bas de la porte quand la clé centrale était tournée. Il regarda Webbo et secoua la tête.

Webbo fit un signe à un autre soldat qui enleva son sac à dos en tissu de camouflage et en sortit un morceau de corde en plastique, de l'adhésif puissant et un petit cylindre chromé. Le premier soldat recula, lui permettant de fixer la corde sur la porte avec l'adhésif et d'attacher le cylindre à sa base. Le petit détonateur, pas plus large qu'un étui à cigare, abritait un minuscule compteur électronique qu'il avait réglé pour dix secondes. Puis ils se réfugièrent avec ses collègues derrière les colonnes de marbre proches tandis que Webbo et le reste des *marines* reculaient derrière la piscine.

La porte explosa en projetant des échardes de bois dans le sanctuaire et dans le bassin qui capta l'éblouissante lumière jaune avant qu'elle ne se fractionne en milliers de minuscules reflets. La poussière retomba et l'on aperçut les deux soldats qui s'étaient déjà précipités par l'embrasure de la porte blindée avant de s'accroupir à nouveau sur le sol. Webbo et son collègue suivaient sur leurs talons.

La pièce immense dans laquelle ils avaient pénétré était ornée de centaines de minuscules alcôves. Chacune d'entre elles abritait un objet sacré de la secte. Le marbre du sol dessinait des veines complexes jaunes et rouges qui formaient un tourbillon en direction du centre de la pièce. Au centre de ce tourbillon se trouvait une plate-forme surélevée présentant un coffret en velours rouge et or.

À l'intérieur se trouvait un bébé. Qui pleurait.

Derrière le coffret, se tenait un homme âgé portant une robe vert pâle, dont les pieds nus étaient sales et tachés de sang, et les yeux pleins de défi. Dans sa main droite, il tenait ce qui semblait être un pistolet automatique, probablement un 9 mm. Son canon était braqué sur les soldats.

« Posez votre arme et éloignez-vous de l'enfant », aboya Webbo, en fixant avec agressivité le canon de sa propre arme.

Éphraïm réfléchissait aux différentes options qui se présentaient à lui. Il pouvait tenter de tuer les quatre soldats, mais ils répliqueraient sans aucun doute aussitôt. Il n'avait plus peur d'être tué, il l'attendait même. Sa seule inquiétude était ce qui risquait d'arriver au cours de l'échange de tirs. Ils pourraient atteindre le coffret. Ils pourraient tuer l'Enfant. Même si cela n'arrivait pas, Antonio Turow – Éphraïm – allait mourir aujourd'hui, il le savait maintenant. Il était trop en retard ; quoi qu'il fasse, ils prendraient l'Enfant, vivant ou mort.

Pour la première fois de toute son existence, Éphraïm avait peur de mourir, car, pour la première fois de toute son existence, il savait qu'il affronterait l'au-delà en ayant échoué. Dieu lui avait accordé d'être Le Jacob au temps du nouveau Messie et il avait été parfaitement incapable de Le protéger au moment où il en avait le plus besoin. Il n'arrivait pas à croire qu'il avait laissé cela se produire. Pire encore, il ne pouvait toujours pas accepter que L'Abraham n'ait pas tenu ses engagements envers lui. Il ne s'était jamais trompé dans le choix de ses dates. Quand il disait que quelque chose devait arriver un jour donné, cela se produisait toujours. En même temps que le pouvoir de vie éternelle, c'était le don qu'il avait reçu de Dieu ; sa bénédiction. Il avait le pouvoir de contrôler le monde.

Pourquoi alors Éphraïm n'avait-il pas disposé du temps que L'Abraham lui avait promis et qui lui aurait permis de mettre l'Enfant à l'abri ?

Ses yeux fatigués regardaient Webbo bien en face, qui le fixait en retour comme une statue accusatrice. Son arme était levée, prête à tirer, braquée sur le front du vieil homme. Au moindre geste, il n'aurait d'autre choix que d'ouvrir le feu.

« Posez votre arme et éloignez-vous de l'enfant », répéta-t-il, plus lentement cette fois.

Les mains du vieil homme tremblaient. Le canon de son pistolet frémissait comme une feuille sous la plus douce des brises. Sans s'en rendre compte, il le serrait plus fort, s'efforçant désespérément de maintenir sa prise. Webbo ne voulait pas tuer l'homme, à moins d'y être obligé, mais la situation était dangereuse. Ils avaient trouvé celui qu'il pensait maintenant être le chef de la secte ; et Webbo était certain qu'il ne se rendrait certainement pas sans combattre.

Il inclina la tête en direction des deux soldats qui s'étaient précipités par la porte et ils se levèrent, la crosse de leurs fusils toujours fermement plantée au creux de l'épaule. L'un se déplaça vers la gauche, l'autre vers la droite, gardant toujours les yeux effrayés d'Éphraïm dans leur ligne de mire. Il leur jeta un coup d'œil à tous les deux, puis son regard revint sur Webbo et il lut dans les yeux du major une détermination qui lui faisait défaut à ce même instant. Il avait peur, mais pas des soldats. Il avait peur du jugement de Dieu dans les jours qui suivraient sa mort. Il était cerné et la mort était proche. Bien qu'il n'ait jamais pensé qu'ils le feraient, les serviteurs de Satan l'avaient pris au dépourvu et l'Enfant devrait se défendre lui-même. Il pria pour que l'Enfant survive à ces temps de tentation et devienne un homme fort capable de conduire son propre destin.

Mais, si Éphraïm ne pouvait plus le protéger, il pouvait au moins faire une chose.

Avec le poids de l'échec pesant lourdement au creux de son estomac, il plaça soigneusement le pistolet dans sa propre bouche et, tandis que Webbo commençait à protester depuis le monde qu'il était en train de quitter, il appuya sur la gâchette.

Sa dernière pensée fut de se demander ce qui avait dérapé. Pourquoi le raid sur la colonie s'était-il produit une semaine avant la date promise par L'Abraham avec tant de véhémence ?

Qu'il en soit comme tu as dit

GENÈSE 30:34

Le général Kerr, attendant dans la salle de contrôle avec Warner et Jack, écoutait avec attention les différents échanges entre les équipes. Trois cent douze disciples avaient été enregistrés jusque-là, bien qu'aucun chef identifié comme tel n'ait été trouvé dans la demeure à l'intérieur du secteur quatre, comme on l'avait espéré. L'unité de fabrication elle-même, en tout cas, produisait sans le moindre doute nombre d'armes ; y compris du sarin et des engins au Semtex. Pire encore, et d'autant plus grave pour la secte, les fonctionnaires de l'UNSCOM avaient découvert à l'intérieur de l'entrepôt 3 dans le secteur 3 une unité de compression produisant des niveaux de radiation exceptionnellement élevés et pouvant contenir des isotopes radioactifs. Elle était située tout près d'installations extrêmement spécialisées comme un réacteur portable scellé et un interféromètre. Alors que la plus grande partie de l'équipement devait probablement avoir été démontée, les enquêteurs de l'UNSCOM pensaient en tout état de cause que la secte avait tenté, avec succès ou non, de fabriquer des armes nucléaires à l'intérieur de cette installation au cours de ces dernières années.

Jack avait adressé un sourire confiant à Warner. Ils n'allaient pas pouvoir s'en tirer, cette fois, car leur implication dans les différentes affaires était évidente. Le sarin les reliait à Dave, le Semtex à Lara et à Andy ; et de probables armes nucléaires à cent trente-huit engins explosifs découverts aux quatre coins de la planète. Ils s'étaient fait, littéralement, baiser.

Mais, à ce moment-là, Jack avait entendu une conversation entre deux équipes qui lui avait donné un coup au cœur. Il y avait de la friture sur la ligne, mais les paroles échangées étaient claires. Tout comme ce qu'elles impliquaient.

« SK-7 ici SK-13. Vous m'entendez ?

— SK-13, ici SK-7. Parlez, Webbo.

— Secours d'urgence demandé. Secteur 2, bâtiment C. Blessure par balle de 9 mm à la tête. Avons besoin d'une équipe et d'un hélicoptère pour évacuation d'urgence. Pouvez-vous transmettre ? »

Le général Kerr paraissait tout aussi inquiet. Il regardait un peu partout à la fois. « Mes hommes ne portent pas de 9 mm », dit-il, comme s'il pensait à haute voix. « Ne bougez pas, SK-13. L'équipe est en route. Je vous conseille de placer un homme à la porte principale pour la guider. »

Il y eut un interminable silence troublé seulement par un vague grésillement. Il durait beaucoup trop longtemps. Jack ferma les yeux, pouvant presque visualiser ce qui se passait. Là-bas, l'un des soldats levait les yeux vers l'homme à la radio. Son regard en disait long et il secouait la tête. Il n'y avait plus rien à faire.

« SK-7, annulez la demande. Considérez qu'il est mort. Nous avons un mort dans le secteur 2. *Over.* »

Les mots résonnaient dans la tête de Jack comme un tocsin. Il est mort. « Il » indiquait qu'il s'agissait d'un individu mâle et son pire cauchemar était soudain devenu réalité. Ils avaient tué l'enfant. Le sacrifice final.

Le général Kerr attrapa promptement le micro et intervint. « SK-13, ici USCY-2. Webbo, ici Kerr. Pouvez-vous confirmer ? Cette victime était-elle un des nôtres ? *Over.* »

La ligne se remit à grésiller. Au sein de la salle de contrôle, tout le monde retenait son souffle. Le général Kerr était inquiet à l'idée d'avoir perdu un de ses hommes. Jack était certain d'avoir perdu son petit-fils.

« SK-13, ici USCY-2. Webbo, vous me recevez ? La victime est-elle un des nôtres ? *Over.*

— Négatif, général. Sexe masculin, âgé de 70 ans ou plus. Suicide par balle. D'après la robe qu'il portait, je pense qu'il était probablement le chef que “21” cherchait. Il tentait de protéger un bébé. *Over.* »

Jack se couvrit la bouche des mains tout en écarquillant les yeux malgré lui. Le général Kerr le vit et réfléchit un instant. « SK-13, pouvez-vous confirmer ? Ce bébé est-il de sexe masculin ou féminin ? *Over.* »

Le grésillement repris pendant qu'un des soldats allait vérifier et transmettait la réponse.

Webbo avait entendu la demande précédente du général dans son oreillette et la réponse négative que SK-7 avait faite. Il avait aussi entendu l'une des trop nombreuses rumeurs, pendant qu'il était encore à bord de l'*Eisenhower*, disant que le petit-fils d'un important homme d'affaires était dans le camp. Ni le nom de Jack Bernstein ni celui de Lara n'avaient été mentionnés.

« Confirmation, général, répondit-il. Ou devrais-je dire “félicitations”, c'est un garçon. »

Jack leva la tête vers le ciel et poussa un long soupir de soulagement. L'enfant était vivant.

Tout s'était passé comme prévu.

*
* *

Dans le misérable meublé qu'il avait loué, L'Abraham lisait une copie manuscrite de l'Ancien Testament à la lueur bleuâtre et fantomatique de la télévision portable. Malgré sa taille et le nombre de caractères par page, il n'y avait pas une seule erreur dans le texte. Toutes les pages erronées ou qui nécessitaient des corrections même mineures avaient depuis longtemps été supprimées et complètement réécrites. Trois disciples y avaient consacré toute leur existence.

Dans le coin de la pièce, la septième chaîne diffusait le dernier journal du soir. Les paroles suaves et assurées de la présentatrice résonnaient dans l'espace vide à peine éclairé. Quand il comprit enfin de quoi elle parlait, il leva les yeux comme un cerf entendant le craquement d'un rameau et se pencha en avant, posant soigneusement son précieux manuscrit de côté. Il espérait que l'original était toujours en sécurité.

« ... découvertes sur tous les sites, confirmant les rumeurs selon lesquelles le lancement d'IntelliSoft avait bien été pendant quelque temps sous le coup d'une menace terroriste. Deux membres de l'équipe avaient déjà été assassinés, et on soupçonne que la mort du sénateur Andrew McKinnock pourrait être également liée à ce lancement. Voici notre correspondant à Los Angeles, Terry Nunn... »

L'image laissa apparaître un homme barbu dans un anorak matelassé trop grand et tenant un micro. Il était éclairé par un seul projecteur et ses joues commençaient à rougir avec le froid de la nuit. En arrière-plan, les mots « POLICE – NE PAS FRANCHIR » inscrits sur la bande jaune sautaient aux yeux. Derrière, l'obscurité était totale, percée seulement par le flash orange d'un véhicule de secours quelque part à l'entrée de la plage. On pouvait percevoir le déferlement des vagues entre ses paroles.

« Merci, Mary, dit-il. Je me trouve donc ici à Rodondo Beach où, derrière moi, vous pouvez apercevoir les bandes de sécurité qui ont été installées pour que le public reste suffisamment loin du site d'IntelliSoft. Les démineurs sont actuellement sur les lieux en train d'essayer de neutraliser l'engin qui a été découvert très tôt ce matin. Une centaine d'engins similaires ont également été retrouvés, tous programmés pour exploser au cours du lancement prévu dans les prochaines heures par IntelliSoft. Et pour répondre aux questions que la nation se pose, j'ai avec moi MaryBeth DeLaine, la directrice des relations publiques d'IntelliSoft... »

Il se tourna tandis que la caméra reculait pour laisser apparaître MaryBeth à côté de lui. Elle portait un tailleur-pantalon rouge vif et les cheveux dénoués sur les épaules. « Mademoiselle DeLaine, ces sites étant de toute évidence sous la menace de ce que la police pense être des bombes terroristes d'une extrême puissance, comment pouvez-vous maintenant justifier le fait d'avoir négligé la possibilité d'annuler votre lancement alors que votre société se révèle incapable de garantir la sécurité de ceux qui pourraient encore vouloir y assister ? »

MaryBeth sourit d'un air légèrement condescendant, comme si elle s'adressait à un enfant. « Terry, permettez-moi de vous corriger. Ce n'était pas des engins d'une "extrême puissance" ; c'était ce que le FBI a qualifié de "bombes nuisibles". Oui, il y aurait probablement eu une ou deux victimes, mais en raison de la politique de sécurité permanente d'IntelliSoft, les engins ont bien été découverts à temps et sont actuellement en train d'être neutralisés. Comme nous l'avons déjà annoncé, les sites sont à présent totalement interdits au public jusqu'au lancement et nous continuerons d'appliquer nos strictes procédures de sécurité, assurant ainsi la protection de ceux qui souhaitent assister à l'événement.

— Mais, à présent que les bombes ont été découvertes et leur présence divulguée, insista Terry, les terroristes ne risquent-ils pas simplement de trouver un autre moyen de faire des victimes ?

— Étant donné que je ne suis pas autorisée à révéler l'identité de ceux qui ont installé ces engins, dit MaryBeth avec assurance, je ne peux que vous assurer que non seulement ils sont connus des autorités, mais qu'ils sont également mis en garde à vue au moment même où nous parlons. Je crois que le FBI a l'intention de délivrer un communiqué à cette fin, plus tard dans la journée. »

Terry plissa les yeux d'un air méfiant. « Donc vous dites que la menace est levée ?

— Je peux vous garantir que la menace est levée, assura MaryBeth, et que les mesures de sécurité d'IntelliSoft vont se poursuivre pour prévenir toute tentative visant à s'en prendre aux visiteurs de n'importe quel de nos sites, qu'ils soient des dirigeants mondiaux ou des fidèles qui suivent passionnément nos efforts pour repousser continuellement les frontières de l'informatique.

— Merci, mademoiselle DeLaine. »

La caméra se focalisa de nouveau sur le visage aux joues roses de Terry. « Il s'agit donc de la version officielle. Les sites sont sécurisés et les suspects sont conduits en garde à vue. Le sont-ils vraiment ? Nous devrons attendre le communiqué du FBI pour le savoir. Mary, c'est à vous... »

Dans le studio, Mary s'efforçait de paraître toujours aussi méfiante. Elle avait un scandale sur les bras et, pour faire de l'audience, il fallait qu'elle le prolonge. « IntelliSoft est donc en train de minimiser ce qui est, de toute évidence, une situation très dangereuse. Des vies sont peut-être en danger, mais le lancement se poursuit. Nous vous tiendrons au courant dès que nous aurons d'autres informations sur cette affaire. »

L'Abraham s'enfonça dans le fauteuil vert maculé de taches et sourit. Il ne s'agissait pas de « bombes nuisibles » prévues pour blesser « une ou deux personnes », c'était des bombes nucléaires de faible puissance, prévues pour massacrer des milliers de gens. Elles étaient également remarquablement faciles à neutraliser.

Et elles avaient toutes été découvertes.

En plus de cela, les suspects étaient « mis en garde à vue », ce qui ne voulait dire qu'une chose : le site de Kozlar avait été découvert et une opération déclenchée. Éphraïm et ses disciples devaient tous avoir été arrêtés et l'Enfant se trouvait probablement aux mains des autorités.

Son sourire malveillant s'accentua, fendant ses joues comme un couteau une pièce de cuir brut, tandis que son regard cruel exprimait la fierté qu'il ressentait à présent. Les timings avaient été impératifs et extrêmement difficiles à contrôler, mais il avait pourtant réussi à les respecter avec un degré de précision presque diabolique. Les choses n'auraient pas pu être mieux.

Une nouvelle fois, tout s'était déroulé comme prévu.

L'un d'eux lui demanda pour l'embarrasser

MATTHIEU 22:35

Lara se balançait beaucoup trop haut au goût de Jack, son père. L'odeur du pain tout juste cuit par Elizabeth émanait de la maison. Une odeur chaude portée par une brise fraîche. Lara lançait ses pieds d'avant en arrière, comme pour défier les lois de la physique qui lui étaient pourtant inconnues.

Elle avait 12 ans. C'était deux ans avant l'accident d'Elizabeth, deux ans avant que l'odeur du pain ne disparaisse brutalement, tout comme l'affection que Jack éprouvait envers sa propre chair et son propre sang. Deux ans avant que l'amertume ne l'envahisse au point que seule une immersion totale dans son travail avait semblé pouvoir le soulager. À cette époque, les Bernstein étaient encore heureux. Ils formaient une famille, Jack gagnait bien sa vie en jouant aux échecs et avait pu mettre de l'argent de côté pour acheter le ranch de Glendale avec un hectare de terre. Il adorait son travail et avait même dans l'idée de lancer sa propre société d'informatique. Si les choses marchaient bien, il pourrait acquérir davantage de terre, peut-être même un cheval pour que Lara puisse le monter. Dans le cas contraire, il pourrait toujours revenir aux échecs. L'avenir paraissait encore très excitant.

« Eh ! où vas-tu comme ça ? » lui demanda-t-il pour rire, en la regardant atteindre le point le plus haut de la courbe au-delà duquel elle risquait de se mettre en danger. Il n'était même pas certain qu'elle l'entende.

Lara se tordait de rire ; avec cet adorable petit rire d'excitation qui disparaissait généralement, passé l'âge de 5 ans. Même si certains signes montraient qu'elle commençait à grandir, ce rire resterait à jamais celui de son bébé.

« Je monte au ciel ! » avait-elle crié. Même si cela ne signifiait rien pour elle.

« Tu n'es pas heureuse ici-bas, avec nous ? » avait-il plaisanté.

Lara ralentit, elle commençait à être essoufflée maintenant. « Bien sûr que je suis heureuse, papa, protesta-t-elle, mais Grosse Nana est au ciel et je voudrais aller la voir. » Elle essayait d'arrêter la balançoire avec ses pieds, mais elle ne parvenait pas à toucher le sol. Jack attrapa doucement les chaînes, en veillant à ne pas l'arrêter trop brusquement pour ne pas qu'elle tombe.

« Grosse Nana », la mère de Jack, était morte. Toute sa vie, elle avait été une dame imposante et avait veillé à gaver Jack de nourriture kasher. C'était aussi une dame chaleureuse et sa table avait toujours été bien garnie, dans tous les sens du terme. Elle était prête à se dévouer pour n'importe qui et elle adorait Lara. La mère d'Elizabeth ayant été, au contraire, très fluette, Lara avait toujours appelé grand-maman Rebekah « Grosse Nana ». Mais Rebekah avait développé une tumeur. La maladie l'avait rongée pendant presque un an avant que Dieu ne lui fasse la grâce de l'accueillir en son sein. Lara était restée inconsolable.

Quand la balançoire s'était arrêtée, Lara avait cessé de rire et avait regardé son père sévèrement.

« Quand je l'aurai vue et que j'aurai parlé à Dieu pour lui dire de prendre bien soin d'elle, je reviendrai *sans faute* à la maison, tu sais. » Elle était tout à fait sérieuse, hochant la tête pour souligner sa déclaration. « Je reviens *toujours* à la maison. »

Jack avait souri. C'était la phrase que lui-même avait l'habitude de dire chaque fois qu'il s'envolait vers un coin reculé de la planète pour participer à un championnat. Parfois, il devait s'absenter plusieurs jours, parfois des semaines, mais il faisait toujours la même promesse : « Ne t'inquiète pas, mon cœur. Je reviendrai toujours à la maison. » Avec toujours le même hochement de tête significatif.

À présent Lara, 12 ans, le lui répétait mot pour mot depuis sa balançoire ; en imitant son air rassurant.

« Je reviendrai *toujours* à la maison. »

Il avait attendu, attendu, mais elle n'était jamais revenue.

Elle ne reviendrait jamais.

Il sentit une main se poser sur son épaule et ouvrit les yeux, tout en soulevant sa tête lasse de la table. Il ne savait pas combien de temps il avait dormi, seulement que c'était la première fois depuis des semaines qu'il avait vraiment dormi.

Au sein de l'environnement stérile de l'unité médicale temporaire, une plaque en Plexiglas transparent le séparait du service d'isolation. Il regarda à travers et sourit avec tendresse. L'unité était conçue pour des soldats, des hommes imposants. Le bébé était couché paisiblement dans cet espace beaucoup trop grand pour lui et sa fragilité en était d'autant plus émouvante. Il dormait, sa main minuscule posée sur un ours en peluche donné par l'un des *marines*, tandis que sa poitrine se soulevait et retombait au rythme de ses premières petites bouffées de liberté. Jack n'avait pas pu ramener Lara à la maison, mais il pouvait au moins réaliser ce qui était certainement son dernier vœu. Daniel, dont le prénom avait été suggéré par un membre de l'équipe médicale par allusion à « la fosse aux lions », était enfin sain et sauf.

« Il semble parfaitement heureux », dit l'infirmier en regardant par-dessus l'épaule de Jack.

Jack cligna des yeux sous l'effet de la lumière et hocha la tête avec assurance.

« Il va bien ? » demanda-t-il doucement.

L'infirmier, un homme vigoureux proche de la trentaine, hocha lui aussi la tête avec confiance. « Nous allons le garder à l'isolation encore un peu, mais ne vous inquiétez pas ; toutes les analyses sont négatives. Votre ami du FBI m'informe qu'il aura terminé les interrogatoires vers 10 heures et qu'il reprendra l'avion pour rentrer au plus tôt. Si nous ne rencontrons aucun problème d'ici là, je pense que vous devriez pouvoir vous joindre à lui tous les deux. »

Jack lui adressa un signe de tête chaleureux. La maison. L'endroit où ils avaient besoin de se retrouver tous les deux.

« Par mesure de précaution toutefois, continua l'infirmier, j'ai envoyé les résultats des analyses ADN à Washington. Ils vont les comparer avec celles de votre fille. Nous devons malgré tout nous assurer qu'il s'agit bien du bon enfant. »

Pendant quelques instants, Jack ne réagit pas, sans quitter le bébé du regard. Le petit garçon dont les yeux ne lui laissaient pratiquement aucun doute, c'était bien son petit-fils. Aucune erreur possible. Car ses yeux étaient ceux de Lara, et donc, par la force des choses, ceux de sa mère. Ces yeux valaient toutes les empreintes génétiques.

« C'est le bon enfant », dit-il, en se levant avec un petit sourire et en quittant l'unité.

*
* *

Le discret coup sur la porte survint comme un soulagement pour Warner. Il n'était arrivé à rien. Sa seule consolation était qu'aucun des membres de l'équipe chargée des interrogatoires n'avait fait mieux que lui. Chacun des douze agents avait mené vingt-huit interrogatoires d'une demi-heure chacun, essayant de glaner toutes les informations possibles, qu'elles soient compromettantes ou non. Hormis quatre pauses d'une demi-heure, ils travaillaient seize heures d'affilée. Après dix heures et dix-huit interrogatoires, Warner commençait à être à bout de patience. Surtout qu'aucun des sujets interrogés n'avait encore daigné sortir d'un mutisme servile.

Il ouvrit la porte et, voyant Jack dehors, sortit dans le couloir.

« Comment va le petit bonhomme ? » demanda-t-il.

Jack sourit. « Il va bien. Ils le maintiennent en isolation pour la nuit, mais d'après eux, nous pourrions rentrer avec vous en avion demain matin. Je croise les doigts. » Il joignit le geste à la parole et fit un grand sourire. « Et vous ? Comment avancent les interrogatoires ? »

Warner fit la moue et poussa un grand soupir. « Pas bien, Jack. Pas bien du tout. Trois cent douze disciples, et pas un seul ne prononce le moindre mot. Soit ils ont tous été endoctrinés, soit ils ont subi un lavage de cerveau ou ont été drogués. Vous pouvez me croire, la nuit va être beaucoup plus longue que je ne l'aurais cru. J'en suis à mon dix-neuvième, toujours que dalle. Je sais que les indices sont plutôt accablants, mais il me faudrait quand même un embryon de confession de la part d'au moins l'un d'entre eux. Je veux savoir ce qu'ils avaient l'intention de faire avec tout ça.

— Moi aussi, dit Jack.

— Quand j'ai vu arriver celui que j'ai maintenant, dit Warner, en faisant un signe de tête en direction de la porte, j'ai cru que j'avais une chance. C'est le numéro 224, un gamin de 19 ou 20 ans. Il paraissait suffisant et sûr de lui quand il est entré. Il avait ce petit sourire méchant. Un sourire que j'avais déjà croisé une fois.

— Que voulez-vous dire ? demanda Jack.

— Il y a des années, répondit Warner, j'avais arrêté un gosse asiatique de 18 ans pour le meurtre d'une prostituée dans le Michigan. Une affaire limpide, le gosse avait été pris sur le fait par les voisins de la pute et sa culpabilité ne faisait aucun doute. Syndrome du pistolet fumant. En tout cas, quand le gamin est entré sans se presser dans la pièce d'interrogatoire, il avait ce sourire. Il me raconte dans le détail ce qu'il a fait à la pute puis me dit pourquoi je ne peux rien faire contre lui. Fils d'un diplomate de haut rang, il savait bien que, dix-sept heures plus tard, on le remettrait dans un avion pour rentrer chez lui. Il est sorti libre. S'il y a bien une chose dont je suis certain, c'est que les gosses qui ont ce genre sourire ne peuvent généralement pas s'empêcher de se vanter de la raison pour laquelle ils sont tellement intouchables. Ce gosse pense sûrement qu'il est intouchable, il ne veut pas encore s'en vanter, c'est tout.

— Je peux assister à l'interrogatoire un moment ? » demanda Jack, visiblement intrigué.

Warner haussa les épaules. « Bien sûr, mais je crois que vous allez vous ennuyer ferme. »

Il ouvrit la porte et ils rentrèrent tous les deux. Jack prit la chaise libre tandis que Warner s'asseyait sur le bureau, son bloc-notes sur les genoux. Il regarda le gosse droit dans les yeux.

« Nom ? » demanda-t-il d'un air impatient. Cela l'ennuyait d'en être encore au bout de cinq minutes à la première des vingt-huit questions préétablies pour lesquelles il était supposé obtenir des réponses. Le garçon ne répondit pas, sans cesser de sourire. Il se contentait de regarder fixement dans le vide de ses yeux sombres aux pupilles dilatées.

Mais, cette fois, ces yeux étaient fixés droit sur Jack.

Warner poussa un profond soupir et se pencha en avant. Il en avait assez de ces silences à répétition et décida de voir s'il pouvait faire appel aux bons sentiments, même si rien ne lui prouvait que le numéro 224, ou tout autre de ceux qu'ils détenaient, était capable de bons sentiments.

« Écoute, gamin, dit-il avec une gentillesse forcée, tu peux le croire ou non, mais nous sommes ici pour vous aider. Les gens qui te retenaient sont dangereux. Très dangereux. Ils tuent des gens et ils te tueraient toi aussi sans hésiter. Nous sommes ici seulement pour nous assurer que cela n'arrive pas... ni à toi ni aux autres. »

Le garçon lui éclata de rire au nez. Warner regarda Jack et écrivit « parle anglais » sur l'une de ses feuilles d'interrogatoire hâtivement photocopiée. Au moins, c'était un obstacle de moins.

« Tu sais ce qu'est le sarin ? » continua-t-il, de plus en plus contrarié. Le gosse ne répondit pas. « VX... ? Semtex... ? » Toujours rien. « Je parie que tu sais tout de même ce qu'est une bombe nucléaire, pas vrai, gamin ? Oui ? C'est une arme de destruction massive, conçue pour tuer des milliers de gens d'un seul coup. Sans pitié. » Le garçon restait impassible, mais, Warner en était sûr, son sourire s'était légèrement accentué. « Dans une zone de votre camp, nous avons trouvé de quoi fabriquer des armes illicites capables de tuer dix fois la population de la planète tout entière. La planète tout entière. Et toi compris, mon ami. Vos chefs ont placé des armes dans pratiquement toutes les plus grandes villes du monde. Ils allaient commencer par massacrer des millions de gens. Il y avait même un engin caché dans votre colonie, dit-il en mentant. Tu te rends compte ? Ils allaient te tuer toi aussi. »

Il espérait que le gosse ne relèverait pas le mensonge, bien qu'en réalité cela ne faisait absolument aucune différence. Le gamin ne réagit toujours pas et ne fit pas un geste.

Il poussa un nouveau soupir, se rendant compte qu'il s'était trompé à propos du numéro 224. Il n'allait pas se mettre à table. Il regarda le formulaire suivant, numéro 232, sachant pertinemment qu'il n'allait pas obtenir plus de réponses. Il était persuadé maintenant qu'il ne tirerait rien d'aucune des vingt-huit personnes qui lui avaient été attribuées. Malgré ça, il n'avait pas le choix et devait les voir toutes, même si ses interrogatoires devaient se révéler stériles.

« Rien, dit-il à Jack. Je vais chercher le suivant. »

Jack était nerveux. Le garçon le fixait et il le fixait aussi, mais il avait froid et se sentait mal à l'aise. Le gamin restait silencieux, mais son regard en disait long.

Warner se leva et passa devant le jeune homme pour gagner la porte grise lambrissée qui fermait la pièce. Il l'ouvrit à moitié et appela les deux *marines* qui devaient raccompagner le numéro 224 jusqu'au dortoir de fortune installé dans le hangar principal.

« Et je vis des trônes, dit le garçon à voix basse, en regardant toujours Jack droit dans les yeux, et ils étaient assis dessus, et un jugement leur était délivré : et je vis les âmes de ceux qui étaient décapités pour leur foi en Jésus et en la parole de Dieu, et qui n'avaient pas adoré la bête, ni son image, pas plus qu'ils n'avaient reçu sa marque sur leurs fronts, ou dans leurs mains, et ils vécurent et régnèrent avec le Christ pendant un millier d'années. »

Warner arrêta les gardes d'un geste et referma la porte en souriant. Au fond, il avait eu raison. Le gosse adorait la jouer cool quand l'interrogatoire était en cours et son interlocuteur désespéré comme un poisson hors de l'eau, mais il n'avait pas pu supporter que l'entretien s'arrête. La plaisanterie avait cessé avant qu'il n'ait eu l'occasion de délivrer sa tirade.

À présent, il parlait.

Warner se rassit sur le bureau et regarda le gosse bien en face. Celui-ci ne quittait toujours pas Jack des yeux. Sans bouger d'un pouce. Sans ciller. « Ce qui veut dire ? demanda-t-il.

— Le jour du Jugement dernier, dit le gosse, ses yeux évitant Warner pour dévisager Jack d'un regard brûlant.

— Et quand cela devait-il se produire ? » demanda Jack.

Les yeux du gosse s'élargirent et il se pencha légèrement en avant. « Bientôt. »

Warner réfléchit un instant. « Donc, si nous n'avions pas trouvé les bombes, tu serais mort aussi ? »

Le gosse resta imperturbable. « Le Seigneur est à mes côtés, dit-il doucement. Je n'ai aucune crainte. »

Warner secoua la tête avec consternation. « Psaumes 118-6, dit-il d'un ton sarcastique. Très impressionnant, mais ce que je veux savoir, c'est quand c'était supposé arriver... » Il fallait que le gosse avoue. Un seul suffirait.

Le numéro 224 ne répondit pas.

« Quand ? »

Le gosse se leva et se dirigea vers la porte. Warner savait qu'avec les deux gardes à l'extérieur il ne pouvait pas aller très loin, mais le numéro 224 ne chercha même pas à ouvrir. À la manière de ces évangélistes de la télévision, il se retourna simplement, les yeux écarquillés, et énonça sa réponse sous la forme d'une autre citation, tout en agitant les bras et en levant les yeux au ciel d'un air prophétique.

« Et je regardais pendant qu'il rompait le sixième sceau et voilà qu'il se produisit un grand tremblement de terre ; et le soleil devint noir comme un sac de cheveux, et la lune devint comme du sang ; Et les étoiles du ciel tombèrent sur la terre, comme un figuier fait tomber ses dernières figues quand il est secoué par un vent puissant. Et le ciel s'effaça comme un rouleau quand on le roule pour le refermer ; et chaque montagne et chaque île furent déplacées. Et les rois de la terre, et les grands hommes, et les riches, et les grands capitaines, et les hommes puissants, et tous les hommes asservis et tous les hommes libres se cachèrent dans les tanières et les rochers des montagnes. Et dirent aux montagnes et aux rochers : tombez sur nous et cachez-nous de celui qui siège sur ce trône et du courroux de l'Agneau. »

La gesticulation s'arrêta et le gamin ferma les yeux avec un sourire apaisé. Puis il les rouvrit, s'approcha de Jack et se pencha tout près de son visage. Jack ne bougea pas. D'une voix tonitruante qui contrastait avec sa silhouette frêle et son allure juvénile, le gosse énonça sa déclaration finale tout en le regardant au fond des yeux.

« Car le grand jour de son courroux va arriver, dit-il, et qui pourra l'affronter ? »

Bien que Warner eût passé une demi-heure avec le gosse, en tentant toutes les manœuvres possibles, le numéro 224 refusa de dire un mot de plus.

*

* *

Deux heures plus tard, dans une pièce située trois portes plus loin que celle occupée par Warner, l'enquêteur des Nations unies Edward Hawke interrogeait une femme d'une cinquantaine d'années originaire d'Europe du Nord qui portait le numéro 237. Lui aussi avait mené ses interrogatoires sans grand succès. Il avait toutefois noté que dix-sept de ses interlocuteurs affichaient tous les symptômes d'une prise de sédatif quelconque, probablement du phénobarbital. En fait, presque tous les gens avec lesquels il avait essayé de parler avaient affiché un état anormalement placide et soumis. Certains ne parlaient pas par choix, mais la plupart semblaient inatteignables.

Hawke ouvrit son dossier et sortit une photo d'une jeune fille. Elle souriait, ses cheveux châtain clair retombant sur ses épaules tandis qu'elle se retournait pour faire face à l'appareil. Cette photo provenait de l'album du dernier semestre. Une des rares photographies que Lara avait acceptée, car c'était son nom qui figurerait dessous. Pas celui de son père.

« Cette jeune fille est-elle jamais venue dans votre colonie ? » demanda Hawke.

Rien.

« Avez-vous jamais vu cette jeune fille ? Quelqu'un a-t-il mentionné que cette jeune fille avait décidé de rentrer chez elle en avion ou qu'il fallait à tout prix essayer de l'en empêcher ? »

Toujours rien.

Hawke commençait à désespérer. « Savez-vous au moins qui est cette jeune fille ? » dit-il en levant les yeux au ciel comme s'il perdait son temps.

La femme se concentra à nouveau. Avant, elle ne regardait même pas, mais à présent, en voyant la photo, ses yeux s'étaient agrandis comme si elle avait reconnu Lara, puis elle avait détourné le regard d'un air coupable, la tête inclinée. Sa culpabilité ne venait pas de ce qui aurait pu arriver à la jeune fille, c'était plus un air de contrition. Comme si la jeune fille était quelqu'un de spécial et qu'elle ne se jugeait pas digne de contempler son image.

« Je vous le demande encore une fois, dit Hawke. Savez-vous qui est cette jeune fille ? »

Alors elle avait parlé. Presque dans un souffle, la femme avait murmuré trois mots. En italien. *« Madre di Dio »* – mais Hawke le parlait couramment.

« Mère de Dieu. »

On ne viendra pas chez lui l'importuner

DEUTÉRONOME 24:5

Avec un petit gémissement d'abord, puis un tonnerre assourdissant, les rotors de 16 mètres de diamètre de l'ambulance aérienne S-76 s'effacèrent progressivement à l'horizon. Jack et Warner regardaient la poussière sur les côtés de la piste se soulever et tourbillonner dans le soleil matinal.

« Comment vous sentez-vous ? » demanda Warner.

Jack regarda en direction de l'hélicoptère et respira profondément, enfin libéré de ses craintes. « Soulagé, dit-il.

— Lara aurait été très fière de ce que vous avez fait. »

Vraiment ? pensa Jack. Peut-être que s'il en avait plus fait pour son enfant unique pendant qu'elle était encore en vie, à ce moment-là, elle aurait pu être fière de lui. Pour l'instant, il avait l'impression d'avoir tout juste égalisé la partie. Comme s'il avait fallu qu'il sauve Daniel pour se racheter de tout le mal qu'il avait fait avant. Il s'était contenté de rétablir l'équilibre.

Mais, au moins, il avait su profiter de cette deuxième chance. Il regarda embarquer le petit berceau ressemblant à une civière, avant que l'infirmier qui allait voyager avec eux ne se charge de le fixer à l'intérieur de l'appareil. Il n'y avait qu'une seule façon de faire que tout se passe bien. Il ne devait pas commettre une nouvelle fois les mêmes erreurs.

Une fois Daniel bien attaché, les deux hommes se tournèrent pour affronter le maelström et se dirigèrent vers l'hélicoptère, courbés en deux, en s'abritant les yeux.

« Jack », cria une voix, et il se retourna. Derrière eux, le général Kerr sortait en hâte du bâtiment principal en tenant une petite boîte en carton d'un marron très banal, du genre utilisé pour contenir les rames de papier.

« J'ai pensé que vous voudriez peut-être ça », dit-il en donnant un petit coup sur l'épaule de Jack avec un sourire ironique, tandis que le vent puissant lui cinglait le visage.

Jack prit la boîte et souleva le couvercle avec précaution. À l'intérieur se trouvait un volume relié en cuir avec des caractères hébreux sur la couverture. « Je crois qu'il s'agit d'une sorte de paiement pour l'information qui nous a conduits ici, expliqua Kerr. Nous l'avons trouvé dans la même pièce que votre garçon, dans un coffre encastré dans le mur. Je suis à peu près certain que c'est celui que vous cherchiez.

— N'est-ce pas considéré comme une pièce à conviction ? demanda Jack.

— J'en doute, répliqua Kerr, en lui décochant son large sourire. Ce n'est qu'une bible. Une bible très ancienne, certes, mais je ne crois pas qu'elle manquera à l'inventaire. En tout cas, elle vous permettra peut-être de comprendre pourquoi votre homme voulait absolument la récupérer. Apparemment, elle est très ancienne et pourrait valoir des milliers de dollars. »

Jack regarda Kerr d'un drôle d'air. Il se demandait pourquoi un homme comme Simon, dont les goûts vestimentaires montraient qu'il n'avait aucun problème d'argent, pouvait désirer à ce point une vieille bible dont la valeur était évaluée en milliers plutôt qu'en millions de dollars.

« Merci, dit-il, et le général sourit.

— Eh... occupez-vous bien du petit garçon, hein ? »

Jack acquiesça et, pour la première fois depuis qu'ils se connaissaient, le général remarqua son air détendu. Ils se serrèrent chaleureusement la main et Kerr regarda Jack suivre Warner à bord de l'hélicoptère. Un membre du personnel au sol referma la porte derrière eux, enclencha le lourd système de fermeture et donna un grand coup sur la paroi.

Quelques secondes plus tard, l'appareil à trois roues rétractables se souleva du tarmac. L'ambulance s'éleva en direction du soleil, le grondement s'évanouissant aussi vite qu'il était arrivé.

Jack Bernstein rentrait chez lui.

Et Daniel, l'enfant de Lara, rentrait enfin avec lui.

Les mots d'un livre scellé

ISAÏE 29:11

L'île de Chypre devint bientôt une tache lointaine beige et verte dans un océan de bleu. Le Learjet du FBI avait quitté le tarmac et s'élevait dans le ciel clair au-dessus de l'aéroport de Nicosie. Le deuxième des salons de l'appareil avait rapidement été transformé en une unité d'observation improvisée à l'intérieur de laquelle une équipe spécialisée surveillerait l'enfant de près pendant le vol. Ses trois membres avaient insisté pour que Jack regagne son siège pendant quelques heures afin de dormir un peu. L'enfant était entre les meilleures mains.

Quand il était enfin revenu à sa place, il avait vu Warner en train de ronfler doucement dans son fauteuil et il avait vainement tenté d'en faire autant, mais ce n'était pas la peine. Même si le fardeau de ses responsabilités s'était allégé, la douleur temporairement assourdie par ce poids ne s'était pas encore dissipée. Il faudrait du temps pour qu'elle disparaisse complètement. Il se sentait bizarre, presque vidé, comme si la quête pour ramener l'enfant de Lara à la maison avait comblé en lui une sorte d'espace vacant. Il n'arrivait pas à croire qu'elle était enfin arrivée à son terme ; et qu'il ne pouvait rien faire de plus.

Il prit l'inoffensive boîte en carton marron sur l'étagère chromée qui courait à sa droite et l'ouvrit pour regarder une nouvelle fois le livre, objet du désir de Simon qui avait déclenché toute la suite des événements. À peine de la taille d'une enveloppe, la bible était magnifiquement décorée et avait été extrêmement bien conservée. Alors qu'un expert chypriote de la base avait assuré qu'elle pouvait remonter à plus de mille ans, le lustre du cuir et les bords dorés intacts donnaient l'impression qu'elle avait été reliée récemment.

Il posa le volume sur ses genoux et l'ouvrit. Les pages étaient jaunies par le temps. Ceux qui avaient laborieusement recopié à la main les caractères hébreux ne disposaient pas des méthodes de blanchiment assurées par les papeteries d'aujourd'hui. C'était pourtant cette absence d'agents blanchissants qui avait probablement permis à ces mêmes pages de conserver la fraîcheur du jour de leur écriture. Il les passa rapidement en revue. Sa connaissance de l'hébreu ancien était encore limitée, mais il comprenait en tout cas qu'il s'agissait effectivement d'une copie de l'Ancien Testament, chaque chapitre depuis la Genèse jusqu'à Malachie se détachant sur la page grâce aux lignes nettes tracées par une main ferme. Un commissaire-priseur, présentant le livre au public avant le lancement des enchères, aurait même pu qualifier cet ouvrage d'« exquis ».

Il revint à la page de garde sur laquelle avait été dessiné un croquis détaillé illustrant la fureur de Dieu devant la trahison d'Adam et d'Ève au jardin d'Éden. Les yeux baissés, le mécontentement inscrit dans tous les muscles de son visage dessinés à la main, il surplombait ses deux sujets qui paraissaient embarrassés et terrifiés. Le sens de ce message était manifeste : Dieu était tout-puissant, il surveillait ses sujets et ceci était Ses paroles, que l'on devait suivre. Elles devaient être comprises si l'on voulait pouvoir croire dans le salut de l'humanité.

Il tourna la page ; le chapitre d'ouverture de la Genèse, et regarda attentivement les premières lignes d'hébreu ancien qui se lisaient de droite à gauche. Chapitre 1, versets 1 et 2 : « Au commencement, Dieu créa le ciel et la terre. Et la terre était informe et toute nue ; les ténèbres couvraient la face de l'abîme : et l'Esprit de Dieu était porté sur les eaux... »

Il passa d'une page à l'autre, lisant les petits fragments qu'il était capable de comprendre sans y prêter grand intérêt. Il était à bout, l'esprit en éveil, et avait besoin d'une occupation, aussi banale fût-elle.

Puis, à la page six, il vit quelque chose...

Il avait déjà tourné l'épais feuillet et regardait la page sept sans la voir, quand quelque chose le frappa. Quelque chose qui grandit, le submergea, envahissant son esprit et le mettant mal à l'aise. Il voulut l'ignorer, mais cette impression ne voulait pas s'effacer et il revint en arrière. La page six avait quelque chose de spécial. Non, pensa-t-il, pas spécial... mais curieusement familier. Auparavant, il n'avait jamais lu que des morceaux choisis de l'Ancien Testament dans l'hébreu d'origine, mais quelque chose dans cette page lui rappelait un souvenir. Un souvenir sombre, lointain, qui lui serra la gorge. Quelque chose qu'il ne s'attendait pas à ressentir, bien qu'en fait cela aurait dû être le cas...

Sans qu'il le cherche, un schéma avait attiré son regard et focalisé son attention. Et plus il le voyait, plus il comprenait.

Courant de bas en haut à travers le texte, commençant à Genèse 49:1, se trouvait une chaîne continue de caractères hébreux : une séquence de lettres équidistantes. Il aurait dû savoir qu'il la trouverait là, car c'était le même genre de code secret que Simon avait utilisé pour l'attirer dans l'église à Londres.

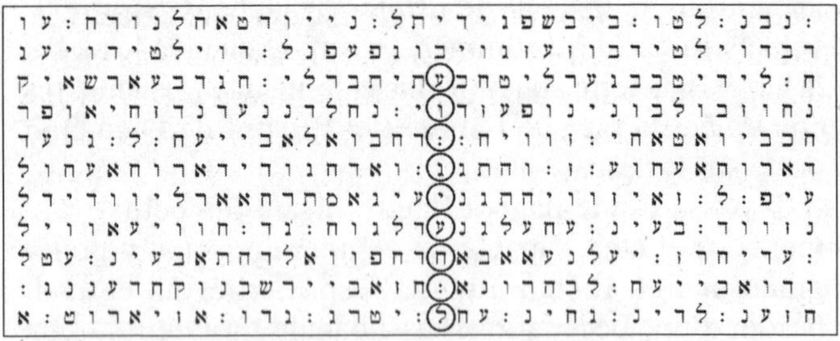

Incrédule, Jack déchiffra les mots à haute voix ; le message caché était « Holocauste d'Israël ».

Il leva les yeux et laissa son regard courir jusqu'au bout de la cabine, perdu dans ses pensées.

« Jésus », dit-il à part lui.

Warner remua et ouvrit les yeux, considérant son compagnon de voyage avec inquiétude. Le cuir de son siège crissa de façon peu discrète quand il se tourna. « Qu'est-ce qui ne va pas ? » demanda-t-il.

Jack regarda à nouveau la page. « Il y a un code, dit-il d'une voix lointaine.

— Pardon ?

— Dans cette bible, expliqua Jack. Il y a un code dissimulé. Des séquences de lettres qui composent des phrases. »

Warner vit le livre ouvert sur son genou et regarda ce que lui montrait Jack. Curieusement, il sourit et acquiesça comme s'il comprenait. « Le code de la Bible, déclara-t-il. On en a parlé à la télévision et tout. Ne vous inquiétez pas, c'est bien connu aujourd'hui. »

Jack se tourna vers lui avec un air interrogateur. « Vous voulez dire que les gens sont au courant de ça ? »

Warner redressa son fauteuil, cligna des yeux sous l'effet des lumières de la cabine et arrangea sa veste. « Bien sûr, dit-il, comme si c'était une évidence. Ma femme, Ellie ; elle est accro à ça. Elle a acheté les livres et tout. » Il vit que Jack le regardait bizarrement. « Elle déteste ma philosophie selon laquelle il n'y a rien dans ce monde qu'on ne puisse expliquer. Elle veut toujours me prouver que j'ai tort. » Il se mit à rire.

« Et elle a réussi ? demanda Jack. À vous prouver que vous aviez tort, je veux dire ?

— Très souvent, mais ça ne m'atteint pas, dit Warner avec un sourire confiant. Il y a environ une vingtaine d'années, un juif de Prague du nom de... Weissman-quelquechose, je crois qu'on l'appelait... avait remarqué que si, au début de la Genèse écrite dans l'hébreu d'origine, il sautait cinquante lettres, puis encore cinquante, puis encore cinquante, cela formait le mot "Torah", "loi" en hébreu. »

Pendant qu'il parlait, Jack vérifia le passage. Warner avait raison, le mot était bien là, réparti toutes les cinquante lettres comme annoncé. « Qui plus est, ce type vit le même mot apparaître au début de l'Exode, des Nombres et du Deutéronome. Beaucoup de gens ont rejeté cette idée, mais la preuve était indéniable. Le mot apparaissait bien. »

Jack acquiesça, incapable de détacher les yeux de la page. « Alors pourquoi n'en a-t-on pas parlé aux informations ? Dans les journaux ? demanda-t-il.

— Ça a été fait, mais il fallait patienter jusqu'aux cinq dernières minutes, ou lire l'entrefilet en page vingt-huit, dit Warner. Mais, apparemment, plus on découvrait de phrases, moins les gens voulaient le croire. Certains ont tenté d'affirmer qu'il avait prévu ses résultats à l'avance et avait trafiqué le texte original pour obtenir les significations cachées. Mais personne, selon Ellie, n'a jamais pu prouver que sa théorie était fausse. »

Jack vérifia les premiers chapitres de l'Exode, des Nombres et du Deutéronome, et retrouva le même principe. Le corps principal se lisait comme prévu, mais les mots avaient été soigneusement choisis pour former le mot « Torah » quand on sautait cinquante lettres.

« Qu'a-t-il trouvé alors, une fois qu'il a eu tout décodé ? » demanda Jack.

Warner sourit. « Il ne l'a pas fait. Il n'a pas pu. D'abord parce qu'il tombait sans arrêt sur des irrégularités ; une lettre manquante dans une série ou ce genre de chose et, deuxièmement, parce que la Bible est tellement longue et le code si complexe que, même avec un ordinateur, cela lui aurait pris à peu près trois cents ans pour le déchiffrer. Il a quand même trouvé des trucs très bizarres. "Holocauste atomique... il les frappera, les détruira, les annihilera... Kennedy... mourir... Dallas... Oswald... Sniper... Nom de l'assassin qui assassinera..." ce genre de chose. Rien que des événements historiques, tels les épisodes de la plus grande histoire jamais contée. Des milliers d'années avant que ces événements ne se produisent. Terrifiant, non ?

— Et personne ne voulait toujours le croire ? demanda Jack.

— Quelques-uns le croyaient, reconnut Warner, mais ils étaient peu nombreux. Vous voyez, c'était surtout des juifs qui vérifiaient car c'étaient surtout des juifs qui pouvaient comprendre l'hébreu ancien. Et, ne vous vexez pas, mais aucun n'était trop enclin à remettre en question la Parole de Dieu, si vous voyez ce que je veux dire. Peut-être certains avaient-ils peur. Pas tant de Dieu, que de découvrir que tous les événements de leurs vies avaient été d'une certaine façon prévus à l'avance. Personne ne tient vraiment à connaître l'avenir. Les gens pensent qu'ils le veulent, mais ce n'est pas vrai. Pas vraiment. »

Tandis qu'il parlait, Jack passait toujours les pages en revue, soulignant des passages avec le doigt. Quand, dissimulé dans le Deutéronome, il trouva quelque chose qui semblait confirmer les paroles de Warner :

En croisant la zone où le texte officiel disait « scellé devant Dieu », Jack pouvait discerner le message caché ; la signature de Dieu : « le code biblique ».

« Mais ce que nous avons ici est probablement un original », dit-il d'un air énigmatique.

Warner paraissait dubitatif. « Que voulez-vous dire ?

— Vous l'avez dit vous-même ; ce Weissman n'arrêtait pas de tomber sur des anomalies. Des lettres manquantes et ainsi de suite. Il se pourrait que ce soit parce que le texte original a été modifié à un moment donné. Soit par erreur dans une copie manuscrite, soit, pire encore, délibérément.

— Pour dissimuler le code ? demanda Warner.

— Pour le rendre indéchiffrable. Mais alors, la raison pour laquelle ce livre est tellement important n'est peut-être pas seulement parce qu'il est si ancien. Mais parce qu'il est si ancien que le texte n'a pas été altéré. Il se peut que ce soit le seul exemplaire permettant de déchiffrer le code en entier. C'est pourquoi Simon voulait que je le dérobe à la secte pour lui.

— Comment pouvez-vous en être certain ? demanda Warner.

— Parce que Simon m'a attiré dans l'église avec un code. Une séquence de lettres équidistantes était dissimulée au milieu de symboles en hébreu ancien. Il a utilisé ce genre de code car c'est le seul genre de code qu'il connaisse. Je crois que c'est ce qu'il veut faire. Décrypter le grand code. »

Warner regarda droit devant lui pendant un moment en réfléchissant. « Et alors quoi ?

— À mon avis, il croit qu'il détiendra l'ultime révélation », dit Jack, se remémorant la douleur dans la voix de Lara pendant qu'elle s'adressait à lui au cours de son dernier message.

Il ne pouvait pas croire qu'il avait rejeté ses paroles comme un vieux manteau, qu'il les avait évacuées comme les divagations d'un enfant ayant subi un lavage de cerveau. « Les réponses à toute existence sont comprises dans les paroles de Dieu. Tout ce qui a été et tout ce qui sera. Un plan, un chemin que chacun peut suivre et qui le conduira à la vie éternelle qu'Il a promise aux vertueux. »

Warner souffla. « Je n'aime pas ça, dit-il. Parce que la théorie d'Ellie sur toute cette affaire est que si le code détaille vraiment des événements passés, dans ce cas, il doit aussi détailler des événements à venir. Personne n'en a encore découvert, mais elle objecte alors que personne n'a jamais vraiment su quoi chercher. Mais si c'est vrai, alors il est dangereux de posséder ce livre et encore plus dangereux de le donner à quelqu'un d'autre. Même si votre ami Simon ne réussissait à mettre à jour que de tout petits événements à venir, à mes yeux, dans ce cas, ça devient une arme.

— Il doit y avoir une amorce », dit Jack comme s'il était ailleurs, le regard toujours focalisé sur les pages.

Warner parut interloqué. « Une quoi ?

— Vous savez bien ? Une amorce, un hameçon. Une clé qui vous dit comme résoudre le puzzle. Il n'y a pas de code sans amorce. Il suffit de la trouver et le reste est enfantin. Tout se met en place... »

Il parcourut d'autres pages, lisant littéralement entre les lignes, mais s'arrêta brusquement quand il remarqua Daniel, chapitre 12, verset 4. Où le texte conventionnel disait « pour faire taire les mots et refermer le livre jusqu'à la fin », un mot traversait tout droit le texte. Le seul mot qu'il n'aurait jamais pensé trouver dans un livre vieux de deux mille ans.

Les mots paraissaient jaillir des pages et résonner dans la tête de Jack comme si Dieu lui-même les lui faisait remarquer. Comme s'Il lui avait caché le mot pour que Jack le trouve et personne d'autre. S'il n'avait jamais cru au destin auparavant, il y croyait maintenant.

Ce moment précis pendant lequel il compulsait le livre et relevait le mot qu'il devait voir avait peut-être même été prévu d'avance. Jamais il n'aurait rêvé qu'un seul mot soit un présage aussi fort.

Mais c'était le cas.

Parce que ce mot unique était « Ordinateur ».

Jack comprenait soudain que non seulement il tenait le pouvoir du Saint-Graal de Simon entre ses mains, mais qu'il possédait également le pouvoir de le déchiffrer le premier. Sa société fabriquait les systèmes informatiques les plus puissants du monde, capables de traiter des milliards d'algorithmes par seconde. Un homme ordinaire, et même un érudit, pouvait chercher pendant cinquante ans et ne jamais trouver l'amorce.

Pour un Quotient, ce serait probablement une question de jours.

Zabulon réside au bord de la mer

GENÈSE 49:13

MaryBeth mit un peu trop longtemps à répondre au téléphone au goût de Jack. Peut-être dormait-elle, ou peut-être, sous le coup de l'excitation retrouvée, se montrait-il impatient. Tout ce qu'il savait en tout cas, c'était qu'il voulait qu'elle vienne le plus tôt possible et pour voir ce qu'il avait découvert. Et mieux, ce qu'il pourrait encore découvrir. Il pianotait impatiemment d'un doigt tandis que le nombre de sonneries s'approchait de dix. Derrière lui, un scanner travaillait avec une régularité monotone, un bras robotique à terminaison de caoutchouc tournant soigneusement chaque page. À chaque passage, l'ordinateur affichait immédiatement les centaines de symboles qui avaient été scannés et superposait ensuite des blocs de reconnaissance pendant qu'il les traduisait dans un langage compréhensible par le système Quotient.

« MaryBeth, c'est Jack.

— Où es-tu ? demanda Mary d'une voix inquiète. Et comment vas-tu ? Comment va Daniel ? »

Jack avait parlé avec MaryBeth pendant qu'il était encore à Nicosie en train d'attendre que le jet du FBI refasse le plein pour pouvoir décoller. Elle s'était réjouie autant que lui de savoir que l'enfant avait été retrouvé sain et sauf, et que le raid sur la secte avait porté ses fruits. Elle avait aussi reconnu que la suggestion du *marine* de l'appeler Daniel confinait au génie.

« Il va très bien, dit Jack. Il est revenu au ranch. Je l'ai confié à Nina pour un moment. Je suis à R&D avec l'agent Warner. »

MaryBeth parut surprise. « Merde, Jack, tu ne vas pas faire un très bon grand-père, si tu es déjà de retour à Recherche et Développement. Qu'est-ce que tu peux bien fabriquer là-bas ?

— Reconnaissance optique des caractères », assena-t-il tout de go.

Elle ne réagit pas tout de suite. Visiblement, elle ne comprenait pas. « Une reconnaissance optique ? Pourquoi diable fais-tu une reconnaissance optique ?

— C'est une longue histoire, dit Jack. Combien de temps te faut-il pour arriver jusqu'ici ? »

MaryBeth réfléchit un instant. Elle répondit d'un ton songeur.

« Il me faudra une heure ou deux.

— Je serai encore là. »

Il coupa la communication.

Après avoir atterri à l'aéroport de Los Angeles, Jack et Warner avaient emmené l'enfant toujours endormi directement au ranch et l'avaient remis entre les mains expertes de Nina, sa gouvernante. Nina travaillait chez les Bernstein depuis plus de douze ans et elle avait l'expérience des enfants, en ayant eu trois elle-même, chacun d'entre eux en ayant au moins trois.

Quand ils regagnèrent le campus, il était presque 2 heures du matin et les rues étaient étrangement calmes. Warner se dit qu'il n'avait nulle part où aller : à une heure aussi tardive, Ellie avait certainement cessé de l'attendre. Qui plus est, il avait pu dormir encore un peu dans l'avion tandis que Jack parcourait le livre pour trouver d'autres textes cachés. Comme de toute façon il devrait être debout à 5 h 30, il pensait qu'il serait préférable de ne pas se coucher du tout. S'il rentrait, il risquerait surtout de réveiller Ellie, aussi lui envoya-t-il un texto pour la rassurer si elle se réveillait et qu'elle sache que tout allait bien. Cela lui permit d'accompagner Jack pour voir si son système informatique était vraiment aussi performant qu'il le prétendait ; pour voir s'il pouvait vraiment trouver cette « amorce ». S'il y parvenait, il aurait vraiment quelque chose à annoncer à sa femme au matin.

Jack avait décidé de se servir du système Quotient de secours situé dans D-11. Comme tout ce que la société fabriquait, la coque de l'énorme unité centrale était moulée dans la matière jaune légèrement transparente caractéristique d'IntelliSoft. Elle se dressait comme un monolithe imposant dans le coin d'une pièce jonchée du sol au plafond d'écrans de la même couleur, de manettes, de scanners et de câbles. Le bourdonnement des machines paraissait faire résonner les murs, troublé seulement par le chuintement du système PageScan lorsque celui-ci transmettait davantage d'informations à son système parent et par la respiration calme des deux spectateurs attentifs.

Le système de reconnaissance optique (OCR) de Quotient était le même que celui utilisé dans de nombreux bureaux pour scanner des copies imprimées, mais il possédait une matrice plus complexe de 1 096 × 1 096 pixels par caractère, capable de reconnaître cinquante-huit langages depuis des hiéroglyphes jusqu'à l'espéranto. Jack avait réglé le logiciel pour scanner les formes en « hébreu anc. » et les comparer à d'autres paramètres connus permettant d'identifier un « a » comme un « a » et, dans ce cas, un « aleph » comme un « aleph ».

Une fois la phase de scannage terminée, Jack pourrait alors lancer un programme de décryptage de code et lui demander de rechercher des mots connus, dans le texte ainsi obtenu, en repérant des séquences de lettres équidistantes qui pourraient constituer l'amorce.

Après une heure environ, le scanner fit un dernier aller-retour. La dernière page avait été saisie et la pièce retomba dans un silence caverneux. Après quatre secondes supplémentaires de reconnaissance sur l'écran, l'immense séquence du texte fut automatiquement sauvegardée sous un dossier d'une taille déterminée, au format « .TXT ».

« Je ne comprends toujours pas pourquoi vous voulez faire ça », s'inquiéta Warner.

Jack déplaça le curseur sur un autre écran et double-cliqua sur un fichier intitulé « APPS » avec la souris ergonomique jaune.

Cela le contrariait toujours que ses ordinateurs soient équipés du logiciel hybride Windroid de GoogleSoft. Un jour, si tout marchait bien, il se promettait de créer sa propre division de développement de logiciels pour concevoir quelque chose d'encore mieux et voir s'il pourrait battre le système d'exploitation émergent de Windroid et d'Apple.

« Décrypter le code, vous voulez dire ?

— Oui, je veux dire... pourquoi diable voudriez-vous faire ça ? »

À l'intérieur de « APPS », Jack double-cliqua sur un dossier intitulé « CDE/X.ELS.EXE ». Le logiciel s'alluma et lui présenta une liste d'options. Jack vérifia la liste puis déplaça le curseur jusqu'à un menu intitulé « LANG », sélectionna une nouvelle fois « hébreu anc. » puis importa le dossier « TXT » que le logiciel OCR avait compilé. Quand la chaîne de symboles remplit l'écran, il appuya sur « EXÉCUTER ».

« Je ne veux pas vraiment décrypter le code, expliqua Jack, toujours focalisé sur le système. J'aimerais seulement savoir pourquoi Simon le veut. Il a joué un jeu avec moi, et maintenant je crois qu'il veut en faire profiter un plus large public. En tant que joueur d'échecs, je dois anticiper ça ; essayer de comprendre sa stratégie. »

En un instant, une série de minuscules blocs rouges apparut dans le corps du texte : deux, puis trois, puis quatre, le système paraissant chercher à reconstituer des mots existants à partir de lettres situées régulièrement à la même distance. Cela ne s'arrêterait pas tant que le système ne serait pas allé au bout des trois mille caractères, sa capacité de scannage maximum.

« Pourquoi ? demanda Warner. Vous avez Daniel. C'est fini.

— Vraiment ? » demanda Jack pour la forme tandis qu'il se calait au fond de sa chaise.

Son regard était toujours fixé sur les blocs rouges qui se déplaçaient comme des cellules agitées à travers le corps du texte scanné.

« Vous ne connaissez pas ce type. Personnellement, je ne lui fais aucune confiance. Ne lui donnez pas le livre. » Warner avait l'air fatigué, et pour lui, les choses étaient simples.

« J'ai passé un accord, protesta Jack, car il était un homme de parole. Mais, à présent, ayant conclu cet accord à l'aveugle, il n'avait pas d'autre option que de trouver ce que cela allait lui coûter exactement. Tout ce qu'il pouvait faire maintenant, c'était attendre. Il n'avait aucune idée du temps dont le système avait besoin pour aller jusqu'au bout de la requête, mais il ne quitterait pas Recherche et Développement avant que cela ne soit fait. Avant de tenir l'amorce de Simon entre ses mains. »

Il se tourna vers Warner, qui avait toujours l'air aussi réticent. « Cela risque de durer un moment », avança-t-il sur un ton d'excuse.

Warner haussa les épaules et baissa les yeux. « J'ai toute la nuit. »

Brusquement, le regard de Jack s'anima. Il avait une idée. « Ça vous plairait de faire une partie d'échecs ? demanda-t-il.

— Je ne sais pas jouer », dit Warner avec un sourire.

Car il savait que, compte tenu de son activité et de sa capacité à cerner habilement un adversaire, il aurait en réalité dû être un grand maître.

« Dans ce cas, pourquoi ne venez-vous pas me regarder jouer ? » Jack souriait, les yeux grands ouverts avec un air fanfaron. « Je crois que vous devriez être ravi de rencontrer mon adversaire. » Il vérifia une nouvelle fois l'écran, vit qu'il poursuivait son interminable tâche, puis s'extirpa de son siège et se dirigea vers la porte.

Tout en n'ayant aucune idée de l'endroit où ils se dirigeaient à cette heure de la nuit, Warner suivit, l'air à la fois songeur et inquiet.

*

* *

MaryBeth était toujours chez elle ; elle avait absolument besoin de se changer avant de prendre la route pour se rendre au campus. La lumière de sa fenêtre au rez-de-chaussée se projetait sur le sable fin de la plage en contrebas et étincelait comme le reflet des étoiles au milieu des vagues mourantes. Une brise timide montant de l'océan portait le doux clapotis de l'eau et agitait follement les herbes rêches au pied de son escalier à balustre blanche.

Au centre du halo lumineux se dressait une silhouette solitaire, dont l'ombre se projetait jusqu'à la lisière de l'eau. Il avait surveillé et il avait attendu le bon moment.

Et ce moment était venu.

Pourtant, Zabulon éprouvait une honte comme il n'en avait jamais ressentie auparavant. Il n'arrivait pas à croire ce qu'il venait de faire. Au cours de toutes ses années de service, il n'en avait jamais ressenti le besoin, et même si cela avait été le cas, il n'aurait jamais osé. À présent, alors que ses instructions étaient les plus importantes qu'il n'aurait jamais à exécuter, il avait commis l'impensable.

Il avait remis en question la parole de L'Abraham.

Le grand homme n'avait pas mal pris l'indécision de Zabulon, mais cela ne le soulageait pas pour autant. Quand il avait compris que son fidèle serviteur éprouvait une crise de conscience par rapport à ses instructions, il ne lui avait pas dit de poursuivre sa tâche, mais il ne lui avait pas dit non plus d'y renoncer. Il s'était contenté de citer les Écritures : première épître de Pierre 2:15 : « Car c'est là la volonté de Dieu que par votre bonne vie vous fermiez la bouche aux hommes ignorants et insensés. »

Et dans cette seule ligne, Zabulon avait trouvé sa réponse.

Dans l'instant où L'Abraham s'était déconnecté, Zabulon avait senti le poids de la consternation de Dieu peser sur ses épaules. Il doutait, il était un Thomas. Il avait choisi de remettre en question la parole de Dieu. Quelque part au fond de lui, il savait qu'aussi longtemps qu'il vivrait plus jamais il ne la remettrait en question.

En silence, il traversa le sable sec et emprunta la légère montée en direction de la maison, ses empreintes s'effaçant au fur et à mesure derrière lui, puis il gravit les marches menant à la véranda. La moustiquaire était ouverte, mais la porte était verrouillée. Zabulon sortit la clé qui avait été placée dans la sixième enveloppe rouge et entra discrètement à l'intérieur.

Toutes les pièces du bas étaient plongées dans l'obscurité, mais ses yeux étaient exercés et il n'avait pas besoin de lampe. Un accessoire aussi grossier ne servirait qu'à signaler sa venue. Il évita habilement le mobilier et commença à monter l'escalier en direction de la seule lumière de la maison ; celle d'une chambre en haut. La chambre d'amis de MaryBeth.

L'arme dont il se servirait était, comme toujours, exactement là où L'Abraham avait décrété qu'elle serait. Suspendu à des crochets dorés en haut de l'escalier se trouvait un yatagan turc abondamment décoré, un sabre du XIXe siècle. La poignée était gainée du cuir le plus fin et le pommeau d'or incrusté d'une bande de pierres précieuses. Il le sortit avec respect de son fourreau et passa lentement le doigt sur toute la longueur de la lame. D'abord, ce fut le métal qui brilla au clair de lune qui tombait de la lucarne, puis ce fut le rouge foncé de son sang.

C'était parfait.

S'arrêtant devant la porte de la chambre de MaryBeth, il se souvint une nouvelle fois du jour où il avait massacré Seamus O'Brien à bord d'*Eternity III*. La première étape de son voyage dans la nouvelle histoire de Dieu. Comme ce jour-là, il savait qu'une fois encore il devait frapper vite et fort. Il ne pouvait y avoir aucun avertissement, aucune possibilité de réaction.

La porte n'était pas complètement fermée, mais la fente n'était pas suffisante pour qu'il puisse vérifier où se trouvait sa proie. Il travaillerait à l'aveugle et il inspira profondément pour se préparer. Il ne s'agissait pas d'une tâche ordinaire, ce devait être l'ultime test de la loyauté de Zabulon. Il serra les doigts plusieurs fois autour de la poignée et leva la main gauche vers la porte. Il ne devait pas échouer. Brusquement, il poussa fortement et, avant que la porte n'ait rebondi contre le mur, il était à l'intérieur, le sabre brandi fermement devant sa poitrine...

La pièce était vide.

Il tourna vivement la tête de gauche à droite à la façon d'un animal surpris, sans se rendre compte à quel point cette analogie était exacte : il regardait partout comme s'il était lui-même devenu la proie.

« Zabulon ! »

Il fit volte-face et vit MaryBeth qui le regardait au plus profond des yeux. Comme il s'y attendait, ce n'était pas la MaryBeth des relations publiques d'IntelliSoft. Vêtue d'une robe noire descendant jusqu'aux chevilles, elle avait les yeux maquillés de rouge foncé et de noir, et ses cheveux tombaient en mèches comme des rubans défaits de chaque côté de son visage et se répandaient sur ses épaules comme de l'eau sur des rochers noirs. Elle paraissait à la fois ravie, étonnée et pleine de haine, et braquait le canon d'un revolver 357 sur le visage de Zabulon avec assurance. À l'opposé, ce dernier paraissait dans un état de choc. Il ne pouvait pas croire qu'il avait commis exactement la même erreur que celle qu'il avait faite sur l'*Eternity*. Le même manque de contrôle qui avait changé sa vie tant d'années auparavant allait à présent y mettre un terme. Cette fois, il avait véritablement échoué.

MaryBeth ne laissa pas à Zabulon le temps de réagir. Avant qu'il puisse même tenter un plongeon désespéré, elle appuya sur la détente et l'atteignit directement au-dessus des yeux. Son front éclata et il tomba en arrière, mort avant même de toucher le sol. Son sang éclaboussa les murs, puis commença à dégouliner lentement le long du même papier peint rouge et de la même reproduction de *L'Adoration des mages* que Jack avait vus derrière Lara sur la première transmission vidéo qu'il avait étudiée. MaryBeth savait parfaitement que même maintenant Jack ne se doutait absolument pas que sa fille avait passé ce premier appel de la chambre d'amis de MaryBeth. L'endroit où elle avait habité avant d'avoir été appelée par le peuple de MaryBeth à Kozlar.

Exactement comme L'Abraham l'avait demandé.

Elle prit le revolver dans sa main gauche et s'accroupit près du corps sans vie de Zabulon. Elle chercha dans sa poche de poitrine intérieure, les traits tordus par la colère. Elle en sortit un sachet en plastique transparent. À l'intérieur se trouvait une plaque en or massif, portant l'inscription à laquelle elle s'attendait :

– CAVALIER PREND REINE –

Elle se mit à sangloter. Doucement d'abord – comme si elle n'était pas certaine –, puis ses pleurs s'intensifièrent.

À la fin, dans un accès de rage désespéré, elle se tourna et jeta la plaque en direction de la fenêtre. La vitre se brisa et le carré de métal disparut dans la nuit, pour atterrir sur le sable avec un petit bruit étouffé. Aveuglée par l'évidence, MaryBeth se mit à hurler des obscénités et à tourner dans la pièce en balayant les bibelots des étagères et en brisant tout ce qui lui tombait sous la main. Elle arracha les tableaux des murs et jeta une chaise par la fenêtre déjà cassée, qui atterrit sur la plage, non loin de la plaque.

Puis, de toutes ses forces et avec acharnement, elle donna des coups de pied dans le cadavre de Zabulon.

« Espèce de salaud, hurlait-elle, de la salive coulant de ses lèvres. Espèce de maudit salaud incapable ! »

Elle fit deux pas en arrière et s'écroula contre le mur, épuisée. Elle respirait péniblement et ses cheveux retombaient maintenant comme un voile sombre sur son visage rageur, plaqués par la sueur qui recouvrait sa peau. La sueur qui avait également dilué le maquillage de ses yeux, répandant des larmes rouge et noir sur ses joues luisantes. Sa tête était penchée vers le sol, mais ses yeux, enflammés par une colère impie, ne quittaient toujours pas le corps de son assaillant. C'était l'ultime trahison.

Des paroles incrédules passaient par saccades entre ses dents serrées.

« Espèce de salaud, sifflait-elle. Je ne peux *pas* croire que tu m'aies envoyé Zabulon. À *moi*. »

Au Roi des siècles

1 TIMOTHÉE 1:17

Jack sourit. 8. Nxe6... était un bon coup. Qui plus est, c'était indubitablement un coup typique de Lara. Mais, là encore, étant donné qu'il avait sélectionné « LARA BERNSTEIN » sur le menu de jeu, ce n'était pas vraiment surprenant. Pour concevoir le logiciel, Geoff et son équipe avaient analysé les archives numérisées de toutes les parties de Lara et les avaient entrées dans le système Quotient. En se servant de tous les algorithmes de jeu déjà en mémoire, le système avait alors effectué toute l'interpolation nécessaire. La Lara virtuelle pouvait prendre les mêmes décisions que la vraie et ne s'en privait pas. Peu importe que ces décisions aient été bonnes ou mauvaises.

Ce coup, en tout cas, était indéniablement bon. Au plus profond de son logiciel, Lara avait compris que Jack avait commis des fautes au début, incapable qu'il était de se concentrer. N'ayant pas de conscience, la pseudo-Lara n'avait pas de tels problèmes. Elle avait profité de toutes les erreurs de jugement qu'il avait faites. Et ce dès le premier coup.

1. e2-e4 c7-c6 2. d2-d4 d7-d5 3. Nb1-c3 d5xe4
4. Nc3xe4 Nb8-d7 5. Ne4-g5 Ng8-f6
6. Bf1-d3 e7-e6 7. Ng1-f3 h7-h6

Et maintenant elle l'avait contraint à sacrifier un pion crucial.

« À toi de jouer », dit la voix suave. Sans la moindre émotion. Juste une constatation.

Jack n'avait aucune réelle envie de jouer une nouvelle fois Sorkasnov, bien que le système lui en ait donné l'option. Pas plus qu'il n'avait envie de jouer aucun des soixante autres joueurs dont les parties avaient été mémorisées. Il était là pour sa fille. Ou, du moins, dans le souvenir de sa fille. Le plaisir ne consistait pas seulement à regarder sa reproduction virtuelle, mais également à observer les coups et à se remémorer les parties qu'ils avaient autrefois disputées ensemble. Il n'y en avait pas eu suffisamment, mais il y en avait eu malgré tout, et il ne les oublierait jamais.

« C'était une belle jeune femme, n'est-ce pas ? » commenta Warner, confortablement installé dans un fauteuil sur le côté de la pièce. Il avait suivi le match depuis le début, fasciné par la technologie. C'était un monde nouveau. Un monde pour lequel il avait décidé, une fois pour toutes, qu'il était beaucoup trop vieux.

Jack sourit. « C'est vrai, dit-il avec fierté. Comme sa mère. »

Jack mit quelques minutes à trouver une réplique au coup de Lara. 8. ... Qd8-ce7. Tout en déplaçant la pièce plaquée or, il était parfaitement conscient que le coup était maladroit. Ce soir, en tout cas, il ne pouvait pas faire mieux.

La Lara virtuelle sourit, comme on lui avait demandé de le faire de temps en temps, et elle joua son coup.

9. 0-0...

Tours du côté du roi, ses mains parfaitement représentées déplaçant les pièces chromées semi-transparentes tandis que les images se recalculaient sur le tableau. Si Jack prenait avec la reine maintenant, alors la tour en e1 serait meurtrière, aussi il joua.

9. ... f7xe6

Et prit le cavalier à la place.

« Quelque chose continue à me tarabuster, dit Warner d'un air pensif.

— C'est quoi ? demanda Jack, en étudiant les pièces sur l'échiquier, l'air de plus en plus déstabilisé.

— Ce truc d'amorce, cette clé du code. Vous croyez que c'est prudent d'utiliser un ordinateur pour le trouver ? »

Jack se renfrogna. « Qu'est-ce qui vous fait dire ça ? »

10. Bd3-g6...

Échec. Mauvaises nouvelles. Il était forcé à présent de changer son roi de place.

« Parce que le mot "ordinateur" était contenu dans un extrait de texte qui disait "scellé jusqu'à la fin des temps". Vous ne trouvez pas que c'est, vous savez bien... tenter le sort ? »

Jack haussa les épaules d'un air impassible. « Il faut que je sache ce que je transmets, c'est tout.

— Oui, mais je suis sûr que vous essaieriez quand même de le trouver, même s'il n'y avait pas cet accord avec Simon. Je me trompe ? »

10. ... Ke8-d8

Jack ne répondit pas tout de suite et le silence retomba. Alors qu'il avait maintenant une pièce d'avance, il réalisa que sa position actuelle était loin d'être saine. Son roi était coincé au milieu de l'échiquier, il était incapable de roquer et, en conséquence, il n'avait aucune marge de manœuvre. Non seulement il perdait la partie, mais il perdait aussi confiance.

11. bc1 b7-b5 12. a2-a4 Bc8-b7 13. Rf1-e1

« L'amorce n'est pas tout, vous savez, dit Jack. Il faudrait toujours un ordinateur très puissant pour décrypter le code dans son entier, même en connaissant l'amorce. C'est très complexe.

— Autrefois, nous avions un puissant système informatique, continua Warner, en croisant les bras avec dédain. Un gros bazar, un processeur central, je crois que c'est comme ça qu'on dit. Un vrai truc à la pointe du progrès. Un jour, en allant au bureau, j'ai vu trois gamins qui le récupéraient dans un conteneur à ordures près du parking. Le Bureau en avait installé un nouveau et l'autre ne valait plus rien.

— Et un jour, tous les Quotient connaîtront le même sort, c'est ce que vous voulez dire ? Simon en trouvera un pour quelques dollars et découvrira l'avenir avec ? » Il haussa une nouvelle fois les épaules. « J'ai passé un accord et c'est le risque que je prends.

— Dans ce cas, vous jouez un jeu très dangereux. »

Jack était dans une mauvaise passe maintenant, les troupes de Lara le pressaient de tous côtés et sa tour était bloquée dans un coin du plateau sans rien pouvoir faire. Et, pire que tout, son roi était terriblement exposé.

Il commençait à comprendre qu'il avait très peu de chances de gagner cette partie.

*

* *

La silhouette de MaryBeth se dessinait dans l'encadrement éclairé de la porte ; elle avait le regard fixe et une expression de haine farouche qui suintait par tous les pores de sa peau. La pluie avait dissous encore un peu plus son maquillage cérémoniel et ses joues étaient à présent presque complètement maculées. Ses longs cheveux trempés étaient drapés autour de son visage et sa robe lui collait au corps comme du papier tue-mouches.

L'Abraham avait été remarquablement facile à trouver. Elle savait qu'il se serait échappé de Turquie bien avant l'arrivée des *marines*, laissant l'Enfant derrière lui comme prévu, mais c'était Zabulon qui lui avait dit où elle le trouverait exactement. Il était à Los Angeles, comme elle aurait déjà dû le deviner. L'Abraham déviait rarement de ses plans parfaitement établis. L'exactitude de ses timings prévoyait que Zabulon avait apporté ses deux dernières enveloppes jusque chez elle ; celle qui contenait son nom et celle qui contenait celui de Jack : « CAVALIER PREND ROI – ÉCHEC ET MAT. » L'ultime enveloppe, qui était toujours scellée quand elle l'avait trouvée dans sa poche, précisait également l'endroit où Zabulon devait apporter la récompense de L'Abraham quand il aurait effectué les deux tâches.

À présent, elle était à sa place.

Cette version de la nouvelle histoire serait perdue à jamais. Elle y veillerait personnellement.

L'appartement était sombre, froid et sale. Il avait certainement été loué à la hâte par L'Abraham, cherchant à éviter les questions gênantes sur son identité ou ses références, mais cela la surprenait néanmoins de le voir dans un environnement aussi sordide. Cet homme habitué à l'opulence et au luxe paraissait terriblement déplacé dans cet endroit.

Il était agenouillé, lui tournant le dos, en train de prier près d'une unique bougie montée sur un chandelier en fer forgé de 1,50 mètre de haut. La lueur vacillante auréolait sa silhouette, dessinant ses larges épaules qui bougeaient doucement au rythme de sa méditation.

« Magdalene, dit-il doucement sans se retourner. Je ne m'attendais pas à te voir.

— Évidemment, espèce de salaud. »

L'Abraham se leva et se tourna vers elle avec un sourire glacial. « Tu ne devrais pas être là, dit-il calmement. Tu devrais être morte. »

Baissant la tête et redressant les épaules, MaryBeth s'avança avec assurance jusqu'au centre de la pièce, où elle plongea dans les yeux de L'Abraham un regard venimeux. « Nous étions associés, éructa-t-elle, cinquante-cinquante. Et tu allais quoi... – elle plissa les yeux – ... me faire prendre le chemin du Baptiste ? Comment oses-tu me voler mon destin ? »

L'Abraham affichait un air froid et volontairement indifférent. « Tu n'as aucun destin, Magdalene ; tu as été utilisée, exactement comme tous les autres.

— Mais je ne suis pas comme tous les autres, n'est-ce pas ? protesta MaryBeth. Parce que je suis La Magdalene ; La Myriam. Je t'ai présenté au Baptiste et j'ai obtenu qu'il t'accepte. Sans moi, tu ne serais pas L'Abraham à présent. Je ne peux pas croire que j'ai pu te confier le contrôle de tout. »

L'Abraham sourit. « Cela causera ta perte. Comme les autres, tu as servi mes besoins et les miens seuls. Tout ce que tu as fait, tu l'as fait pour moi. » Il parlait lentement et de façon déterminée, sans même chercher à feindre le remords. Puis il haussa les épaules, laissant MaryBeth s'en remettre à son destin.

« Et maintenant, ton travail est terminé. »

Le roi lui enleva son titre de reine
2 CHRONIQUES 15:16

La tête pleine de souvenirs, Jack se cala dans son fauteuil et regarda sa fille virtuelle écarter une mèche de cheveux châtain clair de ses yeux. Elle le fixait bien en face et lui souriait d'un sourire mémorisé dépourvu de tout amour ou de toute affection. Même Geoff n'avait pas été capable de programmer ça.

Warner dormait dans son fauteuil, ses ronflements désormais familiers troublant le silence à intervalles réguliers. Jack secoua la tête et fixa la fenêtre virtuelle. Les caméras étaient en train de capter un somptueux lever de soleil sur le campus et de recréer sa beauté sur l'écran plasma de 4096 × 2048 pixels situé sur le mur le plus éloigné. Les gradins et les arbres projetaient des ombres allongées, leur chaleur produisant un contraste harmonieux avec la luminosité teintée de jaune des pelouses impeccablement entretenues.

Dans le coin de la table sur laquelle se trouvait l'échiquier, il y avait une petite boîte noire ressemblant à une télécommande. Sur le devant, on voyait quinze boutons de couleur, cinq rouges, cinq verts et cinq bleus. Chaque couleur indiquait une possibilité de cadrage différent : Jack essaya les différents boutons, déclenchant le cadrage correspondant. Il faisait encore nuit et le campus était plongé dans un calme étrange. Il appuya sur trois autres boutons, soupira d'ennui, puis revint au premier, correspondant à l'image standard.

« Tu as l'air inquiet », dit Lara, ses générateurs de tons synthétiques réglant sa voix sur un volume plus bas. Elle avait lu les données envoyées par son imageur thermique et interprété l'humeur de Jack. Elle s'était même servie de son intelligence intégrée pour la commenter. L'espace d'un instant, elle avait même paru préoccupée. Jack sourit pour la remercier et poussa un long soupir défaitiste.

Mais, pendant qu'il analysait son mauvais jeu et la capacité de Lara à en profiter, Jack commençait à comprendre quelque chose. Quelque chose de très important. Chaque coup que Lara avait joué commençait à lui paraître étrangement familier. C'était comme s'il avait, littéralement, vécu ces coups.

Quand il finit par comprendre l'ensemble, il se sentit nager en plein brouillard. La peur qu'il éprouvait soudain était la pire qu'il ait jamais ressentie et, brusquement, il eut froid. C'était la peur inexorable de sa quête et de tout ce qu'il avait fait en son nom. Pire encore, une peur des erreurs qu'il avait commises. Lara avait bien joué. Très bien même. Elle était allée jusqu'à sacrifier deux pièces maîtresses pour pouvoir s'assurer la victoire. Un cavalier et un pion. Ils avaient été jetés dans la bataille pour une raison et une seule : mettre Jack dans une position de fragilité. Elles auraient été délibérément sacrifiées une fois leur tâche accomplie, laissant aux autres pièces le soin de donner l'assaut.

En l'espace d'un instant, ses yeux s'étaient ouverts à des réalités jusqu'ici ignorées. Une partie d'échecs avec sa fille avait mis en lumière quelque chose de tellement évident qu'il avait été incapable de le voir avant. Il savait maintenant qu'il y avait un élément clé qui lui avait échappé concernant la secte.

Ils n'avaient pas tué Dave, Andy, Frederico ou Paulo. Quelqu'un d'autre l'avait fait.

*

* *

La colère gagna encore un peu plus MaryBeth. « Je t'ai fait ce que tu es, Simon. J'ai découvert la lignée de David et j'ai trouvé ceux qui donneraient naissance au premier Christ. Comme toi, je l'ai regardé grandir, je me suis attachée à suivre ses enseignements et ensuite j'ai rejoint le nombre de ses disciples. Quand tu es devenu le chef des mages de la Manassé de l'Ouest et que tu as été dénoncé comme fanatique, je t'ai aidé à choisir des gens susceptibles de te donner l'influence dont tu avais besoin. Iscariote, l'assassin ; Jonathan Anne, le Père ; Matthias Anne ; Théophile ; Philippe, Barthélemy. Même Thomas, descendant des Hérodes. Tous étaient *mon* idée. Je l'ai fait pour nous, Simon, pas seulement pour toi. Quand le Christ a été incapable de déchiffrer le Livre, je l'ai même épousé, nom de Dieu, je l'ai *épousé*. J'ai porté les premiers descendants pour que nous soyons assurés que le Sauveur soit issu de la lignée de David.

— Mais c'est moi qui ai décrété qu'Il devrait survivre à sa crucifixion, expliqua L'Abraham en levant les yeux, et c'est à mettre à mon crédit car l'enfant que tu portais était Tamar, une fille. Sans aucune utilité pour moi. Je n'avais pas besoin d'une *fille* de Dieu, j'avais besoin d'un *fils*.

— Donc tu lui as permis de vivre ? Et alors ? Simon le magicien met au point un nouveau tour de sorcellerie irréprochable ? Irréprochable, mon cul. Tu as failli le perdre. »

L'Abraham haussa nonchalamment les épaules. « Ça a été un chef-d'œuvre, Magdalene. Comme toujours, mon timing de la séquence était parfait. J'ai choisi le site, je me suis assuré que les foules soient suffisamment loin et j'ai fait appel au Cyrène pour prendre ma place sur la croix. Quand le Christ s'est rendu, il s'est rendu à moi. J'étais celui qui était déjà dans la tombe, pas toi. J'avais la myrrhe et j'avais l'aloès. Il n'y a jamais eu le moindre doute dans mon esprit qu'il vivrait parce que je suis Simon le magicien. Je suis véritablement le premier magicien ; ma capacité à tromper la populace avec mon sens de la programmation est infaillible. Les gens étaient pétris d'admiration. Ils pensaient qu'ils avaient des visions et je suis devenu une légende.

— Une légende ? Tu n'es qu'un comédien de bas étage, Simon. L'immortalité ne t'a pas donné l'intelligence. Tu n'es qu'un truqueur, capable d'altérer les perceptions d'un geste de la main. Serais-tu entré dans la légende s'il était mort ? demanda MaryBeth.

— Il n'est pas mort.

— Et Iscariote ? Il avait joué son rôle parfaitement ; comme tu le lui avais demandé. Et tu l'as emmené au bord des falaises, en lui disant que tu lui accorderais le don. Et tu l'as précipité en bas. Actes 1:16, Simon. Tu as tué un homme qui nous avait bien servis. »

La souffrance était de plus en plus évidente dans le regard de MaryBeth. « Moi, en tout cas, je l'ai respecté.

— Et moi, comme je te l'ai déjà dit plus d'une fois, Magdalene, je ne le respectais pas. Il ne méritait pas mon respect car il était cupide et sournois. Il estimait que son ridicule petit rôle était digne de la vie éternelle. Il ne l'était pas.

— Tu n'aimais pas Iscariote à cause de la relation qu'il avait avec moi, lança MaryBeth avec dédain. Tu l'as tué pour la seule raison que tu ne pouvais pas supporter que je sois proche de quelqu'un au moment où je vivais péniblement mon mariage. »

Elle s'arrêta, repensant à la souffrance qu'elle avait endurée à l'époque. « Et moi alors ? J'avais été la première à être honorée par Le Baptiste alors que toi, Simon, tu as été seulement le second. Aurais-tu préféré que je ne détienne pas la vie éternelle ? Aurais-tu préféré que je me sois enfuie en Gaule et que je sois morte comme ta précieuse histoire le prévoyait ?

— Bien sûr que non, protesta Simon sans conviction. Parce que, jusqu'à présent, tu m'as servi convenablement. Tu as rejoint la société de Bernstein et tu as persuadé la fille de se rallier à nous. Je ne serais pas aussi près du Jugement maintenant si tu n'avais pas été là.

— Et c'est ainsi que tu as choisi de me récompenser, en envoyant Zabulon pour me couper la tête ?

— Le partenariat, dit Simon calmement, est le pire des navires à avoir jamais pris la mer. Ce que tu as fait, tu l'as fait pour moi. J'ai écrit le scénario et j'ai contrôlé les événements. Quand elle a donné naissance à l'enfant, c'est moi qui l'ai fait se précipiter vers son précieux papa, moi qui me suis assuré qu'elle soit suivie et moi qui ai fait placer l'engin à bord de son avion. Crois-tu que Bernstein se serait aussi volontiers impliqué si sa chère fille avait simplement été tuée par un agresseur anonyme ? Un autre meurtre sans mobile et dépourvu de grandes implications ? » Il secoua la tête. « Non, Magdalene, il ne l'aurait pas fait. »

Il la regarda au plus profond des yeux et elle sentit la force de son regard ; le plus intense qu'elle ait jamais connu. Même à présent, ce regard la dominait. Exactement comme le jour où ils s'étaient rencontrés et avaient fait alliance contre Le Baptiste. Sa voix était forte maintenant et résonnait dans la pièce. « J'ai voulu que ce soit énorme, Magdalene, j'ai voulu que ce soit tellement énorme que Bernstein était obligé de s'impliquer. Je lui ai fourni de petits détails et l'ai intrigué à tel point qu'il n'a même pas pensé à se méfier et à savoir qui j'étais réellement. Même maintenant, il ne me soupçonne pas d'être L'Abraham ; pas plus qu'il ne se doute qu'il a volé le livre pour moi... et qu'il me l'a volé à moi.

« Il ne remet rien en question à cause de tout ce que possède l'Éternité ; Pegasus et Morkhest, Red Knight et Borac ont été éliminés à présent que tout est terminé, continua-t-il. Quand il sera mort et que tout le monde comprendra que c'est seulement le commencement, des milliers de gens seront morts. Le monde aura été brisé en deux et il sera trop tard. Je détiendrai vraiment la parole de Dieu et ceux à qui je permettrai de vivre s'agenouilleront devant ma grandeur. »

Il souriait d'un air sûr de lui. « Ceci, Magdalene, était un plan magistral, magistralement exécuté.

— Jack a failli renoncer, dit MaryBeth d'un ton de défi. Quand il est descendu de l'avion après t'avoir vu à Londres, il était perdu, tu avais rendu les choses trop difficiles. Aussi, je l'ai emmené boire un verre à l'aéroport dans l'espoir qu'il remarquerait les chariots à bagages. J'ai constamment fait tout ce que j'étais supposée faire.

— Je ne te dois rien parce que tu m'as trahi, Magdalene. Tu m'as trahi car ce que tu étais supposée faire

– il y a une heure – était de mourir pour moi. De cette façon, Bernstein aurait craint pour sa pauvre petite vie pitoyable et se serait employé aussi vite que possible à déchiffrer le code. Tu n'étais rien d'autre qu'un pion et c'est d'ailleurs ce que j'aurais dû inscrire sur ta plaque. »

Il lui tourna le dos en l'ignorant.

MaryBeth ne pouvait pas en supporter davantage, le moment était venu d'agir. En cherchant avec précaution dans le dos de sa robe, elle souleva un petit pan de tissu noir. Puis, quand elle fut certaine d'avoir la dague bien en main, elle respira un grand coup et plongea.

Le triomphe final reviendrait à La Myriam, pas à L'Abraham.

Dans son élan, elle atterrit contre le mur et s'écroula sur le sol, entraînant la bougie dans sa chute. Elle était certaine d'avoir touché Simon ; juste assez pour le blesser. Juste assez pour lui donner le temps nécessaire pour lui couper la tête.

Mais elle se trompait.

Simon l'avait esquivée. Le temps était son arme favorite et il savait qu'elle n'allait pas tarder à tenter quelque chose pour se sauver. Il s'était largement préparé à cet instant. Laissant la bougie toujours allumée propager sa flamme vorace sur le sol, il leva le chandelier en fer et en assena un coup vers le bas, atteignant MaryBeth sur le côté de la tête et la faisant tomber à quatre pattes. Puis il se mit à faire les cent pas d'un air furieux autour de la pièce, en réfléchissant et en se tournant vers elle de temps en temps. Comment Magdalene osait-elle braver sa volonté ?

« Tu vas tout gâcher, espèce de sale putain », éructa-t-il en détachant chaque syllabe d'un ton rageur. Il s'approcha d'elle en brandissant son arme improvisée pour la frapper une deuxième fois. « J'ai attendu deux mille ans pour la technologie. Pendant douze années, j'ai manipulé Bernstein et ses proches. J'ai même fait croire aux disciples que l'enfant de Bernstein nous offrait un Sauveur, juste pour qu'ils puissent se rendre sans la moindre résistance. Et voilà qu'aujourd'hui, précisément, tu voulais tout gâcher. »

Il marchait d'un pas furieux autour de son corps qui gisait par terre. « Zabulon devait tuer Bernstein et récupérer ma récompense. À présent, je suis forcé d'y aller moi-même ; de me salir personnellement les mains. L'heure tourne et mon pauvre fidèle Zabulon est incapable d'accomplir sa tâche finale. Tout ça... à cause... de toi ! »

Il frappa une deuxième fois, plus fort encore. Le chandelier atteignit de nouveau sa cible et plaqua MaryBeth au sol. Le sang commença à s'écouler vivement de son crâne fracassé sur la moquette beige râpée, mais Simon savait qu'elle n'allait pas mourir ainsi. Elle détenait son pouvoir et il fallait qu'il le lui retire. Pour toujours.

Il se dirigea vers l'autre bout de la pièce. Les rideaux étaient en feu maintenant et des flammes couraient sur les murs et le plafond. Ainsi pris dans la fournaise, entouré par la fumée dense, un homme ordinaire aurait craint pour sa vie. Simon le mage ne se souciait pas le moins du monde de l'incendie.

Car Simon le mage n'était pas un homme ordinaire.

Il ouvrit une longue boîte noire placée près de la télévision et en sortit un yatagan turc identique à celui de MaryBeth ; celui qui aurait dû lui couper la tête. La paire de lames était un cadeau d'Abdülhamid en personne, celui qui avait suspendu le Parlement turc et instauré un gouvernement éminemment autocrate en 1878. C'était l'argent de Simon qui avait aidé Abdülhamid à rétablir la stabilité financière dans le pays. Reconnaissant, Abdülhamid lui avait non seulement offert les précieux yatagans, mais il avait aussi permis aux disciples de l'Éternité de rester dissimulés à Kozlar avec sa bénédiction.

Il avait lui aussi fait exactement ce que L'Abraham avait demandé.

MaryBeth, couverte de sang et faible, essayait vainement de se relever. Ses jambes étaient repliées sous elle et ses mains reposaient par terre, dans une mare de sang. Ses yeux étaient ouverts, mais sa vision troublée par le liquide rouge épais ; elle parvenait à peine à distinguer le sol.

« Oh ! comme je suis content de te voir enfin à genoux, dit Simon avec un sourire méprisant. Tu n'imagines pas à quel point j'ai détesté devoir tolérer ton désir de contrôler les choses et ta capacité à critiquer tous les plans que je mettais en œuvre. » Se tenant au-dessus d'elle, il se mit à rire en voyant son état lamentable. « En fait, tu m'as fait une faveur, Magdalene. Parce qu'il est finalement juste que je te tue et que je sois celui qui tue Bernstein. »

MaryBeth leva les yeux vers lui, le visage suppliant. Elle ne pouvait pas parler à cause du sang qui lui remplissait la gorge. Cela n'aurait fait aucune différence ; Simon était imperturbable. « Transmets mon meilleur souvenir au Baptiste », dit-il, en brandissant le sabre ancien de toutes ses forces. Tandis que l'incendie atteignait une poche d'air et provoquait une explosion, la lame affûtée comme un rasoir retomba et trancha la peau délicate du cou de MaryBeth. Au bout de deux mille ans, Marie de Béthanie, la Magdalene, était enfin morte.

Mais L'Abraham avait encore une chose à faire avant de jeter le sabre par terre. Il s'accroupit et tourna la tête tranchée face à lui. Elle affichait une expression d'incompréhension et de désespoir. Même dans la mort, elle détenait toujours quelque chose dont il avait besoin.

En tant que Simon le Zélote, il avait été ce fanatique qui contrôlait les fidèles de Jésus de l'intérieur et suscitait le courroux des autorités. En se réinventant lui-même comme Simon le mage, il s'était révélé un comédien consommé, chef des mages de la Manassé de l'Ouest.

À présent, en tant que seul véritable Abraham de l'Éternité, celui qui prononcerait le Jugement final de l'humanité et la dirigerait à son réveil, il réunit les choses dont il avait besoin et sortit tranquillement de la pièce en feu. Puis il regagna l'obscurité.

C’est une parole irrévocable

ISAÏE 45:23

Ayant depuis longtemps abandonné la partie d’échecs et étant retourné au système de secours en D-11, Jack attendait à la fois que Warner à peine réveillé lui rapporte du café du niveau C et que MaryBeth arrive pour qu’il lui puisse lui montrer à quelle vitesse le système Quotient avait découvert l’amorce. La clé du code que tant de juifs érudits avaient apparemment dénoncée comme étant une hérésie. La Bible, disaient-ils, était pure. Elle était faite pour être comprise littéralement, en raison de la sagesse inhérente à son texte conventionnel, pas pour être analysée et disséquée par la technologie. Pensées hérétiques qui rappelèrent à Jack le frère Frederico. Le vieil homme au regard farouche avait été dénoncé par son entourage et exilé dans un monastère isolé où il se faisait oublier de ceux qu’il gênait et où ceux qui avaient fini par le connaître le toléraient. Mais il savait. Depuis toujours, il savait.

Sa question était simple : pourquoi devrions-nous être prévenus ? Jack s’était montré désinvolte et sarcastique à son égard et il aurait été infiniment plus sérieux s’il avait eu la chance de pouvoir lui reposer la question aujourd’hui.

Mais cela n’arriverait jamais car Frederico était mort. Mort comme Dave, comme Paulo et comme Andy. La dernière chose que Frederico avait dite à la table, et qui furent les derniers mots que Jack l'avait entendu prononcer, était toujours aussi limpide. Il revoyait encore frère Frederico écarquiller les yeux et l'expression de gêne de frère Peter, et il entendait encore la sombre traduction de celui-ci : « Il dit que même aujourd'hui ils veillent à conserver la lignée forte et pure, en choisissant une partenaire convenable et en maîtrisant les descendances afin d'être prêts à promouvoir leur nouveau Messie. Le Baptiste était notre Messie mais Il est mort. À présent, ils attendent leur heure et bâtissent leur puissance. Quand ils seront prêts, ils créeront Armageddon à leurs propres fins. Des gens mourront, mais ce sont les survivants dont il a peur. Ils croiront à la fin des temps et à l'arrivée du Jugement dernier. Ils attendront un Sauveur et suivront aveuglément toute personne susceptible de leur offrir le salut. »

Si c'était un fou, dans ce cas il l'était de la même manière que Jean Cocteau, qui avait peint le tableau près duquel le cauchemar avait commencé. Un fou comme Léonard de Vinci, dont le génie avait contribué à dessiner le monde moderne en déguisant plus ou moins son hérésie. Cachée mais pourtant évidente, qui avait attendu pendant des siècles ceux qui avaient des yeux pour voir et des oreilles pour entendre.

La colonie de Kozlar était seulement l'une des quatre facettes de la secte dans son ensemble, chacune conçue comme une version moderne d'un cavalier de l'Apocalypse. L'organisation tout entière avait des intérêts tellement divers qu'elle était parvenue à imprimer sa signature dans presque tous les domaines de la vie moderne : commerce, finance, industrie, agriculture, environnement, armement et... à l'intérieur même de

Borac, l'esprit humain. Ils avaient bâti leur puissance sur d'anciennes fondations et ajouté une tour faite de l'ivoire de la technologie moderne. Il ne leur restait plus maintenant qu'à décimer la planète et à fournir un Sauveur à ses habitants brisés.

Mais Frederico avait dit qu'ils suivraient aveuglément toute personne qui leur offrirait le salut.

Et cela ne signifiait pas forcément l'enfant de Lara.

Des milliers de gens mourraient et Frederico le savait depuis toujours. Il ne savait pas quand ou comment, mais il avait clairement déclaré que c'était ceux qui survivraient qu'il craignait. Jack était tellement perdu dans ses pensées qu'il ne vit même pas le système d'entrée digital au mur lui signaler qu'un visiteur venait de pénétrer dans le bâtiment. L'affichage en lettres digitales rouge vif disait : « <5017>M.DeLaine. » Il resta à l'écran pendant trois secondes, puis s'effaça.

Warner surgit à la porte et lui tendit un gobelet de café ; avec du lait et un sucre. Plongé dans ses pensées, Jack ne le vit même pas. Il regardait dans le vide, consterné par la stupidité de son aveuglement : comment avait-il pu croire que tout était terminé ?

« Il est toujours vivant, dit-il, d'une voix vaguement apeurée.

— De qui parlez-vous ? demanda Warner avec scepticisme.

— Le chef de la secte, dit Jack.

— Je ne crois pas, dit Warner. Il s'est tiré une balle en plein visage. Il en a mis partout, vous ne vous souvenez pas ?

— Non, dit Jack tout bas, le regard anxieux. L'homme qui s'est tué est celui qui dirigeait la colonie. C'est pourquoi il portait une robe vert pâle. L'homme qui dirigeait la division armement, RKI, aurait porté du rouge. Pegasus du blanc et Morkhest du noir. Mais aucun d'eux n'était le chef suprême. C'était quelqu'un d'autre. »

Warner commençait à paraître aussi inquiet que Jack. « Donc, si le vieux n'était pas le chef, qui est-ce ? »

Jack écarquilla les yeux. Warner comprit alors que ce regard ne lui était plus adressé, mais était dirigé derrière lui, par-dessus son épaule. Il se retourna et vit un homme superbement vêtu qui se tenait dans l'embrasure de la porte. Il ignorait qui il était, mais il était évident que Jack l'avait tout de suite reconnu. C'était l'homme qui, depuis le début, s'était servi de Jack comme d'un pion. L'homme qui avait attiré sa fille et s'était servi d'elle pour concevoir l'enfant qui avait été sacrifié aux autorités le moment venu, pour que Jack pense qu'il avait gagné. L'homme qui avait su depuis le début qu'il n'y avait qu'un seul système dans le monde capable de décrypter le code qu'il avait conservé pendant des milliers d'années. Il lui avait suffi d'amener l'homme qui possédait ce système à s'en servir, en lui faisant croire que les quatre secteurs de l'Éternité avaient disparu aussi certainement que la menace qu'ils représentaient. L'homme qui voulait détenir l'avenir du monde. L'homme qui contrôlait l'Éternité.

Jack fixait son hôte inattendu dans les yeux, avec une profonde expression de dégoût et de mépris : il découvrait avec une certitude confondante le véritable visage de l'assassin de sa fille.

Un revolver 357 fermement tenu dans la main gauche, Simon avait le visage déformé par un sourire cruel et arrogant.

« Je suis venu récupérer ce qui m'appartient », dit-il.

Tout ce que je vous ordonne

EXODE 7:2

Warner chercha instinctivement dans sa veste son Glock semi-automatique fourni par le FBI, mais il n'eut pas le temps de s'en servir. Sans hésiter, Simon se retourna et tira, la balle atteignant Warner en pleine poitrine. Il tomba lourdement en arrière et le sang se mit aussitôt à couler à travers sa chemise et forma bientôt une mare autour de lui. Ses yeux étaient grands ouverts tandis qu'il cherchait à reprendre sa respiration, le liquide épais remplissant progressivement sa gorge et ses poumons.

Jack fixait Simon avec une expression horrifiée.

« Où est mon livre, monsieur Bernstein ? »

La gorge serrée, Jack pouvait à peine parler. Il avait envie de vomir.

Simon leva le pistolet à hauteur des yeux. « Je vous pose une nouvelle fois la question. Où est mon livre ? »

Jack commença à reculer. Un million de questions se bousculaient dans sa tête, sans la moindre réponse. S'il ne donnait pas le livre, il allait mourir. S'il le faisait, il risquait quand même de mourir. Merde, pensa-t-il, de toute façon, il allait mourir.

« Qui diable êtes-vous ? » parvint-il à demander. Il avait besoin de temps pour réfléchir.

Simon sourit avec orgueil. « Moi, monsieur Bernstein, je suis Simon le mage. Le chef des mages de la Manassé de l'Ouest en Samarie. »

Avec son costume noir se détachant nettement sur le mur jaune vif et ses yeux empreints de vanité contenue, il se mit à citer le Nouveau Testament. « Actes, chapitre 8, versets 9 à 11 : "Il y avait un homme nommé Simon, qui auparavant avait exercé la sorcellerie en ville et qui avait stupéfait le peuple de Samarie, se faisant ainsi passer pour grand. Aussi le suivaient-ils tous, depuis le plus petit jusqu'au plus grand, et disaient : Celui-ci incarne le pouvoir de Dieu, qui est Grand. Et ils le suivaient, car depuis longtemps il les avait impressionnés avec ses sorcelleries." »

Simon paraissait extrêmement fier que Jack n'ait pas encore trouvé cela tout seul.

« Je suis le premier *véritable* magicien, dit-il, le visage illuminé par un contentement de soi dénué de toute humilité. Je suis L'Abraham ordonné des disciples de l'Éternité successeurs des Esséniens. Vous seriez bien inspiré de faire exactement ce que je vous dis, Bernstein, car j'incarne ce pouvoir de Dieu qu'on appelle Grand. »

Jack pensa à Frederico. « Donc, vous êtes immortel ? » Il n'arrivait pas à croire qu'il se retrouvait dans une telle situation : amené à poser cette question en sachant que la réponse serait « oui ».

Simon riait ouvertement maintenant. « Un mot primitif, mais néanmoins exact. Je détiens le pouvoir de Dieu ; le pouvoir de la vie éternelle. »

Jack avait maintenant atteint le bout de la pièce. « Volé à Jean le Baptiste. »

Simon ne bougeait pas, le pistolet toujours braqué

dans sa direction. « Non, monsieur Bernstein. Légué par Le Baptiste. Volontairement. »

Jack ricana. « Juste avant que vous ne le tuiez.

— Le Baptiste était le maître de sa propre destinée, répliqua Simon. Il n'avait pas besoin de moi, il s'était fait de nombreux ennemis. Il s'était opposé au mariage d'Antipas avec l'ancienne femme de son demi-frère et avait été arrêté pour avoir exprimé ses opinions. J'ai simplement décidé que cela servirait mieux mes intérêts s'il ne ressortait jamais de sa cellule, c'est tout. »

Jack secouait la tête, son regard brillant ne faisant qu'accentuer son incrédulité croissante. « Vous... vous avez assassiné le Messie ? » demanda-t-il lentement.

Simon secoua la tête en signe de déni. « C'est moi, Bernstein, qui serai le Messie. Le Baptiste était quelqu'un de particulier car il avait reçu un don de Dieu, mais cela n'en faisait pas automatiquement l'Être choisi. » Il secoua une nouvelle fois la tête. « Annoncé comme descendant de la lignée de David mais conçu par la lignée du Zadok ? Se laissant trahir aussi facilement ? Un tel homme pouvait-il être destiné à libérer son peuple de la corruption inhérente au royaume de Son Père ? » Il soupira, las de ce bavardage, maintenant qu'il n'en était plus le sujet principal. « Si, comme le reste du monde semble l'avoir fait avec le Christ, vous préférez croire qu'un homme aussi peu à la hauteur était le dernier espoir de salut, dans ce cas, je m'en moque. Je suis ici seulement pour reprendre ce qui me revient de droit, pas pour vous donner une autre leçon d'histoire. »

Jack avait le dos au mur dans tous les sens du mot. Il ne pouvait pas aller plus loin. Il sortit le livre du scanner avec précaution et, en tremblant, le tendit à Simon. Celui-ci le prit de la main droite et vérifia qu'il était intact. La seule partie de son plan qui lui avait déplu était d'avoir dû laisser momentanément son objet le plus sacré entre les mains d'un homme incapable de comprendre sa véritable valeur.

« À présent, donnez-moi le disque », dit-il.

Jack fit semblant de ne pas comprendre. « Quel disque ? demanda-t-il.

— Le disque dans ce lecteur derrière vous, précisa calmement Simon. Le disque avec la clé conduisant aux paroles cachées de Dieu. La clé de mon avenir. »

Jack tendit la main sur sa droite et pressa le bouton sur un lecteur à haute capacité sur le côté du moniteur de l'ordinateur. Un disque jaune s'éjecta. Il hésita à le lui donner, mais sa seule consolation était d'avoir décidé de sauvegarder une copie du texte hébreu scanné et de la clé directement sur le disque dur du Quotient de secours. C'était quelque chose qu'il faisait rarement, étant donné que cela encombrait inutilement le système.

Simon sourit en le prenant. « MaryBeth m'a dit combien vous étiez prévisible, dit-il. Elle était certaine que vous vous montreriez coopératif. »

Jack se souvint brusquement que MaryBeth n'était jamais arrivée. Elle avait promis qu'elle viendrait et, depuis qu'il la connaissait, elle n'avait jamais manqué à sa parole. Il plissa les yeux. « Où est-elle ? demanda-t-il avec mépris. Qu'en avez-vous fait ? »

Simon secoua la tête et se mit à rire. « Vous rendez-vous compte combien c'est agréable pour moi de m'apercevoir que vous êtes vraiment aussi stupide que je l'avais espéré ? MaryBeth travaille... pardon, MaryBeth travaillait pour moi. Vous auriez dû vous en rendre compte. »

Le visage de Jack se figea sous le choc.

« MaryBeth... ? continua Simon. Marie de Béthanie ? Elle était La Magdalene ; elle est venue travailler pour vous à ma demande. Vous avez choisi vous-même, cependant, quand vous avez acquis la technologie de Gambit ; je lui ai simplement permis de passer dans votre société dans le cadre de la reprise pour qu'elle puisse vous guider vous, au lieu d'eux. Maintenant qu'elle n'est plus d'aucune utilité, elle est partie comme tous ceux qui veulent se mettre en travers de ma route. »

Il chercha dans sa poche droite et sortit un petit écrin. Quand il l'ouvrit, Jack découvrit avec horreur ce qu'il contenait. Il ne s'était jamais demandé comment Simon avait pu avoir accès au bâtiment hautement sécurisé de R&D, mais il comprenait maintenant.

Simon avait la clé de la porte d'entrée.

Il avait l'œil de MaryBeth.

Jack comprenait brusquement comment à quel point il avait été manipulé. MaryBeth travaillait avec lui depuis de nombreuses années, elle le connaissait mieux que quiconque. Et elle avait délibérément critiqué son jugement sur Simon, sachant que cela renforcerait justement sa volonté de prouver qu'il avait raison. Elle avait fait semblant de l'aider tout en jouant la reine tout le temps ; poussant systématiquement Jack comme un pion en direction de son propre roi.

MaryBeth, qui avait rejoint IntelliSoft juste après la reprise de Gambit. La femme qui n'avait jamais vieilli pendant tout ce temps. Brillante, vivante et pleine d'idées pour l'avenir de la société. Une seule personne avait remis en question les motivations de MaryBeth ; une seule personne avait dit qu'elle ne lui faisait pas confiance.

Quand il voulut enfin s'exprimer, Jack eut du mal à parler. Il aurait préféré se tromper. Au moins pour cette fois.

« Oh, mon Dieu... dit-il. Elizabeth. »

Simon sourit et haussa les épaules comme pour s'excuser.

« Comme les autres, votre défunte épouse avait son propre destin entre les mains. Elle avait fini par constituer un obstacle. Ce qui lui est arrivé était la conséquence de ses propres choix. »

Jack se sentit gagné par la nausée. Elizabeth, gisant à l'hôpital ; mourante. S'éteignant lentement à la suite des blessures provoquées par un accident, quand sa Corvette, un modèle de 1959, avait quitté la route, franchi le talus et heurté un mur. Elle qui était tellement prudente au volant... personne n'avait jamais pu comprendre ce qui était arrivé. D'autant qu'aucun autre véhicule n'avait été impliqué. On avait supposé qu'elle avait dû donner un coup de volant pour éviter un animal ; l'accident avait été terrible.

Tout le monde avait su que la colonne de direction avait cassé, mais c'était une vieille voiture ; un modèle de collection. Elle avait été remise en état longtemps avant que Jack ne l'achète pour en faire cadeau à sa femme et personne n'avait jamais pensé à vérifier la colonne de direction. Pourquoi l'aurait-on fait ? Pourquoi quelqu'un chargé de restaurer un modèle de cette qualité aurait-il installé une colonne de direction défectueuse ?

Jack s'était senti terriblement coupable de lui avoir offert cette voiture pour son anniversaire. Il ignorait que la colonne était intacte quand il l'avait acquise. Il n'avait jamais su que Zabulon avait travaillé discrètement à l'intérieur la nuit précédant l'accident ; qu'il avait soigneusement reconstitué le tableau de bord exactement tel qu'il était ; même les paquets de chewing-gums d'Elizabeth avaient été remis, au millimètre près, à leur place initiale.

Une colonne défectueuse, suffisamment solide pour supporter une conduite normale, mais attendant toujours le moment propice ; toujours prête à casser. Il suffisait d'une portion de route rapide, d'un véhicule garé et d'une vue dégagée. Quand Elizabeth déboîterait pour dépasser le véhicule garé, elle aurait vérifié que la route était dégagée. Elle ne lèverait même pas le pied de l'accélérateur. Elle roulerait probablement encore à soixante-dix. Et, à ce moment, la voiture garée démarrerait. Brusquement et sans aucune raison. Elle occuperait le milieu de la route et Elizabeth ne pourrait pas passer. Elle serait prise de panique et tournerait le volant aussi fort et aussi vite que possible. Elle le tournerait trop fort ; le métal déjà endommagé ne supporterait pas l'effort.

Dans un craquement à peine perceptible, il casserait.

C'était comme s'il venait d'arracher le cœur de Jack.

« Pourquoi moi, demanda-t-il tout bas. Pourquoi me faire ça à moi ? »

Simon affichait la plus grande indifférence. « Comme je vous l'ai dit dans l'église, je suis venu vers vous car je suis un homme avisé, un mage, pas un bon Samaritain. » Cette formule à double sens, qu'il affectionnait particulièrement, le fit éclater de rire. « Vous avez été choisi car vous remplissiez les trois conditions requises. Vous étiez juif, vous aviez une fille et vous aviez acquis la technologie de Gambit susceptible de réussir à décrypter le code. Vous devriez vous sentir flatté, Bernstein, car je vous ai fait confiance. J'ai vu votre société grandir et j'ai attendu que vos ordinateurs acquièrent la puissance de traitement suffisante. Puis j'ai demandé à La Magdalene de vous suggérer le système FireWorX pour que je puisse passer à la phase deux... »

Il regarda tout autour comme s'il s'adressait à des milliers d'auditeurs. « Mon jugement, dit-il débordant de fierté, mon jugement à la face du monde entier. Qui aurait dû se produire il y a longtemps. »

Il fit le tour de la pièce avec un air de supériorité, jetant parfois un coup d'œil à certains des périphériques les plus compliqués. « La phase 1 était vraiment simple. Je vous vole votre fille et j'en fais La Marie pour qu'elle puisse porter le prochain Jésus pour moi. J'annonce alors à mes disciples que ce nouveau Jésus est le véritable Messie, afin qu'ils fassent tout ce que je dis. Je persuade les disciples et les ministres que l'enfant de votre fille est une sorte de Messie ; un Sauveur pour leurs vies pitoyables et, ainsi, ils sont heureux d'agir selon ma volonté sans la moindre question.

« En même temps, je vous implique en tuant votre fille quand elle ne me sert plus à rien et... – il haussa les épaules au souvenir du vol 320 – ... quelques autres. J'attise alors votre désir de retrouver ses assassins en vous promettant un petit-fils ; l'héritier que vous n'avez pas. Je fais en sorte que vous le souhaitiez si fort que vous êtes même disposé à promettre de récupérer le livre pour moi. Puis, prudemment, je me mets à tuer les gens autour de vous pour que vous commenciez à craindre pour votre propre vie. Quand vous prenez enfin possession du livre, vous comprenez d'après sa présentation qu'il contient le même code que celui dont je me suis servi pour vous faire venir à l'église. MaryBeth vous connaissait suffisamment pour savoir que vous tenteriez de décrypter ce code.

« Je vous fais croire que vous avez gagné, continua-t-il, et en fait, je finis par gagner ce qu'il me faut pour contrôler mon royaume après le jugement. Le code. Quel meilleur Messie pour un monde en ruines qu'un homme qui détient fermement entre ses mains les réponses à l'avenir ?

— Alors, la colonie, MaryBeth, les sociétés ? Vous vous êtes débarrassé de tout uniquement pour pouvoir obtenir la clé permettant le décodage du livre ?

— Leur seule raison d'être était de m'aider à obtenir cette clé, dit Simon, tenant le disque en l'air. Car, en agissant ainsi, ils ont servi le Sauveur de l'humanité. Moi. Je ne m'attends pas à ce que vous compreniez. Vous n'avez aucune idée du futur que ce disque va libérer. Quand le monde sera dévasté, ceci me procurera le pouvoir suprême ; le pouvoir d'éradiquer tous les vils symboles de corruption de la Terre. »

Pour la première fois, Jack paraissait confiant. Chose incroyable, il comprenait qu'il avait gagné et ses yeux brillaient d'un enthousiasme triomphant. « Nous avons trouvé les armes nucléaires, Simon, dit-il avec un sourire mauvais. Nous les avons toutes trouvées et nous les avons démantelées. Votre jugement ne viendra jamais.

— *Évidemment*, que vous les avez trouvées, répliqua Simon, avec un petit haussement d'épaules indifférent. Parce que je vous les ai *fait* trouver. Tout ce que vous faites, partout où vous allez et tout ce que vous découvrez, vous le faites parce que je le décide... »

Il prit un air triomphant tout en relevant de nouveau l'arme à hauteur de regard et appuya encore un peu plus sur la détente. « Et maintenant vous allez mourir... continua-t-il, car je le décide. »

Un jeu pour le sot de s'adonner au crime

PROVERBES 10:23

Un seul coup de feu assourdissant retentit dans l'espace restreint de la pièce. Jack sursauta, sans savoir si c'était à cause de la puissance de la détonation ou parce qu'il avait été touché par le tir.

Sauf que, en tout état de cause, on ne lui *avait pas* tiré dessus.

Lentement, le visage creusé par la douleur, Simon tomba à genoux.

Derrière lui, Jack vit le corps de Warner s'écrouler lourdement sur le sol après un dernier sursaut d'énergie, tandis que le Glock s'échappait de sa main. Reprenant ses esprits, il courut jusqu'à l'agent blessé qui avait du mal à respirer. Warner secoua la tête. « Partez vite, Jack. » Visiblement, il savait exactement ce qu'il disait. Il n'était pas question de discuter. « Allez-y... foutez-moi le camp d'ici. »

Jack regarda son ami dans les yeux et respira profondément. Ce n'était pas bien de le laisser mourir ici, de le laisser souffrir ainsi jusqu'à l'obscurité finale. Mais, même si ce n'était pas bien, Warner avait raison. Jack devait se débrouiller pour sortir de là, au plus vite. S'il ne le faisait pas, tout s'achèverait alors ici. C'était ce que Warner lui disait parce que c'était ce que Warner savait. Il n'y avait aucune raison pour que deux hommes meurent, sauf si l'un d'eux était Simon.

« Ici, dit Warner, en lui tendant son pistolet d'une main tremblante. Très précis et interface à déclic. »

Ils ne se quittaient pas des yeux, bien conscients de la situation. Puis Jack lui adressa un clin d'œil avant de faire demi-tour en direction de la porte. Il avait une idée.

Avec un long soupir pénible et un petit sourire en hommage à son propre humour, Warner ferma les yeux.

Le corps de Simon était plié en deux de douleur tandis que la blessure dans son dos entamait le processus de cicatrisation. Il se remit péniblement debout et expira profondément. Toujours affaibli par le choc initial, il tituba jusqu'à la porte, sans prêter la moindre attention à Warner, désormais incapable de bouger. Dans le couloir extérieur, les pyramides de lumière étaient vides, mais il savait que Jack n'aurait jamais eu le temps de le traverser en entier, même en courant. Il était donc encore tout près. Très près. Probablement en train de chercher à se cacher dans l'un des laboratoires adjacents : D-10 ou D-12. Il se doutait duquel. D'un pas de nouveau assuré, avec le pistolet dans la main, il se dirigea vers sa proie. Ses chaussures faisaient un bruit martial le long du couloir et il ne ralentit pas avant de s'être introduit de force dans D-12.

La pièce était vide, bien que les systèmes à l'intérieur aient tous été connectés. Il scruta la zone entourant chacun des écrans lumineux, mais il ne vit personne. Quand il alluma, la pièce commença à se remplir d'un vrombissement constant à mesure que l'éclairage incandescent des néons illuminait chaque section. Il s'accroupit pour regarder sous les bancs et éventuellement y surprendre quelqu'un. Toujours personne.

Puis, en se tournant vers la droite, Simon vit les cinq portes métalliques qui occupaient le mur à l'extrémité du laboratoire et remarqua que l'une d'elles, la deuxième, était légèrement entrouverte. Il sourit.

Quand il ouvrit la porte, Simon vit aussitôt deux personnes à l'intérieur. Dont Jack. Il était accroupi contre le mur le plus éloigné avec une expression de peur qui combla Simon de fierté. Dans la main droite, il tenait toujours le disque jaune. Entre Simon et Jack, toutefois, se dressait une autre silhouette.

Assise à une table sur laquelle trônait, seul, un échiquier, se trouvait Lara : la fille de Jack.

Simon fit trois pas en avant et regarda la jeune fille bien en face.

Elle le fixa également, sourit et dit « Salut » avec de grands yeux digitaux pleins d'espoir.

« Qu'est-ce que c'est que ça ? jeta Simon d'un ton ironique. Je devrais être étonné ? Je suis censé penser que vous avez réussi, par je ne sais quel miracle, à ramener votre fille à la vie ? Que vous êtes une sorte de magicien, peut-être même plus puissant que moi ? » Il secoua la tête d'un air dégoûté. « Je connais tout de votre système, vous l'avez déjà oublié ? Vous êtes venu me voir à Londres le matin même où vous vous rendiez à Virtuosity. MaryBeth a même conçu le système pour qu'il ressemble à votre fille afin que vous ne renonciez pas ; pour que vous ayez constamment sous les yeux un rappel de la façon dont vous aviez fini par manquer à vos devoirs envers elle. » Il se mit à rire méchamment. « Pour que vous fassiez tout pour retrouver votre petit-fils. Pour que vous fassiez tout ce que j'avais prévu que vous feriez. »

Il secoua la tête et tendit la main, la passa à travers le visage de Lara en un long mouvement circulaire et regarda les particules se dissiper le long du courant d'air qu'il avait ainsi créé. Puis il les vit se reformer et rit.

« En tant que magicien, vous avez beaucoup à apprendre, dit-il en levant son pistolet de nouveau. Malheureusement, je n'ai ni le temps ni le désir de vous transmettre mon savoir. C'est ce que vous pourriez appeler... »

Il s'arrêta, le regard brusquement inquiet. Quelque chose n'allait pas. L'image de Lara avait bougé les yeux. Rien qu'une fraction de seconde, mais c'était suffisant. Elle ne regardait plus Simon maintenant, mais légèrement derrière lui. Ses senseurs avaient capté une autre silhouette qui pénétrait dans la pièce.

« Bonjour, Jack, dit-elle. Comment vas-tu aujourd'hui ? »

Instinctivement, Simon fit volte-face. C'était déjà trop tard.

Jack lui laissa à peine un instant pour comprendre ce qui était arrivé.

« Ça... dit-il en serrant les dents... c'est échec et mat. » Le regard aiguisé par la haine, il tira trois fois avec le pistolet de Warner.

Chaque fois qu'il appuyait sur la détente, la vengeance envahissait un peu plus ses yeux sombres. Chaque explosion remplissait la pièce avec un rugissement semblable à celui d'un lion victorieux dominant sa proie. Et chaque balle atteignit sa cible. L'odeur de la poudre brûlée épaissit encore l'atmosphère déjà électrique. Jack ne s'était jamais trouvé dans cette pièce, il était resté dans celle d'à côté où se trouvaient les systèmes de caméras. Il s'était appuyé contre le mur avec l'expression terrifiée d'un lapin acculé et avait enclenché les caméras pour qu'elles le filment, exactement comme elles avaient filmé le « garçon » de John Case chez Virtuosity. Puis, quand il avait entendu Simon pénétrer dans la ReelRoom, il avait attendu quelques secondes avant d'appuyer sur le bouton qui allait figer l'image. Ce qui lui avait donné le temps nécessaire pour quitter la pièce voisine et revenir dans la ReelRoom.

Simon s'affaissa une nouvelle fois sur les genoux, mais cette fois, il le fit le sourire aux lèvres. Il avait fini par comprendre que Bernstein n'avait rien appris. Certes, il avait été momentanément abusé par l'image virtuelle de Jack, mais son adversaire était, en réalité, encore un imbécile qui n'observait pas et ne remettait pas en question les choses qui se passaient autour de lui. Il avait ignoré la prompte guérison de son opposant après la balle de l'homme du FBI et croyait toujours que L'Abraham pouvait être effacé de la surface de la Terre avec une arme aussi émoussée et inefficace. Il se trompait lourdement.

Toujours à genoux, il leva une nouvelle fois sa propre arme, prêt à tirer, mais dut lutter contre une faiblesse passagère. Les blessures se cicatrisaient, mais pas assez vite. Et Jack n'allait pas perdre la moindre seconde. Avant que Simon ne puisse appuyer sur la détente, il tira un quatrième coup dans son front et l'homme fut rejeté en arrière. Instinctivement, il serra les poings pour lutter contre la douleur. La pression sur sa propre détente devint alors trop forte. Le tir partit, projetant une seule balle vers le haut.

Épuisé, Simon tomba à quatre pattes une nouvelle fois, face au sol. Un fragment de seconde plus tard, les parois de verre perforé au-dessus de sa tête se brisaient. Tandis que les dernières gouttes de silicone enrichi tombaient par terre, les images respectives de Jack et de Lara s'étiraient en longues bandes rouges, vertes et bleues. Puis elles disparurent complètement et d'énormes morceaux de verre prismatique coupants comme des lames de rasoir s'abattirent à leur place comme une pluie d'enfer.

Un fragment triangulaire d'un mètre de large trembla dans son cadre mais ne tomba pas aussitôt. Il pendait vers le bas, l'un de ses bords retenu par un joint de caoutchouc, comme un grimpeur fatigué accroché désespérément du bout des doigts à un surplomb. Jack leva les yeux, remarqua la position instable du panneau et sourit. C'était une intervention divine. Regardant à nouveau Simon, il lut la faiblesse dans ses yeux et la douleur qu'il endurait. La douleur d'être vaincu. La douleur d'avoir échoué. Un léger claquement rompit alors le silence, puis l'encadrement céda et le morceau tomba. Il fendit l'air avec la force aérodynamique d'une guillotine lestée tandis que Simon hurlait en comprenant le sort qui l'attendait.

En un coup bien net, sa tête fut séparée de son corps.

Jack n'avait pas cru un seul instant que les balles pourraient tuer Simon, mais il s'était aperçu, quand Warner avait tiré, qu'elles pouvaient au moins servir à immobiliser momentanément son ennemi. Pendant quelques secondes seulement peut-être, mais ces quelques secondes auraient été suffisantes pour qu'il puisse prendre la hache à incendie dans le placard de sécurité de la zone centrale de D-12 et achever le travail lui-même. Il savait que les balles ne seraient pas fatales car, quand il avait regardé Warner dans les yeux, il avait vu le regard d'un homme qui ne se souciait plus de son destin. Cela lui en avait rappelé un autre.

Un visage âgé, les yeux sereins et l'air tranquille, lui était apparu. Comment l'homme de la vie éternelle pouvait-il être tué ? avait demandé Frederico. Il avait cru sentir le doigt du vieil homme lui gratter la peau tout autour de la gorge, pesant sur sa trachée d'une façon menaçante.

Peter avait paru embarrassé. « On lui coupe la tête. »

Mais, au bout du compte, cela n'avait pas été nécessaire. L'acceptation de sa mort par Simon et la chute du verre avait achevé la tâche à sa place. Par de nombreux aspects, il s'en dégageait une sorte de justice poétique. Simon, maître de tant de destins, était resté maître du sien jusqu'à la fin. Tremblant encore, Jack laissa tomber le pistolet par terre et retourna en courant vers D-11.

Warner était toujours appuyé contre le mur, les yeux fermés et la poitrine anormalement calme. La sueur brillait sur ses joues inertes et la mare de liquide rouge foncé autour de son corps ne cessait de s'étendre sur le parquet. Assourdi par le vacarme de son propre cœur dont les battements semblaient s'être accélérés un millier de fois, Jack s'accroupit, s'approcha tout près de la bouche de Warner et écouta. Il n'y avait aucun bruit. Puis, contre sa joue fraîche, il sentit la douce chaleur d'une respiration déclinante. Warner était vivant, mais il ne lui restait plus beaucoup de temps.

Jack se mit à fouiller les poches du trench-coat trempé de sang de l'agent.

« Tiens bon, l'ami », dit-il en trouvant le téléphone mobile de Warner et en composant le 911. Des larmes commençaient à lui piquer les yeux, lui brouillant la vue, mais il n'était pas question que cet homme prenne le même chemin que tant d'autres. Alors qu'au début il avait endossé le rôle de l'adversaire, il venait à lui tout seul de sauver la vie de Jack et celle de son petit-fils. Jack avait une dette envers lui qui méritait qu'il fasse maintenant tout ce qui était en son pouvoir pour le sauver.

« Tiens bon, c'est tout ce que je te demande, répéta-t-il. Je te déteste beaucoup trop pour devoir dire des trucs gentils à tes funérailles. »

Tes portes seront toujours ouvertes

ISAÏE 60:11

Quatre jours après la mort de Simon, à 3 heures précises du matin, le système Quotient contrôlant l'unité virtuelle Lara fit exactement ce que son logiciel lui demandait de faire ; il se connecta sur le réseau central et se mit à la recherche de toute information nouvelle qui aurait été ajoutée via les nombreux terminaux installés dans tout le campus.

Une grande partie de l'activité Recherche et Développement ayant été interrompue par la fusillade, il trouva seulement deux nouveaux fichiers. L'un était une suite de caractères hébraïques au format « .OCR », et l'autre semblait être une « amorce » d'ordinateur, une clé pour décrypter un code. Lara n'était pas désœuvrée, ou en quête d'activités pour occuper son esprit virtuel, elle était simplement programmée pour faire tout son possible pour mettre à jour son système. Et, chose logique, son programme primaire d'échecs lui disait de soumettre le texte hébreu à l'amorce. Cela se tenait. C'était la seule façon de comprendre son contenu et de pouvoir l'intégrer efficacement à la base de données FireWorX.

Elle n'était pas particulièrement heureuse de devoir accomplir cette tâche, ni triste non plus. Elle se contentait de faire ce que sa capacité à calculer lui suggérait comme étant la meilleure façon d'agir face à une nouvelle information dépourvue de code de ventilation.

À l'intérieur de sa pièce virtuelle tout juste réparée, Lara ne disposait pas d'une fonction « moniteur », si bien que les lettres occupaient son espace virtuel. Elles encerclaient son image comme des mouettes attendant de se nourrir de son savoir tandis que de petits blocs de reconnaissance dansaient à intervalles réguliers entre elles. Ils étaient en train de former de nouveaux mots à partir de segments de texte. De plus en plus de phrases apparaissaient et, progressivement, chacune venait grossir sa base de données.

Elle était assise au centre de la pièce et les regardait tourbillonner, en leur souriant comme à des papillons.

Jack avait utilisé le Quotient situé en D-11 pour scanner le texte et découvrir l'amorce et, maintenant, après qu'elle eut puisé dans le système à son gré, Lara confrontait les deux éléments. Elle était en train de résoudre le plus grand puzzle que l'humanité connaîtrait probablement jamais.

*

* *

Joaquim Aldez avait l'impression d'être devenu un Dieu. Ils étaient venus le chercher chez lui près de Lurín dans une grosse voiture. Une grosse voiture brillante qui avait laissé de larges empreintes dans la poussière. Elle était si grosse que certaines personnes qui vivaient dans la rue avaient dû ramasser leurs paniers de fruits pour lui permettre de passer. Quand Joaquim jouait au football dans la rue, les gens se plaignaient du fait qu'il risquait de renverser leurs paniers et ils l'envoyaient jouer ailleurs, mais pas aujourd'hui. Aujourd'hui, ils avaient dégagé la voie pour lui.

C'était une femme qui l'avait salué en premier. Une jolie jeune femme dans un élégant tailleur bleu qui avait dit s'appeler Maria. Elle s'était présentée comme la directrice du NetCenter à Lima, ce qui voulait dire qu'elle en serait toujours la responsable après le lancement. C'est elle qui aiderait les enfants quand ils viendraient se connecter aux systèmes. Elle avait serré la main de Joaquim, elle ne lui avait pas tapoté la tête comme les professeurs à l'école quand il était sage. Elle lui avait serré la main comme à un adulte et elle lui avait souri.

Malgré l'heure matinale, tous les autres enfants étaient sortis de leurs maisons pour voir. Certains avaient demandé à Joaquim s'ils pouvaient monter dans la grosse voiture avec lui, mais il leur avait dit « non ». Ils avaient envoyé la voiture pour l'emmener à Lima et on ne lui permettait pas d'emmener ses amis, avait-il dit. En réalité, il ignorait si c'était vrai ou non, mais il savait parfaitement qu'il ne voulait pas qu'ils montent dans la voiture avec lui. Le moment lui appartenait à lui seul et à son père.

Ils avaient pris des tas de photos de lui avec Maria. Des photos devant sa maison, des photos quand il était monté en voiture et des photos quand il était arrivé en ville. Des tas et des tas de photos.

Il était célèbre.

Il avait cru qu'on le traitait ainsi parce qu'on savait qu'il allait gagner, jusqu'à ce qu'un photographe de l'équipe lui dise : « Souris, Joaquim. Tu ne vas pas être le seul enfant à ne pas sourire sur la photo. » Il croyait jusque-là qu'il souriait, mais s'était alors rendu compte que ce n'était pas le cas ; il s'était contenté de regarder partout autour de lui, bouche bée d'émerveillement. Quand l'homme avec la caméra lui avait dit que tous les enfants étaient pris en photo, il avait paru un peu surpris, puis il avait souri plus intensément qu'il n'avait jamais souri auparavant. L'homme avait raison. Il n'allait pas apparaître comme le seul enfant qui ne souriait pas.

Le NetCenter était toujours dissimulé sous une grande bâche jaune afin de le cacher à la vue du public, mais ils avaient emmené Joaquim tout droit à l'intérieur. Alors que le verre paraissait sombre de l'extérieur, Joaquim se rendait compte maintenant qu'il était en fait parfaitement clair et que le soleil inonderait l'intérieur une fois la bâche enlevée. Il l'éclairerait sur son siège pendant qu'il gagnerait la compétition. Les autres enfants dans le monde seraient alors pleins d'admiration pour lui. Ils diraient : « Qui est ce garçon qui nous a battus ? » et ils seraient affreusement malheureux. Joaquim ne le serait pas. Tout cela l'enchanterait et il deviendrait un héros pour son pays. Auréolé d'une telle gloire, il pourrait sans aucun doute trouver un bon boulot plus tard et acheter une voiture pour son père.

Le photographe fit s'asseoir Joaquim sur un siège. Il était haut et ses pieds ne touchaient pas le sol, si bien que Maria vint pour le régler à sa taille. Elle se pencha sur lui et elle sentait bon ; pas comme les femmes qui enseignaient à son école. Le siège descendit et ses pieds se calèrent sur le repose-pieds jaune qui était sous le bureau.

L'homme prit d'autres photos de Joaquim avec Maria, puis d'autres encore, de lui tout seul : face à l'appareil, face au gros ordinateur jaune, tenant son casque jaune avec la bande jaune et même une pendant qu'il faisait tourner sa chaise. Quand il faisait ça à l'école, on lui disait d'arrêter, mais là tout le monde se mit à rire et on demanda à l'homme à l'appareil photo de « saisir » ce moment.

Puis Maria lui montra l'écran. Une zone de vallée était générée par l'ordinateur et donnait l'impression de voler tout autour. Les textes étaient en espagnol mais il pouvait les traduire en quechua, en aymara ou en anglais s'il le voulait. Joaquim refusa parce qu'il parlait mieux l'espagnol que le quechua. Il ne parlait pas du tout l'aymara et très peu anglais.

Maria dit à Joaquim d'imaginer que c'était un monde nouveau rempli de livres. Les livres avaient été placés dans différents endroits. Il y avait l'océan de Géographie et d'Histoire, les montagnes de l'Espace, la rivière de la Technologie et le lac de l'Art et de la Littérature (peinture et écriture). Mais quelqu'un avait bloqué les routes partant de la vallée vers toutes les autres régions. Ce que Joaquim devait faire, c'était mettre le casque, trouver pourquoi les routes avaient été bloquées et résoudre les puzzles pour les débloquer. Alors, tous les enfants du monde pourraient les voir également.

Elle lui montra la manette sur le bras de son fauteuil inclinable et lui dit que, quand il serait dans la vallée, il pourrait utiliser cette manette pour se déplacer d'avant en arrière. Plus il pousserait, plus il irait vite. Il y avait également un petit bouton, comme le bouton d'une souris. Quand il mettrait le casque, il verrait un cercle au milieu de son champ de vision. S'il pressait le bouton quand le cercle était positionné sur quelque chose, alors il ferait tout ce qu'il voulait faire. Si c'était une porte, il l'ouvrirait, si c'était une manette, la manette bougerait.

Elle dit que c'était difficile au début, mais qu'il comprendrait s'il faisait une formation rapide. Tous les enfants prenant part à la compétition pouvaient bénéficier de cette formation avant que la bâche jaune ne soit enlevée et que la compétition ne commence. À condition qu'ils n'en parlent à personne. Joaquim mit le casque intégral et l'image qu'il avait vue sur l'ordinateur était partout où il regardait. Il volait toujours autour de la vallée, mais quand il regardait à la gauche réelle, il découvrait ce qu'il y avait à gauche de l'image virtuelle. Il se mit à rire car elle n'arrêtait pas de trembler. Au bout de deux minutes, il ôta le casque et le regarda pour voir comment il fonctionnait. Maria le lui fit remettre puis n'arrêta pas de resserrer et de desserrer les lanières jusqu'à ce qu'il ne glisse plus. C'était très malin, pensa-t-il. Les Américains s'y entendaient vraiment en matière de gadgets intelligents.

Il n'arrêtait pas de regarder tout autour pendant qu'il volait et il voyait la vallée tout entière tournant doucement au-dessous de lui. Elle était magnifique et couverte d'une foule de plantes étranges et d'arbres. Entre les arbres, on voyait des chemins poussiéreux qui menaient à quatre zones différentes. Au nord, il voyait un navire spatial jaune vif, à l'ouest, un très ancien navire. Le troisième chemin menait au sud jusqu'à un vieux bâtiment qui ressemblait à un musée et le quatrième à l'est jusqu'à une estrade en bois avec une manette en argent brillant posée au sommet de plusieurs pilotis très hauts.

Quatre grands éléments, pensa Joaquim. Quatre chemins menant à quatre zones. Facile.

Il y avait d'autres objets plus petits cachés dans la vallée, comme un cadran solaire et un groupe de cinq statuettes d'animaux. Au centre se trouvait un vaste bâtiment rond avec une tour en verre décorée sur son toit qui montait en tournant vers le ciel. Au sommet de la tour de verre se trouvait une autre plate-forme.

« Clique sur le bâtiment », dit Maria.

Joaquim regarda le bâtiment tournant en dessous de lui, et quand le cercle fut positionné dessus, il pressa le bouton sur son fauteuil.

Il vola de plus en plus bas jusqu'à atterrir juste devant ses portes. Dans ses oreilles, il entendait les oiseaux chanter doucement et le clapotis des vagues sur une plage.

« Pourquoi ne montes-tu pas sur la tour pour regarder la vue ? » dit Maria.

Joaquim eut un peu de mal au début, cela lui paraissait très étrange ; il se déplaçait tout en restant assis dans un fauteuil. Ce n'était pas comme avec les jeux vidéo, car, avec le casque, il ne pouvait rien voir de ce qu'il y avait en réalité autour de lui, comme le côté de sa table à la maison. Quand il portait le casque, tout bougeait.

Il positionna le cercle sur un passage voûté dans le bâtiment et poussa en avant, en butant sur le côté car il avait regardé à gauche au dernier moment. Il revint en arrière et essaya à nouveau et, cette fois, il pénétra à l'intérieur. La pièce était couverte d'étagères ; certaines portaient des livres, d'autres des bibelots et des gadgets créés par ordinateur. Au centre de la pièce se trouvait un cylindre qui montait jusqu'au plafond et il pouvait voir qu'il avait une porte. Ce devait être un ascenseur qui montait dans la tour, pensa-t-il, tandis qu'il s'avançait et pénétrait à l'intérieur.

« Bien joué », dit Maria.

Une fois à l'intérieur, il se retourna et vit deux formes derrière la porte, l'une était une flèche dirigée vers le haut et l'autre une flèche dirigée vers le bas.

« Clique pour monter », dit Maria.

Joaquim regarda le bouton « HAUT » et, quand le cercle se trouva juste au milieu, il pressa son bouton. Il entendit un étrange bourdonnement aigu dans ses oreilles et il commença à s'élever du sol. Tout devint noir, puis, quelques secondes plus tard, il sortait par le toit du bâtiment circulaire. Il montait dans la tour de verre et la vallée devenait de plus en plus petite sous lui.

Quand il atteignit le sommet, il sortit sur la plate-forme circulaire. Il entendait la mer clapoter et les oiseaux chanter à nouveau.

Maria avisa l'écran et vit Joaquim passer en revue ce qui l'entourait. Puis elle le vit regarder vers le haut au-dessus de l'ascenseur et se concentrer sur une manette dorée qui était cachée à l'extrémité de la tour. Quand elle fut dans son champ de vision, il enfonça le bouton de son fauteuil.

« Il faut que tu montes encore un niveau », dit-elle.

Joaquim reprit l'ascenseur et se retourna. Il se focalisa sur la flèche « HAUT » une nouvelle fois et cliqua. Puis il cliqua encore. Et encore. Rien ne se produisit.

« Il ne veut pas monter, dit-il.

— C'est parce qu'il ne te laissera pas monter tant que tu n'auras pas ouvert les routes menant aux autres zones, dit Maria. Il faut que tu reviennes ici et que tu tires sur cette manette dorée quand tu auras résolu tous les puzzles. Si tu es le plus rapide, alors tu gagneras.

— Je vais gagner », dit Joaquim et il entendit les autres gens dans la pièce rire et applaudir.

Les lumières dans le NetCenter lui avaient paru très brillantes auparavant, mais à présent, elles étaient ternes comparées au soleil qui baignait le monde virtuel. Il aimait la vallée. Elle était lumineuse et propre et relaxante.

« Je suis impatient de résoudre les puzzles, dit-il avec excitation.

— Tout ce que je suis autorisée à te dire, c'est que tu dois les résoudre un par un, dit Maria. Je ne peux te donner aucun indice. Le moment venu, je te souhaiterai bonne chance. »

Joaquim sourit. Il n'avait pas besoin de chance. Quand il s'était trouvé dans le bâtiment rond, il avait vu un bibelot qu'il savait être ce qu'on appelait une « lampe à lave ». Il en avait vu d'autres semblables dans les boutiques chics en ville, celles qui vendaient des choses aux gens qui travaillaient dans les grands immeubles.

Celle à l'intérieur du bâtiment rond était toutefois légèrement différente. Car elle avait la forme d'un vaisseau spatial.

Joaquim avait tous les indices nécessaires.

Selon la promesse

Galates 3:29

À l'exception de la presse, Jack connaissait personnellement la plupart des gens dans l'assistance. Beaucoup étaient ses employés venus avec leur famille et d'autres relations de travail qu'il avait conviées au grand lancement basé sur le campus lui-même. Tout le monde était souriant, heureux et impatient.

Il était séparé de la foule par toute la largeur du lac, dont la surface ondulant doucement reflétait un ciel sombre plein de nuages. Apparemment, les cieux étaient prêts à s'ouvrir d'un instant à l'autre. Dans cette perspective, une marquise avait été rapidement dressée pour abriter les invités et une seconde pour protéger l'échafaudage et l'écran plasma. Jack n'était pas disposé à laisser la journée tomber à l'eau, dans tous les sens du terme.

Debout sur l'estrade placée directement sous l'écran, il était occupé à faire une démonstration s'appuyant sur des graphiques promotionnels pour les systèmes FireNet et FireWorX. Son discours d'introduction d'une demi-heure avait été accueilli par des applaudissements enthousiastes. Jetant un coup d'œil sur sa droite, il aperçut Nina qui tenait Daniel dans ses bras. Le petit corps frêle de l'enfant était bien enveloppé dans des vêtements chauds. Jack se sentait en paix avec le monde. Il avait déjà transformé son avenir, à présent il était sur le point d'écrire lui-même son prochain chapitre. À part ces conditions atmosphériques épouvantables, les choses ne pouvaient pas aller mieux.

« Malgré les tentatives de la météo pour refroidir notre bonne humeur, plaisanta-t-il, c'est avec une grande fierté et un sentiment d'excitation extrême que je donne le départ du Challenge IntelliSoft FireSoft. Un concours où la technologie jouera un rôle important pour unir des enfants de toutes races et toutes croyances. Aujourd'hui, demain et pour toujours... »

Les éclairs se répercutaient dans les nuages sombres qui se répandaient sur le campus, comme la couverture d'un enfant apeuré. Les lettres affichées sur le panneau du compte à rebours derrière lui se rapprochaient de leur point final.

0 jour, 0 heure, 0 minute, 13 secondes.

Avec un grand sourire, il demanda aux invités rassemblés de se joindre à lui pour égrener les derniers instants du compte à rebours, dix, neuf... il regarda les visages pendant qu'ils entonnaient tous en chœur... six... cinq... il aperçut le visage de Warner et sourit de plus belle. Son ami avait réussi à venir malgré tout... trois, deux, un, PARTEZ !

La foule poussa un hurlement et suivit Jack des yeux quand il se retourna pour voir les enfants apparaître un par un sur l'écran. Henry Thompson, Sydney ; Kao Ling, Kuala Lumpur ; Joaquim Aldez, Lima ; Phillip Harris, Belfast. Comme promis, chaque enfant bénéficiait de cinq secondes de célébrité tandis que le Quotient scannait en continu contre des algorithmes fixes pour déterminer qui serait le leader. Cela prendrait onze minutes et demie pour que tous les enfants soient vus et, basé sur le testeur bêta, environ quinze minutes plus tard, le premier enfant résoudrait tous les puzzles. Vingt-six minutes en tout. Si l'équipe de Recherche et Développement d'IntelliSoft s'était trompée et que les puzzles se révélaient trop difficiles pour la tranche d'âge, dans ce cas, le système se mettrait au repos dans quarante-cinq minutes et le lancement continuerait avec un nombre de « meilleurs résultats » au lieu du « résultat gagnant ».

La course étant désormais lancée, Jack indiqua à Nina qu'il allait voir son ami et elle acquiesça avant d'emmener Daniel à l'abri des bureaux centraux. Il descendit les marches et contourna le lac. Warner, toujours confiné dans une petite voiture motorisée, le salua chaleureusement.

« Vous avez réussi à venir, dit Jack avec un grand sourire.

— Vous ne me l'auriez jamais pardonné sinon », dit Warner.

Il jeta un coup d'œil à l'écran et constata l'attention qu'il suscitait. « Ça paraît impressionnant. »

Jack sourit avec contentement. « Oh ! ça l'est, vous pouvez me croire, dit-il avec une fierté exagérée. C'est ce qu'il y a de mieux. Comment va la poitrine ?

— Ça fait un mal de chien, mais ils me bourrent de calmants. Apparemment, la cicatrisation du poumon se passe bien. »

Il fit la grimace en voyant la pluie commencer à tomber. « Dites donc, Jack, vous avez choisi votre jour. »

Jack se mit à rire. « Il y a des choses, Frank, que même moi je ne suis pas capable de maîtriser.

— Je dirais qu'au cours des dernières semaines, ça s'est avéré. »

Ils longèrent la foule, suivant lentement la lisière de la marquise pour retourner près de l'estrade. L'auvent ondulait bruyamment avec le vent qui se levait ; sinon, on n'entendait plus que le ronronnement de la chaise roulante de Warner tellement le public était attentif.

« J'ai seulement dix minutes, poursuivit Jack. Ensuite, nous aurons un leader et je suis à nouveau en représentation jusqu'à la fin. »

Warner considéra la pluie. Elle tombait de plus en plus fort, et de grosses gouttes s'écrasaient comme des bombes à eau sur le sol en dessous. « Pas de problème, dit-il. Je serai toujours dans les parages. Je veux dire, voyons la réalité en face... Je ne risque pas de m'éloigner, pas vrai ? » Il montra la chaise roulante avec un sourire ironique.

« À propos, demanda Jack d'un air inquisiteur. Comment vous êtes-vous débrouillé pour qu'ils vous laissent sortir ? On m'avait dit qu'ils avaient l'intention de vous garder au moins trois à quatre semaines.

— C'est exact, dit Warner fièrement. Mais je connais une des infirmières. Elle m'a, disons... aidé à m'échapper. »

Jack lui adressa un regard de reproche. « Seigneur, vous allez avoir des ennuis.

— Eh bien, dit Warner avec nonchalance, quitte à courir le risque d'être pris en flagrant délit d'absentéisme, autant en profiter pour venir ici. Il paraît que c'est l'épicentre des cent trente-neuf endroits les plus dangereux au moment où nous parlons. Ça a même dépassé Beyrouth, je crois.

— Très drôle », dit Jack d'un ton sarcastique.

Mais il savait qu'en réalité son ami s'était contenté de citer la presse populaire. Depuis la découverte des engins, les journaux et la télévision avaient fait tout leur possible pour dissuader les gens de se rendre sur les sites de lancement, répétant aux lecteurs et aux téléspectateurs que personne ne pouvait leur garantir d'être protégés d'une attaque terroriste. Jusqu'à aujourd'hui, Jack était resté persuadé que le désastre en matière de relations publiques affecterait sévèrement la participation, mais il avait mal jugé les gens. Ils se méfiaient particulièrement des rumeurs alarmistes. Au bout du compte, le nombre total des spectateurs avait dépassé toutes les attentes.

« Je dois tout de même vous dire », ajouta Warner tandis qu'ils atteignaient le pied de l'échafaudage. Il se tourna vers son ami, son visage marqué vaguement soucieux. « Il y a quand même une chose qui m'inquiète. »

Il délivre l'homme innocent

Job 22:30

Le compte à rebours était entamé et Maria entendait la foule se rassembler à l'extérieur. Entonnant :

Six... cinq... quatre

Elle lui posa la main sur l'épaule et lui souhaita bonne chance.

Trois... deux... un...

Joaquim avait cliqué sur le bâtiment circulaire et flottait vers le bas dans sa direction avant même que la bâche jaune ait été enlevée. La foule à l'extérieur l'observait à travers la vitre, en train de pousser sa manette vers l'avant et de presser le bouton sur son fauteuil. Sur l'écran provisoire, les gens pouvaient suivre le spectacle du monde virtuel dans son ensemble. L'image dépassait tout ce qu'ils avaient vu auparavant, avec cette qualité presque hyperréaliste des photographies abondamment retouchées. Chaque fois que Joaquim bougeait la tête de gauche à droite, ils voyaient tout ce qu'il voyait, comme il le voyait. Il se focalisa sur un passage voûté menant à l'intérieur du bâtiment rond et pénétra à l'intérieur. Puis, parmi la centaine d'objets qui encombraient les étagères, il repéra aussitôt la lampe à lave en forme de vaisseau spatial et se dirigea tout droit vers elle.

Joaquim savait qu'il était inutile d'aller directement au vaisseau spatial lui-même. Tout ce qu'il trouverait serait une porte impossible à ouvrir ou une manette impossible à tirer. Il devrait alors revenir vers le bâtiment rond et essayer de découvrir pourquoi. Mieux valait, pensa-t-il, commencer avec les objets. La lampe à lave était exactement de la même forme que le vaisseau spatial dehors et son instinct lui disait que ce n'était pas une coïncidence. Il s'arrêta devant l'étagère et regarda.

Pourquoi une porte ne s'ouvrirait-elle pas et une manette ne tournerait-elle pas, se demanda-t-il. Était-elle fermée à clé et fallait-il qu'il trouve la clé ? Était-ce un obstacle nécessitant qu'il trouve un élément susceptible de lui ouvrir la voie ? Ou... ?

Il vit le bouton électrique correspondant à la lampe à lave et cliqua dessus. La lumière apparut et la lave commença à flotter à l'intérieur du globe de verre allongé. Elle fonctionnait beaucoup plus vite qu'elle ne l'aurait fait dans la vie réelle, mais c'était justement la caractéristique de la réalité virtuelle : elle était plus rapide.

Il sortit du bâtiment et commença à monter le chemin qui conduisait au navire spatial. C'était assez loin, mais le long du chemin, les détails contenus dans les images étaient parfaits. Des oiseaux chantaient dans les écouteurs sur ses oreilles et des papillons voletaient dans l'herbe qui ondulait sous la brise virtuelle. Il sourit en voyant un serpent traverser le chemin un peu plus loin devant lui. C'était tellement bien fait, pensa Joaquim. Tellement bien fait et magnifique. Celui qui avait programmé ça avait dû mettre un temps fou.

Au bout de trois minutes, le chemin aboutissait au bord d'une falaise et, là, posé sur une jetée métallique bien au-dessus du clapotis des vagues, se trouvait l'objet de sa quête. En levant les yeux, il vit une porte en haut d'un escalier terriblement oxydé, dont il devait déplier les marches vers le bas comme un escalier de secours s'il voulait l'emprunter. À droite de la jetée se trouvait un levier métallique avec un câble électrique s'enfonçant dans la forêt. Il avait raison ; l'électricité était la clé.

Il tira le levier et regarda à nouveau les marches. Elles n'avaient pas bougé. Il tira le levier une deuxième fois : toujours rien. Il regarda tout autour, même par-dessus le bord de la falaise dont la représentation était si parfaite qu'elle lui donnait légèrement mal au cœur, mais il n'y avait rien qui soit susceptible de les libérer. Il n'y avait que la mer et l'herbe et les arbres.

Qu'avait-il raté ?

Il devait retourner jusqu'au bâtiment rond. Il avait été tellement certain qu'en allumant la lampe il mettrait également en route le vaisseau spatial qu'il avait certainement négligé quelque chose. Ce dont il s'agissait, il l'ignorait encore, mais, quoi que ce soit, il le trouverait.

Après trois autres minutes passées à voyager à la vitesse maximale permise par l'ordinateur, il était de retour dans la pièce ronde. Une nouvelle fois, il se dirigea tout droit vers la lampe.

Il ne distinguait rien d'autre sur l'objet lui-même, un globe en verre allongé avec des morceaux de lave verte nageant à l'intérieur et reposant sur une base chromée avec trois nageoires en guise de pieds. Le sommet du globe ovale était surmonté d'un capuchon chromé en forme de nez de fusée. De la base de la lampe sortait un fil électrique : le câble d'alimentation ; et, quelques centimètres plus loin, l'interrupteur qu'il avait actionné. Il appuya dessus une nouvelle fois et la lumière s'éteignit.

Rien. Il pressa une nouvelle fois et l'alluma. Rien. Il éteignit, alluma, éteignit, alluma, éteignit.

Toujours rien.

Qu'y avait-il d'autre alors ? Le vaisseau spatial avait besoin du courant qui, de toute évidence, lui venait de la lampe. Et pourtant, Joaquim avait beau essayer, le courant n'arrivait pas.

Donc, si la lampe ne donnait pas de courant au vaisseau spatial, peut-être, dans ce cas, utilisait-il le même courant que la lampe. Et peut-être ce courant pouvait-il être dévié.

Alors d'où venait l'électricité de la lampe ?

En tournant prudemment la tête, Joaquim suivit le câble le long de l'étagère. Il passait derrière la plupart des objets, ressortant de l'autre côté, mais disparaissait ensuite complètement derrière des livres rangés sur l'étagère. Pourquoi ne ressortait-il pas de l'autre côté ? pensa Joaquim.

Il cliqua sur chacun des livres à tour de rôle et ils sortirent de la rangée, lui permettant de voir leurs couvertures. Quand il cliquait une nouvelle fois, ils reprenaient leur place. Pourtant, quand il arriva au cinquième livre, ce dernier ne sortit pas comme les autres. Il tomba simplement par terre avec un bruit digital programmé à l'avance.

Et là, dans le mur derrière, il y avait une prise électrique.

Au milieu de la prise se trouvait un interrupteur présentant deux positions possibles, gauche ou droite. À chaque position correspondait un symbole et les deux paraissaient identiques au premier coup d'œil : une fusée avec une ampoule électrique à l'intérieur. Puis il vit que le second symbole, celui correspondant à la position dans laquelle l'interrupteur n'était pas branché, n'était pas du tout une ampoule. Elle présentait la même forme de base, mais une des lignes n'était pas reliée comme elle aurait dû l'être.

En fait, c'était un point d'interrogation.

Il se concentra sur l'interrupteur, cliqua sur le bouton sur son fauteuil et l'interrupteur changea de position. Un bourdonnement lui remplit aussitôt les oreilles. Le genre de bourdonnement que produisent des câbles à haute tension.

Deux minutes plus tard, il était de retour au vaisseau spatial. La lampe à lave lui avait indiqué que le vaisseau avait besoin de courant et maintenant il avait dévié ce courant de la lampe vers le vaisseau. C'était vraiment facile. Il tira la manette et les marches descendirent en se balançant. Quand il poussa sa manette vers l'avant, son regard emprunta ces marches et pénétra dans le vaisseau spatial.

L'intérieur était sombre, les fenêtres occultées avec le même genre de protections métalliques corrodées que celles qu'il avait vues dans d'innombrables épisodes importés et mal doublés de *Star Trek* et de *Babylon 5*. Il y avait un siège de cuir fatigué au centre du cockpit attendant qu'un bandit de l'espace quelconque lance des ordres à son équipage et un vaste panneau de contrôle bourré de commandes omniprésentes et de lumières tamisées. Puis, juste au centre de ce panneau, Joaquim vit encore un autre levier. Un levier argent soigneusement poli comme celui sur la plate-forme un peu plus loin de l'îlot.

Il cliqua dessus le plus rapidement possible.

Les volets qui masquaient les fenêtres se relevèrent avec le bruit digitalisé du métal qu'on force et le panneau de contrôle devint un spectre scintillant de couleurs. Les boutons s'illuminèrent et un écran plasma à échelle réduite se matérialisa. Par les fenêtres, il voyait à présent un paysage de montagne en réalité virtuelle à travers lequel le vaisseau spatial volerait sans doute si on le lui commandait. Au centre de l'écran plasma, on lisait un simple message :

I/S PlaNetWorX EST À PRÉSENT CONNECTÉ
MERCI DE CHOISIR VOTRE DESTINATION

Joaquim entendit une voix sur le système audio du monde réel annonçant : « Mesdames et messieurs, Joaquim Aldez de Lima, au Pérou, a résolu la première énigme ! » Puis il sentit à nouveau la main de Maria sur son épaule et il l'entendit murmurer : « Bien joué, Joaquim. Essaie maintenant de résoudre l'énigme numéro 2. »

Il sortit du vaisseau spatial et se hâta de descendre l'escalier, s'arrêtant au pied. Où aller maintenant ? pensa-t-il. Il ne disposait pas du moindre indice pour aucune des autres énigmes. La seule chose qu'il pouvait deviner, c'était que chacune des réponses nécessaires était cachée parmi les centaines d'objets qu'il avait vus dans le bâtiment circulaire.

Cette fois, il décida qu'il fallait qu'il regarde de près le plus gros élément d'abord. Bien qu'il fût situé de l'autre côté de la pièce ronde, le galion paraissait encore être le plus proche des trois éléments restants et il se mit en route pour le trouver.

Si le vaisseau spatial était le moyen d'accéder aux montagnes de planètes, alors il était vraiment certain qu'un galion serait conçu pour voyager à travers l'océan de l'Histoire ; ClockWorX. Dans l'esprit de Joaquim, cela reliait aussitôt le galion au cadran solaire.

Il espérait qu'il serait aussi facile à trouver que le vaisseau spatial.

Celui-ci fit tonner
et pleuvoir le jour même

1 SAMUEL 12:18

«Vous vous inquiétez trop, dit Jack, en remontant son col. Nous avons vérifié et re-vérifié. Nous avons vérifié les sites et passé au peigne fin tous les environs. Détendez-vous, tout est en sécurité.»

Warner leva la main de la manette qui dirigeait sa chaise et se caressa le menton tandis qu'un gros nuage noir occultait les derniers rayons du soleil matinal. Le campus sombra dans une semi-pénombre. «Décidément, ça ne me plaît toujours pas du tout, dit-il. Vous lui avez dit que vous aviez trouvé les engins nucléaires et ça ne l'a pas fait sourciller. En fait, il vous a dit qu'il s'attendait à ce que vous les trouviez.

— Il bluffait.»

Warner secoua la tête. «Non, je ne crois pas. Il avait tout prévu dans le moindre détail pour pouvoir s'attribuer le pouvoir du livre. Il devait avoir un plan B.

— Je l'ignore, dit Jack, sans l'ombre d'une inquiétude. Peut-être envisageait-il autre chose, mais il est mort maintenant et tout ce qu'il aurait pu prévoir d'autre a disparu avec lui. D'ailleurs, pourquoi son massacre devait-il forcément coïncider avec mon lancement ?

— Ça aurait été tellement mieux, expliqua Warner. Je crois deviner le fond de sa pensée maintenant. Pour lui, si un lancement hautement technologique provoquait des milliers de morts, les gens reviendraient alors peut-être à des modes de pensée plus traditionnels. Peut-être même à une pensée biblique. Et il apparaît comme, disons, une sorte de prophète pour le nouvel âge. Qui plus est, nous savons déjà que son sens du timing était sa meilleure arme. Il était certain que vous auriez découvert la clé une semaine avant le lancement. Donc, s'il vous l'avait volée, son timing lui aurait laissé la possibilité de l'introduire dans l'un de ses propres systèmes de moindre puissance et de déchiffrer le code. »

Il fit un geste en direction de la foule qui, malgré la pluie battante, fixait toujours l'écran plasma, les yeux écarquillés et bouche bée. « Son système aurait mis beaucoup plus longtemps que le vôtre, mais il serait encore arrivé à temps pour ce...

— Vous avez décidé de me gâcher mon grand jour, n'est-ce pas ? » dit Jack avec un sourire.

Il regarda l'écran ; quinze secondes avant que le système ne se focalise sur l'enfant en tête. « Détendez-vous, Frank, tout va bien. Désolé, mais il faut que j'y aille. »

Warner soupira. Cela ne lui plaisait toujours pas. Pas du tout.

*

* *

ClockWorX était évidemment le galion, mais on ne pouvait pas monter à bord car la passerelle avait été déplacée sur le côté. Joaquim devait faire pivoter la passerelle. Mais comment ?

Il lui fallait réfléchir de toutes ses forces. Réfléchir jusqu'à en avoir mal.

Cela devait avoir quelque chose à voir avec le cadran solaire, la « pendule » dans ClockWorX. Il affichait 12:00 en caractères digitaux et comportait des boutons « HRS » et « MINS » pour les heures et les minutes. Il l'avait testé une fois et remarqué que, s'il entrait une heure dans l'affichage digital, le cadran solaire tournait jusqu'à ce que l'ombre corresponde avec l'heure sélectionnée. Mais il n'avait aucune idée de l'heure dont l'affichage digital avait besoin pour pouvoir achever sa tâche.

Ce qui ne laissait plus que le galion-jouet sur l'étagère dans le bâtiment rond. Ce galion était en réalité un réveil inédit, si bien qu'il devait essayer différentes heures, jusqu'à ce que l'alarme se déclenche. L'heure que le galion indiquerait à ce moment-là pourrait alors être entrée dans le cadran solaire.

Mais cela prendrait trop de temps de faire défiler toutes les possibilités sur le réveil. Bien trop longtemps.

Joaquim retourna donc en direction du vrai galion, en quête d'inspiration. Il se trouvait sur la rive occidentale de la vallée, amarré à un poteau en bois sur le quai. Sans perdre de temps, il le regarda de bas en haut, à la recherche de la moindre indication d'une heure. Mais il n'en trouva pas. Il ne vit rien, ni sur le quai, ni sur les voiles. Il soupira, et l'atmosphère réelle qui l'entourait, l'atmosphère occupée par Maria et les spectateurs, se tendit dramatiquement. Où était cette maudite heure ?

Puis il vit le nom du bateau : *Mayflower*, 1620. Il sourit, certain maintenant que c'était son indice.

Il se précipita de nouveau vers le cadran solaire, entra l'heure dans l'affichage digital et appuya sur le bouton. Le cadran solaire tourna, cliqueta et tourna en arrière, l'heure sur l'affichage revenant à 12:00.

Rien ne se passa.

Réfléchissant rapidement, Joaquim se dirigea une nouvelle fois vers le bâtiment rond et scruta les étagères jusqu'à ce qu'il voie le jouet en forme de galion. Puis il poussa la manette sur le bras de son fauteuil pour qu'il l'emmène plus loin. À l'avant du réveil se trouvaient deux boutons « HRS » et « MINS », exactement comme sur le cadran solaire. Positionnant le cercle au centre de sa ligne de vision, il pressa le bouton jusqu'à ce que la fenêtre « HRS » indique 16 et la fenêtre « MINS » 20. L'alarme retentit et l'affichage LED se mit à clignoter.

Et, en même temps, l'heure sur l'affichage digital changea. Il indiquait à présent 18:05. Joaquim ne se doutait pas que les chiffres avaient été choisis par les programmeurs d'IntelliSoft pour symboliser encore un autre événement historique ; la bataille de Trafalgar, mais cela lui était bien égal. Pour lui, cela ne signifiait qu'une seule chose : 6 heures passées de 5 minutes.

Il se dirigea à nouveau vers la sortie et emprunta une nouvelle fois le long chemin qui menait au cadran solaire. Quand il l'atteignit, il tapa sur les touches afin que l'affichage indique également 18:05. Puis, le cœur battant, il appuya sur le bouton. Le cadran se mit à tourner une deuxième fois, s'arrêta à 18 h 05 et ses oreilles se remplirent d'un bruit digitalisé de rouages en marche. Le cadran solaire se mit à tourner à l'envers et dévoila peu à peu un galion miniature caché en dessous.

Sur la miniature se trouvait une passerelle qui, comme son homologue de taille réelle, était tournée sur le côté.

Joaquim positionna le cercle, cliqua dessus et le fixa. Au loin, dans ses écouteurs, il entendit le bruit du bois frottant contre la pierre. Il sourit en comprenant ce qui se passait. Sur la rive occidentale de la vallée, la passerelle sur le vrai galion était également en train de pivoter.

Moins d'une minute après, il était à bord. À côté de la roue du navire, il trouva une manette argent et il cliqua également dessus. Tandis que la manette se relevait, un compas primitif s'ouvrit à 180 degrés et devint un panneau de contrôle digital. Le message au centre disait :

I/S ClockWorX EST À PRÉSENT CONNECTÉ
MERCI DE CHOISIR VOTRE DESTINATION

Deux de résolues, encore deux à résoudre.

Notre héritage est passé à des étrangers

LAMENTATIONS 5:2

Jack s'appuya contre l'échafaudage et regarda l'écran. Il affichait la même image que celle que le gagnant provisoire 088/Joaquim Aldez/Lima/Pérou voyait à présent dans son casque intégral. Le garçon venait de monter à bord du galion et distançait largement les autres maintenant : certains n'avaient même pas encore résolu la première énigme. Rapide comme il était, le petit Péruvien terminerait probablement en trente à trente-trois minutes. Plus que prévu, mais un temps sacrément bon tout de même, bien inférieur aux quarante-cinq minutes allouées.

Jack regarda en direction des montagnes. Le temps n'avait pas l'air de s'améliorer. En fait, la pluie semblait plutôt vouloir s'installer, avant tout changement. Un rideau compact barrait l'horizon, poussé sans relâche par des vents puissants qui n'avaient cessé de se renforcer depuis le début de la matinée. À intervalles réguliers, un éclair trouait l'obscurité, suivi par le long grondement menaçant du tonnerre qui s'efforçait de rester à l'unisson. C'était ce que le monsieur Météo de

Channel 7 avait appelé un « orage monstre ». D'ailleurs, à peu près tous les météorologistes de la côte Ouest avaient curieusement omis de l'annoncer, prétendant qu'on n'avait pu le discerner sur aucune des images satellites de la journée, pourtant d'une technologie hautement sophistiquée.

S'arrachant à la contemplation de ce temps pourri, Jack regarda Warner qui l'attendait au pied de l'escalier et vit que son humeur était toujours aussi maussade et son visage inquiet. Puis il contempla de nouveau la foule des spectateurs. Ils étaient tous gelés, trempés jusqu'aux os et pourtant toujours aussi ravis par le spectacle. Les magnifiques images et les décors apparaissant à l'écran étaient tellement enchanteurs que personne n'osait cligner des yeux un seul instant, de peur de rater le moindre détail. Peut-être auraient-ils tous préféré être là-bas, profitant du soleil baignant le paysage virtuel plutôt que d'être en train de braver les éléments. Le lancement, décida Jack, allait être un succès total malgré les conditions atmosphériques.

Il attendrait avant tout que l'orage ait éclaté.

Sur sa gauche, à quelque distance de Warner, il aperçut ceux qui étaient en charge de la sécurité et de l'organisation de l'événement en train de bavarder sous un auvent improvisé. L'abri avait du mal à résister à la force croissante du vent et au poids de l'eau qui s'était accumulée dans ses coutures. Sur les huit hommes, cinq portaient les salopettes jaunes IntelliSoft, mais les autres experts pyrotechniques en blanc étaient beaucoup plus visibles. Tandis que Jack les regardait rire et plaisanter, un des hommes se retourna pour parler à un collègue, laissant apercevoir le dos de sa salopette à travers le rideau de pluie battante.

On lisait dessus :

« Veracruz Jouets et Jeux S.A., division spectacles pyrotechniques, Veracruz Mexico. »

Sous le texte, apparaissait un petit logo de « groupe » : un cercle rouge avec une forme toute simple se détachant sur le blanc des salopettes. Cela ressemblait à un cheval cabré sur ses deux pattes arrière.

Mais il ne se cabrait pas, il volait.

Un cheval blanc avec des ailes.

Pégase.

Jack se remémora aussitôt une autre époque, un autre endroit. Il avait 16 ans et était assis sur la vulgaire chaise en plastique bleu qui faisait face au luxueux bureau du principal, M. Collen. Une odeur de transpiration empestait l'atmosphère. Jack, lui, sentait bon, et il y veillait, ce qui n'était pas du tout le cas de Collen. Au cours de ses dix années passées à ce poste, l'odeur de l'homme obèse avait fini par imprégner la pièce. Quand des étudiants grinçaient des dents au souvenir d'une convocation devant le principal, c'était pour deux raisons distinctes : la rudesse des coups reçus et cette odeur âcre et piquante.

Et c'était la quatrième fois que Jack était convoqué. Lui et Andy avaient été pris dans leur dortoir en train de boire des bières introduites en cachette. Ce qui était strictement interdit et encore plus strictement puni. Quand ils avaient été découverts par le surveillant, ils étaient ivres au point de ne pas pouvoir aligner trois mots. Le lendemain, il avait toujours la migraine quand il se retrouva devant le faciès rougeaud de Collen de l'autre côté de son bureau incrusté d'acajou. Le dégoût que Jack éprouvait pour cet homme l'avait conduit à se montrer ouvertement désinvolte. Interrogé sur le fait de s'être soûlé, il avait décrit l'incident comme une

« façon de s'ouvrir les yeux ». Le visage de Collen était devenu encore plus rouge. C'était le rôle d'une véritable éducation que d'ouvrir les yeux de l'aveugle, avait-il hurlé, pas celui de l'alcool. Pour le principal, animé d'une croyance dévote, l'alcool faisait plutôt figure de tentation envoyée par le diable lui-même. La voix tonitruante de l'homme, dotée d'un accent traînant du Sud, prit des nuances de basse quand il cita le Nouveau Testament par le biais d'une question rhétorique. Une seule réponse serait tolérée.

Jean, chapitre 10, verset 21 : « Un diable peut-il ouvrir les yeux de l'aveugle ? »

Non, il ne le pouvait pas, avait répondu Jack respectueusement. Cette expression inédite sur le visage de Collen lui avait fait comprendre aussitôt que le temps de la désinvolture était terminé.

Mais si, se disait maintenant Jack, parfois il le pouvait. Parce qu'à présent il avait les yeux fixés sur le logo de Pegasus Holdings : l'une des sociétés de Simon était en train de lui en apporter la preuve. Le diable lui-même avait ouvert les yeux de Jack et bien plus grands qu'il n'aurait jamais osé l'imaginer.

Veracruz au Mexique. La ville même où Warner avait découvert sa seule affaire de sarin non résolue, celle qu'il avait désespérément tenté de relier à Jack. La victime en était un homme du nom de Manuel Deguerra, qui avait travaillé pour un importateur de jouets et qui était en train de fêter l'anniversaire de son enfant. Un importateur de jouets qui, apparemment, figurait maintenant au nombre des sociétés mondiales développées et utilisées si nécessaire par Pegasus Holdings, en même temps qu'elle lui appartenait.

Par Simon.

Deguerra avait rapporté des feux d'artifice chez lui. Il les avait volés pour la fête de son enfant et il avait tué sa famille tout entière en les déclenchant.

Ils étaient bourrés de sarin ; un gaz toxique avec une température d'évaporation remarquablement basse. Dissimulé dans des feux d'artifice aussi puissants, il pouvait facilement être dispersé sur une énorme superficie et contaminer l'air et la pluie en se refroidissant. Il pourrait tuer des milliers de gens. Chacun hurlerait et suffoquerait, et chacun périrait de la même mort lente et atroce. Exactement comme c'était arrivé à Dave Clearwater. Et, pendant tout ce temps, ils supplieraient pour que leurs âmes soient sauvées.

Mais c'était ceux qui survivraient dont Frederico avait peur.

Jack se tourna vers Warner, qui comprit aussitôt que quelque chose se passait. Son assurance avait disparu. Quelque chose ne devait pas se passer bien du tout.

Jack se précipita soudain au bout du portique et dévala les douze marches quatre à quatre, en s'efforçant de ne pas perdre l'équilibre.

« Ils ont trafiqué ces maudits feux d'artifice », dit-il la voix cassée en passant devant son ami.

Laissant Warner abasourdi, il disparut dans le rideau de pluie, franchit ensuite les lourdes portes vitrées du département technique et prit l'ascenseur au rez-de-chaussée. Il essuya la pluie de ses yeux, puis, une fois sa rétine scannée, entama sa descente. Cela lui parut durer une éternité, tandis que ses vêtements trempés gouttaient sur le sol, égrenant les secondes, et que l'eau formait des flaques par terre.

Dès l'ouverture des portes, il courut dans le couloir jusqu'à la salle Quotient. À l'intérieur, les journalistes se déplaçaient comme des cellules microscopiques rendues nerveuses par la chaleur régnant dans leur enclos. Ils ne disposaient pas d'écran en bas, car leur mission était simplement de prendre de bonnes photos du système en action. Mais, à l'instant où Jack pénétra dans la pièce, tous les appareils se tournèrent vers lui. Le P-DG d'IntelliSoft en pleine action offrait une image beaucoup plus excitante que celle d'une boîte jaune translucide.

Sans s'excuser le moins du monde, Jack s'infiltra dans le noyau comme un virus et frappa violemment sur la paroi vitrée du bureau. Eric Lacy leva les yeux de son terminal de contrôle avec un air intrigué. Il appuya sur un bouton et la porte s'ouvrit silencieusement.

« Ferme le système, dit Jack hors d'haleine, les cheveux plaqués sur le front et le visage trempé. Ferme-le tout de suite !

— Honnêtement... je ne peux pas, protesta Eric, avec une expression horriblement désolée. Tu ne te souviens pas ? Nous avons programmé le délai d'une heure pour contourner les hackers. Il est impossible de le fermer sans respecter ce délai. Tu m'as demandé de le laisser programmé pendant la durée du lancement. En raison de l'attaque sur Western Power, même notre alimentation en courant dispose à présent de sauvegardes. »

Les journalistes s'étaient maintenant complètement focalisés sur eux et ils mitraillaient à travers la vitre un Jack trempé par la pluie et visiblement de plus en plus perturbé. Ils devaient penser tenir un scoop.

Il posa la main sur son front et frotta doucement les rides qui s'accentuaient. Lentement, la confusion qui régnait dans son esprit se dissipa, laissant la réalité prendre le dessus. C'était le pirate informatique. Il s'était introduit dans les systèmes de nombreuses fois et les avait prévenus qu'il en ferait autant le jour du lancement. Il avait leurré les membres d'IntelliSoft en les poussant à augmenter la sécurité et à mettre leurs propres plans d'urgence en place. Il leur avait même fait installer les feux d'artifice au sein d'une unité sécurisée et prévoir son propre générateur électrique de secours, au cas où. En se servant de la peur comme d'une arme, le pirate s'était débrouillé pour que IntelliSoft ne puisse pas fermer son propre système pendant le lancement.

Pas même si l'on se rendait compte que quelque chose tournait mal.

Et peu importe qui c'était et où il se trouvait, Jack était maintenant certain de quelque chose. Le hacker travaillait pour Simon.

« La sécurité est désastreuse. Je suis passé par le câble. S'il n'est pas bien tendu, la soirée d'inauguration sera ratée. C'est simple » et « Nous approchons de l'heure, aussi j'ai volé votre courant. Si vous fermez vos portes, j'utiliserai celles qui ne vous appartiennent pas. C'est simple. »

« Simple. » Ce n'était pas une allusion à la facilité avec laquelle les piratages avaient été effectués, mais une signature insolente : « Simon le Simple ». Jack imaginait sans peine le sourire du salaud pendant qu'il appuyait sur la touche « ENVOYER », sachant parfaitement bien que Jack, en permanence obsédé par sa recherche d'indices, finirait par négliger l'évidence.

C'était douloureux de voir avec quelle précision il avait été mis à l'épreuve. Avec quelle précision il avait échoué.

« Appelle Phoebe, aboya-t-il, furieux de la situation et en colère contre son employé. Dis-lui qu'il faut que son équipe entre en contact avec tous les autres sites. Dis-leur d'arrêter cette compétition entre les gosses. Il ne faut pas les laisser résoudre la dernière énigme, tu comprends ? Commence par le Pérou et continue en descendant le tableau du classement.

— Et l'activation de quarante-cinq minutes ? demanda Eric.

— Je réfléchis », dit Jack d'un ton désespéré.

Eric inspira profondément et décrocha le téléphone. Jack se frotta les yeux quand la solution à sa dernière énigme échoua à se matérialiser. Il pouvait arrêter les gosses, mais pas le système de temps mort de quarante-cinq minutes. Et, faute de solution, des milliers de feux d'artifice toxiques installés dans cent trente-neuf des principales villes du monde seraient déclenchés... il regarda sa montre... dans moins de vingt minutes.

N’en tient pas compte

ÉZÉCHIEL 33:4

Joaquim était sur le point de résoudre la dernière énigme : I.T.WorX. Tandis qu’il suivait le lit de la vallée dans le but de trouver les réponses aux trois autres entrées, il avait à peine prêté attention à de plus petits éléments comme les statues. Il avait supposé qu’elles étaient là seulement pour mettre l’accent sur les détails, pour faire paraître la vallée plus « réelle ». Il n’avait pas pensé une seconde que l’une d’entre elles pouvait comporter un petit levier argenté en son sommet et encore moins l’une des deux à côté desquelles il était passé chaque fois qu’il était entré et sorti du bâtiment circulaire.

Quand il comprit son erreur, il jura de colère, provoquant des ricanements autour de lui dans la pièce.

Ils gardaient la porte. Un homme et une femme dans le style des premiers Romains. La femme se tenait sur un pied. Elle aurait pu être en train de courir ou bien de chercher à atteindre les nuages, c’était difficile à dire. Au-dessus de sa tête, elle tenait un plat de fruits et de raisins, probablement en guise d’offrande à son empereur ou à l’une de ses nombreuses divinités. L’homme tenait un plat identique, mais le sien semblait vide.

Il contenait uniquement un modèle réduit du levier.

À l'autre extrémité de la vallée, Joaquim s'était rendu au pied des pilotis et avait regardé la plate-forme en haut. Il avait vu qu'un trou y avait été ménagé ; un trou d'accès. À présent, il n'avait plus besoin que d'une échelle pour grimper au sommet. Scellé dans un rocher à côté des pilotis, se trouvait un autre système de déclenchement. Mais celui-ci était alphanumérique et contenait trois roues. Chaque roue était commandée par un bouton situé en dessous, qui la faisait avancer d'une lettre ou d'un chiffre. Il fallait seulement qu'il trouve le code et il comprenait maintenant que les statues pouvaient en être dépositaires.

La statue de la femme était intitulée « La Médecine de la femme – Ochoa 1959 » et celle de l'homme « La Physiologie de l'homme – Kornberg 1959 ». Tandis que certains enfants, choisissant I.T.Worx comme première énigme, avaient perdu de nombreuses minutes en reprenant le chemin dans le sens inverse et en positionnant les lettres sur les roues afin d'obtenir « M.A.N. », Joaquim avait compris que la date « 1959 » était probablement son principal indice. Comme toutes les autres réponses avaient été découvertes à l'intérieur du bâtiment rond, et pas à l'extérieur, il y était retourné et avait commencé à passer les étagères en revue. Là, au milieu des objets les plus variés, il avait trouvé une petite statuette de deux hommes en costumes se tenant par les épaules et levant un trophée en signe de victoire. Le titre de la statuette était éloquent :

ARTHUR KORNBERG ET SEVERO OCHOA

Prix Nobel de physiologie et de médecine – 1959

Ce que Joaquim ignorait toutefois, c'était ce que ces hommes avaient fait dans leur domaine pour mériter un prix Nobel. Heureusement, il savait qu'un livre pourrait lui donner le renseignement.

Quand il avait retiré les volumes reliés des étagères pour trouver la prise qui alimentait la lampe à lave, Joaquim avait remarqué que le troisième livre dans la rangée était intitulé *Alfred Nobel – Guerre et Paix*. C'était une référence sommaire au revirement dans la vie de Nobel qui, après avoir été un pionnier des mines, des torpilles et de la dynamite, était devenu le bienfaiteur qui avait légué par testament 9 millions de dollars pour financer les différents prix qui portaient à présent son nom.

Il retrouva rapidement le livre, le plaça dans son viseur et cliqua. Il apparut, couverture sur le dessus, au milieu de l'écran, et il double-cliqua sur la couverture pour obtenir le sommaire. Après l'avoir parcouru, il sélectionna le premier chapitre : « Lauréats du prix Nobel de 1901 à aujourd'hui. » Et, avec un petit bruit numérisé, les pages se mirent à tourner.

Tandis que la foule regardait en retenant son souffle, il alla jusqu'à 1959 et vit les noms dont il avait besoin. La même année que le bien mal nommé Salvatore Quasimodo avait reçu le Nobel de littérature, Jaroslav Heyrovský avait remporté celui de chimie ; Segrè et Chamberlain, celui de physique ; Philip J. Noel-Baker le Nobel de la paix, et Kornberg et Ochoa avaient effectivement été les récipiendaires du Nobel de physiologie et de médecine. Il leur avait été accordé pour leurs travaux novateurs portant sur la synthèse artificielle de l'ADN.

La double hélice.

L'échelle de vie.

Les gens d'IntelliSoft étaient particulièrement malins, pensa-t-il. Ils avaient délibérément évité de choisir Crick et Wilkins, les hommes qui avaient découvert l'ADN, parce qu'ils devaient se douter que ces deux noms pouvaient être connus de certains des enfants les plus brillants. Qui n'auraient pas dû avoir à vérifier dans les livres. Au lieu de cela, pour l'ouverture de la porte de la rivière de la Technologie, ils avaient préféré Kornberg et Ochoa. Les hommes qui avaient réussi les premiers à synthétiser l'ADN à partir de substances disponibles dans le commerce.

Il sortit du bâtiment circulaire et redescendit le chemin. Quand il atteignit la pierre, il appuya sur les trois boutons jusqu'à ce que les roues indiquent « D.N.A. » et qu'une image chatoyante de brins hélicoïdaux d'acides désoxyribonucléiques commence à se matérialiser depuis le sol. Tandis que l'échelle montait vers l'ouverture de la plate-forme, il admira la façon dont les artistes infographiques s'étaient surpassés. Quand l'hélice fut terminée, il commença à monter.

Au sommet de l'échelle, il tira le levier argenté et afficha un grand sourire sous son casque intégral. Un petit écran encastré dans la plate-forme s'anima avec le message :

I/S T. WorX EST À PRÉSENT CONNECTÉ
MERCI DE CHOISIR VOTRE DESTINATION

Si Joaquim avait déjà choisi sa destination, la vallée en dessous de lui se serait alors remplie d'eau jusqu'à ce que la plate-forme se transforme en radeau flottant sur une surface doucement irisée. Il aurait descendu la rivière I.T.WorX et on lui aurait proposé l'option de faire halte dans les nombreuses « banques de savoir ». Au lieu de quoi, le jeune garçon était déjà au pied de l'échelle en train de revenir en direction du bâtiment circulaire. Il savait qu'il était en tête d'après les acclamations résonnant derrière lui et il poussa la manette de contrôle du fauteuil au maximum.

Pendant tout ce temps, Maria était restée à l'encourager dans un esprit patriotique. On aurait dit que le garçon faisait sa fierté. Derrière eux deux, les acclamations retentissaient de plus en plus fort.

En conséquence de quoi, personne dans la pièce n'entendit sonner le téléphone relié directement à IntelliSoft, ni le téléphone mobile personnel de Maria. Aveuglés par l'explosion régulière des flashes d'appareils photo, ils ne remarquèrent même pas les petites lumières clignotantes sur les deux systèmes signalant les appels.

Soyez à la disposition de vos frères

2 CHRONIQUES 35:6

Dans la chaleur déclinante d'une fin d'après-midi méditerranéenne, le général Kerr traversa en courant toute la longueur du couloir du bâtiment central jusqu'à la porte permettant d'accéder au hangar principal. C'était derrière cette porte que la plupart des disciples étaient actuellement retenus. Deux clones de *marines* armés se tenaient à l'extérieur, en train de recevoir des ordres de leur supérieur immédiat, le capitaine Tim Hawke. Kerr entendit l'ordre donné à tous les *marines* de venir au rapport immédiatement. Les deux clones saluèrent leur capitaine et passèrent tour à tour respectueusement en courant devant le général, le fusil porté en travers de la poitrine.

« Que se passe-t-il ? demanda Kerr.

— Franchement, monsieur, je serais incapable de vous le dire. En fait, pour être honnête, ça commence à m'emmerder. » Il secoua la tête. « Vous feriez bien de jeter un coup d'œil vous-même. »

Ouvrant la porte menant au réfectoire, Kerr vit une rangée de *marines* debout à l'intérieur, leurs armes baissées en direction de cinq rangs de disciples impeccables.

Les trois cent quarante adultes s'étaient agenouillés par terre au centre de la pièce, leurs têtes rasées courbées très bas. Ils s'étaient disposés en cinq rangées parfaites de soixante-huit disciples chacune. Et maintenant on aurait dit qu'ils priaient à haute voix.

« Ils sont comme ça depuis cinq minutes, dit Hawke. J'étais là quand ça a commencé... je n'ai jamais vu quelque chose d'aussi bizarre. Ils vaquaient tous à leurs occupations, sans faire de vagues et, tout d'un coup – il claqua des doigts –, en un instant, ils se sont tous levés et ont gagné le milieu de la pièce. Exactement au même moment, comme s'ils venaient de recevoir un ordre. Sans un mot entre eux, sans un regard, rien. Puis ils se sont mis à marmonner. »

Kerr traversa lentement le rang des *marines* et passa entre deux lignes de disciples, considérant une par une leurs têtes rasées. Arrivé à la moitié de la rangée, il s'accroupit pour entendre ce qu'ils disaient. Ils répétaient tous les mêmes mots sans arrêt.

Entre tes mains, entre tes mains, entre tes mains...

« "Père, entre tes mains je remets mon esprit", dit-il tout bas. Les derniers mots prononcés par Jésus sur la croix avant de mourir. »

Tandis qu'il se relevait et continuait le long de la rangée, Kerr remarqua que l'avant-dernier disciple d'une des rangées intérieures avait relevé la tête, rompant ainsi la symétrie. De ses yeux bleus perçants, le numéro 224 regardait le général bien en face et souriait. Le sourire le plus méchant, le plus diabolique que le général ait jamais vu. Kerr le fixa un instant, puis secoua doucement la tête, fit demi-tour et repassa entre les *marines*.

Le capitaine Hawke haussa les épaules. « J'ai l'impression qu'ils attendent quelque chose, monsieur, mais je voudrais bien savoir quoi. Tous mes hommes sont en prévision d'une éventuelle attaque. Si c'est ce qu'ils mijotent, ils feraient mieux d'y renoncer tout de suite. Pas question qu'ils fassent quoi que ce soit à l'intérieur ou à l'extérieur de cet endroit. »

Kerr rit doucement dans sa barbe. « Je crois savoir ce qu'ils attendent, dit-il avec un sourire entendu. Ils n'attendent pas qu'on vienne à leur secours, avança-t-il en se retournant pour regarder le numéro 224, dont les yeux cobalt pâle étaient toujours fixés sur lui. Ils attendent d'être sauvés. »

Au temps de la Fin, beaucoup
erreront de-ci, de-là
et l'iniquité grandira
DANIEL 12:4

Jack n'arrivait pas à comprendre ce qui se passait. Il avait cru qu'en stoppant les premiers il s'offrirait une marge de manœuvre de presque vingt minutes. Ce n'était peut-être pas suffisant, mais c'était mieux que rien. Il n'avait jamais pensé une seconde que les membres du personnel à Lima ne décrocheraient pas leurs téléphones. Mais c'était ce qui s'était passé et, pendant ce temps, Joaquim se dirigeait sans se douter de rien vers la victoire. Les feux d'artifice étaient toujours en attente d'être déclenchés et c'était le gamin péruvien qui allait le faire.

Un autre coup de tonnerre résonna dans tout le campus et les lumières dans le hall souterrain vacillèrent au rythme des exclamations étouffées des spectateurs.

À l'extérieur, Warner était le seul à avoir l'air inquiet dans cette mer d'excitation. La foule, ignorant délibérément l'orage et inconsciente du danger auquel elle était exposée, attendait avec impatience que le jeune Péruvien déclenche le lancement tant annoncé. La plupart des gens rassemblés là appartenaient à l'équipe et c'était leur grand jour. C'était le résultat de mois de travail acharné et ça ne pouvait être qu'un moment de gloire.

Beaucoup avaient remarqué que Jack avait quitté le podium en courant, mais personne ne semblait particulièrement inquiet. C'était un homme très occupé qu'on avait probablement appelé pour régler un problème technique quelconque. Ou, connaissant bien Jack, on pouvait croire qu'il avait oublié la deuxième partie de son discours.

Warner savait qu'il n'en était rien. Il était conscient du danger tout en sachant qu'il ne pouvait rien y faire. Il était cloué sur son fauteuil, désemparé. Sur l'écran, la propre vision du gosse montrait qu'il avait résolu l'énigme numéro 4. Tout ce qu'il lui restait à faire, apparemment, c'était de se rendre au sommet de la tour de verre et d'activer un interrupteur. Un interrupteur qui déclencherait quelque chose de catastrophique.

À cet instant, la terre se mit à trembler. Violemment.

La faille de San Andreas était éminemment instable et ce genre de réplique arrivait couramment, mais celle-ci avait choisi de se produire justement aujourd'hui. Los Angeles subissait un tremblement de terre. Généralement, ils n'étaient pas très importants, juste une secousse.

Pas celui-là. Celui-là était important.

Des éléments de l'échafaudage commencèrent à se rompre et tombèrent dans l'herbe gorgée de pluie, tandis que les poteaux sous la marquise se déformaient sous la pression soudaine exercée sur eux. La foule se mit à hurler, les gens commençant à se bousculer pour se précipiter vers tout ce qui pouvait leur sembler un endroit sûr. Certains journalistes continuaient à prendre des photos et à immortaliser la panique, obnubilés par une seule chose : le lancement qui tournait à la catastrophe, synonyme de milliers d'exemplaires supplémentaires pour leur édition matinale.

À la fin, les images brillantes et nettes de l'écran plasma se brouillèrent à leur tour et disparurent tandis que la structure commençait à se tordre sous la pression. La voyant pencher en direction de son fauteuil, Warner tira la manette le plus fort possible, mais les batteries s'étaient déchargées sous la pluie. Rassemblant toutes ses forces, il se pencha pour atteindre les roues et déplaça manuellement son fauteuil jusqu'à se trouver en sécurité. Un quart de seconde plus tard, l'écran tombait, se fracassant dans une explosion d'étincelles jaune orange qui rebondirent sur le macadam trempé derrière lui.

Les arbres commençaient à se coucher sous l'effet des vents violents tandis que les cieux s'assombrissaient encore et que les lampes halogènes s'éteignaient les unes après les autres. Avec un sens aigu du timing, un nuage noir opaque plongea le campus tout entier dans l'obscurité.

Warner regarda en direction du module des feux d'artifice, vit qu'ils étaient intacts et comprit qu'ils pouvaient encore être tirés à tout moment. À moins que Jack ne réussisse à arrêter le lancement, tout le monde allait mourir. Quant à lui, il n'avait ni le temps ni la possibilité de faire le tour du lac pour essayer de les déconnecter. Et même si cela avait été le cas, il ignorait que les précautions imposées par Jack pour le jour du lancement auraient rendu la tâche impossible. Avec un sentiment de sérénité qui ne lui était pas familier, il posa les coudes sur les bras de son fauteuil qui vibrait, joignit les mains sous la pluie battante et reposa son menton sur le triangle qu'elles formaient.

« Vas-y Jack, dit-il à voix basse, comme s'il priait Dieu en personne. Ne nous laisse pas tomber. »

*
* *

Dans l'atmosphère poisseuse de la salle en sous-sol, les lampes s'allumaient et s'éteignaient régulièrement, comme si elles s'efforçaient de pomper suffisamment de courant pour rester en vie. Le sol en béton tremblait toujours avec violence, et tous, y compris Jack et Eric, furent projetés sans ménagement par terre. Des fêlures commencèrent à se dessiner sur les vitres des fenêtres de la salle de contrôle, dessinant des toiles d'araignée, finissant par faire exploser le matériau qu'elles avaient progressivement entamé. Prévu pour demeurer en Californie, le Quotient, lui, avait été conçu dès le début pour supporter de telles forces. En pleine panique et au milieu d'une totale confusion, il se balançait d'avant en arrière, quatre amortisseurs en caoutchouc le maintenaient en équilibre en étouffant les secousses, et il continuait à fonctionner à 100 %. Bien que, progressivement, cette journée soit justement devenue celle au cours de laquelle Jack aurait préféré que son précieux système tombe en panne.

Juste avant que le petit écran du moniteur ne s'écrase par terre, Jack vit l'image générée par le système de Joaquim Aldez. Le jeune Péruvien montait dans l'ascenseur pour la dernière fois. Même si quelqu'un décrochait les téléphones maintenant, il aurait probablement déjà atteint le levier doré. Il aurait peut-être même déjà tiré dessus.

Il était trop tard ; il ne pouvait rien faire sinon attendre et prier. Mais il ne savait même plus qui.

Puis, aussi soudainement qu'il avait commencé, le tremblement de terre s'arrêta.

*
* *

Joaquim retourna à l'intérieur du bâtiment circulaire, sa main désormais parfaitement aguerrie aux délicates opérations de contrôle, et monta dans l'ascenseur. Il se retourna, pressa le bouton « HAUT » et regarda la vallée magnifique se rétrécir sous lui. Il sortit quand l'ascenseur atteignit la plate-forme.

« Merde », dit-il, et il entendit Maria ricaner. Il avait oublié qu'il devait monter jusqu'au dernier niveau.

Il fit rapidement demi-tour, remonta dans l'ascenseur, et appuya une deuxième fois sur le bouton « HAUT ». La flèche devint verte, il s'éleva régulièrement jusqu'au toit de la plate-forme et là, juste devant lui, il vit le levier doré.

Son ultime objectif.

*
* *

Jack regarda à travers le verre brisé en direction d'un écran moniteur beaucoup plus petit fixé au mur de la grande salle et ferma les yeux. « Ne le tire pas, dit-il tout bas. Pour l'amour de Dieu, gamin, s'il te plaît, ne le tire pas. »

Au niveau supérieur, Warner inspira profondément. Il se demandait si ce n'était pas la dernière fois qu'il respirait un air propre, vivable.

À 6 725 kilomètres de distance, Joaquim Aldez sortit de l'ascenseur pour la deuxième fois, positionna le cercle sur l'or brillant du levier et cliqua sur le bouton de son fauteuil avec un sourire de vainqueur.

*
* *

Chacun des sept sceaux avait été systématiquement brisé, chacun donnant davantage d'informations sur le monde dans lequel l'unité Lara avait été créée. Même si cela avait demandé du temps, la tâche s'était révélée assez facile, grâce à la batterie très puissante de ses processeurs. L'amorce initiale constituait la clé du premier sceau et le premier sceau était devenu l'amorce pour le second. Et ainsi de suite, chaque sceau dévoilant la clé pour le suivant. C'était une structure de codage éminemment complexe qui aurait mis des semaines à être résolue par un système de moindre puissance. Le Quotient doté de la suite Lara avait mis moins de cinq heures.

Elle ne comprenait pas les détails qu'elle était en train de décoder, si bien qu'elle se contentait de les ajouter à sa base de données temporaire déjà très importante. Elle l'avait fait six fois sans la moindre question, relevant les informations adéquates quand il le fallait et les alignant le long de la chaîne intacte suivante.

Mais, ensuite, elle avait brisé le septième sceau.

Deux lettres seulement étaient apparues dans le code final : « aleph et tãw. » Elles formaient une série d'apparence aléatoire de A et de Z, mais ce n'était pas ainsi que son logiciel les voyait. Pour lui, c'était un code composé de seulement deux caractères. C'était donc un système binaire et il l'avait traité comme tel. Simplement allumé et éteint, noir et blanc.

Obscurité et lumière.

Quand le code complet fut généré, il fut alors envoyé à travers le FireNet jusqu'à sa base de données temporaire. Elle était située à l'intérieur du système central FireWorX, au sein de la division technique, à l'épicentre de la panique.

Il prit la forme d'un ordre bref adressé au système. Un ordre qui effacerait l'image de Lara pour toujours.

En recevant le dossier, le système central Quotient fit exactement ce qu'on lui avait demandé de faire. Il disposait d'un cerveau puissant, mais pas d'un cerveau humain. Il pensait et il analysait, mais il dépendait toujours de son logiciel central. Un logiciel qui ne savait pas que l'on pouvait remettre en question une instruction formelle.

Cela lui prit donc moins d'un centième de seconde pour accomplir sa tâche.

Les lettres qui tourbillonnaient sans effort à travers l'espace virtuel de Lara n'étaient plus des mouettes voraces cherchant à se nourrir de sa science. C'étaient des vautours et ils étaient fatigués d'attendre. Leur proie était fragilisée et il était temps de l'attaquer...

*

* *

« Que s'est-il passé ? » demanda Jack. Le soulagement était incommensurable.

Tandis que les journalistes se relevaient, désorientés par le calme soudain revenu dans la pièce, Eric fixait son panneau de contrôle comme s'il avait de nouveau disposé d'une volonté propre. Tous les écrans étaient vides. Le système était mort.

« Je ne sais pas, dit-il sans se retourner. Il est simplement... mort. Mais il ne peut pas être simplement mort. Il secouait la tête d'un air incrédule. Parce que c'est impossible.

— C'est le disque dur ou le logiciel ? »

Eric sourit, tapant sur les touches tout en parlant. « Règle simple, dit-il. S'il n'est pas en feu, c'est que c'est un problème de logiciel. »

Mieux que quiconque sur le campus, Eric connaissait les sauvegardes qui avaient été mises en place ; parce qu'il les avait toutes encodées personnellement. Chacune était conçue dans un seul but : la protection du système contre tout sabotage pendant une durée limitée. Une durée qui n'était pas encore atteinte. Lui savait donc que ce qui venait d'arriver ne pouvait pas être arrivé.

« Le disque dur est toujours opérationnel, dit-il, mais la capacité du disque dur indique précisément 0 mégabit. Il n'y a même pas un bloc formaté. La base de données tout entière a été effacée, y compris le logiciel principal, la suite virtuelle ReelRooms, le système FireWorX et le logiciel qui gérait la course. » Il regarda Jack d'un air désolé. « Nous avons des écrans vides dans le monde entier. »

Les lumières se rallumaient et les moniteurs ne retransmettaient aucun feu d'artifice : Jack inclina la tête, ferma les yeux et remercia Dieu.

« Alors si ce n'était pas le tremblement de terre, dit-il enfin, qu'est-ce que ça pouvait bien être ? »

Eric secoua la tête. « Je n'en sais vraiment rien. Ce système était hermétique, dit-il. Et merde, ce système était même plus qu'hermétique. » Mais, en même temps, il ne pouvait pas croire le message qui s'affichait maintenant sur son écran de contrôle principal. Écarquillant les yeux et secouant la tête d'un air vaguement fataliste, il se tourna pour le montrer à Jack avec une expression incrédule.

ACCESS.DATA.CDE.ACCEPTED/
SYSERASENREFORMAT/FULLNET
RECVD-Q03:15-T08:31:45:562/
INTFIRENET#3/COPY/RUN

Jack haussa les épaules. « Qu'est-ce que ça veut dire ?

— Cela signifie que le système a reçu un ordre de “EFFACER ET REFORMATER” de la part de son propre système FireNet à 20 h 31. Et qu'il l'a appliqué. En d'autres termes, une des machines situées sur le campus lui a soudain dit de mettre à la poubelle tout ce qui se trouvait sur le réseau.

— Tout ? » demanda Jack, essayant de reconstituer le puzzle dans sa tête.

Essayant toujours de voir l'image sur la boîte, Eric acquiesça et recula sur sa chaise, ses index appuyés pensivement contre le bout de son nez proéminent.

Jack plissa le front. Aucune machine sur le réseau n'était programmée pour prendre ses propres décisions en dehors des situations prévues par leur logiciel. Comme pour une partie d'échecs.

« Et c'était le Quotient numéro 03 ? » demanda-t-il. Eric acquiesça de nouveau. « Lequel est-ce ? »

Jack n'avait pas vraiment besoin de poser la question. En fait, il le savait déjà.

Il se fit un silence dans le ciel

RÉVÉLATION 8:1

Tandis que Phoebe Rollins, la toute récente directrice des relations publiques d'Intellisoft, affrontait le redoutable barrage des journalistes et leur livrait de vagues histoires de redoutables forces naturelles ayant causé un dysfonctionnement du système informatique, Jack abaissa son corps endolori jusqu'aux vestiges d'un banc tordu au bord du lac. Warner approcha manuellement sa chaise et, pendant quelques minutes, ils se contentèrent de contempler l'eau anormalement calme, s'efforçant de donner un sens aux événements dont ils avaient été témoins ce matin-là. Même si tous les deux étaient persuadés qu'ils n'y parviendraient jamais.

« Je n'arrive toujours pas à croire que cela s'est produit, finit par dire Jack. Je croyais vraiment que le salaud avait gagné. »

Il regarda des gens sains et saufs se hâter, l'air dépité, vers les sorties, tandis que d'autres étaient transportés avec précaution dans des ambulances. Apparemment, il y avait eu peu de blessés graves au cours du tremblement de terre, mais presque tous les spectateurs souffraient, à des degrés divers, de coupures et de bleus. Le tremblement de terre avait été terrifiant, mais ils ne se doutaient pas qu'ils avaient bien failli être les victimes d'une catastrophe bien plus horrible encore. Ils avaient été sauvés, ainsi que des millions d'autres innocents sur toute la planète.

Personne, et Jack encore moins, ne savait comment.

Dans le coin le plus éloigné du campus, le service de sécurité d'IntelliSoft surveillait la zone condamnée abritant l'unité pyrotechnique destinée au lancement. Une fois mis au courant de la situation, ils s'étaient tous portés volontaires. Cela prendrait encore une heure pour que le campus soit sécurisé et jusqu'à deux avant que les unités de l'armement chimique n'arrivent sur les lieux. Les membres du personnel de Veracruz avaient été incarcérés, bien que, pour Jack, ils ne fussent certainement pas conscients que les feux d'artifice avaient été trafiqués. Comme tous les gens qu'il avait utilisés dans sa quête pour révéler le pouvoir du livre, c'était des pions de Simon. Des pièces mineures toujours prêtes à être sacrifiées.

« Je sais que c'est la Californie et tout, soupira Warner, mais le moment était quand même drôlement choisi pour un tremblement de terre. » Il se mit à rire doucement. « Ou un lancement, je ne suis pas très sûr duquel. »

Jack n'écoutait pas. Il repensait à ce discours farouche, tiré des paroles du Nouveau Testament et prononcé comme s'il s'agissait d'une exacte prévision des événements à venir. Il se souvenait des yeux bleus froids, du regard assuré et de la passion avec laquelle la prophétie avait été prononcée. Il se souvenait également du sentiment de peur qu'il avait éprouvé tandis qu'il était contraint d'écouter.

« Tu te souviens du gosse à Chypre ? demanda-t-il de but en blanc.

— Un petit malin... numéro 224 ? répondit Warner, le regard inquisiteur.

— “Et je regardais pendant qu’il rompait le sixième sceau et voilà qu’il se produisit un grand tremblement de terre” », dit Jack doucement.

Sa voix était lointaine, comme perdue au plus profond de ses pensées. « “Et le soleil devint noir comme un sac de cheveux, et la lune devint comme du sang ; Et les étoiles du ciel tombèrent sur la terre, comme un figuier fait tomber ses dernières figues quand il est secoué par un vent puissant. Et le ciel s’effaça comme un rouleau quand on le roule pour le refermer ; et chaque montagne et chaque île furent déplacées.”

— Effectivement, il a cité cette merde, dit Warner. Mais je ne te suis toujours pas.

— Livre de la révélation, chapitre 6, versets 12 à 14, dit Jack, se tournant vers son ami avec un sourire satisfait. Quand elle était en train de briser le sixième sceau. Juste avant que le septième lui fasse effacer tout le système. »

Warner inspira profondément, incapable de comprendre ce que Jack essayait de lui dire. « Elle... ? Qui était en train de briser le sixième sceau ? demanda-t-il d’un air dubitatif. Qui a bien pu effacer le système ? »

Jack regarda de l’autre côté des vitres noircies du bâtiment Recherche et Développement d’IntelliSoft, en direction de la caméra fixée au mur qui filmait sans arrêt le campus afin de créer la fenêtre virtuelle. Il se mit à rire doucement à part lui, pas encore complètement persuadé de ce qu’il allait dire.

« Lara, dit-il en souriant en direction de l’objectif comme si c’étaient les yeux si particuliers de sa fille qui le regardaient d’en haut. Ma fille. »

Il leur enverra un sauveur

ISAÏE 19:20

Quand Daniel eut 12 ans et qu'il fut proche de la cérémonie juive traditionnelle marquant son passage à l'âge adulte, Jack commença à se dire qu'il était en âge de connaître son passé, bien qu'il demeurât tellement de choses qu'il ignorait encore ou ne comprenait pas lui-même. Les éclaircissements destinés à son petit-fils avaient poussé Jack à l'emmener à Kozlar, mais à contrecœur ; jusqu'aux ruines de la colonie à l'intérieur de laquelle il était né. Son grand ami, l'agent du FBI à la retraite Frank Warner, avait décidé de les accompagner, histoire de goûter une nouvelle fois au doux parfum de la victoire.

Depuis le lancement, Jack avait levé le pied au sein d'IntelliSoft et travaillait généralement trois mois d'affilée suivis de trois mois de congé pour pouvoir mieux profiter du temps passé avec Daniel. Il pouvait se le permettre car il avait réuni une excellente équipe autour de lui. Geoff prenait maintenant toutes les décisions en l'absence de Jack et la reconstruction du système FireWorX progressait bien, même si IntelliSoft ne retrouverait jamais sa place de leader de l'industrie informatique. Le jeune homme responsable du système, un ancien étudiant boursier de 26 ans nommé Joaquim Aldez, nourrissait pourtant le projet de créer un ordinateur NetWork encore plus gros ; un Network Computer, auquel les gens pourraient se connecter depuis chez eux. Ils n'auraient plus jamais besoin d'acheter des logiciels ou des mises à jour, disait-il, il leur suffirait de payer une redevance par minute de connexion à chaque élément de logiciel, musique et film disponible sur le marché. La technologie informatique tendait de plus en plus à privilégier la location au détriment de l'achat et cette redevance pourrait rapporter plusieurs milliards de dollars à IntelliSoft au cours des cinq premières années d'exploitation.

Jack les laissait faire dans l'ensemble. D'abord, il commençait à être un peu trop vieux pour la compétition permanente et, ensuite, il avait des tas d'autres choses plus importantes à faire. Daniel suivait un chemin beaucoup plus créatif que celui de Jack et, maintenant, il l'emmenait dans tous les endroits du monde possibles pour que sa quête de savoir puisse être satisfaite. Le garçon ne s'intéressait pas du tout à l'industrie informatique et Jack ne l'y encourageait aucunement. Il voulait que Daniel choisisse son avenir. Ce qui le rendrait heureux.

La colonie de Kozlar ne ressemblait plus du tout à ce qu'elle avait été onze ans auparavant. Trois mois après le lancement, véritable catastrophe en matière de relations publiques, il y était venu pour se rendre compte par lui-même dans quelles conditions était né l'enfant de Lara et il avait été agréablement surpris. En partant, il avait fait une donation conséquente au fonds dédié à réhabiliter les anciens membres de l'Éternité. Tous les Daniel et les Lara.

À présent, tout était recouvert par la végétation. Même à Béthanie où les poisons s'étaient infiltrés dans la terre, la nature avait repris ses droits et les plantes avaient poussé avec détermination à travers la terre pour pouvoir à nouveau profiter de la lumière. L'endroit était différent, toujours un coin perdu, mais toujours magnifique. Un endroit où Jésus lui-même avait peut-être vécu jadis.

Jack ne croyait plus en Dieu. En tout cas, pas en celui dans lequel le reste du monde avait choisi de mettre sa foi. Il croyait dans le code, quelle que soit la divinité qui en était l'auteur. Le nom le plus adéquat pour cette divinité était peut-être « Dieu », mais il trouvait que ce titre éculé n'était pas à la mesure de ce qu'il jugeait à cent coudées au-dessus de tous les autres. La divinité de Jack connaissait vraiment les réponses à tout, dans le passé, le présent et l'avenir. Il le savait avec certitude car il en avait vu la preuve. À présent, quand on le lui demandait, il disait simplement qu'il croyait en un être suprême. Le code était indéniablement complexe, mais les résultats des six premiers sceaux devaient sans aucun doute être reliés les uns aux autres. Quand cela aurait été fait, ils auraient probablement tenu leur promesse initiale et donné les réponses pour la vie elle-même. Le septième sceau, toutefois, était la sauvegarde. Il aurait dû générer ces derniers liens, mais ne l'avait pas fait. Au lieu de cela, il avait créé le code binaire qui avait fermé le système et effacé ces réponses à jamais. Probablement parce que l'auteur du code comprenait que ces réponses ne devraient jamais être connues de ceux qu'elles risquaient d'affecter. C'était la situation inextricable par excellence : résoudre le code revenait à perdre le code. L'humanité ne pourrait jamais obtenir de réponses à sa propre existence.

Deux mois après le lancement, avec Warner à ses côtés, Jack avait brûlé le précieux livre de Simon. Il avait cru que cela lui serait difficile, mais le moment venu, cela lui avait paru la chose la plus naturelle à faire. Si l'auteur du code en savait tant à propos de l'existence humaine, il devait alors lui faire confiance quand il manifestait une répugnance à partager ce savoir. Le monde disposait encore de versions amendées de l'Ancien Testament auxquelles certains croyaient encore et le code permettait que cela perdure. Ils connaissaient toujours l'existence du code et ils en déchiffraient toujours de minuscules fragments, mais même les systèmes les plus puissants ne pourraient jamais casser le premier sceau car le texte de base avait été subtilement édité il y a des milliers d'années. Et l'unique véritable original avait disparu à jamais.

La seule chose que Jack n'oublierait jamais, c'était que le septième sceau avait été prévu non seulement pour protéger le code, mais aussi pour protéger l'humanité ; une espèce qui ne pourrait plus exister si elle savait avec certitude quel chemin elle allait prendre. Dans son ranch, assis en train de déguster un cognac avec Warner pendant que l'enfant de 7 mois dormait, il avait feuilleté le livre une dernière fois avant de le livrer aux flammes.

C'était dans le livre de Daniel, l'homonyme de son petit-fils, chapitre 12, verset 8, qu'il l'avait découvert. En filigrane du texte original qui disait : « Et j'entendais, mais je ne comprenais pas : je dis lors, Ô mon Seigneur, que [restera-t-il] à la fin de ces [choses] ? »

Jack avait remarqué des séquences dans le texte qu'il n'avait pas relevées dans l'avion. Compte tenu du nombre infini de séquences équidistantes contenues dans le texte, cette révélation particulière n'avait pas été une surprise. Ce qui l'enchantait surtout, c'était que Simon ne les avait jamais remarquées non plus. À moins que, plus probablement, il ait simplement décidé de les ignorer.

ל י א ב ד ע א ר ד נ ב א ג ו ט ד א פ ל י א ב ד ע
י ר ש א ט ל י ע ד ` ל נ ד ת ר ל ` ` ד פ ר נ א ל
ד ד ר נ ד ד ד ל ר נ א א ו ג נ י ו ר י נ י נ ט י
פ ו פ ל ט ` ו א ד י ו י ע ל ט נ ט ד י ו ד ל ט ט
` ח ט ח י ל ` ח ` ל י נ ע ת ג ו ד ` ד ` ל י ` ל
ע ת ג ו נ ט ת ש ד י ד נ ג נ ע ד ט ` ד א ר י נ `
ע נ ת ש ט ח י נ ע ד ט ` ד ד פ ד א ד פ ` ע ד ת ש
פ י ` ל ר ב ח ד א ד פ ט ל ת פ י א ל ד ר ח ד ט ו
ע ד ר ע ח י ט נ ל ג צ ע ד ב ד ג פ ע א ר ו י נ י

Il y avait deux formations distinctes visibles : אוגניורינינ – « à la fin des jours », et שטחינעד – « code sauvera ». Elles étaient toujours là. Elles étaient là depuis plus de deux mille ans. Seul un homme pétri d'arrogance et sûr de sa légitimité pouvait choisir d'ignorer une telle prédiction divine.

Après s'être rendus à l'intérieur du site lui-même, Warner et Jack étaient maintenant assis sur un flanc de colline qui dominait les ruines envahies par la végétation de Bethléem, Béthanie, Jérusalem et Qumrân. Jack regarda son vieil ami et sourit. Warner paraissait fatigué. Mais Warner avait toujours eu l'air fatigué depuis que Jack le connaissait.

« Nous ferions mieux d'y aller, Daniel », dit-il, en s'éloignant.

Daniel n'était pas loin et il contemplait la beauté de la colonie enfouie sous la nature conquérante. Il se retourna vers son grand-père avec un air soucieux.

« Pourquoi maman est-elle venue ici ? » demanda-t-il.

Jack sentit son cœur se serrer. « Quand elle s'est enfuie, dit-il doucement, c'est parce qu'elle croyait que je ne l'aimais pas. »

Daniel sourit. « Mais je sais bien que tu l'aimais, protesta-t-il, je le sais à la façon dont tu en parles.

— C'est vrai, dit-il doucement. Je l'aimais beaucoup. »

Il sourit et ébouriffa les cheveux de son petit-fils. Ils se dirigèrent tous les trois vers la Jeep garée sur la route de Denizli. Warner et Jack parlaient du bon temps, de l'espèce d'équipe qu'ils avaient formée. Daniel leur emboîta le pas, puis il remarqua soudain du mouvement dans l'herbe et s'écarta du chemin. Un petit oiseau qui s'était cassé une aile en tombant des arbres voletait désespérément. Il devait être là depuis longtemps car il était terriblement faible et semblait sur le point de mourir. Daniel aurait voulu appeler son grand-père et M. Warner, mais ils étaient trop loin. Aussi se pencha-t-il et prit l'oiseau entre ses mains. Il caressa ses plumes aussi délicatement que possible pendant quelques secondes, puis le lança en l'air. L'oiseau hésita à peine quelques instants puis prit son envol. Peu après, il s'élevait très haut au-dessus d'eux trois avec une vigueur retrouvée et son cri résonnait à travers la vallée comme pour célébrer sa seconde vie.

Il avait été sauvé.

Jack ignorerait toujours tout de l'oiseau, car, pour Daniel, cela resterait un moment intime. Il ne chercherait jamais à être félicité pour les choses dont il comprenait qu'elles étaient à sa portée, il chercherait seulement à venir en aide aux créatures de Dieu. Cela devait être le premier de beaucoup de miracles restés inconnus dont il serait l'auteur au cours de sa vie sur Terre. Ce serait chaque fois un acte complètement désintéressé, bien différent de ceux accomplis par ceux qui se proclamaient « magiciens » ou « rois de la mise en scène ».

Et tous seraient un acte digne d'un véritable Messie ; un enfant dont l'existence même avait déclenché une série d'événements qui avait finalement empêché la fin des temps.

Un Sauveur, né de la lignée de David.

Cet ouvrage a été composé par IGS-CP
à L'Isle-d'Espagnac (16)

Achevé d'imprimer en février 2014
sur les presses de Liberduplex
à Barcelone (Espagne)
en janvier 2014

DÉPÔT LÉGAL : février 2014

S23839/01